D1060026

Anne Stillman :
de New York
à Grande-Anse

Louise Lacoursière

Anne Stillman :
de New York
à Grande-Anse

Libre Expression

Données de catalogage avant publication (Canada)
Lacoursière, Louise
Anne Stillman
Sommaire : t. 1. le procès – t. 2. De New York à Grande-Anse
ISBN 2-89111-854-5 (v. 1)
ISBN 2-89111-971-1 (v. 2)
1. Stillman, Anne, 1879-1969 – Romans, nouvelles, etc. I. Titre.
PS8573.A277A86 1999   C843'.54   C99-940888-7
PS9573.A277A86 1999
PQ3919.2.L32A86 1999

AVERTISSEMENT
Bien que les noms de quelques personnages aient été changés,
les événements décrits dans cette biographie romanesque sont authentiques.

Visitez le site Internet de l'auteure à l'adresse suivante :
www.louise_lacoursiere.ecc.qc.ca

Maquette de la couverture
FRANCE LAFOND
Infographie et mise en pages
SYLVAIN BOUCHER

Libre Expression remercie le gouvernement canadien
(Programme d'aide au développement de l'industrie de l'édition),
le Conseil des Arts du Canada et la Société de développement
des entreprises culturelles du soutien accordé à
ses activités d'édition dans le cadre de leurs programmes
de subventions globales aux éditeurs.

Éditions Libre Expression
2016, rue Saint-Hubert
Montréal (Québec) H2L 3Z5

Dépôt légal :
2ᵉ trimestre 2002

ISBN 2-89111-971-1

À ceux qui m'ont précédée,
Anita et Ovila.
À ceux qui me suivent,
Cassandra et Mikael.
Et à tous ceux qui n'ont pas encore de nom.

Famille Stillman

Famille Potter

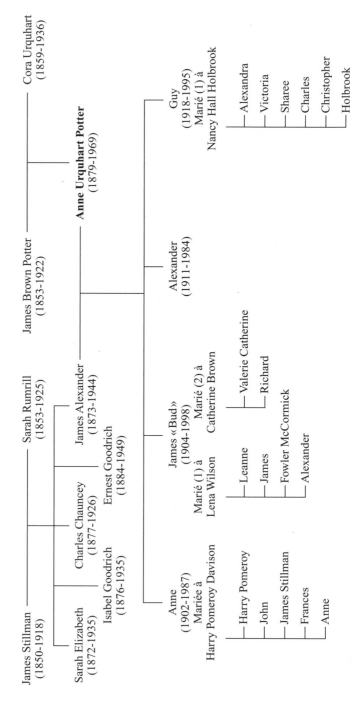

James Stillman
(1850-1918)

Sarah Rumrill
(1853-1925)

James Brown Potter
(1853-1922)

Cora Urquhart
(1859-1936)

Sarah Elizabeth
(1872-1935)

Charles Chauncey
(1877-1926)

James Alexander
(1873-1944)

Anne Urquhart Potter
(1879-1969)

Isabel Goodrich
(1876-1935)

Ernest Goodrich
(1884-1949)

Anne
(1902-1987)
Mariée à
Harry Pomeroy Davison

James «Bud»
(1904-1998)
Marié (1) à
Lena Wilson

Marié (2) à
Catherine Brown

Alexander
(1911-1984)

Guy
(1918-1995)
Marié (1) à
Nancy Hall Holbrook

Harry Pomeroy
John
James Stillman
Frances
Anne

Leanne
James
Fowler McCormick
Alexander

Valerie Catherine
Richard

Alexandra
Victoria
Sharee
Charles
Christopher
Holbrook

C'était une femme hors du commun, un esprit supérieur, une force de caractère. Je la trouvais belle et je considérais comme une faveur de me retrouver à ses côtés. Un auditoire se formait dès qu'elle apparaissait quelque part. C'était un être mythique.

Clément Marchand
Poète, journaliste et éditeur du *Bien public*

Mot de l'auteure

Après avoir réalisé plus d'une centaine d'entrevues, incluant celles de Bud, Guy, Leanne, Victoria Ann, Sharee et Fowler Stillman, celles d'enfants d'Arthur Dontigny, d'Émile Goyette et de Ferdinand Germain, après avoir recueilli les souvenirs de Germaine Bergeron, d'Ovila Denommé, de Léonidas Bouchard et de tant d'autres, après avoir consulté des dizaines d'ouvrages et de documents divers, certains inédits* et d'autres tombés dans l'oubli**, après avoir dépouillé une quinzaine de quotidiens et de périodiques dans plus de vingt centres de recherche au Québec et aux États-Unis, j'offre ici la suite d'*Anne Stillman : le procès*.

Dans les pages qui suivent, on retrouvera certains épisodes de la vie de cette femme fougueuse, généreuse et vulnérable... enfin, ceux que j'ai jugés les plus significatifs entre 1925 et 1953. On y suit aussi l'évolution de la relation d'Anne avec Fowler McCormick de même que la carrière de cet homme chez International Harvester, la plus importante compagnie de

---

* Extraits de la correspondance d'Anne Stillman McCormick et la correspondance d'Alexander Stillman de 1940 à 1945. Entrevue de Fowler McCormick par Gene F. Nameche, Ph. D., 1969-1970, C. G. Jung Biographical Archives, Harvard, etc.

** *Je suis né comme ça*, du docteur Earl Carlson, *Pocantico Hills*, de Tom Pyle, *The First Billion, The Stillmans and the National City Bank*, de John K. Winkler, *Portrait of a Banker*, d'Anna Robeson Burr, *A Corporate Tragedy, The Agony of International Harvester Co.* de Barbara Marsh, *Charles Stillman 1810-1875*, de Chauncey Devereux Stillman. (Pour une bibliographie plus complète, consulter le site Internet de l'auteure.)

machines aratoires du monde. Cent auteurs se seraient penchés sur cette période en consultant les mêmes sources que cent histoires différentes auraient pu naître.

J'ai choisi la biographie romanesque afin de livrer des émotions, des réactions et des états d'âme vraisemblables dans un contexte historique authentique. Pour me permettre de plonger ainsi dans le cœur et la pensée d'une personne qui a laissé sa marque notamment en Mauricie, à Pleasantville, dans l'État de New York, et à Scottsdale, en Arizona, j'ai consulté une psychologue, une graphologue et une physionomiste, en plus des personnes et de la documentation mentionnées plus haut. J'ai aussi séjourné à Mondanne, la propriété des Stillman à Pleasantville, au domaine de Grande-Anse, dans un camp ayant déjà appartenu à Anne Stillman en Haute-Mauricie et sur l'emplacement du ranch McCormick à Scottsdale.

J'invite tous les lecteurs qui souhaitent d'autres renseignements sur Anne Stillman, ou sur le roman qu'elle m'a inspiré, à visiter le site <www.louise_lacoursiere.ecc.qc.ca>. J'espère de tout cœur que l'on partagera ma passion pour cette histoire qui m'habite depuis maintenant dix ans.

Louise Lacoursière

1

Le vendredi 3 avril 1925

Seule avec son chauffeur Victor, Anne Stillman regardait défiler le paysage. Cette angoisse dont elle croyait s'être libérée ces derniers mois l'assaillait une fois de plus. Si elle acceptait l'offre qui venait de lui être faite, sa vie serait transformée. Pour le mieux? Peut-être. Malheureusement, elle devait aussi envisager le pire.

Anne avait pris l'habitude de voyager lorsqu'elle avait une importante décision à prendre, et les milliers de kilomètres qu'elle parcourait chaque année lui servaient la plupart du temps de prétexte pour s'isoler et réfléchir. Partie la veille de New York, elle se rendait à Milwaukee prendre conseil auprès de son jeune ami, Fowler McCormick.

Sa première rencontre avec Fowler remontait à plus de six ans. Il avait alors séjourné à son domaine de Pleasantville en compagnie d'un camarade de classe qui faisait une cour assidue à sa fille, prénommée Anne comme elle. Pendant que les tourtereaux s'inventaient mille et une raisons pour se retrouver seuls, Anne Stillman avait pris plaisir à converser avec Fowler, s'acquittant sans peine de son rôle d'hôtesse. D'abord surprise de l'érudition de son invité, elle avait vite constaté qu'ils partageaient les mêmes goûts. Tous deux éprouvaient un intense plaisir à confronter leurs opinions tant en littérature qu'en psychologie ou en science. Depuis, Fowler aimait la rencontrer et discuter avec elle. Il lui avait d'ailleurs été d'un grand secours lorsque sa vie avait basculé en juillet 1920. L'image de l'huissier lui remettant une assignation à comparaître, où son mari, James A. Stillman, l'accusait d'infidélité avec Frédéric Beauvais, leur guide indien, jointe à l'action visant à désavouer leur fils cadet alors âgé de vingt mois, l'habiterait à jamais. Même si Anne était sortie victorieuse du long procès qui avait suivi, l'idée de célébrer ne l'effleura pas. Et comment l'eût-elle pu ? Combien de fois les avocats de James Stillman avaient-ils interjeté appel depuis ? Anne était convaincue qu'ils profitaient de la malléabilité de son mari tout comme de sa fortune. Des centaines de milliers de dollars avaient déjà été versés à ces hommes de loi. Pauvre James, damné James !

Un an plus tôt, cinq juges de la Cour suprême avaient, une fois de plus, entériné le jugement de septembre 1922, confirmant la culpabilité d'adultère de Jimmie avec Florence Leeds. Faute de preuves, Anne avait été innocentée et Guy déclaré légitime. À moins qu'elle ne désire le divorce ou que Jimmie refuse de subvenir à ses besoins, les juges avaient déclaré aux avocats de son mari qu'il était inutile d'engager d'autres poursuites dans cette cause. Ainsi, même s'ils vivaient séparés depuis près de cinq ans, Anne était toujours légalement mariée à James Stillman.

Aussi surprenantes qu'inattendues, les accusations de Jimmie en 1920 l'avaient anéantie. C'est à ce moment que Fowler McCormick lui avait suggéré de se rendre à Zurich et d'y rencontrer Carl Gustav Jung, son guide et ami, une sommité en psychologie analytique. Grâce aux enseignements de son disciple, Godwin Baynes, jeune psychiatre anglais féru des théories de Jung, grâce surtout à la thérapie qui avait suivi, elle réussit à retrouver une certaine paix intérieure.

Au moment de sa première consultation avec le docteur Baynes, Anne désirait ardemment en finir avec la vie. Elle se sentait trahie, déshonorée, son estime d'elle-même étant au plus bas. Elle ne lui avait rien caché de son enfance, puis de sa vie avec le fils d'un des plus grands financiers de son temps. Elle lui avait également parlé de sa mère, Cora Urquhart, l'anticonformiste qui avait eu l'audace d'aller au bout de ses rêves. Anne l'avait admirée et détestée pour cela. Autant il lui avait été important de se sentir unique dans sa jeune vie d'adulte, autant, petite, elle aurait donc aimé être comme les autres... Jamais Anne n'avait révélé à quiconque, avant Baynes, le rejet et les moqueries dont elle avait fait l'objet dès son premier jour d'école. La nouvelle qu'elle était la fille de cette aristocrate du Sud qui avait osé tout quitter pour consacrer sa vie au théâtre avait rapidement fait le tour de la sélecte communauté de Tuxedo Park, où son père venait d'emménager. Ses compagnes l'avaient d'abord ignorée. Puis, l'une d'elles lui avait brusquement demandé : « Nous le diras-tu, toi, où est ta mère ? » Et, ricanant, elle avait traité Anne de naïve quand elle avait risqué une explication. Une autre lui avait lancé : « En tout cas, moi, maman ne m'aurait jamais laissée. Je suis trop importante pour elle ! »

Inconsolable, Anne avait fui à toutes jambes pour se réfugier dans les bras de Judy, sa nourrice. Judy, si aimante, si chaleureuse. Judy... La seule à l'avoir bercée quand elle éprouvait du chagrin, la seule à ne pas lui avoir demandé de réprimer ses larmes, sous prétexte qu'à sept ans elle était trop grande.

Anne pleurait. Elle vit dans le rétroviseur le coup d'œil rapide mais désolé de Victor, un colosse noir qui aurait donné sa vie pour la protéger. Qu'il fût témoin de sa détresse ne la gênait pas. Elle pleurait sur l'enfant qu'elle avait été. Du plus loin qu'elle pouvait se souvenir, elle s'était bien promis que, si un jour elle avait des enfants, elle n'agirait pas comme sa mère. Eux pourraient toujours la savoir à proximité.

La voiture s'arrêta à Toledo pour faire le plein. Victor s'enquit de son état. Il l'assurait avec sollicitude de sa présence réconfortante, sans jamais envahir son intimité. Elle appréciait cet homme. D'une certaine façon, il lui rappelait son père. Enfant, elle se sentait invulnérable quand celui-ci était à ses côtés. Pourquoi l'avait-il si souvent confiée à ses sœurs, qui associaient méchamment ses espiègleries à l'absence de sa mère? Anne les entendait encore l'appeler, avec une pointe de dédain, «la pauvre petite chose».

En dépit des règles strictes qui régissaient son existence, Anne avait réussi à convaincre son père de lui procurer des bâtons de golf pour son seizième anniversaire. Sa vie en avait été transformée. Fini les tantes qui, avec véhémence, avaient désapprouvé cette inconvenance. En partageant cette passion avec son père, Anne en avait fait son complice. Puis, elle s'était intégrée à un groupe de passionnés de golf. Sans rien perdre de son charme ni de sa féminité, plutôt que d'endosser les rôles traditionnels féminins, elle avait dès lors joui de toute la liberté accordée habituellement aux jeunes hommes.

Elle adorait les grands espaces, et son amour de la nature fut partagé par Jimmie Stillman. Quand son prétendant demanda sa main, le père d'Anne vit en lui le «bon parti».

En juin 1901, Anne épousa le fils du président de la National City Bank, la plus puissante institution financière d'Amérique. Elle vécut ses premières années de mariage dans la luxueuse mais sinistre maison de son beau-père, où défilaient régulièrement les magnats de la haute finance. Anne fut mortifiée de voir son époux obéir aveuglément à son père, doté d'un fort tempérament, et qui dénigrait son fils à la moindre occasion. Son beau-père lui avait empoisonné la vie, accumulant les interdits, exigeant le respect d'un protocole abusif, ne voyant en elle qu'une génitrice pour sa descendance. Sa conception de la femme l'humiliait. Elle en perdait immanquablement son sang-froid quand il proférait, sentencieux : «Je ne consulte jamais les femmes, je leur dis ce qu'elles ont à faire.»

Puis, lorsqu'ils déménagèrent à Pleasantville, Jimmie et Anne vécurent des moments d'accalmie, empreints de tendresse et de passion. Voilà bien des années déjà, son mari avait surnommé leur immense domaine «le monde d'Anne». Là, à Mondanne, il se métamorphosait en homme aimant et attentionné.

Quand le père de Jimmie mourut, en 1918, ce dernier hérita de propriétés, de bateaux et d'œuvres d'art d'une valeur inestimable. Jimmie savoura plus que tout sa liberté, délivré enfin de l'oppressant jugement paternel. Un temps, Anne espéra retrouver l'homme capable de la comprendre et de la combler. En vain. Jimmie succéda à son père et devint à son tour président de la National City Bank. À partir de ce jour, il n'avait plus été le jeune James, mais bien James Alexander Stillman, le banquier reconnu, entouré de sa cour composée de gens qui l'adulaient, auxquels se joignaient certains rapaces qui n'en voulaient qu'à sa fortune. Guindé, il regardait tout le monde du haut de sa puissance. Plus Jimmie s'identifiait aux rois de Wall Street, plus il irritait Anne qui n'avait de cesse de le critiquer en présence de ses amis. L'expression de ses frustrations n'avait qu'envenimé leurs relations déjà très tendues.

Le psychiatre Godwin Baynes avait convaincu Anne de n'accorder à personne le pouvoir de lui gâcher une journée, pas même un seul instant. Pendant trop longtemps elle avait mis en veilleuse sa soif de liberté et ses aspirations les plus fondamentales. Elle avait pris conscience qu'autant il était difficile de reconnaître clairement ses besoins, autant il était aisé de les satisfaire une fois qu'on les connaissait. Anne avait aussi compris à quel point le départ de sa mère avait hypothéqué son équilibre. Même si elle n'avait jamais voulu condamner sa décision, elle en subissait toujours les contre-coups. Inconsciemment, elle avait interprété la trahison de Jimmie comme un rejet déchirant, à l'instar de la désertion de sa propre mère. Au terme de sa thérapie, Anne avait saisi l'urgence de prendre sa vie en main et, plus que tout, d'en être la première responsable.

Peu à peu, elle avait retrouvé le goût de vivre et la force d'affronter Jimmie. Sa nature combative avait repris le dessus. Il était hors de question que son mari fasse de leur fils Guy un bâtard! Au procès, elle avait réfuté une à une les malheureuses accusations de Jimmie.

Anne sursauta lorsque son chauffeur freina brusquement, évitant de justesse une voiture surgie de nulle part.

– Abruti! marmonna Victor, qui lui jeta un bref coup d'œil, embarrassé de s'être départi de son flegme habituel.

Anne se contenta de sourire. Massant ses jambes ankylosées par tant d'heures d'immobilité, elle s'enquit de la distance qui les séparait de leur destination. Encore trois cents kilomètres.

Anne replongea dans ses pensées. Les avocats de son mari menaçaient présentement de rouvrir le procès, alléguant que des pièces à conviction maîtresses devaient être reconsidérées. Ils affirmaient que la correspondance échangée entre elle et Frédéric Beauvais, le guide indien que Jimmie tenait pour son amant, de même qu'une lettre d'aveux écrite en 1918 prouvaient sa culpabilité et l'illégitimité de Guy. À la naissance de l'enfant, Anne n'avait rien fait pour démentir certaines rumeurs voulant qu'il soit de Fred. «Que Jimmie doute, lui aussi», s'était-elle maintes fois répété. Elle avait tant souffert de ses absences. Comment aurait-elle pu prévoir l'ampleur du cauchemar qui avait suivi?

Nathan Miller, un des avocats de Jimmie, la pourchassait depuis quelques mois avec tant de hargne qu'elle avait failli baisser les bras. Il exigeait que les procès-verbaux du premier procès, consignés dans seize volumes de centaines de pages chacun, soient réexaminés par la cour. D'autres témoignages allaient-ils être réclamés? Anne, s'en remettant alors à ses fidèles avocats, avait décidé de ne plus assister aux audiences à moins d'être sommée d'y comparaître.

Comment, dans ce contexte, expliquer que Jack Durrell, un ami intime de Jimmie, l'ait approchée trois jours plus tôt pour lui faire part que son mari désirait une réconciliation? Après toutes ces accusations, comment osait-il? Et pourquoi se servait-il d'un intermédiaire?

Jimmie, qui la connaissait mieux que personne, devait savoir qu'elle lui décocherait ses flèches les plus acérées s'ils se retrouvaient face à face. Incapable d'analyser logiquement la situation, Anne se sentait accablée.

Pourquoi se mentirait-elle? Dès qu'elle pensait à Jimmie, des sentiments ambivalents l'assaillaient, allant de la colère sourde à l'attendrissement. Puis, invariablement, une émotion à donner des frissons l'envahissait. Comment réussissait-il encore à la troubler? En octobre, Jimmie avait assisté au mariage de leur fille à Mondanne. Pour bien lui signifier que plus rien n'était désormais pareil, Anne avait insisté pour que leur fils James, surnommé «Bud», soit le témoin de sa sœur. Après avoir félicité les mariés, Jimmie avait donné la main à sa femme en lui demandant poliment : «Comment vas-tu?» Elle avait répondu : «Mais très bien!» Toutefois, son impassibilité n'avait été qu'apparente, car le contact de la main chaude de son mari et sa caresse à peine perceptible l'avaient profondément bouleversée. Ce bref instant avait suffi à la catapulter dans ce passé où Jimmie avait été tout pour elle. Elle s'en était voulu.

Sa réflexion engendrait bien plus de questions que de réponses. Fowler McCormick pourrait-il l'aider à y voir plus clair? À la plupart des gens, Anne offrait l'image de la femme sûre d'elle, toujours prête à trouver des solutions aux problèmes des autres. Avec Fowler, elle pouvait parler à cœur ouvert de ses sentiments, de son mari et de ses enfants. Il était étonnant qu'elle puisse se confier à un homme aussi jeune.

* * *

Quand Anne et son chauffeur entrèrent dans Milwaukee, en fin d'après-midi, l'avenue Nationale était encombrée de voitures et de camions de livraison. La lenteur de la circulation ennuyait Anne, qui avait prévu arriver au moins une heure plus tôt. Elle débarqua enfin à l'hôtel *Wisconsin* où le patron lui alloua ses appartements personnels. Ce quatre-pièces, décoré et meublé avec goût, était situé au douzième et dernier étage, loin des bruits de la réception et de la salle à manger. Anne demanda qu'on lui fasse couler un bain et confia à Victor un mot à l'intention de Fowler, dans lequel elle l'invitait à la rejoindre à la salle à manger de l'hôtel en début de soirée.

Anne aimait l'eau, qui avait toujours eu sur elle un effet apaisant. Une sensation de légèreté la submergea. Tel un cocon vaporeux, la pièce était remplie de buée. Anne ferma les yeux et savoura cette quiétude. Pendant un moment, elle oublia ses préoccupations : Jimmie, les enfants, les regards désapprobateurs des gens de la société qui la considéraient maintenant comme une femme scandaleuse.

Puis, sortant lentement de sa torpeur, elle observa les gouttelettes d'eau qui perlaient sur ses bras. Adolescente, que n'aurait-elle donné pour avoir quelques centimètres de moins? À cette époque, son apparence athlétique lui déplaisait. Elle se sentait affublée de seins trop volumineux, de jambes et de bras trop longs. Par la suite, Anne apprit à aimer son corps, d'autant plus qu'elle ne pouvait ignorer les regards flatteurs sur son passage.

Jimmie… Insidieusement, son tourment la reprit. Que devait-elle faire? Elle rêvait de se retrouver à ses côtés tout autant qu'elle aurait aimé l'étrangler. Il l'avait trompée, abandonnée, puis il avait fait en sorte que le monde entier en soit témoin… Sa gorge se noua. Pourrait-elle encore lui faire confiance? Elle se massa le cou, espérant dissiper ce poids qui l'étouffait. L'espace d'un instant, elle conçut un plan machiavélique où elle le reconquérait, affichait leur réconciliation, puis à son tour le quittait. Mais non! Elle savait maintenant que bonheur et vengeance ne pouvaient aller de pair. Jimmie s'était manifesté à elle alors qu'elle s'était promis de ne plus jamais souffrir à cause de lui. Pour ajouter à son incertitude, Anne s'interrogeait sur la nature de ses sentiments pour Fowler. Dès leur première rencontre, elle avait été charmée par l'authenticité du jeune homme. Sa curiosité et son intelligence la fascinaient, sa sollicitude l'attendrissait. Cette amitié si exceptionnelle pourrait-elle se transformer?

Anne choisit une robe de crêpe noire qui avantageait sa longue silhouette. Un turban de soie assorti retenait sa chevelure, ne laissant s'échapper que quelques boucles. Elle compléta sa toilette en se parant d'un collier de perles noires contrastant agréablement avec l'ivoire de son cou. Satisfaite, elle rejoignit Fowler à la salle à manger.

Arrivé le premier, il se leva avec empressement lorsqu'elle fit son entrée. Il lui tendit les deux mains et l'embrassa sur les joues en humant ses cheveux :

– Oh! Fee, j'adore votre parfum.

Fowler avait affectueusement utilisé la contraction du surnom «Fifi» que lui avait donné Judy, sa nourrice. Elle l'observa en souriant. Oui, Fowler était bel homme, avec son nez droit, ses lèvres bien dessinées, son allure racée. De taille moyenne, il paraissait beaucoup plus grand, probablement à cause de sa minceur. Son regard franc toujours un peu triste ou inquiet l'émouvait. Vêtu d'un costume de tweed et d'une chemise blanche à collet souple, Fowler avait davantage l'allure d'un collégien que celle d'un travailleur. Sauf pour ses mains. Anne lui tapota les paumes, étonnamment racornies.

– Dites-moi franchement, regrettez-vous cette expérience?

– Au contraire, Fee, si vous saviez comme j'apprends.

Diplômé de l'université de Princeton, Fowler s'était longtemps demandé quelle voie choisir. Non pas qu'il eût besoin de revenus. Petit-fils du fondateur d'International Harvester, la plus importante compagnie de machines aratoires du monde, et de John Davison Rockefeller, reconnu l'homme le plus riche de son époque, il avait à son service les meilleurs conseillers financiers pour gérer sa fortune.

Il nourrissait trois passions : la psychologie, la musique et la gestion. Au cours de leurs nombreuses discussions, Anne lui avait conseillé d'explorer à fond la gestion, considérant la psychologie comme un outil pour mieux vivre sa vie, et la musique comme un passe-temps. Elle l'avait convaincu d'effectuer le travail du plus petit des ouvriers chez International Harvester, puis de gravir les échelons de la hiérarchie jusqu'à la présidence. Pourquoi pas? Depuis quelques mois, Fowler travaillait incognito dans une filiale de l'entreprise à Milwaukee, vêtu comme un ouvrier, habitant une maison de pension toute simple et touchant une rémunération de vingt-cinq dollars par semaine.

– Mais que vous font-ils faire, lui demanda-t-elle, taquine, pour abîmer vos mains ainsi?

Il lui raconta par le menu les tâches qu'on lui avait assignées depuis son arrivée, du coulage des lingots de métal jusqu'à la fabrication des moules de fonte servant à modeler les pièces nécessaires au montage d'une machine aratoire. L'exubérance inhabituelle de Fowler le rendait encore plus charmant. Avec un plaisir évident, il lui confia que ses compagnons l'avaient amicalement surnommé « Mac ». D'avoir gagné leur sympathie alors que tous ignoraient qu'il était le fils de l'actuel président de la compagnie le comblait. Pour une fois, il se sentait apprécié pour lui-même et non pour l'empire qu'il représentait.

Il est vrai que la fortune de ses deux parents suscitait tant d'intérêt que, partout où il allait, des journalistes le pourchassaient. Plus d'un affirmait qu'il était le petit-fils préféré de John D. Rockefeller, attisant encore plus la curiosité de la presse. Depuis sa naissance, Fowler avait évolué dans un véritable bocal de verre, au vu et au su de tous. Anne comprenait parfaitement l'importance que pouvait revêtir l'anonymat de Fowler à Milwaukee.

Un serveur leur apporta le potage. Anne observa à la dérobée sa voisine de table, apparemment ennuyée, fixant son assiette ou regardant tout ce qui se trouvait autour d'elle, sauf son conjoint. Ce couple n'avait-il plus rien à se dire? Elle se revit assise, face à Jimmie, bavardant joyeusement. Tant de fois, dans tant de lieux.

Fowler, qui la regardait intensément, murmura :

– Votre visite me comble, Fee.

Touchée par la douceur de sa voix, Anne, habituellement si volubile, se contenta de lui sourire. Chaque fois qu'ils se rencontraient, il enchaînait en lui demandant des nouvelles de ses enfants.

Cette question la faisait sourire. Fowler s'intéressait à ses enfants comme s'ils avaient été les siens. Une autre raison pour elle de l'apprécier. Il n'avait que quelques années de plus que son aînée, mais il manifestait une telle maturité! Dans la lumière tamisée de la salle à manger, Fowler et Anne paraissaient du même âge malgré leurs dix-neuf années de différence.

– J'ai peine à croire que ma fille est mariée depuis six mois déjà. Je viens de recevoir un télégramme d'Italie où elle m'annonce qu'Henry souffre d'une bronchite. Quand ce n'est pas la bronchite, c'est la pneumonie. Pauvre Henry! Je l'avais pourtant prévenue qu'un ancien tuberculeux risquait d'endurer des séquelles toute sa vie. Mais Anne n'en fait qu'à sa tête. Quand je lui propose mon aide, elle me reproche de m'ingérer dans ses affaires...

La vie était si injuste. Sa fille la jugeait trop présente, quand Cora, sa mère, lui avait tant manqué. Dès qu'elle avait su lire, Anne avait collectionné les articles des journaux qui, aux quatre coins du monde, avaient vanté les succès d'actrice de Cora. Elle avait été fière de sa réussite, bien sûr, mais que n'aurait-elle pas donné pour que sa mère s'intéresse à ses jeux, à ses peines, à ses amours.

Anne sursauta lorsque Fowler lui demanda :

– Qu'arrive-t-il à Bud? Ma dernière lettre est restée sans réponse.

Son fils aîné terminait ses études préuniversitaires à l'Académie de Milton, au Massachusetts. Anne ne l'avait pas revu depuis Noël, mais elle lui avait téléphoné juste avant son départ. Les relations entre Bud et son père s'étaient encore détériorées.

– Bud ne veut plus entendre parler de Jimmie. Je suis persuadée que le procès l'a traumatisé plus qu'il n'y paraît. Bud affirme que, s'il se marie un jour, il sera un époux fidèle et que lui, jamais il ne divorcera. Son intransigeance à l'égard de l'alcool, de la paresse ou de la tricherie me trouble. Il ne se donne pas non plus le droit à l'erreur.

– Le droit à l'erreur? Moi-même, je me l'accorde difficilement, remarqua Fowler en hochant la tête.

Anne avait eu besoin d'une thérapie pour apprivoiser un tant soit peu le droit à l'erreur. Depuis son enfance, elle était soumise à tant de règles, à tant de normes, au risque d'être blâmée ou rejetée. Elle devait se vêtir de telle ou telle façon selon l'heure de la journée. Ne pas manger ceci ou boire cela. Il y avait toujours un sujet dont il fallait s'abstenir de parler, une opinion qu'il valait mieux ne pas émettre. Tant de pièges à éviter, tant de monde à satisfaire. Les exigences de ses proches et de la haute société étaient sans limites. Les forêts du Québec, à proximité du domaine de Grande-Anse où elle se réfugiait régulièrement depuis qu'elle en avait fait l'acquisition en 1918, lui avaient procuré le cadre rêvé pour se libérer de son harnais de femme du monde. Néanmoins, même là, elle pouvait encore se sentir mortifiée lorsqu'elle se trompait.

– Et que devient Alexander? reprit Fowler.

Anne se faisait également beaucoup de souci pour son fils Alec. Ses allures efféminées et sa sensibilité exacerbée la tracassaient. À treize ans, il passait le plus clair de son temps avec Guy, son petit frère, quand il ne se retirait pas dans un coin ou un autre de Mondanne. Anne lui avait donné sa parole qu'il l'accompagnerait en voyage s'il acceptait de séjourner en Floride avec son père cet hiver. Alec avait eu si peu de contacts avec Jimmie depuis sa naissance qu'elle avait décidé de provoquer les occasions pour qu'ils se retrouvent ensemble le plus souvent possible.

– Alexander a passé une bonne partie de l'hiver sur le bateau de Jimmie. Évidemment, j'ai exigé que son précepteur l'accompagne. J'espère que la présence de son père lui aura fait du bien… Je le prendrai mardi prochain à Chicago et, pour respecter ma promesse, nous irons ensuite visiter la région du Grand Canyon. Pendant ce temps, Guy restera à Pleasantville avec Mlle Oliver. Elle adore cet enfant, Fowler. Imaginez! Elle est entrée chez nous lorsqu'il avait quatre jours.

Les services se succédaient dans une atmosphère feutrée. La présence de Fowler lui faisait tant de bien mais, de peur de briser le charme, elle hésitait à lui confier son dilemme.

Anne sortit une lettre de son sac à main et la tendit à Fowler. Il parcourut un étonnant message, signé par Florence Leeds, où celle-ci proposait à son ancienne rivale de devenir sa cliente. La maîtresse reconnue de James Stillman à l'époque du procès travaillait maintenant dans une boutique de vêtements.

Médusé, Fowler leva les yeux vers Anne, qui contrôlait mal un fou rire.

– Quel culot! Qu'elle travaille pour gagner sa vie, soit. Elle sera d'autant plus en mesure de subvenir aux besoins de son fils. Mais qu'elle ose m'offrir ses conseils, là, elle exagère, affirma-t-elle, riant franchement.

Dépourvue de rancœur, la réaction d'Anne surprenait le jeune homme.

– Vous savez, Fowler, mes relations avec Jimmie se sont vraiment dégradées après la naissance d'Alexander. J'étais persuadée qu'un autre enfant nous rapprocherait. Bien plus tard, lorsque nous avons décidé de nous séparer, je savais qu'il avait eu des aventures. J'ignorais toutefois qu'avec Florence Leeds il avait vécu comme un époux... Mais je ne lui en veux pas à elle.

L'attitude de son amie allait à l'encontre de ce qu'une femme éprouvait ordinairement pour une rivale. Pourtant, Fowler était persuadé de sa sincérité. Ainsi, elle savait que, pendant des années, Jimmie lui avait été infidèle... Dans ce contexte, Fred Beauvais avait-il été son amant? Même s'il était assuré qu'elle lui répondrait franchement, il n'osa pas le lui demander.

Depuis un bon moment déjà, ils étaient seuls dans la salle à manger. Anne lui proposa de terminer la soirée à son appartement, et il s'empressa d'acquiescer. Ils s'installèrent au salon, pièce spacieuse mais sombre. Fauteuils, tentures et abat-jour des lampes torchères couleur lie de vin contrastaient fort avec le plancher recouvert de chêne clair.

Anne observa Fowler qui lui servait le thé. Même soustrait au regard d'autrui, il agissait comme s'il était observé. Quel poids pouvait bien peser sur ses épaules pour qu'elles soient déjà voûtées à ce point? Si elle l'encourageait, leur relation pourrait-elle devenir plus intime?

Il l'écoutait toujours avec sollicitude. Visiblement, il appréciait sa compagnie et elle en était flattée. Avec lui, elle se sentait jeune, intéressante... mais non séduisante. Intriguée, elle constata tout à coup qu'elle n'avait jamais noté dans le regard de Fowler cette lueur de désir, cette étincelle parfois fugace qu'elle remarquait si souvent chez les hommes qu'elle côtoyait. Fowler était tendre et prévenant, mais elle l'imaginait mal au lit. Elle ne ressentait pas sa sensualité. Devant un plat bien relevé, Fowler cherchait à reconnaître l'ingrédient responsable de cette saveur particulière. Un vin capiteux? Il l'appréciait, certes, mais il ne semblait pas vraiment le déguster. Comment pourrait-il se laisser aller aux jeux de l'amour avec son besoin, quasi maladif, de tout analyser?

Fowler choisit ce moment pour lui parler d'un récent article de son bon ami Carl Jung, traitant justement de libido. Anne esquissa un sourire. Avait-il lu ses pensées?

Jung affirmait que la sexualité était une puissante force créatrice qui, une fois contrôlée et exploitée à bon escient, pouvait servir de nobles projets. Pour elle, la sexualité représentait une énergie vitale, un antidote à l'angoisse et à la mélancolie.

Le mot «sublimer» revenait régulièrement dans les explications de Fowler et, tout en lui prêtant une oreille attentive, Anne se surprit à penser qu'elle ne lui avait jamais connu de petite amie. Cette insistance à vouloir tout transcender la mettait soudain mal à l'aise.

– Fowler, croyez-vous à l'amour?

Il demeura silencieux un instant. Non. Il n'y croyait pas, mais pas du tout. Témoin de tant de mariages «arrangés» où seuls l'argent et l'intérêt prévalaient, Fowler n'avait eu aucun modèle convaincant dans son entourage. Il revécut les innombrables querelles de ses parents. L'entêtement de sa mère, sa névrose qui l'épouvantait, les fréquentes absences de son père, sa kyrielle d'aventures que la presse s'empressait de médiatiser... Même s'ils étaient divorcés depuis trois ans, leur affrontement continuait. Le père de Fowler poursuivait présentement son ex-femme en justice, pour une question d'argent. Ce matin encore, la nouvelle faisait la une. L'amour... Il fixa Anne, puis murmura :

– Je crois en l'amitié. Je suis convaincu qu'il s'agit là d'une expression de l'amour qui risque fort d'être plus durable que la passion. Et vous ?

– Malgré tout ce que j'ai vécu jusqu'à maintenant, je ne peux me résigner à ne pas y croire.

La passion amoureuse représentait pour elle l'une des plus belles expériences qui soient sur terre. L'une des plus périlleuses également. Là où il y a tout à perdre, tout à gagner. Un regard, un toucher, voire une proximité qui suffit à embraser. Les sensations liées aux émotions, comme si l'âme et le corps n'étaient qu'un, tandis que la raison faisait relâche.

De nouveau, Jimmie s'imposa à elle. Comment oublier ce don qu'il avait de transformer ses caresses en symphonies, sa façon de vénérer la femme en elle ? Elle se rappela avec émotion ces moments magiques où, repus, ils s'endormaient avec les premières lueurs de l'aurore. Pour cela, elle avait dû s'abandonner, croire en lui. Pourraient-ils oublier ces années d'enfer et recréer le miracle ?

Des images et des sensations se bousculaient en elle. Que devait-elle choisir, pour l'amour de Dieu ? La liberté d'une vie solitaire, la quiétude rassurante de l'amitié ou l'imprévisible passion, au risque de s'y consumer ?

Anne se décida enfin à confier ce pourquoi elle avait fait un si long voyage, sachant qu'elle renonçait du même coup à ce qu'aurait pu devenir sa relation avec Fowler.

– Aussi incroyable que cela puisse paraître, Jimmie m'a informée, par personne interposée, qu'il désirait se réconcilier...

Estomaqué, Fowler baissa les yeux, puis demanda :

– Qu'allez-vous faire ?

– Je l'ignore... et comme vous pouvez le constater, je suis troublée. Vous paraissez surpris de ma réaction. Sachez que je suis la première à n'y rien comprendre. Jack Durrell, l'un des seuls amis de Jimmie à lui être restés fidèles après le procès, est venu en éclaireur. Il m'a assurée que personne, pas même les avocats de Jimmie, n'était au courant de sa démarche. Vous me connaissez suffisamment pour savoir que je ne suis pas de celles qui, après avoir reçu un coup de poignard dans le dos, pardonnent tout lorsqu'on leur dit : «Reviens-moi, ma chérie!» Quand je pense que Jimmie essaie de divorcer depuis cinq ans. Et moi qui hésite au lieu de prendre la décision qui s'impose!

Fowler l'interrogea pour mieux saisir ses états d'âme. Il l'aida à se rendre compte de son impuissance à refuser l'offre de Jimmie. Par contre, si son mari ne changeait rien à son comportement et à sa façon de penser, un autre échec suivrait à plus ou moins brève échéance, il en était convaincu. Il suggéra donc à son amie de n'envisager aucun accord, à moins que Jimmie n'accepte de suivre une thérapie à la clinique de Jung à Zurich.

Si Fowler avait éprouvé plus que de l'amitié pour elle, aurait-il réagi ainsi? Elle se plut à penser que son altruisme était tel que son bonheur à elle passait avant le sien. Et cela lui fut agréable.

Chaque soir, jusqu'au lundi suivant, veille de son départ pour Chicago, où elle devait prendre Alexander à sa descente du train, Anne dîna en compagnie de Fowler. Ils parlèrent à plusieurs reprises de cette éventuelle réconciliation. Plus Anne repensait à la suggestion de Fowler, plus elle se sentait rassérénée. Elle suivrait son conseil.

* * *

Sur le quai de la gare, un adolescent dégingandé et couvert de boutons se présenta devant sa mère, ahurie :

— Mais qu'est-ce qui t'arrive, Alec?

Son fils s'était frotté à de l'herbe à puce. Anne regretta de ne pas être à sa maison de Grande-Anse au Québec. Elle lui aurait appliqué des compresses de feuilles de plantain fraîches, un remède efficace que lui avait fait connaître sa voisine, Elizabeth Wilson. Alexander souffrait toujours de quelque malaise. Anne repensa à une réflexion de Bud qui l'avait tellement choquée. Son grand avait insinué qu'Alexander provoquait ses maladies pour attirer l'attention de sa mère, reconnue pour son dévouement quand elle soignait un malade. Sur le coup, Anne avait cru Bud jaloux. Mais, après réflexion, elle se demanda s'il n'avait pas vu juste.

Au moment où elle s'apprêtait à remonter en voiture, un homme trapu, vêtu d'un paletot de serge bleu foncé, l'interpella. Le représentant du *Chicago Daily Tribune* lui demanda, en la fixant par-dessus ses lunettes à monture d'écaille, si l'issue de la dernière action judiciaire de son mari l'inquiétait.

– Préparez-vous votre retour à New York afin d'assister aux audiences? demanda-t-il, insistant.

Désagréablement surprise d'être abordée ainsi, Anne lui répondit tout de même avec amabilité :

– Monsieur, j'ai la chance d'être servie par les meilleurs avocats du monde, et ma présence à New York n'est nullement requise. Je n'ai pas d'autre déclaration à faire, ajouta-t-elle, avec un sourire.

Un autre journaliste s'approcha d'elle avec tant d'empressement que son chauffeur s'interposa et maintint l'homme à distance. Rouge de colère, l'intrus s'apprêtait à riposter, lorsque Anne dit doucement :

– Merci, Victor, ça ira.

Puis, s'adressant au journaliste :

– Que puis-je pour vous, monsieur?

L'intérêt que manifestaient les gens de la presse pour cette nouvelle offensive de James Stillman surprenait Anne. Les mêmes questions revenaient sans cesse. Comment se faisait-il qu'après toutes ces années ils ne se soient pas lassés? Probablement que leurs lecteurs étaient toujours friands de ce type de nouvelles. Comment réagiraient-ils, aujourd'hui, s'ils apprenaient qu'elle hésitait à rejeter la proposition de Jimmie? Au temps du procès, son mari s'était mis les journalistes à dos par sa froideur et son absence de coopération. Le public ne l'avait connu qu'à travers leur perception. Ils avaient tracé un portrait de Jimmie qui ne lui rendait pas justice. Et, à l'époque, ce n'est certes pas elle qui aurait fait quoi que ce soit pour rétablir son image.

Blotti contre sa mère depuis sa descente du train, Alec voulut s'installer près d'elle sur la banquette arrière, mais Anne l'incita plutôt à s'asseoir à l'avant en compagnie de Victor. Parfois, les marques d'affection de son fils lui paraissaient anormalement exagérées, et elle ignorait quelle attitude adopter pour ne pas le blesser. Après avoir gentiment répondu à ses questions, Alec entama une discussion fort animée avec Victor, à qui il relata, enthousiaste, les détails de son voyage en Floride. Anne nota soudain à quel point Alec en était venu à admirer son père.

La proposition de Jimmie la préoccupait toujours. Était-elle sérieuse? Si oui, jamais elle ne pourrait faire abstraction de l'intérêt de ses enfants quand viendrait le moment de prendre sa décision. Il y a vingt ans, elle avait dû tenir compte de l'opinion de son père, de sa joie à la pensée de l'unir au charmant et richissime Jimmie Stillman. Et aujourd'hui, il lui fallait penser à ses enfants… Qui avait eu l'audace de lui faire croire qu'une fois adulte elle n'en ferait qu'à sa tête?

Lorsqu'elle décidait d'une chose, ce devait être fait rapidement. Jimmie lui avait maintes fois reproché de vouloir tout contrôler, pour tous. Cette fois, il aurait la surprise de sa vie. Elle se promit de ne rien précipiter.

* * *

Grande-Anse, le vendredi 10 avril 1925

Joseph Gordon s'affairait à vérifier les équipements agricoles dans le plus vaste des hangars du domaine des Stillman, situé dans la vallée de la Saint-Maurice, au Québec. Tout devait être prêt pour la reprise imminente des travaux des champs. Cette année, il y aurait certainement une récolte supplémentaire de foin, car l'herbe était déjà haute et sèche pour la saison.

Sans jamais se départir de son éternel bandeau, cet ancien contremaître forestier avait troqué sa chemise à carreaux contre les habits plus raffinés que lui procurait Anne Stillman. Depuis qu'il était son régisseur, Jos avait acquis dans la région un prestige qui le comblait d'aise. Les exigences de sa patronne n'étaient pas toujours faciles à satisfaire et, parfois, ses responsabilités lui pesaient. Pendant la belle saison, il supervisait jusqu'à quatre-vingts hommes à gages en plus d'une dizaine d'aides-domestiques. Pour l'instant, les effectifs étaient réduits au minimum.

Une inquiétante odeur de roussi le saisit à la gorge. Il se précipita à l'extérieur et vit, consterné, une colonne de fumée à quelques kilomètres au sud. Le village était-il menacé? Prestement, il rassembla ses quelques hommes qui s'emparèrent à la hâte de pelles, de pioches et de seaux avant de sauter dans la boîte du camion qui servait à l'approvisionnement.

En arrivant au village, ils constatèrent avec horreur qu'un mur de flammes encerclait déjà le presbytère et la chapelle. De toute évidence, il était trop tard. À proximité, la ferme des Germain était menacée. Ils se joignirent aux villageois pour prêter main-forte à Ferdinand et à Florette Germain qui tentaient de sauver ce qui pouvait l'être de la maison et des bâtiments de ferme. Ils empilèrent pêle-mêle, dans des charrettes, meubles et effets personnels. Les animaux avaient été libérés *in extremis* et erraient dans les champs voisins.

Des bourrasques de vent accélérèrent la propagation du feu, qui menaçait de dégénérer en conflagration. Les seaux d'eau passèrent de main à main et, malgré les foulards mouillés dont ils s'étaient recouvert le nez et la bouche, hommes et femmes avaient du mal à respirer.

En fin d'après-midi, malgré tous les efforts déployés, la ferme des Germain n'était plus que ruines. Plusieurs villageois proposèrent le gîte au couple éprouvé. Joseph Gordon l'invita à se réfugier dans l'un des nombreux bâtiments du domaine des Stillman. Il en informerait sa patronne par télégramme. Connaissant sa générosité, l'intendant ne doutait pas de son accord, d'autant plus qu'entre ses rondes de postillon Ferdinand travaillait pour elle depuis des années. Florette et Ferdinand préférèrent accepter l'offre de la famille Wilson, qui demeurait plus près du village.

Nul ne connaîtrait jamais avec certitude l'origine de ce feu d'herbe : une main vengeresse, une erreur humaine ou simplement un caprice de la nature ? Le même jour, le curé Damphousse quitta le village pour Saint-Éphrem-du-Lac-à-Beauce, une toute nouvelle mission à quelques kilomètres de La Tuque. Le suivant du regard, un villageois murmura à l'oreille de Jos :

– C'est bien pour dire, hein, que le malheur des uns fait des fois le bonheur des autres !

Ce n'était un secret pour personne que le curé lorgnait la nouvelle mission depuis un moment déjà. Certains prétendirent même l'avoir vu secouer sa pipe à l'endroit où les flammes avaient pris naissance.

Même si Anne Stillman était épiscopalienne non pratiquante, Jos savait qu'elle comprenait toute l'importance qu'attachaient à leur religion la plupart des habitants de la vallée de la Saint-Maurice. Ainsi, chaque dimanche depuis son embauche, il devait conduire tous les employés qui le désiraient à la chapelle de Grande-Anse. Convaincu que sa patronne ne resterait indifférente ni aux malheurs des Germain ni au désarroi des villageois privés de leur lieu saint, Jos retourna au domaine bien décidé à inclure dans son rapport hebdomadaire ce dont il venait d'être témoin.

2

New York, le mardi 22 juin 1925

La bibliothèque du banquier Jack Durrell logeait au bas mot douze mille volumes soigneusement disposés sur des étagères de chêne massif qui recouvraient trois des quatre murs de la pièce. Seul depuis quelques minutes, maître John Mack, l'avocat d'Anne Stillman, parcourait distraitement du regard l'imposante section consacrée aux publications sur la finance et l'administration. Les rayons voisins, par contre, retinrent toute son attention. Les grands classiques de l'Antiquité et de la Renaissance avaient été classés par époque, puis par genre. Discrètement, l'avocat caressa du doigt leur dos de cuir. Son hôte se passionnait-il comme lui pour la littérature ancienne? Des tableaux, des illustrations et une foule d'objets hétéroclites déposés çà et là témoignaient de voyages sur tous les continents. Une statuette de porphyre représentant la déesse Athéna attira son attention. Quelle dignité!

L'espace d'un instant, Mack se rappela cette nuit de juin 1921 quand Anne Stillman s'était présentée à son domicile d'Arlington pour lui annoncer que ses avocats avaient renoncé à la défendre, cédant aux pressions des magnats de Wall Street. Elle lui avait demandé de prendre le relais avec John Brennan, un défenseur rusé certes, mais un vieillard. Cette nuit-là, en dépit du fait que certains avocats avaient jugé la cause d'Anne Stillman indéfendable, Mack lui avait promis la victoire sans l'ombre d'une hésitation. Plus qu'un habile avocat, John Mack était un homme de parole. Toutefois, jamais il n'aurait imaginé que le litige qui opposait sa cliente à son mari l'accaparerait encore quatre années plus tard. À la mort de maître Brennan en 1923, Mack avait assumé les tâches de son collègue conjointement avec maître Mills, sans pour autant délaisser la protection des droits de Guy, l'enfant du couple, qui avait été menacé de bâtardise.

Mack avait fait le trajet de Poughkeepsie à New York le matin même afin d'assister à cette rencontre convoquée à la demande de James Stillman par son ami Jack Durrell. Nathan Miller, l'avocat de James Stillman, pénétra dans la pièce et s'approcha de Mack en toussotant :

– Cher collègue, d'où vient donc ce Clawson qui tarde à arriver ?

Le jeune marchand, poète à ses heures, et ami de longue date de la famille Stillman, avait témoigné en faveur d'Anne au procès. Avec empressement, il avait accepté de la représenter à cette rencontre, au même titre que Durrell dans le cas de James Stillman.

Mack lui répondit de sa voix légèrement traînante :

– De Buffalo, maître. Toutefois, il séjourne fréquemment à New York pour affaires.

Sur ces entrefaites, Durrell précéda dans la pièce un grand gaillard au regard bleu acier. S'excusant de son retard, Clawson se dirigea vers les avocats pour leur serrer la main. Après un bref échange de convenances, Durrell les invita à s'asseoir dans les fauteuils Louis XVI recouverts de damas vert tendre et entourant une table aux pieds de lion finement ciselés de bronze doré.

Deux hommes de loi dont la réputation dépassait les frontières de leur comté respectif s'attablaient pour négocier les termes de la réconciliation des Stillman, alors que deux observateurs assistaient à leur débat pour en témoigner. Au premier abord, cette démarche pouvait sembler farfelue mais, compte tenu de l'ampleur et de la complexité des enjeux, elle était pleinement justifiée.

Au-delà des sentiments en cause et de la question financière qui ne semblait aucunement tracasser James Stillman, qu'il ait proposé ce rapprochement ne surprenait pas Mack outre mesure. Banni de presque tous ses clubs et conseils d'administration, boudé par les membres de la haute société, dénigré par la presse qui lui faisait encore un bien mauvais parti, James Stillman avait beaucoup à gagner en reprenant vie commune avec sa pétillante épouse. Plus que jamais, l'ex-président de la National City Bank ressentait un impérieux besoin de redorer son blason.

Mack se sentait donc en position de force. Si un accord satisfaisant résultait de ces tractations, il avait la tâche d'accélérer les procédures et de conclure au mieux. Dans le cas contraire, il était impératif que sa cliente n'acceptât sous aucun prétexte de rencontrer celui qui était toujours son époux aux yeux de la loi, au risque de compromettre toute action ultérieure.

En effet, même si le juge Morschauser avait reconnu l'adultère de son mari avec Florence Leeds, et lui avait conséquemment refusé le divorce, il n'était pas exclu qu'Anne désire se remarier un jour et demande le divorce à son tour. Dans ce cas, si elle rencontrait son époux maintenant, les avocats de ce dernier pourraient invoquer la notion de pardon à laquelle ils lieraient la connivence. Le fardeau de la preuve serait alors partagé entre les parties, diminuant ainsi les chances de régler la situation à l'avantage de sa cliente.

Les manières courtoises de John Mack pouvaient tromper l'opposant, lui laissant croire qu'il était inoffensif. Mais Nathan Miller connaissait son vis-à-vis. Habituellement méprisant pour ses collègues établis hors de la métropole, il admirait cet adversaire, dont les interventions d'éclat pendant le procès des Stillman avaient consacré la réputation de juriste.

Cependant, maître Mack n'avait jamais présumé d'une victoire. Pour affronter maître Miller aujourd'hui, il avait préparé son argumentation avec minutie, s'inspirant même de tactiques diplomatiques utilisées dans le règlement de conflits internationaux.

Il devait protéger les droits de sa cliente sans pour autant négliger les intérêts de Guy. Même si sa légitimité ne pouvait plus être contestée juridiquement, même si les millions légués par son grand-père paternel seraient partagés avec équité, l'enfant pourrait tout de même être ignoré par James Stillman dans le partage de sa fortune personnelle, de son vivant ou dans ses dispositions testamentaires.

Au terme de quatre heures de vives discussions, où toutes ces questions avaient été débattues, John Mack jugea le moment opportun pour poser son ultimatum.

– Avant que l'on puisse poursuivre le débat, messieurs, ma cliente exige qu'un document, signé de la main de son époux et contresigné par deux témoins, atteste, premièrement, que Guy sera considéré par lui au même titre que ses autres enfants à tous les points de vue et, deuxièmement, qu'il s'engage à consulter dans les plus brefs délais le psychanalyste Carl Jung ou un de ses collaborateurs afin de se soumettre à une thérapie.

La déclaration de Mack fut suivie d'un silence, visiblement inconfortable pour Miller qui n'avait certes pas prévu devoir transmettre pareille sommation à son client. Mack proposa la levée de la séance, invitant son collègue à lui communiquer promptement la réponse de James Stillman.

* * *

Grande-Anse, le mardi 22 juin 1925

Depuis l'aube, le domaine d'Anne Stillman bourdonnait d'activité. Jos Gordon, encore plus fébrile qu'à l'accoutumée, se promenait d'une équipe à l'autre en criant : «Madame arrive en fin de journée, remuez-vous!»

Malingre et nerveux, le régisseur du domaine était étonnamment fort malgré sa petite taille. Pourtant, ses hommes le respectaient d'abord et avant tout pour son sens de la justice, tout en appréciant son humour et sa joie de vivre. S'approchant sans bruit des hommes occupés à transplanter bégonias, pensées et impatientes, il lança d'une voix forte qui les fit tous sursauter :

– Abîmez pas les pivoines! Madame ne vous le pardonnerait pas!

D'un pas vif, il poursuivit sa tournée d'inspection en bordure de la route où une dizaine d'hommes s'affairaient à creuser une tranchée destinée à recevoir une haie d'épinettes. Les visages trempés de sueur témoignaient de l'effort fourni, mais également de l'ardeur des rayons du soleil qu'aucun nuage n'atténuait. À l'instar de Jos, les ouvriers s'étaient recouvert le front, le cou et les poignets avec de l'étoupe de chanvre imbibée de goudron. Mieux valait suer et puer que d'être dévoré vivant par les mouches noires. Jos s'était maintes fois demandé pourquoi sa patronne avait choisi cette terre infestée de moustiques pour y passer ses étés. Lui n'avait pas le choix. Mais elle! Elle aurait pu s'installer n'importe où ailleurs.

Il vérifia ensuite le travail des jeunes nouveaux qui repeignaient en noir les clôtures des enclos. Malgré leurs fréquents éclats de rire, ils ne perdaient pas leur temps. À proximité, des menuisiers réparaient le toit de la grange qui fuyait à plusieurs endroits, tandis qu'une dizaine de maçons ajustaient et cimentaient les pierres du trottoir qui relierait la grange et l'écurie à la maison principale, que tous appelaient le «château». Avec ses trente mètres de façade, sa décoration originale et son ameublement recherché, cette immense construction blanche en forme de «U» contrastait fort avec les modestes demeures de la vallée de la Saint-Maurice.

Jos contourna l'aile est, puis poussa la porte de la cuisine. Il promena son regard de Germaine à Rose, les deux aides-cuisinières, et s'exclama, déçu :

– Le sacripant! Y est pas encore revenu, lui?

Parti pour quelques heures à La Tuque le dimanche précédent, le cuisinier Bill Delavan n'avait pas donné signe de vie depuis. Avec tous ces employés à surveiller, avec l'arrivée imminente de sa patronne, Jos se serait bien passé de cette fugue.

Il s'approcha de Ferdinand Germain, occupé à fabriquer une armoire de coin.

– Penses-tu avoir fini avant l'arrivée de madame?

– Si on ne me fait pas recommencer, c'est certain! répondit Ferdinand, narquois, en glissant ses doigts dans son épaisse chevelure ondulée.

Avant que le feu ne détruise sa ferme, Ferdinand avait à plusieurs reprises effectué des travaux de menuiserie pour Anne Stillman. Après quelques semaines chez les Wilson, il avait emménagé au domaine avec toute sa famille et il y passait maintenant tout son temps. Même si Anne Stillman ne voyait aucun inconvénient à ce qu'il travaille et demeure chez elle indéfiniment, lui voulait cette situation temporaire. Pour l'instant, il n'avait pas les moyens de reconstruire.

– Germaine ou Rose, pourriez-vous s'il vous plaît m'apporter la plus grande des assiettes?

Germaine, avec son mètre soixante-dix, dominait Rose d'au moins une tête. Plus vive que sa compagne, elle répondit la première à l'appel de Ferdinand qui, avec application, ajusta ses tablettes afin qu'elles puissent loger toutes les pièces d'une superbe collection de porcelaine de Limoges.

Avant de quitter la pièce, Jos lui glissa à l'oreille que, quoi qu'il advienne, son armoire était une réussite. Puis, il demanda d'être prévenu sur-le-champ si Bill se manifestait. Et, à demi résigné, il ajouta à l'intention de Rose et de Germaine :

– Pourrez-vous tenir le coup?

Germaine posa fermement sa main sur le bras de Rose, qui allait protester, et rassura le régisseur avec fermeté.

– On va y arriver.

Assignée à une multitude de tâches depuis son arrivée à Grande-Anse quatre ans auparavant, Germaine Bergeron assistait le cuisinier new-yorkais depuis quelques mois déjà. Curieuse de nature, elle avait observé Bill concocter ses recettes. S'il ne se dégrisait pas promptement, elle se doutait bien de ce qui l'attendait. Déjà elle faisait des plans.

Orpheline de mère à l'âge de sept ans, Germaine avait appris tôt à travailler. À douze ans, elle avait été embauchée par Lucie Lévesque, propriétaire d'une maison de pension à Rivière-Matawin. C'est là que, deux ans plus tard, Germaine avait fait la connaissance d'Anne Stillman, alors accompagnée de son fils Guy et de sa gouvernante.

Germaine ignorait ce qui avait incité l'Américaine à lui offrir un emploi d'aide-domestique à Grande-Anse. Était-ce parce que Mme Lévesque lui avait vanté sa gentillesse et sa débrouillardise ? Ou encore parce qu'elle lui avait confié à quel point elle regrettait qu'à son âge la jeune fille ait si souvent à repousser les avances des hommes de passage ? Toujours est-il que le père de Germaine avait reçu un mot d'Anne Stillman peu après. Étant la seule de sa famille à savoir lire, Germaine lui avait lu la lettre et, spontanément, avait déclaré : «Ah bien, j'y vais !» Il avait tenté de la dissuader, lui objectant que cette millionnaire n'était peut-être pas catholique, mais Germaine s'était tellement entêtée qu'il avait enfin cédé. Pour dire vrai, il avait accepté sans hésitation lorsqu'on l'avait assuré que les gages de sa fille lui seraient remis en mains propres.

Germaine sourit en contemplant «sa» belle cuisine, son royaume quand Bill était absent. Elle éprouvait une profonde affection pour sa patronne, qu'elle admirait sans réserve. Incapable de tolérer la moindre critique des paroles ou des gestes de madame, elle restait de marbre lorsqu'on la taquinait sur sa fidélité inconditionnelle.

Dorilda, récemment affectée à la buanderie, entra en coup de vent :

– Jos vient de m'apprendre que madame arrive en fin d'après-midi ?

– Bien oui, et Bill qui n'est pas encore rentré ! s'exclama Rose. En tout cas, c'est pas moi qui vais lui préparer son repas.

– Moi non plus, s'empressa d'ajouter Dorilda.

– Bien voyons, vous autres, avez-vous peur d'elle ? Mon Dieu du bon Dieu, elle mange comme tout le monde, cette femme-là.

Ferdinand s'apprêtait à quitter la pièce avec ses outils quand il leur proposa l'aide de sa femme, Florette. Germaine refusa poliment son offre, car elle tenait à ce que madame pensât à elle lorsque viendrait le temps de remplacer le cuisinier, s'il était congédié comme elle l'anticipait. Bill lui fournissait peut-être une occasion inespérée...

Déjà, elle préparait mentalement le menu du soir. Elle demanda l'aide de Rose pour aller chercher ce dont elle avait besoin dans le garde-manger du château situé sous la cuisine. Toujours frais, il était rempli de denrées de toutes sortes, inhabituelles dans la vallée de la Saint-Maurice. Des caisses d'oranges, de citrons et de pamplemousses s'empilaient sur la gauche tandis qu'à droite se trouvait une variété étonnante de conserves. Au fond, deux glacières gardaient au froid les pièces de viande ou les plats cuisinés à l'avance.

– Qu'est-ce que tu vas lui faire? demanda Rose, inquiète.

– Ce qu'elle préfère! répliqua Germaine sans hésitation. Du rôti de porc frais, des patates en robe des champs, pis une salade hachée fin comme du tabac. Tiens! Je vais aussi faire un gâteau blanc avec un bon glaçage au beurre. Vite, Rose, on n'a pas de temps à perdre.

* * *

Anne Stillman voyageait avec ses fils à bord du *Crête II*, un des bateaux appartenant à son fidèle ami Jean Crête, celui-là même dont le témoignage avait renversé en sa faveur le cours du procès. Elle aurait tant aimé assister en secret à la rencontre qui se déroulait au même instant à New York. Comment réagirait Jimmie à ses exigences? Elle savait que son mari éprouvait méfiance et scepticisme à l'égard de la psychologie tout autant que de la psychanalyse. Anne avait dû faire appel à toute sa volonté pour ne pas intervenir elle-même. Heureusement, son séjour au Canada arrivait à point nommé.

La veille, elle avait voyagé de Pleasantville à Grandes-Piles en train, accompagnée de ses fils Bud, Alexander et Guy, et de la gouvernante Ida Oliver. Elle aurait bien aimé que sa fille se joigne à eux pour l'été, mais il avait été convenu depuis longtemps qu'elle demeurerait avec son mari chez ses beaux-parents, à leur résidence d'été de Long Island. Elle lui avait toutefois promis de faire un saut à Grande-Anse en juillet, et Henry, dont la santé s'était améliorée, pourrait l'accompagner.

Appuyée au bastingage, elle admirait la pointe à la Mine, un cap de près de cent mètres plongeant abruptement dans la rivière Saint-Maurice. De magnifiques thuyas s'élevaient le long de la falaise et s'ancraient dans à peine quelques centimètres d'humus, défiant les lois de l'attraction terrestre. Sur la rivière, des estacades retenaient des milliers de billots de pin et d'épinette qui s'entassaient à perte de vue. Anne huma l'odeur de bois qui flottait sur les eaux noires de la Saint-Maurice, si large, si majestueuse à cet endroit.

Pendant un moment, elle ne fit qu'un avec ce décor sauvage, bref répit avant que ses préoccupations ne reprennent le dessus. Aucun développement notable ne s'était produit dans sa relation avec Jimmie, si ce n'est que la dernière action de son mari avait encore été rejetée par la Cour d'appel.

La rivière Saint-Maurice se dégagea subitement. On entendait gronder les menaçants rapides Manigance et, pour venir à bout de leurs bouillons, le capitaine dut pousser les moteurs du *Crête II* à puissance maximale. À cet endroit, un passager entonnait chaque fois la triste mélopée relatant la noyade des parents de Marie Olscamp-Pelletier, tenancière d'une maison de pension à Grandes-Piles, chez qui Anne séjournait fréquemment. Cette fois, elle prêta une oreille plus attentive au chanteur improvisé, dont la voix chaude la fit tressaillir.

Écoute, chrétien, la triste complainte
Que tout l'genre humain entende la plainte
De sept enfants affligés
Qui virent leurs parents noyés.

Entre chaque couplet, l'homme répétait la mélodie sur son harmonica. Anne adorait ces chanteurs qui se manifestaient au pied levé. Un joyeux luron prit la relève avec un air entraînant, cette fois, qu'il rythma en tapant du pied. Tous

41

reprirent en chœur le refrain. La joie de vivre des habitants de la vallée de la Saint-Maurice ravissait Anne. Combien de fois ne les a-t-elle pas cités en exemple, mettant en lumière leur ingéniosité, leur courage et leur persévérance? Anne ne passait jamais inaperçue. Mais ici, sur ce bateau rempli de travailleurs et de modestes voyageurs en route vers La Tuque, elle éblouissait. Vêtue d'une robe de soie Givenchy, un bandeau assorti lui retenant les cheveux, elle souriait à ceux qui la saluaient. Certains hommes étaient tellement impressionnés qu'ils n'osaient pas la regarder. Pourtant, elle se faisait un point d'honneur de répondre avec amabilité à tous ceux qui s'adressaient à elle.

Ida Oliver, quant à elle, ne s'était jamais donné la peine d'apprendre le français. Guy était toute sa vie, ici, à Pleasantville ou à New York, et le reste du monde lui paraissait bien secondaire. Elle se tenait à l'écart de ce petit peuple, n'ayant d'yeux que pour l'enfant qu'elle suivait pas à pas.

Avant de découvrir Grande-Anse, Anne avait souvent séjourné à Newport, au Rhode Island, l'endroit le plus couru de la société new-yorkaise pendant la saison estivale. Là, presque toutes les jeunes filles et les dames consacraient leurs après-midi au bridge. Anne se souvenait encore de cette sensation d'étouffement qui l'avait assaillie lorsqu'une amie avait tenté de l'initier à ce jeu. Incapable de se concentrer, elle ne voyait que des corps empesés, vêtus de robes chics et parés de bijoux, des mains manucurées battant fébrilement les cartes, des mines colériques ou peinées lorsque la mise ne convenait pas. Elle s'était excusée avant la fin de la partie, ne pouvant endurer plus longtemps cette atmosphère guindée et tendue.

Plus que jamais, elle fuyait ces endroits à la mode, leur préférant la vallée de la Saint-Maurice. Depuis son procès, elle avait trop souvent été la cible de remarques désobligeantes des gens de la société pour rechercher leur compagnie. Elle se réjouissait d'avoir transmis à ses enfants son amour de la nature et des grands espaces. Elle les encourageait à accompagner ses guides en excursion afin qu'ils apprennent à vivre et à survivre en forêt.

Pour se protéger du soleil si puissant en ce lendemain de solstice, Anne se retira sous l'auvent du deuxième pont et s'assit sur un banc fraîchement peint en vert, adossé au poste de pilotage. Ses voisins enlevèrent leur couvre-chef avec empressement et le voyageur à sa gauche se pencha vers elle pour dire :

– Vous faites un bon voyage, madame Stillman ? Vous devez pas me reconnaître, hein ?

Elle croisa le regard de l'homme et lui tapota gentiment le bras. Anne Stillman avait une mémoire exceptionnelle.

– Monsieur Grenier, je serais bien ingrate si j'oubliais l'aide que vous m'avez apportée. Demeurez-vous toujours à La Tuque ?

Pierre Grenier avait été l'une des quarante personnes que Fred Beauvais avait convaincues de comparaître quand la cour s'était déplacée de New York à Montréal pendant son procès. La plupart avaient d'ailleurs témoigné en sa faveur.

Toutes ces personnes avaient déjà reçu un mot de sa main où elle leur avait exprimé sa gratitude. Par prudence, elle ne leur avait envoyé rien d'autre, craignant que les avocats de son mari ne l'apprennent et l'accusent de soudoyer des témoins. Toutefois, se dit-elle, dès son arrivée à Grande-Anse elle ferait porter un présent à cet homme dont le costume fatigué révélait un manque évident de moyens.

Sans un mot, son fils Alexander, qu'elle n'avait pas vu approcher, s'installa près d'elle et appuya sa tête sur son épaule. Elle l'enlaça en se demandant avec inquiétude ce que deviendrait cet adolescent frêle et vulnérable.

La rivière se resserrait et serpentait entre les montagnes trapues. Une forêt mixte les recouvrait. Anne savourait l'instant. À New York ou à Paris, il lui arrivait parfois de douter de l'existence de Dieu. Ici, jamais.

Le *Crête II* ralentit. Il s'approcha de la rive ouest afin de remonter l'étroit chenal bordant le rapide La Cuisse, juste avant que la rivière Matawin ne se jette dans la Saint-Maurice. Tout l'hiver, loin dans la forêt mauricienne, les bûcherons abattaient et empilaient le bois sur les rives des ruisseaux et, à la fonte des glaces, les billots dévalaient le courant jusqu'aux affluents pour se précipiter enfin dans la Saint-Maurice. Au printemps, bon nombre de bûcherons chaussaient leurs bottes à crampons et se munissaient de gaffes ou de crochets pour faire la drave. La plupart d'entre eux travaillaient jusqu'à la mi-août sur les rivières secondaires. Pendant ce temps, quelques équipes nettoyaient les baies de la Saint-Maurice. L'une d'elles apparut au détour, à proximité du *Crête II*.

Anne s'émerveilla de l'agilité de ces hommes qui couraient sur les billes de bois. Elle fit remarquer à Alexander que beaucoup ne savaient pas nager. Pourtant, bien peu périssaient noyés. Anne avait appris avec stupéfaction que les autorités religieuses d'ici désapprouvaient la baignade, la considérant comme une occasion de péché. Voilà pourquoi la plupart des riverains ne savaient pas nager.

Anne par contre adorait nager, éprouvant même une attraction viscérale pour l'eau. Elle se revit à la plage Bailey de Newport une dizaine d'années plus tôt, vêtue d'un maillot de bain acheté dans le sud de la France et qui, contrairement aux choses informes portées sur les plages américaines, mettait en valeur les atouts de sa féminité. Parfaitement consciente de son audace, elle s'était élancée dans les vagues, imaginant les douairières scandalisées ajustant leur lorgnette pour ne rien manquer.

Plusieurs fois par semaine au cours de l'été, sur deux ou trois kilomètres, elle nageait nue dans la Saint-Maurice jusqu'à la limite du village. Elle se sentait libre d'agir à sa guise, mais elle évitait de contrevenir aux coutumes des gens de la place hors de son domaine.

La coque du bateau raclait parfois une roche sans qu'il ralentisse sa course. La crique de la Bête Puante, le ruisseau Caribou, le mont l'Oiseau, autant de points de repère qui amenaient Anne à respirer différemment. On approchait de Grande-Anse, son refuge, son sanctuaire. Elle y séjournait au moins deux fois l'an en compagnie de ses enfants : pendant leurs vacances estivales et celles du temps des fêtes.

Bud, son aîné, s'était isolé à la poupe du *Crête II*. Il avait de plus en plus de mal à tolérer les petites attentions de sa mère, qu'il considérait comme de l'ingérence dans sa vie personnelle. Elle avait une opinion sur tout, une solution à tout et, quoi qu'il dise, elle était convaincue d'avoir raison. Quand donc se rendrait-elle compte qu'à vingt et un ans il avait droit à ses opinions ? À l'époque du procès, elle l'avait souvent consulté, valorisant son jugement et ses conseils. Pourquoi s'était-elle montrée si directive par la suite ?

Depuis vendredi, il avait quitté pour de bon le collège de Milton, au Massachusetts. Un fardeau de moins sur les épaules. Les trois dernières années, il avait subi des affronts et des humiliations qu'il n'était pas près d'oublier. Et personne avec qui les partager. Même Georges Giguère, un employé de sa mère et son meilleur ami, ne comprenait pas son tourment. Le procès de ses parents l'avait marginalisé. Dès le moment où l'affaire était devenue publique, plus un seul de ses compagnons ne l'avait sollicité pour quoi que ce soit, et jamais plus il n'avait été invité chez l'un d'eux. Un proscrit, voilà ce qu'il était devenu. On avait même refusé que, à l'instar des autres présidents de classe, son nom soit gravé dans la salle d'études, prétextant qu'il avait été absent trop longtemps. Bud connaissait trop bien les pressions que certains parents scrupuleux avaient faites sur la direction du collège afin que le nom de Stillman ne soit pas affiché près de celui de leur fils.

Chagriné autant que mortifié, Bud s'était réfugié dans le travail. Aujourd'hui, il était fier de terminer ses études préuniversitaires avec la plus haute distinction. Et cela, personne ne pourrait le lui enlever. En septembre, il entrerait à l'université de Princeton par la grande porte, et il espérait qu'enfin il n'entendrait plus parler de ce damné procès.

Une autre raison l'avait incité à travailler sans relâche. Avec amertume, Bud repensa à Mathilde McCormick, la sœur de Fowler, de qui il avait été si épris. Il avait sincèrement cru qu'elle partageait ses sentiments, même s'il ne lui avait jamais exprimé formellement son amour. Comment avait-il pu être

45

évincé par un éleveur de chevaux? Mathilde n'avait que dix-sept ans lorsqu'elle s'était mariée. Quelle désillusion! Depuis lors, aucune autre fille ne l'avait vraiment ému. Bud observait les draveurs avec fascination et il s'imagina un instant l'un des leurs. Pourquoi pas? Jos Gordon pourrait l'aider à réaliser ce projet. Cet été, plus que jamais, il avait besoin de s'occuper.

* * *

Le *Crête II* s'amarra au ponton de débarcadère en contre-bas du château. Suivie de ses enfants et d'Ida Oliver, Anne descendit la passerelle brinquebalante, tout en saluant Jos Gordon et Georges Giguère qui s'empressèrent de recueillir les bagages. Grande-Anse, enfin! Un jeune chien se faufila entre eux et posa ses pattes sur les jambes de Guy.

– Mère! Mademoiselle Oliver! Prince m'a reconnu, s'écria l'enfant, tout en saisissant le chien de Jos à bras-le-corps. J'aimerais tant avoir un chien à moi, mère, ajouta-t-il de sa petite voix irrésistible.

– Ah, vraiment? Et comment l'appellerais-tu? lui demanda-t-elle tout en s'accroupissant devant lui.

– Sport, mère, parce qu'il serait un chic chien.

Puis l'enfant glissa à l'oreille de Prince, qu'il tenait encore contre lui :

– Tu pourrais t'amuser avec nous, toi aussi!

Anne posa sa main sur celle de Guy et, ensemble, ils caressèrent le poil noir de Prince qui leur manifesta son appré-ciation en agitant joyeusement sa minuscule queue effilée. Plutôt frêle, malgré ses six ans, Guy respirait la joie de vivre.

– Il faudrait peut-être que tu sois plus sage, petit frère, lui lança Bud en ébouriffant les cheveux de l'enfant.

Étaient-ils frères ou demi-frères? Bud avait réglé la question voilà bien longtemps déjà. Peu lui importait si Guy était le fils de Fred Beauvais ou de James Stillman. Il l'adorait et l'enfant le lui rendait à merveille. Instinctivement, le grand protégeait le petit.

Bud avait un urgent besoin d'air et d'espace. Normalement, il serait parti en forêt la journée même, n'emportant avec lui que le strict minimum : sa tente, un peu de farine et quelques condiments pour agrémenter ses prises. Les contraintes de la vie au domaine ne lui convenaient pas du tout. Désirant à tout prix initier ses enfants à la «vraie vie», sa mère les obligeait à participer, entre autres choses, aux travaux ménagers. Bud frémissait d'horreur à la vue des torchons et des vadrouilles, préférant, et de loin, la liberté de la vie en forêt. Se promener des heures durant dans des sentiers à peine tracés, pagayer sur les lacs et les rivières, cuire sa truite ou sa «banique» sur un feu de bois, et dormir à la belle étoile ou sous la tente, voilà comment il concevait ses vacances au Canada.

Jos informa Anne que le souper pourrait leur être servi dès maintenant.

– Faites-moi signe quand vous serez parée, madame.

– Nous nous rejoindrons à la salle à manger dans une demi-heure, Jos.

Anne discuta quelques minutes encore avec Guy et Alexander. Puisque Guy refusait de se séparer du chien, Anne pria Ida Oliver de ne pas le contrarier. Elle monta ensuite à sa chambre afin de s'isoler un peu avant le repas.

Bud aida Georges et Jos au transport des bagages puis, visiblement impatient, il entraîna son ami à l'abri des oreilles indiscrètes.

– Georges! Je meurs d'envie de travailler avec les draveurs cet été. Si je réussis à me faire embaucher, viendrais-tu avec moi?

– Bien là, ça dépend de ta mère... Je travaille pour elle, tu le sais.

– Si tu es d'accord, je demanderai à Jos de te remplacer ici. Crois-tu que Rosanne te laisserait partir?

– Ah bien, chez nous, c'est moi le «boss», ne t'en fais pas de ce côté-là. Essaie d'arranger ça. Je suis partant, dit-il, en faisant mine de lui asséner un coup de poing sur l'épaule.

En juin 1924, Georges avait épousé Rosanne Goyette, la plus belle fille des environs. Ce mariage n'avait en rien modifié la relation d'amitié des deux jeunes hommes. Même si Georges avait sept ans de plus que lui, Bud pouvait tout lui dire, sans crainte d'être ridiculisé. Peu bavard, mais attentif et débrouillard comme pas un, Georges était le compagnon idéal en forêt. Doué d'une force surprenante, malgré son ossature grêle, il comptait quinze bons centimètres de moins que Bud. Ses traits fins étaient presque toujours dissimulés par la visière de sa casquette.

Après avoir convenu de faire le point en début de soirée, les deux garçons se quittèrent en se donnant une chaleureuse poignée de main. Pourvu que leur projet se concrétise!

Des planches de pin embouvetées recouvraient les murs de la salle à manger. Le linoléum brillait à ce point qu'il reflétait la lumière diffusée par les huit chandeliers muraux, décor un peu trop civilisé au goût de Bud. Il écoutait distraitement Jos décrire les travaux qu'il avait supervisés depuis le printemps. Puis, le régisseur capta toute son attention en racontant sa plus récente excursion de pêche.

À l'instar de Bud, Anne appréciait l'humour de Jos, son espièglerie, sa façon d'exagérer ses prouesses et ses aventures. Sa volubilité n'avait d'égale que sa jovialité. De plus, devant les problèmes les plus sérieux, il n'avait que des solutions. Parfois farfelues, mais des solutions tout de même. Anne aimait s'entourer de telles gens.

La belle-sœur de Jos, Lena, se glissa discrètement de la cuisine attenante à la salle à manger. Les employées chargées du service de la table utilisaient cette pièce pour transférer les mets des casseroles aux assiettes, la véritable cuisine étant située dans l'autre aile du château. Les odeurs de cuisson ne s'immisçaient donc pas dans cette section dédiée à la maîtresse de maison et à ses invités.

Lena servit d'abord sa patronne, qui la gratifia d'un sourire approbateur puis, lorsqu'elle s'approcha de Bud, ses mains tremblèrent légèrement. Anne sentit le trouble de Lena et, estomaquée, fixa Bud tentant de noter sa connivence. Comme à l'accoutumée, son grand avait salué Lena amicalement, sans plus.

Jos taquina sa belle-sœur, et répondit ensuite avec passion aux questions de Bud qui voulait tout savoir des chantiers et de la drave, son esprit à des lieues d'une jeune fille qui aurait tout donné pour un regard.

Ainsi, son grand émouvait Lena Wilson... Hé bien! Qui aurait pu deviner que la jeune fille aurait un jour des vues sur son aîné? Anne se remémora cet après-midi glacial de février, voilà plus de trois ans maintenant, quand des aboiements l'avaient attirée à la fenêtre. Quelle n'avait pas été sa surprise de découvrir cette enfant grelottante dans un traîneau attelé à six chiens jappant furieusement devant sa porte. Elle s'était empressée de la faire entrer. Lena l'avait suppliée de l'embaucher : « Ne refusez surtout pas! Je sais tout faire, madame, et y a pas plus travaillante que moi.»

Depuis que son père avait succombé à la grippe espagnole, la situation financière de sa famille n'avait fait qu'empirer. Sa sœur Annie, mariée à Jos Gordon, travaillait pour Anne depuis le début. Chaque fois qu'Annie retournait chez ses parents, elle vantait la gentillesse et la générosité d'Anne. Un jour, sans en parler à quiconque, Lena avait attelé ses chiens et les avait lancés sur la neige glacée, bien décidée à se trouver elle aussi un emploi au domaine, malgré ses treize ans. Anne l'avait accueillie et lui avait enseigné le service de la table et tout ce que Lena savait des belles manières. Contrairement aux femmes de sa condition, Anne pouvait accomplir presque toutes les tâches de ses employés, du cuisinier à la femme de chambre, sans oublier le jardinier et même le maçon. Autant elle aimait apprendre, autant elle prenait plaisir à expliquer, à montrer.

Anne sursauta quand Bud l'interpella pour lui parler de son projet de drave. Puisqu'elle ne tolérait pas l'inaction, non seulement encouragea-t-elle son fils à vivre cette expérience, mais elle accepta d'emblée de souscrire au conseil de Jos et de communiquer avec Jean Crête pour qu'il le recommande à une de ses équipes de draveurs; en plus de contrôler la navigation sur la rivière depuis une quinzaine d'années, Crête s'était récemment impliqué dans les activités forestières. Personne ne s'opposa à ce que Georges accompagne Bud.

Anne goûta au plat de résistance et s'exclama :

— Vraiment, Bill s'est surpassé ce soir.

Jos ne pouvait plus se défiler. Il lui raconta la bourde du cuisinier et la prise en charge des repas par Germaine. La réaction de sa patronne fut instantanée :

— Je ne veux plus revoir ce Delavan! S'il a le culot de se montrer ici, virez-le et donnez-lui une semaine de gages.

Lorsqu'un employé faisait des siennes ou ne se présentait pas au travail à l'heure dite, Anne interprétait fatalement sa conduite comme un acte de trahison. La fainéantise et la bêtise, surtout, l'irritaient au plus haut point. Incapable de réprimer sa colère, elle tentait ensuite de masquer sa frustration et sa vulnérabilité en affichant le plus grand détachement. Cette attitude désarçonnait ses proches qui n'y voyaient que caprice et extravagance. Son comportement illogique la mortifiait. Réussirait-elle un jour à garder son sang-froid en pareilles circonstances?

Se tournant vers Jos, elle lui ordonna :

— Faites venir Germaine.

Quand Jos lui transmit la directive de sa patronne, Germaine tenta de cacher son inquiétude derrière une apparente sérénité. Ayant goûté tous les plats à plusieurs reprises, elle était convaincue qu'ils étaient à point. Pourquoi madame voulait-elle la voir? Au moment où elle quitta la cuisine, Rose lui lança avec soulagement :

— Je suis bien contente de ne pas être à ta place, Germaine!

— Ah! mon Dieu du bon Dieu! Je peux me passer de tes commentaires, Rose Grenier.

Dès qu'elle vit apparaître Germaine, Anne se leva, prit un couvert inutilisé et l'invita à s'asseoir. Stupéfaite, la jeune fille obtempéra, lissant son tablier pour sécher ses mains moites.

— Eh bien! Vous restez avec nous, et je vais moi-même vous apporter votre repas. Vos mets sont succulents. Bill n'étant plus à notre service, j'aimerais que, dorénavant, vous soyez notre cuisinière attitrée. Qu'en pensez-vous?

Lorsque sa patronne la servit, attentive et prévenante, Germaine sut que cet instant resterait à jamais gravé dans sa mémoire. Elle aimerait tant voir la tête de Rose maintenant. Assise à la même table que madame! Bill avait-il déjà eu cet honneur? Et Bud, en face d'elle, si blond, si beau.

Pour sa part, le jeune homme constata une fois de plus l'imprévisibilité de sa mère. Comment pouvait-elle passer en si peu de temps d'une colère démesurée à une telle amabilité? Plus jeune, il lui vouait une admiration inconditionnelle, tandis qu'à présent plusieurs de ses attitudes lui apparaissaient bien discutables. Il lui tardait de quitter Grande-Anse. À regret, il dut s'avouer qu'il avait du mal à demeurer plus de quelques heures en sa compagnie. Il regrettait amèrement la complicité qui les avait unis lors du procès.

* * *

Bien installé à l'arrière de son canot de cèdre, Bud remontait la rivière Saint-Maurice en compagnie de Georges Giguère. Souvent, l'effort à fournir pour contrer le courant était tel que toute conversation devenait impossible. Très souvent, un regard ou une parole suffisaient pour choisir un embranchement ou une halte. L'amitié qui le liait à Georges était née et avait grandi dans le silence et la contemplation.

En milieu d'après-midi, ils bifurquèrent sur la Vermillon, rivière qui ressemblait à la Saint-Maurice telle une sœur jumelle : mêmes eaux noires, mêmes falaises abruptes recouvertes de forêts de pins, d'épinettes et de bouleaux. Ce cours d'eau devait son nom à la terre ocre qui recouvrait ses rives, fournissant un colorant résistant, couramment utilisé pour peindre canots, barges et chalands.

Entrecoupée de portages parfois longs de quelques kilomètres, cette excursion rappelait à Bud ses séjours en forêt, guidé par Fred Beauvais. Grâce à ses enseignements, il pouvait aujourd'hui se nourrir, s'abriter, se soigner, réparer son canot ou ses vêtements en ne comptant que sur les ressources de la forêt. Seule l'affaire des lettres vendues par Fred au moment du procès ternissait quelque peu l'image de son idole. Pour quinze mille dollars, Fred avait, semblait-il, vendu des lettres que lui avait écrites sa mère quand il était son régisseur. Elle avait affirmé que cette correspondance abordait exclusivement des sujets liés à l'administration du domaine, alors que les avocats de son père soutenaient qu'elle était des plus compromettantes. Qui croire? Sa mère avait jugé cet épisode impardonnable. Bud, quant à lui, l'estimait inconvenant. Malgré tout, il considérait encore Frédéric Kaientanoron Beauvais comme un modèle, le meilleur guide qui soit.

Pendant un bon moment, le canot glissa sur un véritable miroir. Les avirons entraient et sortaient de l'eau sans bruit, propulsant l'embarcation vers l'amont. Bud se sentait bien. La forêt, l'eau, tout l'apaisait.

Puis le courant augmenta sensiblement, de même que le bruissement de l'eau sur un écueil. Un ressaut du fond de la rivière avait donné naissance à ce rapide droit devant eux, le premier des quatre qu'ils devraient franchir avant d'arriver à destination. Les deux garçons évaluèrent la taille et l'emplacement des rochers leur barrant la route de même que la force du rapide, et ils décidèrent de le remonter en canot plutôt que de «portager» sur la rive couverte de ronces. Dans ce type d'embarcation naturellement instable, les risques de chavirer diminuaient de beaucoup si les passagers évitaient tout mouvement brusque. Toutefois, s'y maintenir debout exigeait une habileté hors de l'ordinaire et, dans un rapide, cela relevait autant de la prouesse que de la témérité. Évidemment, rien pour rebuter ces garçons. Ils conjuguèrent leurs efforts en utilisant leur aviron telle une perche, l'appuyant fermement sur un rocher, puis poussant de toutes leurs forces pour hisser l'embarcation à la tête du rapide. Ils touchèrent au but avec à peine quelques millimètres d'eau au fond du canot.

Le jour pâlissait lorsqu'ils débarquèrent enfin à la baie de Coucoucache où campait l'équipe à laquelle ils allaient s'associer. Le maître draveur les accueillit et les dirigea sans tarder vers la grande tente faisant office de cantine.

– Dépêchez-vous! La cuisine ferme dans quelques minutes. Environ quatre-vingts hommes alignés de part et d'autre de deux longues tables mangeaient en silence, raclant bruyamment le fond de leur assiette de métal. Sans s'interrompre, ils saluèrent les nouveaux d'un bref signe de la tête. Au passage de Bud, l'un d'eux le fusilla du regard. «Où donc ai-je vu ce garçon», se dit Bud. Pourquoi lui manifestait-il autant d'antipathie?

Le cuisinier leur remit plat, assiette et cuillère, précisant qu'ils devaient tout laver et ranger après usage. Il pointa sa louche en direction d'un poêle à bois sur lequel trônaient deux immenses marmites.

– Prenez ce qu'il vous faut là-bas.

Bud et Georges se servirent copieusement de soupe aux pois et de fèves au lard salé, puis s'attablèrent sans plus de façon. Toutes les fois où Bud levait la tête, il rencontrait l'œil torve de l'individu. Ce qui ne l'empêcha nullement de dévorer le contenu de son assiette en quelques instants.

Aussitôt leur dernière bouchée avalée, le maître de la drave invita Georges et Bud à se couper des branches de sapin afin de préparer leur couche. Pour les guider, il demanda deux volontaires. Celui qui intriguait tant Bud se proposa le premier, suivi d'un solide gaillard qui paraissait, comme l'autre, âgé d'une vingtaine d'années. Max Corbeil se présenta à eux en leur tendant la main, alors que l'autre prit les devants sans un mot.

Soudain, Bud se souvint de Johnny Boucher. Originaire de Grand-Mère, le garçon avait travaillé à Grande-Anse l'été précédent comme palefrenier. Tout à fait par hasard, sa mère avait trouvé le garçon endormi dans une botte de foin en plein cœur de l'après-midi. Elle l'avait réveillé et, sans lui laisser le temps de se justifier, l'avait congédié, exigeant qu'il quitte le domaine sur-le-champ.

Dès qu'ils furent hors de portée de vue, Boucher se tourna précipitamment vers Bud et lui lança, hargneux :

– Ta mère m'a mis dehors pour une niaiserie, pis elle voulait que je parte tout de suite. Je reste à soixante milles de chez vous, moi ! J'avais pas de cheval, moi, pas de char. Une vraie folle !

Même si Bud désapprouvait fréquemment sa mère, il ne pouvait tolérer qu'on l'insulte ainsi. Spontanément, il s'élança pour frapper Boucher, mais Georges le retint de justesse. Max Corbeil dut faire de même avec son compagnon, lui rappelant que les bagarreurs dans les camps de bûcherons ou de draveurs étaient immédiatement congédiés.

Les paroles de Boucher sifflèrent entre ses dents :

– Tu perds rien pour attendre, mon verrat…

À peine libéré des désagréments que lui avait causés l'interminable procès de ses parents, voilà que Bud avait encore à subir les contrecoups de leurs actes. Et lui qui croyait trouver la paix en forêt.

Au petit matin, les hommes se divisèrent en quatre groupes et Georges fut assigné à l'équipe responsable de l'empierrement des anses en aval. Ainsi, les troncs d'arbres poursuivraient leur course au lieu de s'y emprisonner. Bud se joignit à l'équipe de «hourleaux» composée d'une vingtaine de draveurs, incluant Boucher, toujours provocant. Dès que le signal du départ eut sonné, Bud en oublia sa déception de ne pas travailler avec Georges. À l'instar de ses nouveaux compagnons, il monta dans une charrette tirée par deux solides percherons. Tous avaient une gaffe à la main. Ce bâton, long d'au moins trois mètres, était muni à l'une de ses extrémités d'un imposant crochet.

Vêtu d'une chemise à carreaux, d'un pantalon de flanelle retenu par de larges bretelles, cigarette au coin des lèvres, Bud n'aspirait qu'à se fondre dans la masse. Même s'il parlait relativement bien le français, il était incapable de comprendre ce que son voisin tentait de lui exposer. Toutefois, quand il constata qu'un blasphème pouvait tout aussi bien faire office de sujet, de verbe ou de complément, il saisit enfin le sens de son explication.

Ces hommes s'adonnaient présentement à la «petite drave», en dirigeant les troncs d'arbres des lacs où ils avaient été coupés jusqu'à la rivière Saint-Maurice, dégageant au passage les ruisseaux et les rivières secondaires. À la mi-août débuterait la «grande drave» qui, elle, se déroulait entièrement sur la Saint-Maurice. Les draveurs devraient alors guider les billots de l'embouchure de la rivière Wabano jusqu'à Trois-Rivières, tout en les triant selon les marques gravées à chacune des extrémités pour identifier les papetières ou les moulins à scie auxquels ils étaient destinés.

Les *hourleaux* remettaient à la rivière les billots échoués sur la grève ou prisonniers des rochers. Bud voulut prouver sa vaillance à son premier coup de gaffe, mais ne réussit qu'à provoquer un grand éclat de rire. Malgré la force du coup asséné, aucun des billots enchevêtrés sur le rivage n'avait bougé d'un centimètre. Sarcastique, Boucher lui marmonna quelques commentaires désobligeants. Bud feignit l'indifférence, tout en serrant les poings. Combien de temps encore pourrait-il se contenir?

Gustave Bédard, le plus ancien de l'équipe, s'approcha de lui et l'invita à imiter ses mouvements. Bud comprit rapidement que, pour venir à bout de ces mastodontes, il devait s'associer à huit ou dix hommes. Il étudia leurs gestes, puis les imita, désireux d'accomplir son travail au mieux. Sans un mot, piquant et poussant au coude à coude, ils parvinrent à rouler dans l'eau les troncs d'arbres les plus imposants.

Bud vit quelques hommes descendre le courant, particulièrement fort à cet endroit, debout sur un billot. Fasciné, il demanda à Bédard si tous les draveurs maîtrisaient semblable tour d'adresse. Le quinquagénaire lui répondit cordialement :

– Oh non! Mais moi, dans mon jeune temps, mon gars, j'étais pas battable… Si tu veux, à midi, je pourrais te montrer.

Quand midi arriva, Bédard s'immergea jusqu'à la taille, saisit un billot qu'il maintint parallèle à la rive et encouragea Bud à y monter. Les épaules meurtries, les mains pleines de cloques, Bud le suivit, non sans appréhension. Sandwich à la main, les draveurs y allaient tour à tour d'un conseil ou d'une boutade. Bud monta sur le tronc d'arbre, écarta les bras, mais ne réussit à garder la pose que quelques secondes, avant de plonger tête première. Les rires alternaient avec les applaudissements, les encouragements succédaient aux moqueries. Combien de fois remonta-t-il sur ce billot ? Il s'acharna jusqu'à ce que Boucher en personne saute sur le même billot et se mette à danser avec une agilité sans pareille. Plusieurs hommes affirmèrent qu'il était de loin le plus habile de tous. Toujours dans l'eau, Bud l'observait, subjugué et humilié tout à la fois.

Soudain, le billot se mit à tourner follement dans un remous, ne laissant aucune chance à Boucher, qui chuta et coula à pic.

– Passez-moi ma gaffe, hurla Bédard.

Aux cris affolés de ses compagnons, Bud comprit que le jeune homme ne savait pas nager, à l'instar de la plupart des draveurs. Sans hésiter, il plongea et fut surpris par le peu de visibilité que lui offraient ces eaux noires. Il remonta bredouille, replongea aussitôt et vit briller une pièce de métal vers laquelle il se dirigea sans hésiter. Une boucle de ceinture lui avait permis de repérer Boucher qu'il empoigna et hissa à la surface. Boucher gigotait tellement qu'ils calèrent de nouveau. Se cramponnant aux épaules de Bud dont les forces diminuaient dangereusement, Boucher suffoquait. Puis, pendant quelques secondes, plus rien ne fut perceptible à la surface de l'eau.

À bout de souffle, après un effort surhumain, Bud réussit à le repousser et se libéra quelque peu de son étreinte. Ils refirent surface, mais Boucher se débattait toujours comme un diable. Pour qu'ils en réchappent tous deux, Bud devait l'immobiliser coûte que coûte. Malgré son épuisement, il réussit à lui asséner un crochet du droit sous le menton.

Puis, de justesse, Bud agrippa d'une main l'un des nombreux bâtons que lui tendaient les hommes sur la berge et, de l'autre, soutint la tête de Boucher, plus étourdi qu'inconscient. Dès qu'ils furent hissés hors de l'eau, deux hommes forcèrent Boucher à s'agenouiller et ils lui frottèrent vigoureusement le dos jusqu'à ce qu'il cesse de tousser et de cracher. Quand il se calma enfin, Boucher fixa intensément Bud et articula faiblement, mais distinctement :

– J'oublierai jamais ça, verrat.

Gustave Bédard s'approcha de Bud et lui donna une tape amicale sur l'épaule.

– Ben, mon gars, pour danser sur le billot, t'es pas fameux, mais pour nager, t'as pas ton pareil.

Bud s'aperçut soudain que tous ceux qui n'étaient pas occupés à réconforter Johnny Boucher l'entouraient, le touchaient, le félicitaient. Ces dernières années, il avait tant souffert d'exclusion qu'il avait du mal à croire en cette sympathie spontanée. En fin de compte, il s'abandonna à l'euphorie et savoura les sourires, les pouces levés et les clins d'œil complices. Quelques minutes, interminables, il est vrai, lui avaient valu respect et sympathie, ce à quoi il aspirait plus que tout.

Pour la première fois depuis bien longtemps, Bud envisagea l'avenir avec moins de défiance. Il lui tardait maintenant de raconter sa mésaventure à Georges.

3

New York, le mercredi 23 décembre 1925

Dans son appartement de la 5ᵉ Avenue, Anne préparait fébrilement son séjour hivernal à Grande-Anse. Les paroles de maître Mack, qu'elle avait eu au téléphone quelques instants auparavant, l'obsédaient. Les avocats de Jimmie ne s'étaient toujours pas soumis à sa requête, sans pour autant la rejeter ou lui proposer une solution de rechange. Maître Mack l'exhortait à la patience. Toutefois, l'attente et l'incertitude lui pesaient bien plus qu'elle ne voulait se l'avouer.

Exceptionnellement cette année, elle n'avait passé que quelques semaines à New York, et déjà il lui tardait de retrouver la quiétude de son refuge dans la vallée de la Saint-Maurice. De toute manière, leurs avocats faisaient relâche pendant le temps des fêtes.

Victor, son chauffeur, s'était déjà chargé d'expédier les bagages et les présents des enfants. Elle évaluait mentalement ce qu'il restait à faire avant son départ prévu pour le lendemain quand Cathy, la doyenne de ses servantes, lui annonça de sa voix grave et chantante :

– Madame est demandée au téléphone.

Cathy lui rappelait Judy, sa nourrice : même peau d'ébène, même cheveux crépus, leur fidélité et leur attachement, inaltérables. Depuis toujours, Anne avait à son service des domestiques noirs et, contrairement à beaucoup de familles new-yorkaises, elle leur attribuait des conditions et une rémunération identiques en tous points à celles de ses employés blancs.

Cathy lui tendit le combiné et s'éloigna discrètement. Au premier mot, Anne reconnut son interlocuteur et, pourtant, pas une fois au cours des trois dernières années elle n'avait entendu cette voix. La demande de James Stillman fut brève. Il l'invitait à le rencontrer chez lui, ce même jour en fin d'après-midi. Anne fit un effort surhumain pour maîtriser son trouble.

Les seules objections lui venant à l'esprit étaient celles que lui avaient déjà formulées maître John Mack, dans le cas où elle désirerait se remarier, ou celles de Fowler McCormick qui lui avait conseillé de ne pas accepter l'offre de Jimmie à moins qu'il ne se soumette à une thérapie. Comment Fowler pouvait-il présumer avec autant d'assurance d'un échec si tel n'était pas le cas? Plus elle écoutait Jimmie, et plus il ébranlait ses convictions. Anne tenta de se ressaisir, s'obligeant à se concentrer sur les désillusions que lui avait causées cet homme. À sa grande surprise, des rires, des promenades bras dessus, bras dessous, des visages heureux sur fond de lis des champs surgirent d'un coin de sa mémoire qu'elle croyait muré à jamais.

– Je serai chez toi à quatre heures, lui dit-elle, d'une voix qu'elle voulut assurée.

Le temps s'écoulait au compte-gouttes. N'y tenant plus, Anne demanda à Victor de l'escorter pour une promenade. Généralement encombrées, les rues de New York étaient maintenant enneigées et glacées, ce qui rendait la circulation plus lente qu'à l'accoutumée. Lorsqu'elle entra dans Central Park, son cœur se serra. Quelques minutes à peine et Jimmie et elle seraient de nouveau face à face, après toutes ces années de séparation. Des guirlandes pendaient de tous les lampadaires, égayant ce parc où elle s'était si souvent réfugiée alors qu'ils habitaient chez son beau-père, qu'elle maudissait encore. Peu après la mort de son père, Jimmie avait emménagé dans sa vaste demeure de la 72ᵉ Rue. Victor ne sourcilla même pas quand elle l'informa de sa destination.

Le hall serait-il aussi obscur? L'atmosphère aussi glaciale? Juste avant de frapper à la porte, elle hésita. Il était encore temps de rebrousser chemin. Mais le majordome lui ouvrit, tout sourire, lui habituellement de marbre, et l'invita à se défaire de son manteau. Surveillait-il son arrivée? Au rez-de-chaussée, des lustres de Murano avaient remplacé les sinistres candélabres.

Anne suivit cette silhouette familière jusqu'au pied de l'immense escalier en quart de cercle, au sommet duquel Jimmie l'attendait. Répondant naturellement à son sourire, elle gravit les marches au fur et à mesure qu'il les descendait. À mi-chemin, il saisit sa main et la porta à ses lèvres, puis soutint légèrement son bras en la guidant jusqu'à un boudoir. Elle ne songea même pas à s'opposer.

La pièce avait été entièrement rénovée. Le mobilier et la décoration lumineuse contrastaient fort avec l'austérité qu'avait toujours imposée feu James Stillman. Des répliques à l'échelle de voiliers célèbres trônaient sur des étagères, taillées pour mettre en valeur cette collection unique. Des toiles de Murillo, de Rembrandt, de Titien et d'Ingres témoignaient des goûts raffinés de Jimmie. Deux fauteuils Louis XVI encadraient une console en acajou et bronze de même style où des lunettes cerclées d'or reposaient sur un livre ouvert. L'éclairage indirect renforçait l'atmosphère chaleureuse de la pièce, occultant complètement le temps maussade et sombre de cette avant-veille de Noël.

Jimmie l'invita à s'asseoir. Pour éviter qu'il ne devine son trouble, elle prit les devants.

– Que lis-tu?

Il lui montra du doigt un passage de *La Vie secrète d'Hélène de Troie* de John Erskine, tout en l'observant avec attention. Elle lut d'une voix sans timbre :

– « Impénitente et trop merveilleuse pour être tuée. »

Elle le considéra tristement et, lui, il s'empressa d'ajouter que ces épithètes lui allaient à ravir. Il lui déclara dans un souffle :

– Je me sens tellement seul.

Cette simple remarque la mit hors d'elle car, ces dernières années, Jimmie avait plutôt eu l'habitude de s'entourer. Elle se força à ne pas rétorquer. Conscient de sa maladresse, Jimmie reprit vivement :

– Je n'aurais qu'à lever le petit doigt pour que cette maison soit remplie de gens. Pourtant, je ne désire voir personne. On raconte encore que je suis un coureur de jupons, alors qu'aucune femme ne m'intéresse... sauf une. En vérité, cette femme m'obsède, elle occupe toutes mes pensées.

Et il la nomma. Anne inspira profondément, flattée et insultée, éprouvant une fois de plus des sentiments si contradictoires. De quel subterfuge usait-il donc pour lui paraître à ce point sincère?

Un long silence suivit pendant lequel ils se regardèrent intensément. Puis ils entamèrent une longue conversation, étonnés de la sérénité avec laquelle ils abordaient les sujets les plus litigieux, surpris par leur facilité à discuter des problèmes les plus épineux. Pas une seule fois ils n'élevèrent le ton et, néanmoins, aucune des frustrations accumulées au cours de ces interminables années de séparation ne fut éludée. Avec franchise et honnêteté, Anne lui confia ses états d'âme, et il l'écouta religieusement.

Même si Jimmie lui avoua avoir été mal conseillé, en aucun temps il ne tenta de se disculper, pas plus qu'il ne réitéra ses accusations. Il n'en fallait pas plus pour désarçonner Anne qui avait prévu réagir à toute justification ou charge de sa part. Finalement, il lui dit avec une lueur taquine dans les yeux :

– Pourquoi ne pas congédier nos avocats et régler nous-mêmes nos différends? Je te concède la victoire.

Il marqua un temps et, très sérieusement cette fois, il lui assura :

– Pour ce qui est de Guy, il en sera selon tes désirs.

Abasourdie, Anne constata à quel point Jimmie avait changé. Disparu l'homme suffisant, imbu de sa puissance. Elle le voyait pareil à celui qu'elle avait tant rêvé de retrouver. Bouleversée, elle murmura :

– Laisse-moi réfléchir à tout cela… Comment te sens-tu, Jimmie?

– Bien, bien.

– Dis-m'en un peu plus…

– Ça va, je t'assure.

Jimmie était encore incapable de formuler ses émotions. Autant il analysait avec acuité une situation, autant il se refermait comme une huître quand venait le temps d'exprimer ce qu'il ressentait. Anne se rendit compte, peinée, qu'il n'avait pas progressé de ce côté. Saurait-il mieux se livrer après une thérapie?

Il se leva, traversa la pièce et retira un minuscule coffret d'un bureau à cylindre. Il l'ouvrit, puis pressa dans les mains d'Anne une bague sertie d'une gigantesque émeraude. Légué par sa mère, Sarah Elizabeth Rumrill, morte quelques semaines auparavant, ce bijou avait une valeur sentimentale inestimable à ses yeux.

– Je te l'offre et t'implore de l'accepter, Anne. Ma mère t'a adorée dès le premier instant où elle t'a rencontrée et, crois-moi, elle serait ravie de savoir sa bague à ton doigt… Je t'aime et je te veux à mes côtés. Malgré tout ce qui s'est passé, je t'ai toujours aimée. Tu dois me croire!

Pouvait-elle ajouter foi aux propos de Jimmie? Devaient-ils se donner une autre chance? Aucun des scénarios imaginés ne correspondait à celui-ci. Le fait d'accepter ce présent serait interprété par Jimmie comme une promesse d'engagement, ce dont elle était incapable en ce moment. Elle repoussa la bague.

– Rends-toi à Zurich, Jimmie, rencontre le docteur Carl Jung ou le docteur Baynes. Tu n'as rien à perdre et, qui sait?…

Le visage de James Stillman s'éclaira.

– Puisque tu sembles convaincue de leur pouvoir, pourquoi ne pas aller les rencontrer ensemble? Accompagne-moi, Anne!

Elle avait encore besoin de réflexion, de s'assurer qu'elle n'agissait pas uniquement sous le coup de l'émotion.

– J'ai prévu quitter New York ce soir par le *Montreal Express* afin d'être à Grande-Anse demain en fin de journée pour le temps des fêtes. Toutefois, d'ici deux semaines, Jimmie, tu auras de mes nouvelles.

Il la raccompagna au rez-de-chaussée et, au moment où elle allait franchir la porte, il la retint doucement par le bras.

– Anne, dis-moi, Guy…

Elle plongea son regard dans le sien puis, après un interminable silence, elle déclara, insistant sur chaque syllabe :

– Guy est ton fils, Jimmie.

* * *

Grande-Anse, le jeudi 24 décembre 1925

Depuis que Germaine avait pris la cuisine en charge, la plupart des rites instaurés par Bill avaient été transformés et, en très peu de temps, la jeune fille avait mis les choses à sa main. Pauvre Bill! La rumeur de son congédiement lui était parvenue à La Tuque alors qu'il tentait péniblement de s'extirper des vapeurs éthyliques dans lesquelles il s'était vautré pendant cinq jours. Craignant le courroux d'Anne Stillman, il avait demandé à un compagnon de lui rapporter ses effets personnels, pour promptement retourner aux États-Unis.

Avec l'accord de madame, Germaine avait confectionné de ses mains tabliers et coiffes assorties à l'intention du personnel assigné à la cuisine et au service de la table. Dorilda avait bien rouspété un peu, se plaignant du travail supplémentaire que cela lui occasionnerait à la buanderie, mais Germaine avait coupé court à ses récriminations, l'assurant qu'elle l'aiderait pour le repassage. Germaine avait exigé que tous les uniformes soient remis à neuf pour le temps des fêtes. Les deux filles s'activaient donc à la buanderie adjacente à la cuisine quand Ida Oliver les fit sursauter avec son toussotement désapprobateur.

Où qu'elle fût, Mlle Oliver jouait tantôt le rôle de nurse auprès de Guy, tantôt celui de secrétaire, ou encore, au grand dam de la plupart des employés de Grande-Anse, celui d'intendante. À ce titre, elle planifiait le travail des aides-domestiques, distribuait les gages et, malheureusement, rapportait à sa patronne les comportements qu'elle réprouvait, comme le travail en tandem, prétextant qu'il favorisait d'inutiles bavardages. Étant donné qu'elle ne parlait pas français et que la plupart des employés ne s'efforçaient pas pour la comprendre, elle affichait sans cesse une mine renfrognée. Tous se sentaient espionnés depuis son arrivée deux semaines plus tôt.

Dès qu'elle fut hors de portée de voix, Germaine et Dorilda gloussèrent, l'affublant des surnoms les plus désobligeants.

– Vieille tête rouge ! Face picotée par-dessus le marché ! Va donc te cacher, lança Germaine sans pitié.

Soudain, Dorilda s'inquiéta.

– Arrête, Germaine, on va être obligées d'aller se confesser !

– Ah bien, si tu penses ! Pour risquer de me faire tripoter ?

Stupéfaite de son aveu spontané, Germaine se couvrit la bouche de la main.

– Quoi ? s'exclama Dorilda. Il s'est essayé avec toi aussi ?

Germaine se contenta de répliquer :

– Ah mon Dieu du bon Dieu ! Pas tant avec moi qu'avec Rose ! Je ne peux pas croire qu'il va venir dire la messe de Noël ici. Comment ça se fait que madame tolère ça ?

– Voyons donc, Germaine, elle doit pas être au courant.

* * *

La magie du temps des fêtes avait transformé les maisons. Au dehors, des couronnes de cônes de pin et d'épinette avaient été accrochées à toutes les portes et, à l'intérieur, les branches des sapins ployaient sous les décorations multicolores.

À l'instar de ses fils, Anne rêvait de Grande-Anse sous la neige. Elle n'avait bien entendu aucune envie d'entendre le compte rendu que s'empressa de lui faire Ida Oliver dès son arrivée. Gentiment mais fermement, Anne l'avertit que le temps n'était ni à la critique ni aux réprimandes.

À la dernière minute, Anne avait convaincu Fowler McCormick de venir fêter Noël et le Nouvel An avec eux. Deux mois auparavant, il avait été forcé d'abandonner son travail d'ouvrier à Milwaukee pour des raisons de santé. Il avait également été contraint de refuser une intéressante invitation de Carl Jung qui, avec une équipe restreinte, visitait présentement le Kenya et l'Ouganda à la recherche d'éléments susceptibles d'étayer sa thèse sur l'inconscient collectif.

Fowler avait pourtant consulté les plus éminents médecins de Chicago, mais aucun d'eux n'avait réussi à poser un diagnostic précis ni à vraiment le soulager, malgré tous les toniques prescrits. Il éprouvait en permanence une intense fatigue et un accablement que rien ne semblait soulager. Anne lui avait promis de le mettre en contact avec sa voisine, Elizabeth Wilson, dont la réputation de guérisseuse dépassait largement les limites de Grande-Anse. Originaire de Pointe-Bleue, une réserve montagnaise située près du lac Saint-Jean, Elizabeth soignait à la façon des Amérindiens.

Anne anticipait avec délectation les discussions avec Fowler et les promenades en sa compagnie, d'autant plus qu'enfin elle avait réussi à démêler ses sentiments à son égard. Incontestablement, elle l'aimait. Cependant, elle l'aimait d'un amour dénué de passion, un amour tendre et réconfortant. Ce précieux confident jouissait de toute sa confiance et, même si un jour elle reprenait vie commune avec Jimmie, jamais elle n'interromprait leur relation.

Peu après leur arrivée, Bud s'empressa d'aller rejoindre son ami Georges Giguère, Alexander se réfugia dans un coin avec un recueil sur l'histoire de l'aviation, précieux présent de son père, et Fowler se retira dans sa chambre pour une sieste. Guy, les voyant disparaître les uns après les autres, protesta vivement. Lui qui les espérait tant depuis son arrivée à Grande-Anse, deux semaines plus tôt.

Désirant le réconforter, Anne le pria de s'asseoir près d'elle.

– Dis-moi, mon petit, qu'as-tu fait aujourd'hui?

– J'ai joué dans la neige, mais je voulais y retourner avec Alec et Bud, ajouta-t-il tristement.

– Songe plutôt à demain matin, Guy. À la première heure, tu pourras déballer tous tes présents. On m'a affirmé que tu aurais quelques belles surprises !

Les yeux encore humides du petit garçon s'écarquillèrent, et un sourire éclaira son visage. Au même moment, une boule de laine blanche traversa la pièce à toute vitesse.

– Sport ! Sport ! Attends-moi !

Sans même se retourner, Guy déguerpit à la poursuite de son chien. Avait-il déjà oublié sa peine ?

Anne se rendit ensuite à la cuisine pour s'assurer que tout serait prêt pour le repas du soir. Le manque d'enthousiasme de Germaine la surprit et l'inquiéta. Depuis son embauche, jamais Anne ne l'avait vue dans cet état.

– Que vous arrive-t-il, Germaine ? Votre tâche est-elle trop lourde ?

– Oh non ! J'adore mon travail. Mais y en a une qui n'en peut plus, madame, murmura-t-elle, désignant Rose du menton.

Anne s'installa à la table et invita la jeune fille à l'y rejoindre. Au début de l'été précédent, l'abbé Lamy, curé de Grandes-Piles, lui avait recommandé d'embaucher Rose, malgré ses quinze ans. Sa mère avait déserté le foyer depuis longtemps et son père, toujours ivre, la battait à propos de tout et de rien.

Rose tenta de lui cacher ses yeux rougis, mais Anne ne fut pas dupe.

– Eh bien, Rose, racontez-moi ce qui vous chagrine tant.

Rose hésita à confier son secret à une protestante puis, incapable de réprimer ses larmes, elle lança tout de go :

– Madame, si le curé Damphousse vient dire la messe ici à Noël, je n'irai pas ! Je ne pourrais pas y aller.

Anne l'informa qu'effectivement, de New York, elle avait invité le curé à officier au domaine, et ce, dans le seul but de rendre service aux employés qui travaillaient le jour de Noël. Au grand soulagement de Rose, elle lui apprit que M. Damphousse avait cependant refusé son invitation car, cette année, il avait prévu chanter ses trois messes à Saint-Éphrem-du-Lac-à-Beauce, même s'il était toujours responsable des missions de Rivière-aux-Rats et de Saint-Théodore-de-la-Grande-Anse. Son ministère l'obligeait à entendre les confessions et à chanter au moins une messe par mois dans chacune des missions où il ne résidait pas et, bien souvent, il s'en tenait à cette obligation.

Intriguée par l'émoi de la jeune fille, Anne l'invita à s'expliquer.

– Depuis des mois, je vis un vrai calvaire. Si vous saviez par où je suis passée! Je peux plus communier parce que je suis en état de péché mortel, pis je peux plus me confesser non plus. Qu'est-ce que je vais devenir?

Rose pleurait maintenant sans retenue. Touchée par sa détresse, Anne tenta de cerner l'origine de son désespoir. Sans la brusquer, par une série de questions habilement amenées, Anne comprit enfin le dilemme de son aide-cuisinière.

– Madame, il a même essayé de me faire sentir plus coupable, en insinuant que c'est moi... moi qui l'avais provoqué. Le pire, c'est que je l'ai cru...

Anne exigea de Rose qu'elle la regarde droit dans les yeux, puis demanda d'une voix douce :

– Avez-vous confiance en moi, Rose?

– Presque autant que dans le bon Dieu, madame.

– Eh bien, écoutez attentivement ce que je vais vous dire.

Insistant sur chaque mot, Anne lui certifia que, loin d'être dans le tort, elle n'avait aucunement péché. De plus, en attendant qu'un autre prêtre soit disponible, elle lui conseilla de s'adresser directement à Dieu si elle ressentait le besoin de se confesser.

Instantanément, Rose se trouva libérée de la chape de plomb qui alourdissait son âme depuis des mois. Les paroles d'Anne lui firent l'effet d'un baume.

– Rose, vous ne feriez pas de mal à une mouche. Ne craignez plus rien et faites confiance à la vie! Ne gâchez surtout pas ce Noël.

Au moment où Anne quittait la cuisine, Germaine la rappela énergiquement.

– Madame, allez-vous nous aider à nous en débarrasser?

«Pauvres enfants!» se dit Anne, après les avoir rassurées. Puis elle se hâta vers le salon bleu pour entendre le compte rendu de son régisseur. À sa grande surprise, Ferdinand Germain précédait Jos. Son chapeau à la main, le menuisier salua courtoisement sa patronne.

– Eh bien, Ferdinand, votre famille est-elle logée convenablement? Vous manque-t-il quelque chose?

La remerciant de nouveau de son hospitalité, il précisa qu'il ne venait pas ce jour-là à titre personnel, mais bien pour représenter les gens du village.

– Madame, on a besoin de vous. Rien n'a été fait encore pour la reconstruction de notre chapelle. Il faudrait avoir un prêtre à Grande-Anse. Avant, on pouvait entendre la messe chaque jour et, maintenant, ça force si on peut y aller une fois par mois.

– Pourquoi ne pas transmettre une autre requête à votre évêque?

– Madame, il en a reçu deux et, même si nous avons reçu des accusés de réception, il n'a donné suite ni à l'une ni à l'autre.

– Deux requêtes? s'exclama-t-elle.

La première n'avait rien à voir avec la reconstruction de la chapelle et, embarrassé, Ferdinand lui fit part des doléances des femmes de la mission. Anne l'interrompit pour l'aviser qu'elle avait déjà été informée des gestes reprochés au curé missionnaire, mais elle ignorait qu'une pétition avait été envoyée pour réclamer sa mutation.

Ferdinand lui résuma les faits. Quelques mois avant l'incendie du presbytère et de la chapelle, la plupart des résidents mâles de Matawin, de Grande-Anse et de Rivière-aux-Rats avaient signé cette pétition dans laquelle ils demandaient à l'évêque de Trois-Rivières de limoger le curé Damphousse, alléguant qu'il se désintéressait de ses paroissiens; ils n'avaient pas osé préciser que leurs missions devraient être confiées à un prêtre capable d'assumer son célibat en respectant les filles et les femmes. Après l'incendie d'avril 1925, certains signataires avaient bien cru que le bon Dieu les avait punis par le feu parce qu'ils avaient dénoncé un prêtre.

Même si elle n'en pratiquait aucune, Anne s'intéressait à toutes les religions. Ne jugeant ni leurs rites ni leurs dogmes, elle s'interrogeait cependant sur le célibat que certaines exigeaient de leurs prêtres. Pour elle, qu'un Dieu contraigne ses créatures à vivre contre leur nature tenait de l'aberration.

Sans excuser le curé Damphousse, Anne éprouvait de la pitié pour ce jeune prêtre isolé depuis sept ans dans les missions du Haut-Saint-Maurice. Elle devinait chez lui un ressentiment considérable à officier dans ce coin perdu, lui qui, ouvertement depuis quelques mois, ne cachait pas son désir de présider une cure à la ville. Le souvenir de Rose s'imposa à elle. Se doutait-il des conséquences de ses gestes?

Elle invita Ferdinand et Jos à s'asseoir.

– Eh bien, comment puis-je vous être utile, Ferdinand?

– On a pensé que ça donnerait plus de poids à notre pétition si vous la signiez aussi. Et puis...

Il hésita puis, intimidé, il balbutia :

– On m'a prié de vous demander... Accepteriez-vous de donner de l'argent pour notre chapelle? Ça pourrait inciter monseigneur à accélérer les choses...

Anne marqua un temps avant de lui répondre :

– Je ne crois pas que Mgr Cloutier apprécie ma signature parmi celles de ses bons catholiques. Par contre, Ferdinand, je pourrais vous appuyer dans votre démarche, mais j'y mettrais deux conditions.

– Lesquelles, madame?

– Que diriez-vous de vous engager, vous et les signataires, à donner de votre temps pour l'érection de votre chapelle? Moi, en retour, j'offrirais une somme d'argent équivalente à la main-d'œuvre que vous fourniriez. Une assurance couvrait presque tous les frais de reconstruction de la chapelle et du presbytère, il me semble. L'argent que j'avancerais comblerait la différence. Qu'en pensez-vous?

– Je vous remercie, madame, pour tout ce que vous faites pour nous autres.

Partout où elle séjournait, et particulièrement à Grande-Anse, Anne se faisait un devoir d'aider et de conseiller ses employés. En retour, ils la servaient bien et la protégeaient.

– Voici ma deuxième condition, Ferdinand. Mon don sera conditionnel au remplacement du curé Damphousse. Pourquoi ne pas composer une note à l'intention de votre évêque dans laquelle vous expliqueriez votre implication et la mienne? Je la signerai volontiers. Vous pourriez vous en charger, n'est-ce pas, Ferdinand? Vous avez de l'instruction après tout.

– Je trouverai bien quelqu'un pour m'aider, madame. Merci encore.

Ferdinand se retira en lui souhaitant un joyeux Noël. Puis, Jos s'empressa de lui transmettre une invitation de sa belle-mère, Elizabeth Wilson, qui serait honorée qu'Anne et ses enfants se joignent aux membres de sa famille et à quelques voisins pour le réveillon.

– Mais, Jos, n'est-il pas un peu tard pour accepter?

– Ma belle-mère a prévu votre réaction et m'a demandé de vous transmettre le message suivant : «Par chez nous, quand y en a pour quinze, y en a pour vingt!» Évidemment, M. Fowler sera aussi le bienvenu.

Loin d'être déçus de cette invitation inopinée, ses fils ainsi que Fowler furent enchantés par la perspective d'un réveillon à la mode de Grande-Anse. Anne avait apporté des présents de New York pour tous ses employés, mais rien n'avait été prévu pour les membres de la famille Wilson qui ne travaillaient pas pour elle, mais il était hors de question qu'elle arrive à cette réception les mains vides. Elle mobilisa donc les garçons, sauf Guy, qui dormait déjà pour la nuit, afin qu'ils l'aident à confectionner des bas de Noël en se servant des chaussons en laine du pays qu'elle s'amusait à tricoter tout au long de l'année. Les décorer, les remplir d'oranges, de cannes en sucre d'orge, sans oublier les traditionnelles pièces de monnaie qu'elle multiplia avec un plaisir évident, les aida à patienter. À la différence d'Alexander, Bud ne manifesta aucun enthousiasme à participer à ce bricolage de dernière minute.

Quand Alexander se retira, la laissant seule en compagnie de Bud et Fowler, Anne aborda avec circonspection sa rencontre de la veille avec Jimmie. Bud entendait parler d'une éventuelle réconciliation pour la première fois. Cramoisi, se contenant difficilement, il interrompit sa mère.

– Malgré tout le respect que je vous dois, je ne peux croire que vous ayez même songé à entrevoir la possibilité d'une seconde alliance avec lui. Après tout ce qu'il nous a fait!

Le mot «lui» avait été prononcé avec un tel mépris qu'Anne en frémit. Si Bud avait dit «ce qu'il *vous* a fait», elle aurait eu la riposte plus aisée. Elle avait prévu une opposition musclée de la part de son fils aîné, mais jamais elle n'aurait imaginé une telle charge d'agressivité. Croyant trouver un appui, Anne se tourna vers Fowler et mentionna que Jimmie avait accepté de rencontrer Jung ou Baynes, ce qui représentait une énorme concession pour lui. Lorsqu'elle lui confia le désir de Jimmie qu'elle l'accompagne à Zurich, Fowler répondit fermement :

– Fee, forcez-le à franchir seul cette étape, cela prouvera sa bonne foi.

Tendu comme un arc, Bud intervint de nouveau.

– Il vous manipule, mère, en vous laissant croire qu'il se soumettra à cette psychanalyse. Je n'en crois pas un mot. C'est un menteur de la pire espèce. Mon père est incapable d'introspection.

– Ça suffit, Bud! Je désirais un avis, et non de méchantes accusations. Tu te prépares une nouvelle vie, Bud, loin de la maison. T'es-tu seulement demandé ce que je ressentais?

Ébranlé, Bud la pria de réfléchir plus longuement, affirmant, entre autres choses, qu'elle avait bien plus à perdre qu'à gagner dans cette histoire. Et Fowler appuya les objections de

Bud en avançant que James Stillman cherchait certainement une occasion de réhabilitation sociale. Avec bien plus de véhémence que lors de leur rencontre à Milwaukee quelques mois plus tôt, Fowler remettait lui aussi en question les motivations de James Stillman. Peinée, Anne constata que ni Bud ni Fowler n'avaient évoqué le bonheur ou l'amour.

Elle réussit à calmer quelque peu leur emportement en leur rappelant qu'elle et Jimmie avaient eu la chance de partager joies et peines pendant de nombreuses années avant de se séparer et qu'il ne lui apparaissait nullement inconcevable de pardonner et de se réconcilier avec son premier amour. Même si la décision lui appartenait, elle aurait tout de même apprécié plus d'encouragement de leur part.

Il avait été convenu qu'ils se joindraient aux Wilson après la messe de minuit. Vers minuit et demi, Bud se rendit à l'étable pour atteler la jument, Nelly. Il avait grand besoin de ce moment de solitude, encore secoué par les révélations de sa mère. Il profitait de son premier congé depuis son entrée à Princeton en septembre. Cette session s'était avérée satis-faisante à plusieurs points de vue. Tout d'abord, aucun de ses camarades de classe ne connaissait ses antécédents familiaux, et il chérissait cet anonymat. De plus, il avait eu l'occasion de se consacrer à la science qui le passionnait le plus : la biologie. Enfin, il avait développé une solide amitié avec un type déterminé et courageux que la vie n'avait pas épargné non plus. Atteint de paralysie cérébrale aggravée de violents spasmes musculaires, Earl Carlson travaillait quelques heures par semaine à la bibliothèque de Princeton, où Bud avait fait sa connaissance. Les deux garçons suivaient également quelques cours ensemble. Originaire d'une famille d'ouvriers de Minneapolis, Earl devait sa présence à Princeton à sa persévérance de même qu'à l'aide financière de quelques protecteurs. Bud songea, amusé, que tous deux, chacun à sa façon, se voyaient comme des marginaux : plusieurs évitaient la compagnie de son ami, ne sachant comment se comporter en présence d'un handicapé de son espèce, et lui fuyait les gens de peur qu'ils ne décèlent son «handicap» familial. Même si Bud considérait Earl comme un ami sincère, il ne lui avait encore rien révélé de son passé.

À quelques reprises au cours des derniers mois, son père avait tenté un rapprochement. Il l'avait invité plus d'une fois à partager un repas, lui avait fait parvenir des articles de revues ou de journaux traitant de pyrotechnie ou de découvertes scientifiques, accompagnés de messages laconiques tels que : «On m'a dit que cela t'intéresserait, mon fils.» Effectivement, ces sujets le passionnaient, mais juste lire ce «mon fils» suffisait à susciter la colère de Bud. Une semaine à peine après le début de ses cours à Princeton, James Stillman lui avait expédié un microscope ultraperfectionné qui aurait fait l'envie de plusieurs collègues. Pourtant, Bud s'était empressé de l'offrir à son professeur de phytobiologie. Il ne voyait pas le jour où il serait capable de pardonner à son père son comportement de dépravé. Comment sa mère le pourrait-elle?

Nelly secoua énergiquement la tête quand Bud voulut fixer la bride. Tout en lui murmurant des paroles apaisantes, il compléta son geste. Bud anticipait avec joie sa soirée chez les Wilson, comblé par cette invitation-surprise. Il lui tardait de revoir Isaac, son compagnon d'excursion favori après Georges Giguère. Là, l'atmosphère serait à la fête et il espérait oublier, pendant cette nuit de Noël à tout le moins, cette situation familiale qui le mortifiait.

Dès que Nelly se mit en marche, une dizaine de clochettes suspendues au harnais tintèrent. En d'autres circonstances, Bud en aurait été amusé. Il guida la jument jusque devant la grande maison où son frère Alexander l'attendait, impatient. Celui-ci grimpa à ses côtés sur le banc avant du traîneau. Les garçons recouvrirent leurs jambes d'une peau d'ours. Anne et Fowler montèrent derrière eux et firent de même.

En contemplant la myriade d'étoiles qui scintillaient sur la neige, durcie par une pluie récente, Anne adressa à l'Infini un message de gratitude. Même si elle n'avait pas reçu le soutien escompté, au moins l'altercation qui l'avait opposée à son fils s'était-elle terminée sur une note de conciliation. Cinq ans auparavant, comment aurait-elle réagi si on lui avait prédit son présent dilemme? L'impétueuse réaction de Bud lui paraissait plus compréhensible.

Quelques kilomètres seulement les séparaient de la maison des Wilson qui, sauf les soirs de fêtes, servait de relais aux travailleurs et aux voyageurs. Ils saluèrent au passage les derniers fidèles qui revenaient de la messe de minuit. Exceptionnellement, cette année, un missionnaire oblat avait officié à la ferme des Ritchie sur la rive ouest de la Saint-Maurice.

Des rires et des éclats de voix fusèrent dès que Johnny Wilson, l'aîné des fils d'Elizabeth, leur ouvrit, et une bonne odeur de tourtières chatouilla leurs narines. Elizabeth essuya ses mains noueuses sur son tablier de toile à carreaux et embrassa ses invités avec empressement. Annie, l'aînée des sept filles de la maison, et Lena, la plus jeune, encadrèrent leur mère pour l'aider à débarrasser les invités de leurs manteaux et de leurs couvre-chaussures. Elles embrassèrent à leur tour les arrivants. Attentive, Anne ne nota chez Lena ni trouble ni gêne lorsqu'elle s'approcha de Bud, que le plaisir de retrouver un bon camarade. Aurait-elle mal interprété les sentiments de Lena lors de son dernier séjour?

Empêtré avec sa pile de bas de Noël, Bud pria Isaac de les suspendre au-dessus du poêle à bois. Un immense sapin trônait dans un coin de la salle de séjour, entièrement décoré de rubans chamarrés et de guirlandes où alternaient des grains de maïs éclatés et de minuscules fruits rouges. L'ingéniosité de ces gens modestes ne cessait de fasciner Anne. De plus, jamais dans «son» monde il n'aurait été concevable d'être invité ainsi à la dernière minute, encore moins d'accepter une telle invitation.

Bud adorait l'atmosphère de la maison des Wilson, chaleureuse, simple et si hospitalière. En passant près de lui, Elizabeth ébouriffa ses cheveux blond-roux. Si elle parlait peu, Elizabeth aimait toucher. Loin de s'en offusquer, Bud l'appréciait, lui qui avait été élevé dans un milieu où les caresses n'étaient guère de mise.

Une fois la tournée de bienvenue terminée, Elizabeth les pressa de se rassembler autour de la table. Les filles se chargèrent du service, remplissant les assiettes à ras bord avec du ragoût de boulettes de porc accompagné de pommes de terre, de carottes, de tourtières et d'étranges petites boules de pâte remplies de viande finement hachée. Anne goûta la première à ce mets inédit pour les Stillman.

– Mais quel est donc ce délice qui fond dans la bouche, Elizabeth?

En riant, son hôtesse lui expliqua que les «plottes», ce plat traditionnel du temps des fêtes dans la vallée de la Saint-Maurice, étaient faites d'une pâte semblable à celle des tourtières, farcie avec de la viande de porc et cuite dans un bouillon de poulet ou de dinde. Gourmande de nature, Anne, qui ne devait sa minceur qu'à l'activité physique à laquelle elle s'astreignait chaque jour, en redemanda.

Entouré d'Isaac et de Johnny, Bud riait de bon coeur. Anne nota avec soulagement qu'il était encore capable d'espièglerie et d'empathie. Tout au long du combat qui l'avait opposée à Jimmie, Bud avait pris parti contre son père, l'appuyant, elle, inconditionnellement. Il lui faudrait du temps pour comprendre que logique et bon sens ne guidaient pas forcément toutes les décisions.

Malgré les vives objections d'Anne, Elizabeth lui servit un échantillon de chacun de ses desserts. Gâteau décoré pour imiter une bûche de bois, tartes au sucre, galettes à la mélasse, autant de délices auxquels Anne ne put résister.

– Mangez! Mangez! s'exclama Elizabeth en rajoutant des sucreries dans les assiettes de ceux qui protestaient encore. Vous danserez tantôt pour mieux digérer.

Seul Fowler s'abstint de prendre du dessert. Anne fut saisie par la pâleur du jeune homme. Même lorsqu'il se disait en santé, une certaine fragilité émanait de sa personne.

Les garçons quittaient la table les uns après les autres pour se regrouper au salon tandis que les filles desservaient. Même si son personnel, incluant deux des filles d'Elizabeth, assumait habituellement toutes ses corvées domestiques, Anne jugea tout à fait normal dans les circonstances d'aider à la vaisselle.

Mais les filles éloignèrent gentiment Elizabeth et Anne, qui en profita pour confier à son hôtesse à quel point la santé de Fowler la préoccupait.

Elle lui décrivit son manque d'énergie, ses problèmes de digestion et sa fatigue chronique. Sans hésiter, Elizabeth l'entraîna dans la dépense attenante à la cuisine, lui affirmant qu'elle avait là tout ce qu'il fallait pour soulager le jeune homme. Un côté de cette remise servait à ranger les provisions destinées à la table, et l'autre ressemblait à une véritable officine d'apothicaire. Des bottes d'herbes accrochées aux murs et des branches de sapin baumier empilées sur une des tablettes parfumaient la petite pièce. Anne s'imagina un moment dans l'antre d'une sorcière bienfaisante. Une foule de petits pots de verre contenant racines, fruits séchés ou plantes broyées s'alignaient dans un ordre parfait. Sa lampe à la main, Elizabeth, qui ne savait ni lire ni écrire, promena son doigt sur les contenants qu'elle avait identifiés par un dessin ou un gribouillage rappelant ceux de jeunes enfants. Elle arrêta finalement son choix et déposa dans un pot deux boules de la taille d'un jaune d'œuf recouvertes d'un liquide odorant.

– Faire boire le liquide demain matin, madame. Le malade doit être à jeun.

– Dites-moi au moins ce que c'est, demanda Anne, intriguée.

– C'est miraculeux, madame, répondit Elizabeth, ajoutant à voix basse : Des testicules de castor macérés dans du gin.

L'éclat de rire qui suivit fut aussitôt couvert par une musique entraînante provenant du salon. Armoires et fauteuils avaient été déménagés pour donner plus de place aux musiciens et aux danseurs. Lena à l'accordéon, un dénommé Robert au violon, Annie agitant deux contenants de métal à demi remplis de pois séchés et Johnny grattant une planche à laver les vêtements avec un bout de bois formaient l'orchestre. D'une seule voix, avec tous les autres invités, en tapant énergiquement du pied, ils chantaient : «C'est comme ça que ça se passe dans le temps des fêtes…» Pendant ce temps, Bud tentait d'imiter Isaac qui entrechoquait deux cuillères entre sa main et sa cuisse. Lena l'observait, amusée par sa gaucherie, touchée par son opiniâtre volonté à réussir tout ce qu'il entreprenait, même dans les gestes les plus simples.

La jeune fille abandonna son accordéon et se dirigea vers Bud avec l'intention de lui montrer comment procéder. Elle se pencha vers lui et toucha sa main. Bud releva la tête et la contempla comme s'il la voyait pour la première fois. Son chandail de fin lainage mettait en évidence la ligne de son cou, la courbure de ses seins. Le cœur de Bud s'arrêta net et son regard se perdit dans le sien. La lueur des chandelles se reflétait dans les yeux de Lena, d'un bleu si pâle et paradoxalement si intense. Pourquoi n'avait-il pas remarqué auparavant la candeur de ce sourire, ces dents parfaitement blanches, sa peau de satin rappelant la nacre? La musique n'était plus que lointain murmure. Le temps s'était arrêté. Où donc était passée l'enfant dont il avait tant admiré le courage et la ténacité? Cette femme, dont il sentait à présent la chaleur, le souffle et la débordante énergie, l'émouvait plus que tout. Jamais la proximité d'une fille ne l'avait troublé à ce point.

Doucement, elle lui prit les cuillères des mains, les plaça dos à dos et lui indiqua la manière de tenir les manches, l'un entre l'index et le majeur, et l'autre entre le majeur et l'annulaire, afin de créer l'espace nécessaire à la percussion. Jamais apprentissage n'avait été si doux. Il souhaita prolonger éternellement cet instant magique.

Lorsque Lena reprit son accordéon, le monde de Bud avait changé. Une révélation! Voilà comment il expliquait ce sentiment qui l'habitait jusqu'au tréfonds de son être. Les doigts de Lena couraient maintenant tantôt sur les blanches, tantôt sur les noires, sans aucune fausse note, et elle n'avait d'yeux que pour lui. Lumineuse Lena!

Appuyée au chambranle de la porte du salon, son petit pot à la main, Anne était hypnotisée par le visage de son grand. Lena, quant à elle, resplendissait.

Quelle étrange destinée! Tandis que le père de ses enfants la courtisait de nouveau, son fils s'apprêtait-il à vivre une histoire d'amour? Bud et Lena s'enveloppaient d'un regard tellement intense qu'un fil d'argent semblait les lier l'un à l'autre. Anne sourit. Non, elle ne soulèverait aucune objection si un jour son fils fréquentait cette brave fille.

Jos la tira de sa réflexion en lui offrant le choix du prochain refrain. Spontanément, elle demanda « la musique de l'homme avec la corde autour du cou ». Jos devina son désir et donna le coup d'envoi à l'orchestre en criant :

– Pour vous, madame, le *Reel du pendu*!

Tous furent conviés à une danse carrée animée par Jos. Même Fowler, qui semblait avoir momentanément retrouvé la forme, se laissa gagner par l'euphorie. Il rejoignit Anne et les autres qui suivaient à la lettre les instructions de Jos, celui-ci les entraînant d'abord dans une ronde où tous se tenaient la main, puis les faisant tourner follement deux par deux. Jos ne leur laissa aucun répit. Anne riait tellement qu'elle avait du mal à suivre le rythme. Ici, pas de col empesé, aucun bijou de collection, nulle conversation savante, que de l'entrain!

Les rengaines endiablées se succédèrent jusqu'aux petites heures du matin. Ne restaient à l'orchestre que Robert et Johnny, car Lena et Bud dansaient aussi, amarrés l'un à l'autre.

Anne les observait, remuée. Simultanément, elle ressentit une exquise légèreté. Sa décision s'imposa, limpide, sans équivoque. Sans tarder, elle enverrait un télégramme à James Stillman.

4

Le vendredi 5 février 1926

Encore sous le coup de la surprise, John Kennedy Winkler relut l'invitation d'Anne Stillman. Malgré son horaire surchargé au *New York American*, il était hors de question de rater ce rendez-vous, d'autant que l'adresse proposée pour la rencontre était celle de James Stillman. Mieux que personne, le reporter connaissait l'aversion de cet homme pour la publicité. Que se passait-il donc?

Nostalgique, il se remémora son rôle de conseiller personnel auprès de Mme Stillman au moment du procès qui l'avait opposé à son mari. Il s'était attaché à cette femme courageuse et volontaire bien plus que sa fonction ne le lui demandait. Son parfum, les modulations de sa voix, Winkler se les rappelait avec acuité, même s'il avait eu peu de contacts avec elle depuis. Il n'ignorait évidemment pas que les avocats de son mari avaient maintes fois interjeté appel et qu'au cours des derniers mois une rumeur persistante avait circulé selon laquelle elle referait sa vie avec le jeune Fowler McCormick. Si tel était le cas, ce n'est certes pas chez son mari qu'il obtiendrait une confirmation. Il lui tardait de résoudre cette énigme.

À l'heure convenue, Winkler se présenta au 9 de la 72e Rue Est, où un valet l'escorta jusqu'à une bibliothèque du premier étage. James Stillman l'accueillit avec un sourire narquois, contrastant fort avec son habituelle affectation. Sa

79

femme arriva sur ces entrefaites. Un bandeau de soie jaune retenait ses cheveux, et ses vêtements d'allure décontractée allongeaient encore sa silhouette juvénile. Winkler s'étonna qu'à la mi-quarantaine elle en paraisse à peine trente. Se tournant vers Stillman, il le surprit à envelopper tendrement sa femme du regard. Sa vie de reporter avait été jalonnée de faits inattendus, d'invraisemblances et de curiosités. Pourtant, l'attitude de cet homme le prenait au dépourvu.

Le banquier déclara enfin :

– Quelles que soient les conséquences de la décision que nous venons de prendre, je dois les accepter. Je sais que tôt ou tard le public sera saisi de ce que nous préparons en secret et je consens à ce qu'il en devienne le témoin.

Visiblement amusée, Anne s'adressa à Winkler.

– Avez-vous souvenance de m'avoir affirmé, à notre première rencontre, que je pouvais avoir confiance en vous ?

– Absolument, madame. À cela, vous m'aviez répondu que la confiance se gagnait.

– Eh bien, puisque vous avez mérité vos galons haut la main, nous avons résolu de partager la nouvelle de notre réconciliation avec le public, par vos bons offices.

Interloqué, Winkler apprit que les Stillman s'apprêtaient à s'embarquer peu avant minuit sur l'*Olympic* à destination de Cherbourg. Anne avait convaincu son mari de mettre John K. Winkler dans la confidence, persuadée qu'il valait mieux informer que subir la presse. Sachant qu'un journaliste découvrirait inévitablement leur secret, elle fournissait à Winkler l'occasion de publier un « scoop », en reconnaissance des précieux conseils qu'il lui avait jadis prodigués. Le reporter accepta d'attendre après leur départ pour publier la nouvelle. Anne réitéra sa conviction que la presse et l'opinion publique avaient eu une influence déterminante dans sa victoire, comme le journaliste le lui avait prédit cinq ans auparavant. James Stillman intervint alors avec fermeté.

– Vous aviez tout à fait raison, mon garçon, en affirmant dans vos articles que j'étais distant avec les journalistes et avec le public. J'avoue avoir été méprisant vis-à-vis de leurs demandes. Mais, voyez-vous, j'ai une passion, quasi une obsession, pour le respect de la vie privée. Je reste convaincu qu'une querelle conjugale ne devrait jamais être étalée sur la place publique. Lorsque j'ai constaté que mon action en divorce m'entraînait dans cet horrible scandale, je me suis réfugié sous une carapace. Était-ce une erreur?

Il s'arrêta un moment, jaugea Winkler, puis ajouta :

– Si vous décidez d'écrire sur notre présente réconciliation, je vous demanderais de refléter toute la dignité avec laquelle nous envisageons notre démarche.

Son expression bienveillante et sa gentillesse le rendaient étonnamment sympathique. Jamais Winkler n'aurait pensé caractériser ainsi James Stillman, cet homme tant décrié par la presse pendant le procès. Son allure dégagée le déroutait.

Le journaliste accepta de partager leur dîner. Au rez-de-chaussée, des trophées de chasse ornaient le manteau d'une cheminée où brûlaient des bûches d'érable. Alexander, leur fils de quatorze ans, et Benjamin Smith, courtier à la Bourse et ami de la famille, se levèrent à leur arrivée dans la salle à manger.

– Grâce à Benjamin, nous pourrons voyager incognito, dit James Stillman en présentant Smith, responsable de la firme de courtage Prentice & Selpack.

Avec l'enthousiasme de celui qui vient de réussir un bon coup, il sortit de la poche de son veston un passeport et deux billets de la White Star Line, l'un au nom de Benjamin Smith et l'autre à celui d'Henrietta Fuller, leurs noms d'emprunt pour la traversée. Deux cabines distinctes leur avaient été assignées, soit la 88 et la 98 du pont C de l'*Olympic*.

Sur ce même bateau, en juillet 1920, un huissier avait remis à Mme Stillman et à son fils Guy les documents responsables de leur interminable bataille juridique, encore considérée par le *New York American* comme le procès du siècle. «Quel cynisme!» songea Winkler.

– Nous n'avons pas délibérément choisi l'*Olympic*. Ce sera néanmoins l'occasion d'exorciser mon malheureux voyage de 1920… Ce fut d'ailleurs ma dernière traversée, vous savez, intervint Anne.

Avait-elle lu dans ses pensées ? Winkler ne nota aucune hostilité dans ses paroles. Anne Stillman utilisait le ton neutre de l'information.

– Quant à moi, enchaîna le mari, je crois que mon dernier voyage en Europe remonte à 1914.

– Mais non ! Voyons, Jimmie, n'as-tu pas séjourné à Londres à pareille date l'an passé ?

Le banquier tiqua tout en se frottant le menton.

– Mais elle a parfaitement raison. Voilà maintenant qu'elle connaît mes déplacements mieux que moi ! ajouta-t-il, misérieux, mi-amusé.

Winkler perçut une pointe de contrariété sur le visage de Stillman. Toutefois, celui-ci retrouva bien vite son entrain en racontant ses efforts pour inclure à la dernière minute le nom de sa femme sur son passeport, le sien étant périmé depuis plus d'un an. Pour ce faire, elle avait dû signer une déclaration sous serment permettant à son mari d'agir en son nom. « Aux yeux de la loi, songea Winkler, cette pièce sera considérée comme une preuve irréfutable de pardon mutuel. »

– Nous avons fait la paix entre nous et en nous. Ma femme m'a convaincu de me rendre à Zurich pour y rencontrer le psychanalyste Godwin Baynes. Nous désirons mettre toutes les chances de notre côté, vous comprenez ? Cette réconciliation sera-t-elle durable ? Nous l'espérons du fond du cœur, n'est-ce pas, Anne ?

Elle lui manifesta son assentiment d'un léger signe de tête, puis ajouta :

– Il y a plus. J'ai maintes fois affirmé que les parents étaient des partenaires dans l'éducation de leurs enfants et que ce partenariat ne pouvait être dissous, pas même par le divorce. Pour le bien des enfants, il est préférable, quand la situation le permet évidemment, que leurs deux parents vivent ensemble.

Stillman sortit ensuite de sa poche un billet en demandant à sa femme l'autorisation de montrer au journaliste ce mot qu'elle lui avait remis quatre semaines auparavant au moment de leur rencontre au Ritz-Carlton de Montréal, là où il s'était formellement engagé à consulter le docteur Baynes.

– Tu l'as conservé? Redeviendrais-tu sentimental, Jimmie Stillman? dit-elle, taquine.

Le journaliste reconnut cette écriture singulière qui l'avait tant ému quelques années auparavant. Que pouvaient bien signifier tous ces cercles et ces barres de *t* étonnamment longues? Son voisin au journal, féru de graphologie, l'aiderait peut-être à le découvrir.

La vie et l'amour sont à l'opposé des contes de fées, amers comme la mort, mais également remplis de merveilles à la démesure de Dieu, s'il existe. Ce qui nous arrive me dépasse. Voilà pourquoi je devrai grandir pour m'y sentir plus à l'aise...

Ce message reflétait le lyrisme dont il savait son auteur capable, mais le laissa perplexe. Témoin d'une bataille bien plus susceptible d'engendrer amertume que pardon, il était stupéfait qu'elle, elle surtout, soit prête à passer l'éponge.

– Vous semblez surpris de notre décision, monsieur Winkler, et vous n'êtes pas le seul. Mon fils Bud, pour sa part, doute du bien-fondé de notre démarche. J'ai eu droit à quelques mises en garde lorsque je lui en ai fait part, expliqua Anne, riant sous cape de son euphémisme.

– Il en va tout autrement de notre grande fille, vous savez, s'empressa d'ajouter Stillman. Je suis convaincu qu'elle sera ravie de recevoir le télégramme que je lui ai envoyé aux Indes hier par l'intermédiaire d'une succursale de la National City Bank.

James Stillman siégeait toujours au conseil d'administration de cette puissante institution dont il avait été le président jusqu'à ce qu'il soit forcé de démissionner, en 1921, lorsque sa double vie avec Florence Leeds avait fait la une des journaux. Son poste de membre du conseil lui permettait

83

néanmoins de jouir encore de certains privilèges, y compris celui d'avoir recours à l'occasion aux services du personnel des succursales installées de par le monde.

La fille des Stillman, Anne, avait accompagné son mari aux Indes dans l'espoir de trouver un remède au problème pulmonaire chronique qui handicapait tant le jeune homme. Après avoir consulté les meilleurs spécialistes d'Amérique, sans aucun résultat, ils avaient misé sur la médecine orientale.

— Nous espérons que notre séjour à Paris coïncidera avec leur retour, intervint Anne. Quel plaisir ce serait de dévaliser les boutiques avec ma fille. Tu occuperais Henry pendant ce temps, n'est-ce pas, Jimmie?

Il acquiesça, guilleret. Toutefois, quand Winkler voulut obtenir plus de détails sur sa prochaine rencontre avec le docteur Baynes, il se heurta à une fin de non-recevoir. Même si le journaliste avait apparemment gagné la confiance de son hôte, celui-ci considérait la question comme beaucoup trop personnelle.

— Je respecte la réserve de Jimmie, dit Anne, mais, après toutes les épreuves que nous venons de traverser, je crois sincèrement que le docteur Baynes peut nous aider à mieux vivre notre vie de couple au quotidien.

Le journaliste ne prenait aucune note, mais il enregistrait mentalement le mot à mot de cette rencontre. Pendant toute la durée du repas, Alexander et Benjamin Smith intervinrent à l'occasion, interrogeant Anne et James sur leurs projets, leur itinéraire, sur les détails de ce voyage si particulier. Alexander aurait tant aimé savoir ce qui se passerait à leur retour. Où habiteraient-ils? Qu'adviendrait-il de Grande-Anse? Quelle école allait-il fréquenter? En réponse à ses questions, ses parents furent incapables de lui donner des certitudes, insistant qu'il lui faudrait, comme eux, envisager un jour à la fois.

— Mère, combien de temps serez-vous absente? demanda l'adolescent d'une voix pathétique.

— Quelques semaines, tout au plus. Tu n'auras pas le temps de t'ennuyer, tu verras.

– M'écrirez-vous ?

– Évidemment, mon grand.

Winkler se demanda si le garçon ne fondrait pas en larmes tant il semblait ébranlé par le départ de ses parents, par celui de sa mère surtout.

Vers les vingt-deux heures trente, le signal du départ fut donné. Même si sa Rolls-Royce ronronnait depuis presque une heure déjà, Stillman héla un taxi. Anne et lui arriveraient au quai séparément, pour tenter ainsi d'échapper aux journalistes, toujours nombreux au départ d'un transatlantique. La voiture jaune se plaça entre la limousine et l'automobile de Winkler qui, juste avant de sortir, demanda aux Stillman une dernière faveur.

– Avant votre arrivée à Cherbourg, accepteriez-vous de me transmettre par câble, votre appréciation de la traversée ? Imaginez l'effet sur nos lecteurs.

Les Stillman échangèrent un regard. Manifestement, Anne n'y voyait aucune objection. Après une légère hésitation, son mari donna son accord.

Plus solennel que jamais, son chapeau de feutre à la main, le banquier attendit à côté de son chauffeur que sa femme sorte de la maison à son tour. Il s'engouffra dans sa limousine au moment où elle le gratifiait de son plus beau sourire. Vêtue d'un manteau de phoque, Anne babillait au bras de Smith, qui la conduisit au taxi. Avant d'y monter, elle salua de la main Alexander à la fenêtre et Winkler derrière elle.

Dès que la voiture se mit en marche, Anne, épuisée, ferma les yeux. Elle se sentait partagée aussi, mais surtout accablée de doutes depuis qu'elle avait consenti à accompagner Jimmie. Euphorie et circonspection, optimisme et appréhension s'affrontaient encore furieusement en elle. Quand donc viendrait-elle à bout de son ambivalence vis-à-vis de Jimmie ? Elle se remémora le jour de son mariage et, décontenancée, constata qu'elle avait été envahie par des sentiments similaires quelques heures avant la cérémonie. Pourtant, elle avait affiché une assurance sans faille, comme aujourd'hui. De tout temps, seul le docteur Baynes avait vraiment su déceler son insécurité.

Elle sortit de sa poche le télégramme qu'elle avait fait parvenir l'après-midi même à Fowler McCormick. Sa santé s'étant remarquablement améliorée depuis les fêtes, il avait prolongé de quelques semaines son séjour à Grande-Anse.

Rien ni personne ne pourra me détourner de la décision que nous avons prise, Jimmie et moi. Mon intuition me dit que j'ai raison. Jusqu'à ce jour, jamais elle ne m'a trahie. Guérissez vite, Fowler. Transmettez mon affection à Guy.

En reprenant la vie commune avec Jimmie, elle ne voulait ni renoncer à son amitié pour Fowler ni sacrifier la quiétude acquise au prix d'innombrables remises en question et d'analyses personnelles. Y arriverait-elle? Elle se rappela le conseil qu'elle et Jimmie avaient donné à Alexander quelques minutes plus tôt et décida de le raffiner. Pour contrer son incertitude, elle vivrait non pas une journée, mais une heure à la fois.

Le taxi bifurqua de la 5ᵉ Avenue vers l'ouest sur la 14ᵉ Rue, et s'arrêta au quai de la White Star Line à vingt-trois heures, une heure pile avant le départ prévu de l'*Olympic*. Quel imposant bâtiment! La base de ses quatre cheminées vivement éclairées semblait recouverte de feuilles d'or. Les ponts scintillaient de mille feux, tel un palais un soir de fête.

Jamais départ ne fut aussi tapageur. Parmi les quelques milliers de personnes venues saluer amis et parents, ou simplement les curieux qui désiraient voir ce mastodonte lever l'ancre, plusieurs centaines de collégiens soulignaient bruyamment le départ de quelques camarades pour l'Europe, en chantant et en criant à tue-tête.

Anne se fraya un chemin dans la foule jusqu'à la passerelle d'embarquement de la première classe où Jimmie, accompagné de son valet, la précédait d'une dizaine de mètres. Anne et Jimmie s'étaient donné rendez-vous pour un verre, dès que le bateau aurait levé l'ancre. Pour l'instant, Anne se dirigea vers sa cabine au son des cloches et des gongs qui résonnaient violemment, pressant ainsi les visiteurs à quitter le bateau.

L'*Olympic* offrait à ses voyageurs de première une soixantaine de suites. Onze styles différents leur étaient proposés, de l'époque jacobite à l'époque Empire. Rien n'avait été épargné. Boiseries d'acajou, lustres à profusion, foyers munis d'un mécanisme électrique imitant à s'y méprendre le feu de bois, mobilier de la même facture que la décoration. La suite Louis XIV que lui avait réservée Jimmie pouvait rivaliser avec celles des hôtels les plus chics d'Amérique et d'Europe. Autant Anne appréciait la rusticité d'un camp en forêt, autant elle savoura la beauté de sa cabine.

Elle avait insisté pour qu'aucune domestique ne l'accompagne. Toutefois, une employée de l'*Olympic* affectée au service des chambres avait défait ses malles, transportées au cours de la soirée. Dans la salle de lecture adjacente au salon, ses livres fétiches avaient été déposés sur une table basse recouverte d'une marqueterie d'écailles et de cuivre. Sa longue séparation lui avait permis d'apprivoiser la solitude, un cauchemar transformé en besoin. Jimmie saurait-il le comprendre ?

À cette heure, elle n'avait ni l'énergie ni le courage de se lancer dans la lecture des publications de Jung dont elle se servirait pour aider Jimmie à préparer sa thérapie. Par contre, les poèmes de Housman l'aideraient peut-être à patienter.

Elle referma presque aussitôt le livret à reliure de cuir, incapable de se concentrer... Elle repensa à Jimmie. Ses accusations, puis l'interminable procès avaient alimenté sa colère et son ressentiment à un point tel que, pendant longtemps, elle n'avait vu que les erreurs et les torts de son mari, occultant complètement les siens, y compris ses paroles castratrices, remplies de « tu dois » et de « tu pourrais ». Étrangement, ce qui les avait d'abord séduits chez l'autre les avait ensuite séparés. Sa détermination était devenue opiniâtreté, la souplesse et la diplomatie de Jimmie, de la faiblesse. Jusqu'à sa thérapie avec le docteur Baynes, elle avait voulu se convaincre que tout était *sa* faute à lui : leurs échecs, ses maux de l'âme, tout. Elle n'avait vu aucun revers à sa médaille, comme si elle ne détenait aucun pouvoir sur sa propre vie.

Lorsqu'elle s'était enfin regardée sans faux-fuyants, avec ses forces et ses faiblesses, lorsqu'elle avait pris conscience qu'il lui était impossible d'être parfaite en toutes choses, elle avait découvert du même coup sa capacité à modifier soit les événements, soit son attitude face aux événements qui ne pouvaient être changés. Le besoin d'avoir raison à tout prix s'était évanoui, la libérant d'un poids incroyable. Dès cet instant, elle s'était affranchie de son désir de vengeance. Le pardon avait suivi.

Auparavant, lorsque son mari et elle discutaient, elle ne l'écoutait pas vraiment, préparant plutôt ses arguments afin de mieux marquer des points. Elle avait changé et Jimmie aussi. Sauraient-ils respecter leur promesse de sincérité et de franchise?

* * *

Trois jours après leur départ, ils ne s'étaient encore présentés ni à la salle à manger ni au restaurant du navire. Claquemurés dans l'une ou l'autre de leurs cabines, ils ne retournaient à leurs appartements respectifs que pour y passer la nuit. Toutefois, à la tombée du jour, Anne profitait de la pénombre pour arpenter le pont de la troisième classe, malgré les vents d'une extrême violence et le poudrin que charriait une mer déchaînée depuis le début de la traversée. Jugeant ces promenades essentielles à sa réflexion, elle parcourut ainsi plusieurs kilomètres.

La veille, un garçon de service l'avait aimablement abordée pour s'enquérir de sa santé, en l'informant qu'un grand nombre de passagers souffraient du mal de mer. Anne goûta sa chance car, à l'instar de Jimmie, elle avait le pied marin. Jamais encore elle n'avait subi les désagréments de la naupathie.

Même si elle effectuait sa quatrième croisière à bord de ce navire, Anne ne put s'empêcher d'évoquer la fin tragique du *Titanic* et du *Britannic*, frères jumeaux de l'*Olympic*. Un frisson de terreur la parcourut. La White Star Line avait certes effectué des modifications majeures à la structure du navire après le naufrage du *Titanic*, en doublant sa coque, en élevant des cloisons étanches entre chacun des compartiments et en réduisant le nombre de passagers. Il avait pourtant fallu des mois avant que « Le Magnifique », comme on l'avait surnommé au moment de son lancement en 1911, n'affiche « complet ». Anne éprouva un certain soulagement en songeant que l'*Olympic* était le premier de son espèce à s'alimenter au mazout plutôt qu'au charbon, ce qui diminuait considérablement les risques d'incendie. Ainsi, l'équipe de sapeurs-pompiers à bord était passée de plus de cent membres à six seulement.

À plusieurs reprises depuis le début de leur voyage, Jimmie lui avait signifié qu'il était prêt pour une réconciliation pleine et entière. Dans ces moments-là, Anne devait se faire violence pour ne pas succomber car, chaque fois qu'il la touchait, elle s'en trouvait intensément remuée. Pourtant, elle était encore incapable de se donner à lui. Au préalable, il devrait la convaincre que sa promesse de préparer sérieusement sa thérapie était plus que des mots.

Une vie de couple harmonieuse avec un compagnon qui refusait de se livrer lui apparaissait maintenant inconcevable. Jimmie parlait avec une très grande aisance de tout, sauf de lui, et si une discussion se corsait, il s'esquivait. De plus, jamais il n'avait reconnu l'ascendant néfaste, voire destructeur, de son père. Il minimisait l'influence qu'avait eue son passé sur sa vie d'adulte, avouant avec candeur qu'il ne se souvenait pas de l'enfant qu'il avait été, pas plus que de l'attitude de ses parents à son égard. Sa thérapie devrait l'aider à comprendre l'homme qu'il était devenu et, au besoin, à modifier ses comportements. Connaître ses motivations et naviguer en pleine conscience, voilà ce qu'Anne lui souhaitait ardemment.

Pendant des heures, ils avaient causé et argumenté, fouillé et étudié les préceptes de Jung, installés dans les fauteuils de rotin du pont-promenade privé attenant à l'une ou l'autre de leurs suites, bien emmitouflés dans d'épaisses couvertures de laine. De larges fenêtres les protégeaient de la bise mordante et de la mer démontée.

Jimmie se prêtait de bonne grâce au «supplice», comme il désignait son initiation aux préceptes de Carl Jung. Anne les lui présentait avec tant d'ardeur qu'elle réussit selon toute apparence à lui communiquer son enthousiasme.

– Tu vois, Jimmie, Freud veut tout expliquer par la sexualité tandis qu'Adler base nos comportements sur le complexe d'infériorité. Ce qui caractérise Jung, c'est sa certitude que notre vie est dominée autant, sinon plus, par l'esprit que par les instincts.

Longtemps elle lui parla de l'introverti et de l'extraverti, des types «pensée», «sentiment», «sensation» et «intuition», à la base des théories élaborées par le psychanalyste.

– Jimmie, j'adore quand Jung affirme que si nous n'étions soumis qu'à nos instincts, jamais nous n'aurions bâti de cathédrales. Ne le trouves-tu pas inspiré?

La regardant par-dessus ses lunettes, il lui déclara avec son sourire le plus enjôleur :

– Ne crois-tu pas que Freud a fait preuve de clairvoyance lorsqu'il a affirmé que l'évolution psychologique de tout individu est intimement liée au plaisir?

Anne rétorqua en riant :

– Sa vision te convient bien, n'est-ce pas?

Elle se rappela à quel point l'humour de Jimmie l'avait autrefois séduite, d'autant plus qu'il se manifestait toujours aux moments les plus inattendus. En réalité, jamais elle n'aurait accepté de partager la vie d'un homme dépourvu d'humour, élément qu'elle jugeait essentiel pour pimenter la vie d'un couple.

Jimmie la contempla d'abord amusé, puis si tendrement qu'elle en frémit. Sans un mot, il lui tendit les mains. Lentement, il l'entraîna vers le salon où une bûche semblait se consumer dans le foyer, créant une atmosphère chaleureuse. Les barrières qu'elle avait érigées pendant si longtemps s'effondrèrent d'un coup.

Le regard de Jimmie la troubla. Elle y devina l'intention précédant le geste, le désir précurseur de l'extase. Toute argumentation, toute explication devenait superflue, inutile. Comment se retrouvèrent-ils au lit? Leurs corps se reconnurent aisément, naturellement.

Aucune urgence aux gestes de Jimmie, empreints de douceur et de passion. Il n'avait rien perdu de ce don capable de transformer un instant en éternité. Il lui murmura tout ce qu'elle avait besoin d'entendre. Rien d'autre n'existait plus que sa bouche s'attardant au creux de son poignet, que sa main effleurant son cou. Il se souvenait par cœur de toutes les partitions, sans aucune fausse note pour briser le charme. À fleur de peau, au cœur de l'âme.

Elle qui, habituellement, aimait surprendre par ses initiatives n'était que langueur. Infatigable, Jimmie trouva un plaisir sans limites à même le plaisir de sa compagne, son épouse, sa femme. Il l'enveloppa de son corps, à l'écoute du sien. Et lorsque l'explosion les secoua, ils bénirent le ciel que personne ne connaisse la véritable identité de celle qui occupait la cabine 98 C.

Longtemps, ils demeurèrent blottis l'un contre l'autre. Puis, doucement, Anne prit la tête de Jimmie entre ses mains et la guida au creux de son épaule. Un sourire illuminait son visage. Était-il vrai, l'adage voulant que la vie ramène au premier amour? Elle caressa son crâne presque chauve, étonnée de la douceur de sa peau, puis elle suivit la longue ride, si profonde, entre le nez et le coin de la bouche. Comme il avait vieilli! Était-il moins beau qu'à vingt ans? Peut-être, mais combien plus séduisant. Jamais avant aujourd'hui elle n'avait perçu si clairement ce qui rendait un homme séduisant. Assurément, cet homme adorait l'Amour, la Femme. Il était intoxiqué, impuissant à concevoir la vie sans Elle. Rien, ni le pouvoir ni l'argent, ne conférait autant de saveur à son existence.

– Jimmie... au cours de nos dernières années de mariage, je te croyais snob, froid et prosaïque. J'étais dans l'erreur. Je me sens privilégiée de partager à nouveau ton intimité. Je crois sincèrement, Jimmie, que tu es un poète du cœur.

Les yeux de Jimmie se voilèrent. Malgré l'intensité de ce moment, il ne se permettrait pas de pleurer, elle le savait. Ils restèrent encore longtemps enlacés, silencieux, heureux. Des coups à la porte les firent sursauter. Ni l'un ni l'autre ne bougea. Une enveloppe à l'en-tête de la White Star Line glissa sous la porte. Anne attendit que les pas s'éloignent pour se lever, à regret.

– Hé bien! Un télégramme de M. Winkler, Jimmie. Il nous demande si nous accepterions de rencontrer un confrère à lui, qui est à bord, plutôt que de lui câbler nos commentaires. Je n'ai pas du tout envie de quitter notre retraite. Et toi, qu'en penses-tu?

– Honnêtement? Ça ne me plaît pas du tout. Je ne désire voir que toi, lui chuchota-t-il, l'attirant vers lui.

* * *

Chaussée d'espadrilles, bien emmitouflée dans sa fourrure, Anne devait souvent ralentir le pas, car Leonard Liebling, le délégué du *New York American*, la suivait difficilement. Le roulis faisait tellement incliner le navire qu'il avait peine à rester en équilibre. Par chance, d'immenses fenêtres protégeaient des embruns la promenade du pont B, réservée à la première classe. Son mari et elle s'étaient entendus pour se retrouver une heure plus tard. Si Anne jugeait le journaliste d'agréable compagnie, ils l'inviteraient à prendre le thé, sinon, Jimmie pourrait se soustraire à l'entrevue. Un regard suffirait à l'informer de l'opinion de sa femme.

– Mais que faites-vous donc pour avoir une forme aussi impressionnante? lui demanda Liebling en soufflant la fumée de sa cigarette.

– Je séjourne fréquemment au Canada et, dans mes excursions en forêt, escalader des montagnes abruptes ou marcher dans des sentiers à peine tracés pendant des heures est monnaie courante. Il s'agit d'occasions uniques pour développer l'endurance.

Après mille détours, le journaliste aborda enfin sa relation avec Fowler McCormick.

– Madame, il paraît que, à la suite de l'article de mon collègue annonçant votre réconciliation avec M. Stillman, certains ont insinué que vous vous rendiez à Paris pour divorcer discrètement. Est-ce vrai que Fowler McCormick vous a demandé en mariage?

Anne rit de bon cœur avant de lui expliquer :

– Mon affection pour Fowler McCormick n'est un secret pour personne. Même M. Stillman la connaît. Eh bien non, monsieur Liebling, cette rumeur n'a aucun fondement. Imaginez-nous dans cinq ans, moi dans la cinquantaine et lui encore dans la jeune trentaine. Je n'ai que faire des conventions... mais marier Fowler? C'est tout à fait ridicule. Par contre, mon amitié pour cet homme sera éternelle. Dans votre article, attardez-vous plutôt au fait que notre réconciliation nous comble, mon mari et moi.

– Vous venez de parler de conventions... Le monde auquel vous appartenez n'est-il pas régi par des règles qui n'acceptent aucun compromis?

– Le monde auquel j'appartiens réellement est fait de lacs et de rivières, de forêts et de grand air. Le saviez-vous, monsieur Liebling? Quant à la société, cette institution à laquelle vous faites certainement allusion, sachez que je la déteste, quoique j'aime et admire plusieurs de ses membres. Je ne peux endurer sa camisole de force, pas plus que la négation des émotions qu'on y impose. Je préfère, et de loin, la compagnie de gens simples, celle des enfants par exemple, avec leurs réactions spontanées, bien plus normales à mon sens.

Liebling, qui éprouvait toujours de sérieux problèmes d'équilibre, griffonna péniblement quelques notes pour ne pas oublier l'impression qui le submergeait. L'importance que cette femme accordait à la vérité et à la sincérité n'avait d'égale que son horreur pour l'artificialité. Elle s'exprimait avec une telle assurance qu'il lui demanda si elle avait déjà songé à rédiger son autobiographie.

– Mes mémoires? Non, monsieur Liebling. Je vis, je déguste, et c'est bien suffisant comme cela, ajouta-t-elle en riant.

Quand Anne avait convaincu Jimmie de dévoiler leur secret au public, il avait plus que tout appréhendé les entrevues auxquelles il devrait inévitablement se soumettre. Anne lui avait conseillé de ne dire que la vérité, pas nécessairement la vérité dans ses moindres détails, mais la vérité, simplement. Elle appliquait ce principe à la lettre et, fréquemment, l'entretien se transformait en un plaisant dialogue.

À son tour, elle s'amusa à interroger le journaliste, intriguée par sa présence à bord de l'*Olympic*. Originaire d'Allemagne, Liebling occupait depuis 1923 le poste de critique musical. Pianiste, compositeur et parolier, il se passionnait pour les opéras comiques. Régulièrement, il assistait aux spectacles les plus en vue d'Europe pour ensuite communiquer son analyse à ses lecteurs du *New York American*.

Lorsque Jimmie les retrouva, elle entraîna les deux hommes vers le magnifique escalier central et les guida vers le pont A où deux palmeraies avaient été aménagées à tribord, à l'avant. Naturellement, Anne respecta la vieille manie de Jimmie qui préférait s'asseoir face à la porte. Un simple clignement de l'œil l'informa qu'il appréciait son attention. Anne lui sourit. Se comprendre à demi-mot ou à un signe imperceptible à tout autre comptait indubitablement parmi les privilèges des vieux couples.

– Je vous remercie, monsieur Stillman, de vous joindre à nous. Je me sens comblé aujourd'hui.

Bien consciente que Jimmie n'était là que pour lui être agréable, Anne jubilait. Contrairement à ce que Bud lui avait prédit, il ne s'esquivait pas devant la presse.

Un garçon de service déposa les tasses de thé à demi remplies sur la petite table de rotin recouverte d'une nappe blanche. Malgré le roulis qui s'était encore accentué, le journaliste pouvait enfin prendre des notes ou consulter celles qui figuraient déjà dans son carnet sans risquer une chute.

– Monsieur Stillman, combien de temps prévoyez-vous demeurer en Europe?

– Nous n'avons ni itinéraire ni horaire. Nous voulons vivre notre deuxième lune de miel dans la spontanéité du moment.

– Lorsque vous reviendrez en Amérique, comptez-vous habiter New York?

– Nous prévoyons nous retrouver régulièrement à Pleasantville, répondit Anne, mais mon mari sera souvent retenu à New York pour ses affaires. Quant à moi, je désire passer le plus clair de mon temps au Canada.

– Est-ce que Guy vous accompagne?

– Guy est à Grande-Anse, au Canada, justement. Nous avons reçu hier un câble de sa gouvernante. Il va très bien. Son père est d'ailleurs très fier de lui, n'est-ce pas Jimmie?

Plutôt que de lui répondre, Jimmie sourit et emprisonna gentiment sa main entre les siennes. Puis, sans détour, Liebling aborda l'époque du procès. Même si Anne lui avait prédit le contraire, Jimmie avait espéré que, par simple courtoisie à son égard, le sujet serait évité. Il domina son agacement et répondit succinctement aux questions du journaliste. Il conclut en affirmant :

– De toute ma vie, jamais je n'ai rencontré batailleur aussi résolu et aussi magnanime qu'Anne. Je dois reconnaître que je fus très mal inspiré lorsque je lui ai fait remettre, sur ce même bateau, ces damnées mises en demeure…

– Tout cela appartient au passé, Jimmie.

La porte donnant sur le pont s'ouvrit brusquement, laissant entrer une bourrasque glaciale. Une des deux arrivantes s'exclama d'une voix haut perchée :

– Jimmie chéri, quelle surprise! J'ignorais que tu étais à bord!

James Stillman ferma les yeux un instant puis, dans un bête automatisme, présenta l'importune qu'Anne avait reconnue au premier coup d'œil. En mai 1921, pour le forcer à admettre que Florence Leeds était bien son amante, Anne l'avait menacé, par l'entremise de ses avocats, de divulguer les noms de treize autres femmes avec qui il s'était soi-disant commis. Cette femme était l'une d'elles.

– Permets-moi, Anne, de te présenter Helen Ogden. Madame Ogden, ma femme, Anne, et monsieur Liebling, journaliste au *New York American*.

Auraient-ils été en mesure de concevoir situation plus embarrassante? Les deux intruses se retirèrent dans un coin de la palmeraie, cachées par un mur de verdure. James Stillman toisa le journaliste qui l'observait curieusement. Avait-il fait le lien entre cette femme et son procès? Ne voulant à aucun prix s'exposer à des commentaires malencontreux, il sortit discrètement de sa poche un billet de cent dollars qu'il masqua de sa main en le glissant sur la table en direction du journaliste.

– Auriez-vous l'obligeance d'oublier cette rencontre, monsieur?

– Vous pouvez compter sur mon entière discrétion, fit Liebling, repoussant avec fermeté le billet offert.

L'entrevue se termina peu après. Anne, qui semblait la moins perturbée de tous, bouillait. Cette vive réaction la surprit. Elle n'ignorait pourtant pas l'existence de cette femme! Mais de la rencontrer ici, dans un moment pareil, tenait du sacrilège.

Oh oui, Jimmie était séduisant. Et sa réputation de séducteur le suivrait longtemps encore. Anne ressentit un urgent besoin de solitude et informa son mari qu'elle ne le reverrait pas avant le lendemain.

Le passé pourrait-il vraiment être oublié?

* * *

New York, le jeudi 11 février 1926

Au cours des derniers jours, les articles rappelant les faits saillants du procès des Stillman occupaient la une du *New York American*. Grâce au télégraphe de l'*Olympic*, Leonard Liebling avait transmis le compte rendu de son entrevue, que le journal avait aussi publié en première page.

Le samedi précédent, l'article de Winkler annonçant en primeur la surprenante réconciliation des Stillman avait suscité un vif intérêt chez les lecteurs du *New York American*, et l'information avait immédiatement été reprise par les principaux quotidiens de la métropole et d'ailleurs. Le chef de la salle des nouvelles approuva sans réserve le projet de Winkler qui se proposait de recueillir l'avis de personnes ayant été directement touchées par le procès.

Au téléphone, le reporter joignit d'abord Fred Beauvais à Montréal. Plus amer que jamais, celui-ci déclara avec une pointe de colère dans la voix :

– Leur réconciliation me laisse froid. Dieu seul sait combien de temps elle durera. Par contre, jamais je ne pourrai oublier que, malgré ma loyauté et ma fidélité, Mme Stillman m'a tourné le dos, moi qui n'ai jamais hésité à défendre son honneur, refusant même les sommes alléchantes offertes par les avocats de son mari.

Sans trop de ménagement, Winkler lui rappela l'histoire des lettres incriminant Anne Stillman et que Beauvais avait vendues aux avocats de son mari. L'ancien guide, insulté que pareils mensonges courent encore, soutint qu'il s'agissait d'un complot.

Winkler téléphona ensuite à Florence Leeds à sa résidence de Palm Beach en Floride. Danseuse de cabaret lorsqu'elle avait fait la connaissance de James Stillman, elle s'était métamorphosée, avec les années, en rentière respectable. Dès l'abord, le journaliste ressentit l'ouverture tranquille d'une personne n'ayant plus rien à cacher ou, présuma-t-il, satisfaite que justice lui ait été rendue. Winkler savait déjà que l'automne précédent James Stillman s'était engagé légalement à verser une allocation annuelle de vingt mille dollars à Florence Leeds jusqu'à la majorité de son enfant, et qu'à son vingt et unième anniversaire le jeune homme recevrait une somme de cent vingt mille dollars. Avant de proposer une réconciliation à sa femme, James Stillman avait donc reconnu son fils illégitime, Jay Ward, en plus d'assurer son avenir.

Florence Leeds admit d'emblée qu'elle avait lu les articles traitant de la réconciliation des Stillman. Contrairement à Beauvais, elle livra ses commentaires au journaliste avec une étonnante simplicité.

– Honnêtement, j'espère qu'ils seront heureux. J'ai sincèrement aimé cet homme et, la première fois que je l'ai accompagné ici, en Floride, je croyais son divorce comme notre mariage imminents. Je me suis trompée mais, depuis, j'ai tourné la page. Je conserve toutefois de cette époque un petit trésor, infiniment précieux et que j'adore.

Quand Winkler sollicita son avis sur les vertus de la psychanalyse, elle répondit, espiègle :

– Un accueil chaleureux, un bon café et une paire de pantoufles seraient, à mon avis, bien plus efficaces pour garder son compagnon à la maison. Je suis convaincue que s'il a un foyer douillet un homme n'ira pas ailleurs et que son esprit n'aura jamais besoin d'être analysé.

Winkler mit fin à l'entrevue, se demandant bien quelle serait la réaction d'Anne Stillman si un jour elle lisait ces commentaires.

* * *

Bud avait emménagé au quatrième étage du North Reunion Hall, le plus vieux des dortoirs de Princeton. Sa petite chambre à l'allure spartiate lui convenait à merveille. Nul tapis ne recouvrait le plancher de bois usé et le mobilier se comparait à celui d'une cellule de moine. Seules quelques superbes assiettes d'étain accrochées aux murs, deux ou trois reproductions de qualité et quelques bateaux à l'échelle témoignaient de sa généreuse allocation.

Depuis près d'une semaine, Bud se traînait du lit à la table de travail. Une forte fièvre, ajoutée à tous les désagréments d'une vilaine grippe, l'avait obligé à laisser en plan plusieurs travaux dont les échéances approchaient rapidement. En plus de ses ennuis de santé, que ses parents fassent encore la manchette l'irritait au plus haut point.

Comme il n'entrevoyait aucune amélioration à son état de santé, il se résigna à consulter un médecin. Son long manteau et son foulard de laine le protégeaient à peine d'un vent glacial. Une épaisse couche de verglas transformait trottoirs et rues en patinoires. La température avait chuté en fin de journée, aggravant davantage la situation. Garder son équilibre relevait du défi. À travers les craquements sinistres des branches, un gémissement attira son attention. Une forme sombre s'agitait au pied de l'escalier menant à l'infirmerie. Bud se précipita vers elle et reconnut son ami, Earl Carlson, tentant désespérément de se relever.

– Earl! Mon pauvre Earl! Ne crains rien. Je vais te sortir de ce mauvais pas.

En soulevant sa tête, Bud constata, atterré, qu'elle était couverte de sang. De toute urgence, il devait trouver de l'aide. Plus la situation s'avérait stressante, moins Earl contrôlait ses mouvements. Il gesticulait tellement qu'il heurta Bud en plein visage. Habitué à ces pertes de contrôle, Bud appuya fermement ses mains sur les épaules de son ami et s'empressa de le rassurer tout en lui expliquant qu'il ne s'absenterait que quelques secondes. Il leur fallait du renfort.

Ne pensant qu'à l'urgence de la situation, Bud s'agrippa à la rampe de bois et gravit les marches aussi vite que ses poumons malades le lui permettaient, pour ensuite revenir accompagné de brancardiers. Avec précaution, ils soulevèrent le jeune homme toujours agité de violents spasmes.

Heureusement, les blessures d'Earl n'étaient que superficielles. Le médecin de l'infirmerie préféra tout de même le garder en observation. Avec ses contorsions faciales tenant plus de la grimace que d'une mimique qu'il voulait expressive, Earl demanda à son ami :

– Par quel miracle m'as-tu trouvé?

Le front moite, la poitrine en feu, Bud s'aperçut que les derniers événements lui avaient fait oublier ses propres malaises. Après un bref examen, le médecin diagnostiqua une sinusite doublée d'une sévère bronchite et il fut lui aussi forcé de passer la nuit à l'infirmerie.

Ni l'un ni l'autre n'obtint son congé le lendemain mais, grâce à ce contretemps, chacun apprit un bout de la vie de l'autre. Entretenir une conversation avec Earl relevait souvent du défi. L'intérêt de son message ne soulevait aucun doute aux yeux de Bud, mais sa difficulté à le livrer exigeait concentration et temps de la part de son interlocuteur, ce dont Bud ne manquait pas ce jour-là. Avec attention et compassion, Bud plongea dans le passé de son ami qui lui expliqua avec quelle obstination il avait dû se battre pour parler et être compris, marcher, fréquenter une école avec des enfants normaux et convaincre ses maîtres que ses mouvements désordonnés et son élocution difficile n'indiquaient pas un retard mental, comme beaucoup le croyaient. Contrairement à Bud, bien décidé à fréquenter la faculté de médecine une fois son baccalauréat en science terminé, Earl n'avait aucune idée de ce que l'avenir lui réservait, d'autant plus qu'il devait à des mécènes sa présence à l'université de Princeton. L'amitié que lui vouait Bud lui était extrêmement précieuse car, avec lui, il oubliait son sévère handicap. Earl articula avec difficulté :

– Assez parlé de moi, à toi maintenant. Je ne connais rien de toi à part ta passion pour la biologie, tes projets professionnels et les livres que je t'ai remis à la bibliothèque.

Bud lui avait confié sans réserve ses projets futurs et ses préoccupations scolaires, en s'assurant toutefois de ne rien laisser filtrer de son passé. Bud garda le silence un instant, puis son visage s'illumina.

– Earl, tu seras le premier à connaître mon secret.

Devant l'impatience d'Earl, Bud s'empressa d'ajouter :

– Je t'assure que je n'en ai parlé à personne d'autre avant toi… Si tu la voyais, Earl. Elle est si belle, si magnifique! Ses yeux bleus, pareils à un ciel sans nuages, son sourire…

Earl sentit son ami transporté dans un autre monde. Jamais auparavant on ne s'était confié à lui de cette façon. Lui-même s'était presque résigné à mettre une croix sur sa vie amoureuse. Les filles le fuyaient aussi certainement que s'il avait été un lépreux. Beaucoup de garçons faisaient de même. Il avait beau se montrer amical, sa présence provoquait un malaise évident dès qu'il arrivait quelque part. S'il en était autrement, ce qui l'attendait s'apparentait trop souvent à de l'apitoiement. Tout compte fait, il préférait la solitude à la pitié. Dans ce contexte, les confidences de Bud prirent l'allure d'un privilège.

Dès leur première rencontre, Bud avait eu la capacité d'ignorer sa prison disgracieuse, comme il appelait souvent son corps, pour s'adresser à lui comme à n'importe quel autre confrère. Pourtant, jamais ce grand gaillard sympathique n'avait nié ses difficultés ou minimisé ses efforts. Émettant d'abord un son guttural qui fit sursauter Bud, Earl lui demanda sur un ton faussement impatient :

– Vas-tu enfin me dire comment se nomme ton secret?

– Lena, lui répondit Bud, les yeux à demi fermés.

Les Wilson n'avaient pas encore le téléphone, et Lena ne savait pas écrire. Bud n'avait donc eu aucune nouvelle d'elle depuis son départ de Grande-Anse. Sans lui avouer ses sentiments, il avait multiplié les occasions de se retrouver avec elle pendant les deux semaines qui avaient suivi le réveillon. Lors de leur dernière rencontre, après un chaste baiser, il lui avait promis de revenir auprès d'elle pour tout l'été, dès la fin de sa session.

L'infirmière de garde entra dans le dortoir et lança d'une voix forte :

– Monsieur Stillman, on vous demande au téléphone.

Intrigué et inquiet tout à la fois, Bud s'excusa auprès d'Earl. L'infirmière le conduisit dans une pièce minuscule, tout juste capable de loger une chaise devant un appareil bien astiqué, accroché au mur face à la porte.

– La téléphoniste attend que vous décrochiez pour vous mettre en communication.

Bud attendit que l'infirmière ait refermé la porte pour s'exécuter. John Kennedy Winkler désirait le rencontrer afin de recueillir ses commentaires sur la réconciliation de ses parents. Jusqu'à ce jour, les dirigeants de l'université de Princeton avaient respecté la demande de Bud qu'aucun journaliste ne soit autorisé à communiquer avec lui, ni directement ni par téléphone. Comment Winkler avait-il réussi à déjouer ses directives? Sous aucun prétexte il ne voulait attiser la folie qui s'était emparée de la presse au cours des derniers jours et, plus que tout, il tenait à garder secrète sa filiation.

Bud accepta, par amitié pour Winkler, une entrevue téléphonique. Excédé par la situation, il lui livra brièvement ses commentaires, en le priant de ne pas le citer :

— Je ne peux pas vous décrire ce que je ressens, monsieur Winkler... mes sentiments sont vraiment contradictoires. Quoi qu'il en soit, même si je n'approuve pas la décision de ma mère, je lui fais confiance, car vous la connaissez suffisamment pour savoir qu'elle mène à bien tout ce qu'elle entreprend.

Puis, serrant les dents, Bud ajouta :

— Monsieur Winkler, personne ne sait à Princeton que je suis le fils de James Alexander Stillman, exception faite de quelques membres de l'administration. Je tiens absolument à ce que cette situation se prolonge le plus longtemps possible. Puis-je compter sur votre discrétion?

Winkler lui donna sa parole même si cela le privait d'une nouvelle primeur.

* * *

Après sept jours d'une traversée houleuse, l'*Olympic* s'ancra finalement à quelques centaines de mètres du port de Cherbourg. Le tirant d'eau du géant l'empêchait d'avancer plus avant dans la rade. Une navette, dont la tête des cheminées arrivait à peine à la hauteur du pont D de l'*Olympic*, vint l'accoster, permettant ainsi à quelque quatre cents voyageurs de mettre pied à terre. Du haut de la passerelle, Anne et Jimmie observèrent la foule grouillante sur les quais et repérèrent au moins une vingtaine de représentants de la presse. Ils espéraient que des célébrités parmi les voyageurs avaient attiré ces journalistes. Anne murmura cependant à l'oreille de son compagnon :

— Quoi qu'il arrive, on ne se dérobe pas, Jimmie, n'est-ce pas?

Main dans la main, ils se présentèrent sur le quai principal où journalistes et photographes se ruèrent vers eux. La nouvelle de leur arrivée à ce port de la Manche s'était répandue à la vitesse de l'éclair.

Un des photographes prit son cliché, et insista pour leur faire savoir qu'il paraîtrait non pas la semaine suivante, mais le soir même dans *The News*. En effet, il enverrait sa photo à Londres et, de là, des collaborateurs la retransmettraient par câble à New York par le procédé de Bartlane, une exclusivité de son journal.

La National City Bank avait dépêché depuis Paris une limousine Mercedes dont le chauffeur, aidé du valet de Stillman, chargeait déjà les bagages dans le coffre arrière. Aussitôt que les époux s'approchèrent de la voiture, des journalistes s'agglutinèrent autour d'eux afin de recueillir leurs impressions. Avec discrétion, Anne pressa le bras de son mari qui déclara, apparemment détendu :

– Nous avions besoin de repos, et la mer nous l'a accordé. De plus, il était impératif de nous retrouver dans la plus stricte intimité après toutes ces années de séparation. L'avenir nous appartient, et nous prendrons grand soin que rien n'interfère pour contrer nos projets. Merci, messieurs.

– Tu as été parfait, Jimmie, lui souffla Anne quand enfin ils se retrouvèrent installés à l'arrière de la voiture, heureux de se soustraire à cette cohue.

Pas une seule fois ils ne reparlèrent d'Helen Ogden. Bien décidée à ne donner aucune prise aux fantômes du passé, Anne avait même coupé court au doute de Jimmie sur la discrétion de Liebling.

L'un comme l'autre avaient l'impression d'être toujours ballottés par les vagues, conscients qu'ils percevraient cette sensation de roulis et de tangage un bon moment encore. Il leur tardait de s'installer au *Paris*, un pittoresque hôtel des Champs-Élysées. Ils y séjourneraient quelques jours avant de repartir vers Beaulieu-sur-Mer, où ils visiteraient la mère d'Anne, pour atteindre ensuite Zurich, leur destination finale.

* * *

Paris, le samedi 13 février 1926

Anne et Jimmie venaient à peine d'entrer dans la bijouterie qu'Henri Cartier père fut prévenu de leur arrivée. Avec ostentation, il s'enquit de leur santé, de leur voyage, de leurs projets. Il les invita ensuite à poursuivre la conversation dans un petit salon attenant à la salle de montre principale. Cartier les guida vers le centre de la pièce où quatre lampes torchères dispensaient un éclairage diffus. Des fauteuils Louis XV entouraient une table basse recouverte de bois incrusté d'ivoire. L'aménagement de la pièce avait été conçu pour attirer l'attention des visiteurs sur de petites niches de verre tapissées de velours bleu roi accrochées aux murs recouverts d'acajou. Chacune d'elles contenait un bijou de collection vivement éclairé.

Se tournant vers James Stillman, Cartier déclara, solennel :

– Seul un bijou exceptionnel pourrait convenir à une dame aussi belle. Que pensez-vous, monsieur, de cette rivière de diamants? Ou encore de cette broche montée d'un rubis digne d'une impératrice?

– Je laisse à ma femme le soin de choisir ce qu'elle préfère, lui répondit James Stillman, gratifiant sa femme d'un sourire entendu.

Reprenant avec un malin plaisir le ton affecté du joaillier, Anne précisa, dans son français impeccable :

– Les pierres précieuses me laissent froide. Par contre, je crois que je me laisserais émouvoir par ce rang de perles, là.

Henri Cartier s'empressa de glisser une des clés de son imposant trousseau dans le verrou de sécurité, et il libéra le joyau. La forme irrégulière des grains, d'une grosseur exceptionnelle, rappelait celle des œufs d'oie.

– Voilà un véritable trésor historique puisque ces perles ont jadis orné le cou de la tsarine Alexandra Fedorovna. Elles vous siéront à merveille, madame Stillman.

Anne ne jugeait plus les extravagances de Jimmie, elle les savourait. «Je te rechoisis», lui murmura-t-il à l'oreille, tout en attachant le collier à son cou. Vingt ans auparavant, ses largesses allaient de soi. Évidemment, Jimmie possédait une fortune colossale, mais son incessant désir de lui plaire l'émouvait aujourd'hui, le geste signifiant infiniment plus que l'objet.

Pendant que James réglait son achat de six cent mille dollars, Henri Cartier procédait aux derniers ajustements du bijou. Au moment où les Stillman quittaient son établissement, le joaillier les invita à dîner, offre qu'ils déclinèrent aussitôt, car ils ne voulaient pour rien au monde rater l'arrivée de leur fille en début de soirée.

À voix basse, James donna des instructions à son chauffeur.

– Où m'emmènes-tu encore? demanda Anne, tout en caressant les perles à son cou.

Plutôt que de répondre à cette question, James Stillman la regarda affectueusement et déclara :

– Je veux que ce bijou devienne le symbole de notre réconciliation. Je t'aime, Anne.

Elle effleura ses lèvres du doigt, touchée que Jimmie ait conservé ce romantisme qui l'avait tant charmée autrefois. La limousine s'arrêta à l'entrée du parc Monceau. Malgré le temps frais, il invita sa femme à s'asseoir sur un banc de l'allée Garnerin, refusant pour l'instant toute explication. Ils entrevoyaient la demeure qu'avait occupée feu James Stillman au cours des sept dernières années de sa vie. Contrariée par l'initiative de Jimmie, Anne observa froidement la façade de l'immense édifice en pierre gris-vert de quatre étages, sise angle Rembrandt et Murillo. Sans qu'elle sache pourquoi, la vue des trois portails surmontés d'une imposante marquise en fer forgé l'agressait.

– Jimmie, franchement, pourquoi m'amener ici? Pourquoi me rappeler cet homme qui nous a fait tant de mal?

– Il est important pour moi, Anne, que tu saches…

Ému plus qu'il ne voulait le laisser paraître, Jimmie lui raconta comment son père avait transformé sa résidence en hôpital quelques mois après le début de la Grande Guerre. Non seulement y avait-il installé les équipements les plus modernes, mais il s'était lui-même assuré que chacun des vingt-quatre officiers recevant des soins sous son toit y trouve à profusion mets fins, cigarettes, vin et eau minérale. Chaque jour, vingt-quatre exemplaires du quotidien de leur choix étaient livrés au 19, rue Rembrandt. Sans laisser à Anne le temps de rétorquer, il poursuivit son plaidoyer pour lui apprendre que son père avait pris parti pour les Alliés, particulièrement pour les Français, et fait don de centaines de milliers de francs aux victimes de la guerre, aux veuves de soldats et à leurs enfants. Le président du Conseil Georges Clemenceau l'avait même reçu personnellement à l'Élysée, le surnommant « le grand ami de la France ».

Plus encline à critiquer qu'à honorer son beau-père, et toujours persuadée qu'il était en partie responsable de leur séparation, Anne l'interrompit.

— Que veux-tu me prouver, Jimmie ? Que ton père s'est transformé en bon Samaritain à la fin de sa vie ?

— En bon Samaritain, Anne, et en bon père.

— Qu'est-ce que tu me chantes là ?

Jimmie lui expliqua que cet homme inflexible s'était complètement métamorphosé lorsqu'il avait officiellement quitté la National City Bank pour s'établir à Paris. Dès lors, tout en continuant à envoyer quotidiennement ses avis par câble aux gestionnaires de la banque, il avait appris le français pour mieux comprendre son pays d'adoption, cultivé de profondes amitiés, collectionné les œuvres d'art mais, plus que tout, il s'était dévoué sans compter chaque fois qu'un de ses enfants lui avait rendu visite.

— Jimmie, ne me décris-tu pas là le père que tu aurais aimé avoir ? Ne l'idéalises-tu pas, maintenant qu'il est décédé ? Il ne daignait même pas nous adresser la parole au cours de ses interminables dîners. Ou alors, si exceptionnellement il le faisait, chacun de ses mots nous atteignait tel un scalpel. Aurais-tu oublié cela aussi ?

Anne lui rappela la plaisanterie qui avait circulé à son sujet voulant qu'il ait un jour visité l'Égypte et qu'un compatriote, l'ayant aperçu au pied du Sphinx, avait affirmé que, des deux, le Sphinx lui avait parlé le premier.

Jimmie admit que son père avait longtemps mérité son titre d'«impénétrable silencieux de Wall Street», mais il ajouta, insistant :

– Imagine-le, Anne, trop faible pour se lever, mais trouvant la force de nous parler, des heures durant, de son enfance, de son travail, de ses amis, de son affection pour nous. Tout ce qu'il avait tu jusque-là, il nous le servait en termes tendres et affectueux. À chacun de ses enfants, il a demandé pardon pour ses omissions plus que pour ses actions. Nous l'avons entouré jusqu'à son dernier souffle. Peux-tu imaginer ses dernières paroles? «Grâce à vous, je viens de vivre quelques-uns des plus beaux jours de ma vie…» Comme toi, j'ai jugé mon père sévèrement. L'intransigeance de nos vingt ans nous laisse trop souvent croire que les erreurs ne sont commises que par les autres… Et, crois-le ou non, il t'admirait beaucoup.

– Je t'en prie, Jimmie, n'en mets pas trop.

– Je le cite : «Jamais dans ma vie je n'ai rencontré une personne avec une volonté aussi puissante et une détermination aussi inflexible que les miennes, sauf Anne.»

– Ce pourrait ne pas être flatteur, tu sais… D'accord, laissons-lui le bénéfice du doute. Mais, as-tu oublié la façon dont il a traité ta mère?

– Anne… on m'a affirmé qu'il l'avait surprise dans les bras de son chauffeur. J'ai bien du mal à le croire mais, que ce soit vrai ou faux, je ne veux plus les juger.

Anne voulut riposter, mais Jimmie eut le dernier mot lorsqu'il déclara :

– L'attitude de mon père et mon comportement à son égard m'ont convaincu que, malgré les blessures infligées, tu pourrais peut-être me pardonner, Anne.

* * *

Avec la précision d'un métronome, le train en provenance de Marseille entra en gare de Lyon à dix-huit heures cinquante-huit. Anne et Jimmie scrutaient tous les passagers qui descendaient sur le quai et, bien vite, ils repérèrent leur fille car, avec son mètre quatre-vingt-sept, elle dépassait d'une tête tous les autres arrivants. Ils constatèrent, inquiets, qu'elle était seule. Qu'était-il donc arrivé à Henry? Leur beau-fils aurait-il fait une rechute?

La jeune femme s'empressa de les rassurer. Malgré la fatigue du voyage, l'état de santé de son mari s'était amélioré de façon notable grâce à la médecine taoïste. Mais, par une étrange coïncidence, sa belle-mère leur avait annoncé sa venue à Menton le jour même où Anne et Jimmie arrivaient à Paris. D'un commun accord, le couple avait alors décidé de se séparer pour quelques jours.

– Je ne pouvais attendre une heure de plus. Quel bonheur de vous retrouver enfin tous les deux ensemble. J'ai tant désiré ce moment!

Pendant les mois qui avaient précédé le procès, leur fille avait vainement tenté de les rapprocher. Pourtant, elle en avait mis du temps et des énergies à organiser des conseils de famille, des rencontres avec l'un, puis avec l'autre. Peu lui importait aujourd'hui qu'elle n'ait rien à voir dans leur réconciliation. Elle jubilait. Son regard allait de l'un à l'autre, incrédule.

– Comme vous semblez heureux. Vous me comblez, s'exclama-t-elle, les entraînant vers la sortie.

Anne et sa fille se ressemblaient à s'y méprendre. Elles encadrèrent Jimmie et, en lui donnant le bras, l'escortèrent fièrement. Ce premier souper de famille, Jimmie le voulait au Ritz, de la place Vendôme. Il exigea un salon privé et, loin des regards indiscrets, Anne et Jimmie répondirent aux nombreuses questions de leur fille, qui voulait tout savoir de leur cheminement. En retour, elle leur raconta les péripéties de son voyage, dont le but était davantage lié à la médecine qu'au tourisme. Quand Anne annonça à sa fille que Bud fréquentait Lena Wilson depuis le réveillon de Noël, la réaction de la jeune femme ne se fit pas attendre.

– Bud a-t-il perdu la tête? Lena est très gentille, j'en conviens, et dans les bois, elle n'a pas sa pareille. Mais que ferait-elle en compagnie des Morgan, Davison et autres? C'est absolument ridicule, voyons!

Surprise de la réaction de sa fille, si semblable à celle de Jimmie lorsqu'il avait appris la nouvelle, Anne tenta de la calmer, lui rappelant que Lena apprenait vite et bien. Avec un bon guide, elle pourrait facilement parfaire son éducation.

– Mère, Lena ne sait même pas lire. C'est inconcevable, je dirais même inconvenant que mon frère fréquente une domestique. Que diront les gens?

– Jamais, intervint Jimmie, la presse ne devra apprendre qu'elle est une servante de notre famille. Dès que je parlerai à Bud, je lui ferai entendre raison.

– Si tu interviens de cette façon, tu te mettras irrémédiablement ton fils à dos. Concernant la presse, tu sais bien que si tu lui sers autre chose que la vérité, à plus ou moins brève échéance, elle se retournera contre toi.

– On ne peut tout de même pas encourager Bud dans cette voie, Anne.

– Je ne comprends vraiment pas votre réaction. Les autres importent-ils plus que le bonheur de Bud? Que vous êtes vieux jeu! Mais regardez donc autour de vous. Regardez tous ces mariages malheureux. Bud osera peut-être changer l'ordre des choses. Approuvez-le, voyons, au lieu de le condamner! De plus, vous mettez la charrue avant les bœufs : Bud et Lena ne se fréquentent que depuis quelques semaines... Jimmie, Anne, nous n'allons tout de même pas nous quereller à notre première rencontre?

La rigidité et le conformisme de Jimmie et de sa fille irritèrent Anne, et la peinèrent encore plus. Que leur réservait l'avenir?

5

Pleasantville, le vendredi 8 octobre 1926

Rarement avait-on vu temps aussi clément pour un début d'automne. Le soleil venait à peine de se lever que déjà la rosée fumait dans les champs. Juchée sur sa pouliche brandenburg, Anne goûtait intensément la bonne odeur d'humidité qui imprégnait l'air de Mondanne, son monde enfin retrouvé après cinq ans d'absence.

Pendant toutes ces années, le régisseur Ed Purdy avait administré cet immense domaine à sa guise, car Jimmie n'intervenait qu'en cas de problèmes majeurs dans l'entretien et la gestion de ses propriétés. Un nombre incalculable de petits détails avaient été modifiés ou négligés et, lentement, elle révisait et réévaluait les tâches de chacun afin de corriger au plus vite la situation.

Incapable de tolérer un employé désœuvré, Anne attribuait parfois, quand le travail faisait défaut, des tâches autres que celles pour lesquelles un ouvrier avait été embauché. Ou encore, prétextant quelque imperfection, elle exigeait qu'il recommence sa besogne plutôt que de réduire ses gages, le salaire versé par les Stillman à leurs employés représentait souvent leur unique source de revenus. Anne savait que son attitude directive, voire inflexible, en indisposait plus d'un. Cependant, elle se gardait bien d'expliquer ses motifs apparemment illogiques et fantaisistes, si bien que son comportement engendrait plus d'insatisfaction que de reconnaissance.

Anne avait intégré à son équipe régulière de domestiques trois jeunes filles qu'elle avait ramenées de Grande-Anse pour l'hiver : Dorilda Rheault et Bertha Goyette se relaieraient comme femmes de chambre et dames de compagnie, alors que la troisième, Annette Dontigny, se chargerait de sa correspondance en français. Aucune d'elles n'avait quitté son village natal auparavant. Elles rêvaient de voir du pays, d'apprendre l'anglais et, à l'occasion de leur congé hebdomadaire, de visiter New York et ses environs. L'émerveillement et la fascination des filles à leur arrivée à Mondanne avaient conforté Anne dans sa décision. Elle aurait bien aimé que Germaine soit aussi du voyage mais, malheureusement, son père s'y était opposé à la dernière minute.

Par un léger mouvement des cuisses, elle immobilisa sa monture près d'un bassin qui retenait plus de trois cent mille litres d'eau fraîchement filtrée. Le ruisseau qui l'alimentait prenait sa source à quelques kilomètres, dans les hauteurs de Pocantico Hills. Voilà une quinzaine d'années déjà, Mondanne avait été doté d'une centrale à turbines et de pompes capables de satisfaire aux besoins en électricité et en eau potable des habitants du domaine. Une trentaine d'employés, certains avec femmes et enfants, y logeaient en permanence.

L'eau du bassin réfléchissait à la perfection le mur de la centrale et ses hautes fenêtres à carreaux. Anne se pencha et vit le reflet de sa tête soudée à celle du cheval. Elle aimait tant les bêtes. Très jeune, pour se protéger du jugement des autres, elle avait appris à garder secrètes ses joies et ses peines, ne les livrant qu'à sa nourrice ou à ses animaux. Quelle que soit la confidence, aucune crainte d'être trahie ou abandonnée par eux. Encore aujourd'hui, Anne n'avait pas vraiment d'amis à l'exception de Fowler McCormick. Par quel miracle ce jeune homme avait-il réussi à neutraliser aussi efficacement ses défenses ?

Depuis son retour d'Europe, sa relation avec Jimmie avait connu des hauts et des bas. De son propre aveu, Jimmie avait été incapable, même avec l'aide du psychiatre Godwin Baynes, d'analyser son passé. Un mur, apparemment infranchissable, le séparait de son enfance. Jimmie avait bien tenté de minimiser l'importance de son blocage, mais Anne s'interrogeait tout de même sur la sincérité de sa démarche. Chaque fois qu'elle l'incitait à traduire en mots ce qu'il ressentait, il prenait une mine de déterré.

Jimmie ne venait plus à Mondanne qu'au cours des weekends. À l'occasion, Anne le rejoignait à sa nouvelle maison de Park Avenue, palace dont il avait fait l'acquisition peu après leur réconciliation, dès qu'elle lui eut révélé l'horreur que lui inspirait sa maison de la 72e Rue, même rénovée.

Parfois, Anne retrouvait l'amant tendre et attentionné, ou bien le compagnon avec qui elle allait de temps à autre au concert ou à l'opéra. Contrairement à Fowler, Jimmie la fuyait dès que la discussion prenait une tournure intime. Au moins, ils partageaient une passion commune. Régulièrement, ils fréquentaient les terrains d'aviation qui foisonnaient sur Long Island ou en périphérie de New York, car tous deux ne se lassaient pas des vrilles et des acrobaties que les pilotes leur servaient sur demande.

Anne mit pied à terre, caressa la crinière de Carry, lui ordonnant l'immobilité. Ne pouvant résister plus longtemps à l'attrait de l'eau, elle se dévêtit, déposa ses vêtements sur sa selle anglaise, enjamba le muret et s'immergea sans plus de façon, même si elle avait aperçu, derrière une des fenêtres de la centrale, la silhouette de l'ingénieur William Johnson. Depuis sa plus tendre enfance, elle avait été entourée de tant de gens, pour l'éduquer, l'amuser ou prendre soin d'elle, qu'elle considérait ses employés comme faisant partie de son intimité. Jamais elle n'aurait accepté que leur présence entrave sa liberté ou celle de ses enfants. Et puis, sa nudité ne la gênait aucunement.

La caresse de l'eau, la sensation d'apesanteur et d'absolue liberté la ravissaient. Elle avait été privée de Mondanne trop longtemps. Elle nagea autour et en travers du bassin jusqu'à ce qu'une bonne fatigue vienne alourdir ses membres.

Pendant qu'elle se rhabillait, un étrange gargouillis attira son attention. Le niveau de l'eau diminuait à vue d'œil. Contrariée, elle contourna vivement le bassin et interpella l'ingénieur.

– Que faites-vous donc, monsieur Johnson?

– Je remplace l'eau du bassin par de l'eau propre, madame.

D'un ton tranchant, elle ordonna :

– Fermez-moi cette valve immédiatement. Sachez que ma baignade n'a aucunement souillé cette eau, monsieur. Videz-vous le bassin chaque fois qu'un canard s'y pose?

L'ingénieur obtempéra sans discuter, mais Anne éprouva un vif agacement. Maintes fois avait-elle noté le laxisme de certains employés ou, pire, leur exaspérante arrogance. Il lui tardait de reprendre les choses en main une fois pour toutes.

Un homme, le visage caché par son chapeau à large bord, marchait dans sa direction. Arrivé à proximité de son cheval, il releva la tête, le regard empreint de tant d'amertume qu'Anne en frémit. L'homme s'efforça de la saluer poliment. Cette attitude l'irrita et l'inquiéta. Jardinier et habile touche-à-tout engagé par Jimmie trois ans auparavant, Tom Pyle lui manifestait une si franche aversion depuis son retour qu'elle l'aurait congédié si Jimmie ne l'avait convaincue de donner une autre chance à ce « brave type » et de considérer son apprivoisement comme un défi de plus à relever.

Assurée que sa monture ressentait ses émotions, Anne s'obligea à respirer profondément afin de ne pas lui communiquer sa nervosité. Légèrement penchée vers l'avant, elle serra les flancs de sa pouliche avec fermeté et la dirigea vers l'écurie en empruntant un sentier bordé de peupliers.

L'architecture des bâtiments de Mondanne, qu'il s'agisse du manoir, des cottages, de l'écurie, des granges, de la serre ou du poulailler, reflétait une harmonie de style qui la charmait encore, vingt ans après leur érection. Les murs, où pierres des champs alternaient avec stuc blanc entrecoupé d'étroites planches noires, soutenaient un toit dont la forme rappelait étrangement une masse de chaume empilé. Les bardeaux astucieusement recourbés adoucissaient les arêtes et les crêtes des corniches et des lucarnes. Anne se rappela avec un brin de nostalgie les nombreuses heures passées en compagnie des architectes de la firme Albro & Lindeberg pour vérifier jusque dans les moindres détails leurs plans et devis. Avec une extrême vigilance, elle avait surveillé les travaux de construction de chacun des édifices. Elle les avait voulus à l'image des maisons à colombages qui l'avaient tant séduite lors de ses séjours en Normandie.

Jimmie lui avait donné carte blanche tout au long de l'édification de cet immense domaine, qu'il avait surnommé Mondanne afin que, sans équivoque, tous sachent qui le dirigeait. Pourtant, jamais elle n'en avait été légalement propriétaire. Bien plus, quand leur procès était devenu public en 1921, elle avait été sommée de quitter les lieux. Quel pénible souvenir !

Dès qu'elle eut confié sa monture au palefrenier, Anne pressa le pas vers le manoir pour se restaurer. À peine s'était-elle attablée que des bruits inusités attirèrent son attention. Elle alla à la fenêtre et constata qu'une colonne de fumée s'élevait du toit. Elle se précipita à l'extérieur puis aperçut Tom Pyle qui secouait violemment les épaules de Guy, tout en criant :

– Espèce de petite peste ! Qu'as-tu encore fait ?

Du feu sortant d'un tuyau au-dessus d'une boîte de bois léchait le bord du toit, et une épaisse fumée s'en dégageait.

– Monsieur Pyle, laissez cet enfant immédiatement et courez plutôt chercher du secours, bon sens ! Vite !

Anne ne pouvait tolérer qu'on s'en prenne à ses enfants, particulièrement à Guy. Tom Pyle lui lança un regard hargneux avant de s'éloigner. Par chance, les quelques hommes appelés en renfort vinrent rapidement à bout de ce début d'incendie.

N'envisageant même pas l'idée de gronder son petit garçon, Anne lui demanda d'une voix rassurante :

– Que faisais-tu, Guy ?

Retenant difficilement un sanglot, l'enfant de sept ans lui expliqua que la veille il avait consacré plusieurs heures à construire une locomotive. Ce matin, il l'avait achevée en y fixant une belle cheminée. Comme il n'y manquait que la fumée, il avait allumé un tout petit feu avec du carton, du papier et quelques bouts de bois. Pourquoi donc le toit avait-il pris feu?

Anne éloigna son petit. Les yeux pleins de larmes, il regardait son œuvre s'envoler en fumée. Tout en l'incitant à la prudence, elle lui murmura des paroles réconfortantes. Anne éprouvait le besoin d'aimer et de protéger cet enfant pour deux car, même si Jimmie l'avait officiellement reconnu, il ne lui manifestait encore que bien peu d'attention. Bud avait-il raison d'affirmer que Guy était l'enfant préféré de leur mère?

* * *

L'aile du côté est et le centre du manoir comptaient une quarantaine de pièces réparties sur deux étages, mais l'aile ouest, où Anne avait aménagé ses appartements personnels, n'en comportait qu'un. Sa chambre meublée et décorée dans le style Marie-Antoinette, tout en blanc et or, un boudoir, une salle de lecture et une immense salle de bains lui étaient exclusivement réservés. Des portes vitrées lui permettaient d'accéder directement de sa chambre à un jardin anglais, entretenu avec art. Annette Dontigny, sa nouvelle secrétaire, l'y attendait. Anne n'avait que peu de temps à lui consacrer, car elle tenait à vérifier les derniers préparatifs du dîner à la cuisine.

Éduquée par les sœurs de l'Assomption de La Tuque, Annette maîtrisait parfaitement la syntaxe et l'orthographe. Pendant que la jeune fille étalait stylos à plume, enveloppes et papier à lettres sur la table du jardin, Anne l'observa à la dérobée. Son attitude confiante et réservée, ses manières raffinées et ce visage aux traits parfaits lui auraient permis de prétendre aux meilleurs partis de New York, n'eussent été ses origines modestes.

Annette lui présenta d'abord une lettre en provenance de l'évêché de Trois-Rivières. Anne se remémora qu'après avoir manifesté une reconnaissance mitigée à son offre d'aide financière de décembre 1925 Mgr Cloutier lui avait demandé de chiffrer avec précision ce qu'elle était prête à débourser pour la reconstruction de la chapelle et du presbytère de Grande-Anse. Anne s'était alors adressée aux marguilliers de la mission. Ils avaient évalué à trois mille dollars la somme qui, ajoutée à l'indemnisation prévue par l'assurance, permettrait de tout rebâtir et même d'apporter des améliorations appréciables. Anne s'était donc engagée à verser cette somme tout en rappelant à l'évêque que ce don était conditionnel au remplacement du curé Damphousse. Voilà maintenant que le chancelier de Mgr Cloutier lui écrivait que, à moins de dix mille dollars, il lui était impossible de reconstruire à Grande-Anse.

Selon le dernier rapport hebdomadaire de Jos Gordon, l'indemnisation provenant de l'assurance avait été consacrée à l'érection de l'église et du presbytère de Saint-Éphrem-du-Lac-à-Beauce, où résidait le curé Joseph Damphousse depuis l'incendie.

Voilà donc l'explication, enfin, après plus de dix-huit mois de tergiversations. Malgré tout son respect pour le prélat, Anne éprouva la désagréable impression qu'il abusait du pouvoir que lui conférait sa fonction, tout en cherchant à profiter indûment de sa fortune à elle. Anne n'avait aucun désir de s'ériger en juge dans cette histoire, mais de savoir les habitants de Grande-Anse bernés ainsi la peinait énormément.

— Je ne répondrai pas à monseigneur pour l'instant, lança Anne, dissimulant mal sa contrariété. Si le reste de ma correspondance ne requiert pas un traitement immédiat, nous poursuivrons demain, Annette.

— Mlle Oliver a insisté pour que vous preniez connaissance de ce mot, madame. Elle le juge très important.

Visiblement mal à l'aise, Annette lui tendit une courte note dactylographiée qui, normalement, aurait dû être traitée par Ida Oliver, responsable de la correspondance anglaise. Perplexe, Anne saisit le feuillet. Tapés en majuscules, les mots s'alignaient sur un papier-parchemin dont les bords avaient été noircis par le feu.

Si vous persistez à accorder à vos Nègres les privilèges réservés aux Blancs, quelqu'un se chargera de vous faire entendre raison. Tenez-vous-le pour dit.

En guise de signature, trois énormes *K* avaient été tracés à l'encre noire à l'aide d'une plume émoussée.

Qui pouvait bien s'amuser à proférer de telles stupidités? Elle connaissait évidemment les actions d'éclat du Ku Klux Klan, une bande de fanatiques quant à elle, dont les membres devraient au plus vite être traqués et sévèrement punis. Jamais elle ne céderait à l'intimidation, pas plus qu'elle ne modifierait d'un iota le traitement de ses employés de couleur. De quoi la menaçait-on après tout? Et comment pourrait-on l'atteindre? Une imposante clôture de pierre surveillée par de nombreux gardes protégeait Mondanne des braconniers et des voleurs. «Et si la menace venait de l'intérieur?» se surprit-elle à penser, se remémorant l'attitude peu amène de Pyle.

Décidément, sa correspondance du jour ne lui apportait que soucis et désagréments. Anne congédia la jeune fille, la priant de remettre ce déplaisant document à Mlle Oliver afin qu'elle le conserve dans le coffre-fort de son bureau. Elle déciderait plus tard si le shérif en serait informé.

Un craquement la fit sursauter. Anne eut juste le temps d'entrevoir Tom Pyle marchant d'un pas vif à quelques mètres de son jardin. Il transportait une brassée de branches de bouleau blanc. Elle n'aimait pas le voir à proximité de la grande maison, d'autant que rien ne justifiait sa présence dans les parages. Voulant en avoir le cœur net, elle contourna la haie de chèvrefeuilles juste à temps pour le voir pénétrer dans l'aile est.

Aussitôt, elle se dirigea vers cette partie de la maison réservée aux invités, à ses enfants et à Mlle Oliver. Un bruit sourd en provenance de la chambre d'Alec attira son attention. Elle frappa à la porte et, sans attendre d'invitation, elle la poussa. Debout près du lit, Tom Pyle la regarda, sidéré. Visiblement mal à l'aise, il déposa les branches de bouleau à ses pieds. Un marteau à la main, Alec lui sourit, tout aussi embarrassé. Anne demeura sans voix. Un imposant baldaquin fait de branches de bouleau et de tulle blanc surmontait le lit de son fils.

– Tom a été assez gentil pour m'apporter le bois dont j'avais besoin, mère. Cette pile-là, fit-il en désignant du menton le bois aux pieds de Pyle, me servira à recouvrir le pied de mon lit... pour harmoniser le tout, vous comprenez? Je voulais vous faire une surprise...

– C'est réussi, Alec, répliqua Anne, s'efforçant de garder son sérieux.

En réalité, elle ne savait quelle attitude adoptée. Heureuse que son fils réalise un projet plutôt que de rêvasser dans un coin, elle se sentait néanmoins troublée par cette étonnante construction.

– Je pourrais aider Alec à tout remettre en ordre si vous le désirez, balbutia Tom Pyle, qui s'attendait à une explosion de colère.

Anne observa son employé. Autant il lui avait manifesté hostilité et arrogance, autant en ce moment il faisait montre de déférence. Quelle homme déconcertant! En se faisant le complice d'Alec, Tom Pyle venait de remonter de plusieurs crans dans son estime.

– Monsieur Pyle, cette maison a été conçue pour permettre aux enfants d'expérimenter et de s'amuser. Je ne m'oppose absolument pas à ce genre d'initiative, au contraire. Je vous remercie de votre collaboration.

Pyle demeura bouche bée.

– Aimez-vous mon ciel de lit, mère? N'est-ce pas qu'il ressemble au vôtre? Je voulais lui donner la même allure... aérienne.

– Tu as du talent, Alec. Tu devrais montrer cela à ton père tout à l'heure, fit-elle en se retirant.

Quel étrange adolescent! Bien souvent, ses inventions et ses interventions la déroutaient. «Il n'est vraiment pas comme les autres», se dit-elle avec une pointe d'inquiétude.

Assistée de Bertha Goyette, Anne fit ensuite un brin de toilette. Très douce, discrète, attentive à ses moindres besoins, Bertha lui vouait une admiration sans bornes et prenait soin d'elle avec un tel dévouement qu'elle en était attendrissante. Dorilda, aussi prévenante, lui manifestait toutefois plus subtilement son attachement. De nouveau, Anne se félicita de les avoir invitées à Pleasantville pour l'hiver et se promit de répéter l'expérience l'an prochain. Ainsi, elle jouirait de la présence des mêmes jeunes filles à longueur d'année. Rares étaient celles qui parvenaient à partager son intimité sans la saboter.

Exceptionnellement, ce soir-là, Bud se joindrait à Jimmie, à Fowler et à elle pour le dîner. La visite inattendue de son fils l'intriguait d'autant plus qu'il ne quittait d'ordinaire Princeton qu'au moment des longs congés de Noël et de l'été. En dépit des efforts de Jimmie, Bud se montrait toujours distant, voire acrimonieux en présence de son père, et cette perpétuelle tension entre eux la chagrinait.

Comme elle se dirigeait à la cuisine, une douce musique l'attira vers le salon. Elle reconnut immédiatement la touche de Fowler au piano. Lorsque Anne n'était pas disponible à son arrivée, Fowler s'installait à son Steinway, le faisant vibrer mieux que personne.

Anne s'approcha et vit Annette, dissimulée quelque peu par une fougère géante. Les deux mains entrecroisées sur sa gorge, elle semblait proche de l'extase.

Anne la fit sursauter en lui murmurant :

– Est-ce la musique ou le musicien qui vous émeut à ce point, Annette?

La jeune fille ne devait pas se trouver là, et elle le savait. Ses joues s'empourprèrent. Le contraste avec ses longues boucles blondes n'en fut qu'accentué. Embarrassée, Annette balbutia :

– Debussy, mon compositeur préféré, madame.

Annette avait reçu une formation poussée en musique chez les sœurs de l'Assomption. Cependant, en femme avertie, Anne devina que la source de son émoi était tout autre.

– Quel homme séduisant, M. Fowler, n'est-ce pas? Vous le voyez pour la première fois?

– Oh non, madame. J'ai même eu la chance de lui parler à quelques reprises lors de ses visites à Grande-Anse. Il est si gentil, déclara candidement Annette.

Anne lui sourit. Pourtant, une soudaine angoisse la saisit. Que lui arrivait-il, pour l'amour de Dieu? Elle lutta pour conserver son impassibilité. Elle n'était tout de même pas jalouse de cette enfant? Et qui plus est, à cause de son ami Fowler? Quel âge pouvait bien avoir Annette? Vingt et un, vingt-deux ans tout au plus? Subitement, sa beauté, sa candeur et surtout sa jeunesse l'irritèrent. Il lui arrivait de plus en plus souvent de maudire le temps qui filait inexorablement.

Fowler, tout à sa musique, inclinait puis redressait son corps au rythme de la mélodie. Attirant Annette vers la sortie, Anne lui lança d'un ton qu'elle voulut badin :

– Ne pensez plus à M. Fowler, Annette. Cet homme n'est pas pour vous. Il est malade, et je doute même qu'il puisse un jour faire des enfants.

Pourquoi sa patronne lui disait-elle cela? se demanda Annette, qui n'avait aucun désir d'avoir un enfant. Elle rêvait nuit et jour de Fowler McCormick, aux discussions qu'ils pourraient avoir, à la musique qu'ils pourraient jouer en duo, à sa main dans la sienne. Il serait malade? Eh bien, elle le soignerait.

* * *

Confortablement installés au vivoir, un porto à la main, Anne et Jimmie décrivaient à Fowler les sensations que leur avait procurées leur dernier vol acrobatique à bord d'un Stinson Detroiter. Ils le convainquirent de les accompagner le samedi suivant au terrain d'aviation Curtiss, à Long Island, et de vivre, lui aussi, ce qu'ils tentaient de lui décrire avec tant d'enthousiasme.

– Nous pourrions également visiter Anne, n'est-ce pas, Jimmie?

– Évidemment. Avec ses sept mois de grossesse bien comptés, il est préférable pour elle de ne pas trop voyager ces jours-ci.

– Comment va le futur papa? s'enquit Fowler.

– Étonnamment bien, répondit Anne. Il n'a pas rechuté depuis leur retour des Indes. La médecine orientale semble lui convenir à merveille.

Malgré son apparente quiétude, Anne éprouvait une désagréable sensation de flottement. Plusieurs questions l'obsédaient. Fowler savait-il qu'il troublait Annette? Partageait-il ses sentiments? Pourquoi l'hypothèse que Fowler vive une idylle, avec qui que ce soit d'ailleurs, la dérangeait-elle autant? Elle aurait dû s'en réjouir. Craignait-elle de perdre leur précieuse complicité? Ou pire! Se mentait-elle depuis le début en ne croyant ressentir que de l'amitié pour lui? Et Jimmie dans tout cela? Anne multipliait les occasions d'inviter Fowler, et jamais son mari ne manifestait d'opposition ou d'agacement, comme si la présence de Fowler allait de soi.

Ce soir-là, Alexander avait obtenu la permission de ne pas manger en leur compagnie, car il voulait à tout prix terminer sa construction pour pouvoir la présenter à son père avant son départ le lendemain. Jimmie éprouvait beaucoup de difficulté à composer avec l'inhabituel, et Anne se demanda quelle serait sa réaction.

À l'arrivée de Bud, ils quittèrent le vivoir pour la salle à manger où la discussion s'orienta naturellement vers les études et les projets du jeune homme. Anne mourait d'envie de connaître la raison de sa visite à Pleasantville, mais son fils n'en finissait plus de décrire le contenu de ses cours ainsi que ses dernières prouesses à l'aviron, un sport où il excellait. Quelle tête sympathique avait son grand! Le regard vif, intense. Des yeux si expressifs… Attendrie, Anne se rappela le désarroi de Bud quand le fils d'un employé lui avait méchamment affirmé qu'il avait les yeux jaunes. Il devait avoir tout au plus quatre ou cinq ans, et Anne l'avait forcé à s'observer dans un miroir. Ensemble, ils avaient convenu que deux couleurs caractérisaient ses iris, le vert tendre des feuilles au printemps et l'or des minuscules lignes qui les traversaient, transformant ainsi l'affront en trésor.

– Alors, mon fils, qu'est-ce qui nous vaut l'honneur de ta visite-surprise?

Finalement, Jimmie avait formulé le premier cette question qui lui brûlait les lèvres. Avec défi, Bud le regarda droit dans les yeux.

– Je vous annonce que Lena et moi, nous nous fiançons à Noël, et nous avons l'intention de nous marier immédiatement après ma collation des grades. J'aimerais, Fowler, que tu sois mon garçon d'honneur.

Un silence absolu accueillit sa déclaration. Il s'empressa d'ajouter :

– Je vous remercie à l'avance de votre soutien.

– Hé bien, Bud, pour une surprise, c'est toute une surprise! s'exclama Anne, avec un entrain qui, manifestement, n'était partagé ni par Fowler ni par Jimmie.

En fait, Anne était à demi surprise. L'été précédent, plutôt que de s'enfuir en forêt dès son arrivée à Grande-Anse, comme il en avait l'habitude, Bud n'avait pas quitté le domaine de l'été. Il avait prétendu que son ami Georges Giguère avait besoin de lui pour retaper sa maison. Sans cesse, il avait recherché la compagnie de Lena. Anne avait compris qu'il avait plus qu'un béguin pour la jeune Wilson le jour où, de lui-même, il s'était proposé pour faire la vaisselle.

Les deux hommes observaient Bud avec incrédulité. Fowler se ressaisit le premier et demanda gravement :

– Ne crois-tu pas, Bud, qu'il est prématuré de t'engager envers une fille que tu fréquentes depuis moins d'un an et qui, en plus, n'appartient pas à ton monde?

– Je me demande bien comment réagiront mes sœurs, laissa platement tomber Jimmie, comme s'il était déjà à court d'arguments.

– Vos sœurs? Je les ai à peine vues depuis ma naissance! Leurs Rockefeller de maris ne leur donnaient peut-être pas le loisir de montrer de l'intérêt pour leur neveu? lança Bud avec véhémence. Mon monde, Fowler? Cette remarque venant de toi… que signifie-t-elle au juste? Que mes amis appartiennent ou non à la société me laisse tout à fait froid. Qu'ils soient mes amis, voilà ce qui m'importe. Je refuse de vivre selon des principes que je méprise. Je refuse votre hypocrisie.

– Holà, mon garçon, reste poli, je t'en prie! intervint son père. N'as-tu pas exprimé le désir de devenir médecin? Comment cette paysanne sera-t-elle accueillie par tes confrères? Y as-tu pensé? Ne prépares-tu pas son malheur et le tien? Elle sera incapable de te soutenir dans ta profession. Une analphabète, quand j'y pense…

Anne croyait entendre de nouveau tous les arguments que lui avait servis Jimmie à Paris quelques mois auparavant. N'avait-il rien compris? Était-il à ce point borné que pour lui seules les apparences comptaient? Que Jimmie réagisse ainsi ne la surprenait pas outre mesure. Mais Fowler? Bud avait sans doute espéré s'en faire un allié puisqu'il lui avait proposé d'emblée le rôle de garçon d'honneur.

Se contrôlant difficilement, les dents serrées, Bud répondit à ce père qui l'irritait tant :

– Je veux épouser Lena parce que je l'aime, qu'elle me fera une excellente épouse et que, de surcroît, elle saura être une mère aimante et exemplaire pour mes enfants. Elle n'a pas à épater mes collègues. S'ils ne sont pas capables d'accepter ma femme telle qu'elle est, tant pis pour eux. Je me passerai de leur compagnie.

Conscient de marcher sur un terrain miné, Jimmie lui répliqua posément :

– Bud, crois-moi, nous intervenons pour ton bien. Vraiment, dis-moi, comment une servante pourrait-elle convenir à un homme tel que toi, mon fils?

Il fallut à Bud une maîtrise exceptionnelle pour ne pas lui répliquer ironiquement : «Et une danseuse de cabaret convenait mieux à mon père?» En réalité, il réussit à ravaler cette remarque incendiaire lorsqu'il croisa le regard de sa mère qui, tout en lui manifestant son appui, le suppliait de se calmer.

– Je n'ai que faire de ces pimbêches qui hantent les soirées mondaines et les salons des prétendues «bonnes familles».

Lena ne fume pas, ne boit pas, ne danse pas le charleston non plus… De toute façon, je déteste cette danse ridicule et lui préfère les quadrilles. Lena est courageuse, franche, et elle a toute mon admiration. Je l'aime! Je suis majeur, et ma décision est prise, qu'elle vous plaise ou non!

– Eh bien, mon garçon, comment pouvons-nous t'aider? demanda Anne avec fermeté.

Bud se tourna vers sa mère et, silencieusement, lui exprima toute sa reconnaissance. Son inconditionnelle approbation lui fit tant de bien qu'il en oublia ses récriminations des derniers mois. Il venait de s'allier une précieuse collaboratrice.

6

New York, le jeudi 30 juin 1927

Bud avait enfin terminé sa dernière session d'études à Princeton, récoltant honneurs et mentions, tant sur le plan scolaire que sportif. Jamais il n'aurait trouvé le temps pour concilier ses cours, ses travaux, ses examens avec les préparatifs de son mariage. D'autant que son admission à la faculté de médecine dépendait entièrement des résultats de sa terminale. Son père aurait certainement consenti à compenser financièrement une performance déficiente, mais Bud désirait que son acceptation à la faculté soit le fruit exclusif de son travail. Voilà pourquoi il avait accepté l'aide de sa mère avec tant de soulagement.

Il lui tardait à présent de retrouver sa fiancée. La date de leur mariage avait été fixée au 26 juillet, jour du dix-neuvième anniversaire de Lena. Avant de quitter New York, Bud devait toutefois honorer une promesse aussi importante que coûteuse. Pour y parvenir, il n'avait d'autre choix que d'enterrer la hache de guerre avec son père. Son amitié pour Earl le commandait.

Au cours d'une de leurs discussions, Earl avait confié à Bud combien lui pesait la perspective de travailler toute sa vie à la bibliothèque de l'université. Il appréciait ce travail, mais ne le trouvait pas passionnant. Bud connaissait la prédilection d'Earl pour la physiologie du corps humain, et particulièrement pour le fonctionnement du système nerveux. Jugeant la détermination et le talent d'Earl suffisants pour compenser son handicap, il lui avait suggéré d'entreprendre des études de médecine, puis de se consacrer à la recherche afin d'améliorer le sort des victimes de la paralysie cérébrale. Secrètement, Earl avait espéré devenir médecin un jour mais, avait-il confié à son ami, en plus de douter de ses aptitudes, il n'avait pas les moyens de poursuivre des études aussi coûteuses, d'autant que l'aide financière dont il avait bénéficié jusqu'à présent prendrait fin dès septembre. Voilà pourquoi Bud s'était résigné à s'adresser à son père.

Depuis longtemps, il refusait tout présent de James Stillman et, depuis plus longtemps encore, il avait cessé de lui demander quoi que ce soit. Fallait-il que l'amitié d'Earl lui soit précieuse pour qu'il consente à pareille démarche! Pourvu que son père sache reconnaître l'intelligence et le caractère résolu de son ami.

Les deux copains semblaient se chamailler à leur sortie du taxi garé au coin de la 79ᵉ Rue et de Park Avenue. Extirper Earl d'une voiture relevait du défi. En riant, Bud poussa puis tira et, enfin, Earl se retrouva, chancelant, sur le trottoir. Quand il leva la tête, ses gestes désordonnés s'arrêtèrent d'un coup, comme toutes les fois où le jeune homme se concentrait sur un objet ou une idée.

– Ton père travaille ici? s'extasia Earl, en désignant du menton une immense maison de quatre étages.

– Non, Earl, mon père habite ici. Allez, viens et ne te laisse surtout pas impressionner par ce tas de pierres empilées.

Recouverte de granit de Pennsylvanie, la résidence de pur style élisabéthain avait été acquise quelques mois auparavant pour un demi-million de dollars. Pignons, lucarnes et cheminées colossales concouraient à lui donner une allure encore plus imposante.

Un valet prénommé Henry salua révérencieusement les garçons, puis les fit pénétrer dans un hall si haut que, en voulant contempler le spectaculaire balcon de bois sculpté qui courait à hauteur du deuxième étage, Earl faillit tomber à la renverse. Devant ce faste, il se remit à trembler à la seule pensée qu'un de ses mouvements mal coordonnés risquait de réduire en miettes les pièces de collection trônant sur les tables basses, les guéridons et les étagères. Jamais auparavant Earl n'avait fait le lien entre Stillman, le riche banquier, et Bud Stillman, ce garçon avenant, si simple, ce travailleur acharné qui, à aucun moment, n'avait affiché ses origines.

James Stillman les reçut avec courtoisie, les dirigea vers deux fauteuils de noyer Queen Anne et demanda qu'on leur serve du thé.

– Mon fils me fait un très grand honneur en m'amenant un de ses amis, monsieur Carlson.

– Mon meilleur ami de Princeton, père, précisa Bud, constatant que depuis au moins dix ans son père n'avait rencontré aucun de ses camarades.

– Je vous remercie de m'accueillir dans votre demeure, lui répondit laborieusement Earl, en songeant que la demeure tenait bien plus du musée ou du palais.

– Et toi, Bud, je suis content de te voir ici enfin.

Depuis l'annonce des fiançailles de son fils, l'attitude de James Stillman s'était totalement métamorphosée. Lorsqu'il avait pris conscience que Bud ne changerait pas d'idée, il avait su démontrer une surprenante compréhension. Anne y était pour beaucoup dans ce revirement. Pour assister au mariage de son fils, il séjournerait même à Grande-Anse, une première en huit ans.

Henry déposa la théière et le plateau de gâteaux sur une crédence Charles II située derrière James Stillman puis, cérémonieusement, servit le thé. À peine Earl eut-il saisi la délicate tasse en porcelaine de Sèvres qu'il la projeta avec force sur le parquet ciré. Le trac avait eu raison de ses efforts pour maîtriser ses muscles indisciplinés. Avec tact, Stillman poursuivit l'entretien comme si rien n'était survenu, laissant Bud perplexe. L'animosité qu'il inspirait encore à son fils diminua de plusieurs crans. Chaque fois que son père lui avait manifesté gentillesse ou attention, Bud n'y avait vu que désagréable complaisance, et voilà que sa bienveillance envers son ami le touchait intensément.

Le pantalon trempé, Earl demanda à se retirer un moment, et Stillman chargea Henry de le guider jusqu'à la salle de bains.

– Quel personnage original et affable, Bud. Mais comment peut-il fréquenter Princeton avec un pareil handicap?

Au risque de déplaire à son père, plutôt que de commenter la manière dont Earl se débrouillait, Bud se hâta de lui expliquer les projets et les besoins de son ami. Sans la moindre hésitation, James Stillman accepta de subventionner la prochaine année d'études d'Earl, précisant que dès son acceptation à l'université confirmée il lui ouvrirait un compte à la National City Bank où il déposerait la somme requise pour acquitter ses frais de scolarité. James Stillman ne remit pas en question la capacité d'Earl à entreprendre pareilles études, le jugement de son fils lui suffisant.

Bud n'aurait jamais pensé qu'une négociation de cette importance puisse se faire si aisément, si rapidement. Son père semblait si heureux d'acquiescer à sa demande! Sans prétention aucune, il lui avoua qu'il parrainait déjà les études d'une dizaine de jeunes, car il considérait l'instruction comme le plus bel héritage. Il ajouta :

– Qu'en est-il de ses frais de subsistance?

– Il m'a assuré vouloir conserver un travail à temps partiel. Il lui semblait très important de pourvoir, au moins en partie, à ses besoins.

Pour la première fois depuis des années, Bud discutait avec son père sans aigreur. Leur rapport d'homme à homme serait-il dorénavant plus aisé?

James Stillman profita de ce bref tête-à-tête pour lui remettre une enveloppe qu'il gardait dans la poche de son veston.

– J'ai pensé que cela te serait plus profitable maintenant que le jour de ton mariage. Votre cadeau de noces, à Lena et à toi.

Avec cette traite de cinquante mille dollars entre les mains, Bud resta sans voix. Auparavant, il aurait remis, ou donné à quelqu'un d'autre, tout cadeau venant de son père, persuadé qu'il cherchait ainsi à acheter son affection. Cette fois, il ne songea même pas à refuser. Instantanément, il visualisa son foyer, ses quatre années de médecine sans souci d'argent, sa femme qu'il pourrait gâter à souhait et pourquoi pas, prolonger son voyage de noces! À supposer que ses sentiments envers son père n'aient pas évolué positivement au cours des derniers mois, aurait-il eu la force aujourd'hui de résister à pareil présent? Incapable de répondre à cette question avec objectivité, Bud se contenta de remercier son père.

De retour avec Henry, Earl, penaud, voulut exprimer sa contrition, mais James Stillman l'interrompit.

– Lorsque vous séjournez à New York, où habitez-vous?

– Un petit hôtel...

– À partir de maintenant, vous aurez votre chambre sous ce toit, ajouta Stillman sur un ton ne tolérant pas la réplique.

Earl ne pouvait mettre en doute l'authenticité d'une invitation aussi spontanée, lui qui croyait sa bévue impardonnable. Son hôte ne souhaitait donc pas son départ immédiat, comme il l'avait craint, pas plus qu'il ne manifestait la moindre appréhension à voir de précieuses œuvres d'art détruites par une de ses maladresses.

– Quand nous reverrons-nous? s'informa James Stillman.

– Il sera à mon mariage, intervint Bud, qui s'était bien gardé d'en parler à son ami trop à l'avance de crainte qu'il ne trouve mille et une excuses pour refuser.

– Tu m'invites à ton mariage? fit Earl, stupéfait, redevenant soudain immobile.

* * *

Grande-Anse, le jeudi 30 juin 1927

À New York ou à Pleasantville, Anne avait pris l'habitude d'utiliser le téléphone pour communiquer un renseignement ou demander une information. À Grande-Anse toutefois, il en allait tout autrement puisqu'elle était une des rares résidentes à posséder ce précieux appareil. Les déplacements s'imposaient donc fréquemment.

Vu le temps chaud et sec des derniers jours, un détestable nuage de poussière s'éleva de la route dès que la voiture, conduite par Jos, s'y aventura. Anne ne pouvait plus reporter sa rencontre avec Elizabeth Wilson. Le mariage de Bud et de Lena approchait à grands pas, et il était impératif qu'elle s'assure de la bonne marche des préparatifs. De plus, elle désirait informer Elizabeth de certaines modifications apportées au plan initial.

Jos l'accompagna jusqu'à la porte, salua sa belle-mère, puis laissa les deux femmes en tête-à-tête. Elizabeth lui offrit une tisane.

— Eh bien, Elizabeth, voici la liste finale des personnes que j'aimerais voir au mariage. Je vous avais donné quelques noms déjà. Toutefois, j'insiste pour que tous les habitants de Grande-Anse et des villages avoisinants avec qui nous avons entretenu des relations amicales, de travail ou d'affaires soient invités. Quelques personnalités de New York et de Chicago se joindront à nous, en plus des membres de la famille.

Devant la stupéfaction d'Elizabeth, Anne s'empressa d'ajouter :

— Ne vous tourmentez pas! J'ai déjà posté les invitations, ne voulant pas vous imposer ce surcroît de travail…

Elizabeth ne savait pas lire, mais elle était assez futée pour se rendre compte de l'ampleur des ajouts.

— Vous en avez combien, là? fit-elle, en pointant le doigt vers la liste.

— Deux cent cinquante, Elizabeth.

— Bien voyons! On avait dit une centaine de personnes en tout et pour tout!

— Mon mari et moi couvrirons tous les frais.

— Mais j'aurai jamais assez de place pour tout ce monde-là!

— Voilà pourquoi, Elizabeth, les noces doivent avoir lieu au domaine, ajouta Anne, résolument.

— Ça n'a pas de bon sens, madame Stillman! Par chez nous, c'est les parents de la mariée qui reçoivent.

Elizabeth croisa les bras sur sa forte poitrine, balançant la tête de gauche à droite.

– Ça n'a aucun bon sens. Qu'est-ce que les voisins vont dire? Qu'est-ce qui vont penser de nous autres?

Agacée par cette attitude qu'elle jugeait inopportune, Anne tenta de l'amadouer.

– Pourquoi ne pas vous concentrer sur l'organisation de la cérémonie religieuse, et moi je me chargerais du repas et de la fête qui suivra? Il me semble que ce serait une solution équitable.

– Équitable... Équitable, peut-être, mais ça n'a pas de bon sens!

– Le bon sens dicte qu'on doit inviter tous ces gens et que vous ne pouvez assumer seule cette responsabilité. C'est simple et logique! Pensez à tout cela à tête reposée, Elizabeth.

Vous me donnerez raison, vous verrez, déclara Anne avec fermeté, tout en se dirigeant vers la sortie, exaspérée par le regard ulcéré de la future belle-mère de son fils.

* * *

Grande-Anse, le mercredi 6 juillet 1927

Quand Bud avait demandé Lena en mariage, il n'aurait jamais imaginé le centième des ennuis qui l'attendaient. Tout d'abord, il avait accepté de se soumettre à une entrevue journalistique, mais celle-ci avait malheureusement été reprise par des dizaines d'autres quotidiens. De l'Atlantique au Pacifique, son union insolite avait fait la manchette des jours durant. Le thème du prince charmant et de Cendrillon avait abondamment été exploité, ainsi que les réparties peu flatteuses de Bud à l'endroit de la haute société. Appréciant les valeurs humaines mises de l'avant dans cette entrevue, Bruce Barton, journaliste d'Albany, l'avait décrite comme la deuxième plus importante de l'année, immédiatement après celle du président républicain Calvin Coolidge. Winkler, quant à lui, avait comparé Bud à l'aviateur Charles Lindbergh, dont la spectaculaire traversée de l'Atlantique, quelques semaines plus tôt, avait déclenché tout un battage. Tous deux avaient été pourchassés par la presse et tous deux considéraient la publicité les entourant comme fort disgracieuse. Selon Winkler, les deux jeunes avaient également en commun la même stature athlétique et la même hardiesse. Bud jugea les commentaires du reporter aussi flatteurs qu'exagérés.

Au moins à Grande-Anse, Bud ne risquait pas d'être poursuivi par les journalistes. Arrivé trop tard la veille pour rendre visite à Lena, il lui tardait ce matin de la retrouver.

À l'aube, au volant de son auto sport toute neuve, Bud anticipait sur son arrivée chez les Wilson. Surtout, ne pas oublier de prendre des nouvelles de madame Wilson d'abord. Accorder de l'attention à la belle-mère avant de s'adresser à sa fille, comme le lui avait conseillé son ami Georges, ne lui avait attiré que des bienfaits.

Son amour pour Lena, son désir de partager avec elle ses nuits et ses jours se révélaient plus manifestes encore, et les quelques doutes qui l'avaient ébranlé récemment s'étaient tout à fait évanouis. Le voyage de quinze heures en solitaire de New York à Grande-Anse lui avait fourni l'occasion de faire le point.

Attirée par le bruit du moteur, Lena l'attendait déjà sur le balcon de bois nu, sans balustrade. Son visage bouffi par les larmes le sidéra. Il sauta par-dessus la portière et se précipita vers elle, oubliant son rituel coutumier.

– Lena, ma chérie, que t'arrive-t-il?

Comme il n'était pas catholique, lui expliqua Lena en larmes, le curé Damphousse refusait de les marier. Elizabeth, normalement si affectueuse, si sympathique envers son futur beau-fils, lui signifia qu'elle n'accepterait pas de marier sa fille sans le consentement et la bénédiction d'un prêtre catholique.

– Faudra te convertir, Bud, le somma-t-elle. L'amour et l'enfer ne font pas bon ménage, nous a dit le curé.

– J'aime votre fille, mais personne ne peut exiger de moi que je change de religion, madame Wilson!

– Alors, pas de mariage. Jusqu'à ses vingt et un ans, Lena doit avoir mon consentement, laissa tomber Elizabeth, inflexible.

– Ce n'est pas tout, Bud, intervint Lena. Il avait été convenu que ma mère se chargerait des noces, mais voilà que la tienne a ajouté cent cinquante faire-part à ceux qui étaient prévus...

– Mais je suis convaincu qu'elle en assumera les frais...

– On n'est pas bien riches, répliqua Elizabeth, mais on a notre fierté quand même. Ici, les parents de la fille payent les noces. Ta mère s'entête. Elle a déjà envoyé ses invitations. C'est pas parti pour s'arranger.

Jamais Bud ne s'était senti à ce point impuissant. Il aurait tant aimé prendre Lena dans ses bras pour la réconforter, mais les convenances l'en empêchaient. À l'exception de quelques moments d'intimité volés ici et là, à force de ruses inimaginables, ils avaient continuellement été chaperonnés depuis le début de leurs fréquentations.

Bud ne comprenait pas l'entêtement d'Elizabeth, elle si conciliante. Si sa mère avait pris des initiatives sans les endosser, il aurait compris les réticences de sa belle-mère mais, compte tenu de la fortune de ses parents, pourquoi leur reprocher de participer financièrement au mariage de leur fils?

Lizzy, Tina, Edna et Mary, quatre des sœurs de Lena, se joignirent à leur mère pour appuyer ses récriminations, accusant Anne Stillman de ne pas respecter les convenances et de vouloir imposer sa volonté.

Lena lui avait déjà parlé de l'attitude railleuse de ses sœurs, à l'exception de Belle et d'Annie. Les autres ne manquaient pas une occasion d'affirmer qu'un tel mariage était utopique ou, pire, d'insinuer que Lena avait dépassé les limites de la bienséance pour séduire Bud. Ainsi, l'atmosphère entourant les préparatifs était de plus en plus tendue.

Comme le mariage devait avoir lieu à Grande-Anse, Bud avait naïvement espéré une cérémonie simple et intime. C'était sans compter sur l'enthousiasme débordant de sa mère et la fière résistance des Wilson.

Se voulant convaincant, Bud prit le menton de Lena entre ses doigts, l'obligeant à le regarder dans les yeux.

– Il existe une issue quelque part, Lena, et je la trouverai. Laissez-moi un peu de temps...

– Il faut faire vite! ajouta Lena, contenant difficilement ses larmes. Il nous reste moins de trois semaines!

* * *

Chaque matin après le petit-déjeuner, Anne partait seule avec Guy pour une promenade en bordure de la rivière. Ces moments d'intimité privilégiée lui permettaient de suivre l'évolution de son fils et, grâce à son babillage spontané, de s'intéresser à ses petites préoccupations. Puis elle le confiait à Ida Oliver jusqu'à la fin de l'après-midi, autre moment consacré quotidiennement à ses enfants.

Plus le grand jour approchait et plus la tension entre elle et Elizabeth s'intensifiait. Sa voisine n'avait pas prisé ses initiatives, mais lui avait-elle laissé le choix? Pour compliquer davantage la situation, les gens des environs s'étaient fait grandement prier avant d'accepter son invitation. Après avoir reçu quelques réponses négatives et très peu de confirmations, Anne, surprise de ce manque d'ardeur, avait mené une enquête discrète. Ainsi, elle avait appris qu'un certain nombre déclinaient l'invitation de peur de ne pas être convenablement vêtus pour côtoyer les gens de la haute société attendus pour l'occasion. Sans hésiter, Anne leur avait proposé de leur acheter des vêtements tout neufs, ou d'offrir des pièces de tissu aux habiles couturières. Plusieurs avaient surmonté leurs réticences et muselé leur amour-propre pour assister à un événement peu susceptible de se répéter. Pendant une bonne semaine encore, Ida Oliver en escorterait chez les marchands de La Tuque.

Au cours de l'hiver, Anne avait profité d'un séjour de Lena à New York pour l'accompagner chez Henri Bendel. Le plus réputé des couturiers de la métropole lui avait confectionné sa robe de mariée et son tailleur de voyage. Au moins de ce côté, plus de souci à se faire, tout était prêt.

Sa mère, Cora, lui avait fait parvenir une longue lettre de Beaulieu-sur-Mer pour l'assurer de toute son affection. Elle la priait de féliciter Bud de sa part. Malgré une pressante invitation, Cora n'avait pas jugé bon de faire le voyage, pas plus qu'elle n'avait estimé le mariage de sa fille unique assez important pour y assister. Un autre coup de dague.

Heureusement, Anne n'avait pas le temps de s'apitoyer. Il fallait voir à mille et un détails au cours de la journée, à commencer par une leçon d'étiquette qu'elle s'apprêtait à donner à ceux qui assureraient le service des victuailles et des boissons le jour des noces.

Sur ces entrefaites, Bud intercepta sa mère et lui résuma la situation dramatique dans laquelle ils se trouvaient, ce qui provoqua aussitôt la colère d'Anne. Elizabeth Wilson n'avait qu'à s'occuper de la cérémonie religieuse, et les voilà dans un cul-de-sac? Comment sortir de cette impasse? Elle éprouvait un tel ressentiment envers Elizabeth, ses filles et le curé Damphousse qu'elle avait du mal à réfléchir. Et Jimmie qui brillait par son absence. Ne devait-il pas arriver la veille?

Le désarroi de Bud la força à retrouver son calme.

– Le curé Lamy, Bud! Va voir le curé Lamy à Grandes-Piles. Lui saura nous conseiller, j'en suis convaincue! insista-t-elle, triomphante.

– Si quelqu'un sur cette terre peut nous aider, je suis bien prêt à le rencontrer où qu'il se trouve, répliqua Bud, soulagé d'entrer enfin en action.

– Je téléphone tout de suite à notre bon ami Jean Crête. Comme ça, le curé sera au courant quand tu arriveras.

Bud pensa d'abord amener Lena avec lui. Mais sa voiture ne comptait que deux places, et madame Wilson ne permettrait jamais à sa fille d'être seule avec lui. Georges Giguère, pour sa part, accepta de l'accompagner, excité à l'idée de voyager dans un tel bolide, du jamais vu dans la vallée de la Saint-Maurice. La rutilante carrosserie décapotable en forme de cigare avait été montée sur le châssis d'une Ford modèle T. Bud équipa son ami de lunettes d'aviateur et lui remit, en prévision d'un orage ou d'une averse, un casque et une veste de cuir.

Il leur faudrait au moins trois ou quatre heures pour parcourir les soixante-dix kilomètres les séparant de Grandes-Piles à la condition que rien ne vienne ralentir leur course, comme une crevaison ou une panne de moteur. Il n'y avait aucun garage ou poste d'essence sur ce parcours, achevé à peine deux ans auparavant. Que des charretiers et des maquignons connaissant bien mieux les chevaux et les bogheis que la mécanique. À l'exception de quelques pistes des Alpes suisses, jamais de toute sa vie Bud n'avait voyagé sur une route aussi périlleuse que celle reliant Grandes-Piles à La Tuque, et voilà qu'il allait faire le trajet trois fois en deux jours.

Jusqu'à Matawin, mis à part quelques légers dérapages dans les ornières de sable mou, seule la poussière les incommoda vraiment. Conséquemment, toutes les quinze minutes, Bud s'arrêtait pour nettoyer ses lunettes, se moucher et boire un peu d'eau. Chaque fois, tel un leitmotiv, il se répétait : «Lena, fais-moi confiance, on y arrivera!» Le reste du temps, la route avec ses courbes raides et ses descentes en spirale accaparait toute son attention, si bien que depuis son départ il avait peu parlé à Georges.

Agrippé à son siège, ce dernier priait silencieusement saint Christophe, le patron des voyageurs, l'implorant de leur accorder aide et protection. Le précipice à sa droite, toujours trop près à son goût, plongeait à la verticale dans la menaçante Saint-Maurice en contrebas.

Arrivé au pied des côtes l'Oiseau, Mongrain, Giguère et Marineau, Bud dut se résigner à les gravir à reculons en raison de l'exceptionnelle inclinaison des pentes, sinon l'essence dans le réservoir logé à l'arrière du véhicule n'alimentait plus normalement le moteur à l'avant, provoquant inévitablement un calage. De plus, ce moyen semblait des plus efficaces pour augmenter la poussée du moteur et favoriser la traction. Les rares véhicules croisés la veille avaient effectué pareille acrobatie.

Avec ses virages en épingle, la côte de la pointe à la Mine représenta un défi mais, guidé par la prudence, Bud sut habilement conduire dans la montée comme dans la descente. Il était plus de dix-sept heures quand, enfin, il arrêta son moteur devant le presbytère de Grandes-Piles. Georges saisit les clés au vol et, avant même que la porte du presbytère ne se referme sur Bud, le moteur vrombissait à nouveau. Depuis leur départ, Georges mourait d'envie de conduire cette machine.

Le curé Lamy accueillit Bud au parloir avec sa bonne humeur habituelle.

– La vie n'est pas facile, n'est-ce pas, mon garçon? observa le curé tout en lui désignant un fauteuil. Mais il existe encore du bon monde, Bud. Notre maire, Jean Crête, t'offre, à toi et à ton copain, repas et gîte pour la nuit. Je te prie d'accepter son hospitalité, car il ne serait pas très prudent de refaire cette route à la noirceur. Il m'a fait promettre de te transmettre son message, c'est fait.

Le curé l'informa ensuite de sa démarche téléphonique auprès de l'évêché de Trois-Rivières. Pour obtenir la permission de marier une catholique sans que celle-ci ne soit exclue de la sainte Église, il fallait demander, si Bud refusait de se convertir, une dispense à Son Excellence Mgr Cloutier. Cette autorisation spéciale serait accordée au couple par la plus haute instance religieuse du diocèse à la condition que Bud s'engage à respecter un minimum de trois conditions : accepter un mariage célébré selon les rites de la religion catholique, permettre à Lena de pratiquer sa religion sans contrainte après son mariage et, enfin, faire baptiser et élever selon les préceptes de l'Église catholique les enfants nés de leur union.

Bud n'éprouva aucune réticence à accepter les deux premières conditions. Toutefois, pour une raison qu'il ignorait, la troisième le gênait, même s'il n'observait plus les rituels de la religion épiscopalienne, à laquelle il s'identifiait plus par habitude que par conviction.

– Monsieur le curé, vous avez mentionné un *minimum* de trois conditions. Est-ce qu'il pourrait y en avoir d'autres ?

– Ta situation est particulièrement inusitée, mon garçon, car le délai octroyé à l'évêché est très court et ton cas nécessite un traitement d'urgence. Tu dois t'attendre à des frais, Bud. De combien ? Seul l'évêque ou son chancelier pourraient te renseigner. Tu dois personnellement demander cette dispense. S'il existe des obligations additionnelles, on te le signifiera. Cependant, je suis prêt à communiquer dès demain avec l'évêché pour t'obtenir un rendez-vous dans les plus brefs délais.

– Comment vous remercier, monsieur le curé ?

– En prenant soin de Lena, Bud. Voilà la meilleure manière de me remercier.

– Vous la connaissez depuis longtemps, n'est-ce pas ?

Le sympathique visage du curé s'éclaira. Regardant Bud par-dessus ses lunettes à monture d'écaille noire, il s'exprima avec nostalgie.

– Elle avait un an quand je suis arrivé à Grande-Anse. Je l'ai vue grandir. Même si j'exerce mon ministère aux Piles depuis neuf ans, je visite sa famille au moins une fois par année. Tu as de la chance de t'unir à une fille comme elle.

L'attitude réconfortante de cet homme et sa générosité incitèrent Bud à lui demander de bénir leur union.

– Le curé Damphousse préside les destinées de la mission de Grande-Anse, Bud. À moins d'une permission spéciale de l'évêque, c'est lui qui doit officier.

– Si vous n'y voyez pas d'objection, je vous prie de demander cette permission à votre évêque. Votre présence nous comblerait, Lena et moi.

Bud se garda bien de lui révéler pourquoi il le préférait au curé Damphousse. Les frères de Lena, à l'instar de beaucoup d'hommes des environs, avaient signé la pétition demandant la mutation de ce prêtre. En outre, plutôt que de les aider à régler leurs problèmes, il avait apeuré Lena et sa famille en brandissant le spectre de l'enfer. Le curé n'avait certainement pas prisé que sa mère exige son remplacement avant d'accorder son appui financier au projet de reconstruction de la chapelle et du presbytère.

– Elizabeth vous a-t-elle donné son consentement?

– Pas encore, monsieur le curé. Je dois vous avouer que ma visite de ce matin n'a pas été très encourageante.

– Si tu obtiens la dispense de l'évêché, je me charge de me rendre chez les Wilson afin d'expliquer à Elizabeth les tenants et les aboutissants d'un tel document. Ne perds pas espoir, Bud. Quant à la célébration de ton mariage, d'ici la mi-septembre, je n'ai plus aucun samedi de libre.

– Mais, mon père, le 26 est un mardi...

– Dans ce cas, pour Lena, pour toi, pour vos deux familles aussi, je tenterai d'obtenir l'autorisation de Mgr Cloutier. Mais je ne peux rien te promettre, tu l'as bien compris?

Loin d'être résolus, les problèmes de Bud lui semblaient pourtant moins dramatiques. Quel soulagement d'avoir pu discuter avec ce prêtre intègre et magnanime! Aucune contribution en échange des précieux conseils ne lui avait été demandée, mais Bud insista pour remettre une généreuse aumône au curé de Grandes-Piles.

* * *

Moyennant cinq dollars et un plaidoyer convaincant de la part du curé Lamy, Mgr François-Xavier Cloutier consentit à accorder une dispense à la condition que Bud se plie aux exigences de l'Église. Après deux semaines de vives discussions, et malgré toutes les objections des Stillman, Lena eut gain de cause en obtenant de Bud un engagement solennel l'assurant que leurs enfants grandiraient dans la foi catholique. Le vendredi précédant le mariage, fort de la dispense de l'évêque, le curé Lamy avait intercédé en faveur du jeune couple et obtenu le précieux consentement d'Elizabeth.

Incapable de pardonner l'intrusion d'Anne Stillman, Elizabeth repoussa toutes les tentatives du curé Lamy pour les réconcilier. Conséquemment, l'atmosphère empoisonnée chez les Wilson transformait le rêve de Lena en cauchemar. Pour en rajouter, sa mère l'informa qu'elle n'avait pas l'intention d'assister à la cérémonie.

Dès que l'indispensable document fut entre les mains du curé Lamy, Bud exhorta sa fiancée à s'installer au domaine pendant les trois derniers jours avant la cérémonie. Bud ne se laissa pas impressionner par les invectives de ses futures belles-sœurs, qui allèrent jusqu'à l'accuser d'enlèvement. La connivence de Johnny, le frère aîné de Lena, leur fut d'un précieux secours.

Tôt, le dimanche matin, à la demande expresse de Lena, ils se rendirent à Grandes-Piles. Selon la tradition, les promis devaient se confesser, puis assister à une messe prénuptiale. Lena y mit tant de ferveur qu'elle espéra le compte valable pour deux. La messe terminée, le curé Lamy vint saluer ses paroissiens sur le parvis de l'église. Quand il s'approcha du jeune couple, il prit soin de s'arrêter deux marches au-dessus de celle où Bud se tenait, pour paraître aussi grand que lui.

– Tout est bien qui finit bien, n'est-ce pas, les amoureux ?

– Grâce à vous, monsieur le curé, fit Bud, le remerciant de nouveau.

– Cela finirait mieux si ma famille assistait à mon mariage, monsieur le curé, murmura tristement Lena.

– Ne perds pas espoir, mon enfant, recommanda le curé Lamy, l'enveloppant d'un regard bienfaisant.

Encore accablée par la précarité de sa situation, Lena se sentit ragaillardie par l'attitude confiante du curé. Le don d'apaisement que possédait ce prêtre tenait presque du miracle.

À leur retour au domaine, Anne invita les fiancés à terminer l'exposition des cadeaux qui affluaient depuis plusieurs jours. Pendant que Bud transportait cartons et boîtes au salon bleu, Lena déballait chaque pièce avec précaution, puis la disposait sur une longue table recouverte de draps immaculés. Sa candeur émut Bud à un point tel qu'il voulut éterniser ce moment sur pellicule.

La grâce avec laquelle Lena se plia au jeu de la caméra le charma et l'amusa tout à la fois. Après quelques prises de vues, elle voulut le filmer à son tour. La facilité avec laquelle elle apprit à utiliser l'appareil l'émerveilla.

Tout l'hiver, Lena avait séjourné à New York et à Pleasantville afin de parfaire son «éducation», comme sa mère s'était plu à le dire. D'elle-même, Lena avait manifesté le désir d'apprendre à lire et à écrire avant son mariage, et les Stillman s'étaient empressés de lui adjoindre un précepteur. Désormais, elle lisait assez bien l'anglais et possédait des connaissances de base en mathématiques. La géographie la passionna d'autant que le voyage de noces des nouveaux mariés les amènerait, pendant près d'une année, dans plusieurs pays d'Europe et d'Afrique du Nord.

Une fois leur tâche terminée, Bud entraîna Lena sur le bord de la rivière, à la vue du «château», pour le respect des convenances, mais à l'abri des oreilles indiscrètes. Assis côte à côte, tout près, sans se toucher, ils regardèrent défiler et s'entrechoquer les billots, emportés par le fort courant entre la rive et l'île aux Noix. Bud ressentit la tristesse de Lena. Des larmes silencieuses tombaient sur ses mains jointes autour de ses genoux relevés. Son chagrin et sa vulnérabilité touchèrent Bud en plein cœur.

– Le plus important, c'est que nous vivions enfin ensemble?

– Oui, mais je ne peux pas croire que ma famille n'assistera pas à mon mariage, bredouilla Lena, s'efforçant de retenir un sanglot. Ma mère, surtout.

– Johnny te servira de témoin et Belle sera, comme prévu, ta demoiselle d'honneur. Ça, je peux te l'assurer, ajouta Bud, cherchant à la réconforter.

Soudain, il résolut de partager sa fortune avec elle, ne jugeant pas nécessaire d'analyser plus à fond cette décision. Demain, quand ils se rendraient chez le notaire Duguay, à La Tuque, il ferait ajouter une clause à leur contrat de mariage afin que Lena puisse jouir de la moitié de tout ce qu'il possédait, y compris le legs de son grand-père paternel. À la mort du père de Bud, Lena et lui récolteraient l'usufruit de cette fortune évaluée au minimum à deux millions et demi de dollars. En 1918, dans ses dernières volontés, le maître de Wall Street avait décidé que, à la mort de ses petits-enfants, ses arrière-petits-enfants, soit la génération des enfants de Bud et de Lena, hériteraient de sa fortune.

Bud savait par expérience que l'argent n'assure pas le bonheur, pas plus qu'il ne l'entrave. Il représentait toutefois un énorme potentiel de réalisations que Lena pourrait apprivoiser à souhait. Il garda pour lui son dessein tout en se délectant à l'avance de sa réaction lorsqu'elle apprendrait la nouvelle.

Voilà quelques mois, sa mère lui avait donné une des maisons situées en bordure de la rivière, parfois occupée par des ouvriers de passage. Tout avait été prévu pour que, le lendemain, le cottage soit transporté à bord d'un chaland sur la rive opposée de la Saint-Maurice. Ainsi, les jeunes amoureux auraient un pied-à-terre pour leurs séjours à Grande-Anse, isolé, discret, et bien à eux. Déjà, toute la structure nécessaire pour recevoir le bâtiment avait été préparée et le terrain, aménagé.

– La prochaine fois que nous reviendrons à Grande-Anse, notre petit nid sera prêt. J'ai chargé Georges de surveiller les travaux pendant notre absence. Tu vois là notre futur paradis, annonça Bud en caressant de sa main l'espace devant lui.

Le soleil déclinait quand un bateau à moteur accosta au quai en contrebas. Anne, la sœur de Bud, son mari, Henry, et la sœur de celui-ci, Frances, accompagnaient James Stillman. Comme il avait reporté son arrivée à trois reprises, Bud avait craint qu'à la dernière minute son père annonce qu'il ne viendrait pas. À cette pensée, Bud s'était rendu compte de la fragilité du lien de confiance qui les unissait.

Le jeune homme se leva pour accueillir le groupe. Il était surtout impatient de retrouver sa sœur, sa chère Anne, sa confidente, celle avec qui il avait partagé ses jeux et ses peines d'enfant. Elle lui ouvrit grands les bras. Son mariage, ses nombreux voyages à l'étranger et la naissance de son enfant quelques mois auparavant leur avaient laissé bien peu de temps pour fraterniser, mais leur complicité n'en avait vraisemblablement pas souffert. Comme tous les autres membres de sa famille et de son entourage, à l'exception de sa mère, Anne s'était opposée au mariage de son frère. Pourtant, contrairement aux autres, ses admonestations et ses réticences ne l'avaient pas heurté. Elle les avait exprimées avec tant de sollicitude. Elle lui chuchota quelques taquineries à l'oreille pendant que les autres se dirigeaient vers la maison principale. En retrait, Lena les observait timidement, incapable de s'immiscer dans une conversation aussi exclusive.

* * *

Depuis deux semaines, six cuisiniers new-yorkais avaient envahi la cuisine de Germaine, ne lui laissant qu'un petit coin pour préparer les repas de la maisonnée. Madame lui avait recommandé de les faire simples afin de ne pas gêner les maîtres queux. Leurs regards hautains offensaient Germaine tout autant que leurs imposantes toques blanches.

Sa patronne avait-elle voulu atténuer sa frustration de cuisinière laissée pour compte en lui confiant la confection d'uniformes destinés aux employées de service le jour du mariage? Germaine avait accepté de superviser toute l'équipe pour l'occasion. Au cours des derniers jours, des dizaines de camions s'étaient présentés à la barrière du domaine, chargés de denrées de toutes sortes et de boissons en quantité astronomique, allant de la bière d'épinette au champagne de grand cru. Pour assurer une bonne gestion des stocks et un inventaire à jour, Germaine accueillait elle-même les livreurs, leur ordonnant de décharger et de ranger correctement leur cargaison dans le magasin et les autres pièces réquisitionnées pour l'occasion. Jamais auparavant Grande-Anse n'avait connu pareille effervescence.

À la buanderie, où deux machines à coudre avaient été temporairement installées, Germaine et Dorilda mettaient la touche finale aux uniformes de coton à carreaux jaunes et noirs pendant que Rose repassait les coutures, les revers et les bordures. Accomplir son travail au mieux, dans l'ombre de Germaine et de Dorilda, voilà comment chaque jour Rose remerciait sa patronne de l'avoir acueillie chez elle.

Pour que Germaine se distingue aisément des autres employées, Anne Stillman lui avait conseillé de coudre sa robe dans un tissu appareillé, mais aux couleurs différentes. Germaine s'était donc choisi un tissu à carreaux rouges et noirs. Jetant un regard désapprobateur du côté de la cuisine, Germaine maugréa en coupant un fil entre ses dents.

– Ah mon Dieu du bon Dieu! Si madame m'avait donné un peu plus de monde, j'aurais été capable de préparer ce banquet de noces aussi bien qu'eux autres.

– Sans vouloir t'insulter, je ne serais pas prête à dire ça, laissa tomber Dorilda. Je les ai vus organiser une réception à Mondanne pour plus de cent personnes, Germaine, et même si tu as du talent, tu n'as pas leurs astuces. Regarde la hauteur de ce gâteau de noces sur la table. Quatre pieds! Avais-tu vu ça avant, Germaine?

– Tout s'apprend, rétorqua-t-elle avec impatience.

– Bien, le mariage est pour demain… ça ne te laisserait pas grand temps.

La mauvaise humeur de Germaine semblait exagérée, et cela éveilla la suspicion de Dorilda.

– Dis donc, toi, lui lança-t-elle taquine, tu ne serais pas jalouse de Lena, par hasard?

– Voyons donc, Dorilda Rheault, ne sois pas ridicule.

Pourtant, le jour où madame l'avait invitée à sa table, Germaine avait tant espéré que Bud la remarque. Quand elle avait appris que Bud et Lena se fréquentaient, elle s'était bien gardée de dévoiler sa déception.

– J'ai fait une petite enquête auprès des filles qui travaillent ici, Germaine, et il n'y a que toi à ne pas dire que tu as rêvé du beau Bud. Admets-le donc, là!

– Ah mon Dieu du bon Dieu! Qu'est-ce qu'elle a de plus que nous autres, Lena, hein? avoua enfin Germaine.

– Moi en tout cas, même si je savais que je n'avais aucune chance, tu peux être certaine que je ne me suis pas gênée pour le manger des yeux chaque fois que je le voyais. Il est tellement beau, soupira Rose en fermant les yeux, rêveuse.

– Hé! Mais qu'est-ce que tu fais là? s'exclama Dorilda. Tu tailles ton tissu bien trop petit, Germaine.

– Tu verras… Il n'y a pas que les employés qui auront un uniforme aux noces.

* * *

Levée à l'aube, Anne vérifiait en chantonnant les derniers préparatifs du mariage prévu pour quinze heures. Son accoutrement lui donnait des allures de bohémienne. Un bandeau sur la tête, un foulard aux couleurs bigarrées autour du cou et une ample jupe de lin tombant sur des bas épais la protégeaient des moustiques tout en facilitant ses déplacements.

Un tapis de Turquie délimitait sur la pelouse l'emplacement de la cérémonie. Un peu plus loin, des hommes installaient des tables, et les menuisiers, dirigés par Jos Gordon, achevaient l'estrade où les mariés ouvriraient la danse. Souvent distrait, parfois oublieux, Jos accomplissait ses tâches au mieux mais, compte tenu des circonstances, Anne le talonnait. Une trentaine de chaises, destinées aux «Kitties» du 5e régiment royal des Highlanders de Montréal, avaient été disposées dans le jardin. En retenant les services de ce groupe de musiciens réputés, Anne voulait rendre hommage aux origines écossaises de Lena.

La journée s'annonçait bien avec un soleil éclatant et un ciel sans nuages. Aucun vent pour l'instant ne risquait de gêner les hydravions monopolisés pour transporter, dans les prochaines heures, les invités en partance de Lac-à-la-Tortue. Un employé de la gare du Canadien National, rue Moreau à Montréal, confirma par téléphone que les trois wagons Pullman nolisés spécialement pour les convives de New York et de Chicago avaient bien quitté Montréal à l'heure prévue et atteindraient La Tuque en fin de matinée. Toutes les voitures disponibles avaient été réquisitionnées pour leur transport jusqu'à Grande-Anse. Tant de problèmes avaient été résolus à la dernière minute. La veille, Fowler McCormick avait tenté de convaincre Elizabeth Wilson d'oublier sa rancœur, une journée au moins, pour assister au mariage de sa fille. Que d'arguments il avait fait valoir pour l'apaiser! Puisque la situation était exceptionnelle, les gens comprendraient que la tradition ne soit pas respectée à la lettre, lui avait-il assuré. Pour ne pas créer de faux espoirs, Lena et Bud n'avaient pas encore été informés de sa démarche.

Persuadée qu'en prenant l'entière responsabilité du mariage et de la réception elle avait rendu un fier service à sa voisine, Anne espérait qu'enfin Elizabeth lui manifeste un peu de reconnaissance au lieu d'alimenter ce ridicule désaccord.

Malgré l'arrivée tardive de Jimmie la veille, Anne se sentait soulagée de le voir déambuler dans le jardin, entre les domestiques affairés à placer devant l'autel les prie-Dieu des mariés et de leurs témoins. À la rigueur, elle pouvait accepter qu'il ne l'ait pas rejointe avant, mais elle aurait été incapable de lui pardonner son absence aujourd'hui.

Manifestant un optimisme sans réserve, Jimmie vantait à qui voulait l'entendre les talents d'hôtesse de sa femme, garantissant le succès de l'événement. Depuis leur réconciliation, elle le comparait souvent à un sac à surprises, certaines adorables, d'autres dont elle se serait aisément passée. Autant Fowler la secondait, la conseillait, accourait chaque fois qu'elle sollicitait son aide, autant, bien souvent, Jimmie brillait par son absence quand elle avait besoin de lui.

Anne avait autorisé la présence de certains représentants de la presse jusqu'à la fin de la cérémonie religieuse, exigeant toutefois que tous quittent le domaine immédiatement après. Elle tenait à éviter que les manières de certains de ses convives, peu au courant de l'étiquette en usage dans la société à l'occasion d'un tel repas ou de telles festivités, soient critiquées ou ridiculisées. Une clôture gardée par deux hommes délimitait le périmètre réservé aux journalistes.

Contournant la grande maison, Anne s'immobilisa soudain et, prise d'un fou rire, arrêta la première personne passant sur son chemin.

– Qui a fait cela? Vous les avez vus? demanda-t-elle en pointant le doigt en direction de ses huit chiens huskies, attachés à une clôture et revêtus de vestes à carreaux bien ajustées, imitant à merveille la traditionnelle chemise du bûcheron.

– Non, madame, lui répondit d'une voix grave un jeune homme d'allure imposante, et d'une étonnante beauté.

Une chaise à la main, il la salua avec déférence du haut de son mètre quatre-vingt-cinq.

– Mais, depuis quand travaillez-vous ici? Vous êtes…?

– Arthur Dontigny, à votre service, madame. M. Gordon m'a engagé il y a quelques mois.

Puisque la plupart de ses employés étaient engagés par ses régisseurs et qu'elle pouvait passer des mois à l'étranger, il arrivait fréquemment que certains d'entre eux ne la rencontrent jamais. Mais que lui arrivait-il donc? Une exquise chaleur envahit son ventre, puis tout son être, intensément, jusqu'à la tendre douleur. Pareille sensation l'avait désertée, lui sembla-t-il, depuis deux éternités. Quelles étaient donc ces obligations si importantes à réaliser de toute urgence? Volontairement prisonnière de ce regard bleu, elle voulut prolonger ce singulier moment en interrogeant Arthur sur sa famille, son passé et ses projets. De cette voix qui la pénétrait par chacun des pores de la peau, il répondit à ses questions, puis il lui expliqua que, depuis son embauche, il avait été assigné à l'entretien de ses camps au lac Gaucher. Le libérant à regret, Anne le suivit du regard, revigorée.

Ses obligations d'hôtesse la rattrapèrent pourtant et, secouant la tête, elle voulut chasser de son esprit ce troublant jeune homme… «Arthur… Quel âge a-t-il? Tout au plus celui de Bud? Allez, au travail, adolescente attardée!» se tança-t-elle en souriant.

Le reste de la matinée passa trop rapidement. Depuis un bon moment déjà, Bertha, sa femme de chambre, la priait de cesser ses activités afin de se préparer avant l'arrivée des invités. Pourquoi, avec sa planification si élaborée, y avait-il encore tant de détails à mettre au point ? Avant de monter à sa chambre, Anne entraîna la jeune fille du côté de ses chiens endimanchés et lui demanda si Germaine était responsable de cette plaisanterie. Bertha le lui confirma car, à sa mine réjouie, elle sut que sa patronne n'envisageait aucune réprimande.

À partir de treize heures trente, les invités commencèrent à affluer. Automobiles, hydravions ou canots à moteur, tous les moyens de transport avaient été utilisés pour les amener de la civilisation à ce coin de forêt capable de concurrencer avec les luxueuses installations de Southampton ou de Newport. Les hauts-de-forme, redingotes et pierres précieuses côtoyaient les canotiers, vestons de serge et médailles de sainte Anne.

Tantôt en français, tantôt en anglais, Anne accueillait les gens avec empressement, prêtant une attention spéciale à ceux de la vallée de la Saint-Maurice, en général plus timides et plus réservés que les habitants de la métropole. Plusieurs d'entre eux, accompagnés de leurs enfants, étrennaient avec fierté leurs nouveaux vêtements. Puis, Jimmie et Fowler prirent la relève pendant que les Highlanders jouaient en sourdine des airs traditionnels écossais.

Une liste à la main, Ida Oliver cochait le nom des convives au fur et à mesure de leur arrivée. Au moment où le bateau de Jean Crête s'amarra au quai, l'orchestre amorça le *Ô Canada* et les voyageurs entonnèrent l'hymne national tout en gravissant la pente entre la rivière et le plateau où s'élevait le «château». Anne s'arrêta pour goûter la scène, émue de cette agréable coïncidence. L'Union Jack et le drapeau des États-Unis flottaient côte à côte, encadrés par les étendards des principales nations du monde. Chaque détail avait été mis au point avec tant de minutie, tant d'amour.

La chaleureuse réception, le son des cornemuses, la forêt et les montagnes en toile de fond suscitaient des émotions d'une rare intensité. Soudain, Anne aperçut un étranger agité de spasmes et isolé dans la foule. Il s'agissait certainement de l'ami dont Bud lui avait tant parlé. Elle s'avança vers lui et lui souhaita la bienvenue, s'informant s'il connaissait quelqu'un parmi ses invités. Bud l'avait prévenue que trois membres de l'équipe d'aviron de Princeton seraient présents, mais aucun d'eux ne s'était encore manifesté.

– Je connais M. Stillman, articula Earl avec difficulté.

– Vous avez déjà rencontré mon mari? lui demanda Anne, étonnée que ni Jimmie ni Bud ne lui en ait parlé auparavant.

– Oui, madame, j'ai même dormi sous son toit la semaine dernière.

Pourquoi le fait d'ignorer pareil détail l'incommodait-elle à ce point? Anne racontait aisément ses journées à Jimmie, lui décrivant par le menu ses intentions et ses réalisations. De son côté, elle ne savait à peu près rien du quotidien de son mari quand ils n'étaient pas ensemble. Un autre élément irritant s'ajoutait à sa liste.

– Bien, Earl, et que diriez-vous de dormir sous mon toit cette nuit? Vous ne retournerez tout de même pas à New York ce soir?

Le jeune homme ne s'opposa que pour la forme, soulagé de ne pas refaire le même trajet en fin de journée. Il avait été de ceux à qui on avait réservé une place dans les wagons Pullman à Montréal. Anne lui prit le bras et l'escorta jusqu'auprès de Jimmie, encadré de sa fille et de son gendre. Jimmie l'accueillit chaleureusement et l'intégra tout naturellement aux personnes qui l'entouraient.

Peu après quatorze heures trente, Ida Oliver annonça à sa patronne qu'il était temps de se regrouper avant la cérémonie. Anne se retira discrètement au bras de Jimmie, qui confia Earl à sa fille.

Précédant son mari dans le salon bleu, bondé, Anne arriva nez à nez avec Elizabeth et Johnny Wilson. Oubliant sa colère et son irritation, heureuse pour les mariés, Anne s'approcha d'Elizabeth et la salua chaleureusement.

– J'ai pensé à Lena et à Bud, laissa tomber Elizabeth sans enthousiasme.

Anne se garda de répliquer, l'heure n'étant ni aux accusations ni aux justifications. Presque au même moment, Lena, suivie de sa sœur Belle, se présenta au salon. Le silence succéda aux éclats de voix, puis un murmure admiratif emplit la pièce. Lena resplendissait. Un cerceau de perles et de cristal retenait son voile, si fin qu'il dissimulait à peine ses cheveux. Une infinité de perles cultivées ornaient sa robe de mousseline blanc cassé, mais nul bijou ne pouvait rivaliser avec le saphir de ses yeux. Elle sourit à Bud, lisant sur ses lèvres un inaudible «Je t'aime». Puis, Lena vit sa mère. Sa sœur la retint de justesse en s'écriant :

– Ta traîne, Lena!

Belle portait sur son bras sept mètres de voile minutieusement repliés et fixés à la robe de la mariée. Elizabeth s'approcha enfin de sa fille et l'embrassa. Avec tendresse? Anne n'aurait su le dire. La veille, Fowler avait révélé à Elizabeth l'importance du legs dont Bud avait doté Lena par contrat. Cette information avait-elle décidé Elizabeth et ses filles à assister au mariage? Anne avait vu tant de bassesses commises au nom de l'argent qu'elle en devenait parfois cynique. Par contre, la générosité et la bonté naturelle d'Elizabeth ne cadraient pas avec un tel jugement. «Laissons-lui le bénéfice du doute», songea-t-elle, bien décidée à ne pas gâcher la journée.

Quant à Lena, elle éprouvait un tel soulagement à la vue de sa mère qu'elle se mit à rire et à pleurer sans retenue. Ida Oliver intervint sèchement, lui recommandant d'agir avec plus de contrôle et de modération, tout en lui rappelant que l'horaire établi devait être scrupuleusement respecté. Bud s'interposa avec vivacité.

– Mademoiselle Oliver, je n'ai que faire de vos précieuses secondes. J'apprécierais un peu plus de compréhension et d'obligeance de votre part.

Bud prit ensuite les mains de sa belle-mère entre les siennes.

– Je vous remercie d'être là, madame Wilson. Votre présence nous est si précieuse, à Lena et à moi.

Elizabeth s'était ravisée à temps, comblant Lena. Voilà ce qui importait aux yeux de Bud, qui en oublia sa rancune.

Lorsque Ida Oliver prit l'initiative d'indiquer à chacun l'ordre dans lequel il fallait sortir de la maison, les inflexions de sa voix s'étaient presque adoucies.

Vêtus de magnifiques habits sacerdotaux brodés de fils d'or que lui avait offerts Anne en signe de reconnaissance, le curé Éphrem Lamy, accompagné des abbés Normand et Desilets de Trois-Rivières, ouvrit la marche au son des cornemuses. Anne et Elizabeth côte à côte, Fowler McCormick, garçon d'honneur, Bud escorté de son père, Belle Wilson, fille d'honneur, et Lena au bras de son frère Johnny défilèrent devant les trois cents invités silencieux. Ils s'agenouillèrent aux prie-Dieu, dos à la foule, face à un autel artisanal surmonté de trois imposantes croix blanches.

La cérémonie religieuse se résuma aux lectures requises pour l'administration du sacrement de mariage car, dans les circonstances, une messe ne pouvait être célébrée. L'échange des consentements se fit en français et, dans une courte homélie, le curé Lamy rappela aux nouveaux époux leurs devoirs réciproques, leur promesse de s'aider et de se soutenir mutuellement. Pour conclure la cérémonie religieuse, l'abbé Normand lut une série de prières en anglais pour le bénéfice des nombreux Américains présents. Pendant toute la liturgie, les assistants pouvaient entendre derrière eux le ronronnement des caméras et les petites explosions des flashes reliés aux appareils photographiques.

Distrait par cette mise en scène, Bud regretta un moment d'avoir renoncé aux préparatifs de son mariage. S'il en avait été l'artisan, la cérémonie se serait déroulée en plein cœur de la forêt, dans la plus stricte intimité, sans tambours ni trompettes. Et Lena n'aurait pas eu à se familiariser avec tout ce protocole, à subir toute cette pression. Il fixa les mains de Lena et devina son anxiété en notant la blancheur de ses jointures tant elle serrait son bouquet de lis des champs. Transgressant la règle du silence, il lui murmura à l'oreille :

– Tu es parfaite, ma chérie, ne t'en fais pas. Tout va très bien.

Les yeux toujours fixés sur le prêtre, Lena sourit avec une telle ingénuité que Bud en fut bouleversé. Il lui tardait de se retrouver en tête-à-tête avec elle. Comme il la désirait ! Immédiatement après la première danse, ils s'éclipseraient. Georges Giguère avait déjà porté leurs bagages dans la voiture, garée en bordure de la route, prête pour leur dérobade.

Après avoir reçu les félicitations d'usage, Lena et Bud s'apprêtaient à trancher leur énorme gâteau de noces quand un soudain mouvement de foule attira l'attention. Des journalistes et des photographes se faufilèrent entre les convives, puis derrière eux, pour réaliser des gros plans. Anne tenta de leur barrer la route, leur rappelant ses conditions. L'ignorant complètement, ils s'approchèrent encore plus près des mariés, prenant cliché sur cliché. Déchaînée, Anne leur ordonna de s'éloigner, gifla le plus hardi, puis leur lança tout ce qui lui tombait sous la main. Verres de cristal, assiettes de porcelaine et ustensiles en percutèrent quelques-uns. L'idée qu'un de ces journalistes décrive avec malveillance les manières de certaines gens la fit sortir de ses gonds. Elle hurla :

– Disparaissez immédiatement. Ceci est pour mes amis.

Sous une pluie de projectiles, les journalistes reculèrent puis, rapidement, ils furent entourés par huit des employés du domaine accompagnés chacun d'un husky. Les vestes à carreaux des chiens détonnaient étrangement dans les circonstances. Leurs crocs à découvert et leur air menaçant eurent raison des indisciplinés. L'altercation n'avait duré que quelques minutes.

D'abord estomaquées, les personnes présentes se hâtèrent ensuite de collaborer avec les gardes improvisés en les aidant à éloigner les reporters et photographes les plus récalcitrants. Une salve d'applaudissements marqua la fin des hostilités, et le service du gâteau reprit sans autre anicroche. Aussitôt que les journalistes importuns furent hors de sa vue, Anne retrouva son entrain et personne ne sembla lui tenir rigueur de sa violente réaction.

Donnant des ordres brefs et énergiques à une trentaine de femmes, toutes vêtues de leur uniforme à carreaux jaunes et noirs, Germaine réussit à rétablir rapidement le service. La vaisselle et les verres fracassés disparurent en un tournemain. La demi-douzaine de chefs cuisiniers, dépassant tout le monde avec leurs toques blanches, avaient couvert les immenses tables d'aspics, de pâtés, de salades et de pièces montées, toutes plus spectaculaires les unes que les autres. Madame avait exigé que les femmes affectées aux tables servent leurs compatriotes avec la même attention et autant de décorum que ses invités de New York, consigne qui fut respectée à la lettre. Les convives louangeaient la qualité des mets et l'efficacité du service.

Le ton des voix s'amplifiait au fur et à mesure que les bouteilles de champagne se vidaient. Une fois le premier brandy versé, Germaine pria Dorilda de prendre la relève quelques minutes.

– Qu'est-ce que tu fais, Germaine? Tu ne peux pas t'absenter dans un moment pareil!

– Dorilda, un mariage de millionnaire, je ne verrai plus ça de ma vie. Je m'en vais me changer.

– Germaine Bergeron, de nous toutes, tu as le plus bel uniforme et tu veux te changer?

Germaine ne l'écoutait déjà plus. Elle avait échafaudé son plan à l'insu de tous. Elle s'enferma précipitamment dans sa chambre, voisine de la cuisine et, en moins de cinq minutes, elle en ressortit vêtue d'une magnifique robe sans manches qu'elle avait elle-même confectionnée et dont la couleur pêche mettait en évidence sa chevelure de jais. Elle s'était même procuré des bas et des souliers assortis. Toutes ses économies avaient été englouties dans ces extravagances. «S'il ne m'a pas remarquée avant, il le fera au moins le jour de ses noces», s'était-elle maintes fois répété au cours de ses préparatifs secrets.

Elle eut à peine le temps de prendre une serviette avec l'intention d'essuyer un verre que, de l'estrade où les musiciens avaient pris place pendant son absence, Anne Stillman l'appela :

– Eh bien, Germaine! Venez ici.

Dorilda se pencha vers elle en lui prédisant :

– Tu vas y goûter, toi.

Germaine considéra la requête de sa patronne comme un cadeau du ciel. Elle se demandait en effet comment approcher Bud, et voilà que l'occasion lui était offerte sur un plateau d'argent. Madame lui tendit la main, la remercia en riant pour les vestes à carreaux de ses chiens et lui demanda si elle acceptait d'ouvrir la danse avec son ami célibataire de New York, à ses côtés. S'obligeant à conserver son sang-froid, Germaine prit une initiative qui la surprit elle-même.

– Ça me fera plaisir, madame, mais avant, permettez-moi…

Germaine la contourna en s'excusant et, selon la coutume, alla offrir aux mariés ses vœux de bonheur et de santé. Même si elle se savait impuissante à modifier quoi que ce soit à l'ordre des choses, sa lubie la comblait. Bud ne lui serra-t-il pas chaleureusement la main et ne la remercia-t-il pas d'une troublante façon?

Anne appréciait le cran de Germaine, et ses initiatives, plutôt que de l'importuner, l'amusaient. S'assurant auprès de Bud et de Lena qu'ils étaient prêts à ouvrir la danse, Anne présenta Germaine à son cavalier et donna le signal de départ à l'orchestre.

Prenant Anne dans ses bras, Jimmie lui murmura une plaisanterie qui normalement aurait provoqué un fou rire. Elle se contenta de lui sourire, constatant avec un brin de nostalgie que la magie n'existait plus. Trop de pénibles attentes, pas assez de constance et de consistance, trop de désenchantements… Elle estimait Jimmie, mais l'aimait-elle encore?

Pendant que les cornemuses, les clarinettes et les tambours cédaient la place aux violons, aux accordéons et aux harmonicas, Lena et Bud se retirèrent discrètement, comme ils l'avaient souhaité. Dans quelques jours, ils vogueraient vers l'Europe à bord de l'*Olympic*.

Fowler McCormick anima le premier quadrille avec tant d'ardeur qu'il entraîna les Morgan, Davison, Brown et compagnie à danser aux côtés des Gignac, Chandonnet, Rheault et Doucet. Anne l'observa, amusée de sa performance, lui qui se révélait aussi habile à danser une valse qu'un rigodon. Tel un caméléon, il conversait aussi aisément avec l'habitant d'ici qu'avec l'homme d'affaires le plus puissant. Et le voilà maintenant qui dirigeait une danse carrée.

Apparemment, Anne se délectait, frappant dans ses mains tout en observant ses invités tourner et sauter. Elle avait prévu des victuailles pour au moins trois jours et des relèves à l'orchestre tant que les pieds des danseurs les soutiendraient.

Combien de semaines avait-elle consacrées à ces noces? Mis à part son malencontreux désaccord avec Elizabeth, cette organisation d'envergure l'avait comblée, malgré l'absence de Jimmie jusqu'au dernier moment. Puis, à contrecœur, pour la première fois depuis l'annonce du mariage de Bud, elle s'avoua franchement les véritables motifs qui l'avaient poussée à mettre tant d'énergie à planifier et à organiser cette fastueuse réception, bien consciente que Bud n'en désirait pas tant. Sa raison lui dictait qu'il était normal et légitime pour son fils de vouloir fonder un foyer, de mener sa vie comme il l'entendait, et qu'il était malsain pour elle de désirer si ardemment garder ses enfants avec elle, autour d'elle. À quel point l'idée de «perdre» son fils l'avait-elle affectée? Combattre cet obsédant sentiment par une organisation d'éclat s'était révélé pour Anne la meilleure des panacées.

La soirée était passablement avancée quand Anne aperçut parmi les danseurs la gracieuse silhouette d'Annette Dontigny. «Est-elle une parente d'Arthur? Tiens! Où donc est-il passé, celui-là?» se demanda-t-elle avec curiosité. En tournoyant, la jeune fille fit un faux pas et chuta au beau milieu de la piste de danse. Les hommes autour d'elle se précipitèrent pour l'aider, mais Annette ne vit que les mains de Fowler tendues vers elle. Il la releva, et Anne observa son ami lui chuchoter quelques paroles à l'oreille puis, ensemble, ils quittèrent l'estrade en direction du *Beaver Cottage* où logeait Annette. Combien de temps fut-il absent? Suffisamment pour permettre à Anne de mesurer l'ampleur de sa déraison. Elle détestait sa vulnérabilité émotionnelle. Jimmie, Fowler, le souvenir troublant d'Arthur, et quoi encore? Où donc était passée sa belle quiétude? Elle dut s'avouer à regret qu'elle ne l'habitait jamais bien longtemps.

Anne balaya du regard l'esplanade et aperçut Earl Carlson marchant péniblement, sans but apparent. Elle alla à sa rencontre et lui demanda de but en blanc :

– Si vous aviez l'occasion de séjourner ici quelques semaines, Earl, quel serait votre plus grand désir?

– Nager et canoter, madame, lui répondit-il sans hésiter.

– Vous savez nager et canoter? répliqua Anne, s'efforçant de cacher sa surprise.

– Non, madame, je peux à peine marcher.

7

Grande-Anse, le mercredi 27 juillet 1927

Depuis l'aube, des dizaines d'employés s'affairaient à faire disparaître les vestiges des festivités de la veille. Vers huit heures, seuls l'estrade et l'autel témoignaient encore du somptueux mariage de Lena et de Bud. Après une nuit bien arrosée, quelques invités surgissaient étonnés d'un talus ou d'une grange, l'œil hagard, ne désirant rien d'autre que retrouver leur foyer.

Malgré son manque de sommeil, Anne se sentait en grande forme et, aussitôt sa promenade avec Guy terminée, elle se rendit à la maison des Germain pour aller quérir Thérèse, leur fille aînée, qu'elle avait surnommée «sa petite noix». Son babillage l'amusait. L'enfant de cinq ans adorait la suivre dans sa tournée matinale. Avec une fierté non dissimulée, la petite désigna du doigt le bandeau dont Anne lui avait fait cadeau quelques jours auparavant. Il était identique au sien.

Après avoir ramené Thérèse à sa famille, Anne s'empressa d'aller réveiller Earl. Elle frappa d'abord doucement, puis tambourina à sa porte jusqu'à ce qu'il apparaisse, les cheveux en bataille, incapable de dissimuler un bâillement.

– Eh bien, Earl, comment se fait-il que vous ne soyez pas encore prêt? Combien de temps vous faudra-t-il pour me rejoindre à la rivière? Vous ne pensiez tout de même pas faire la grasse matinée ce matin? lui lança-t-elle en riant devant sa mine ahurie. Pour atteindre vos objectifs, vous devrez chaque jour consacrer de nombreuses heures à votre entraînement.

– Mes objectifs? Mon entraînement? articula Earl péniblement.

– Ne m'avez-vous pas confié hier votre désir de nager et de canoter? Il serait plus prudent d'aborder votre programme par la natation, Earl. Allez, ouste, je vous attends au quai dans une demi-heure.

Persuadée que la plupart des gens érigeaient eux-mêmes leurs limites, Anne désirait convaincre Earl qu'avec une préparation adéquate il réussirait à développer des habiletés dont il ne soupçonnait même pas l'existence. Avant de se retirer la veille, elle s'était assurée auprès de Jos Gordon qu'au moins six ou sept guides l'aideraient ce matin à concrétiser le plan qu'elle avait concocté à l'intention d'Earl.

Anne avait appris à combattre ses émotions déstabilisantes en concevant et en réalisant des projets qui donnaient un sens à sa vie et grâce auxquels elle se rendait utile aux autres. Ainsi, l'organisation du mariage de Bud avait été pour elle un puissant exutoire, et la perspective d'aider Earl à accomplir son souhait la comblait d'aise. Elle vivait encore des moments d'intense détresse, des sautes d'humeur inexplicables, éprouvant même à l'occasion l'impression extrêmement désagréable de plonger dans un gouffre sans fin. Sa thérapie avec le docteur Baynes lui avait permis de mieux comprendre les causes de ses malaises, sans pour autant l'en débarrasser. À la moindre pensée qu'on puisse la quitter, qu'il s'agisse d'un membre de sa famille, d'un employé ou d'un ami, sa douleur resurgissait brusquement avec sa panoplie d'effets secondaires embarrassants. Son instabilité avait toujours ébranlé Jimmie, qui ignorait l'attitude à adopter en pareilles circonstances.

Une veste de sauvetage à la main, Anne descendit à la rivière, rassembla ses hommes près du quai et leur expliqua leur tâche, pour le moins inusitée. À la vue d'Arthur Dontigny, dépassant d'une tête tous ses compagnons, Anne fut de nouveau bouleversée. Ce jeune homme dégageait une telle force mâle qu'il éveillait tous ses sens, dissociant étrangement sa tête de son corps. Et les deux s'opposaient violemment. Sa raison lui commandait la prudence. Parfaitement consciente de sa vulnérabilité, elle se rappela une religieuse à qui elle avait demandé, lors d'une fête de charité, devant une montagne de sucreries, quel était le meilleur moyen de se débarrasser d'une tentation. Sans hésitation, la sainte femme lui avait affirmé qu'il suffisait d'y succomber.

Dans le cas présent, succomber aux charmes d'Arthur s'avérerait suicidaire car, comme dans bien des villages isolés, les racontars se propageaient à Grande-Anse aussi vite qu'un feu de forêt allumé par une étincelle dans un sous-bois bien sec. Même si la justice l'avait innocentée, Anne avait durement subi le traitement réservé aux femmes soupçonnées d'adultère. Comment pourrait-elle l'oublier?

Elle se concentra sur la silhouette d'Earl, chancelant dans la descente abrupte. «Hors de moi, Arthur Dontigny!» se répéta-t-elle en souriant à son invité. Elle s'empressa d'assigner à chacun de ses hommes un poste d'observation tout en leur rappelant leur rôle respectif.

Mort de peur, Earl s'approcha de la rive sans enthousiasme, se demandant bien ce qui l'avait poussé à exprimer devant cette femme son absurde souhait. En ce moment, il ne pensait qu'à revenir sur ses paroles, à préciser que s'il avait été «normal» il aurait aimé nager et canoter. Au lieu de cela, il continuait à avancer tel un condamné vers la potence.

– Allez, Earl, un peu d'entrain! Vous verrez, tout ira bien. Je vous présente vos gardes du corps qui accourront en cas de besoin, lui dit-elle, nommant Philippe et Arthur Dontigny, Georges Giguère, Isaac Wilson et Édouard Gordon, qui le saluèrent amicalement de la main.

Anne l'invita à la rejoindre au bout du quai et l'aida à enfiler sa veste, lui précisant qu'avec ce vêtement protecteur il lui serait impossible de s'enfoncer dans l'eau. Puis, elle lui expliqua comment bloquer sa respiration s'il immergeait la tête ou encore comment s'agripper à un billot descendant le courant s'il souhaitait un petit répit. Quand Earl l'assura qu'il avait bien compris ses instructions, Georges et Isaac le descendirent dans l'eau sans un mot.

Comment, en plein cœur de juillet, cette rivière pouvait-elle être si froide? À son grand désarroi, Earl ne touchait pas le fond. Ses poils se hérissèrent. Saisi de terreur, il battit frénétiquement des mains et des pieds, et son rythme cardiaque s'accéléra au point de le faire suffoquer. Se trouvait-il entre les mains d'une maniaque, d'une folle?

Tout en se débarrassant hâtivement des vêtements recouvrant son maillot de bain, Anne ordonna à ses hommes de rester à leur poste, puis elle plongea dans l'eau glacée pour ressortir aussitôt à proximité d'Earl. Lui saisissant les deux mains, elle lui murmura des paroles rassurantes jusqu'à ce qu'il ait quelque peu retrouvé son calme. Puisqu'il lui était impossible de couler avec sa veste, sa réaction de panique avait pris Anne par surprise. Très doucement, elle le fit pivoter face à la rive.

– Je vous prédis, Earl, que d'ici la fin de votre séjour ici, la distance nous séparant de ce rivage vous paraîtra insignifiante, car vous saurez nager. Faites-moi confiance mais, surtout, faites-vous confiance. Comment vous sentez-vous à présent?

– J'aimerais sortir de l'eau tout de suite, madame.

Anne s'agrippa à un billot et, battant doucement des pieds pour résister au courant, elle se maintint face à Earl.

– Avant d'acquiescer à votre demande, Earl, je vous conjure de vous rappeler notre conversation d'hier soir quand, spontanément, vous m'avez confié votre désir de nager. Ce matin, votre lit serait plus confortable que l'eau noire de cette rivière mais, croyez-moi, vos vœux méritent que vous y accordiez la plus grande attention. Toutefois, vous êtes le maître de votre destin, et je ne suis qu'un intermédiaire. Vous détenez le véritable pouvoir. Si vous persévérez un tant soit peu, l'improbable pourrait bien se réaliser.

– J'ai terriblement froid, répliqua-t-il en claquant des dents.

– Eh bien, bougez vos bras et vos jambes doucement, mais sans arrêt. Regardez bien mes mouvements. Si vous le voulez bien, je vous initierai à la brasse ce matin. Commençons par les bras.

Earl sembla se résigner. Repoussant le billot au large, Anne lui enseigna les rudiments de cette nage relaxante. Fournissant un effort surhumain pour se concentrer, Earl accepta de demeurer dans l'eau un moment encore.

À sa grande surprise, il constata à quel point son corps rebelle lui obéissait, presque miraculeusement. Envolée, sa peur constante de chuter; disparue, la lourdeur de ses membres. Earl connaissait les principes de la gravité mais, pour la première fois de sa vie, il expérimenta une certaine apesanteur. Étrangement, l'eau semblait divisée en strates aussi définies que si elles avaient été tranchées au couteau : la température de la couche supérieure était presque agréable, la couche moyenne, très froide, tandis que ses pieds baignaient dans une eau glacée. Une fois apaisé, Earl observa les hommes sur la grève, et la rivière lui parut moins menaçante.

Un bien-être sublime l'envahit en même temps qu'un vif sentiment de reconnaissance. Par ses paroles encourageantes, cette femme s'appliquait à l'initier à un sport qui, quelques minutes auparavant, lui paraissait inaccessible, voire détestable.

– Le froid vous incommode-t-il toujours? s'enquit Anne en remarquant les lèvres bleuies de son élève.

– Beaucoup moins. J'aime mon expérience, madame Stillman, même si, d'entrée de jeu, j'ai bien cru que vous vouliez me martyriser.

– Que diriez-vous de recommencer demain matin? demanda Anne, taquine.

– Ce devrait être moins pénible qu'aujourd'hui, n'est-ce pas?

– Je vais demander qu'on vous frictionne. Ainsi, vous ressentirez encore mieux les bienfaits de votre baignade. Je vous propose une initiation au tir à la carabine après le déjeuner. Ça vous irait?

– Mais, madame, je ne crois pas être en mesure d'y arriver. Je n'ai jamais fait cela avant, lui dit Earl, doutant de plus en plus qu'elle soit consciente de la gravité de son handicap.

– Et vous croyez cette raison suffisante pour vous dérober? s'exclama-t-elle.

D'un signe de la main, Anne sollicita l'aide de deux hommes au bout du quai pour sortir Earl de l'eau, lui épargnant ainsi les désagréments d'une marche sur la plage rocailleuse. Georges et Édouard l'empoignèrent, puis le ramenèrent à sa chambre pour la friction.

Quand Anne posa ses mains sur le quai avec l'intention de s'y hisser, Arthur se précipita pour l'aider. Le contact de sa main chaude sur sa peau glacée déclencha un frisson qui la parcourut de la tête aux pieds. Le remerciant, en apparence détachée et se maîtrisant parfaitement, elle se permit de savourer cette sensation inattendue. Avait-il deviné son émoi? Que discernait-elle à l'instant dans les yeux d'Arthur? De l'obligeance? De l'appétence?

Anne gravit la pente en direction de la grande maison, présumant qu'Arthur la suivait du regard. Partageait-il son coup de cœur? Aurait-elle réagi de même si sa relation avec Jimmie ne s'était pas avérée aussi décevante? Tant qu'ils avaient été en voyage, elle s'était crue capable de recoller les mille morceaux de leur vase éclaté. Même si Jimmie souhaitait la charmer toutes les fois où ils se retrouvaient ensemble, Anne sentait son couple en sursis.

Elle se réfugia dans sa chambre. Deux pièces semblaient avoir été aménagées dans cette salle immense, même si aucune cloison ne les séparait. Côté foyer, à droite, un lieu de lecture avait été meublé de deux fauteuils matelassés blanc écru, de quelques tables basses, de hautes bibliothèques encastrées dans les murs et chargées de livres. À gauche, une porte dissimulait la salle de bains. Des bureaux recouverts de parfums, de crèmes et de figurines entouraient un lit démesuré et, face à la porte d'entrée, deux immenses fenêtres surplombaient la rivière.

Anne s'approcha de l'âtre ne contenant que des cendres. Nostalgique, elle caressa du doigt le manteau de la cheminée. Trois minuscules graffitis y avaient été gravés au couteau : à gauche, un canot d'écorce; à droite, «1918»; et au centre, les lettres AUS. Lorsque Anne fit volte-face, Bertha l'observait, une bouteille d'huile de massage à la main. Pourquoi Anne ressentait-elle aussi intensément que cette jeune fille avait percé son secret? Pourtant, jamais elle n'avait révélé quoi que ce soit.

Anne s'allongea sur la table de massage, le visage tourné vers le mur, une serviette recouvrant le bas de son corps. Elle apprécia la chaleur qui revenait progressivement dans ses muscles frigorifiés. Aucune hâte dans les mouvements de Bertha, que douceur et savoir-faire. La jeune femme s'apprêtait à masser ses jambes quand on frappa à la porte de la chambre.

«Monsieur» désirait la voir.

– Faites-le entrer, Bertha, marmonna Anne sans bouger d'un iota. Et veuillez nous apporter du café, je vous prie.

Anne reconnut le pas allongé de Jimmie et devina ses paroles avant même qu'il ne prononce un mot.

– Je pars, Anne. Tu as fait de ce mariage un événement. Bravo...

– Merci, Jimmie. Je croyais que tu resterais au moins une autre journée, dit-elle posément en tournant son visage vers lui.

– Que tu es belle! déclara-t-il, plutôt que de réagir à son commentaire.

Il ajouta avec empressement :

– Bud a téléphoné pendant que tu étais à la rivière. Tout va très bien pour eux, il voulait t'en assurer. Ils ont passé la nuit à Grand-Mère, au *Laurentide Inn*, avec l'intention d'atteindre New York aujourd'hui. Comme prévu, ils séjourneront sur Park Avenue jusqu'à leur départ lundi. Nous avons convenu de dîner ensemble demain.

– Tu ne trouves pas extraordinaire son changement d'attitude à ton égard?

– Tu ne peux t'imaginer combien cela me remplit d'aise, Anne… Pourquoi ne viens-tu pas me rejoindre à New York avec Fowler ce prochain weed-end? Je vous invite au plus grand spectacle aérien de l'été sur Long Island. Qu'en dis-tu?

– Impossible, Jimmie, navrée, répondit-elle sans l'ombre d'une hésitation. Il me reste tant de choses à faire ici. De plus, j'ai promis à Alexander et à Guy qu'ils auraient leur aventure de pêche. Et il y a Earl. Il veut apprendre à nager et à pagayer, tu comprends?

– Bien sûr, laissa-t-il tomber, déçu. Pourrais-tu rappeler à Earl de prendre contact avec moi dès qu'il aura reçu la confirmation de son acceptation à la faculté? Aux dernières nouvelles, il semble que Yale pourrait l'accueillir dès septembre.

– Tu peux compter sur moi. Que tu le soutiennes financièrement est tout à ton honneur, Jimmie. As-tu vu Anne ce matin?

– Oui, elle viendra te voir avant notre départ.

Anne enviait la connivence qui unissait Jimmie à sa fille. Leurs rapports semblaient si simples, si harmonieux. Naturellement, ils partageaient les mêmes passions, très souvent les mêmes opinions, alors que depuis l'adolescence, et plus encore depuis le procès, sa fille s'opposait à elle, ou franchement, ou tacitement. Leurs périodes de véritable accalmie avaient été si rares depuis! Elle se prénommait comme elle, mais elle ressemblait tant à son père.

– Pourquoi faut-il que tu partes déjà, Jimmie?

Il la regarda un bref instant, puis détourna le regard.

– Ceci est ton monde, Anne…

À l'instar de sa fille, lui aussi fuyait les discussions intimes, préférant se retirer avec élégance, plutôt que de risquer une confrontation.

– Dis-moi la vérité, Jimmie, je t'en prie. As-tu vraiment essayé de percer ta carapace avec le docteur Baynes?

– Ma carapace? répéta-t-il, avec accablement. Il n'y a que toi qui s'en plains.

– Tu n'as pas répondu à ma question…

– Tu veux la vérité ? Je n'ai jamais véritablement ressenti le besoin d'une thérapie. Jamais. Je m'y suis soumis uniquement pour te faire plaisir. Mais je te jure, Anne, que j'ai vraiment essayé. Je puis toutefois t'assurer que je vis très bien tel que je suis !

Déçue, Anne répliqua avec une pointe d'amertume :

– Allez, va. Téléphone-moi quand tu arriveras chez toi... si tu en as envie.

Elle n'avait même pas songé à employer les mots « chez nous » pour désigner leur résidence de New York.

Sans même avoir trempé ses lèvres dans le café apporté discrètement par Bertha voilà un bon moment déjà, Jimmie prit congé. Il ne partageait pas l'amour d'Anne pour Grande-Anse, ni son besoin viscéral de contact avec la nature sauvage, loin du bruit et des artifices de la ville. Son mari aimait déambuler dans les rues tapageuses de Manhattan, éprouvant la même délectation quand elle cheminait, silencieuse, dans un sentier à peine tracé, bordé de pins et d'épinettes. Ses quelques voyages de chasse et de pêche annuels, habituellement en compagnie d'amis ou de relations d'affaires, suffisaient à le satisfaire.

Sans un mot, Bertha reprit son massage. Anne ne parvenait pas à se détendre, tracassée par la précarité de sa relation avec Jimmie. Plus le temps passait et plus le rêve de retrouver son compagnon de tous les instants s'amenuisait. À l'occasion, ils faisaient encore l'amour, passionnément ou tendrement, sans pour autant partager leur quotidien. Jimmie s'intéressait aux enfants et veillait à leur bien-être, mais il n'avait jamais jugé important d'être présent au jour le jour. Leur mère le représentait admirablement, se plaisait-il à répéter.

Presque tous les loisirs de Jimmie étaient consacrés à la navigation et au golf alors qu'Anne affectionnait la lecture, partout où elle vivait, l'équitation quand elle demeurait à Mondanne ou les excursions en forêt lorsqu'elle séjournait au Canada. À part leur enthousiasme partagé pour les vols acrobatiques, il ne leur restait que peu d'intérêts en commun.

Qu'il se montre encore si distant envers Guy la peinait et l'irritait. Elle avait de plus la désagréable impression que Jimmie s'éteignait lorsqu'il demeurait trop longtemps à ses côtés. Avait-il des aventures ? Que ressentait-elle ? À sa grande surprise, elle constata qu'elle n'éprouvait pas de ressentiment à son égard, qu'une désespérante lassitude. Posant fermement la main au centre de son dos, Bertha l'invita à inspirer profondément. Comme elle prenait bien soin d'elle ! Et Anne avait grand besoin que l'on prenne soin d'elle.

* * *

À l'instar de Fowler McCormick et de Jos Gordon, Earl se joignit à la famille pour dîner. Ordinairement très réservé, si craintif à la seule pensée de ne pas être compris, il s'étonna de s'entendre répondre aisément aux questions d'Alexander, de Fowler et de Jos, qui voulaient tout savoir de ses activités de la journée. En outre, ils avaient la délicatesse d'attendre qu'il parvienne à articuler correctement. Par la nature de leurs commentaires, Earl devina que ces gens n'avaient vraisemblablement jamais discuté avec un handicapé de son espèce. De toute évidence, ils découvraient les difficultés de la vie d'un paralytique cérébral. Étrangement silencieuse, Anne se contentait de les observer.

Plus les questions fusaient, plus Earl s'animait. Son séjour dans l'eau glacée en matinée et sa première leçon de tir en après-midi prirent des allures d'épopée. Georges avait omis de lui expliquer le phénomène de recul au moment de la décharge et, au premier coup de carabine, il était tombé à la renverse. Plutôt que de s'offusquer, Earl avait ri, et il riait encore tellement en racontant l'incident qu'il communiqua son hilarité à ses compagnons de table. Incapable de coordonner le geste de tirer avec ce qu'il voyait, il avait fait feu à gauche et à droite sans pour autant s'approcher de l'objectif. Au moment où il allait tout abandonner, Earl avait atteint la cible en plein centre, tout à fait par hasard. Georges et Édouard, à qui Anne Stillman l'avait confié, l'avaient chaudement encouragé à persévérer. Par la suite, aucun autre coup ne s'était approché de la cible. Néanmoins, Earl savait qu'en développant sa concentration il acquerrait sinon de la dextérité, au moins plus d'habileté.

Parce qu'elle avait fait en sorte que sa foi en lui-même grandisse, Anne eut droit à toute sa reconnaissance. Soudainement, il catapulta sa fourchette de l'autre côté de la table à la stupéfaction de tous. Anne lui lança, mi-sérieuse, mi-amusée :

– Ne vous en faites surtout pas pour ce détail, Earl... Ma parole! Vous auriez peut-être du talent pour le lancer du javelot?

Le jeune handicapé rit de bon cœur, émettant deux ou trois croassements qui dégénérèrent encore une fois en rigolade.

Habituellement si attentive au discours de ses convives, Anne avait écouté d'une oreille distraite les aventures d'Earl. Elle était à l'affût. Au cours de l'après-midi, elle avait demandé à Jos Gordon d'assigner Annette Dontigny au service de la table, lui expliquant que, l'été, sa correspondance n'était pas assez volumineuse pour justifier son rôle de secrétaire. Puisque Fowler séjournerait quelques semaines à Grande-Anse, Anne désirait observer la jeune fille en sa présence. Elle s'interrogeait sur leurs sentiments et voulait en avoir le cœur net.

Ne quittant pas Annette des yeux, Anne scrutait chacun de ses gestes, chacune de ses expressions, particulièrement lorsqu'elle se trouvait à proximité de Fowler. À n'en pas douter, la présence de cet homme l'émouvait mais, à moins d'être un acteur consommé, Fowler ne lui manifestait que son habituelle affabilité. Combien de temps était-il disparu hier soir? À bien y penser, pas plus que le temps de se rendre au *Beaver Cottage* et d'en revenir. Quelque peu soulagée, Anne se remit au diapason de la conversation, constatant une fois de plus combien l'amitié de Fowler lui était précieuse.

Avec sa volubilité coutumière, Jos Gordon avait pris le relais, décrivant par le menu les travaux en cours au lac

Gaucher. Le camp principal avait été rénové, et la construction des dépendances, amorcée. Dès le lendemain, son équipe, qui était venue prêter main-forte pour les préparatifs du mariage, reprendrait les travaux. Il prévoyait terminer la besogne pour le temps de la chasse.

Ainsi, Arthur repartirait le lendemain et, malgré un certain déplaisir, Anne se sentit délestée d'un autre poids.

Le café était à peine servi que Bertha fit irruption dans la salle à manger et demanda à voir madame en privé. Jamais auparavant Bertha ne s'était permis pareille intrusion pendant un repas. Rouge de confusion, elle attira Anne au salon bleu, l'informant qu'un certain Fred Beauvais demandait à la voir de toute urgence. Deux hommes le retenaient à la barrière, mais le Fred en question menaçait d'ameuter tout le village si elle refusait de le rencontrer.

Les jambes flageolantes, Anne ordonna à Bertha de le faire patienter davantage. Décidément, cette journée avait réuni tous les hommes qui avaient compté dans sa vie. Le cœur au bord des lèvres, elle se laissa tomber dans un fauteuil, incapable d'aucune logique.

Fred… Elle ressentait encore sa tendresse, pour elle, pour ses enfants… Fred qui les avait si patiemment, si généreusement initiés à la vie en forêt, au discours des étoiles par une nuit de lune noire, aux légendes iroquoises devant un feu sur les rives du lac Okane.

« Tu étais mon guide, Fred, mon confident, mon ami. Ta sagesse millénaire me fascinait. Tu m'as sauvée de l'abîme dans lequel j'allais sombrer quand j'ai appris que Jimmie considérait cette Florence Leeds comme son épouse. Démolie, vidée de ma substance, je me suis enfuie seule au Canada avec toi, mon unique référence, toi le guide indien qui nous avais accompagnés l'automne précédent, mes enfants et moi, au lac du Chêne, où nous avions fait d'un camp abandonné notre demeure pendant un mois. Frédéric Kaientanoron Beauvais, pourquoi réapparaître à présent? Ni toi ni moi n'avions programmé ce moment où, désirant me réconforter, tu as posé ta main sur mon épaule. J'étais assise sur une pierre recouverte de mousse, douce, grande comme un grand lit. Comment aurions-nous imaginé que ce contact mènerait à semblable étreinte ? Je t'ai aimé, Fred, et je sais que tu n'as pas compris les raisons de notre rupture. Comme moi, tu as été blessé. Mais pourquoi m'as-tu trahie, Fred ? »

Soudain, le procès se déroula à la vitesse de l'éclair devant ses yeux effarés. Il fallait protéger Guy à tout prix. Elle s'obligea à se ressaisir. Se levant précipitamment, elle entrouvrit la porte de la salle à manger, juste assez pour se faire voir de Fowler, qu'elle supplia silencieusement.

Elle l'attira à l'écart. Paniquée, elle lui expliqua la menace qui pesait contre elle et Guy, et elle l'implora :

– Fowler! Dites-lui de partir! Je refuse de le voir! Il ne doit plus revenir ici. Jamais. Je compte sur vous pour qu'il n'y ait pas d'esclandre.

Initié à la négociation depuis un bon moment déjà par son travail chez International Harvester, Fowler n'avait toutefois aucune expérience dans le règlement de ce type de conflit. Anne lui avait donné bien peu de détails pour étoffer une argumentation censée. Il n'entrevoyait qu'une seule tactique dans de telles conditions : l'écoute d'abord pour désamorcer la tension.

Anne lui avait-elle tout dit ? Sa dernière rencontre avec Fred Beauvais remontait à l'hiver 1922, lorsqu'il l'avait aidée à convaincre une quarantaine d'habitants de la vallée de la Saint-Maurice de témoigner en sa faveur. Pourquoi cet homme réapparaissait-il maintenant, après plus de cinq ans de silence ?

Très agité, Fred vociférait toujours alors que les deux gardiens le maintenaient près de la barrière en bordure de la route. De sa voix basse et posée, Fowler leur ordonna à tous de se calmer et somma Fred Beauvais de le suivre.

– Je suis Fowler McCormick, un ami de Mme Stillman, et…

– J'ai dit que je voulais parler à Mme Stillman, j'exige…

Les mots sifflaient entre les dents de Beauvais. Tendu à l'extrême, il semblait sur le point d'exploser. Apparemment maître de lui-même, Fowler l'interrompit avec autorité :

– Vous n'avez rien à exiger, monsieur. Avant de poursuivre cette conversation, nous allons nous retirer dans un endroit plus discret.

Plutôt que d'attiser la colère de Beauvais, le flegme de Fowler déteignit sur l'ancien guide. Fred lui proposa un petit réduit à l'arrière de la grange, là où étaient conservés les pedigrees des animaux du domaine. Fred connaissait les lieux bien mieux que lui puisqu'il en avait été le régisseur pendant près de trois ans. Les deux hommes, de la même taille et apparemment du même âge, s'installèrent de part et d'autre de la minuscule table au centre de la pièce. La voix soudain éteinte, Fred s'effondra.

– Je veux voir mon fils, je n'en peux plus. C'est inhumain ce qu'on me demande. Pendant deux ans, j'ai pris cet enfant dans mes bras presque chaque jour, je l'ai vu faire ses premiers pas, balbutier ses premiers mots. Je veux le revoir. Dites-le à madame, je vous en conjure.

– Mais rien ne prouve que Guy est votre fils! Une armée d'avocats n'ont pu le démontrer!

– Il est mon fils, je le sais.

Pendant des jours, Fred avait lu de la première à la dernière ligne chacun des articles traitant du mariage de Bud tout en sachant qu'ils ranimaient cruellement sa douleur. Le discours saccadé, Fred confia à Fowler que pendant trois ans il avait été le protecteur des enfants Stillman, leur compagnon de jeu, et qu'il les avait aimés tendrement comme s'ils les avaient tous engendrés. Pas un mot sur Anne. L'entretien était si émouvant que Fowler jugea préférable d'éviter toute argumentation, toute confrontation. Convaincu de sa paternité, Fred réitéra sa requête.

Avec toute l'empathie dont il était capable, Fowler lui affirma :

– Si vous aimez vraiment cet enfant, disparaissez et n'essayez plus jamais de le revoir, aussi cruel que cela puisse vous paraître. Pour son bien à lui, pour son équilibre, pour son avenir, partez immédiatement.

Désarçonné, Fred balançait la tête de gauche à droite, incapable de retenir les larmes qui coulaient sur ses joues bistrées.

Après un interminable silence, le guide à la fierté légendaire se leva sans un mot et, sans se retourner, quitta le réduit. Rivé à sa chaise, Fowler le suivit du regard, en état de choc. Fred Beauvais était-il véritablement le père de Guy comme il le croyait si manifestement? Dans ce contexte, comment Anne avait-elle eu l'audace de soutenir le contraire à la face du monde entier?

Le pas lourd, fourbu, Fowler quitta la grange en direction de la grande maison. Il avait à peine fait cent pas que Bertha accourut, le pressant d'aller rejoindre madame à sa chambre. Fowler aurait aimé se retrouver seul un moment. Un peu de recul lui aurait fait le plus grand bien.

Évitant de passer devant la salle à manger où Jos Gordon alimentait encore la conversation, Fowler gravit les marches sans bruit pour ne pas attirer l'attention des dîneurs attardés. Anne avait laissé sa porte entrouverte, mais Fowler ne pouvait la voir sans pénétrer plus avant, car une série de penderies séparaient sa chambre du corridor. Anne l'invita à entrer avant même qu'il ne frappe.

Assise dos aux fenêtres par lesquelles on devinait, dans la pénombre, la silhouette des falaises sur l'autre rive, accablée, Anne invita Fowler à prendre place près d'elle.

– Eh bien, Fowler, trouva-t-elle la force d'articuler, comment cela s'est-il passé?

Fowler lui raconta sa conversation avec Fred, omettant toutefois les réactions émotives du guide qu'il ressentait encore intensément. Même s'il mourait d'envie de connaître la version d'Anne, pour rien au monde il ne se serait abaissé à l'interroger. Pourtant, dès qu'il eut terminé son récit, elle l'implora de demeurer à ses côtés et d'écouter ce qu'elle avait tu jusqu'alors avec tant de soin. Seul lui, son estimable ami, s'avérait digne de sa confidence, précisa-t-elle.

Incapable de maquiller la vérité, quelles que soient les circonstances, Anne revécut son désarroi, la trahison de Jimmie. Elle se leva et, lentement, caressa le bois au-dessus de l'âtre.

– Vous voyez ces symboles, Fowler? Fred les a gravés avec son couteau de chasse. Le petit canot, ici, pour immortaliser nos excursions sur les lacs et les rivières, 1918 pour indiquer l'année où la construction de cette maison fut achevée et AUS, mes initiales.

Puis vint la narration de ces années où Fred avait partagé son quotidien et celui de ses enfants. Telle une offrande, elle confia à Fowler ce secret qui la hantait si souvent encore après toutes ces années : Fred avait été son amant, et ils s'étaient aimés. Mais Guy était le fils de Jimmie.

L'aurore pointait à l'horizon quand Fowler la quitta. Mots et pleurs s'étaient succédé, libérateurs. Et Fowler avait joint ses larmes aux siennes, les unissant lui et elle aussi sûrement qu'un baptême de sang. Il l'avait enveloppée de sa tendresse, sans jugement, sans remontrances.

Encore dans la vingtaine, Fowler transpirait la sagesse, l'aplomb et l'équilibre qu'Anne lui enviait tant. Contrairement à Jimmie, les discours de l'âme ne l'apeuraient pas.

Incapable de fermer l'œil, Anne préféra se promener près de la rivière jusqu'à ce que Guy vienne l'y rejoindre. Son petit rayon de soleil semblait bien triste ce matin. Avait-il passé une bonne nuit? Quelqu'un l'avait-il contrarié?

– Mère, qu'est-ce que ça veut dire «bâtard»? C'est qui, Fred Beauvais?

Oh mon Dieu! Elle avait tant appréhendé ce moment. Que les enfants aient à souffrir des actes de leurs parents lui semblait si injuste, si immérité. Non! Elle n'enquêterait pas pour connaître celui ou celle qui avait eu l'audace d'inquiéter son enfant avec de pareilles méchancetés. Elle força Guy à la regarder dans les yeux, maintenant doucement, mais fermement, son petit menton entre ses doigts.

– Écoute bien ce que te dit ta mère, Guy. Quoi que tu penses, quoi qu'on te dise, quelle que soit la personne qui t'en parle, ton père est James Alexander Stillman. Tu dois me croire. À huit ans, tu es capable de t'en souvenir jusqu'à ton dernier souffle : tu es un Stillman, Guy.

Sans lui laisser le temps de répliquer, Anne l'entraîna vers le ruisseau qui bordait ses terres au nord. Avec entrain, elle lui proposa :

– Allez, viens, mon garçon. Nous avons des bébés castors à observer aujourd'hui.

* * *

Leur séjour à Grande-Anse tirait à sa fin. L'école, l'université ou le travail attendaient les enfants, Earl et Fowler. Guy et Alexander avaient finalement réalisé leur voyage de pêche d'une semaine au lac Gaucher, accompagnés exclusivement de deux guides. Ida Oliver avait vivement tenté d'en dissuader Anne, arguant que Guy était bien trop petit pour le lancer dans semblable aventure. Anne comprenait surtout que Mlle Oliver ne pouvait concevoir que Guy parte sans elle. Mais la mère n'avait pas flanché, persuadée du bien-fondé de cette activité.

Jamais plus Guy n'aborda le sujet de la bâtardise ou de l'identité de son père, pas plus que Fred Beauvais ne se manifesta par la suite. Pareilles émotions avaient mis la résistance d'Anne à rude épreuve. Une fois de plus, la compréhension et le soutien de Fowler lui avaient procuré un immense réconfort.

Chaque jour, Anne avait consacré ses matinées à l'entraînement d'Earl, et ses soirées à d'agréables discussions presque toujours seule avec Fowler. Jimmie, quant à lui, téléphonait régulièrement, mais en aucun temps il ne lui avait exprimé le désir de la rejoindre à Grande-Anse. Elle en était presque soulagée. Chaque semaine, Anne recevait une carte postale alternativement écrite par Bud et par Lena, et suivait ainsi le jeune couple de pays en pays. Ils ne laissaient transpirer que tendresse et emballement. Anne songea à sa fille avec tristesse. Même si elle demeurait à Long Island, Anne se sentait plus près de son fils, pourtant à l'autre bout du monde.

Exceptionnellement, ce jour-là, Earl s'exercerait en après-midi. Phelps Clawson, celui-là même qui avait représenté Anne pendant les négociations précédant sa réconciliation avec Jimmie, lui avait annoncé sa visite pour le milieu de la matinée.

Qu'est-ce qui pouvait bien motiver le jeune homme à faire le trajet de Buffalo à Grande-Anse? Tout ce qu'il avait daigné lui communiquer par téléphone se résumait en une phrase : « Madame Stillman, ce que j'ai à vous proposer est si extraordinaire que je désire vous l'expliquer en personne. »

Un jus d'orange à la main, Anne exposait à Fowler diverses suppositions pouvant expliquer la venue de Phelps quand Earl se présenta à la salle à manger, si agité que sa démarche semblait encore plus pénible qu'à l'accoutumée. Anne l'invita à s'asseoir entre elle et Fowler.

— Avez-vous passé une bonne nuit, Earl? lui demanda Anne, inquiète.

— J'ai fait un rêve affreux, articula-t-il avec difficulté. J'étais au beau milieu de la rivière, dans un canot, aussi malhabile, aussi démuni que je pouvais l'être à dix ans, ne retrouvant aucune trace des efforts et de l'entraînement auquel je me suis toujours astreint pour améliorer ma force musculaire et ma coordination. J'étais incapable de combattre le courant qui m'entraînait vers de monstrueux remous. Je me suis tellement débattu que je me suis retrouvé sur le plancher, à côté de mon lit. Impossible de savoir si la mort m'attendait ou si j'ai réussi à m'en sortir. Quel cauchemar!

— Qu'en pensez-vous? fit Anne à l'intention de Fowler.

Depuis plus de dix ans, chaque matin, souvent même pendant la nuit, Fowler notait tous les détails des rêves retenus par son conscient. Durant ses rencontres avec le psychanalyste Carl Jung, ce dernier l'aidait à déchiffrer, grâce à ces notes, les précieux messages de son inconscient. Ces exercices lui avaient permis de développer une aisance sans pareille dans l'interprétation des songes.

— Sans me prétendre spécialiste, il me semble qu'une évidence transparaît de votre expérience, Earl. Nos rêves nous donnent parfois une clé pour résoudre ce qui nous apparaît d'abord comme une énigme, ou bien une balise pour nous guider mais, dans certains cas, le message est illisible car noyé dans d'interminables méandres où la raison se perd. Comme beaucoup d'entre nous, Earl, vous avez probablement été victime de vos peurs infantiles.

– Ne laissez surtout pas le petit Earl prendre le contrôle de l'homme que vous êtes devenu, lui conseilla Anne gentiment.

– J'essaierai, madame, lui répondit-il avec son sourire si caractéristique. Depuis le début de mon séjour ici, reprit Earl à l'intention de Fowler, j'ai l'impression d'avoir fait un bond colossal par-dessus mes peurs. Saviez-vous, monsieur McCormick, qu'hier j'ai réussi à traverser un ruisseau en marchant sur deux troncs d'arbre suffisamment espacés pour que l'eau bondissant sur les rochers me soit parfaitement visible?

– Comment vous sentiez-vous, avant et après? lui demanda Anne, anticipant sa réponse.

– Avant? Comme un enfant. Après, comme un géant. Le médecin de mon enfance à Minneapolis n'aurait jamais pu concevoir un tel exploit. Il me croyait retardé autant mentalement que physiquement. Heureusement que mes parents ne l'ont pas cru. Et vous, madame Stillman, grâce aux défis que vous m'avez lancés depuis mon arrivée, vous m'avez aidé à reculer encore plus les barrières de mon impossible. Jamais je ne l'oublierai.

Avec toute sa perspicacité, Earl n'avait-il donc pas deviné que, derrière son armure, Anne luttait elle aussi pour se libérer des peurs de l'enfance qui resurgissaient en elle à tout moment? Ses fréquentes explosions de colère en faisaient foi. Tout l'été, Anne avait cheminé aux côtés d'Earl, l'obligeant à combattre ses peurs tout en se conditionnant à vaincre les siennes. Oserait-elle lui avouer combien il l'avait aidée à cheminer alors qu'il croyait être le seul à avoir progressé?

Dès l'arrivée de Phelps Clawson, Anne l'entraîna sur le bord de la rivière où une table et quelques chaises étaient installées en permanence. En août, les mouches noires et les maringouins faisaient relâche pendant la journée, ne retrouvant leur appétit vorace que tôt le matin et à la brunante, laissant ainsi aux habitants de Grande-Anse quelques heures de répit.

Les yeux pétillants, Phelps Clawson présentait une mine réjouie, et sa fébrilité attisa la curiosité d'Anne.

– Comment allez-vous, Phelps, et qu'est-ce qui vous amène? Ne me faites pas languir plus longtemps. Je veux tout savoir à présent.

Phelps Clawson occupait un poste de trésorier adjoint à la Marine Trust Company. Auparavant, il avait tour à tour travaillé à la National City Bank, puis dans l'entreprise dirigée par son père à Buffalo. Ni le rôle de commerçant ni celui de banquier ne lui convenait vraiment. Artiste bien plus qu'homme d'affaires, il lui décrivit l'œuvre à laquelle il aimerait consacrer sa vie : un hebdomadaire illustré haut de gamme dans lequel photographies et textes s'appuieraient.

– Et vous excellez autant dans un domaine que dans l'autre, Phelps, lui affirma Anne, tout en se remémorant l'album photographique accompagné de textes poétiques qu'il lui avait offert à la suite de leur premier voyage au Canada en 1916. Phelps avait su croquer sur le vif et décrire des scènes inoubliables avec Bud, Anne et Fred…

– J'ai besoin de constituer un conseil d'administration formé de personnes influentes et ayant des relations dans tous les milieux. Vous êtes de celles-là.

– Vous croyez vraiment que, du fond de ma forêt, j'ai de telles relations?

– Oui, madame. J'en suis assuré.

Anne refusa de se prononcer sur-le-champ, tout en lui démontrant un vif intérêt pour son entreprise. Elle conclut en informant Phelps qu'elle y réfléchirait et qu'à son retour à Pleasantville, d'ici quelques semaines, elle le joindrait pour lui faire part de sa décision. Dans l'intervalle, elle l'invitait à lui fournir un canevas de la structure qu'il envisageait d'échafauder, tant sur le plan de la rédaction et de la gestion, que du marketing et de la mise en marché. Elle désirait également connaître l'identité des personnes prêtes à s'impliquer financièrement et dans les opérations courantes.

– Pourquoi ne pas demeurer quelques jours ici, Phelps? Ce paradis est à votre disposition le temps qu'il vous plaira.

* * *

Vers quinze heures, Earl déposa cérémonieusement sa veste de sauvetage sur le quai, entrant pour la première fois dans l'eau sans sa précieuse protection. Sous l'œil attentif d'Anne et de cinq des six guides faisant office de gardiens depuis sa première expérience nautique, Earl s'éloigna à la nage sur une distance d'au moins dix mètres. Lorsqu'il fit demi-tour, une salve d'applaudissements l'accompagna jusqu'à ce qu'il soit hissé sur le quai. Les guides s'étaient attachés à la personnalité du jeune handicapé et, devant son exploit, ils manifestaient presque autant de fierté qu'Earl lui-même.

Dès qu'il fut hors de l'eau, il voulut effectuer sans plus tarder sa promenade quotidienne en canot. Georges Giguère lui enfila sa veste, puis poussa doucement l'embarcation vers le large. Pour contrer le courant particulièrement fort entre le quai et l'île aux Noix juste en face, les guides lui avaient enseigné à manœuvrer à partir du centre du canot, agenouillé sur un coussin. Ainsi, il lui était plus facile de maîtriser sa pagaie.

Au premier coup d'aviron, Earl éprouva une telle impression de puissance qu'il se sentit transporté. Plus rien dorénavant ne pourrait lui résister. L'autre rive lui sembla si aisément accessible qu'il y mit le cap sans hésiter. À peine avait-il dépassé la pointe de l'île qu'un traître courant l'entraîna vers l'aval. Plus il s'efforçait de redresser l'embarcation, plus elle tanguait. Earl se tourna vers la rive en pointant son aviron vers le ciel, signal de détresse qu'il n'avait jusqu'alors jamais utilisé, mais qui lui avait été rappelé avant chaque départ… sauf aujourd'hui.

Aucun des guides montant habituellement la garde, pas plus que Mme Stillman, n'était visible sur le rivage. Plus personne. Ils ne pouvaient tout de même pas l'abandonner dans un moment pareil! Le croyaient-ils suffisamment aguerri pour le laisser seul? Tel un drame porté à l'écran, il revoyait les mêmes images que dans son cauchemar, ressentait les mêmes sensations, éprouvait la même horreur. Était-ce cela, une prémonition? Jusqu'à ce jour, il avait ridiculisé semblable intuition.

Ses membres ordinairement si agités semblèrent d'un coup devenir paralysés. Ses forces l'abandonnèrent. Ce que son cauchemar ne lui avait pas révélé, il devrait y faire face. La mort l'attendait d'un moment à l'autre.

Earl comprit soudain qu'on l'avait volontairement laissé seul. Il n'avait donc d'autre choix que de se résigner à crever ou de surmonter sa peur. Mais non! Earl ne voulait pas mourir. Il avait tant de projets à accomplir, tant de combats à mener. «Ne laissez surtout pas le petit Earl prendre le contrôle de l'homme que vous êtes devenu.» Cette phrase martelait sa conscience encore et encore. Non! Il n'abandonnerait pas.

Reprenant la pagaie, il retrouva soudain l'usage de ses bras et réussit à ramener le canot à contre-courant vers la berge. Au moment où la pointe de l'embarcation toucha le sol rocailleux, Anne Stillman et ses guides quittèrent leur cachette, s'approchèrent d'Earl pour l'aider à débarquer, le félicitant affectueusement les uns après les autres.

Anne avait exigé de ses hommes des tâches qu'ils avaient souvent jugées surhumaines, mais aucune d'elles ne pouvait s'apparenter avec ce qu'ils venaient de vivre. Même si Earl portait sa veste et qu'ils se seraient rués à la moindre alerte, de le savoir inquiet parce qu'il se croyait seul les avait tous remués plus qu'ils ne le laisseraient jamais paraître.

Anne prit Earl par le bras et lui chuchota:

— Désormais, Earl, et pour toujours, vous êtes capable de mener votre barque, seul. Faites-vous confiance.

8

Long Island, le dimanche 3 juin 1928

Partis de New York à l'aube, Anne et Jimmie se dirigeaient silencieusement vers Long Island. Il l'avait convaincue de l'accompagner au champ d'aviation Curtiss situé tout près de la maison de leur fille, et à qui ils auraient certainement rendu visite si elle n'avait séjourné en Europe. Pour la sixième fois en moins de vingt mois, Anne avait reçu, le mercredi précédent, une lettre d'intimidation du Ku Klux Klan, plus haineuse que jamais. Après l'abolition de l'esclavage, ce club social clandestin avait ambitionné de restaurer la suprématie des Blancs en Amérique. Il s'était désintégré au milieu des années 1870, ayant fort bien atteint son objectif en refoulant les Noirs dans des ghettos et en les soumettant à une ségrégation quasi absolue. Une honte pour le peuple américain, clamait Anne à qui voulait l'entendre. Ressuscité voilà une douzaine d'années, le Klan défendait un patriotisme obtus en attisant l'hostilité des Anglo-Saxons protestants contre les Noirs, évidemment, mais également contre les Juifs, les catholiques, les «étrangers», terme désignant les millions d'immigrants qui avaient déferlé sur l'Amérique au cours des quarante dernières années.

Anne ne pouvait plus prendre cette menace à la légère, car il ne se passait pas une semaine sans que les journaux décrivent avec moult détails les méfaits attribués à ce groupe d'extrémistes, allant de l'intimidation au meurtre, en passant par la flagellation et les brûlures à l'acide. Elle avait vite fait d'associer ce mouvement d'extrême droite au nouveau parti politique allemand qui, pour sa part, prônait la suprématie de la race aryenne, se proposant de persécuter non pas les Noirs, mais les Juifs. Fowler, qui séjournait régulièrement en Suisse allemande, dénonçait cette idéologie chaque fois qu'il en avait l'occasion, affirmant qu'elle représentait une sérieuse menace pour la démocratie mondiale.

Au cours des cinq dernières années, le Klan avait rallié un nombre record de six millions d'adeptes aux États-Unis, et la rumeur voulait que même le Congrès et la Justice en soient infiltrés. Jimmie l'avait assurée que ces fanatiques n'avaient aucun moyen de pénétrer dans Mondanne, encore moins depuis qu'il avait ordonné au régisseur de renforcer la surveillance.

La menace du KKK s'ajoutait à ses autres préoccupations. Depuis plusieurs mois, elle consacrait beaucoup de temps et d'énergie à la mise sur pied de la corporation Spectator Publishing, la société de gestion responsable de la publication d'un hebdomadaire haut de gamme unique en son genre. Phelps Clawson l'avait finalement gagnée à sa cause et, à leur première réunion trois semaines auparavant, les actionnaires de la nouvelle entreprise l'avait nommée présidente du conseil d'administration. Phelps, lui, était officiellement devenu le directeur général. Plusieurs personnes de renom avaient été recrutées pour former l'équipe de rédaction, parmi lesquelles Nunally Johnson, échotière, John K. Winkler, qu'elle retrouvait avec grand plaisir au poste de chroniqueur invité, et Herbert Mayer, journaliste bien connu de New York, qui s'était vu confier le poste de rédacteur en chef du *Spectator*. De ce côté, tout allait pour le mieux.

Bien que Jimmie eût investi une mise de fonds considérable dans le démarrage de cette entreprise, il avait catégoriquement refusé toute participation active tant dans la gérance que dans les affaires courantes. Toutefois, il conseillait sur demande les administrateurs, participant ainsi à la résolution des problèmes qui ne manquaient pas de surgir à tout moment. Et voilà que justement, en dépit du calibre et de l'expérience des membres de la nouvelle administration, cette dernière était aux prises avec un conflit juridique très ennuyeux.

Anne ferma les yeux à demi, tentant de sonder le visage impassible de son mari, qui se découpait en silhouette dans la lumière crue du matin. Pour une énième fois, elle lui fit part de ses récriminations.

– À la suite de ta mise en garde, Mayer nous avait affirmé que toutes les autorités compétentes avaient été consultées avant de procéder à l'enregistrement du nom de la corporation. *Spectator* n'entrait en conflit avec aucune autre entreprise de publication de l'État de New York, l'avait-on assuré. Comment la Spectator Company, une simple compagnie d'assurances, peut-elle nous menacer de poursuite?

– La Spectator Company est une des plus importantes organisations du genre à New York et, à mon avis, ses administrateurs revendiquent tout à fait légitimement l'exclusivité de leur marque de commerce. Je crois qu'il serait plus sage d'amorcer les procédures pour modifier le nom de votre magazine.

– J'enrage juste à penser que nous l'avons déjà annoncé dans tous les grands quotidiens. Que de temps perdu! Et il y a tant à faire!

– Il faut transformer ce contretemps à votre avantage! Organisez un nouveau point de presse et faites connaître vos difficultés. Rien de mieux qu'un conflit pour attirer les journalistes… nous sommes bien placés pour le savoir, Anne, ajouta-t-il avec un triste sourire. Enfin, tu ne peux rien régler ce matin. Profite donc de cette magnifique journée.

S'abandonnant à sa proposition, Anne admira le panorama qui s'offrait à ses yeux. Obnubilée par ses désagréments, elle avait regardé sans le voir cet immense champ de Long Island où monoplans, biplans et quelques archaïques triplans, plus colorés les uns que les autres, s'alignaient et se suivaient à perte de vue.

Se tournant brusquement vers son mari, elle s'exclama :

– Jimmie! *Panorama* pourrait remplacer *Spectator*, non*?* La mission de notre revue n'est-elle pas de présenter et d'expliquer un panorama de points de vue*?* ajouta-t-elle enthousiaste. Je suggérerai ce nom comme solution de rechange si la Spectator Company persiste à contester celui que nous avons choisi.

Son mari hocha la tête en signe d'assentiment tout en l'observant, médusé. Excessivement déprimée l'instant d'avant, la voilà qui lui exposait avec exultation tous les avantages de ce nom évocateur. L'irréductible cartésien, si réservé, si avare de débordements, observait les réactions primesautières de sa femme, mi-amusé, mi-las.

La limousine se frayait à présent un chemin parmi la foule de curieux qui, comme chaque samedi, envahissait les champs d'aviation de New York et des environs. Que de changements depuis vingt-cinq ans! Anne se remémora ce matin de décembre 1903 quand les frères Wright avaient réussi à s'arracher du sol dans une machine de leur invention pendant cinquante-neuf mémorables secondes. Pourtant, leurs compatriotes avaient accueilli cette nouvelle avec tant d'indifférence que, peu après leur exploit, les Wright s'étaient expatriés à Le Mans, en France, afin d'y poursuivre leurs expériences. Au cours de ses nombreux voyages en Europe, Anne avait été témoin de la frénésie des Français pour l'aviation, celle-ci s'y étant développée à une vitesse fulgurante grâce aux nombreux concours incitant les as du pilotage à abattre les records de vitesse, de distance, d'altitude et d'endurance, transformant certains d'entre eux, tel Louis Blériot, en personnages de légende.

Il avait fallu attendre une initiative de Joseph Pulitzer, du quotidien *The New York World*, pour que les Américains s'intéressent vraiment aux développements de l'aéronautique. En 1910, Anne et Jimmie avaient suivi avec le plus grand intérêt la compétition où Pulitzer avait offert dix mille dollars au premier homme capable de voler de New York à Albany.

Une série d'épreuves similaires suivirent, entraînant de nombreux journaux américains à rendre hommage à la une aux héros de l'heure. La traversée de l'Atlantique en solitaire par Charles Lindbergh en 1927 avait servi de catalyseur au développement de l'aéronautique des deux côtés de l'océan, tout en électrisant les foules. Au Yankee Stadium, quarante mille personnes avaient prié ensemble afin que ce jeune de vingt-cinq ans réussisse son exploit, alors que plus de cent mille Français l'avaient acclamé à son arrivée au Bourget trente-trois heures après son départ de New York. Depuis, les terrains comme celui de Curtiss attiraient des milliers d'observateurs, parmi lesquels Anne et Jimmie, mêlés à d'intraitables intoxiqués de vitesse et de sensations fortes.

À l'entrée du terrain d'aviation, de jeunes garçons distribuaient des tracts pour inciter les gens à réserver un vol avec l'un des pilotes. Anne ordonna au chauffeur de s'arrêter quand elle entendit un des crieurs proposer un vol avec une aviatrice. Rares étaient les femmes pilotes et rarissimes celles qui offraient des tours acrobatiques. Anne ne voulait surtout pas rater pareille expérience. Jimmie et elle se séparèrent tout en convenant de se rejoindre pour le lunch.

Anne suivit son guide jusqu'au centre du terrain, admirant au passage les rutilants modèles d'avions Buhl, Stearman, Stinson ou Curtiss. Les fabricants d'aéronefs pullulaient maintenant. Le jeune garçon la présenta à une femme blonde, légèrement grassouillette dans sa combinaison de pilote, qui inspectait un biplan vermeil. Le biplace Udet Flamingo étincelait.

– Bonjour, madame, vous êtes déjà montée dans ce type d'appareil? lui demanda l'aviatrice, avec un fort accent étranger.

– Oui, j'ai déjà volé dans de semblables machines. Vous pilotez depuis longtemps? s'enquit Anne, perplexe à l'idée qu'une si jeune femme se lance dans de la haute voltige.

– J'ai obtenu mon brevet de pilote à dix-huit ans... voilà cinq ans déjà, madame.

– Vous avez un accent charmant, mademoiselle…?

– Thea Rasche, madame, lui répondit-elle avec une gracieuse révérence qui contrastait étrangement avec sa tenue garçonnière. Je suis allemande et je suis arrivée en Amérique depuis deux mois à peine. Cependant, je connais parfaitement ce champ d'atterrissage. Quant au ciel, il est partout le même : irrésistiblement attirant. Vous montez avec moi, madame? fit Thea, après avoir examiné le dessous des ailes couleur argent.

Conquise par son charme et son assurance, Anne évita de s'agripper à l'un des filins d'acier et saisit plutôt l'étai entre le fuselage et l'aile supérieure. Elle grimpa ensuite sur le siège avant, puis fixa fermement la sangle autour de sa taille et se couvrit la tête d'un casque de cuir. Pour ne rien manquer de son tour, elle se protégea les yeux avec des lunettes d'aviateur.

– Y a-t-il des acrobaties que vous ne tolérez pas? lui demanda Thea en s'installant derrière elle.

Heureuse de la mettre au défi, Anne lui répondit avec un sourire taquin.

– Aucune, mademoiselle. Montrez-moi ce dont vous êtes capable.

Quelques secondes plus tard, le moteur vrombit et, en un rien de temps, le biplan s'éleva dans les airs. Observer le monde d'en haut apaisa Anne. Les menaces du Ku Klux Klan et les problèmes du *Spectator* perdaient de leur acuité au fur et à mesure que la terre s'éloignait. Thea Rasche ne lui laissa que bien peu de temps pour philosopher car, dès qu'elle eut atteint son altitude de croisière, elle amorça un spectaculaire virage sur l'aile qu'Anne accueillit avec un cri d'enthousiasme. Les boucles et les glissades se succédèrent sans interruption pendant une heure, si bien que l'atterrissage sembla succéder au décollage.

Quand l'avion s'immobilisa, Anne se retourna et félicita sa pilote. À peine sortie de l'habitacle, elle commenta avec admiration les vrilles et les tonneaux qu'elle venait d'expérimenter.

– Vous avez beaucoup de talent, mademoiselle.

– Je rêve du jour où le monde entier le saura aussi, ajouta-t-elle, énigmatique.

– Dites-m'en un peu plus, lui proposa Anne, intriguée. La jeune aviatrice observa sa cliente, ressentant sa vive empathie depuis le début de cette rencontre, et se risqua à lui confier son projet.

– Dans votre pays, madame, tout semble possible, même les rêves les plus fous. Je veux devenir la première femme à survoler l'océan et, pour que mon projet ne soit pas une redite de celui de Lindbergh, j'ai pensé à une liaison New York–Berlin.

– Eh bien, j'aime les gens qui n'ont pas froid aux yeux. Mais n'aurait-il pas été moins compliqué et moins onéreux de planifier l'inverse, soit Berlin–New York?

– En Allemagne, le permis d'aviation commerciale est refusé aux femmes. On nous confine aux vols sportifs, alors impossible de gagner notre vie en tant que pilote. J'ai donc échafaudé un plan à l'aide d'un compatriote qui copilotera durant ma traversée. Mon but est de conscientiser les dirigeants de mon pays afin de les inciter à abroger cette loi limitative.

– Et où en sont vos préparatifs? s'enquit Anne, vivement intéressée.

Peu après son arrivée en Amérique, Thea s'était mise en quête d'un appareil suffisamment puissant pour traverser l'océan. Finalement, un manufacturier avait prétendu que son produit était conforme à ses exigences et l'avait pressée de le réserver par un premier paiement, lui affirmant que plusieurs acheteurs lui avaient déjà manifesté leur intérêt. Après l'avoir soumis à un certain nombre de tests, Thea avait constaté que cet avion ne pourrait jamais contenir la quantité d'essence nécessaire à son long périple. Elle avait remis l'avion au manufacturier, mais celui-ci avait refusé de la rembourser. Comme Thea n'avait plus assez d'argent pour s'acheter un autre avion, elle s'était trouvé un commanditaire et avait signé avec lui un contrat par lequel elle s'engageait à lui accorder une exclusivité de représentativité. En retour, Arthur Harwell, propriétaire de Hollis Corporation, lui procurerait un avion adéquat et financerait son expédition. Peu après, Harwell lui avait confirmé qu'il avait fait l'acquisition d'un superbe monoplan de type Bellenca, garé au champ Miller sur Staten Island.

– Mais depuis huit semaines, je ne fais que des apparitions publicitaires. Je perds mon temps à lancer de nouveaux produits ici et là. Quand je demandais à tester mon nouvel appareil, Harwell prétendait qu'il manquait une pièce ou que la mécanique n'était pas encore au point. Je doutais tellement de sa sincérité qu'avec Ulrich Koeneman, mon copilote, je me suis rendue au champ Miller et j'y ai rencontré le véritable propriétaire de l'appareil, un certain Martine, de Yonkers. Il m'a affirmé qu'Harwell avait bel et bien réservé l'appareil, mais qu'il n'avait jamais concrétisé la transaction.

– Êtes-vous bien certaine, cette fois, que cet appareil convient à votre projet?

– Absolument! Il est doté de tous les équipements de navigation requis pour les longs parcours. Cet avion est en parfait état de voler. Mais Hollis Corporation abuse de ma réputation en me contraignant à participer à ses insignifiantes campagnes publicitaires. Je me sens exploitée! Mon départ est prévu au plus tard pour le samedi 9 juin, soit dans une semaine. Si la température le permet, je m'envolerai des longues plages de sable dur d'Old Orchard, un endroit idéal pour faire décoller mon lourd appareil.

– Si votre promoteur ne respecte pas son engagement, téléphonez-moi à ce numéro, conseilla Anne en lui tendant sa carte de visite. Je pourrais peut-être vous aider.

* * *

New York Yacht Club, le dimanche 17 juin 1928

Les événements des derniers jours s'étaient précipités. Le samedi précédent, jour où, en vertu de son contrat, Thea devait décoller, Harwell semblait s'être volatilisé. Se croyant automatiquement libérée de ses obligations contractuelles, la jeune femme avait contacté Anne pour l'en informer. Galvanisée à l'idée qu'une femme commandite la première femme à traverser l'océan, Anne avait depuis partagé son temps entre les préparatifs du lancement de sa revue, officiellement intitulée *Panorama* depuis quelques jours, et le projet de l'aviatrice. Cette hyperactivité lui faisait le plus grand bien. Pour l'instant, participer à la réalisation des rêves de ceux qui y croyaient passionnément la satisfaisait.

Ayant personnellement contacté le dénommé Martine, Anne avait reçu confirmation qu'un autre Bellenca, aéroplane jugé idéal par Thea pour réaliser son projet en toute sécurité, était disponible. Pour vingt-cinq mille dollars comptant, il était prêt à conclure la transaction sur-le-champ.

Anne s'était empressée d'en informer Jimmie qui, à la blague, lui avait recommandé de ne pas toucher à ses économies. «Je t'avance les fonds et, si je me retrouve dans le besoin, tu me rembourseras. Comme il s'agit d'un prêt, tu es tout de même responsable de cette aventure. Qu'en penses-tu?»

Sans se formaliser de ce détail, Anne avait spontanément accepté l'offre de son mari et, le jour suivant, le nom *North Star* avait été peint sur le fuselage de l'appareil, pour souligner la passion de sa propriétaire pour l'astronomie et les contrées du Nord.

Deux semaines après son vol mémorable sur l'Udet Flamingo, Anne convia Thea Rasche au bateau de son mari accosté au New York Yacht Club. Anne passerait exceptionnellement la fin de semaine à bord. Durant son procès, les journalistes avaient tellement associé le *Modesty* à Florence Leeds qu'Anne était peu encline à y séjourner, même si Jimmie l'avait rebaptisé *Wenonah*.

Lorsque Thea Rasche franchit la passerelle entre le quai et la poupe, elle oublia momentanément ses problèmes tant la magnificence du navire de quarante mètres l'émerveilla. Thea suivait le majordome de Stillman en laissant courir sa main sur la rambarde de bois artistiquement ornée d'arabesques.

Fallait-il être riche pour posséder pareil joyau ! Les vivoirs et les salons se succédaient, somptueusement meublés et décorés. Cuivre et acajou, épaisse moquette, tentures de velours ou de brocart alternaient joliment avec les rideaux de dentelles. Tout dénotait la fortune du propriétaire. En réalité, ce luxe et cette opulence ne signifiaient qu'une chose pour l'aviatrice : elle avait trouvé la commanditaire idéale pour parrainer sa traversée, si traversée il y avait, car à peine avait-elle surmonté une difficulté qu'une autre surgissait.

Anne vint à sa rencontre sur le pont, congédia le majordome et entraîna Thea dans une vaste salle aménagée sur toute la largeur de la proue. Une lumière vive caressait les fauteuils de rotin dont les coussins de cotonnade fleurie invitaient à la détente. Jimmie se leva et baisa la main de la jeune femme, visiblement étonnée par sa prestance. Le visage de Thea exprimait à la fois candeur et maturité, force de caractère et fragilité. Contrairement à leur première rencontre, Anne remarqua une grande tristesse dans son regard.

– J'ai de bonnes nouvelles pour vous, lui déclara Anne avec entrain. Le Bellenca J. NX3789 m'appartient officiellement depuis hier. Dorénavant, cet avion sera à votre disposition, Thea. À quand le grand départ ?

Plutôt que de jubiler, Thea se mordit la lèvre inférieure et, les larmes aux yeux, elle avoua :

– Peu après que j'ai reçu votre gentille invitation vendredi, un huissier est venu me signifier que Hollis Corporation me poursuivait en justice pour bris de contrat. Harwell a obtenu de la cour une injonction temporaire visant à m'empêcher de faire mon vol transocéanique quel que soit le promoteur. Apparemment, il tente de rendre cette injonction permanente car, selon une clause du contrat que j'aurais mal interprétée, je serais liée inconditionnellement à Hollis Corporation pour au moins un an.

Sa voix se brisa lorsqu'elle ajouta :

– On m'interdit de survoler les États américains sous peine d'amendes et même d'emprisonnement.

Face à tout problème, et encore plus aisément lorsqu'elle n'était pas personnellement impliquée, Anne avait le réflexe de chercher une solution plutôt que de s'apitoyer.

– Cette injonction vous paralyse ici, aux États-Unis, mais si je comprends bien, elle ne vous empêche pas de décoller ailleurs dans le monde.

Jimmie, qui n'avait pas perdu un mot de l'échange, intervint.

– Anne, tu connais bien Ellwood Wilson de la Fairchild Aviation. Consulte-le, il pourrait certainement te conseiller. Comme il ne peut te résister...

– On ne permettra jamais à un avion de la grosseur du *North Star* de décoller de la piste de Lac-à-la-Tortue, affirma Anne, sans commenter la remarque de son mari.

Huit cent quatre-vingt-quinze champs d'aviation étaient présentement exploités en territoire américain, alors que dans tout le Canada on n'en comptait que vingt et un, celui de Lac-à-la-Tortue ayant été le premier à se consacrer à l'aviation commerciale en 1919. Anne connaissait parfaitement cet aéroport de même que la Fairchild Aviation qui l'administrait car, à plusieurs reprises, elle en avait utilisé les services pour se rendre à Grande-Anse. La piste convenait à merveille aux hydravions et aux avions de faible tonnage, mais non à son *North Star*.

Mais elle n'avait rien à perdre à consulter Wilson, un homme très influent dans son milieu. Avec sa détermination coutumière, Anne s'excusa et sortit de la pièce, enjoignant à Thea et à Jimmie de patienter un moment.

Que les bureaux de la Fairchild soient fermés en ce dimanche n'embêta point Anne, qui joignit Ellwood Wilson à sa résidence de Grand-Mère. Chaque fois que l'occasion se présentait, elle prenait un vif plaisir à converser avec ce diplômé de Yale en ingénierie forestière, homme hardi et original, à l'emploi de la papetière Laurentide de Grand-Mère depuis 1903. Pendant onze ans, Wilson avait prêché les avantages de l'aviation pour cartographier la région et repérer du haut des airs les essences propices à la fabrication du papier, tout en surveillant les foyers de feux de forêt. En 1919, il avait finalement eu gain de cause et convaincu l'ensemble des papetières de la région de la Saint-Maurice de fonder la Laurentide Air Service.

Après plus de trente minutes d'absence, Anne revint plus rayonnante que jamais.

– Vous êtes née sous une bonne étoile, Thea. Vous ne pouvez imaginer plus étonnante coïncidence que ce que je viens d'apprendre.

Dans moins d'une semaine, soit le 23 juin prochain, en compagnie du sous-ministre de la Défense nationale, Ellwood Wilson procéderait à l'inauguration du premier aéroport municipal du Canada, à Cap-de-la-Madeleine, ville voisine de Trois-Rivières. Selon les plans fournis par l'ingénieur en chef de la ville du Cap, Roméo Morrissette, ce terrain d'aviation pourrait très bien accueillir le *North Star*. Le lendemain, à la première heure, Wilson entrerait en contact avec l'ingénieur pour connaître précisément le moment où la piste serait achevée.

* * *

Le lendemain, à l'heure du petit-déjeuner, Anne et Thea papotaient à l'entrée de la salle à manger quand Jimmie apparut, la mine défaite. Mal à l'aise, il salua les deux femmes et les pria de s'asseoir avant d'étaler devant elles la première édition du *New York Times*, du *New York American* et du *Daily News*. Tous titraient à la une : «Une aviatrice accompagnée de deux hommes dans un vol transatlantique». Malgré un avertissement de brouillard intense, de pluie et même de neige, Amelia Earhart, Wilmer Stultz et Louis Gordon avaient quitté Trepassey Bay, à Terre-Neuve, à neuf heures cinquante et une la veille, à bord d'un hydravion Fokker FVIIb-3m surnommé le *Friendship*. Au cours de la nuit, plusieurs paquebots voguant sur l'Atlantique avaient certifié avoir reçu un message radio en provenance du *Friendship*, demandant sa position.

La bouche entrouverte, le regard fixe, Thea semblait en état de choc. Quant à Anne, elle pointa le doigt vers la jeune pilote et dit :

– Nous ne savons pas encore s'ils ont réussi leur exploit, Thea. Défense de vous décourager avant de connaître l'issue de leur aventure. Attendons l'édition de dix heures, nous aurons sûrement plus de détails.

Thea l'avait-elle entendue? Elle émit son commentaire d'une voix à peine audible :

– C'est impossible! Ce rêve m'appartient! Elle n'a pas le droit…

Nulle parole ne pourrait la réconforter pour l'instant, pensa Jimmie, qui lui tapota le bras en signe de compassion. Aucun d'eux ne goûta vraiment la copieuse assiettée que le steward déposa devant eux. Les secondes s'écoulaient au compte-gouttes. Anne proposa à sa protégée de l'accompagner sur le pont alors que Jimmie, heureux d'échapper à cette atmosphère d'enterrement, promit de leur rapporter les journaux dès la parution de la prochaine édition.

Vers dix heures trente, ils se réunirent de nouveau dans un boudoir. Quatre quotidiens leur confirmaient le succès d'Amelia Earhart et de son équipe. À court d'essence, ils avaient amerri sur une petite rivière de Burry Port au pays de Galles, sans trop savoir où ils étaient.

Pendant que Thea se demandait si elle devait pleurer ou crier, Anne parcourait rapidement le texte de la nouvelle jusqu'à ce qu'elle s'exclame, triomphante :

– Jimmie, Thea! Amelia Earhart est certes la première femme à avoir traversé l'océan, mais elle n'a pas piloté son avion. Regardez, ici, c'est écrit noir sur blanc. Vous, Thea, vous piloterez le *North Star*, en plus d'établir un nouveau record de distance. Rien n'est perdu! Allez, courage. Quelle «synchronicité» tout de même.

Devant le regard interrogateur de Thea, Anne s'empressa de lui expliquer :

– C'est ainsi que Carl Jung désigne pareille coïncidence. Dans le même ordre d'idées, combien de fois dans l'histoire de l'humanité n'a-t-on pas noté qu'à différents points du globe, sans aucune concertation ni communication, des inventions identiques avaient été mises au point presque simultanément? Un valet interrompit son explication en annonçant que M. Ellwood Wilson demandait madame au téléphone. Anne s'empressa d'aller prendre l'appel, puis revint quelques minutes plus tard en précisant que la piste de Cap-de-la-Madeleine devrait être terminée pour l'inauguration du samedi et qu'elle pouvait accueillir des avions tels que le *North Star*. Wilson se chargerait de les recevoir au Cap.

– Ulrich, mon copilote, pourrait amener votre avion de New York jusqu'à cet aéroport, et là, rien ni personne ne m'empêchera de décoller, s'écria Thea, reprenant subitement vie.

Puis, hésitante, l'aviatrice demanda aux Stillman ce qu'ils exigeraient de sa part pour compenser toutes leurs bontés. Jimmie, d'un signe de tête à l'intention d'Anne, l'invita à répondre.

– Nous ne vous imposons aucune obligation contractuelle, ni avant, ni pendant, ni après le vol. Nous assumerons tous vos frais jusqu'à votre retour de Berlin. Nous n'exigeons qu'une chose : le succès de votre entreprise. Êtes-vous disposée à tout mettre en œuvre pour y parvenir?

– Évidemment, répondit Thea avec ardeur. Quand j'arriverai à Cap-de-la-Madeleine…

– Quand vous poserez le pied à la gare de Trois-Rivières, mon fils Bud vous guidera et vous fournira tout ce dont vous aurez besoin jusqu'à votre départ.

– Ma foi, tu as même eu le temps de parler avec Bud à Grande-Anse, l'interrompit Jimmie, au comble de la surprise.

– Hier soir, Bud est parti en excursion avec Earl. Toutefois, Lena connaît leur itinéraire et elle chargera un guide de les retrouver aujourd'hui même. Bud me téléphonera à son retour. J'ai déjà réservé l'avion qui les transportera, lui, Lena et quelques hommes, de Grande-Anse à Lac-à-la-Tortue.

Ainsi, Anne avait décidé pour Bud qu'il aiderait Thea dans son entreprise. Jimmie se contenta de hocher la tête, se gardant bien de commenter la situation devant l'aviatrice. De toute façon, il savait par expérience qu'il était inutile d'argumenter puisqu'il connaissait par cœur les répliques de sa femme. «Bud est mon fils, le projet dont il est question est louable, Bud doit participer, d'autant plus qu'il ne fait rien actuellement.»

* * *

Haute-Mauricie, le dimanche 17 juin 1928

Légèrement penché à l'avant du canot, Earl surveillait les roches et les troncs d'arbres immergés dans la rivière aux Rats, alors que Bud pagayait à l'arrière. D'un signe de la main, Earl lui indiquait les obstacles. Aucun d'eux n'osait briser le silence de cette nuit de pleine lune. À un détour de la rivière, Earl leva le bras pour signaler une pierre droit devant.

Soudain, un remous se forma autour de cette roche à fleur d'eau. Pris de panique, Earl sursauta si fort qu'il faillit faire chavirer l'embarcation. Incroyable! La pierre se soulevait d'elle-même. Earl cria d'horreur. Maintenant difficilement l'équilibre avec son aviron, Bud implora son compagnon de se calmer s'il ne voulait pas passer par-dessus bord, quand soudain la majestueuse tête d'un élan d'Amérique surgit de l'eau. Surpris et apeuré, l'animal se dirigea précipitamment vers la rive, les éclaboussant au passage, pour disparaître dans la forêt, laissant à peine le temps aux deux hommes de discerner ses longues pattes graciles, contrastant fort avec la masse de son corps. Comment ce mastodonte pouvait-il se faufiler dans cet enchevêtrement d'arbres avec un panache de cette envergure?

– Ne crains rien, Earl. Tout comme nous, cet orignal profite de la nuit pour échapper aux moustiques, et peut-être aussi pour manger quelques racines des nénuphars qui poussent ici à profusion, ajouta Bud, se voulant rassurant.

– Un moment, j'ai bien cru qu'il s'agissait d'une créature infernale.

– Ne sois pas si superstitieux, voyons. Regarde, Earl, tu vois cette éclaircie à gauche ? Elle nous indique l'entrée du premier de nos portages. On descend ici.

Bud accosta, puis sauta dans l'eau jusqu'aux genoux pour aider Earl à débarquer. Il installa les bagages sur son dos et les fixa à son collier de tête à la manière des « portageux ». Comme Bud voyageait souvent seul en forêt, il avait appris à se débrouiller avec peu : une hachette, un fil de pêche et quelques hameçons, de la farine, de la levure, des fèves, du sel et du poivre, une tente et quelques couvertures lui suffisaient pour plusieurs jours. Tout le reste, les lacs et la forêt le lui fournissaient en abondance. Une fois harnaché, il grimpa le canot sur ses épaules, alluma la chandelle collée au siège avant, afin d'éclairer la piste à ses pieds, et donna le signal du départ. Après quelques mètres à peine, Earl chuta, lui avouant à contrecœur qu'il était incapable de conserver son équilibre s'il ne voyait pas clairement où il marchait. Sans hésiter, Bud abandonna bagages et canot en bordure du sentier, aida son ami à se relever et l'invita à poser les mains sur ses hanches. Il les recouvrit fermement des siennes et entraîna son ami dans le sentier que les rayons de la pleine lune ne pouvaient éclairer efficacement à cause de la ramure des arbres géants. Lorsque Bud trébuchait sur un obstacle, tous deux imitaient quelque bambocheur, tout en plaisantant.

Pour Earl, ce premier voyage nocturne en forêt relevait de l'initiation. Pendant que Bud retournait sur ses pas pour ramener le canot et les bagages, il s'assit au pied d'une cascade dont le rugissement masquait heureusement les bruits inquiétants de la forêt.

Ils pagayèrent jusqu'à ce que l'aurore pointe à l'horizon. Bud proposa de monter leur campement sur les rives du lac Okane. Ce lac faisait partie d'un immense territoire de huit cent kilomètres carrés que sa mère avait loué sous bail au gouvernement de la province de Québec quelques années auparavant, mais qu'il connaissait par cœur depuis longtemps pour l'avoir nombre de fois exploré en compagnie de Fred

Beauvais. Ce territoire, délimité au nord et à l'ouest par la Vermillon et, au sud, par la rivière Wessonneau, était entretenu et protégé par une trentaine de gardiens et de guides, tous employés par sa mère. Ces hommes nettoyaient les camps de bois rond et les sentiers, chassaient les braconniers et ensemençaient les lacs de truites mouchetées quand les prédateurs s'étaient montrés trop voraces. Anne avait proposé à son fils de considérer la partie nord-ouest de ce territoire comme sienne. Ainsi, Bud jouissait de l'espace à sa guise et, en retour, il devait en assurer l'entretien. Légalement, tous les produits de la chasse et de la pêche provenant de ce territoire lui appartenaient. Cette partie étant la moins accessible, Bud se demanda si sa mère reconnaissait ainsi son goût pour la vie sauvage.

Avec sa hachette, Bud prépara en un rien de temps le bois nécessaire pour cuire la « banique », un pain dense et délicieux fait de farine, de levure et d'eau, à la manière des Amérindiens.

– Beaucoup de gens croient, à tort, que plus la hache est grosse, plus elle est puissante. Fred Beauvais m'a enseigné à utiliser cette hachette voilà dix ans maintenant, autant pour fendre de grosses bûches que pour équarrir le bois.

Incrédule, Earl réclama une démonstration, et Bud s'empressa de s'exécuter, malgré la fatigue qui commençait à se faire sentir. Il choisit une bûche d'épinette encore saine, abandonnée sur la plage lors de son dernier passage, la maintint en équilibre avec son pied, et donna un petit coup sec dans une veine du bois tout en tournant légèrement le manche au moment où le tranchant entaillait le bois. Son mouvement terminé, la bûche se fendit sur toute sa longueur.

– J'admire ton savoir-faire, Bud. Je t'envie tellement. Je t'envie aussi d'avoir marié Lena. Quelle femme extraordinaire ! s'exclama Earl.

– Mon adresse en forêt, je la dois en grande partie à Fred, dont je t'ai si souvent parlé. Quant à Lena, j'aurais tant aimé qu'elle nous accompagne. Tu aurais constaté par toi-même quelle championne elle est dans les bois. Et quelle cuisinière aussi, lança-t-il, les yeux à demi fermés, un brin rêveur.

Lena avait volontairement sacrifié cette excursion pour prendre soin de sa mère, incapable de marcher depuis qu'elle s'était infligé une vilaine entorse quelques jours auparavant. Ses sœurs auraient très bien pu s'en charger, mais Lena avait insisté pour s'en occuper personnellement. Bud ne décelait plus aucune trace de cette triste querelle qui avait opposé Lena à sa famille au cours des semaines précédant leur mariage. Ses belles-sœurs avaient modifié leur attitude du tout au tout, leur offrant même de travailler pour eux comme aides-domestiques.

Elles ne se lassaient pas d'écouter Lena leur décrire les pays qu'ils avaient visités au cours des neuf mois de leur voyage de noces. Bud redécouvrait Paris, Londres, Rome, les montagnes de la Suisse, et surtout l'Égypte dans les descriptions de Lena. Elle avait été stupéfaite quand un serviteur leur avait apporté le thé au sommet de la pyramide de Khéphren pendant qu'ils admiraient les trésors de la plaine de Gizeh. Voulant tout savoir, tout comprendre, elle avait manifesté une insatiable curiosité. Sa capacité d'emmagasiner autant de détails fascinait Bud.

Earl le sortit de sa rêverie en commentant tristement :

– Chanceux, va, on voit bien que tu es amoureux... Moi aussi, Bud, je rêve en secret de partager ma vie avec une femme. Il n'y a qu'à toi que je peux me permettre d'en parler sans me sentir tout à fait ridicule car, enfin, qui voudrait de moi, misérable infirme ? Pas même capable de marcher seul dès que le chemin devient le moindrement accidenté...

Bud alluma sa pipe tout en jetant des herbes sur le feu afin de produire le plus de fumée possible pour éloigner les maringouins, qui semblaient s'être tous réveillés en même temps. Il observa Earl avec compassion.

– La femme qui saura t'apprécier à ta juste valeur deviendra mon amie et celle de Lena. Tu sais que ma femme t'adore ?

– Je l'aime aussi. Je prie chaque jour pour rencontrer l'âme sœur, Bud... Mais je ne me fais pas d'illusion. Me trouves-tu grotesque ?

– Tu sais très bien ce que je pense, bêta. Dis-moi maintenant comment ça se passe à la faculté. Quand je pense que tu as une année d'avance sur moi.

– Je te mentirais si je te disais que je l'ai trouvée facile. Surtout avec les cours de pathologie que donnait le doyen ! Il a été la première personne à me dire sans ménagement, à un examen oral : « Ne pensez surtout pas que nous allons être indulgents avec vous parce que vous êtes infirme. Retournez chez vous et travaillez mieux ! »

– Comment as-tu réagi ? demanda Bud, insulté pour son ami.

– Sur le coup, je l'aurais fait rôtir à petit feu mais, après réflexion, j'ai constaté qu'il m'arrivait de me soustraire à certains apprentissages sous prétexte que j'étais handicapé. Ta mère en sait quelque chose...

La voracité des maringouins les força bientôt à se réfugier sous leur tente et, dès qu'ils furent allongés, une couverture sur la tête pour ne pas entendre les folles vibrations de leurs ailes, ils sombrèrent dans un profond sommeil.

Le soleil était déjà haut dans le ciel quand des cris les réveillèrent. Encore à une centaine de mètres de la rive, Isaac, le frère de Lena, les mains en porte-voix, les appelait à tue-tête. Dès qu'il le reconnut, Bud lui cria, inquiet :

– Quelque chose est arrivé à Lena ? Vite, arrive !

Tout en pagayant énergiquement, Isaac s'empressa de rassurer Bud en l'informant que personne n'était malade ou en danger, mais que sa mère les réclamait d'urgence, Lena et lui.

* * *

Cap-de-la-Madeleine, le lundi 25 juin 1928

Quand Bud, encadré de Lena et de Thea Rasche, vit le *North Star* amorcer ses manœuvres d'approche au-dessus de la piste à Cap-de-la-Madeleine, il en oublia son ressentiment et la désagréable impression d'avoir été manipulé tel un pion par sa mère. Lena et Bud avaient amené six hommes de

Grande-Anse afin de soutenir Thea et son équipe dans leurs préparatifs pour la grande traversée. Anne Stillman comptait sur son fils pour superviser les opérations et lui transmettre de l'information aussi souvent que possible. Son implication dans la gestion de *Panorama* et la rédaction de son prochain article l'empêchaient de quitter New York. Heureux de partager cette aventure avec sa femme, Bud serra tendrement sa main dans la sienne, éprouvant soudain la conviction de participer avec elle à un événement s'apparentant au grand œuvre.

– N'est-ce pas qu'il est magnifique? s'écria Thea à l'intention de Bud. Si tout va comme je le prévois et si les conditions météo sont favorables, je piloterai cet oiseau à destination de Havre-de-Grâce, à Terre-Neuve, dès après-demain. Puis, Berlin…

Thea avait le même âge que Bud et pourtant son expérience lui semblait tellement plus riche. Elle lui avait plu dès le premier instant.

L'imposant appareil se posa tout en douceur sur la piste sablonneuse partiellement achevée. De chaque côté de la carlingue peinte en vert, une immense étoile dorée suivie du nom *North Star* étincelait malgré le temps gris. Deux hommes sortirent de l'aéroplane et descendirent sur les ailes couleur argent, applaudis par un comité d'accueil composé des édiles locaux, du chef de la police et d'Ellwood Wilson qui se présenta en blaguant comme l'agent de Mme Stillman, mais que tous connaissaient déjà, vu que la Fairchild Aviation exploitait l'aéroport de Cap-de-la-Madeleine au même titre que celui de Lac-à-la-Tortue. Ulrich Koeneman, le pilote, et Benjamin Zebora, technicien de la compagnie Bellenca engagé quelques jours auparavant par Anne Stillman afin qu'aucun ennui mécanique ne vienne paralyser son entreprise, avaient fait le trajet depuis le champ Hadley au New Jersey en six heures trente minutes.

Peu après l'atterrissage, Wilson conduisit les visiteurs au bureau des douanes, situé sur Le Platon, quartier de Trois-Rivières bordant le fleuve Saint-Laurent. Il convint avec Lena et Bud que tous se rejoindraient à dix-neuf heures à l'hôtel *Château-de-Blois*.

Des curieux s'étaient massés autour de l'appareil et Bud les pria de ne pas le toucher, car sous ses allures de géant le *North Star* n'était en réalité qu'un squelette de tubes métalliques recouverts d'une épaisse toile. Avec l'aide d'un de ses hommes, il planta quelques pieux autour de l'avion et il y tendit un câble, délimitant ainsi un périmètre de sécurité. Le directeur de la police s'approcha de lui et l'assura qu'il veillerait personnellement à ce que l'avion soit protégé.

Puis Bud et son groupe montèrent hâtivement quelques tentes qui leur serviraient d'abri, les hangars de l'aéroport n'existant que sur les plans des ingénieurs. Bud adorait cette façon qu'avait Lena de mettre la main à la pâte si efficacement. Tous se dirigèrent ensuite vers la piste afin d'en baliser certains endroits à la demande de Thea.

D'une longueur de quatre cent trente mètres sur une largeur minimale de cinquante, cette piste était constituée d'un sable compacté, à l'exception d'un cercle d'une quinzaine de mètres de diamètre délavé par les pluies récentes et situé au dernier tiers de la piste. Ils marquèrent soigneusement l'endroit à l'aide de piquets aux extrémités peintes en rouge vif. Puis, Bud distribua à chacun de petits fanions et expliqua comment les utiliser pour guider la pilote au moment du décollage.

Toute la journée du lendemain fut consacrée à des tests et à des vérifications de la part du mécanicien et des deux pilotes. Un représentant du quotidien régional *Le Nouvelliste*, posté à l'aéroport pour couvrir l'événement et en contact régulier avec le bureau maritime, les informait sur demande des conditions météorologiques à Terre-Neuve et dans le golfe du Saint-Laurent. La journée se termina par une répétition générale sous la pluie battante.

Zebora et Bud, qui s'étaient spontanément liés d'amitié, avaient convenu de se rendre à l'aéroport tôt le jour du grand départ, afin d'effectuer la dernière inspection du *North Star*. Le mécanicien de Bellenca accorda une attention spéciale au moteur unique, un Wright Whirlwind extrêmement puissant, garantissant un rayon d'action de près de huit mille kilomètres. Notant l'intérêt de Bud pour la mécanique, Zebora l'invita à monter à bord de l'appareil et lui expliqua les contrôles à effectuer avant le décollage.

Dépouillée à l'extrême, la carlingue ne comprenait que deux sièges et quelques manettes, tout le reste de l'espace étant occupé par un énorme réservoir d'essence.

— Mais où donc allez-vous vous asseoir, monsieur Zebora? s'inquiéta Bud, sachant qu'Ulrich Koeneman copiloterait.

— Sur le réservoir, et ne me plaignez surtout pas. Si jamais l'avion s'écrase, la queue s'avère l'endroit le plus sûr. Vous voyez là, juste derrière ce réservoir où sont remisés les bagages?

Zebora démarra ensuite le moteur et roula doucement jusqu'à l'extrémité nord de la piste afin que les employés d'Imperial Oil, en poste spécialement pour le départ, fassent le plein.

— Avec ces sept cents gallons d'essence, le *North Star* pèsera six tonnes.

— Ma foi, pourra-t-il s'envoler? demanda Bud.

— Nos ingénieurs l'ont conçu en tenant compte d'une pareille charge. Quoi qu'il en soit, nous serons bientôt fixés, ajouta-t-il en riant.

Lena, Thea, Wilson et le copilote Koeneman se pointèrent à six heures trente pile, suivis de près par le représentant du *Nouvelliste*. Tous feignaient le calme, mais une fébrilité palpable flottait dans l'air.

Une demi-heure plus tard, avec un léger vent de face, le *North Star* vrombissait et s'élançait sur la piste en bordure de laquelle Bud et ses hommes étaient postés depuis un bon moment déjà. Thea poussa le régime à fond, accéléra sur soixante-quinze mètres, puis s'éleva de quelques mètres pour retomber lourdement sur la piste. L'avion s'éleva et chuta de nouveau tout en continuant sa course folle. Une traînée d'essence apparut à l'arrière. Koeneman avait jugé plus prudent de délester l'appareil quelque peu. L'espace d'un instant, l'un des hommes munis de fanions hésita, se demandant s'il devait indiquer la piste molle ou la direction que devait prendre l'avion pour l'éviter, prit la mauvaise décision et, dès lors, les deux roues du *North Star* s'enfoncèrent jusqu'au moyeu dans le sable détrempé, le déstabilisant. Peu après, dans un fracas du tonnerre, l'avion coucha au sol des jeunes arbres sur une bonne centaine de mètres pour finalement piquer du nez. Un sinistre silence suivit.

Tous accoururent, convaincus que les occupants du *North Star* y avaient laissé leur peau. Avant même d'avoir atteint le point d'impact, ils virent les trois occupants sortir l'un après l'autre, abasourdis certes, mais tous sains et saufs.

Zebora s'empressa de constater les dégâts. La toile de la carlingue était déchirée à plusieurs endroits et, à première vue, seul l'essieu semblait irrémédiablement endommagé.

Bud toucha les trois passagers les uns après les autres, soulagé qu'il n'y ait ni blessure ni perte de vie. Il s'empressa de les rassurer.

– Vous êtes irremplaçables. Par contre, Bellenca possède toute les pièces pour réparer cette mécanique, n'est-ce pas, monsieur Zebora?

* * *

Pleasantville, le jeudi 28 juin 1928

Ce soir-là, Anne se retira tôt dans sa chambre. Fowler lui manquait tant, et son absence risquait de se prolonger encore de nombreuses semaines. Sporadiquement, au cours des trois dernières années, il avait expérimenté des tâches dans divers services d'International Harvester sans pour autant occuper une fonction stable dans l'administration. Mais voilà que deux mois plus tôt le président-directeur général de la compagnie, Alexander Legge, lui avait confirmé qu'il serait un atout certain pour I.H. s'il se décidait enfin à s'y investir. Une telle déclaration, provenant de cet homme qu'il admirait tant, avait eu sur lui l'effet d'un coup de fouet. Encouragé par Anne, il avait accepté un poste de représentant des ventes à Omaha, après avoir participé à un programme d'immersion chez de nombreux concessionnaires I.H. dans les États du Midwest. Anne se sentait seule, fatiguée. Aucun de ses projets ne se déroulait comme elle le désirait. Elle déplorait l'avortement de ce vol transatlantique dont elle avait tant rêvé. En aurait-il été autrement si elle avait été présente à Cap-de-la-Madeleine?

Quelques heures auparavant, Ellwood Wilson lui avait affirmé que Bud avait mené rondement l'opération, attribuant le malencontreux accident autant à une erreur d'aiguillage qu'à une maladresse de la pilote, à la lourdeur de l'appareil qu'à l'état de la piste. Une bien mauvaise conjoncture. De plus, elle avait eu la confirmation qu'Harwell avait obtenu de la cour l'injonction permanente dont il avait menacé Thea Rasche.

Si l'aéroport de Cap-de-la-Madeleine s'avérait inadéquat pour le décollage du *North Star*, il semblait improbable qu'une autre piste puisse s'y prêter au Canada. Dans de telles conditions, il leur aurait fallu un hydravion comme le *Friendship* d'Amelia Earhart. Impasse. Frustration.

Après s'être tournée et retournée dans son lit, Anne sombra dans un sommeil agité… Bud était aux commandes du *North Star*. Dans un rugissement terrible, il réussissait à s'envoler mais, quelques secondes après le décollage, l'avion s'écrasait et se désintégrait aussitôt dans une formidable explosion.

Anne s'éveilla en hurlant. Un mur de flammes lui barrait la vue. Son cœur battait si fort qu'il lui faisait mal. Elle vit, atterrée, qu'une immense croix brûlait à sa fenêtre.

D'abord sidérée, elle sauta ensuite de son lit et s'approcha prudemment de la porte-fenêtre, de peur que les malfaiteurs ne soient toujours dans les parages. Des bruits de pas précipités attirèrent son attention. Elle reconnut bientôt Ed Purdy, son régisseur, précédé de Pepper, son redoutable berger allemand.

Tremblant de tous ses membres, elle entrouvrit légèrement la porte, puis ordonna d'une voix forte, qui la surprit :

— Téléphonez au shérif, monsieur Purdy, et demandez à vos hommes d'encercler le jardin. Ne vous approchez surtout pas de cette croix.

On tambourinait à sa porte. Anne demeura paralysée jusqu'à ce qu'elle reconnaisse la voix de sa brave Cathy. Du coup, Anne retrouva son calme et lui ouvrit.

– Qu'allons-nous devenir, madame? On est pourchassé jusqu'ici. J'ai si peur! sanglota sa domestique noire.

– Ne craignez plus rien, Cathy, le shérif s'en vient. Je ne vous laisserai jamais tomber, vous pouvez en être assurée. Vous serez protégés, tous autant que vous êtes. Dites-le à vos compagnes et compagnons.

Une dizaine de gendarmes arrivèrent quelques minutes plus tard, et leur chef repéra aisément des empreintes de pieds autour de la croix qui brûlait encore. Il commanda à deux de ses hommes de les relever puis, s'adressant à Anne, il lui demanda avec prévenance :

– Qui pourrait donc vous en vouloir à ce point, madame? Avez-vous des soupçons?

Anne hésita, puis elle l'informa qu'elle redoutait son jardinier, Tom Pyle.

– Pouvons-nous l'interroger?

– Il habite la petite maison verte, non loin des garages, au-delà de l'écurie.

Deux gendarmes se virent confier la tâche d'aller le quérir, et d'autres rassemblèrent une quinzaine employés. Peu après, on les aligna à l'orée du jardin, et des gendarmes leur mesurèrent un pied. Anne entendit Tom Pyle demander gaillardement :

– Dites-moi, avez-vous l'intention de m'acheter de nouvelles chaussures?

En chœur, ses compagnons s'esclaffèrent. La remarque avait été lancée avec tant de bonhomie que même Anne, demeurée en retrait, ne put s'empêcher de sourire. Tous ses hommes furent bientôt disculpés, car aucune chaussure ne correspondait aux empreintes relevées.

Peu après, un des hommes, engagé par Jimmie pour monter la garde, fut retrouvé inconscient près de l'accès à la propriété, du côté de la rivière Hudson. Il avait été chloroformé. Quand il revint à lui, il affirma ne pas avoir vu son agresseur. En fait, tout s'était déroulé si vite que personne n'avait même aperçu l'ombre d'un intrus.

Tout le reste de la nuit, les policiers ratissèrent le jardin et les environs, à la recherche d'indices pouvant aider à identifier les auteurs de ce sinistre coup monté. Incapable de fermer l'œil, Anne suivit leurs recherches, mais les résultats demeurèrent décevants.

Aux premières lueurs de l'aube, elle communiqua avec Jimmie pour l'informer des derniers événements. Sans hésiter, il l'assura qu'il prendrait le prochain train, évitant ainsi la cohue du matin à New York. Victor pourrait venir le chercher à la gare de Pleasantville.

Pour calmer son appréhension, Anne demanda au palefrenier, qui ne s'était pas recouché non plus, de seller son cheval. Après une promenade de plus de trois heures dans les bois de Pocantico Hills, où seuls quelques cerfs, écureuils et chiens errants avaient croisé sa route, elle dirigea sa monture vers l'écurie, éprouvant un certain apaisement.

À proximité de la serre, elle vit Jimmie penché à l'oreille de Tom Pyle. Elle arrêta doucement sa monture pour ne pas être découverte. Jimmie déposait avec précaution un revolver dans la main du jardinier. Elle eut un frisson en voyant Pyle ouvrir le barillet, l'examiner, puis remettre l'arme à son patron.

Morte de peur, Anne descendit de son cheval et l'attacha sans bruit derrière l'écurie. Les événements de la nuit l'avaient-ils rendue à ce point paranoïaque? Elle se dirigeait vers la grande maison quand Jimmie l'interpella. Le cœur d'Anne battait à tout rompre. Son mari posa la main sur son épaule.

— J'ai pensé que, compte tenu des événements, le fait de garder ceci dans un tiroir de ta table de chevet pourrait te tranquilliser, lui dit-il en déposant le revolver au creux de sa main.

Ressentant sa vive tension, il s'empressa d'ajouter, tout en caressant son bras :

– Sois sans crainte, Anne, j'ai demandé à Tom de vérifier que l'arme ne soit pas chargée avant de te la remettre. Tu connais ma hantise des revolvers.

– Fais-tu vraiment confiance à cet homme, Jimmie?

– Inconditionnellement. Je puis t'assurer de sa loyauté.

9

Haute-Mauricie, le dimanche 20 janvier 1929

Anne distinguait difficilement le paysage montagneux de la Saint-Maurice par son hublot à moitié glacé. Unique passagère du biplan SE-5, qui avait connu ses heures de gloire au cours de la Grande Guerre, elle se faisait durement malmener. La Fairchild Aviation utilisait encore ce vieux modèle pour transporter marchandises et passagers, remplaçant les flotteurs par des skis en hiver.

Pas plus que le pilote Tom Vachon, Anne n'avait ouvert la bouche depuis le décollage. Il est vrai que le vrombissement du moteur était tel qu'ils auraient été contraints de crier pour s'entendre, et elle n'en avait ni le goût ni la force. Après un séjour d'une semaine à l'hôpital pour l'ablation d'un polype utérin, elle avait planifié sa convalescence loin de tout et de tous. Il lui avait fallu une bonne dose de courage pour reprendre l'air car, à la suite du facheux épisode du *North Star*, elle avait délaissé l'aviation comme loisir et moyen de transport.

Les derniers mois avaient été éprouvants. La manifestation spectaculaire du Ku Klux Klan l'avait terrifiée, mais elle n'avait cédé d'aucune façon au chantage en modifiant les conditions de vie de ses employés de couleur. Aucune accusation n'avait été portée dans cette affaire, faute de preuves. Par ailleurs, aucune autre lettre de menace ne lui était parvenue depuis.

Son entreprise avortée avec la pilote Thea Rasche, couplée à une malencontreuse querelle entre Phelps Clawson et les administrateurs de *Panorama* qui avait entraîné la vente précipitée de la revue après quinze parutions couronnées de succès, lui avait laissé un goût amer. Pourtant, elle avait vécu une expérience inoubliable à la rédaction. Anne avait en effet rédigé tous les articles de la section mode. Dans sa dernière chronique, destinée aux mères de jeunes filles âgées entre douze et seize ans, ses lectrices avaient eu droit en prime à certains préceptes de psychologie pour les guider dans leur choix. L'aboutissement malheureux de l'aventure du *Panorama* la désolait.

Ces désagréments avaient été d'autant plus pénibles à endurer qu'à la mi-novembre on lui avait rapporté, preuves à l'appui, que Jimmie menait de front plusieurs liaisons amoureuses. Elle avait encaissé le choc dignement, sans une larme. Pourtant, une douleur si intense lui avait lacéré les entrailles qu'elle en avait été abasourdie, comme à la mort d'un parent après une longue maladie. Prévisible depuis longtemps, leur séparation n'en était pas moins tragique. Aussi absurde que cela puisse paraître, Anne aimait encore cet homme, et elle l'aimerait probablement jusqu'à la fin de ses jours.

D'un commun accord, ils avaient convenu de se séparer, sans pour autant officialiser juridiquement la situation. Néanmoins, elle lui avait proposé un pacte : elle s'engageait à fermer les yeux sur son libertinage à la condition qu'il se montre discret. De plus, elle lui avait arraché le serment que, quoi qu'il advienne, plus jamais il ne l'accuserait d'adultère.

Pour couronner son mal-être, l'absence de Fowler menaçait de se prolonger un long moment car, depuis la mi-décembre, il avait été promu chef de district au Nebraska. Il y chapeautait dix-huit concessionnaires chez qui il devait se rendre régulièrement, en plus de prendre leurs commandes, de superviser leur comptabilité et de s'assurer que les besoins de mécanisation des fermiers de cette région étaient comblés. À ce jour, en plus de ses dizaines de milliers d'employés, International

Harvester comptait sept mille cinq cents concessionnaires répartis dans toute l'Amérique du Nord, sans compter ceux d'Europe et d'Amérique du Sud. Le dauphin oserait-il un jour régner sur son empire? se demandait Anne, perplexe. Elle savait que Fowler possédait l'étoffe d'un grand leader, mais lui l'ignorait encore.

Par chance, tous ses enfants se portaient pour le mieux. Le précepteur de Guy, demeuré à Pleasantville avec sa fidèle gouvernante, n'avait que des éloges à son égard. Alexander, pour sa part, était retourné au collège après les fêtes où, l'avait-on assurée, il travaillait plus sérieusement que l'année précédente. Quant à ses deux grands, leur vie d'adulte les occupaient à plein et les nouvelles se faisaient rares.

La température avait chuté de façon radicale la nuit dernière et, au décollage à Lac-à-la-Tortue en début d'après-midi, elle avoisinait les vingt-cinq degrés au-dessous de zéro. Son long manteau de vison ne réussissait pas à la tenir au chaud. Quant à Vachon, il semblait figé sur ses manettes.

Jos Gordon devait s'affairer à réchauffer et à nettoyer le camp du lac Bastien, son ermitage pour les prochaines semaines. Anne ne craignait pas de s'y ennuyer, car elle avait rempli ses bagages de laine et de broches à tricoter, en plus des dernières publications en littérature et en psychologie, sans oublier ses livres fétiches.

Se concentrant sur le paysage, elle discerna à grand-peine la rivière aux Rats, puis le lac du Pasteur et finalement la forme allongée du lac Carouge. L'avion amorça une descente à la pointe du lac Bastien, enchâssé dans les montagnes laurentiennes. Les skis glissèrent aisément sur le lac gelé. Le givre recouvrait une partie du pare-brise, rendant la visibilité quasiment nulle. Soudain, l'avion percuta un obstacle et s'immobilisa brutalement. La structure de l'appareil craqua alors que raquettes, skis et sacs de voyage étaient projetés vers l'avant. Anne ressentit une vive brûlure à l'endroit où sa ceinture la retenait. Elle constata, atterrée, que le pilote Vachon gisait inconscient, une blessure ouverte au front.

Le camp ne devait être qu'à quelques centaines de mètres. Vite, il fallait aller chercher Jos Gordon afin de secourir ce pauvre homme. Anne chaussa nerveusement ses raquettes et s'élança dans la froidure. Au bout de quelques minutes à peine, elle distingua la cheminée de son camp. Aucune fumée ne s'en échappait, aucune trace de raquettes, aucun signe de vie. Elle se mit à hurler :

– Jos? Jos? Où êtes-vous?

Le silence régnait. Même la forêt s'était tue. Lorsqu'elle vit la porte du camp cadenassée, elle comprit que son régisseur n'était pas au rendez-vous. Quelques instants avant l'accident, elle avait cru que sa vie ne pouvait aller plus mal, loin de se douter qu'elle devrait si rapidement combattre pour la sauver, ainsi que celle d'une autre personne.

Vachon devait immédiatement être transporté à l'intérieur. Incapable de défoncer la porte, elle contourna le camp et s'empara d'une bûche qu'elle lança dans la fenêtre de la salle de séjour, fracassant tous les carreaux. Elle se débarrassa ensuite de ses raquettes et pénétra dans la pièce déjà sombre en ce milieu d'après-midi. Il lui fallait faire vite, sans quoi la noirceur les surprendrait.

Se munissant de deux épaisses couvertures de la Baie d'Hudson et d'un toboggan accroché en permanence aux rondins près de la porte, elle revint précipitamment à l'avion et comprit la cause de l'accident. Ils avaient dévié sur la rive pour ensuite percuter un des rochers qui se détachaient parfois de la falaise par grands froids.

Aussi menu qu'un jockey, Vachon gisait immobile, du sang coagulé sur le front. Anne s'empressa de l'extirper de la carlingue, l'étendit sur la couverture dont elle avait recouvert le toboggan, puis l'emmitoufla dans l'autre. Une douleur fulgurante la transperça et elle sentit un liquide chaud couler entre ses jambes.

Telle une incantation, elle se répéta, tout en tirant le toboggan : «Mon Dieu, ne m'abandonnez pas. Donnez-moi le courage…» Des larmes coulaient sur ses joues. En tentant de soulever Vachon sur le rebord de la petite fenêtre, elle s'effondra, à bout de forces. Le pilote ne montrait plus aucun signe de vie. Puisant dans ses dernières ressources, Anne se hissa à la fenêtre et revint aussi vite que son corps le lui permit avec une bouteille de gin. Elle massa énergiquement les bras de Vachon puis, doucement, fit couler l'alcool entre ses lèvres bleuies.

– Monsieur Vachon, je vous en prie, ouvrez les yeux! Monsieur Vachon...

Après un moment qui lui parut interminable, sa prière fut enfin exaucée. Vachon la regarda, hébété, puis il avala quelques gorgées de gin en toussotant. Encouragé par Anne, il s'accrocha aux rondins et se laissa glisser par la fenêtre sur le plancher de bois glacé. Anne le suivit et murmura :

– Monsieur Vachon, je dois allumer un feu dans ce poêle si nous ne voulons pas mourir de froid. Courage, je soignerai votre blessure tout de suite après.

Ils parlèrent peu, mais à chacune de leurs paroles apparaissait un nuage de buée. Anne ne ressentit sa propre douleur que lorsque la coupure de Vachon fut pansée. Incapable de recharger la pompe à eau, elle remplit péniblement un chaudron de neige et le déposa sur le poêle qui ronronnait déjà. Tous deux se maintenaient à quelques centimètres du feu, dans l'espoir de se réchauffer.

Avant de colmater la fenêtre brisée, Anne attendrait que l'humidité imprégnant l'atmosphère du camp ait été chassée. Il faudrait alimenter le poêle pendant de nombreuses heures pour y arriver. En aurait-elle la force? Afin de réchauffer plus promptement la salle de séjour, elle ferma toutes les portes des pièces voisines. Vachon s'était assoupi à même le plancher, enroulé dans ses couvertures de laine.

Anne se lava et changea ses vêtements souillés. Son hémorragie déclenchée par l'effort avait cessé, mais les saignements, comme son mal de ventre, persistaient. Dans les heures qui suivirent, combien de fois marmonna-t-elle entre ses dents serrées : «Jos Gordon, où es-tu, bon sens?»

Toute la nuit, Anne et Vachon se relayèrent tant bien que mal pour nourrir le poêle. Heureusement, une grande quantité de bois était entreposée chaque automne dans le hangar attenant à la cuisine. Au moins, ils n'avaient pas à sortir dans la neige pour s'approvisionner.

Au petit jour, tous deux se portaient un peu mieux. Comme ils n'avaient rien mangé depuis midi, la veille, la faim les tenaillait. Anne proposa donc au pilote un petit-déjeuner de galettes de sarrasin cuites sur le poêle à bois, accompagné d'un thé bien chaud. Tous les camps sur son territoire étaient pourvus d'un garde-manger tapissé de feuilles d'acier galvanisé afin de protéger les aliments des rongeurs, et tous contenaient en permanence quelques boîtes de conserve, du thé, des fèves, de la cassonade, de l'alcool, de la farine de blé et de sarrasin, en plus de divers condiments. Plus que jamais, Anne apprécia cet usage.

– Vous m'avez sauvé la vie, madame. Je ne l'oublierai pas, s'exclama Vachon tout en ajoutant de la neige dans le chaudron qui chauffait sur le poêle.

– Vous auriez fait de même en pareilles circonstances, monsieur. Je suis convaincue que vous vous êtes infligé une bonne commotion cérébrale, hier. Soyez prudent, n'en faites pas trop.

De son côté, Anne n'avait plus de saignements et ses douleurs avaient presque disparu… Jos l'avait-il vraiment oubliée? Si tel était le cas, comment pourrait-elle se fier à lui à l'avenir? Une sourde colère la tourmentait. Ignorant la nature de ses soucis, Vachon déclara, tout en mordant à belles dents dans sa galette :

– Ne vous inquiétez plus, madame. Nous verrons apparaître un pilote de la Fairchild très bientôt. Ils ont dû constater mon absence hier soir et, à la première heure ce matin, ils nous auront dépêché une équipe de secours.

Si Jos Gordon ne venait pas la rejoindre dans les plus brefs délais, elle se verrait dans l'obligation d'abandonner son projet et de rebrousser chemin, car son état de santé ne lui permettait pas de rester seule ici, à des kilomètres de toute civilisation.

Examinant une autre fois l'importante entaille au front du pilote, Anne lui conseilla de voir un médecin dès son retour.

– Bah! Une balafre de plus ne réussira pas à me défigurer, lança-t-il en riant.

Leur dernière bouchée à peine avalée, ils entendirent des bruits de bottes que l'on entrechoquait pour les débarrasser de la neige. Chargés comme des mulets, Philippe et Arthur Dontigny entrèrent en compagnie de Jos Gordon.

– Madame! Mais que faites-vous ici si tôt? fit ce dernier, stupéfait.

– Et vous, Jos, que faites-vous ici si tard? lui rétorqua-t-elle, se maîtrisant à grand-peine.

Son homme de confiance s'était trompé de journée. Juste à penser qu'elle et son pilote auraient pu mourir de froid si elle avait été plus sévèrement blessée, Anne faillit exploser. Au lieu de cela, elle prit une décision ferme et irrévocable : Jos devrait se chercher du travail ailleurs dès qu'elle lui aurait trouvé un remplaçant.

Croyant l'amadouer, Jos lui présenta un paquet enveloppé de tissu retenu par un large ruban rouge.

– De la part de Rose, madame.

Impassible, Anne déposa le présent de Rose sur la table. Jos s'empressa de l'informer que l'hôpital Saint-Joseph de La Tuque recevrait dans les prochains jours les machines de buanderie dont elle l'avait doté. Elle avait reçu à cet effet une facture de trois mille dollars de la Canadian Laundry Machinery Co.

Un vrombissement couvrit la voix de Jos. Deux employés de la Fairchild Aviation se posaient sur le lac Bastien. Ils s'assurèrent que leur pilote et sa passagère se portaient bien, puis ils inspectèrent le SE-5. Bien trop endommagé pour être réparé par ce froid polaire, l'avion fut solidement attaché au tronc d'une imposante épinette grise en attendant qu'une équipe mieux outillée ne revienne.

Même si aucun mot à ce sujet n'avait été prononcé, Jos Gordon connaissait suffisamment sa patronne pour savoir que ses jours à son service étaient comptés. Il en eut la quasi-certitude quand elle lui ordonna de redescendre à Grande-Anse avec Philippe ; seul Arthur resterait pour s'occuper des repas et de l'entretien du camp. Jos devrait néanmoins s'assurer que, chaque semaine à pareille heure, quelqu'un vienne les ravitailler. Anne prévoyait séjourner au lac Bastien un mois, et peut-être même plus.

* * *

Boston, le dimanche 20 janvier 1929

Depuis le matin, Lena feuilletait distraitement les journaux. Une domestique avait récemment nettoyé de fond en comble leur appartement de huit pièces, et tout étincelait. Habituée à vivre à douze dans une maison, Lena se sentait si seule, d'autant qu'elle ne connaissait âme qui vive à Boston. Jamais de sortie ou d'invitation, aucun visiteur à part Earl, très occupé, comme Bud, par ses études de médecine.

La jeune femme s'approcha de son mari, penché depuis des heures sur sa table de travail, et elle lui souffla à l'oreille :

– Mon amour, tu étudies semaine et dimanche, tout le temps. Laisse tes livres un peu.

Tapotant gentiment la main de Lena posée sur son épaule, Bud marmonna quelques paroles inintelligibles avant de se replonger dans la pathologie du système cardiovasculaire. Il avait été accepté haut la main à la faculté de médecine de Harvard et, enthousiaste, il avait commencé son programme en septembre dernier.

– Fais-moi un bébé, lui murmura Lena sur un ton suggestif.

Lors de leur dernier séjour au Québec, le curé Lamy s'était étonné qu'après plus d'un an de mariage elle ne soit pas encore enceinte. Le regard désapprobateur du bon curé n'avait que renforcé l'obsession de Lena d'avoir un bébé.

De son côté, Bud concevait mal l'arrivée d'un enfant en ce moment, alors qu'il avait déjà de la difficulté à étudier. Pour l'instant, il se trouvait bien, seul avec Lena, ne désirant la partager avec qui que ce soit.

Un précepteur venait instruire sa femme trois fois par semaine et sa soif d'apprendre ne se démentait pas. Depuis qu'il la fréquentait, Bud l'avait initiée à d'innombrables sujets qu'elle assimilait avec avidité. Toutefois, il n'avait pas jugé nécessaire de lui expliquer les méthodes contraceptives naturelles, connaissant d'avance l'opposition systématique des catholiques lorsqu'il s'agissait d'«empêcher la famille». Pour sa part, il suivait son cycle menstruel à la minute près, et comme elle avait la régularité d'une horloge, il lui était aisé de prévoir ses périodes de fécondité. Ce qui était le cas présentement.

Se voulant encore plus convaincante, Lena lui répéta sa suggestion, mais Bud grommela sans pour autant cesser sa lecture. Lui secouant les épaules avec irritation, Lena haussa le ton.

– Bud, j'existe, moi aussi! Pourquoi m'as-tu mariée si tu ne veux même pas me parler?

Il se tourna vers elle, agacé par son attitude qu'il jugeait infantile et déplacée.

– Lena, comprends le bon sens. Je dois étudier. On ne devient pas médecin en faisant la fête!

Peinée autant qu'insultée, Lena se retira, contenant difficilement ses larmes. Son chagrin n'éclata vraiment que lorsqu'elle referma derrière elle la porte de leur chambre, richement meublée et décorée, pourvue de tout ce dont elle avait rêvé et bien plus. À travers ses larmes, elle considéra la pièce avec une tristesse infinie.

* * *

Haute-Mauricie, le lundi 4 février 1929

Avec les quatre cheminées du camp qu'il fallait alimenter jour et nuit, la réserve de bois entreposée dans le hangar diminuait à vue d'œil. Arthur s'assura que sa patronne ne manquait de rien, resserra son foulard puis se pencha pour franchir la porte. Ce matin, il fendrait des bûches de bois mises à sécher derrière le camp deux ans auparavant. Discret et attentionné, Arthur s'avérait le compagnon idéal dans les circonstances. Loin d'être envahissante, sa présence apaisait Anne. Ne subsistait qu'un soupçon du vif émoi qu'il avait déjà suscité chez elle.

La cuisine, la chambre du gardien et le séjour étaient munis de poêles de fonte, alors qu'une antique cheminée réchauffait tant bien que mal la chambre d'Anne. Elle savait bien que presque toute la chaleur produite par la combustion des bûches se perdait dans la cheminée, mais elle ne pouvait se résigner à remplacer son foyer par un poêle qui, selon M. Spain de La Tuque, chez qui elle s'approvisionnait souvent, pourrait redistribuer plus des trois quarts de l'énergie de combustion.

Yvonne Dontigny, la couturière attitrée d'Anne à Grande-Anse et parente éloignée d'Arthur, lui avait fabriqué l'hiver précédent un couvre-lit et des rideaux assortis avec les retailles de peaux d'animaux à fourrure qu'Anne conservait précieusement depuis au moins dix ans. Même si elle possédait tout en abondance, Anne détestait le gaspillage et exigeait que soit réutilisé tout ce qui pouvait l'être. Afin d'illustrer l'attachement de sa patronne pour le Canada français, Yvonne avait cousu aux quatre coins du couvre-lit des bouts de peaux en forme de fleur de lys. Une doublure de cotonnade avait été piquée pour cacher l'envers de l'ouvrage. Anne le considérait comme une véritable œuvre d'art. Comment imaginer couverture plus chaude, plus confortable, et qui l'incitait à conserver encore un moment sa cheminée quasi inefficace, mais si évocatrice de souvenirs d'un autre temps?

Entamant sa troisième semaine de retraite, Anne retrouvait la forme. Depuis quelques jours, elle ressentait les bienfaits de son isolement. Elle s'installa dans la salle de séjour et s'emmaillota dans une couverture de laine, ne laissant que ses mains découvertes. Elle essaya de se concentrer sur un livre que lui avait offert Jimmie quelques jours avant leur rupture et dans lequel elle avait écrit «*From nice J.A.S.*». Les faits insolites qui y étaient narrés auraient dû la passionner; pourtant au lieu de se plonger dans sa lecture, elle observait distraitement, par la porte du poêle légèrement entrebâillée, les flammes qui léchaient les bûches à moitié consumées.

Que ferait-elle de sa vie? Saurait-elle tourner la page et accepter que Jimmie fasse partie de son passé? Un impérieux besoin d'action l'envahit. Se débarrassant de sa couverture, elle chaussa ses mocassins, revêtit une fourrure et enfila les moufles tricotées par Rose, qui aurait été étonnée de constater combien son présent l'avait émue. Anne se dirigea ensuite vers Arthur et l'informa qu'elle ne reviendrait qu'à la brunante.

– Soyez vigilante, madame. Une meute de loups rôde dans les parages. Je les ai encore entendus hurler la nuit dernière.

À cette période de l'année, les loups se tenaient en bande et ne chassaient que des oiseaux ou des petits animaux. Par prudence, Anne se munit tout de même d'un long couteau de chasse.

Le sentier bordé d'une grande variété de conifères était régulièrement damé par Arthur afin de permettre la marche sans raquettes. Les rameaux, auxquels étaient accrochés d'innombrables cônes, ployaient sous la neige. Le bleu, le vert et le blanc dominaient le paysage. Elle se délecta à la vue de cette incroyable luminosité d'un ciel sans nuages.

Anne marcha sans s'arrêter jusqu'au camp de Ti-Lou, un trappeur que tous trouvaient repoussant, sauf elle. Lorsqu'elle lui avait précisé qu'il habitait l'un des camps du territoire qu'elle venait de louer sous bail à la province de Québec, Ti-Lou l'avait poliment prévenue qu'il n'allait pas quitter «son» camp car, après quarante ans, il ne pourrait s'acclimater ailleurs. Elle lui avait alors proposé une association. Tant qu'il le souhaiterait, il pourrait habiter «son» camp pendant la saison de trappe mais, en contrepartie, il lui livrerait quelques belles peaux chaque année, tout en devenant le gardien attitré de cette partie de son territoire, proposition qu'il avait acceptée d'emblée.

La branche du nord de la rivière Wessonneau se jetait en cascades dans le lac, à proximité du camp de Ti-Lou. Même par grand froid, jamais cette partie de la rivière ne gelait, le courant y étant trop puissant. L'eau fumante se faufilait entre des rochers à fleur d'eau, recouverts d'un épais manteau de neige, jusqu'à ce qu'elle disparaisse sous la glace.

Une voix rauque invita Anne à entrer dès qu'elle s'approcha de la porte, entrebâillée malgré le froid. L'odeur d'un homme mal lavé l'assaillit, ce qui ne l'empêcha nullement d'accepter le thé que le vieux trappeur lui offrit et de converser avec lui, tout en savourant les longs silences entrecoupant leur dialogue.

Ti-Lou n'avait pas été gâté par la nature. Le nez pointu et crochu, le crâne dégarni et les oreilles poilues, il faisait moins d'un mètre cinquante-cinq. Habituellement peu bavard, il avait bien souvent des réparties fort percutantes. Anne l'observa hacher son tabac sur la table, encombrée des restes de son repas, puis elle lui demanda à brûle-pourpoint :

– Monsieur Ti-Lou, à votre avis, qu'est-ce qui importe le plus dans la vie?

– La vie, se contenta-t-il de lui répondre, tout en abattant le couteau sur ses feuilles de tabac.

Et si la vérité était aussi limpide, la quête aussi fondamentale? Que recherchait-elle en forêt qu'elle trouvait rarement ailleurs? La profonde harmonie? Le combat débridé de la nature pour l'immortalité? Le bien-être dans la simplicité? Elle observa son hôte avec respect. Tellement occupés à survivre, la plupart des gens qui vivaient comme Ti-Lou ignoraient la dépression ou le mal de vivre alors que tous les membres de son entourage, elle comprise, consultaient un spécialiste de la psyché, ou devraient songer à le faire. Anne désira l'entendre deviser. Elle connaissait le sujet magique qui métamorphoserait l'homme réservé en volubile conteur.

– Dites-moi, que piégez-vous en ce moment?

– Castors, loutres, martres, renards, visons…

Connaissant les habitudes de chacun de ces animaux, Ti-Lou lui décrivit ce qui les irritait ou leur plaisait, quand et de quoi ils se nourrissaient, de même que les conflits qui souvent les opposaient. Une fois son brillant exposé terminé, il esquissa un sourire, laissant entrevoir ses gencives édentées.

– C'est à ce temps-ci de l'année que leur pelage est le plus beau : doux, soyeux, épais. Et, cette année encore, je n'oublierai pas mon engagement, vous savez.

– Je ne suis pas inquiète, monsieur Ti-Lou, vous êtes un homme de parole, l'assura Anne, en se levant pour prendre congé.

À mi-chemin, elle repéra son arbre préféré, un immense pin rouge qui s'élevait à plus de cinquante mètres, bien au-dessus de ses congénères. Son tronc dénudé aux deux tiers l'attira irrésistiblement. Se débarrassant de ses moufles, elle l'enlaça, constatant que ses bras ne l'enserraient qu'à moitié. Appuyant son front sur l'écorce ravinée, mais douce, elle imagina l'énergie en provenance des profondes racines parcourir son être, et sa propre énergie se transmettre au géant pour se répandre ensuite dans l'atmosphère par le bout de ses hauts rameaux. Convaincue que tous deux avaient profité de cet échange, elle reprit sa route, ragaillardie.

Même si les jours allongeaient petit à petit depuis le solstice d'hiver, le soleil déclinait tôt derrière les montagnes. Anne accéléra le pas. Elle ne craignait pas de se promener seule en forêt le jour, mais l'obscurité éveillait les craintes de la petite Anne, aurait-elle expliqué à Earl s'il avait été à ses côtés. Cet homme avait eu le don de susciter non pas sa pitié, mais une vive sympathie, autant par sa combativité que par son amabilité. Juste avant son départ de Pleasantville, elle avait reçu une longue lettre tapée à la machine, seul moyen pour Earl de communiquer efficacement par écrit, et dans laquelle il lui décrivait ses dernières découvertes sur le système nerveux. Il voulait tout connaître du fonctionnement de cette partie de l'anatomie pour mieux comprendre son handicap et aider ses semblables dans un proche avenir.

Arrivée au sommet d'un monticule, Anne s'immobilisa net. À quelques mètres plus bas, sept ou huit loups gris barraient le sentier. Consciente qu'une bande semblable pouvait abattre et dévorer de grands cervidés en un rien de temps, elle évalua la situation, étrangement calme. Soudain, les enseignements de Fred Beauvais lui revinrent à l'esprit : les loups s'attaquaient à plus gros qu'eux s'ils estimaient l'animal faible ou blessé. Elle repéra le mâle alpha, le chef de la meute. Il la regardait droit dans les yeux, sa queue touffue dressée, ses crocs jaunes bien visibles, lorsqu'il lança un hurlement sinistre. Tous les habitués de la forêt lui avaient affirmé qu'il fallait à tout prix éviter de défier un animal sauvage. Mais plutôt que de baisser les yeux, Anne planta son regard dans celui du loup de tête et lui murmura, en iroquois, des paroles apprises par cœur des années auparavant.

Elle remarqua alors un mouvement furtif derrière les loups. Arthur épaulait son fusil. D'un geste de la main, Anne lui signifia de ne pas tirer, puis répéta les paroles que Fred lui avait enseignées. La queue du loup de tête redescendit d'un coup en signe de soumission. Lentement, les loups suivirent leur chef dans la forêt, l'arme d'Arthur toujours pointée sur eux.

N'en croyant pas ses yeux, Arthur s'approcha d'elle, abasourdi.

– Que leur avez-vous dit? Ma parole, vous commandez même aux loups? ajouta-t-il, ébahi.

Anne se mit à trembler de la tête aux pieds, puis à pleurer à chaudes larmes. Ses nerfs l'avaient lâchée. Elle serra convulsivement le manche du couteau pendu à sa ceinture, et qu'elle avait complètement oublié. Arthur s'approcha un peu plus d'elle et la prit dans ses bras, qu'il voulait protecteurs.

– Ti-Lou avait bien raison. La vie est plus importante que tout, hoqueta-t-elle.

Ignorant ce à quoi elle faisait référence, Arthur la guida dans le sentier que la pénombre envahissait à vue d'œil.

– Un bon repas vous attend. Rentrons, madame, lui murmura-t-il.

À Grande-Anse, Germaine leur concoctait de bons petits repas que Jos leur apportait en début de semaine. Arthur n'avait qu'à les réchauffer sur le poêle à bois, si bien qu'à leur arrivée l'odeur de chou d'un copieux bouilli avait envahi toutes les pièces du camp.

Ce soir-là, Anne s'enquit de l'enfance d'Arthur et de sa famille, curieuse tout à coup de connaître ce qui avait façonné cet homme dont la personnalité lui paraissait aussi harmonieuse que sa physionomie. Et lui voulut en savoir plus sur ce don mystérieux qui lui permettait de maîtriser les loups. Anne demeura évasive, ne désirant pas s'entretenir de Fred Beauvais avec lui.

– Trouvez-vous difficile de travailler pour moi? lui demanda-t-elle de but en blanc.

– Je n'ai jamais gagné ma vie si facilement, même si je travaille tout le temps. C'est pas l'ouvrage qui me fait peur. Votre pompe à eau est utilisable même par grand froid; une fois bien rechargée, ça m'évite de transporter la neige l'hiver pis l'eau de la rivière l'été. Votre camp est si bien isolé que j'ai juste besoin de nourrir les poêles deux fois, la nuit. Même si je dois frotter tous vos gros pots de cuivre, je ne souffre pas de la faim, ni du froid, ce qui était mon lot plus jeune. Sans compter toutes les commodités et les outils que vous mettez à notre disposition et qu'on ne trouve pas dans les environs. Honnêtement, madame, j'aime beaucoup ça travailler pour vous.

Une lueur taquine ne venait-elle pas de s'allumer dans son regard d'azur?

– De quoi rêvez-vous, Arthur? Que désirez-vous le plus? demanda Anne, surprise de la soudaine loquacité de son gardien.

Hésitant, il croisa ses longues jambes, puis frotta son menton de ses doigts, étonnamment fins pour un homme astreint à de si rudes besognes.

– À sa mort, mon père m'a légué deux lots de bonne terre à bois sur le bord de la rivière Saint-Maurice, à la hauteur de Rivière-aux-Rats. J'aimerais un jour y construire ma maison. Pas une maison d'habitant ordinaire, mais une belle grande maison avec un toit comme celui de votre château, laissa-t-il tomber, soudain intimidé.

Après un moment de silence, il reprit avec plus d'assurance :

— Et des chevaux. J'adore les chevaux. J'aimerais un cheval de trait, mais aussi un beau cheval élégant, que je pourrais monter chaque jour pour parcourir ma terre.

— Vous êtes orphelin de père depuis longtemps ?

— Ça fait six ans déjà, madame. J'avais dix-sept ans.

Combien de temps causèrent-ils ainsi ? Anne ne pouvait le dire, mais elle se sentit moins esseulée. Même s'il ne savait ni lire ni écrire, à l'instar de bien des habitants du Haut-Saint-Maurice, Arthur manifestait une vive intelligence et une sagesse innée dans sa façon d'observer et d'analyser la vie et les gens.

À regret, Anne se mit au lit. Une vive lueur provenant de la cheminée alimentée par de grosses bûches de bouleau éclairait distinctement la poutre faîtière traversant sa chambre de part en part. Une flèche stylisée courait tout le long de cette poutre, lui rappelant, chaque fois qu'elle y posait le regard, cet autre guide qui avait marqué sa vie. Un jour où il tombait des cordes, voilà plus de dix ans, Fred avait sculpté, poli puis peint cette longue flèche, symbole par lequel il s'engageait à veiller sur elle pour le reste de ses jours.

Tant de fois lui avait-on promis une éternelle présence, et que de séparations avaient suivi... Elle s'endormit, plus consciente que jamais de la proximité d'Arthur, leurs lits étant adossés à une cloison mitoyenne.

Comme chaque matin, Anne l'entendit faire ses ablutions. Une porte permettait à Arthur d'accéder à l'extérieur et une autre séparait leurs chambres. Cet homme soignait sa personne, lavait ses vêtements et dégageait toujours une bonne odeur.

Lorsqu'il frappa à sa porte pour lui apporter les chaudronnées d'eau bouillante destinées à son bain quotidien, sa présence lui parut encore plus rassurante. Une baignoire à pattes de lion trônait dans un coin de sa chambre mais, l'hiver, il était impossible d'utiliser la conduite d'eau, qui gelait. Quatre ou cinq contenants d'eau bouillante refroidie par quelques pelletées de neige suffisaient à remplir cette baignoire aux trois quarts. Après s'être assuré que la cheminée était chargée au maximum, Arthur se retira. Peu après, Anne lui signala qu'elle était prête pour qu'il lui lave le dos. Depuis son réveil, elle anticipait ce moment avec un brin d'expectative.

Pendant qu'Arthur accomplissait cette activité qui lui était peu familière, il lui racontait les mouvements de va-et-vient des petits animaux qui ne manquaient pas de se montrer près du camp lorsqu'il vaquait à ses occupations matinales. Un lièvre blanc, ou encore un tamia, un écureuil gris, parfois même quelques gélinottes huppées aussi bêtes que des linottes s'approchaient de lui, tous habitués à sa présence tranquille et au son grave de sa voix. Anne avait deviné que ce babillage rendait Arthur plus à l'aise.

Pourtant ce matin, Arthur gardait le silence. Lorsqu'il se pencha pour tremper son gant de toilette, Anne sentit un souffle chaud sur ses épaules et un doux frisson la parcourut des pieds à la tête. Elle ferma les yeux, respira profondément et attendit qu'il la frotte. L'habituelle friction se fit caresse, exquise, langoureuse. Anne savait qu'un geste, qu'une parole ferait immédiatement cesser ce bouleversant contact. Elle ne le souhaitait pas. La vie revenait petit à petit dans son corps. Imperceptiblement, elle se tourna vers Arthur qui fixait son dos. Le désir du jeune homme était si manifeste qu'Anne n'en fut que plus troublée. Dans un murmure, elle demanda son drap de bain.

Arthur l'enroula autour de ses épaules, puis enserra le drap de ses bras. Délicatement, il lui assécha le dos, les bras, les seins, le ventre. Il s'empara ensuite d'un autre drap de bain qu'il drapa autour de ses jambes, les massant doucement.

Comment savait-il qu'elle ne le repousserait pas? Avait-il deviné son désir? Le feu rugissait sauvagement dans la cheminée et une intense chaleur envahissait la pièce.

– Venez, Arthur, lui chuchota-t-elle, tout en l'entraînant vers le lit.

Anne n'éprouva aucune honte, aucune gêne à l'accueillir dans son intimité. La vie, vibrante, lui ouvrait à nouveau les bras. Arthur se dénuda, ses yeux rivés à ceux d'Anne. Son sexe dressé rendait hommage à sa féminité. Elle esquissa un sourire, lui prit la main et l'attira vers elle. De toute évidence, Arthur était initié aux jeux de l'amour. Sa fougue, alliée à une infinie tendresse, et la sensualité débordante d'Anne transformèrent ce moment en fête des sens. Sa semence se répandit en elle en jets chauds, puissants.

Anne demeura immobile un bon moment, savourant la chaleur du corps de cet homme contre le sien. Quand enfin elle ouvrit les yeux, elle constata qu'Arthur la contemplait tendrement. Il déposa un baiser entre ses sourcils, puis sur chacune de ses paupières.

10

New York Yacht Club, le lundi 15 juillet 1929

Installée sur le pont du *Wenonah*, Lena écoutait distraitement la conversation entre son mari et son beau-père chez qui ils séjournaient jusqu'à leur départ pour Grande-Anse, le jour suivant. Les fluctuations de la Bourse dont les deux hommes s'entretenaient depuis leur arrivée ne l'intéressaient pas. Lena avait bien d'autres soucis en tête. Dans onze jours, ils fêteraient leur deuxième anniversaire de mariage et elle n'était toujours pas enceinte. Elle pressentait déjà les questions, les insinuations et même les accusations qui surgiraient dès qu'elle rencontrerait ses anciennes compagnes de travail ou les membres de sa famille. Une bonne catholique en serait à sa deuxième, et même à sa troisième grossesse dans les circonstances. Serait-elle stérile? Ou était-ce Bud?

Bien loin de ces préoccupations, Bud quant à lui écoutait poliment les arguments que son père lui servait contre les faiseurs de miracles sans scrupules qui foisonnaient dans le milieu boursier. Ces crapules, affirmait-il, s'alliaient pour gonfler artificiellement les valeurs de certaines actions, laissant miroiter des bénéfices mirobolants pour ensuite vendre leurs titres et se distribuer les profits entre eux. Contrairement à la tendance, James Stillman déclarait qu'investir dans les actions maintenant s'avérait très risqué. Les rendements bancaires étaient certes moins alléchants, mais plus stables.

Et pourtant, toutes les banques prêtaient en ce moment des sommes faramineuses à nombre de petits investisseurs, à qui cent dollars suffisaient pour acquérir mille dollars d'actions. Combien de gens peu fortunés s'étaient endettés dans l'espoir de s'enrichir rapidement grâce à la Bourse? Le tailleur, le pâtissier, l'ouvrier et même le pasteur se laissaient tenter. Certains financiers aguerris dénonçaient cette spéculation effrénée, prédisant à plus ou moins brève échéance l'éclatement de ce ballon artificiellement gonflé. En effet, le prix d'une action n'avait plus aucun rapport avec la situation économique de l'entreprise ni avec ses profits. Pour l'instant, ceux qui tenaient pareils discours se voyaient traités d'oiseaux de malheur.

— Bien peu de gens prennent nos avertissements au sérieux. Pire, on nous soupçonne de vouloir garder pour nous cette manne providentielle. Cette situation m'inquiète, Bud.

— Pourquoi alors votre banque a-t-elle injecté ces millions dernièrement pour soutenir le crédit des investisseurs?

— Nous n'avions pas le choix. Sans cette mesure, la Bourse se serait effondrée dans les heures suivantes. Avons-nous enrayé ou seulement retardé le péril? Seul l'avenir nous le dira.

Quand le prix des actions s'était mis à chuter en mars dernier, menaçant l'équilibre du marché boursier, James Stillman avait dû se rallier à Charles Mitchell, celui-là même qui l'avait remplacé à la tête de la National City Bank, afin de mettre à la disposition des emprunteurs vingt-cinq millions de dollars supplémentaires. La proposition de Mitchell avait été entérinée par le conseil d'administration de la banque, entraînant une chute des taux d'intérêt de vingt à huit pour cent et relançant ainsi l'économie. Les autres banquiers lui avaient emboîté le pas. La presse avait encensé Mitchell, le qualifiant de héros national.

— Craignez-vous pour votre fortune, père?

— Oui. Je crains aussi pour la stabilité de notre économie qui repose, en grande partie, sur la confiance des investisseurs... Mais vous n'avez pas accepté mon invitation pour m'entendre discourir sur des problèmes de Wall Street, n'est-ce pas?

James Stillman se dirigea vers son bar, étonnamment bien garni.

– Lena, Bud, puis-je vous servir un brandy? Un whisky ou un cocktail?

– Non, père, je ne prends pas d'alcool, lui répondit Bud un peu sèchement. Mais comment parvenez-vous à vous procurer toutes ces bouteilles? Vous êtes de mèche avec Al Capone, ma parole!

Depuis plus de dix ans, il était interdit au pays de fabriquer, de vendre et de distribuer toute boisson alcoolisée. Loin de faire l'unanimité, la prohibition était perçue par plusieurs comme une entrave à la liberté individuelle, fondement de la société américaine. James Stillman était de ceux-là, d'autant que depuis l'adoption de cette loi des gangsters s'enrichissaient à vue d'œil en vendant quasi impunément des quantités phénoménales d'alcool.

– Je n'encouragerais jamais des gens de cet acabit, voyons. Non, mon garçon, c'est plutôt grâce à mon médecin que je peux m'approvisionner tout à fait légalement chez mon pharmacien.

Piqué, Bud haussa le ton.

– Je ne peux pas croire qu'un médecin digne de ce nom consente encore à émettre pareilles ordonnances, père. Depuis 1917, l'Association médicale de l'Amérique dénonce l'utilisation de l'alcool dans les remèdes autant que dans les toniques. Que votre médecin ne tienne pas compte de cet avis, après tant d'années, est scandaleux.

«Une autre discussion qui tourne au vinaigre», songea Lena qui détestait cette perpétuelle tension entre son beau-père et son mari, qui transformait trop souvent leurs rares visites en affrontement. Pourquoi Bud recherchait-il toujours la bête noire? Pourtant, avant chacune de leurs rencontres, Lena implorait son mari d'être plus indulgent envers son père, le suppliant de réprimer ses réactions qu'elle jugeait exagérées, parfois même déplacées. L'automne dernier, il y avait pourtant eu une exception quand James Stillman les avait invités à une partie de chasse en Alaska en compagnie de deux importants financiers de New York. Pendant toute une semaine, aucune querelle, aucun sous-entendu n'étaient venus ternir leurs relations. Elle se souviendrait toujours de l'étonnement et de l'admiration que lui avaient manifestés les quatre hommes quand elle avait elle-même abattu le plus gros orignal de la saison qui, après vérification, s'était avéré l'un des plus gros jamais répertoriés en Amérique. Son panache était présentement exhibé au History Museum de New York.

Lena avait maintes fois rappelé à Bud la chance qu'il avait d'avoir un père encore vivant et qui multipliait les gentillesses à leur égard. «Il veut se faire pardonner», affirmait Bud. «Pourquoi ne pas lui pardonner, alors?» répliquait Lena, comme si cela allait de soi. Quand elle sentait monter la tension, et avant que la situation ne s'envenime, Lena avait pris l'habitude d'attirer l'attention de Bud en lui pressant les côtes de son coude. Malheureusement, cette fois-ci, une table les séparait.

– Ton intransigeance me peine et m'inquiète, mon fils. Tu pourrais te montrer un peu plus nuancé, il me semble, ajouta-t-il tout en remettant à Lena un appétissant cocktail orné d'une cerise d'un rouge éclatant.

Au moment où Lena s'apprêtait à y tremper les lèvres, Bud lui prit brusquement le verre des mains.

– Mais que fais-tu, Lena? s'écria-t-il, versant ensuite rageusement le mélange par-dessus bord. Ma femme ne commencera pas à boire de cette cochonnerie.

Se contenant avec peine, Lena lança à son mari un regard assassin. Il entendrait parler d'elle dès qu'ils seraient seuls.

Pour la première fois depuis que Lena le connaissait, son beau-père haussa le ton.

– Là, Bud, tu dépasses les bornes.

Pour qu'il se départe de son flegme, il fallait que James Stillman soit infiniment contrarié. Désirant détendre l'atmosphère, il leur parla d'Earl Carlson, qu'il avait invité à sa maison de Park Avenue pour l'été. Earl avait décliné son offre, car il travaillait pour tout l'été au laboratoire de biologie marine de Mount Desert, dans le Maine, même s'il était assuré de l'appui financier de son bienfaiteur jusqu'à la fin du doctorat.

Pour cela et pour bien d'autres raisons aussi, Bud admirait son père, mais tant de choses l'excédaient chez lui. De façon générale, la consommation d'alcool et le laxisme le mettaient hors de lui, et encore plus quand il associait son père à ces vices. Il mourait de honte, aussi, à la pensée qu'il s'affichait encore avec des femmes sur ce bateau, et même à sa maison de Park Avenue.

L'automne dernier, sa mère lui avait appris leur nouvelle séparation sans ressentiment, sans hargne, espérant le convaincre que, cette fois, ils étaient demeurés en bons termes. Autant Bud s'était opposé à leur réconciliation, autant, égoïstement, il aurait aimé que ses enfants voient leurs grands-parents vieillir ensemble.

Le majordome vint les prier de passer à la salle à manger et Lena s'installa près de son mari, à portée de coude. La présence du capitaine du *Wenonah*, William Wahwerp, aida Bud à adopter une attitude plus détendue par la suite. La conversation coula sans heurt jusqu'à ce que James Stillman déclare avec fierté à l'intention de son capitaine :

– Vous saviez que mon fils fréquente la faculté de médecine de Harvard?

Puis se tournant vers Bud, il ajouta :

– Tu ne m'as jamais dit où tu aimerais pratiquer, mon fils.

– À Grande-Anse, père. J'aimerais être médecin des pauvres, répondit-il en prenant la main de Lena.

– Vraiment? fit son père, surpris et visiblement déçu.

Lena sentit Bud se crisper de nouveau. Voulant à tout prix éviter une nouvelle escalade, elle s'empressa d'interroger le capitaine sur son travail et sur les anecdotes qui avaient marqué sa longue carrière. Wahwerp répondit avec empressement à ses questions, puis vanta le professionnalisme de son équipage. Il ajouta, avec un soupçon d'obséquiosité :

– Je suis reconnaissant de travailler pour M. Stillman, un patron exceptionnel.

Bud était impatient de se retirer. La servilité de cet homme l'agaçait. De plus, il lui tardait de se retrouver seul avec Lena. Dans leur spacieuse cabine, ils discutèrent non pas de ce qui avait opposé Bud à son père, pas plus que de sa brusque intervention au sujet de l'alcool, mais bien de ce bébé qui ne se manifestait toujours pas. Bud esquiva l'épineuse discussion en affirmant qu'une période d'adaptation plus longue s'avérait parfois nécessaire à certains couples. Se voulant rassurant, il lui promit que si, à la fin de son programme d'études, elle n'était pas encore enceinte, ils consulteraient les plus éminents spécialistes, se gardant bien de lui révéler la scrupuleuse attention qu'il prêtait à son cycle menstruel. À demi apaisée, Lena s'endormit au creux de son épaule, réconfortée par ses tendres caresses.

À la première heure, le lendemain, Bud se promenait seul sur le pont. Deux matelots surveillaient le remplissage des réservoirs dans la cale, près de la salle des machines du *Wenonah*. Huit mille litres d'essence pouvaient y être stockés. Immédiatement après le départ du jeune couple, le bateau quitterait le quai du New York Yacht Club pour Garvie's Point où James Stillman jouerait sa partie de golf quotidienne.

À sept heures précises, Bud rejoignit Lena à la salle à manger où flottait une appétissante odeur d'œufs et de bacon. Le moment du départ arrivé, James Stillman vint les saluer et, comme à l'habitude, offrit un présent à sa belle-fille. Lena savait fort bien qu'il s'était opposé à leur mariage mais, depuis leurs fiançailles, son beau-père ne lui manifestait que bienveillance et amabilité. Détachant le ruban qui retenait l'emballage, Lena découvrit une magnifique écharpe griffée. Elle le remercia chaleureusement, puis sentit la pression des doigts de Bud sur son bras, l'exhortant à se hâter.

Après des adieux que Bud trouva trop longs, comme toujours, ils quittèrent cet imposant navire de quatre-vingt-dix-sept tonnes, anticipant avec plaisir leur séjour à Grande-Anse.

Contournant les caisses empilées un peu partout sur les quais pour atteindre son automobile, Bud vit, dans la vitrine d'une boutique spécialisée en accessoires marins, des cordages et des poulies dont il avait grand besoin pour ses excursions. Ce magasin offrait aussi des lampes à huile et des chandeliers convenant au style de sa maison à Grande-Anse. Il y fit une véritable razzia.

À l'instant où il déposa ses achats près de la caisse, le bruit d'une formidable explosion retentit. Entraînant précipitamment Lena à l'extérieur, il suivit la foule qui fonçait vers le quai. Dans le chaos le plus total, il entrevit le *Wenonah* en flammes, le pont supérieur soufflé, son imposante cheminée disparue. Un cri terrible jaillit de sa poitrine :

– Père !

Quelques secondes plus tard, deux mains se posèrent sur les épaules de Bud et le forcèrent à se retourner. James Stillman se tenait devant lui et, sans une hésitation, il l'entoura de ses bras avec fougue. Pour la première fois en vingt ans, le père et le fils se retrouvaient dans les bras l'un de l'autre. Les deux hommes sanglotaient sans retenue. La peur et l'émotion avaient eu raison de leur conditionnement de gentlemen. En cet instant, plus rien ne subsistait de leurs différends.

* * *

Grande-Anse, le mardi 16 juillet 1929

En état de choc, Anne revint sur la terrasse de la grande maison qui surplombait la rivière Saint-Maurice. Fowler l'attendait, un thé à la main.

– Pour l'amour du ciel, Fee, que vous arrive-t-il donc ? s'exclama-t-il devant sa mine défaite.

– C'était Jimmie au téléphone. Il vient de perdre un de ses matelots dans une explosion qui a détruit le *Wenonah*.

– Et Jimmie, comment va-t-il ? s'enquit Fowler, inquiet.

– Il n'a rien. Un vrai miracle. Croyez-le ou non, il devait aussi être à bord. Mais tout juste après le départ de Lena et de Bud, il a décidé de retourner sur Park Avenue afin de régler certaines affaires. Son automobile venait à peine de démarrer lorsqu'il a entendu la déflagration qui, semble-t-il, a été perçue de Hempstead Harbor à Glen Cove.

Jimmie lui avait raconté, la voix chevrotante, avoir entendu Bud hurler son nom quand celui-ci le croyait encore sur le bateau. Avec une désarmante simplicité, il lui avait confié leur étreinte. Bud lui exprimait tant d'opposition qu'il n'aurait pu l'imaginer inquiet à son sujet.

– On dirait que le sort s'acharne contre nous. Deux accidents d'avion presque coup sur coup, et maintenant ce malheur... William Uhe, l'ingénieur adjoint, a été terriblement brûlé. Le pauvre homme a été sauvé des flammes *in extremis* par le capitaine Wahwerp alors que tous les autres membres de l'équipage, mis à part le malheureux matelot, s'en sont tirés sains et saufs en se précipitant par-dessus bord. De nombreux bateaux ont été dépêchés sur les lieux pour les recueillir. Je ne suis pas superstitieuse, Fowler, mais vraiment...

Fowler tenta de la réconforter. Comme il aimerait la voir heureuse. Anne était la première personne avec laquelle il désirait se retrouver quand il avait quelques jours de congé. Anne, toujours Anne. À ses côtés, les montagnes devenaient collines et les pires problèmes, à peine des défis.

À tout moment depuis qu'elle avait quitté Jimmie, Fowler s'imaginait vivre avec elle, voyager en sa compagnie, partager sa vie. Cependant, bien vite, il repoussait cet absurde désir. Anne lui objecterait sans doute leur différence d'âge, qui n'avait pourtant aucune importance à ses yeux mais, quoi qu'il en soit, jamais cette femme si vivante, si sensuelle, n'accepterait de partager sa vie avec lui. Les plus grandes sommités de la planète s'étaient penchées sur le problème d'impuissance de Fowler et, à ce jour, pas une n'avait trouvé l'ombre d'une solution. Quel coup du destin! Bien de sa personne, une fortune colossale à sa disposition, et il se voyait refuser le plaisir des plaisirs. Certains de ses amis persistaient à lui présenter celle-ci ou celle-là. À force de se défiler, il avait fait naître des rumeurs selon lesquelles si les femmes n'obtenaient pas ses faveurs, peut-être en était-il autrement des hommes… Par malheur, Fowler ne ressentait aucune attirance sexuelle ni pour les unes ni pour les autres.

Depuis son arrivée à Grande-Anse, il avait ouï dire que le nouveau régisseur était devenu l'amant d'Anne. Malgré ce qu'il éprouvait pour elle, cette situation ne le contrariait même pas. Bizarrement, il ne concevait aucune jalousie envers Arthur, d'autant qu'Anne lui démontrait les mêmes attentions et la même disponibilité qu'auparavant. Fowler avait tant de plaisir à converser avec elle! Leurs intérêts communs lui semblaient sans limites.

Souvent incommodé par ses allergies, qu'il soit aux États-Unis, en Europe ou ailleurs, il constata qu'il ne souffrait jamais de ces désagréments à Grande-Anse. «À Grande-Anse ou près d'Anne?» se demanda-t-il, perplexe.

* * *

Pendant le trajet New York–Grande-Anse, Lena et Bud reparlèrent abondamment de l'accident du *Wenonah* et de la réaction spontanée de Bud quand il avait cru son père en danger. Lena l'aida à prendre conscience que les parents n'étaient ni parfaits ni éternels. Elle réussit à l'ébranler lorsqu'elle lui confia :

– Quand mon père est mort, j'avais dix ans. Je m'en souviens comme si c'était hier. Encore aujourd'hui, je me surprends à penser aux paroles que j'aurais dû lui dire, aux événements que j'aurais aimé partager avec lui. N'attends pas qu'il soit trop tard, Bud.

Au terme de leur voyage, poussiéreux et fatigués, ils s'arrêtèrent d'abord chez les Wilson où ils furent accueillis à bras ouverts. Mis à part le fâcheux épisode qui avait précédé son mariage, la famille de Lena avait sans cesse eu une attitude fort chaleureuse à son égard. Elizabeth embrassa sa fille, puis lui mit la main sur le ventre tout en la regardant droit dans les yeux. Sans qu'un mot soit prononcé, elle devina qu'elle n'était pas encore enceinte.

– Repose-toi et viens vite me voir après. Je crois que j'ai ce qu'il te faut, ma fille, lui murmura-t-elle, se voulant encourageante. Et toi, mon garçon, comment ça va? Bud s'approcha et lui tendit les bras. Comme à l'accoutumée, elle se leva sur la pointe des pieds pour lui ébouriffer les cheveux.

– C'est bon de vous voir, les enfants, s'exclama Elizabeth, tout en les invitant à la cuisine afin qu'ils se restaurent.

À tour de rôle, les sœurs et les frères de Lena vinrent les saluer. Johnny s'empressa d'informer Bud qu'il s'était occupé de ses animaux chaque jour, comme convenu. Sa vache, son cheval et ses chiens se portaient à merveille. Toutefois, le foin devait impérieusement être coupé, sinon il y avait risque de le perdre, mais il n'avait pas de charrette pour le ramasser. Lorsque Johnny soulevait un problème, il présentait inévitablement une solution.

– Dans le dépotoir où ta mère jette ses rebuts, j'ai vu une carriole pas mal bien conservée, et qui pourrait très bien faire l'affaire. Elle n'a plus ses roues, mais je pourrais t'en fabriquer.

Heureux d'amorcer au plus tôt des travaux manuels qui le changeraient de ses dix mois d'études intensives, Bud proposa à Johnny d'aller la chercher dès le lendemain à la première heure.

S'entourant d'une aura de mystère, Isaac glissa à l'oreille de Bud qu'il devait lui parler en privé avant la fin de la journée. Une situation délicate l'exigeait, mais il refusait d'aborder le sujet maintenant.

Intrigué, Bud poursuivit sa route jusqu'au domaine de sa mère, une radieuse Lena à ses côtés. Il soupçonnait la cause de cette soudaine vivacité. Lena avait pleine confiance dans les talents de guérisseuse d'Elizabeth, convaincue qu'elle pratiquait, à l'occasion, des rites magiques hérités de ses ancêtres montagnais. Bud, qui n'avait rien perdu de leur brève conversation, se demanda bien quels remèdes utiliserait Elizabeth pour favoriser la fertilité.

Dès qu'il ouvrit la porte de sa voiture, Bud flaira l'inhabituel en saluant l'un et l'autre, jusqu'à ce qu'il rencontre sa mère. Il s'attendait à la voir défaite, découragée, peinée que sa réconciliation, dans laquelle elle avait mis tant d'espoir, se soit soldée par un échec. Au lieu de quoi il la trouva rayonnante et rajeunie. Elle invita le couple au salon bleu où ils échangèrent leurs dernières nouvelles.

– Ton père m'a téléphoné hier pour me raconter l'explosion du *Wenonah* et, surtout, pour me prévenir que vous étiez tous indemnes. Il craignait que je n'apprenne la nouvelle autrement. Quand je pense que vous étiez sur ce bateau quelques minutes avant le drame. Quelle affaire !

Puis, se tournant vers Lena, Anne s'exclama :

– Tu sembles bien, Lena. Ne serais-tu pas enceinte, toi ?

– Non, madame, pas encore.

– Y a-t-il quelque chose qui t'inquiète, Bud ? s'enquit Anne, soudain étonnée par son regard scrutateur.

Bud l'observait, confondu par sa bonne humeur, retenant les paroles de consolation qu'il avait préparées.

– Non, mère, tout va bien, si ce n'est qu'il me tarde de m'installer dans ma maison. Nous sommes épuisés.

– Et probablement toujours sous le choc, ajouta Anne, compréhensive. Allez, et revenez dîner demain avec Guy et Alexander. Fowler se joindra à nous avec grand plaisir, j'en suis persuadée. Voilà bien deux heures qu'il est parti en canot avec Arthur avec l'intention de nous ramener de la truite fraîche.

Entre le « château » et la rivière, au moins trois employés firent allusion à une rumeur voulant que madame et Arthur se permettent des relations plus intimes que celles d'un employeur avec son employé. Georges Giguère, qui les aidait à charger leur bagage dans la chaloupe, répondit sans détour à la question non moins directe de Bud. Ce dernier reçut confirmation qu'en présence de sa patronne Arthur ne manifestait que son habituelle déférence, sans rien laisser transparaître de leurs rapports personnels. Pourtant, tous savaient.

Selon Georges, Arthur était un brave type. Néanmoins, quand il avait remplacé Jos Gordon, les gens s'étaient rappelé les poulets ou les œufs qu'il avait dérobés alors qu'il était adolescent et les petites mesquineries qu'on lui avait déjà reprochées.

Dans les circonstances, que sa mère ait un amant ne l'offusquait pas. Pour sa part, Lena ne commenta pas la nouvelle quoique Bud la savait partagée. Très croyante, elle était très près des commandements de son Église, qui interdisait l'œuvre de chair sans dessein de procréation et, d'autant plus, hors des liens du mariage. Elle demeura toutefois fidèle à son habitude de ne pas juger autrui.

À peine furent-ils installés dans leur petit bungalow qu'Isaac se pointa, plus fébrile que jamais.

– Bonsoir, ma sœur, lança-t-il gentiment à Lena qui défaisait sa dernière malle. Excusez-moi de vous rendre visite à cette heure, mais je ne pouvais plus attendre.

Elle l'invita à s'asseoir dans la berçante de la salle de séjour et, sans plus de préambule, Isaac s'expliqua enfin. Il parlait si vite que, déshabitué d'entendre cet accent si particulier aux habitants de la région, Bud dut le faire répéter à plusieurs reprises afin de bien saisir le problème.

– J'ai su que Pit Gagnon s'était installé dans ton camp du lac Okane. Depuis l'automne dernier, il tend ses pièges sur ton territoire, même s'il en a déjà un si grand que ça prend trois jours pour en faire le tour. Je ne comprends pas. Étais-tu au courant de ça, toi?

Insulté qu'un étranger transgresse si effrontément les règles les plus élémentaires de savoir-vivre, Bud s'écria :

– Mais pas du tout. Oh mais, ça ne se passera pas comme ça! Il va avoir de mes nouvelles, celui-là. M'aideras-tu à le sortir de là, Isaac?

– T'es pas sérieux, Bud. Je tiens à la vie, moi. Il n'est pas normal, ce type-là. Rien à voir avec Ti-Lou, qui n'a pourtant pas très bon caractère. Le Gagnon tire sur tout ce qui bouge, humains compris.

Jamais auparavant Isaac n'avait refusé une faveur à son beau-frère. Mais Pit Gagnon avait toute une réputation. Bien des gens croyaient qu'il s'était enfui de prison pour se cacher dans les forêts de la Haute-Mauricie. Pas un garde-feu n'avait voulu construire de tour d'observation sur son territoire, car il les avait tous ouvertement menacés de son arme en plus de clamer que personne n'échapperait à ses pièges à ours. Même la Gendarmerie royale du Canada avait, semble-t-il, renoncé à le poursuivre.

– Je t'accompagnerai, Bud, intervint Lena.

– Bud, si tu fais courir le moindre danger à ma sœur, je ne te le pardonnerai pas.

– Tu sais pourtant quelle habile chasseresse je suis, Isaac.

– Je suis un bon chasseur moi aussi, mais je ne veux pas risquer ma vie en affrontant un fou pareil. Personne n'ose défier Pit Gagnon, Lena.

Le soleil était déjà bas dans le ciel lorsque Isaac les quitta enfin.

– Ainsi, tu ne craindrais pas de braver ce braconnier, petite fille de la forêt? lui dit Bud, tout en la prenant dans ses bras.

Comme chaque fois qu'ils se retrouvaient seuls dans ce décor de montagnes et de nature, la magie opérait.

– Je n'ai peur de rien ni de personne ici, encore moins lorsque tu es à mes côtés, mon maître des bois, répondit-elle taquine.

Cette appellation prestigieuse de maître des bois était réservée à ceux qui connaissaient tout de la forêt et de ses habitants, à l'instar de Fred Beauvais. Bud en rêvait presque autant que du titre de docteur, et Lena le savait. Complètement fourbus, ils convinrent de remettre discussions et décisions au lendemain.

* * *

Après leurs ablutions matinales, Lena et Bud nageaient dans la Saint-Maurice quand ils virent Johnny Wilson ramant ferme dans leur direction.

– As-tu mangé? lui cria Lena. J'ai cueilli des bleuets tantôt. Je te ferai les meilleures crêpes de la vallée.

Incapable de résister, Johnny les suivit à la cuisine. Chemin faisant, il proposa à Bud de lui construire une grange pour emmagasiner le foin qu'ils pourraient enfin couper. Habile bâtisseur, ce beau-frère lui rendait d'inestimables services que Bud tentait de compenser en lui rapportant de New York ou de Boston des outils ou d'autres effets introuvables ici.

Après s'être régalés, les deux hommes quittèrent Lena pour aller récupérer de l'autre côté de la rivière la carriole dont Johnny lui avait parlé la veille.

Lorsqu'ils arrivèrent à proximité du dépotoir, un personnage de haute stature semblait surveiller les champs environnants. Il affichait une élégance inusitée pour l'endroit et les cir-constances, avec son foulard de soie, sa chemise et son panta-lon de la meilleure coupe et ses longues bottes de cuir. Quand il se tourna vers eux, Johnny reconnut Arthur Dontigny qu'il présenta à Bud. Arthur les salua avec affectation, puis les regarda extirper la carriole de ce bric-à-brac.

Sentencieux, le régisseur lança :

– Monsieur Bud, avez-vous l'autorisation de votre mère pour la prendre?

Piqué au vif par cette remarque qu'il jugeait arrogante, excédé de le voir se pavaner comme un coq de basse-cour, Bud lui cria :

– Toi, le voleur, tu dis ça?

Puis, se tournant vers Johnny, il ajouta assez fort pour être entendu d'Arthur :

– Emportons-la et partons. Pour qui se prend-il, celui-là?

Bud n'avait pas l'habitude d'insulter les gens ainsi. Que l'amant de sa mère soit du même âge que lui l'irritait, certes, mais il ne pouvait supporter qu'il se permette de le répri-mander.

Ils traînèrent la carriole jusqu'à la chaloupe où, rageuse-ment, Bud l'attacha aux tolets inutilisés. Les deux beaux-frères retraversèrent la rivière en silence, puis transportèrent la

237

carriole dans l'étable avoisinant la maison de Bud. Prompt à la colère, celui-ci retrouvait rapidement sa bonne humeur. Avec sollicitude, il demanda à Johnny qui tenait déjà ses outils à la main :

– As-tu besoin de mon aide ?

– Non, Bud. Si tu n'y vois pas d'objection, je préfère travailler seul.

– Ce Pit Gagnon m'obsède. Je veux le déloger de mon camp au plus tôt. Veux-tu veiller sur Lena pendant mon absence ?

– Tu peux compter sur moi, Bud. D'ailleurs, telle que je la connais, ma sœur sera la première à atteler votre cheval à cette charrette pour ramasser le foin.

Soucieux, Johnny ajouta :

– Je doute qu'un gars d'ici accepte de t'accompagner, et toi, tu ne peux pas aller là tout seul. Écoute mon conseil, Bud, n'y va pas. Ce Gagnon est dangereux et ta vie vaut bien plus que les quelques peaux braconnées sur ton territoire.

– Pour moi, c'est une question de principe. Il s'est installé chez moi, tout de même.

– Que tu t'entêtes à y aller, ça te regarde. Mais, je te le répète, n'y va pas tout seul. Et je ne vois qu'une personne qui accepterait de t'accompagner…

– Pourquoi ne m'en as-tu pas parlé avant, Johnny ? De qui s'agit-il ?

– Omer, l'Indien. C'est un Atikamekw. Il a planté sa tente sur le bord de la rivière à moins d'un kilomètre d'ici, en direction de Rivière-aux-Rats.

Bud partit quelques minutes plus tard, malgré les objections de Lena. Cependant, il lui donna sa parole qu'il rebrousserait chemin illico si l'Indien refusait de l'accompagner. À l'instar de sa mère, quand Bud avait un projet en tête, bien malin celui qui pouvait l'en détourner.

Assis devant un feu circonscrit par des pierres, Omer se trouvait là où Johnny le lui avait dit. Son épaisse tignasse cachait mal les rides profondes de son front cuivré. Avec ses pommettes saillantes et ses yeux bridés, il n'aurait pu renier son appartenance amérindienne.

Bud lui exposa le but de son voyage et les risques qu'ils encouraient tout en lui montrant les deux billets de vingt dollars qu'il obtiendrait en prime. Omer l'écouta, puis posa deux conditions avant de donner son accord : voyager dans son canot d'écorce et recevoir, avant leur départ, trois paquets de cigarettes.

L'entente fut conclue par une énergique poignée de main. Les doigts énormes d'Omer enserrèrent ceux de Bud, blancs et effilés. Quel âge avait cet homme ? Bud constata une fois de plus combien il était difficile d'évaluer l'âge des gens d'une autre race.

La plupart du temps, Omer parlait en français et, exceptionnellement, pour manifester sa surprise ou avertir d'un danger imminent, il s'exprimait en atikamekw. Bud se délectait de cette langue étrange et chantante, et insista pour apprendre quelques expressions.

Bud se remémora l'histoire de ce peuple, presque décimé quelques centaines d'années auparavant par les épidémies et les attaques incessantes des Iroquois qui, dès l'arrivée des Blancs, s'étaient battus pour obtenir le monopole de la traite des fourrures sur la Saint-Maurice. Omer était né à Manouane, l'une des trois réserves où vivaient les « Têtes de Boule », descendants directs de la nation atikamekw.

Secrètement, la perspective d'une périlleuse aventure en forêt en compagnie d'un type comme Omer comblait Bud. Il n'avait plus aucun remords à laisser Lena derrière lui puisque Johnny veillait sur elle et que, de surcroît, il s'était promis de lui consacrer le reste de l'été.

De la même taille que lui, plus musclé toutefois et beaucoup mieux entraîné, Omer s'était installé à l'arrière de la minuscule embarcation. Deux géants remontaient la rivière aux Rats, puis le ruisseau Okane jusqu'à l'extrémité sud-ouest du lac portant le même nom. Après avoir camouflé le canot sous des branches de sapin, ils empruntèrent le sentier qui menait au camp de Bud.

Soudain, Omer lui posa impérieusement la main sur l'épaule.

– *Aka pitama. Pehota. Kata motew noce masko**.

Au ton de la voix, Bud comprit qu'un danger les menaçait. Un ourson noir traversait le sentier juste devant eux. La mère devait le suivre ou le précéder de près. Les deux hommes savaient qu'ils couraient un très grand risque s'ils se retrouvaient entre les deux, car l'ourse les considérerait comme une menace pour sa progéniture. Habituellement, ces gros mammifères fuyaient les humains, et jamais ils n'attaquaient à moins d'être blessés ou de pressentir un péril. Cependant, à proximité de bêtes sauvages de cette espèce, la plus grande prudence s'imposait. Toujours immobiles, ils observèrent peu de temps après l'ourse et un deuxième rejeton qui traversaient le sentier. Grâce à son flair remarquable, la femelle les avait sûrement repérés bien avant qu'elle ne les voie. À leur grand soulagement, elle préféra s'éloigner sans même les regarder.

Mis à part un porc-épic et quelques espiègles tamias, aucune autre bête ne se manifesta. Après une randonnée d'une demi-heure, les deux hommes s'installèrent enfin sur un promontoire non loin du camp de Bud, espérant surprendre Pit Gagnon avant qu'il ne les menace de son arme. Aucune fumée ne s'échappait de la cheminée, nul mouvement n'était perceptible quel que soit l'endroit où l'œil se posait. Malgré la chaleur et les maringouins auxquels se succédèrent les taons, puis les mouches noires, ils gardèrent leur inconfortable position jusqu'à la fin de l'après-midi. N'y tenant plus, ils décidèrent d'attaquer. Tous deux chaussés de mocassins, ils s'approchèrent de la façade sans provoquer de réaction. D'un signe de la tête, Bud signifia à son compagnon d'enfoncer la porte de son pied, après quoi il se précipita à l'intérieur, son arme levée. Personne. Quelques livres inconnus posés sur une étagère témoignaient d'une occupation étrangère. Au demeurant, le camp apparaissait en parfait ordre. Pit Gagnon logeait ailleurs.

---

* Un instant. Attendons. L'ourse va passer.

Après avoir récupéré leur canot, ils traversèrent le lac Okane de part en part et empruntèrent le portage menant au lac Boucher où Bud avait un autre camp susceptible d'être occupé par Gagnon. Le sentier comptait un peu moins de trois kilomètres. À mi-chemin, ils montèrent leur campement près d'un petit étang, se privant de feu et de cigarettes afin de ne pas signaler leur position. Avec un adversaire comme Pit Gagnon, l'effet de surprise pouvait s'avérer un atout déterminant. Pour amorcer leur frugal repas, Bud recueillit quelques jeunes feuilles de sagittaire. À l'instar des orignaux, ils arrachèrent ensuite des racines de joncs pour accompagner la viande séchée qu'Omer sortit de son baluchon. Bud l'examina avec curiosité avant d'y mordre à belles dents.

– Hum! Mais que me fais-tu manger là?

– *Ni ki pe nospon mos wias pasanowan. Ki ka mitcisonano**.

– Bon, me voilà bien renseigné, s'esclaffa Bud. Au moins, je sais que ta viande est délicieuse. Merci, Omer.

La générosité de l'Indien n'avait d'égale que son affabilité. Après avoir avalé leur dernière bouchée, ils s'allongèrent pour la nuit sous une toile suspendue à une branche afin de se protéger du serein.

– Bonne nuit, Omer.

– *Miro nipa. Nikwimes***.

Le chant des mésanges mêlé aux sons aigres des geais gris juste au-dessus de leur tête les réveilla alors que le ciel pâlissait à peine à l'horizon. Ils convinrent de retarder leur petit-déjeuner, car Bud espérait surprendre Gagnon avant qu'il ne quitte son camp.

Reprenant leurs maigres bagages, les deux hommes posèrent le canot sur leurs épaules. Le sentier, Bud le connaissait par cœur : un creux de rocher, un caillou rappelant les circonvolutions d'un cerveau, une source qui jaillit au détour. Soudain, deux pieds bottés lui barrèrent la voie.

---

* J'ai apporté de la viande d'orignal séchée. Nous allons manger.
** Dors bien, mon ami.

– Stop! Qui êtes-vous? leur demanda-t-on, d'une voix peu amène.

Lentement, ils déposèrent leur canot sur le sol. Un petit homme d'une cinquantaine d'années les menaçait de son fusil. Ils le dominaient certainement d'une tête et demie.

– Je suis Bud Stillman. Voici mon compagnon, Omer. Et vous, qui êtes-vous? ajouta-t-il, sachant d'avance la réponse.

Pit Gagnon remit son arme en bandoulière et tendit la main vers Bud en s'écriant, tout sourire :

– Monsieur Stillman! Je suis si heureux de vous rencontrer. Suivez-moi, je vous en prie.

Décontenancé, Bud regarda Omer qui se contenta de lever un sourcil pour lui signifier son étonnement. Pit Gagnon s'exprimait dans un langage châtié et ses manières raffinées cadraient bien mal avec sa réputation de bandit. Ils lui emboîtèrent le pas dans un sentier récemment dégagé. Arrivé au camp, le trappeur poussa la porte, que Bud franchit en se courbant. Omer préféra demeurer à l'extérieur.

Le camp avait été bien entretenu. Gagnon tenta de se justifier.

– Monsieur Stillman, j'ai bien pris soin de votre camp. Il m'a été d'un grand secours, je vous en remercie.

Rien ne se déroulait comme Bud l'avait craint et l'intrus était à l'opposé de l'homme violent qu'on lui avait décrit. Il s'efforça néanmoins de s'exprimer avec fermeté.

– Vous avez la réputation de tirer sur tout ce qui bouge…

– Je n'aime pas que des gens circulent là où je pose mes pièges…

– Vous vous êtes installé chez moi, sans ma permission, vous braconnez sur mon territoire, vous m'avez même menacé de votre arme, et c'est tout ce que vous trouvez à dire?

– J'avais l'intention de vous en parler, monsieur Stillman, et de vous proposer un marché, mais vous ne demeurez pas à la porte, n'est-ce pas? commenta-t-il, narquois.

Incapable de simuler la colère plus longtemps, Bud pouffa devant cette bonhomie spontanée.

– Et quel serait ce marché ?

– Commençons d'abord par manger. Un ventre vide ne prédispose pas aux accords fructueux.

Rarement Bud avait-il mangé un steak d'orignal aussi tendre, aussi délectable. Il n'avait pas dans ses habitudes de prendre un petit-déjeuner si copieux, mais l'amabilité de Gagnon le conquit, réduisant à néant sa frustration.

Plusieurs tomes de l'encyclopédie *Britannica* trônaient bien en vue sur une planche de bois nouvellement fixée au mur de la salle à manger. Étonné, Bud interrogea Gagnon sur la présence de ces précieux livres, et le trappeur lui avoua qu'il les apportait partout où il allait. Sirotant un thé d'une excellente qualité, ils discutèrent de Paris, de Londres, de la civilisation grecque et de plantes médicinales, autant de sujets que maîtrisait Pit Gagnon. Jamais, au grand jamais Bud n'aurait imaginé entretenir pareille conversation avec cet homme renommé pour son exécrable caractère et sa violence légendaire.

Bud s'excusa pour aller voir ce que faisait Omer, et il le surprit sur la grève dégustant une grosse truite mouchetée qu'il avait fait griller sur un feu. Les yeux à demi fermés, l'Indien contemplait la surface du lac, lisse comme un miroir. Plutôt que d'interrompre sa méditation, Bud revint au camp, bien décidé à s'allier ce Pit Gagnon coûte que coûte, quel que soit son passé.

– Vous m'avez parlé d'un marché…

– Nous pourrions partager, moitié moitié, le produit de tout ce que je chasserai sur votre territoire. Qu'en pensez-vous ?

Après un moment d'hésitation, Bud lui proposa qu'en plus il voie à l'entretien de ses camps contre rémunération.

Pit Gagnon l'observa tout en exhalant la fumée de sa cigarette.

– Pourriez-vous me préciser le chiffre auquel vous pensez ?

– Cent dollars par mois, est-ce que ça vous conviendrait ?

Hochant la tête, Gagnon ne put réprimer un sifflement de contentement. Il savait que le salaire moyen d'un employé syndiqué se chiffrait aux alentours de mille dollars par année. Cette rétribution suffisait à couvrir le ravitaillement d'une famille, son logement, le combustible et les principales dépenses de consommation à la ville. Pour Pit Gagnon, qui jouissait déjà d'un toit, de chauffage et de nourriture à profusion sans avoir à débourser un sou, cette somme représentait un véritable trésor.

– Marché conclu, monsieur Stillman, s'empressa de répondre le trappeur en lui tendant la main.

* * *

Quatre jours après le départ de son mari, Lena commença à s'inquiéter. Pour tromper son appréhension, elle décida de mettre à exécution le plan qu'elle avait échafaudé avant son départ de Boston. Elle en avait glissé un mot à Bud qui, sans manifester d'enthousiasme, ne s'y était pas opposé non plus. Elle projetait d'embaucher une fille de Grande-Anse comme domestique, désirant du même coup tromper son ennui. Ses sœurs lui avaient certes proposé leurs services mais, pour l'instant, une seule personne la comblerait vraiment.

Une fois la maison balayée, les fleurs soignées et arrosées, Lena traversa la rivière en compagnie de son jeune beau-frère Guy, qu'elle avait gardé avec elle pour la nuit. Elle se dirigea vers la cuisine du «château» et s'approcha de Germaine qui lui tournait le dos.

– Bonjour, Germaine. Veux-tu bien me dire où est passée Annette Dontigny? J'aurais bien aimé qu'elle me corrige une lettre.

Les yeux rivés sur sa chaudronnée, feignant l'indifférence, Germaine lui répondit :

– Elle est partie, depuis un bon bout de temps. Quand madame lui a demandé de servir à la table, elle a vu ça comme une humiliation. Il semble qu'elle est secrétaire pour le gouvernement à Québec.

– Ah bon… Germaine? Sais-tu pourquoi je suis ici?

– Je présume que tu es venue saluer ta belle-mère, lui répondit la cuisinière sans se retourner.

– Pas juste pour ça, reprit Lena. Je suis venue te chercher, Germaine. J'aimerais que tu viennes travailler pour moi à Boston.

Piquée à l'idée de servir une ancienne compagne de travail, Germaine se contint à grand-peine. Délaissant sa louche, elle fit volte-face et s'exclama :

– Ah mon Dieu du bon Dieu, Lena, je ne peux pas faire ça à madame. Elle a besoin de moi, et pas juste à la cuisine !

– Moi aussi, Germaine, j'ai besoin de toi. Si tu savais comme je m'ennuie. Bud étudie tout le temps. On peut jamais sortir ou recevoir. Et puis, je ne connais personne à Boston.

Germaine, qui avait tant envié le mariage de Lena, sauta sur l'occasion pour prendre une petite revanche en lui rétorquant sèchement :

– C'est bien le temps d'y penser ! T'avais pas prévu ça, toi, qu'en mariant un Américain tu t'expatrierais ? T'avais pas prévu qu'en mariant un étudiant il n'aurait pas beaucoup de temps pour toi ? Bien, aurait peut-être fallu que tu y penses avant, ma fille.

Germaine l'examina ensuite de la tête aux pieds avant d'ajouter avec un brin de dédain :

– Tu as toujours ta petite taille, à part de ça… Empêcherais-tu la famille, toi ?

Surprise de ce désagréable accueil, Lena demeura bouche bée. Germaine, habituellement si gentille ! En plus d'endurer sa solitude à Boston, voilà qu'à Grande-Anse on la narguait maintenant.

Germaine reprit de plus belle :

– Quand madame est invitée à un mariage, même quand elle est ici à Grande-Anse, qui porte son cadeau aux mariés ? C'est moi. Qui la représente à un baptême ou à des funérailles ? C'est encore moi. Penses-tu qu'elle pourrait se passer de moi ? Voyons donc, Lena, ça n'a pas de sens ce que tu me demandes là.

Germaine lui cacha une autre importante raison pour justifier son refus. Dans quelques semaines, elle épouserait Freddy

245

Dontigny, le cousin germain d'Arthur. Lena semblait bien être la seule à ne pas connaître la nouvelle.

Profondément blessée, Lena s'apprêtait à quitter la maison quand Ida Oliver vint lui remettre une lettre arrivée par poste recommandée, expédiée de La Tuque et adressée à James Stillman fils. Intriguée, Lena retourna l'enveloppe et constata qu'elle provenait du bureau de l'avocat Édouard Belleau. La gouvernante ne lui donna aucune précision, aucune explication, se contentant de lui répéter :

– Remets cette lettre à Bud dès que tu le verras, c'est très urgent.

* * *

Heureux du dénouement de son aventure avec Pit Gagnon, Bud raconta à sa femme les péripéties de son voyage tout en lui vantant le savoir-faire d'Omer qu'il se proposait d'inviter au cours des prochains jours, si elle n'y voyait pas d'objection. Hésitant à interrompre son récit, Lena ne lui remit la lettre de maître Belleau qu'au moment où il délaça ses longues bottes.

Ne prenant pas la peine de chercher son coupe-papier, Bud déchira l'enveloppe, impatient d'en lire le contenu. Il parcourut rapidement la lettre manuscrite, écrite en anglais.

Jamais auparavant Lena n'avait entendu son mari proférer une telle bordée de jurons. Livide, il tendit la lettre à sa femme.

– C'est insensé, lis ça !

J'ai reçu ordre de mon client, Arthur Dontigny, de vous informer qu'à moins d'un règlement à mon bureau dans les cinq prochains jours, il vous poursuivra en justice pour une somme de cinq mille dollars en dommages et intérêts pour l'avoir traité de voleur devant témoin.

Comme la réputation d'un homme est plus précieuse que sa vie, mes instructions sont d'aller jusqu'au bout pour que celle de mon client soit réhabilitée au plus tôt.

Pour ajouter à l'injure, Belleau avait joint une facture, lui réclamant des frais d'avocat de douze dollars.

Sa mère aurait empêché Arthur d'entreprendre pareille démarche, s'il l'en avait informée. Sans doute n'était-il pas trop tard pour neutraliser cette menace. Il rattacha ses bottes et, sans prendre la peine de changer de vêtements, retraversa la rivière.

Anne accueillit sa demande froidement. Elle lui révéla qu'elle était au fait de l'initiative puisqu'elle avait elle-même conseillé Arthur en ce sens. Abasourdi, Bud s'écria, cinglant :

– Vous prenez le parti de votre gigolo contre votre propre fils?

Anne le considéra, en apparence très calme.

– Tu n'as pas à me juger, encore moins à me condamner. Sache que j'ai le droit de mener enfin ma vie à ma guise. Tu as injurié un homme, Bud, n'ayant ni tes connaissances, ni ton éducation, ni ta fortune, mais que tu dois respecter. Tu n'avais pas à l'insulter. Ce n'est pas ainsi que je t'ai élevé. Toute personne, quelle que soit sa condition sociale, mérite considération. Tu es un gentleman, Bud, et non un malappris. Maintenant, agis comme tu dois le faire.

Cette conversation ne menait nulle part. Comment sa mère pouvait-elle se comporter de la sorte avec lui? Sans répliquer, il claqua la porte. La colère, le dépit et la douleur se bousculaient en lui. Jamais il ne pourrait oublier cet affront, ce criant désaveu, pas plus qu'il ne plierait l'échine devant Arthur Dontigny.

Quelle espèce de parents l'avaient donc engendré?

11

Boston, le samedi 24 mai 1930

Dans leur salle à manger du 25, Newell Road à Brookline, Lena et Bud entamaient leur potage en bavardant de choses et d'autres. Depuis le début de l'année scolaire, Bud avait résolu d'abandonner ses livres le samedi en fin de journée et de consacrer cette soirée à sa femme, une simple concession qui avait mis un baume sur les frustrations de Lena. Quoique chaque jour depuis l'été dernier elle eût ingéré la décoction d'herbes que sa mère lui avait prescrite, à son grand désarroi elle n'était pas encore enceinte. S'ils étaient incapables d'avoir des bébés, peut-être pourraient-ils en adopter, avait-elle suggéré à Bud. Une vie sans enfant lui semblait inconcevable. Il l'avait tendrement rassurée tout en lui rappelant sa promesse de l'amener consulter les meilleurs spécialistes au besoin. Bud détestait le mensonge et il lui tardait de mettre fin à cette déplaisante mise en scène.

Étonnamment, à cette heure, la sonnerie de la porte retentit et, peu après, leur bonne, Roslyn, apporta à Bud un télégramme de la Western Union. Avant de décacheter l'enveloppe, il s'assura qu'elle avait bien refermé la porte de la cuisine derrière elle. En dépit de nombreuses remontrances, cette femme se montrait si fouineuse. Élevée dans une famille nombreuse où l'intimité n'existait pas, Lena s'amusait des doléances de Bud. Avoir une employée en permanence chez elle valait bien quelques insignifiants désagréments. Puisque Germaine avait décliné son offre et que Bud craignait d'embaucher une Wilson, Lena avait engagé, en décembre, cette brave fille de Quincy.

Bud parcourut le télégramme, puis le tendit à Lena en maugréant.

Guy et moi sommes passés par Rivière-aux-Rats afin de prendre votre chèque, que nous avons ensuite remis à Arthur. Il vous remercie beaucoup. Il avait une importante facture de bois à payer pour sa maison et avait grand besoin de cet argent. Serons de retour à Pleasantville dans une semaine. Votre mère est au Nebraska. Guy vous embrasse. Ida Oliver.

Après quelques désagréables discussions avec Arthur, la somme exigée avait été réduite de cinq mille à mille dollars. Bud ne lui avait pas acheminé son chèque de gaieté de cœur pour autant.

— Mieux vaut passer l'éponge, laissa-t-il tomber avec résignation. C'est tout de même payer cher pour une simple offense, ne crois-tu pas, Lena? Qui aurait cru qu'un jour, grâce à mon argent, l'amant de ma mère se construirait une maison? ajouta-t-il avec une pointe de sarcasme.

Lorsque Bud avait constaté que sa mère appuyait la démarche d'Arthur, il s'était empressé, dès le jour suivant, de consulter un avocat à Montréal, et ce dernier l'avait convaincu de régler le litige à l'amiable.

Quelques jours plus tard, sa mère l'avait convoqué afin de lui exposer ses motifs, soutenant qu'elle ne voulait que son bien. Elle lui avait rappelé les grandes lignes d'une étude sociologique qui venait tout juste d'être publiée, et qui traitait des héritiers de familles riches. Cette enquête démontrait que la très grande majorité des individus de la troisième génération manifestaient apathie, irrésolution et laisser-aller, contrairement à la détermination, à la ténacité et à la discipline des grands-parents qui, eux, avaient bâti leur fortune. Bud s'était permis de lui demander laquelle de ces deux énumérations convenait le mieux à son fils aîné, lui rappelant qu'il devait son admission à l'école de médecine de Harvard à ses résultats scolaires exceptionnels et non à la fortune de son père, tout en convenant que celle-ci lui permettait d'étudier sans avoir à se soucier de sa subsistance. Persuadé que la sanction était démesurée en regard de la faute, Bud lui avait affirmé que jamais il n'agirait aussi sévèrement avec ses propres enfants.

Du coin de l'œil, il vit la porte de la cuisine s'entrouvrir. Répondant à un signe discret de Bud, Lena se lança dans une tirade pendant qu'il contournait la table sans bruit. Puis, il ouvrit la porte, découvrant une Roslyn déconcertée, prise sur le fait.

– Roslyn, fit Bud sentencieux, c'est votre dernière chance. Pourquoi donc vous entêter à nous espionner ainsi ?

La sonnerie de la porte l'interrompit de nouveau. Cette fois, une agréable surprise les attendait. Earl Carlson, que Bud n'avait pas vu depuis des mois, avait fait le trajet en train depuis New Haven dans le seul but de visiter ses amis avant d'entamer, tout comme Bud, l'intensive semaine d'études qui précédait les examens de fin d'année. Earl lui offrit une bouteille du meilleur scotch.

– Heu, merci, Earl, mais tu sais bien que je ne bois pas d'alcool !

Après quelques énergiques contorsions du maxillaire inférieur, Earl répondit avec fermeté :

– Je sais, mais précisons : *habituellement*, tu ne bois pas d'alcool. Ce soir, ce sera différent.

– On verra, répondit Bud, refusant d'affronter Earl dès son arrivée. Ne me dis surtout pas que ton médecin t'a fourni cela ?

– Non, non. On a notre propre source d'approvisionnement sur le campus. En qualité de futur médecin, je t'ordonnerai cette potion ce soir, lui assura-t-il en riant bruyamment.

Roslyn ajouta un couvert et prépara une chambre à l'intention d'Earl. Malgré son air bougon, elle leur servit un savoureux dîner. Après le café, les trois amis se retirèrent dans la salle de séjour où Lena versa du scotch dans trois verres. Réticent, Bud fixait le liquide doré.

— Voyons, Bud, une fois n'est pas coutume et, pris modérément, l'alcool est un puissant relaxant, soutint Earl avec conviction. De plus, nous avons un événement à fêter.

Earl leur expliqua avec fébrilité qu'en septembre dernier Anne Stillman avait doublé l'allocation que son mari lui fournissait déjà afin qu'il puisse terminer ses études sans avoir à travailler, insistant pour qu'il se paie du bon temps. Cette proposition lui avait été servie sur un ton qui n'admettait pas la discussion. En aucun temps Earl n'avait vécu aussi grassement que cette année. Il avait cependant insisté pour tout lui rembourser. À même cette allocation, il avait donc fait d'importantes économies et, la fin de semaine précédente, il avait voulu les remettre à sa bienfaitrice à titre de premier paiement, mais elle avait catégoriquement refusé. Puisque Earl n'avait jamais quitté les États-Unis auparavant, elle lui avait plutôt suggéré d'utiliser cet argent pour voyager.

— Et devinez quelle destination j'ai choisie après une bonne minute de réflexion? demanda-t-il au comble de l'excitation. Le pays de mes ancêtres, la Suède. Je pars après mes examens. C'est formidable, n'est-ce pas?

Sans leur laisser le temps de répliquer, Earl ajouta :

— Au fait, ton père te salue, et toi également, Lena. J'étais en contact avec lui juste avant mon départ. Quelle chance tu as, Bud, d'avoir des parents comme les tiens! Généreux et si humains!

Bud jeta un bref coup d'œil à Lena qui hocha la tête en souriant. Earl ne faisait qu'appuyer ses dires. Même si elle n'était pas toujours d'accord avec ses beaux-parents, elle se demandait parfois si les attentes de son mari étaient réalistes. Bud s'opposait si violemment quand leurs réactions ou leurs décisions ne lui semblaient pas appropriées.

— Je suis allé rester chez lui pendant le congé pascal, Bud, et sais-tu ce que j'ai trouvé dans «ma» chambre à mon arrivée? Cinquante, oui, cinquante livres de médecine, tous identifiés à mon nom. Une véritable bibliothèque spécialisée.

Bud demeura un moment silencieux, prenant soudain conscience que son ami rendait visite à ses parents bien plus souvent que lui et qu'il les tenait en très haute estime. Bud aurait tant aimé que ses père et mère soient moins flamboyants, un peu plus dans la norme. Enfin, il comprit qu'il les aurait voulus parfaits, désincarnés.

À travers son ami, Bud redécouvrait son père. L'accident du *Wenonah* et surtout la possibilité qu'il aurait pu le perdre avaient modifié son attitude en l'amenant à plus d'indulgence.

– Moi, je n'ai plus mes parents et j'ai retrouvé chez les tiens une deuxième famille. Tout cela parce qu'un soir tu m'as secouru, Bud.

La conversation s'anima au fur et à mesure que le scotch diminuait. Les deux hommes se lancèrent bientôt dans la conception d'une clinique médicale ultramoderne qui traiterait les personnes souffrant, comme Earl, de paralysie cérébrale. Lorsque la bouteille fut à demi vide, Lena tira sa révérence en bâillant, sans que les deux amis ralentissent l'échafaudage de leurs plans.

Au moment où Bud décréta qu'ils seraient tous deux médecins-chefs de cet hôpital, Earl remarqua, hésitant :

– Tu ne devais pas être médecin des pauvres, toi?

– Jusqu'à cet été, oui. Mais depuis, j'ai vécu une expérience qui a ébranlé cette résolution.

La voix un peu pâteuse, Bud lui expliqua qu'une semaine avant son retour à Boston, l'été précédent, son beau-frère Isaac s'était fracturé une jambe. Sa première réaction avait été de consulter un «ramancheur», une espèce d'autodidacte soi-disant doté d'un don du ciel, qui replaçait les os cassés par manipulations, puis les retenait en place à l'aide de bouts de bois attachés avec des guenilles à la propreté douteuse. Quand Bud avait vu cette attelle, il s'était empressé de conduire son beau-frère à La Tuque chez un vrai médecin qui, après examen, lui avait fabriqué un plâtre.

– Crois-le ou non, quand je l'ai revu le jour de mon départ, il avait défait le plâtre pour remettre l'attelle sous prétexte que le plâtre était trop chaud. Cela m'a beaucoup fait réfléchir. Les gens là-bas croient davantage aux vertus du ramancheur ou d'une guérisseuse comme ma belle-mère que dans celles de la médecine traditionnelle. Je me suis dit : «Où serais-je le plus utile?» Voilà pourquoi je te propose que nous poursuivions notre projet de clinique, suggéra-t-il, le plus sérieusement du monde.

Au moment où ils amorçaient la construction du troisième étage, ils sombrèrent presque simultanément dans un profond sommeil.

Lena les trouva là où elle les avait laissés la veille, affaissés sur le divan, leurs verres sur le plancher, à proximité de la bouteille de scotch vide. Depuis son enfance, Lena avait souvent été en contact avec des hommes ivres dans la maison de ses parents, convertie en gîte du passant. Autant elle avait détesté leur attitude osée ou agressive, autant l'abandon de Bud la toucha. Évidemment, elle n'aimerait pas retrouver son homme trop souvent dans cet état, mais qu'il se soit enfin départi de son obsessive opposition à l'alcool la fit sourire. «Un café bien fort, voilà ce qu'il leur faut», se dit-elle, en se retirant sans bruit. Mais elle revint bientôt et, sans aucun ménagement cette fois, elle cria :

– Bud, Earl, réveillez-vous! Lisez-moi ça!

Lena étendit le journal sur la moquette et pointa le doigt sur un article en deuxième page du quotidien, intitulé : «Audacieuse entreprise de deux futurs médecins» et qui décrivait en détail les plans d'une clinique destinée aux personnes souffrant de maladie mentale. Des caricatures loufoques illustraient certains de leurs propos. Par chance, les noms des deux hurluberlus n'étaient pas cités.

L'esprit embrumé, les deux hommes lisaient ce surprenant article qui reprenait presque mot pour mot leur conversation de la veille. Stupéfiés, ils s'exclamèrent à l'unisson :

– Comment est-ce possible?

Avec le café, Lena leur apporta en pestant une note laconique déposée sur la table de la cuisine.

Mon ami journaliste m'a proposé de demeurer avec lui. Je vous remets ma démission. Roslyn. P.-S. Il vous remercie d'avoir alimenté ses chroniques au cours des derniers mois.

Depuis Noël, en effet, ils découvraient régulièrement dans le journal d'irritants entrefilets divulguant telle occupation ou tel projet de Bud et qui, pour amplifier sa frustration, débutaient par «le fils du millionnaire bien connu...».

À cet instant, Bud comprit une maxime maintes fois répétée par sa mère : «Les gens fortunés sont parfois pris en otage par les serviteurs qui partagent leur intimité.»

* * *

Grand Island, le samedi 24 mai 1930

Tournant doucement un verre de porto entre ses longs doigts de pianiste, Fowler regardait sans le voir le liquide velouté qui ondoyait au creux de sa main. Un vent chaud et sec faisait bruire les feuilles des saules qui ombrageaient la terrasse aménagée sur un promontoire. Quelques mois auparavant, il avait quitté Omaha pour Grand Island, une petite ville ferroviaire et industrielle située à plus de trois cents kilomètres à l'ouest du Mississippi. Il ignorait la durée de son mandat. Compte tenu de la conjoncture économique, même son supérieur immédiat, John McCaffrey, avait été incapable de lui donner plus de précisions.

Puisqu'il était dans l'impossibilité de voyager pour le moment, Anne avait spontanément accepté son invitation. Malgré la chaleur étouffante, elle avait fait le trajet depuis New York en train. Pendant son séjour à Grand Island, elle logerait chez lui, dans cette grande maison qu'il avait louée en bordure de la rivière Platte, face à une grande île à laquelle la ville était redevable de son nom. Elle le retrouverait dès qu'elle en aurait terminé avec ses malles.

La température anormalement torride pour cette période de l'année accablait Fowler. Une des pires sécheresses, sans compter les milliers de sauterelles venues d'on ne savait où, menaçait les récoltes du Nebraska et des États environnants. Que la nature en remette par-dessus les épreuves financières que tous subissaient lui semblait indécent. Rarement avait-il éprouvé pareil découragement.

Promu directeur d'une nouvelle division administrative du service des ventes d'International Harvester, jamais il n'aurait imaginé gérer une telle décroissance. Depuis l'effondrement de la Bourse en octobre 1929, l'économie ne cessait de se dégrader. La presse prédisait une nouvelle détérioration dans les prochains mois. Mais comment envisager pire? À l'instar de leurs revenus, le moral de ses concessionnaires était au plus bas. Au cours des dernières années, plusieurs d'entre eux avaient investi leurs économies dans les actions d'International Harvester, et les avaient vues chuter de 142 $ l'unité, en septembre dernier, à un maigre 10,37 $. La réduction de la production avait suivi la dégringolade des ventes et provoqué une implacable augmentation du chômage dans les usines de tous les secteurs industriels.

Le sort des fermiers apparaissait plus catastrophique encore que celui des autres travailleurs puisqu'ils avaient été exclus de l'explosion de prospérité qui avait marqué la dernière décennie, voyant même leurs revenus diminuer de trente pour cent entre 1919 et 1929. Comment, dans ces conditions, se procureraient-ils la machinerie agricole qui leur permettrait de produire plus, et plus aisément? Encore faudrait-il que le marché puisse absorber leurs récoltes.

Fowler huma son porto avant d'y tremper les lèvres. Il se sentait si seul. Au cours des derniers mois, il avait amplement eu le temps de méditer sur le sens de sa vie et de mesurer l'ampleur du gouffre dans lequel il sombrerait s'il ne réagissait pas promptement. Pour ne pas devenir un vieux grincheux ou un sinistre frustré, il devrait accepter son impuissance sexuelle au lieu de la maudire comme il le faisait en son for intérieur depuis tant d'années. Comment y arriver? Las de sa désespérance, il s'apprêtait à jouer le tout pour le tout dans les prochaines heures.

Fowler s'était efforcé de stimuler son intellect et ses talents artistiques mais, émotionnellement, malgré ses nombreuses consultations avec le docteur Jung ou l'un de ses disciples, il se sentait toujours trop vulnérable. Il ne pouvait plus renier ce corps qui l'avait trahi, car il se coupait du même coup d'une partie importante de son être tout en amplifiant son déséquilibre. Il était fait de chair, d'intelligence et de spiritualité et, depuis trop longtemps, il bafouait sa première composante.

Son handicap ne l'empêchait ni d'aimer ni de procurer tendresse et attentions à ceux qui lui étaient chers. Il tenterait d'expliquer tout cela à son amie quand elle se joindrait à lui. Il avait mûrement réfléchi à la question. Mais aurait-il le courage de lui avouer ce qui l'humiliait tant, puis de lui exposer son projet?

Les gonds de la porte menant à la terrasse grincèrent légèrement, annonçant l'arrivée de sa visiteuse. Fowler se leva et contempla cette femme si belle, si attrayante. Chaque fois qu'il éclairait ce beau visage, le sourire d'Anne le rasérénait.

– M'accompagnerez-vous, Fee? demanda-t-il, en désignant le seau dans lequel il avait plongé la carafe.

– Vous avez le don de choisir les meilleurs portos qu'il m'ait été donné de savourer, Fowler. Mais, par cette chaleur, donnez-m'en un doigt, je vous prie.

– Vous ne pouvez imaginer combien votre visite était désirée, Fee. Je vous suis reconnaissant d'avoir répondu à mon appel, murmura-t-il tout en lui remettant son verre.

Voilà plus de dix ans qu'elle le connaissait et, à sa souvenance, c'était la première fois qu'il sollicitait sa présence avec autant d'insistance. De son côté, combien de fois était-il accouru pour la réconforter ou pour lui prodiguer conseil, aide et consolation!

– Si, pour une fois, je peux vous être utile, Fowler, vous m'en voyez ravie.

Fowler lui parla d'abord de ses préoccupations professionnelles, des malheurs de ces agriculteurs qui tentaient de survivre à la dépression, puis de ses vendeurs menacés de faillite. Il réalisa soudain qu'il ne serait pas plus facile d'aborder dans une minute ou dans une journée le propos qui lui tenait tant à cœur. Avec une émouvante simplicité, Fowler lui expliqua son triste handicap. Anne lui dissimula qu'elle avait déjà deviné son problème.

– Demandez le divorce, Fee, et nous nous marierons tout de suite après.

Devant la mine stupéfiée d'Anne, Fowler s'empressa de poursuivre.

– Ce dont je ne peux vous gratifier, d'autres en sont capables. Je ne m'y objecterai pas et vous n'aurez pas de comptes à me rendre. De plus, je sais que je peux compter sur votre discrétion, et je vous assure de la mienne. Je veux vous voir heureuse, Fee, et je vous offre ce que je suis et ce que je possède. Votre présence me serait infiniment précieuse, mais je n'exigerai jamais qu'elle soit continuelle. Je sais votre vénération pour Grande-Anse et les forêts du Québec. J'ai besoin de votre fraîcheur, Fee.

Et pour couper court aux arguments qu'elle ne manquerait pas de lui servir concernant leur différence d'âge, il ajouta, avec un désarmant sourire :

– J'ai besoin de votre jeunesse, aussi.

Anne éclata d'un rire qu'elle lui communiqua. Depuis quand ne s'était-il pas esclaffé ainsi ? Anne l'observa sans mot dire, étonnée, effrayée et réjouie tout à la fois. Devenir la femme de Fowler… Il lui offrait de concrétiser d'une certaine manière son rêve le plus fou. Combien de fois n'avait-elle pas souhaité partager sa vie avec le parfait amalgame d'un Fowler et d'un Arthur ? L'érudition, la sensibilité et le pouvoir de l'un la séduisaient tout autant que la passion, la simplicité et la fougue de l'autre. Incapable de se mentir, elle devait en outre considérer la monumentale fortune de Fowler, son statut social de même que l'importance de son devenir professionnel, qu'elle soutenait et encourageait depuis si longtemps.

Contrairement à Jimmie, qui avait jugé comme de l'ingérence ses suggestions dans la gestion de la National City Bank, Fowler appréciait ses observations, insistant pour qu'elle élabore des hypothèses face à telle ou telle situation, vantant sa perspicacité et son aptitude à trouver d'ingénieuses solutions aux problèmes les plus épineux. Amusée, Anne songea qu'à travers lui elle pourrait même influencer les destinées d'International Harvester, la plus importante entreprise du genre au monde. Quelle douce revanche pour la femme astucieuse qu'elle était et qui se voyait interdire toute action directe dans cette chasse gardée masculine.

À vingt ans, elle aurait été scandalisée par la proposition de Fowler, que tant de gens jugeraient immorale. Mais Anne n'avait que faire de préceptes qui convenaient à des personnes données, à des circonstances déterminées, mais qui ne tenaient aucun compte de singularités analogues à la situation de Fowler.

Les enseignements de Jung lui avaient appris à écouter la petite voix qui surgissait en elle, et que le psychanalyste croyait être une manifestation de l'inconscient collectif. Cette voix lui murmurait présentement : «Prudence, patience, ne refuse pas, mais n'accepte pas non plus… pour l'instant.»

Son cœur se serra lorsqu'elle pensa à Jimmie, puis à son interminable procès. Accepterait-il de lui accorder le divorce sans combattre? Elle avait besoin de temps pour réfléchir à toutes les conséquences de l'offre aussi étonnante qu'inattendue qui venait de lui être faite. Si toutefois elle acquiesçait, Jimmie n'apprendrait pas la nouvelle par voie de sommation. Elle lui parlerait, elle lui expliquerait ses motivations.

Sur l'*Olympic*, en 1926, le journaliste Leonard Liebling lui avait demandé de commenter la rumeur voulant qu'elle épouse Fowler, alors qu'elle venait à peine de se réconcilier avec Jimmie. Elle se souvenait de sa réponse spontanée : «Imaginez-nous dans cinq ans, moi dans la cinquantaine et lui encore dans la jeune trentaine… Marier Fowler? C'est tout à fait ridicule.»

Aujourd'hui, moins de cinq ans plus tard, la proposition de Fowler lui paraissait plus surprenante que ridicule, voire agréablement surprenante.

– Vous me prenez complètement au dépourvu. Vous n'espérez pas une réponse immédiate, n'est-ce pas? C'est fou, Fowler, mais je me demande tout à coup quelle réaction auraient vos parents en apprenant une telle nouvelle...

– Mes parents? Ce sont eux qui m'ont initié aux situations inhabituelles. Ni l'un ni l'autre ne seraient bien placés pour nous reprocher quoi que ce soit, Fee. De fait, qui pourrait s'arroger le droit de nous désapprouver?

Fowler se remémora un moment déterminant de sa vie, lorsqu'il avait sciemment décidé que la tolérance primerait sur le jugement. Alors qu'en janvier 1925 il voyageait seul avec Carl Jung dans un train entre Santa Fe et La Nouvelle-Orléans, celui-ci lui avait confié un secret si incroyable qu'il en avait été interloqué. Même Anne, qui avait toute sa confiance, ignorait tout de cette révélation. Cet homme reconnu, sage et immensément humain, son idole, lui avait déclaré tout de go qu'il vivait avec deux femmes, dans deux foyers différents. Non pas avec une maîtresse et une femme, mais bien avec deux femmes. L'une avec laquelle il était légalement marié, la mère de ses enfants, et l'autre, sa femme de fait, celle qui l'inspirait dans toutes ses recherches, celle à qui il devait la plupart de ses productions des cinq dernières années. Jung avait avoué à son jeune ami à quel point il avait combattu son attirance pour elle, jusqu'à ce qu'il en devienne malade. Par la suite, Fowler avait rencontré la femme légitime de Jung, Emma, une personne qu'il appréciait sincèrement et qui semblait anéantie par la situation, sans s'y opposer pour autant.

L'expérience amoureuse de Jung avait inspiré Fowler dans sa présente démarche. Cependant, dans son cas, il ne voulait aucun perdant, aucun blessé. Ni les livres ni la morale ne s'étaient avérés utiles pour lui inspirer la voie à suivre. Fowler demeurait convaincu que sa proposition, si Anne l'acceptait, lui serait aussi bénéfique à elle qu'à lui. Dans ces conditions, pourquoi ne se concrétiserait-elle pas?

12

Pleasantville, le jeudi 4 juin 1931

Ce matin, si Anne recevait comme prévu la confirmation que son divorce lui était accordé, le juge Graham Witschief, de White Plains, l'unirait à Fowler au milieu de l'après-midi. Tout avait été planifié pour que divorce et remariage se succèdent à quelques heures d'intervalle. En compagnie de Bertha Goyette, sa femme de chambre, Anne s'affairait aux derniers préparatifs de la cérémonie. Depuis quelques semaines, elle se nommait légalement Anne Urquhart Potter, mais elle porterait bientôt le nom d'Anne McCormick, pour le reste de ses jours, espérait-elle du fond du cœur.

Avant même de quitter le Nebraska, sa décision était prise. L'impuissance de Fowler l'avait bien rebutée un moment mais, considérant le contexte proposé, elle se sentait tout à fait capable de l'affronter. Après tout, quelle autre raison valable avait-elle de refuser l'offre de Fowler, hormis leur différence d'âge? À cette objection, il lui avait déclaré avec un sourire narquois : « Fee, qui a le pouvoir de prédire ce que vous vivrez dans vingt ans? Et si je mourais dans dix ans? Nous aurions au moins eu ces belles années à nous. » Déterminée de nouveau à vivre un jour à la fois, Anne avait accepté ce que la vie et Fowler avaient à lui offrir pendant le temps qui leur serait imparti. Depuis lors, les événements s'étaient succédé à un rythme effréné.

Dans le plus grand secret, Anne avait rencontré Jimmie pour lui exposer son projet de mariage, sans déguiser les sentiments qu'elle éprouvait toujours à son égard, tout en lui réitérant sa profonde affection pour Fowler. Malgré certaines réticences, Jimmie avait consenti au divorce. Toutes les dispositions financières relatives aux enfants et au versement de la somme pour laquelle il l'avait avantagée par contrat de mariage furent réglées avant même que ne soit déposée, en novembre, sa demande officielle de divorce. Ils avaient résolu qu'elle l'accuserait d'infidélité puisque la loi refusait de dissoudre un mariage à moins que celui-ci n'ait pas été consommé, ou qu'un des époux ne soit reconnu coupable d'adultère, de cruauté mentale ou physique, ou des deux.

La requête d'Anne avait été sobre et succincte :

Le défendant (James Alexander Stillman), en violation de ses vœux de mariage, a commis l'adultère à La Havane, à Cuba, à divers moments au cours de l'année 1930, avec une femme dont le nom est inconnu de la plaignante. Ces adultères ont été perpétrés sans le consentement ou la complicité de la plaignante. Cinq ans ne se sont pas écoulés depuis la découverte par la plaignante de ces adultères et elle n'a pas volontairement cohabité avec le défendant depuis qu'elle les a découverts, pas plus qu'elle ne les lui a pardonnés.

Aucune pension alimentaire n'avait été réclamée. Par ailleurs, Jimmie lui avait cédé Mondanne de même que le domaine de Grande-Anse dont il était toujours légalement le propriétaire. Pendant la demi-heure de l'unique audience publique du 21 février précédent, Joseph Morschauser, le même juge qui dix ans auparavant avait présidé les nombreux interrogatoires et contre-interrogatoires de leur célèbre procès, avait entendu le seul témoin de la plaignante : le valet de Jimmie. Par l'intermédiaire de son avocat, ce dernier avait, comme convenu, nié toutes les accusations portées contre lui, sans pour autant contester les dires de son serviteur.

Miraculeusement, rien n'avait encore transpiré dans la presse. Même la courte audience publique de février avait échappé à la curiosité des journalistes. Selon la loi de l'État de New York, il est vrai que nul n'était tenu d'enregistrer un document avant que le juge n'ait rendu sa décision. Le 3 mars, Morschauser avait rendu un jugement inter-locutoire devant se muer en jugement final trois mois plus tard, à la condition que rien ne vienne entraver le cours de la justice. Les trois mois arrivaient à échéance ce jour même.

Fidèle et efficace tout au long de la bataille qui avait opposé Anne à Jimmie, maître John Mack attendait présentement un appel téléphonique de Morschauser avant de quitter Poughkeepsie à destination de Pleasantville. Avec empresse-ment, il avait accepté d'être le témoin de Fowler au mariage, alors que Lena serait le témoin d'Anne, car Bud ne pourrait quitter Boston avant la fin de ses examens la semaine sui-vante. Quant à sa fille, elle était devenue enceinte peu après l'adoption du petit John Davison et elle se remettait lentement de son deuxième accouchement. À peine trois semaines aupa-ravant, elle avait mis au monde un beau garçon, prénommé James Stillman. Cette attention avait comblé Jimmie.

Comme le temps filait! Autant ses petits-enfants l'émou-vaient, autant son statut de grand-mère lui paraissait incongru. Lui aurait-il été concevable, quelques années plus tôt, d'ima-giner une grand-mère préparant simultanément son divorce et son remariage? Tous ses enfants avaient accueilli ce projet avec joie et sérénité, comme si cela allait de soi. Fowler avait déjà gagné le cœur de chacun depuis bien longtemps.

Toujours aussi attentionnée, Bertha mettait la touche finale à la coiffure d'Anne qui, les yeux fermés, toute à sa médi-tation, souriait maintenant en imaginant Germaine, les Wilson, les Chandonnet et tous ses employés de Grande-Anse qui verraient bientôt se relever de leurs cendres la chapelle et le presbytère. Malgré son aversion pour le curé Damphousse, elle lui avait fait parvenir en mars le premier des deux chèques de cinq mille six cents dollars qui couvriraient tous les frais de la reconstruction. Par cette action d'éclat, Anne voulait marquer le début de sa nouvelle vie avec Fowler, souhaitant ardemment que cela lui porte chance.

Depuis que Fowler s'était rendu à Chicago voilà une dizaine de jours pour informer sa mère de son mariage imminent, Anne appréhendait une réaction inopportune de sa future belle-mère. Compte tenu de la personnalité particulière d'Edith Rockefeller McCormick et de son équilibre mental relativement précaire, Fowler avait nombre de fois repoussé cette rencontre. Même s'il la savait capable de réactions excessives, jamais il n'aurait imaginé pareille indignation de sa part. Anne concevait aisément le discours qu'elle avait tenu à son fils en apprenant l'identité de sa promise. De toute évidence, d'apprendre qu'il allait épouser Fifi Potter, qui avait fait la manchette si souvent au cours des dix dernières années, et qui de surcroît n'avait que quelques années de moins qu'elle-même, l'avait rendue furieuse. Fowler ne s'attendait pas à ce qu'elle saute de joie, mais il aurait à tout le moins aimé qu'elle respecte sa décision. Connaissant la délicatesse de Fowler, Anne savait qu'il ne lui avait rapporté qu'une infime partie de leur tempétueux entretien.

À quelques reprises, Fowler avait insinué que les désordres psychologiques dont souffrait sa mère pouvaient être héréditaires. Anne l'avait rassuré, convaincue que la stabilité de leur vie commune viendrait à bout de ses appréhensions.

De son côté, Jimmie les avait priés de veiller à ce que rien ne transpire dans les journaux jusqu'à son départ pour l'Europe le 5 juin en fin de journée. Ainsi aurait-il peut-être une chance d'esquiver les journalistes qui chercheraient certainement à obtenir ses commentaires. Une nouvelle succursale de la National City Bank allait s'ouvrir à Paris, et Jimmie y représenterait le conseil d'administration en compagnie de quelques autres administrateurs. Ce voyage était prévu depuis longtemps. Compte tenu de toutes ses concessions au cours de leurs négociations à l'amiable, Anne avait acquiescé à sa demande, et Fowler l'avait approuvée sans réserve. Celui-ci avait également prié sa mère de ne rien divulguer de leur projet jusqu'au lendemain du mariage, qui se déroulerait dans la plus stricte intimité. Cependant, il s'était bien gardé de lui révéler la véritable raison de cette requête pour ne pas attiser sa colère. Pourtant, Anne craignait encore qu'Edith Rockefeller McCormick faillisse à sa promesse. Cette dernière avait sommé son ex-mari, qui vivait en Californie avec sa deuxième femme, de revenir à Chicago pour faire entendre raison à leur fils unique, convaincue que sa future belle-fille n'en voulait qu'à leur fortune. De Chicago, Harold McCormick avait téléphoné à Fowler et l'avait assuré qu'il approuvait son mariage. Il s'apprêtait même à en informer tous les grands quotidiens par voie de communiqué. Fowler l'avait prié de reporter cette démarche en fin de journée le 5 juin, lui faisant part de la demande de James Stillman. En outre, il l'implora de surveiller les emportements de sa mère.

Un coup à la porte interrompit la réflexion d'Anne. On la demandait au téléphone. Elle prit la communication dans la petite pièce attenante à sa chambre, aménagée en salle de lecture. Avant même qu'il ne se nomme, elle reconnut la voix traînante de son interlocuteur. Maître John Mack l'informa que le juge Joseph Morschauser venait tout juste de lui accorder son divorce, la libérant ainsi des liens légaux l'unissant à James Stillman.

Des larmes silencieuses coulaient sur ses joues, larmes de joie et de peine entremêlées. Son attitude la prit au dépourvu. Comment pouvait-elle réagir de la sorte après avoir planifié avec tant de soin le résultat qu'elle venait d'obtenir? Anne pleurait plutôt sur la porte qu'elle s'apprêtait à refermer. Elle emmurerait la période de sa vie qu'elle avait partagée avec Jimmie dans un recoin fortifié de son âme dont elle égarerait délibérément la clé. Deux autres fois déjà avait-elle utilisé semblable procédé pour se protéger de la souffrance. La première, lorsqu'elle avait constaté que sa mère ne reviendrait jamais à ses côtés, malgré son désespoir, malgré la peine qu'elle lui avait tant de fois exprimée dans ses lettres, et la seconde, lorsqu'elle avait compris la trahison de Fred Beauvais. Sa relation avec Jimmie subirait le même sort. À moins d'un événement extraordinaire, ces pans de vie seraient bannis de sa pensée. Quand elle visitait sa mère à Beaulieu-sur-Mer, elle se parait d'un solide blindage afin de ne pas succomber à la tentation de recréer le lien qu'elle avait rompu par souci de survie. Elle agirait de même avec Jimmie.

La vie se conjuguait au présent et, dorénavant, Jimmie n'en faisait plus partie. Maître Mack la força à se ressaisir en lui rappelant qu'il serait à Mondanne au plus tard à quatorze heures.

Anne se hâta d'aller retrouver Fowler au jardin, mais elle s'arrêta net quand elle le vit en compagnie de Guy, observant avec grand sérieux un livre traitant du développement des chemins de fer dans le monde. À douze ans, l'enfant connaissait tout des locomotives à vapeur et même des locomotives électriques que les Français utilisaient depuis une dizaine d'années. Sa fascination pour les trains se renforçait avec l'âge. Fowler l'alimentait en lui offrant des livres et en lui manifestant toujours le plus grand intérêt, émerveillé qu'un être aussi jeune puisse emmagasiner autant de connaissances sur le sujet. Depuis sa plus tendre enfance, Guy partageait spontanément sa passion avec lui.

C'est avec une joie non dissimulée que l'enfant avait appris le mariage de sa mère avec «oncle Bow». À deux ans, lorsque Fowler était entré dans la vie de Guy, celui-ci avait été incapable de prononcer son nom et l'avait candidement rebaptisé «oncle Bow».

Désolée d'interrompre ce moment de complicité, Anne s'approcha d'eux :

– Fowler, c'est fait. Maître Mack vient d'avoir la confirmation du juge.

– Oh Fee, enfin! Je commençais à désespérer. Par chance, Guy m'a aidé à patienter.

Caressant la tête du garçon, il ajouta, avant de suivre Anne :

– Nous continuerons notre discussion plus tard, Guy.

À l'abri des regards, sous la tonnelle, Fowler prit Anne dans ses bras et lui souffla à l'oreille :

— Vous êtes très belle, madame McCormick. Croyez-moi, j'attendais ce moment depuis bien longtemps. Je suis un homme comblé.

Sa tendresse la troubla. Avant Fowler, Anne n'aurait jamais imaginé une relation amoureuse sans rapports sexuels. Réussiraient-ils, sans amour physique, à conserver la précieuse harmonie qui les unissait depuis dix ans ?

Par délicatesse pour Fowler, Anne n'avait pas expliqué à Arthur Dontigny les véritables raisons qui, à ses yeux, légitimaient la poursuite de leur relation. Vraisemblablement, son amant ne comprenait pas qu'elle se remarie tout en lui permettant encore de l'honorer.

Anne quitta Fowler et se rendit au living. Pour leur mariage, elle avait choisi la même pièce où sa fille s'était mariée voilà six ans déjà. Cette fois, l'aménagement surprenait par sa sobriété. Des plants de pivoines roses encadraient une table recouverte d'une nappe blanche sur laquelle Tom Pyle, le jardinier, avait déposé quelques gerbes de roses également de couleur rose. Anne aimait harmoniser les couleurs aux sentiments et aux circonstances. Si le rouge symbolisait la passion, le rose incarnait bien la tendresse.

Lena s'approcha avec le plateau qui recevrait les alliances. Earl Carlson l'accompagnait, un parchemin glissé sous le bras et une enveloppe à la main. Lena avait assisté à la collation des grades d'Earl, la veille, puis l'avait ramené avec elle à Mondanne. Il remit la carte à son hôtesse et, avant qu'elle ne prenne connaissance de son message, il exhiba fièrement son diplôme de doctorat en médecine.

— Eh bien, Earl ! Rien de ce que vous désirez ne vous résiste, mon ami. Félicitations ! Je suis si fière pour vous !

Contemplant le précieux document, elle lui conseilla de le faire encadrer au plus tôt. Elle décacheta ensuite l'enveloppe. Son contenu l'émut. De sa main tremblante, le jeune homme lui avait exprimé sa reconnaissance, tant pour son soutien financier que pour l'avoir aidé à mener sa barque là où il le désirait vraiment. Le mot était signé «Docteur Earl Carlson».

Rares sont les gens capables d'une réelle gratitude, songea Anne en relisant le message. Combien de fois ne lui avait-on pas laissé entendre que sa richesse exigeait des dons plus substantiels et plus nombreux que ceux qu'elle consentait déjà? Earl était de ceux qui remerciaient simplement, mais chaleureusement, sans une ombre de servilité.

– Longue vie au docteur Carlson, déclara-t-elle avec force.

En retrait, Lena les observait en silence. Anne croisa son regard, étonnée. Une douceur plus manifeste qu'à l'accoutumée baignait son visage, et le bleu de ses yeux éclatait. «Sans doute le miracle de l'amour», se dit Anne en lui souriant.

Ida Oliver pénétra dans la pièce, les joues en feu. Tom Pyle désirait de toute urgence parler à madame, dit-elle. Il l'attendait à la porte de son bureau.

Anne fut tentée de l'éconduire mais, au dernier moment, elle se retint. Après tout, le bureau de Mlle Oliver n'était qu'à trois portes.

L'homme tournait nerveusement son chapeau entre ses doigts, noircis à force de remuer la terre.

– Eh bien, monsieur Pyle, qu'avez-vous à me dire qui ne puisse attendre?

– Madame, est-ce vrai que vous vous mariez aujourd'hui?

– Vous ne m'avez pas dérangée pour me dire ça! s'écriat-elle, irritée par cet air arrogant qui ne le quittait pas.

– Est-ce vrai que M. Stillman n'est plus mon patron?

– Vous serez dorénavant sous ma responsabilité, monsieur Pyle, et je vous prierais de retourner à votre travail.

– Non, madame. Je ne travaillerai pas pour vous. Adieu.

– Que me chantez-vous là? Sortez immédiatement! C'est moi qui vous congédie, monsieur Pyle.

Quel homme déplaisant! Anne se maîtrisait à grand-peine. Non! Elle ne lui permettrait pas de gâcher une si belle journée. «Bon débarras», se dit-elle, s'efforçant de retrouver son calme.

Quelques années auparavant, Alexander avait échoué quatre fois aux examens pour l'obtention du permis de conduire. Quand Jimmie avait appris ses déboires, il l'avait confié à Tom Pyle qui, pendant trois semaines à raison de huit heures par jour, s'était ingénié à lui inculquer les habiletés requises. Alec avait finalement obtenu son permis, et Tom Pyle lui avait semblé plus coopératif avec elle par la suite. Sa réaction de ce jour lui prouvait la duplicité de cet homme.

* * *

À quinze heures, Alexander et Guy attendaient le début de la cérémonie tout en écoutant distraitement la *Grande Symphonie* de Schubert qui jouait sur le phonographe. Mlle Oliver, Earl, Bertha et Cathy se joignirent à eux. Les futurs époux prirent ensuite place devant la table, Lena à la gauche de sa belle-mère, maître Mack à la droite de Fowler et, face à eux, le juge Witschief qui étalait ses registres entre les gerbes de roses. Une fois la lecture de son texte terminée, il invita les mariés à échanger leurs promesses. Fowler s'engagea à assister son épouse jusqu'à la fin de ses jours avec une telle ferveur que les yeux d'Anne s'embuèrent. Malgré toutes les inconnues de leur nouvelle donne, elle succomba à la tentation d'y croire.

Quand le juge les déclara mari et femme, Alexander et Guy s'empressèrent de leur lancer des confettis qu'ils avaient eux-mêmes préparés. Le magistrat pria les mariés et leurs témoins de signer les registres, puis leur remit un livret attestant l'acte de mariage. La célébration n'avait duré que quelques minutes.

Par l'entremise de Jimmie, Anne et Fowler avaient loué d'un des vice-présidents de la National City Bank une maison à East Hampton, sur Long Island, pour tout le mois de juin. Ils s'apprêtaient à quitter Mondanne quand Guy les supplia de l'emmener avec eux. Ida Oliver tenta de lui faire entendre raison, mais il insista si comiquement que Fowler adressa à sa femme un signe de tête par lequel il l'incitait à considérer la prière de l'enfant. Compte tenu du type de voyage de noces que serait le leur, amusée, Anne consentit à ce qu'il les accompagne. D'un ton faussement boudeur, Alexander marmonna :

– Savez-vous que je préférerais me baigner dans l'Atlantique plutôt que dans le bassin du cottage bleu?

– Nous avons bien huit chambres dans cette maison, Fee? Pourquoi ne pas en faire profiter les enfants, lança Fowler avec détermination. Lena, Earl, voulez-vous vous joindre à nous?

Earl secoua la tête en riant. Quant à Lena, elle déclina l'invitation en précisant qu'après les examens de Bud elle et lui prévoyaient passer le reste de l'été à Grande-Anse. Adressant un clin d'œil complice à sa belle-mère, elle ajouta :

– Nous y avons d'importants travaux de construction à surveiller, n'est-ce pas, madame McCormick?

Anne leur avait en effet demandé de suivre de près l'érection de la chapelle et du presbytère afin de s'assurer que son argent était utilisé à bon escient.

Dans le brouhaha le plus total, les nouveaux mariés quittèrent Mondanne. Guy, Alexander et Ida Oliver les rejoindraient le lendemain. Avant son départ, la gouvernante enverrait, comme convenu, les communiqués de presse annonçant le mariage d'Anne et de Fowler; le délai réclamé par Jimmie serait alors respecté. D'ailleurs, si rien de fâcheux ne lui était arrivé, au même moment il voguerait à bord de l'*Olympic* au large des côtes de Long Island.

«Encore l'*Olympic*», pensa Anne avec un brin de mélancolie.

Son mariage avec Fowler ne devait pas être découvert fortuitement par la presse. Il fallait à tout prix éviter d'attiser la suspicion des journalistes. Fowler et elle sacrifieraient inévitablement une bonne partie de la journée du surlendemain pour répondre à leurs questions. Au moins, Jimmie y échapperait.

* * *

Un journaliste du *New York Times* voyageant à bord de l'*Olympic* reçut par télégraphe un communiqué de l'Associated Press annonçant le mariage d'Anne Stillman et de Fowler McCormick. À l'embarquement, il avait remarqué le banquier, accompagné de deux hommes, vraisemblablement son valet et un capitaine de la marine.

Il se mit à sa recherche et, peu après, il le croisa dans le grand escalier menant à la salle à manger. Il se présenta mais, avant même qu'il ne formule sa première question, cinq autres journalistes et autant de photographes se joignirent à lui.

Vêtu d'un costume trois-pièces gris, un chapeau melon à la main, James Stillman se résigna et affronta cet auditoire inattendu avec un demi-sourire. Il aurait dû demander un délai plus important, songea-t-il, contrarié, pour bien vite constater que de toute façon il lui aurait été impossible de se dérober bien longtemps.

– À quel moment la procédure de divorce a-t-elle débuté? s'enquit le journaliste du *New York Times*.

– Pourquoi ne le demandez-vous pas à Mme Stillman… ou plutôt à Mme McCormick, s'empressa d'ajouter James.

C'était la première fois qu'il désignait Anne sous ce patronyme. Comment ces gens pourraient-ils comprendre que ces mots venaient de lui écorcher la gorge? Comment réagiraient-ils s'il leur avouait à quel point il aimait cette femme, malgré les maîtresses qu'on lui connaissait?

– Avez-vous l'intention de vous remarier, monsieur Stillman? demanda une représentante du *New York American*.

– Oh non, non! Un mariage dans la vie d'un homme est amplement suffisant, lança-t-il, à la blague.

Quand on l'interrogea sur le but de son voyage, il annonça qu'il allait assister à l'ouverture d'une succursale de sa banque à Paris. Un journaliste s'étonna que, dans le contexte actuel, la National City Bank prenne de l'expansion en Europe, vu que la majorité des banques américaines avaient fait faillite au cours des deux dernières années.

Jimmie saisit cette occasion providentielle d'échapper aux questions d'ordre personnel et expliqua que, depuis 1929, en effet, les banques avaient consenti de nombreux prêts à des investisseurs qui avaient été incapables d'acquitter leurs dettes, et ceux qui avaient de l'argent dans leur compte l'avaient massivement retiré. Ne disposant plus des liquidités voulues pour les rembourser tous, plusieurs banques s'étaient vues dans l'obligation de fermer leurs portes. Toutefois, la National City Bank avait réussi à convaincre ses principaux clients de ne pas céder à la panique et de laisser leurs avoirs entre les mains d'experts. La majorité d'entre eux avait suivi ce conseil et, aujourd'hui, leur banque reprenait à son profit le marché laissé libre par les concurrents.

– Avez-vous maintenu de bonnes relations avec votre ex-femme? intervint abruptement un journaliste du *Daily News*.

– Vous savez, quand on a quatre enfants, il est préférable de demeurer en bons termes. J'ai d'ailleurs fait parvenir un cadeau de mariage aux nouveaux mariés avant mon départ...

Les flashes lui irritaient les yeux et l'humeur. Il était toujours persuadé que l'intimité des gens devrait être gardée hors de vue du public. Pourtant, il ajouta avec une pointe d'ironie :

– Je vais en Europe pour affaires, mais j'irai aussi sur la Riviera française rendre visite à ma belle-mère, ou plutôt, à mon ex-belle-mère, Mme Cora Urquhart Potter.

* * *

À leur arrivée à Grande-Anse, Lena et Bud s'arrêtèrent d'abord chez les Wilson. Cette fois, Elizabeth devina au premier coup d'œil que sa fille allait être mère. Lena resplendissait. Elle aurait dû avoir ses règles depuis au moins quatre semaines et, pour lui enlever tous ses doutes, des nausées la tourmentaient chaque matin. Jamais elle n'aurait pensé accueillir ce genre de malaises avec autant de joie. Toute la maisonnée entoura les futurs parents pour les embrasser et les féliciter.

Une fois, une seule, Bud avait laissé la passion supplanter la raison pendant une période fertile de Lena. Embaumé par le lilas, ce soir de mai restera à jamais gravé dans sa mémoire. Il observa sa femme, à la fois ému et amusé. Cette grossesse arrivait un peu plus tôt qu'il ne l'avait prévu mais, comme il entamait son internat en septembre, c'était un moindre mal, car ses périodes intensives d'études touchaient à leur fin. L'année 1932 serait pour lui une année charnière puisqu'elle le verrait devenir père et médecin.

Pendant son dernier stage à l'hôpital des femmes de Harvard, Bud avait assisté plusieurs collègues et mis au monde une dizaine de bébés. Il avait été si impressionné par le miracle de la naissance qu'il songeait sérieusement à se spécialiser en obstétrique. De penser que sa petite femme mettrait à son tour un enfant au monde, leur enfant, le bouleversait. Il était si fier de cette situation qu'il avait fait promettre à Lena de ne pas camoufler son ventre à l'instar de trop de femmes dans sa condition. «Il n'y a aucune honte à célébrer la vie», lui avait-il répété.

Enfin, il n'éprouverait plus ces remords qui l'avaient tant de fois miné pour l'avoir tenue dans l'ignorance du calcul de ses périodes de fécondité. Avait-il eu le choix? Compte tenu des exigences de sa religion, Lena aurait été incapable de donner son consentement à une méthode contraceptive. Et comment aurait-il été en mesure de concilier ses études avec la paternité?

Sa mère venait d'emménager avec Fowler à Chicago et elle ne prévoyait pas séjourner à Grande-Anse cet été. Bud savait Arthur Dontigny dans les parages, mais il évita de le croiser. Georges Giguère l'attendait sur la berge pour aider au transport de leurs bagages, d'abord sur une barge, puis jusqu'à leur maison de l'autre côté de la rivière. Georges était père de deux enfants qu'il adorait. Quand Bud lui annonça sa grande nouvelle, son ami lui serra vivement la main :

– Félicitations, Bud! Enfin, c'est arrivé.

Puis, s'adressant à Lena, il ajouta avec un clin d'œil :

– Tu es heureuse, toi, ça se voit. Si tu as besoin de quoi que ce soit, n'hésite pas à le demander à Rosanne. Depuis le temps qu'elle s'inquiète pour toi…

Une fois les bagages rangés, Lena se retira pour faire une sieste, et Bud invita Georges à se joindre à lui pour le thé. Quand Bud lui décrivit quelques-unes de ses expériences médicales, Georges l'écouta poliment, mais sauta sur la première occasion pour lui parler de sa dernière aventure de pêche. Cette réaction de son ami ne le peina pas, car il avait compris depuis longtemps qu'il était souvent illusoire d'attendre d'une amitié une complicité absolue.

Ainsi, Georges partageait son engouement pour les excursions en forêt et, dans la nature, ils vibraient au même diapason. Earl se passionnait comme lui pour la médecine et les découvertes scientifiques. Avec les deux toutefois, Bud pouvait discuter de sujets très personnels. Quant à Fowler, son registre de connaissances et d'émotions était si remarquable que rien ne le rebutait.

Au fil de la conversation, Georges l'informa que la construction de la chapelle allait bon train et que la plupart des habitants de Grande-Anse bénissaient sa mère. Grâce à ses largesses, ils assisteraient bientôt à la messe dans leur village. Quelques-uns auraient insinué que cette millionnaire protestante ne désirait que démontrer sa puissance et son importance par cet acte soi-disant charitable.

«Pourquoi réagir de la sorte?» se désola Bud. Et même si, en faisant ce geste, sa mère avait éprouvé une certaine puissance ou une plus grande importance, cela atténuait-il sa générosité? À la veille de son mariage, le curé Lamy avait chaleureusement remercié Bud lorsque celui-ci lui avait remis un cadeau en argent, qualifiant son geste de «bonne action», mais Bud avait protesté, insistant que ce don lui avait procuré un énorme plaisir. Le curé lui avait expliqué que beaucoup de personnes croyaient à tort que charité et sacrifice allaient de pair alors qu'au contraire l'acte charitable par excellence s'accomplissait dans la joie. Les paroles du curé Lamy l'habitaient encore. Il qualifiait souvent le prêtre de saint homme, ce qui, pour Bud, ne faisait référence à aucune religion.

«Tiens, pourquoi ne pas proposer à Lena de lui rendre visite au cours de notre séjour pour lui annoncer de vive voix la bonne nouvelle?» pensa-t-il, enthousiaste.

Lena venait tout juste de se lever quand un bruit de moteur les attira dehors. La maison de Bud et de Lena était construite au sommet d'une butte surplomblant la rivière Saint-Maurice, et un escalier d'une vingtaine de marches la séparait de la grève. Arthur Dontigny attachait son embarcation à l'une des bittes du quai.

– Monsieur Bud, cria-t-il les mains en porte-voix, il faut que je vous parle d'urgence!

Arthur gravit les marches quatre à quatre et tendit la main à Bud qui, après une légère hésitation, l'empoigna fermement. Il n'allait tout de même pas ressasser toute sa vie cette fameuse poursuite, d'autant qu'Arthur ne semblait pas réaliser l'importance que Bud y avait attachée. Combien de fois Arthur l'avait-il remercié de lui avoir envoyé ce chèque avec lequel il s'était procuré le bois de charpente de sa maison?

– Qu'est-ce qu'il y a, Arthur?

– Je viens de parler à votre mère à Chicago et elle aimerait que vous fassiez enquête au plus vite, débita-t-il d'un ton saccadé.

– Enquête? Mais pourquoi?

– Pas plus tard qu'hier, un ébéniste de La Tuque et un marchand de bois de Shawinigan m'ont chanté une poignée de bêtises. Ils affirment que le curé Damphousse refuse de payer leurs factures en disant que c'est à Mme Stillman de le faire. Mais je suis allé moi-même lui porter un chèque signé par votre mère. Je ne comprends pas…

Sans prendre le temps de réfléchir plus longuement, Bud décida de se rendre le jour même à Lac-à-Beauce.

– Le curé m'expliquera de vive voix ce qui se passe. J'irai te voir à mon retour, Arthur, ajouta-t-il, surpris de l'intonation amicale qu'il venait d'employer.

– Je veux t'accompagner, Bud, dit Lena.

– Tu ne devrais pas reprendre la route! Il faut que tu sois prudente…

– Tu t'inquiètes pour rien. Il n'y a qu'une vingtaine de kilomètres à faire.

Bud avait échangé son auto sport à deux places pour une spacieuse berline Packard mieux adaptée à sa nouvelle situation professionnelle et familiale. Tout au long du trajet, il tint la main de Lena dans la sienne, jetant à tout moment un coup d'œil sur son visage, si serein depuis qu'elle se savait enceinte. La rivière Saint-Maurice exerçait sur lui une véritable fascination qu'il devait autant à sa mère qu'à Fred Beauvais. Il éprouvait plus que de la vénération pour ce coin de pays. Bud admira une fois de plus les hautes falaises de granit coiffées de conifères. Puis apparut la plaine où s'élevait le village du Lac-à-Beauce. Les habitants de cette mission jouissaient maintenant d'une église et d'un presbytère où résidait en permanence le curé Damphousse, tout ce que Grande-Anse avait perdu après l'incendie de 1925.

Bud et Lena furent reçus par l'avenante servante du curé qui les pria de patienter un moment. Après une demi-heure d'attente, elle revint pour excuser le curé Damphousse et leur demander s'il leur était possible de revenir plus tard. Vu l'état de sa femme, Bud insista pour rencontrer le curé, précisant qu'il ne prendrait que quelques minutes de son temps.

Lorsque le curé Damphousse se présenta enfin, Bud et Lena eurent du mal à le reconnaître tant il avait vieilli. L'air morne, il les invita à se rasseoir. Bud exposa au curé le but de sa visite et ce dernier s'empressa de lui expliquer qu'il avait certains problèmes, mais que tout devrait rentrer dans l'ordre au cours des prochaines semaines. Puis, semblant se raviser, il ajouta :

– Bud, si mon projet n'évoluait pas comme prévu, crois-tu que ta mère consentirait à me donner le deuxième chèque plus tôt que prévu ?

– Ne deviez-vous pas d'abord lui remettre une liste de vos fournisseurs ?

– En attendant le début de la construction, j'ai placé le don de ta mère dans des valeurs que l'on m'avait assurées sans risque. Mais la crise semble me rattraper. Pour l'instant, je ne peux toucher à mon placement...

– Les cinq mille dollars qui vous ont été confiés ont été investis dans une banque? À la Bourse?

– À la Bourse, laissa-t-il tomber, abattu.

Un pesant silence suivit. Si le curé Damphousse avait perdu cet argent à la Bourse, Bud doutait fort que sa mère consente à lui verser le reste car, selon l'accord initial, il devait lui fournir la preuve que la somme allouée avait bien servi à régler les fournisseurs.

– Si je peux me permettre un conseil, monsieur le curé, il serait préférable que vous trouviez ailleurs l'argent nécessaire, et que vous payiez les travaux et matériaux déjà engagés pour avoir une chance d'obtenir un deuxième versement... Mais comptez sur moi, j'informerai ma mère des problèmes que vous avez.

13

Chicago, le dimanche 4 décembre 1932

À leur retour de voyage de noces, Anne et Fowler avaient emménagé à Chicago dans un appartement des tours Drake, au 179, Lake Shore Drive, non loin du siège social d'International Harvester. Seuls quelques domestiques partageaient leur intimité, car Guy et Alexander poursuivaient leurs études, pensionnaires à New York.

Debout près de la grande fenêtre du living, une tasse de thé à la main, Anne fixait sans trop le voir le lac Michigan à ses pieds, faiblement éclairé par les lampadaires de la promenade. Fowler s'était tu et, songeur, tirait une bouffée de sa cigarette.

– Quand croyez-vous me rejoindre à Grande-Anse?

– En même temps que les garçons, le 23.

– Vous avez grand besoin de ce répit, Fowler.

Pendant la dernière année, mis à part un séjour de quatre mois à Grande-Anse entrecoupé d'un court retour à Chicago en août au moment du décès de sa belle-mère, Anne avait fréquemment accompagné son mari dans le Midwest. Ils avaient sillonné son imposant territoire, qui s'étendait du Minnesota et de l'Iowa jusqu'à la côte du Pacifique. Fowler s'était fait un devoir de rendre visite à ses concessionnaires le plus souvent possible, les encourageant et les conseillant au mieux, eux qui se débattaient dans un marasme économique sans précédent.

Partout, la misère était criante et l'économie, si mal en point que le nouveau gouvernement de Franklin D. Roosevelt subissait de fortes pressions pour venir en aide aux gens les plus éprouvés. Fowler avait joint sa voix aux nombreux citoyens et hommes d'affaires qui réclamaient d'urgence une réglementation nationale de la production industrielle et agricole, du jamais vu depuis la création de la fédération américaine fondée sur la libre entreprise, où rarement auparavant l'intervention de l'État n'avait été vue d'un bon œil.

Pour se garder à flot dans ce marché soumis à de constants soubresauts, toutes les usines d'International Harvester avaient ralenti leur production, entraînant des mises à pied massives. Fowler avait accepté, en plus de sa fonction de directeur régional des ventes, de siéger à un comité *ad hoc* ayant pour but d'inventorier, puis de mettre en application des moyens pour aider et soutenir leurs employés sans travail. Il était hanté par sa nouvelle tâche.

– La situation est quelque peu comparable à la crise économique de 1907, Fee. Je n'avais que dix ans quand l'administration de mon père avait affronté des problèmes semblables à ceux que nous vivons actuellement. Qui s'en souvient? En règle générale, on veut tellement passer l'éponge sur les désastres qui ont marqué notre histoire que, du même coup, on en oublie les leçons de nos prédécesseurs.

– Je vous donne raison, Fowler. Toutefois, je me souviens très bien de cette crise, mais j'ai moins de mérite que vous, car j'étais déjà une adulte en ce temps-là. Les James Stillman, J. P. Morgan et autres banquiers de Wall Street avaient alors joué un rôle clé pour rétablir la situation.

Fowler sortit un mouchoir et, s'excusant, éternua. Beaucoup de gens dans son entourage souffraient du rhume ou de la grippe. Il souhaitait ne pas être de ceux-là, car il avait tant à faire.

– Cette fois, les banquiers n'ont pu empêcher l'effondrement du marché et, après trois ans de crise, la situation empire au lieu de s'améliorer. Voilà pourquoi nous réclamons une intervention musclée de l'État. Il faut établir un plan national pour venir en aide aux plus démunis.

Anne se tourna vers lui et éprouva une bouffée de tendresse pour cet homme, si vulnérable et si fort à la fois. Fowler avait baigné dans le luxe et la richesse toute sa vie et il n'en manifestait pas moins une vive empathie pour ses semblables. Avant de partager sa vie, elle le savait déjà généreux, humaniste et capable de clairvoyance.

– Où en êtes-vous avec vos nouvelles mesures? lui demanda-t-elle avec sollicitude.

– Vous savez aussi bien que moi combien l'inquiétude et les tracas minent la santé. Nous avons donc doublé les effectifs médicaux au service des familles et multiplié les visites à domicile. Aussi, nous consentons présentement des prêts sans intérêt à plusieurs de nos employés ayant épuisé leur fonds de chômage. Pour beaucoup, ce n'est pas suffisant pour joindre les deux bouts. Cette fois, nos gens ont faim, Anne.

– N'y a-t-il pas moyen de leur confier d'autres tâches en attendant la reprise économique?

– Dans plusieurs de nos usines, la production a déjà été poussée au-delà de ce que le marché peut absorber, et ce, dans le seul but de permettre la réintégration cyclique de chômeurs. Conséquemment, pour la première fois de son existence, I.H. entrevoit de lourdes pertes pour l'année courante. Même si la compagnie a les reins encore solides, il serait hasardeux de prolonger pareilles mesures.

Fowler ajouta sur un ton qu'il voulait taquin :

– Pour éviter de congédier des employés quand le travail manque, nous ne pouvons nous permettre, comme vous le faites à Grande-Anse et à Pleasantville, de les occuper en leur confiant d'autres tâches ou en leur demandant de recommencer ce qu'ils viennent de terminer. Sans vouloir vous offenser, Fee, certains de vos bâtiments, dit-on, ne tiendraient debout que grâce à leurs innombrables couches de peinture. Cependant, aucun actionnaire ne vous talonne pour remettre en question la rentabilité de votre entreprise, n'est-ce pas?

Reprenant son sérieux, Fowler lui assura que si la croissance économique ne reprenait pas très bientôt, dès l'été prochain, et peut-être même avant, les dirigeants d'International Harvester se verraient dans l'incapacité de relancer pareilles opérations de production sans marché.

Anne garda le silence un moment puis, rayonnante, se tourna vers Fowler.

– Connaissez-vous le proverbe qui dit à peu près ceci : «Donnez à quelqu'un un poisson et vous le nourrissez pour un jour, montrez-lui à pêcher et vous le nourrissez pour la vie?»

– Où voulez-vous en venir?

– La plupart de vos employés ont grandi à la campagne. On peut donc présumer qu'ils seraient capables de préparer et d'entretenir un jardin potager. Pourquoi ne pas leur en donner la possibilité dès le printemps prochain? Vous feriez d'une pierre deux coups. Ils se réapproprieraient cette tradition et, par la même occasion, permettraient à leurs familles de consommer de bons légumes frais en saison et d'en mettre en conserve pour le reste de l'année. De plus, Fowler, l'inaction mène souvent à la dépression. La personne sans travail aurait donc chaque jour, ou presque, une obligation à assumer pour garder son jardin en bon état.

– Fee, vous semblez oublier un détail très important. La majorité de nos employés vivent en appartement, en plein cœur de villes telles que Chicago, Milwaukee, Auburn, Fort Wayne et Canton, sans aucun coin de terre à leur disposition.

– Voilà où vous devriez intervenir. Combien de terrains vagues défigurent ces villes et pourraient être transformés en jardins communautaires?

– Je doute que les propriétaires de ces terrains voient cela d'un bon œil...

– Vous avez l'hiver pour louer ou, mieux, acheter ces terrains. Dans ce cas, au lieu d'envisager une dépense, votre compagnie pourrait comptabiliser des acquisitions d'actifs.

Devant la mine ahurie de Fowler, Anne rit de bon cœur, puis s'empressa d'ajouter :

– Il faudrait tout de même prévoir acheter des graines et des outils pour ceux qui ne le pourraient pas. Par ailleurs, il vous serait sans doute aisé d'obtenir la collaboration de vos chômeurs plus expérimentés dans la conception et l'entretien de potagers pour guider les autres. Qu'en pensez-vous?

– Dès demain, je demande une vérification de nos liquidités et je fais une proposition en bonne et due forme au comité. Cela pourrait effectivement constituer une de nos mesures à moyen terme, ajouta-t-il, hochant la tête.

Les traits tirés, il invita ensuite Anne à le rejoindre dans ses appartements pour la nuit.

– Venez plutôt chez moi, fit-elle. Donnez-moi d'abord une trentaine de minutes, d'accord?

À l'occasion, ils partageaient le même lit. La conversation se prolongeait alors souvent tard dans la nuit.

Joséphine, la femme de chambre d'Anne, lui fit couler un bain. Depuis qu'elle cohabitait avec Fowler, comme chaque fois qu'elle s'était retrouvée seule, un kinésithérapeute venait la masser à domicile une ou deux fois la semaine. Le massage suédois, sans être sexuel, satisfaisait en partie son besoin de sensualité et l'aidait à équilibrer ses énergies. Pendant les périodes de grand stress, un maître du shiatsu prenait la relève. Friande de philosophie et de médecine orientales, sa mère l'avait convaincue des bienfaits de semblables techniques, méconnues sinon mésestimées en Occident.

Maintes fois avait-elle suggéré à Fowler d'utiliser les services de son kinésithérapeute. Invariablement, il lui répliquait que ce qui était bon pour elle ne l'était pas nécessairement pour lui. Elle se demandait comment Fowler pouvait vivre ainsi, en marge de son corps. Anne soupçonnait son appréhension d'être touché par un étranger.

Elle se remémora son dernier été à Grande-Anse. Fowler n'y avait séjourné qu'une semaine au cours de laquelle ils avaient été inséparables, sauf quand Arthur et Fowler avaient participé à une excursion de pêche au lac à la Truite. Anne s'était étonnée de les voir converser sans aucune trace de rivalité. Ces deux hommes étaient-ils conscients de leur complémentarité ? Instinctivement, sans l'exprimer, tous deux avaient compris que ce que l'un lui offrait, l'autre ne pouvait le lui accorder.

Après son départ, Fowler était resté en contact quasi journalier avec elle, soit par téléphone, soit par lettre. Pas une seule fois il n'avait critiqué ou remis en question sa relation avec Arthur, pas plus qu'il ne lui avait manifesté la moindre opposition. Le bonheur et le bien-être de sa femme, voilà tout ce qui semblait lui importer.

Pourquoi ne pas réaliser ce soir le plan qu'elle avait tendrement concocté à son intention ? Il lui faudrait du doigté cette fois, car elle avait failli provoquer un drame quelques semaines auparavant.

Peu après son retour à Chicago, Anne s'était mis en tête d'user de ses charmes et de son savoir-faire afin d'éveiller chez Fowler une étincelle de désir qui, l'espérait-elle, entraînerait l'embrasement. Combien de fois n'avait-elle pas imaginé pareil scénario ? À la suite d'un repas en tête-à-tête, Anne avait invité Fowler à sa chambre, comme ce soir. Malgré une approche empreinte de douceur, elle revoyait Fowler la repousser, se confondre en excuses et la quitter à la hâte.

Le lendemain, ils avaient eu une longue conversation où Anne avait mesuré l'ampleur de sa maladresse. Depuis longtemps, Fowler ne souffrait plus de son absence de désir à moins d'être confronté à son impuissance. Loin de vouloir attiser ses regrets, il lui avait avoué avec une douceur infinie : « Je peux prendre soin de vous, Fee, vous conseiller, vous écouter, vous soutenir dans vos projets. Nous pouvons également partager nos idées. Vous savez à quel point je vous chéris. Je ne vous ai rien caché de moi et, en pleine connaissance de cause, vous avez accepté de m'épouser. Je vous en conjure, Anne, ne me demandez plus l'impossible. » Voilà pourquoi, ce soir, elle devrait faire preuve d'une extrême prudence.

Anne revêtit son kimono japonais, puis alluma une dizaine de chandelles sur lesquelles elle laissa tomber quelques gouttes d'essence de magnolia. Rassemblant tous les coussins et les oreillers du côté où Fowler se couchait habituellement, elle recouvrit le pied du lit d'une épaisse serviette de bain. Elle déposa sur sa table de chevet un mélange d'huile aromatisée à la ravensara et attendit qu'il la rejoigne. Pour apaiser la tension de Fowler et favoriser sa relaxation, Anne voulait lui masser les pieds.

Quand il pénétra dans la pièce, l'air embaumait. Les yeux mi-clos, il s'exclama :

— Que ça sent bon chez vous !

À la vue des chandelles, du lit défait et de la disposition des coussins, il se tourna vers Anne, une trace d'affolement dans le regard. Elle s'empressa de désamorcer ses craintes.

— Fowler, je vous demande de vous plier à un petit exercice. Si quoi que ce soit vous agresse, dites-le-moi, et je cesserai. Faites-moi confiance, et soyez assuré que je n'ai rien oublié de ce que vous m'avez déjà expliqué.

Elle l'invita à s'étendre sur les coussins et à respirer profondément. Plus mort que vif, il obtempéra sans un mot. Anne enveloppa le pied droit de Fowler dans son écharpe de laine angora afin qu'il retrouve un peu de sa chaleur pendant qu'elle lui masserait l'autre pied. Elle fit couler quelques gouttes d'huile au creux de ses mains qu'elle frotta vigoureusement pour les réchauffer. À l'odeur de magnolia s'ajouta celle de la ravensara. Son maître de shiatsu lui avait vanté les vertus de cette plante originaire de Madagascar pour combattre le stress. De plus, grâce à ses propriétés antivirales, elle contribuait à la guérison de la grippe et de la sinusite, combattant aussi bien d'autres assaillants du système immunitaire.

Elle palpa d'abord le talon mais, malgré la délicatesse du geste, Fowler se crispa.

— Permettez à mes mains de vous aider, je vous en prie. Étendez vos bras le long de votre corps plutôt que de les garder croisés sur votre poitrine ; vous verrez comme vous vous détendrez plus facilement. Apaisez-vous, Fowler, murmura-t-elle d'une voix à peine audible.

Un léger relâchement suivit. Avec douceur, Anne enserra sa cheville, puis souleva son pied et l'agita par petites saccades, pour l'inciter à décontracter sa jambe. Pour mieux réchauffer ce pied glacé, elle l'emprisonna de ses deux mains, pour ensuite le frotter du bout des orteils au talon. Fowler ferma les yeux et prit une profonde inspiration. Même si le pied comportait de puissantes zones érogènes, Anne se garda bien de les exploiter. Douceur, résolution et tendresse guidaient ses mains enduites de cette huile thérapeutique conçue pour procurer détente et soulagement.

Bien qu'elle n'eût qu'une connaissance empirique de la technique, Anne s'appliquait de son mieux. Pour ne pas le chatouiller, elle posa fermement ses pouces sur la plante de son pied et les bougea lentement tout en leur imprimant un mouvement semi-circulaire de l'intérieur vers l'extérieur. Elle procéda de la même façon avec l'autre pied après avoir enroulé dans son écharpe celui qui venait d'être massé. Fowler émit quelques sons inintelligibles. Anne sourit, heureuse qu'il lâche enfin prise.

La douceur de ses pieds l'étonna. Aucune callosité ne freinait le glissement de ses doigts. Contrairement à son maître de shiatsu qui exerçait ses pressions jusqu'à la tendre douleur, Anne pinça délicatement entre ses doigts les orteils de son compagnon puis, doucement, les étira un à un.

Autant Anne ne pouvait tolérer les geignards, autant elle adorait soigner ses proches quand ils étaient malades, y compris les membres de son personnel, assumant le rôle d'infirmière dès qu'une occasion se présentait. Fowler, quant à lui, veillait sur elle comme personne ne l'avait fait auparavant sans rien exiger en retour. Loin de la rebuter, sa prévenance l'émouvait et la comblait. Ce soir, elle lui était reconnaissante qu'à son tour il lui permette de prendre soin de lui. Elle avait tant besoin qu'on ait besoin d'elle.

Après quelques minutes, Anne renonça à la technique pour laisser libre cours à son intuition. Elle glissa ses mains sur cette peau enfin pénétrée de chaleur, découvrant les points de tension du bout des doigts et les massant jusqu'à ce qu'ils se dénouent. Elle s'étonna d'éprouver autant de plaisir à répéter ces gestes simples, à observer le visage détendu de Fowler et sa poitrine qui se soulevait régulièrement. Lorsqu'elle termina son massage en comprimant le bout des pieds entre ses doigts, Fowler demeura immobile un bon moment puis, les yeux toujours fermés, demanda d'une voix quelque peu alanguie :

– Quand donc devez-vous partir pour Grande-Anse, Fee? Mardi? Hum... Pourriez-vous recommencer ce traitement demain soir?

Puis, se soulevant sur un coude, il la regarda intensément.

– Merci, Fee. Vous avez fait de ces instants un moment d'éternité. Jamais je ne l'oublierai.

Il venait de lui accorder ce que personne n'avait obtenu de lui avant : la permission de le toucher dans le seul but de lui procurer du plaisir.

* * *

Boston, le lundi 5 décembre 1932

L'enfant au creux de son bras, Bud maintenait son petit bras potelé entre ses longs doigts tout en lui donnant le biberon. Neuf mois déjà depuis la naissance de ce trésor qui ne cessait de l'émerveiller. Exceptionnellement, ce soir, il pourrait mettre son bébé au lit : trop souvent, en effet, ses longues heures de travail à l'hôpital l'en empêchaient.

Dès que Lena avait été amenée à la maternité, le 23 février dernier, Bud avait tenté, sans succès, de joindre sa mère pour la prévenir de l'arrivée imminente de son enfant. Par contre, il avait eu son père à la première sonnerie du téléphone. Sans hésiter, James Stillman lui avait promis de quitter New York et de le rejoindre à Boston dans les plus brefs délais. Il était arrivé au New England Baptist Hospital juste à temps pour empoigner son fils, chancelant, à la sortie de la salle d'accouchement. Juste avant de s'effondrer, Bud avait balbutié :

– Huit livres, père. Une belle fille de huit livres.

Bud avait fait l'objet de nombreuses plaisanteries par la suite. Comment envisageait-il de devenir gynécologue et obstétricien s'il tournait de l'œil quand il voyait une femme accoucher? Il tenta évidemment de se justifier en affirmant qu'il avait secondé des dizaines de fois ses confrères dans de pareils cas, et avait lui-même mis au monde quelques bébés auparavant, mais que, cette fois, il avait assisté à l'accouchement de *sa* femme.

Le bébé se prénommait Leanne, un habile compromis pour honorer à la fois sa femme, sa mère et sa sœur. Un jour, en écrivant «Lena», il avait accidentellement inversé les deux dernières lettres, concevant ainsi le nom de sa fille.

Lena s'approcha d'eux, mais n'avait d'yeux que pour son bébé. «Quelle mère aimante et dévouée elle fait», se répéta Bud pour la énième fois. Il se réjouissait du dévouement et de l'amour de Lena pour leur fille. Simultanément, il éprouvait tant de nostalgie en se remémorant leurs moments de complicité, leurs jeux, leurs excursions. «Donnons-nous du temps», s'empressa-t-il de réagir, quelque peu honteux de telles réflexions, qu'il qualifiait d'égoïstes et d'immatures.

* * *

Grande-Anse, le mercredi 7 décembre 1932

Ce matin-là, lendemain de son arrivée à Grande-Anse, Anne avait reçu Ferdinand Germain qui lui avait de nouveau offert ses services de menuisier et d'homme à tout faire. La crise le malmenait durement. Sans hésiter, elle avait accepté son offre, persuadée qu'elle trouverait bien quelques travaux à lui confier.

Voilà cinq ans déjà, Ferdinand avait quitté Grande-Anse pour travailler à la Brown Corporation, à La Tuque, où il avait emménagé avec toute sa famille. Comme la majorité des usines et des manufactures, la Brown avait ralenti ses activités au cours des derniers mois et de nombreux ouvriers, à l'instar de Ferdinand, grossissaient les rangs des chômeurs. On dénombrait, dans la seule province de Québec, plus de trente pour cent d'employés sans travail.

Plutôt que de crever de faim en ville, sa femme, Florette, l'avait convaincu de reconstruire leur maison détruite par le feu de 1925 et d'exploiter derechef cette belle terre déjà défrichée que lui avait léguée son père. Toutefois, l'indemnisation reçue des assurances après le feu n'était pas suffisante pour couvrir les frais de construction. Il fallait donc une autre source de revenus autant pour rebâtir que pour joindre les deux bouts.

Le gouvernement du Québec dirigé par le premier ministre Louis-Alexandre Taschereau prônait lui aussi le retour à la terre pour pallier la pénurie d'emplois en ville. Toutefois, la vallée de la Saint-Maurice, reconnue exclusivement pour ses richesses forestières et hydroélectriques, ne reçut aucune aide à la colonisation, contrairement aux régions de l'Abitibi et du Lac-Saint-Jean qui virent affluer des milliers de nouveaux colons. Voilà pourquoi Ferdinand avait bien besoin de l'argent sonnant que lui procurerait son travail chez Anne McCormick. Pendant la construction de leur maison, les Germain s'étaient installés au presbytère attenant à la chapelle. Aucun prêtre ne l'avait encore occupé depuis la reconstruction.

Était-ce en signe de reconnaissance qu'au nom de sa femme Ferdinand invita Anne à leur rendre visite le lendemain et à assister à la messe avec eux ? En ce 8 décembre, les villageois célébreraient dans leur toute nouvelle chapelle la fête de l'Immaculée-Conception. Anne accepta l'invitation de Ferdinand, d'autant qu'il lui tardait de voir la chapelle enfin terminée.

Anne avait aujourd'hui la certitude que le curé Damphousse avait investi et perdu les cinq mille deux cents dollars qu'elle lui avait confiés. Les créanciers avaient vite compris qu'ils ne seraient pas payés et plusieurs d'entre eux étaient allés reprendre leurs biens à la chapelle et au presbytère. Ainsi, tous les articles de plomberie avaient été emportés et remplacés tant bien que mal par des dons disparates. La vieille cloche fêlée, laissée à l'abandon dans le champ après l'incendie, avait été hissée au clocher et un orgue asthmatique, installé au jubé. Quelle honte, pensa Anne, elle qui avait imaginé du neuf partout.

Se remémorant la façon cavalière dont Joseph Damphousse avait administré les milliers de dollars qu'elle lui avait confiés, Anne rageait encore. À l'été 1931, Bud l'avait bien informée de la situation catastrophique dans laquelle se trouvait le curé, lui transmettant, par la même occasion, sa demande d'aide additionnelle. Comment avait-il seulement osé y penser? Son audace lui avait coupé le souffle. La réponse d'Anne avait été cinglante : qu'il ait au moins le cœur et le courage de réparer lui-même sa faute. Ses nombreux amis n'étaient-ils pas disposés à l'aider?

Avait-il reçu, comme la rumeur le laissait entendre, un prêt de huit cents dollars de Joseph Doucet, afin de parer au plus urgent? Anne avait maintenant la preuve que ni ses confrères ni son évêque ne s'étaient portés à son secours, puisqu'il avait été dans l'obligation de se déclarer en faillite en septembre dernier. Étonnamment, Joseph Damphousse avait inclus la valeur de la chapelle et du presbytère de Grande-Anse au même titre que sa Chrysler 1927 dans son bilan personnel. En tout état de cause, Anne ne voulait plus en entendre parler.

Installée au salon bleu, elle écoutait Arthur lui décrire les différentes activités du domaine tout en lui donnant au passage des nouvelles des uns et des autres. Arthur était de ces gens qui, quoique peu instruits, avaient une allure racée, un savoir-faire inné. Quand elle séjournait à Pleasantville, Arthur était presque toujours du voyage de sorte que, maintenant, il s'exprimait bien en anglais.

Ferdinand lui avait brossé un bien sombre tableau de sa situation financière et Anne voulut savoir ce qu'il en était des gens du village.

— Ceux qui travaillent pour vous, madame, s'en tirent plutôt bien. Mais parmi les autres, beaucoup mangent de la misère.

– Assurez-vous, Arthur, que chaque famille du village reçoive un copieux panier de provisions pour les fêtes dès la semaine prochaine. Je peux compter sur vous ?

– Oui, madame.

Combien de fois lui avait-elle demandé de l'appeler par son prénom quand ils étaient seuls ? Elle y avait renoncé quand il lui avait avoué en être incapable.

Anne se retira tôt ce soir-là, s'assurant qu'Arthur la rejoindrait à sa chambre au petit matin.

* * *

Une heure avant le début de l'office, Arthur déposa Anne en face de la chapelle. L'un et l'autre arboraient une attitude des plus protocolaires ne permettant à personne de soupçonner leurs ébats amoureux de quelques heures auparavant. Elle désirait examiner l'endroit dans l'intimité et demanda à son régisseur de la reprendre au presbytère une fois sa visite aux Germain terminée.

Les lourdes portes de bois lui semblèrent disproportionnées par rapport à la taille de la bâtisse. Anne examina la demi-rosace au-dessus d'elles, puis la rosace éclairant le jubé, toutes deux réalisées avec des pièces de verre teintées en mauve, en rose ou en rouge et séparées par de minces moulures de bois : le tout donnait l'illusion d'un vitrail. Découpant les murs latéraux, les grandes fenêtres pareillement assemblées rappelaient les verrières traditionnelles. Une petite fournaise trônait dans l'allée centrale et réchauffait la pièce.

En tenant compte des places au jubé, la chapelle pouvait asseoir tout près d'une centaine de personnes, plus que la mission de Saint-Théodore-de-la-Grande-Anse n'en recensait actuellement. Émue par le recueillement des quelques femmes agenouillées, Anne s'installa dans la dernière rangée de bancs fraîchement vernis. Des bénévoles avaient effectué les travaux de peinture et de vernissage.

Même s'il était hors de question pour elle de verser plus d'argent, Anne avait ajouté plusieurs présents à son don initial.

289

Ainsi, la mission avait hérité de vases sacrés tels que calice, ciboire et patène, de même que de deux ensembles d'ornements sacerdotaux destinés à Eugène Lamy, le remplaçant du curé Damphousse enfin muté à la paroisse de Saint-Sévère. Un artisan de la région avait fabriqué une immense couronne de cuivre martelé, incrustée de centaines de pierres vieux rose. Connaissant la vénération des habitants de Grande-Anse pour la mère du Christ, Anne avait demandé que cette couronne soit suspendue au-dessus de la statue de Marie avec, à ses pieds, un arc similaire recevant une dizaine de lampions. Leur lueur vacillante éclairait l'encoignure où avait été placée la statue. Anne admira l'ensemble, étonnée de son émoi.

Presque tout ce dont disposaient les églises, la petite chapelle le possédait aussi, mais à plus petite échelle. Le bois régnait en maître partout, à l'intérieur comme à l'extérieur. Deux portes séparaient la sacristie du chœur dont la voûte, peinte bleu ciel, s'apparentait au style roman. Arthur l'avait informée que la sacristie, remplie de grands tiroirs contenant les vêtements sacerdotaux et d'armoires où l'on rangeait vases, articles de culte, livres saints et registres de la mission, logeait aussi le confessionnal. Anne s'était souvent demandé si les pénitents dévoilaient vraiment toutes leurs fautes dans l'isoloir.

Anne songea au curé Damphousse qu'elle avait sévèrement jugé à trois reprises : lorsqu'elle avait appris son comportement avec certaines jeunes filles, à l'époque du mariage de Bud, et dans les événements liés à la destruction et à la reconstruction de la chapelle. Pourtant, elle le savait dévoué à ses paroissiens : bon vivant et musicien talentueux, il n'hésitait pas à partager son savoir et sa joie de vivre.

Comment la jugeait-on, elle? En sa présence, la grande majorité des gens ne lui manifestaient que sympathie et déférence. Qu'en était-il lorsqu'elle n'y était pas? Elle se plut à penser qu'ils lui étaient reconnaissants de ce qu'elle faisait pour eux.

Anne sourit à la Vierge, ravie de la voir si pimpante dans la lumière du matin. À l'instar des catholiques, les épiscopaliens croyaient en la virginité de Marie et en son immaculée conception. Heureuse de constater l'harmonie du lieu, Anne respira les odeurs d'encens et de chandelles. Cette atmosphère la rasséréna.

Bercée par le silence, les yeux fermés, Anne souhaita bonheur et santé à chacun de ses enfants et de ses petits-enfants. Puis, elle pensa à Fowler et regretta que sa lignée s'éteigne avec lui. Soudain, un fol espoir la submergea. Elle avait lu récemment le compte rendu d'une étude réalisée par des savants italiens qui avaient traité des problèmes d'infertilité dans des cas d'impuissance chronique. Leur découverte avait fasciné les chercheurs du monde entier. Elle se revoyait ranger l'article dans son secrétaire de la résidence à Chicago, sans trop savoir pourquoi.

Même si elle n'était plus de la première jeunesse, ses règles se manifestaient aussi régulièrement qu'à vingt ans. L'atmosphère de cette chapelle commandait un miracle. Pourquoi pas celui-là? Anne se sentit transportée. Avant d'en parler à Fowler, elle ferait néanmoins enquête pour évaluer la faisabilité de ce projet. Pour éviter de heurter son mari, elle devrait user de tact et, si ses recherches s'avéraient positives, de tout son pouvoir de persuasion.

L'heure de l'office sonna. Déjà une trentaine de personnes avaient pris place en silence, gardant leur tête inclinée. En entrant dans la chapelle, Ferdinand pria Anne de se joindre à sa famille dans le premier banc avant de s'excuser pour aller rejoindre avec son aînée, Thérèse, l'organiste au jubé. Anne nota, attendrie, la gentillesse de Ferdinand à l'égard de ses enfants et l'admiration spontanée des petits pour leur père.

Quand Eugène Lamy ouvrit la porte de la sacristie et pénétra dans le chœur, un murmure d'étonnement parcourut l'assemblée. Il étrennait les ornements sacerdotaux réservés aux fêtes religieuses qu'Anne avait offerts à la mission. La chasuble et l'étole éblouissaient avec leurs broderies de fil d'or. Le prêtre tenait entre ses mains un calice recouvert de la bourse de corporal assortie à ses vêtements ornés de scènes religieuses. Anne apprécia le travail du manufacturier tout autant que la réaction admirative des villageois.

Une voix angélique semblant émerger tout droit du ciel la sortit de sa réflexion. Elle se retourna et vit, au jubé, la petite Thérèse chanter avec dévotion un cantique louant l'Immaculée Conception. La fillette gardait les yeux fermés, un air quasi extatique peint sur le visage. « Mon Dieu, que deviendra cette enfant si talentueuse dans ce village perdu, en marge de tout? » songea Anne avec tristesse. Ferdinand, accompagné d'Auguste Chandonnet et de quelques autres chantres, attaqua le refrain tout en observant sa fille, rayonnant de fierté.

À la fin de l'office, Anne sortit en compagnie de Florette et de ses enfants. Tout le monde se regroupa au bas des marches, car le perron exigu de la chapelle ne pouvait contenir plus de six ou sept personnes. Plusieurs s'approchèrent timidement d'Anne pour la remercier, les hommes le chapeau à la main, et les femmes, entourées de leurs enfants. Anne connaissait de nom la plupart d'entre eux.

Avec Florette, Ferdinand et leurs enfants, Anne gagna ensuite le presbytère. Qu'il était petit! La bâtisse originelle l'aurait très certainement contenu trois fois. Un vent glacial les obligea à incliner la tête, à tenir leur chapeau d'une main et, de l'autre, à resserrer leur col.

Visiblement réjouie de sa visite, Florette invita Anne à se défaire de sa fourrure tout en demandant à ses filles aînées de découvrir les petits. Puis, elle lui présenta ses enfants, tout pimpants dans leurs habits du dimanche. Anne admirait ces femmes qui, à l'instar de Florette, entretenaient leur maison avec bien peu de moyens tout en élevant leurs enfants avec courage.

En dépit de ses maternités rapprochées et malgré toutes les épreuves de la dernière décennie, la beauté de Florette ne s'était pas flétrie. Avant son trentième anniversaire, cette femme aurait mis au monde sept enfants, en comptant son fils aîné mort en bas âge. La timidité de la jeune femme s'était peu atténuée avec le temps, et Anne tenta de la mettre à l'aise en la questionnant.

– Avez-vous aimé demeurer à La Tuque, Florette?

– Je préfère vivre à Grande-Anse, madame.

– Pourtant, vous aviez bien plus de commodités à la ville, n'est-ce pas?

– Mais je m'y sentais déracinée, et on était bien à l'étroit dans notre loyer avec les enfants... n'est-ce pas, Ferdinand?

– Bien, un peu comme ici, au presbytère mais, au moins, j'ai bon espoir que notre maison sera terminée l'été prochain.

Après un moment d'hésitation, Florette reprit tristement :

– À La Tuque, par contre, tous nos enfants en âge fréquentaient l'école. L'instruction, c'est tellement important pour moi.

Originaire de Saint-Roch-de-Mékinac, Florette avait eu la chance d'obtenir son diplôme d'études primaires et, chaque soir à l'heure des devoirs et des leçons, elle aidait ses trois aînées malgré sa lourde charge de travail.

– Et où vos enfants vont-ils à l'école maintenant? s'enquit Anne.

– Tout l'automne, Mlle Alice Adams est venue ici même au presbytère pour instruire nos trois plus vieilles. Malheureusement, elle nous a quittés la semaine dernière. Je ne sais pas encore si quelqu'un d'autre acceptera de la remplacer, fit Florette sans dissimuler son inquiétude.

Les enfants étaient placés par ordre de grandeur et, après les présentations, Florette s'assura que son invitée ne voyait pas d'objection à écouter ce que les enfants avaient préparé à son intention. Anne accepta avec empressement et, au cours des minutes qui suivirent, elle se vit offrir un compliment, deux comptines et trois chansons.

– Quelle belle famille vous avez! Je vous remercie de cette gentille invitation, mais je dois rentrer maintenant.

S'adressant à Ferdinand, elle le pria de l'accompagner à sa voiture. Une fois dehors, elle lui demanda sans préambule :

– Combien vous en coûterait-il, Ferdinand, pour envoyer Thérèse au couvent à La Tuque?

– C'est impensable pour nous, madame, ce doit être dix dollars par mois.

– À dix ans, elle souffrirait d'un dangereux retard si elle ne retournait pas promptement en classe. Je vous donnerai les dix dollars par mois par l'entremise de mon gérant et vous l'enverrez au couvent dès lundi. Qu'en dites-vous?

Anne aidait de la sorte maints enfants du village et des environs. La fille de Georges Giguère allait au couvent à ses frais. Plusieurs enfants d'Arthur Chandonnet et deux des garçons de Jos Goyette fréquentaient le pensionnat de Louiseville. Un certain nombre de parents avaient toutefois refusé ce soutien, affirmant qu'ils avaient trop besoin de leurs enfants pour les besognes domestiques ou les travaux de la ferme. Pour améliorer de façon significative le sort des gens, Anne croyait aux vertus du travail et de l'instruction. Il eût été facile de donner tout simplement de l'argent pour combler des besoins ponctuels. Cependant, une fois l'argent dépensé, la plupart se seraient retrouvés à la case départ.

Ferdinand remercia Anne, heureux de son aide, mais tourmenté à l'idée que ses autres enfants risquaient de demeurer sans institutrice pour l'hiver. Il tut néanmoins ses appréhensions, de peur d'abuser de la générosité de sa bienfaitrice.

Très digne, Arthur l'attendait debout, côté passager. « Quel bel et gentil homme », songea Anne avec attendrissement. Arthur, son ancre, ses racines dans cette nature généreuse, vivifiante, revigorante, un contact intime avec le vrai, enveloppé de tendresse et de volupté. Attentive à ses moindres désirs, Anne éprouvait tant de plaisir à lui procurer ce dont il rêvait. Elle s'engouffra dans la voiture et, silencieusement, formula une fois de plus l'ardent désir de garder ses deux hommes à ses côtés, toujours.

14

Barrington, le dimanche 8 juillet 1934

Ni Anne ni Fowler ne se rendaient à l'office et, d'un commun accord, ils consacraient la journée du dimanche au repos, ce qui signifiait pour Anne un changement d'activités. Douée d'une monumentale vitalité et incapable d'accepter l'inaction, Anne entraînait toutes les personnes de son entourage dans son sillage, et Fowler ne faisait pas exception. Pourtant, aujourd'hui plus que jamais, il aurait apprécié l'immobilité, l'isolement.

Depuis l'automne précédent, ils demeuraient presque toutes les fins de semaine et, exceptionnellement, des semaines entières, à leur ferme de Barrington située à une cinquantaine de kilomètres au nord-ouest de Chicago. De temps à autre, Fowler ne dédaignait pas de faire le trajet Barrington-Chicago matin et soir pour profiter de ce cadre champêtre si propice à la détente.

Il n'avait pas eu à se soucier des dernières rénovations ni de l'aménagement de leur résidence dans ce domaine rural, Anne s'étant acquittée de ces tâches avec brio. Quant à l'exploitation de la ferme, ils n'y consacraient que quelques heures par semaine, car un personnel expérimenté abattait la quasi-totalité de la besogne.

Vouée presque exclusivement à l'élevage des vaches d'Ayrshire originaires d'Écosse, la ferme s'étendait sur des centaines d'acres. Chaque vache avait son pedigree et les antécédents héréditaires s'avéraient le facteur prépondérant dans l'acquisition de nouvelles têtes de bétail. Ce dimanche-là, l'un et l'autre tentaient de se concentrer sur les fiches étalées devant leurs yeux et décrivant les bêtes offertes au prochain encan. Cependant, le cœur n'y était pas, chacun semblait perdu dans ses pensées.

Cette année, Anne avait retardé son départ pour Grande-Anse à la fin juillet, convaincue que Fowler avait besoin de sa présence, compte tenu de ses nouvelles responsabilités et des nombreux problèmes qui en avaient résulté. Voilà quelques mois, il avait été promu directeur adjoint des ventes pour tout le territoire américain en remplacement de John McCaffrey, promu également, mais toujours son supérieur immédiat. Fowler admirait le savoir-faire de cet homme tout en désapprouvant certaines de ses décisions qu'il jugeait trop souvent prises avec précipitation.

Contrairement à Fowler, plus enclin à la réflexion et à la planification, ce géant de près de deux mètres ne jurait que par l'action, immédiate et flamboyante. «Sur quoi se base-t-on pour évaluer un vendeur? Le volume de ses ventes? Alors, vendez!» enjoignait McCaffrey à ses subalternes. Sans aucune formation universitaire en administration ou en gestion de personnel, il s'était fait lui-même, grâce à sa détermination et à son travail acharné. Force était de constater qu'il avait admirablement bien rempli tous les mandats qu'il s'était vu confier.

Peu après les nominations, Anne et Fowler avaient reçu John McCaffrey à dîner. Plutôt que de désigner Fowler par son prénom, McCaffrey semblait éprouver un malin plaisir à l'appeler «le fils du grand patron» ou «mon petit gars» expressions plus arrogantes qu'anodines pour Anne qui l'avait qualifié de «rustre recouvert de vernis». Elle avait supplié Fowler de se méfier de cet homme, incapable toutefois de justifier logiquement sa réaction. Sa désagréable impression avait été si vive, si intense que Fowler en avait été secoué.

Même si l'expérience de McCaffrey enrichissait Fowler, cet homme mettait tout de même sa patience à rude épreuve. Par ailleurs, l'économie s'était considérablement améliorée depuis l'élection de Roosevelt. Le nouveau président avait tenu promesse et mis en œuvre sa politique du New Deal, en injectant d'énormes mises de fonds destinées à la réalisation de travaux publics dans tout le pays, créant des milliers d'emplois. Toutefois, Fowler pestait encore contre sa National Industrial Recovery Act, loi qui avait certes favorisé la stabilisation du développement industriel par le maintien des prix, mais qui incluait le droit inaliénable des travailleurs à se syndiquer et à négocier collectivement avec leurs employeurs. Par cette clause, Roosevelt s'était mis à dos de nombreux industriels et hommes d'affaires et, du même coup, il avait compliqué la tâche de Fowler.

Depuis l'hiver précédent, en plus de ses responsabilités au service des ventes, Fowler siégeait au comité des relations de travail d'International Harvester. L'adoption de cette fameuse loi avait provoqué des tensions inimaginables. Les dirigeants d'International Harvester avaient vivement combattu la syndicalisation depuis ses premières manifestations, arguant qu'ils n'avaient aucun besoin d'« étrangers » pour dicter leur conduite, d'autant que depuis nombre d'années ils avaient établi des mesures sociales sans précédent en faveur de leurs employés. Pour contrer les syndicats, dès 1919, les administrateurs, alors dirigés par le père de Fowler, avaient institué dans chacune de leurs usines des comités de travail composés d'ouvriers et de dirigeants, chaque membre ayant un droit de vote d'égale valeur sur tous les sujets d'intérêt commun comme les salaires, les horaires et autres conditions de travail. Par le biais de ces comités, tout travailleur ou groupe de travailleurs pouvait présenter ses suggestions, ses requêtes ou ses doléances avec la certitude d'être écouté et traité équitablement. International Harvester a été l'une des premières entreprises à instaurer des mesures structurées pour aider ses employés. Pour soutenir les victimes du chômage et des accidents de travail, les invalides et les malades, un fonds avait été constitué auquel participaient conjointement les travailleurs et la compagnie. Pour sensibiliser les employés à la gestion de leur entreprise, dès 1922, ils s'étaient vu offrir des actions à des coûts préférentiels. Fowler avait hérité de son père sa hantise des syndicats, convaincu qu'ils étaient souvent dirigés par des fomenteurs de troubles. Pour dissuader les employés de se syndiquer, il était prêt à proposer d'importants compromis.

Après plusieurs mois d'examens et d'analyses, Anne avait reçu confirmation le jeudi précédent qu'elle ne pourrait plus jamais avoir d'enfant. Toutes les démarches s'étaient déroulées à l'insu de son mari. Le verdict l'avait vraiment peinée : «Même si vos règles sont régulières, votre activité ovarienne est insuffisante. Vous comprenez, l'âge...» Pourtant, elle se sentait si jeune. D'autres avant elle avaient enfanté dans la cinquantaine. Exceptionnellement bien sûr, mais Anne nageait dans l'exception depuis toujours. Quoi qu'il en soit, personne ne connaîtrait sa déception.

Fowler s'expliquait le manque d'entrain et la tristesse de sa femme par le report de son séjour à Grande-Anse. Il pressentait dans cette décision son désir de le soutenir et de l'aider.

— Pourquoi ne pas partir pour le Canada selon votre habitude, Fee? Vous avez tant à faire, là-bas. Ne vous tourmentez pas pour cette ferme. Notre intendant est fiable et je viendrai à Barrington aussi souvent que mon travail me le permettra.

— Mais, Fowler, vous m'inquiétez bien plus que la ferme. Vous êtes si pâle.

— Même si je ne suis pas tellement doué, Fee, je vous promets de faire quelques parties de golf. Cela me changera de la routine.

— Si vous me promettez que vous m'appellerez dès que vous en ressentirez le besoin, j'y consens. Sinon, je reste.

Une heure plus tard, Anne avait déjà tout planifié pour partir le surlendemain.

* * *

Grande-Anse, le vendredi 13 juillet 1934

Après trois jours et demi d'un voyage éreintant seule avec son chauffeur, Anne atteignit enfin Grande-Anse. Un calme inhabituel régnait sur son domaine. Un urgent problème retenait Arthur au lac Gaucher, et Alexander l'y avait accompagné. Depuis son arrivée à la mi-juin, Guy vivait chez Lena en compagnie d'Earl Carlson, de la petite Leanne et de sa gouvernante dans la maison de Bud sur la rive ouest de la Saint-Maurice. Quant à Mlle Oliver, dont la santé se détériorait de mois en mois, elle s'était retirée pour faire une sieste.

Contrariée par l'absence de son régisseur et éprouvant un irrésistible besoin de bouger, Anne entreprit une rapide tournée des lieux. Lorsqu'elle se dirigea vers les bâtiments de ferme, une nuée de mouches noires l'assaillit. Anne s'efforça de retrouver son calme car, par expérience, elle savait que plus le niveau de stress était élevé, plus ces vilaines bestioles s'acharnaient sur leurs victimes.

Lorsqu'elle pénétra dans la grange, anormalement négligée, Octave Tremblay, un jeune homme d'une vingtaine d'années engagé spécifiquement pour l'entretien, s'amusait à énerver ses chiens plutôt qu'à nettoyer.

– Eh bien! C'est tout ce que vous trouvez à faire, monsieur Tremblay?

Il sursauta, étonné de cette présence. Le grognement des chiens avait couvert le bruit des pas.

– Bien, j'allais m'y mettre, madame, répondit-il d'une voix traînante.

La réaction d'Anne ne se fit pas attendre.

– Vous êtes donc incapable de vous rendre compte par vous-même que cette bâtisse empeste? Regardez vos bottes crottées! Quelqu'un doit-il toujours vous dicter votre conduite? C'est votre dernière chance, monsieur Tremblay. Je vous aurai à l'œil.

299

Aussi paradoxal que cela puisse paraître, Anne détestait les changements de personnel mais pouvait congédier sans façon ceux qui, à l'instar de Tremblay, affichaient indifférence ou irresponsabilité, attitudes qu'elle interprétait immanquablement comme une insulte personnelle. Cependant, quand sa colère se calmait, elle n'hésitait pas à les réembaucher, s'ils s'engageaient à s'amender. Tremblay l'avait échappé belle. Elle l'observa au travail un moment avant de reprendre son inspection.

Depuis le départ de Germaine, plusieurs personnes s'étaient succédé à la cuisine, et autant avaient été renvoyées pour incompétence, vols ou agaçantes négligences. Rosanne Goyette, l'épouse de Georges Giguère, avait accepté de la dépanner. Rosanne ne restait jamais inactive. En plus de ses tâches à la cuisine, elle accomplissait de magnifiques travaux d'aiguille pour lesquels Anne la rémunérait spécifiquement. Celle-ci exposait ensuite cet artisanat dans les pièces qui lui étaient réservées. Anne aimait encourager les gens actifs et adroits.

À la cuisine, Rosanne lui rappelait son père, Jos Goyette, son premier cuisinier à Grande-Anse. Étaient-ce les exigences d'Anne ou simplement son goût de l'aventure qui avaient amené le père Jos à quitter le domaine pour aller mitonner des plats chez les draveurs? Même si elle n'avait pas apprécié ce départ, Anne avait continué à aider les enfants de Jos, en payant les études d'Émile et de Jules, ceux qui avaient bien voulu profiter de sa générosité, et en embauchant les autres. Ainsi, Ernest et le jeune Henri travaillaient comme hommes à tout faire au lac Gaucher et Bertha, sa chère Bertha, comme femme de chambre à Grande-Anse et ailleurs.

La vie de cette jeune femme avait bien changé au cours de la dernière année. En janvier, à Chicago, Bertha s'était mariée civilement avec le père de l'enfant qu'elle portait. Anne avait insisté pour que la cérémonie ait lieu avant la naissance et avait promis à Bertha toute l'assistance dont elle avait besoin, y compris de l'aider à subvenir aux besoins de son enfant. Trois jours plus tard, elle accoucha d'un magnifique garçon.

Deux autres Goyette, Rosanne et Annette, se joignaient sporadiquement à l'équipe d'Anne quand il y avait un surplus de travail. Tous les membres de cette famille lui manifestaient une remarquable fidélité qui la touchait. La beauté des filles était tout aussi remarquable que celle de leurs frères. À la demande d'Annette, qui s'était mariée quelques semaines auparavant, Anne avait également embauché son nouveau mari, Russell Adams.

Aux abords de la cuisine, une bonne odeur de ragoût lui chatouilla les narines.

– Vous nous mijotez un autre régal, Rosanne?

– Et ce n'est pas tout, dit celle-ci en soulevant le couvercle de sa marmite. Avec les fraises que Rose et Alice sont allées cueillir hier, on vous a préparé une provision de confitures. J'ai prévu en garnir votre gâteau ce soir.

Malgré ses nombreuses années de service et sa jeune vingtaine, Rose Grenier occupait encore le poste d'aide-cuisinière. Prétextant être une excellente deuxième et une piètre première, elle avait toujours refusé de prendre les rênes de la cuisine. Pourtant, Anne le lui avait maintes fois proposé. Si la dévotion de Rose pour sa patronne croissait avec les années, sa confiance en elle-même stagnait. Au risque de se faire traiter de « licheuse », l'aide-cuisinière s'exclama :

– Je suis si contente que vous soyez de retour, madame. J'espère que vous allez rester avec nous longtemps cette fois !

– Si tout se déroule comme prévu, je m'attarderai jusqu'à l'automne, Rose, lui répondit gentiment Anne.

Habituellement assignée au ménage, Alice la salua d'une voix à peine audible.

– Depuis quand travaillez-vous à la cuisine, Alice?

– M. Arthur m'a demandé d'aider Rosanne et Rose pendant la saison des petits fruits, bafouilla-t-elle en rougissant.

À l'instar de tous les employés du domaine, bien qu'elle fût la cousine germaine d'Arthur, Alice le vouvoyait et le désignait par son titre de civilité. Elle travaillait au domaine depuis quelques années, forte de la recommandation d'Arthur qui avait vanté son amour du travail bien fait et sa grande vaillance. « Ce petit bout de femme paraît si fragile », songea Anne en observant son minois et son étonnante minceur.

– Madame, intervint Rosanne, Georges aimerait bien savoir si Bud viendra ici cet été...

– Au début d'août, s'il peut se libérer. Vous a-t-on dit qu'il préparait son internat à l'hôpital Sloane de New York, un établissement conçu pour les femmes?

– Les chanceuses! laissa échapper Rose, pensant bien plus au beau médecin qu'à la spécialité de l'établissement.

Sa réaction spontanée provoqua une explosion de rires. Les yeux rivés à son travail, Alice, quant à elle, n'afficha même pas un sourire, elle pourtant si joviale. Intriguée, Anne s'enquit de sa santé, mais la jeune fille lui répondit, dans un murmure, qu'elle allait bien.

– Eh bien, si quelque chose vous tourmente, Alice, vous savez que vous pouvez m'en faire part, n'est-ce pas?

La jeune fille hocha la tête sans la regarder. Se tournant vers Rosanne, Anne lui demanda :

– Lorsque vous retournerez chez vous ce soir, pourriez-vous informer Lena, Earl et Guy de mon arrivée, je vous prie, et les inviter à déjeuner demain?

Rosanne acquiesça, puis l'informa qu'à son signal elle lui ferait servir son repas.

Pour la première fois depuis qu'elle séjournait à Grande-Anse, Anne s'attabla seule à la salle à manger. L'atmosphère lui paraissait aussi lourde que son âme. D'habitude, quatre autres personnes au moins l'accompagnaient : Guy, Alexander, Arthur et Ida Oliver. Depuis son quatorzième anniversaire, Guy mangeait avec les adultes.

Anne avait rendu visite à sa gouvernante en fin d'après-midi, mais elle avait insisté pour qu'elle garde le lit. Ses yeux la faisaient terriblement souffrir depuis quelques mois, une infection n'attendait pas l'autre. Et voilà qu'une vilaine grippe aggravait son état. Elle avait ordonné à Rose de lui apporter du bouillon et quelques biscuits.

En plus de prendre soin de son enfant avec un dévouement quasi maladif, Ida Oliver lui avait constamment manifesté un sincère attachement, la secondant de son mieux au cours des dernières années à titre de secrétaire et de conseillère. Combien de fois ne lui avait-elle pas affirmé, reconnaissante : «Madame, vos enfants sont les miens, votre foyer, mon univers.» Ida Oliver vieillissait maintenant à vue d'œil et son déclin semblait proportionnel à la croissance de Guy. Moins il avait besoin d'elle, plus elle s'étiolait. En décembre, Anne lui avait négocié, par l'entremise de Jimmie, une généreuse pension, la soustrayant à jamais au besoin, tout en s'engageant à prendre soin d'elle quoi qu'il arrive. Son état de santé l'inquiétait et l'attristait.

Arthur se manifesta au moment où Rose lui apportait le café. Heureuse de le voir enfin, Anne invita le jeune homme à se joindre à elle. Il obtempéra sans enthousiasme, laissant glisser son long corps sur la chaise opposée à celle d'Anne. Il la regarda, ouvrit la bouche, puis sembla se raviser.

– Je vous ai apporté une nouvelle selle pour votre cheval, Arthur. Je l'ai fait déposer dans votre vestiaire... Mais que s'est-il donc passé au lac Gaucher pour vous mettre dans cet état?

Arthur garda les yeux rivés à sa tasse de café pendant un instant qui prit des allures d'éternité. Il déglutit, puis lança sur un ton monocorde :

– Madame, je me marie dans deux semaines...

Aucun signe annonciateur ne l'avait préparée à pareille absurdité, pas plus qu'elle n'avait ressenti la moindre défiance. Muette, immobile, Anne encaissa le coup, un poignard au creux des entrailles. Trahison, abandon, encore. Elle tenta de se ressaisir.

– Avec qui, Arthur? articula-t-elle difficilement.

– Madame, je veux fonder un foyer, j'ai besoin d'une femme à mes côtés, d'une mère pour mes enfants.

– Et qui aura ce privilège, Arthur? répéta-t-elle, avec plus de fermeté.

— Madame, j'ai ma vie à vivre, moi aussi. Je fais tout ce que je peux pour vous être utile, pour vous servir de mon mieux...

— En effet, vous avez fait de l'excellent travail, Arthur, lança-t-elle, réprimant à grand-peine sa colère.

— Ce n'est pas ce que je voulais dire, madame, vous le savez bien...

— Quel est son nom, Arthur? Je vous le demande pour la dernière fois!

— Alice, madame.

Anne en eut le souffle coupé. Il la rejetait pour cette frêle enfant, timide et démunie, qu'elle avait recueillie, logée et nourrie. Incrédule, Anne prononça avec difficulté :

— Votre cousine, Arthur! Votre cousine germaine?

Comment pouvait-elle être repoussée ainsi? De justesse, elle réfréna une envie folle de lui hurler sa colère, sa rage, sa déception.

Si telle était la volonté d'Arthur, rien ne pourrait le retenir, ni son goût marqué pour le luxe ni le pouvoir que lui conférait son poste. Ne pouvant tolérer plus longtemps sa présence, elle lui annonça, soudainement très calme :

— Arthur, vous êtes congédié. Alice également. Dites-le-lui vous-même. Sortez, ajouta-t-elle, en proie à une immense lassitude.

Dès qu'Arthur la quitta, Anne s'engouffra dans l'escalier conduisant à sa chambre. À peine eut-elle refermé la porte qu'un mot, un seul, s'étouffa dans sa gorge : «NON!»

Ce cri muet emplit son être. Où était passée sa dignité, ce rempart contre les débordements malséants? Sous aucun prétexte elle ne voulait faire face ou parler à quiconque ce soir. Elle s'assura d'avoir bien verrouillé la porte.

Bertha avait déjà préparé son lit. Pour l'instant, elle préféra s'appuyer au cadre de la fenêtre côté rivière, où le soleil dardait ses rayons rougeoyants sur la cime des montagnes, parant d'or les arêtes des falaises. Incapable de contempler tant de beauté, elle ferma les yeux.

Ses épaules s'affaissèrent. Elle était accablée. Qu'avait-elle été pour Arthur? Elle ne pouvait se résoudre à réduire leur relation à du travail bien fait de sa part. L'affection, la passion se simulent-elles à ce point?

Malgré son déchirement, Anne se surprit à considérer le bien-fondé des aspirations d'Arthur : famille et foyer, quoi de plus légitime pour un jeune homme tel que lui? Alice... mignonne et si dévouée. Elle se sentit vieille, laide, vulnérable.

Ce matin-là, à l'*Auberge Grand-Mère*, l'hôtelier l'avait accompagnée jusqu'à sa voiture pour lui souhaiter une agréable fin de voyage, tout en exhortant son chauffeur à la plus grande prudence, en ce vendredi 13. Anne se souvint de l'avoir taquiné, surprise qu'un homme si sensé puisse croire à de pareilles balivernes.

«Maudit soit ce jour», se répétait-elle maintenant.

Le soleil se mourait derrière la plus basse des montagnes et Anne s'entendit balbutier :

– Plus jamais! Plus jamais je n'accorderai à qui que ce soit le pouvoir de me blesser de la sorte.

* * *

Lena entendit des bruits de pas près de la maison et elle se précipita vers son enfant, la serrant dans ses bras. Chaque fois qu'elle entendait un son inaccoutumé, elle agissait ainsi, une peur viscérale l'envahissant aussitôt. Earl et Guy l'observaient avec tristesse, impuissants à la réconforter. Depuis l'enlèvement et l'assassinat du bébé Lindbergh deux ans auparavant, une série de kidnappings, contre demande de rançon, avaient suivi. Le ou les coupables couraient encore, et la plupart de ces crimes demeuraient impunis. Les parents disposant d'une fortune, aussi minime fût-elle, vivaient dans l'appréhension de voir disparaître un de leurs enfants.

Pour ajouter à l'inquiétude de Lena, Bud l'implorait dans sa dernière lettre de demeurer au Canada le plus longtemps possible, car un nouvel enlèvement faisait les manchettes du jour. Celui-là avait été perpétré à quelques kilomètres seulement de Pleasantville, où ils avaient élu domicile l'année précédente. Tous leurs employés avaient reçu ordre de surveiller leurs propriétés de Grande-Anse et de Pleasantville avec une extrême vigilance et d'empêcher tout étranger de circuler sur leurs terres.

Bien plus pour lui garantir une présence rassurante que pour lui offrir une protection, Earl ou Guy, ou les deux à la fois, tenaient compagnie à Lena jour et nuit depuis son arrivée à Grande-Anse voilà quatre semaines. Earl ne la quitterait qu'à la mi-août, à la reprise de son travail à l'hôpital de New Haven. Entre-temps, des lectures savantes et une abondante correspondance le tenaient occupé une bonne partie de la journée.

La jeune femme accueillit avec un soulagement non dissimulé le messager de sa belle-mère venu l'informer qu'elle remettait à plus tard leur rencontre prévue pour le petit-déjeuner. Même si Anne était légèrement indisposée, elle les assurait qu'ils n'avaient pas à s'inquiéter.

Guy proposa aussitôt :

– Alors, Earl, il n'y a plus de raison pour que nous n'allions pas maintenant nous baigner à la rivière. Il ne faut pas perdre nos bonnes habitudes matinales.

Voyant la grimace d'Earl, qu'il fallait décoder comme un manque évident d'enthousiasme, l'adolescent reprit :

– Imagine-toi dans quelques semaines, Earl, quand tu auras repris ton travail éreintant à la clinique. Tu me remercieras pour les merveilleux souvenirs de baignades que tu auras emmagasinés. Allez, viens !

– Toi alors, tu as de la suite dans les idées, mon garçon, lui répliqua Earl dans un soupir. Tu n'as pas besoin de nous, Lena ? articula-t-il avec une certaine difficulté.

– Pourquoi changer votre routine ? Nous, on restera entre filles, n'est-ce pas, ma chérie ?

Sa blonde petite Leanne lui tendit les bras tout en babillant gaiement. Lena s'étonnait d'être la seule à bien comprendre le discours de sa fille. Pourtant, elle possédait un étonnant vocabulaire et une diction correcte pour ses deux ans.

Dès que ses invités s'éloignèrent, Lena confia l'enfant à sa gouvernante et se précipita aux toilettes. Depuis quelques jours, chaque matin elle souffrait de violentes nausées, qui laissaient supposer une deuxième grossesse. Par chance, ses envies de vomir disparaissaient avec le petit-déjeuner. Personne n'avait été mis dans le secret, pas même Bud. Même si elle préférait attendre pour en faire l'annonce, au plus profond de son être elle se savait habitée par une autre petite vie.

La veille, quand Rosanne lui avait appris l'arrivée de sa belle-mère et son désir de les voir dès ce matin, Lena n'avait manifesté aucun enthousiasme. Elle n'avait pas à simuler avec Rosanne, son amie. Depuis toujours, et particulièrement depuis l'arrivée de sa petite Leanne, la mère de Bud essayait de lui imposer un peu trop sa façon de faire. Lena jugeait ses interventions frustrantes et déstabilisantes. Ironiquement, les rôles étaient maintenant inversés dans son couple. En effet, c'était au tour de Bud d'exhorter sa femme à plus de patience en l'incitant à ne pas s'opposer aux suggestions de sa mère en sa présence et à faire à sa tête le reste du temps. « Si ma mère te tombe sur les nerfs, agis comme il te plaît », lui avait-il écrit noir sur blanc dans sa dernière lettre.

Mais il était hors de question de laisser pleurer sa petite ou d'être plus sévère avec elle, sous prétexte qu'il ne fallait pas la gâter. Lorsque Lena était entrée dans la famille Stillman, elle avait fait preuve de la meilleure volonté du monde pour apprendre les bonnes manières et adopter les comportements appropriés selon les circonstances et les gens. Toutefois, elle tenait à élever ses enfants à sa façon, ce qui impliquait obligatoirement de les cajoler, de leur parler, de les envelopper de sa présence aimante. Ces derniers temps, Lena fuyait les occasions de se retrouver en présence de sa belle-mère pour ne pas envenimer inutilement leurs relations. Il était déjà assez difficile de s'entendre à deux sans qu'une tierce personne s'en mêle. L'éducation de ses enfants n'était pas négociable.

Lena observa Earl qui remontait seul l'escalier, sa serviette autour du cou. Son équilibre et sa coordination s'étaient grandement améliorés depuis sa dernière visite. Lena lui en fit la remarque quand il la rejoignit à l'intérieur, ce à quoi Earl répondit :

– Laisse-moi d'abord t'informer que Guy vient de traverser la rivière avec Georges Giguère. Il te prie de ne pas t'inquiéter, il reviendra en fin de journée. Quant à mon progrès sur le plan physique, je suis heureux que tu l'aies noté. Pour être franc, je dois t'avouer qu'il a nécessité un entraînement journalier et sévère. Les gens dans ma situation ont de la difficulté à accomplir deux choses à la fois. Quand j'étais plus jeune, marcher exigeait une telle concentration que j'en oubliais d'avaler. Chaque fois que je me déplaçais, même sur de courtes distances, j'en bavais. Et cela me mortifiait tant, Lena. Toutefois, les répétitions engendrent des automatismes. Chez les enfants normaux, ils se produisent sans même qu'ils aient besoin d'y penser.

Il observa un moment la petite Leanne qui courait tout en agrippant son ourson préféré au passage.

– Regarde ton enfant! Elle réussit déjà ce qui m'a demandé douze ans d'un laborieux apprentissage, et encore. Même aujourd'hui, je n'ai pas son habileté pour accomplir pareilles fonctions. Plus les enfants handicapés sont stimulés et entraînés jeunes, plus les progrès sont notoires. J'en ai chaque jour la preuve à l'hôpital. Mais la peur de ne pas y arriver constitue l'obstacle majeur à mon développement, alors que le renforcement positif et la possibilité de se concentrer sur une tâche captivante font des miracles. Dans mon cas, la concentration diminue mes tremblements de moitié. Moins j'y pense, moins ils se manifestent.

Même si son élocution demeurait ardue, Earl se montrait toujours très disposé à discuter de son propre cas ou de celui de ses patients. Lena l'encouragea à poursuivre.

– Ne trouves-tu pas ton travail trop dur, Earl?

– Au contraire. Si tu savais, Lena, comme j'ai craint une vie improductive. Aider des enfants atteints de paralysie cérébrale, les encourager, les voir évoluer me procure une joie indicible. Qui mieux que moi pourrait les comprendre?

Earl décrivait avec tant d'emballement sa pratique médicale qu'il en était transfiguré, presque beau.

– Une autre raison pourrait expliquer mes récents progrès. Je ne t'ai pas tout dit, Lena...

Pour la première fois depuis le début de leur entretien, Earl hésita, puis se mit à trembler violemment.

– Tu vois ma réaction? Elle peut te paraître inexplicable, mais voici : je m'apprête à te faire une confidence et j'ai soudain peur que tu me juges sévèrement...

Earl enleva ses verres et tenta de les nettoyer avec une serviette de table, mais ses trémulations l'en empêchèrent. Voulant le mettre à l'aise, Lena lui dit doucement :

– Fais-moi confiance, Earl. Pour rien au monde je ne te blâmerais. Je t'admire tant.

Après un long silence, il se décida enfin à parler.

– Bien... Elle se nomme Ilse, et j'en suis amoureux.

– Earl, mais c'est merveilleux! Quelle bonne nouvelle, s'exclama Lena, qui mourait d'envie de savoir si les sentiments d'Earl étaient partagés.

Elle lui demanda plutôt de lui décrire sa flamme.

– Belle, avec un sourire communicatif. J'espère pouvoir vous la présenter, à Bud et à toi, à son retour de voyage. Elle séjourne en Europe pour l'été. Peux-tu imaginer Earl Carlson au bras d'une jolie blonde? Une infirmière de talent qui comprend et se passionne pour mes travaux? Lena, cela tient du miracle.

Ses tremblements désordonnés cessèrent d'un coup. Lena ne l'avait pas trouvé ridicule, ni son amour, indécent; au contraire, elle s'était réjouie de son bonheur. Earl avait eu si peur qu'aucune femme ne veuille de lui qu'il se demandait s'il rêvait.

– Nous nous fréquentons depuis quelques mois.

– Travaille-t-elle avec toi?

– Eh non! En mars dernier, j'ai été hospitalisé pour une vilaine grippe et elle était mon infirmière soignante. J'ai su tout de suite que cette femme n'était pas ordinaire. Dès qu'elle entrait dans ma chambre, j'en oubliais mon handicap. Forcément, le contrôle de mes réactions physiques augmentait... Lena, j'aimerais la demander en mariage.

– Je suis si heureuse pour toi, Earl. Bud le sait-il?

– Tu es la première personne à qui je me confie...

Il l'observa un instant, puis ajouta :

– Et toi, Lena? Combien de temps veux-tu garder ton secret?

– Comment as-tu deviné? s'exclama-t-elle, incrédule.

– Tes yeux, Lena. Les yeux d'une femme enceinte ne mentent pas.

* * *

Trois-Rivières, le dimanche 19 août 1934

À la suite d'un convaincant plaidoyer, Jean Crête avait persuadé Anne de se joindre à lui et à ses invités pour la clôture d'une course de canots sur la Saint-Maurice, qui avait débuté l'avant-veille à La Tuque. Cette activité sportive d'envergure avait été organisée dans le cadre du tricentenaire de la ville de Trois-Rivières. Devant l'insistance de son ami, Anne avait cédé et elle s'apprêtait à le rejoindre à bord de son embarcation, ancrée en face du club de canotage Radisson, rue des Chenaux à Trois-Rivières.

Depuis l'annonce du mariage d'Arthur, elle s'était occupée avec frénésie de rénovations et de construction à Grande-Anse, tout en multipliant ses excursions en forêt, prétextant vouloir vérifier en personne l'état de tous ses camps. De fait, elle avait un besoin vital de se tenir occupée. Deux des frères de Rosanne et de Bertha l'avaient conduite en canot de rivières en lacs et de lacs en rivières, la guidant dans les nombreux portages. Henri, batailleur et habile pagayeur, avait assisté Émile, de deux ans son aîné. Aussi énergique que son frère, Émile démontrait toutefois une maîtrise de soi à toute épreuve et un étonnant raffinement. Anne se plut à penser que sa contribution y était pour quelque chose. Émile n'avait-il pas fréquenté l'école à ses frais pendant sept ans?

À partir du moment où Fowler apprit qu'Arthur avait quitté le domaine, Anne reçut un appel téléphonique de Chicago à onze heures trente, chaque jour. Pour ce faire, Fowler interrompait parfois une réunion de comité ou une rencontre avec des clients. Fidèle à sa résolution, pas une fois il ne faillit. Lorsque Anne séjournait en forêt, Fowler chargeait Ida Oliver de transmettre à sa femme son message de tendresse. Sa sollicitude émut Anne et mit un baume sur sa solitude.

Consciente des regards admiratifs qui l'accompagnaient, Anne se fraya un chemin dans la foule jusqu'au quai du club Radisson. Une navette l'attendait pour la conduire à la péniche de Jean Crête, aménagée spécialement pour accueillir les invités d'honneur et les organisateurs de l'événement. Les haut-parleurs annonçaient l'arrivée imminente des premiers canotiers qui, selon l'animateur, sautaient actuellement le rapide des Forges quelques kilomètres en amont.

Une chaise à côté de Jean Crête lui avait été réservée et son voisin de gauche n'était nul autre qu'Émile Jean, directeur du *Nouvelliste*. Jamais elle n'oublierait ce journaliste qui, en septembre 1922, avait remonté la Saint-Maurice en bateau depuis Grandes-Piles afin de lui annoncer en personne sa victoire à l'issue du procès contre son mari, alors qu'elle se mourait d'inquiétude pour Guy, atteint de fièvre typhoïde. Après toutes ces années, Anne sentit le besoin de lui réitérer ses remerciements.

La ressemblance déjà frappante d'Émile Jean avec le romancier François Mauriac s'accentuait avec les années. Avec une touchante sympathie, il se joignit à Jean Crête pour lui résumer l'activité qui prendrait fin incessamment.

Anne possédait une faculté qui, maintes fois, lui avait permis de surmonter les épreuves les plus accablantes sans sombrer dans la dépression : elle vivait entièrement au présent. L'intérêt qu'elle portait aux explications de ses deux compagnons était loin d'être feint. Fascinée par le combat de ces canotiers contre la rivière et les billots qui risquaient d'emboutir à tout moment leur frêle embarcation, Anne se passionna pour cette compétition où les participants devaient faire preuve de force physique autant que de ruse et d'habileté.

Dix équipes étaient attendues au fil d'arrivée. Une immense clameur s'élevait sur les deux rives de la rivière. Anne vit apparaître la première équipe commanditée par la compagnie hydroélectrique Shawinigan Water and Power. S'ils conservaient ce rythme jusqu'au fil d'arrivée, Jos Bin Lachance et Victor Gélinas deviendraient les champions de cette course.

Les cris de la foule, scandant les prénoms des équipiers, contrastaient avec le silence des canotiers qui, tête baissée, les muscles tendus par l'effort, répétaient inlassablement les mêmes mouvements à une folle cadence. Les pagaies entraient dans l'eau et en sortaient avec la précision d'un métronome. Ces hommes possédaient un sens du rythme incroyable. Ignorant les ovations sur leur passage, Lachance et Gélinas filaient avec concentration vers la victoire.

Le canot n'avait-il pas été le véhicule de découvertes majeures en Amérique, le moyen de transport par excellence pour tant de voyageurs de ce pays?

– Quelle magnifique façon d'honorer ces gens! s'exclama Anne. Croyez-vous, monsieur Jean, que les organisateurs récidiveront?

– Peut-être l'an prochain mais, pour l'instant, il n'y a aucune certitude.

– J'ai constaté, dit Anne, que les équipes sont toutes commanditées par des usines de la région ou des organismes publics, comme les municipalités. Croyez-vous qu'un particulier pourrait également parrainer une équipe?

– Madame, répondit Jean Crête, si un jour vous appuyez financièrement des athlètes dans cette course, je suis partant aussi. Qu'en dites-vous?

– Et je vous battrai, lui prédit Anne en riant.

Elle songea à tous ses guides qui, de la fonte des glaces jusque tard à l'automne, pagayaient sur les lacs et les rivières de son territoire. Les Bourassa, Goyette, Dontigny et combien d'autres encore pourraient se faire valoir dans une pareille compétition. Elle avait accepté l'invitation de Jean Crête pour ne pas l'offusquer, et voilà qu'elle repartirait à Grande-Anse avec un emballant projet.

15

Grande-Anse, le mercredi 30 janvier 1935

Emmitouflée dans une couverture de laine, Anne contemplait le feu de bois crépitant dans l'immense cheminée de sa maison d'hiver située en bordure de la route. Elle préférait cette vieille habitation plus petite, mais combien plus douillette par grand froid, à sa maison près de la rivière. Depuis longtemps, Grande-Anse était son refuge préféré, un cocon de murailles granitiques et de pins géants où elle se régénérerait.

Son cœur se serra à la pensée d'Arthur Dontigny. Était-il heureux au moins avec Alice? Malgré son amertume et sa colère, Anne lui avait tout de même donné, quelques jours avant son mariage, un généreux cadeau équivalant à six mois de salaire. Même si elle refusait de l'admettre, son absence avait créé un vide immense et, jusqu'à la dernière minute, elle avait espéré qu'il se ravise.

Tout l'automne, elle avait accompagné Fowler dans sa tournée panaméricaine. À l'instar de l'économie nationale, la situation des directeurs régionaux s'améliorait de mois en mois.

Officiellement, elle n'était au Québec que pour assister aux courses de traîneaux à chiens à La Tuque auxquelles participeraient ses huskies. Tout comme l'année dernière, elle en avait confié l'entraînement à Aristide Labrèche, un de ses anciens ouvriers, maintenant à l'emploi de la Brown Corporation.

Pendant son séjour hivernal, Rosanne et Rose se partageaient la cuisine et l'entretien ménager alors que Georges Giguère et quelques autres engagés assumaient la maintenance. La ferme nécessitait peu d'hommes l'hiver et beaucoup partaient pour les chantiers en décembre pour revenir en avril ou en mai. À la saison froide, les guides, quant à eux, se transformaient en trappeurs et en gardiens, préparaient le bois pour chauffer maisons et camps, en plus d'entretenir des pistes en forêt.

Bertha attira son attention en frappant au chambranle de la porte.

– Votre lit est prêt, madame. Désirez-vous une tisane ou un autre thé?

– Non, je vous remercie. Mais dites-moi, comment va le petit? A-t-il fait ses premiers pas?

– Il va très bien, madame. C'est tellement un bon bébé, il rit tout le temps. Et il s'est enfin décidé à marcher pour son premier anniversaire.

– Eh bien, tant mieux, Bertha. Bonne nuit.

Rose, Bertha et son bébé habitaient à quelques pas de la maison d'hiver et, par gros temps comme ce soir, Rosanne et Georges logeaient également dans cette demeure au lieu de regagner la leur sur l'autre rive de la Saint-Maurice.

Anne se leva pour ajouter une bûche qui s'enflamma au contact de l'épaisse couche de braises. Fowler lui manquait d'autant plus ce soir qu'un océan les séparait. Décidément, la carrière de son mari progressait à une vitesse fulgurante. En décembre dernier, il avait enfin accédé à la vice-présidence du conseil d'administration d'International Harvester et assumait la responsabilité des ventes à l'étranger, principalement en Europe et en Amérique du Sud. Quelques jours après sa nomination, il projetait déjà de restructurer son nouveau territoire en établissant des districts et des divisions, suivant ainsi le plan initial mis de l'avant par son grand-père, près d'un siècle auparavant. Avant de tout chambarder, Fowler voulait d'abord se familiariser avec ses nouvelles tâches, puis évaluer le personnel dont il disposait. Anne et lui avaient convenu de se rejoindre à Paris le mois suivant. De là, ils amorceraient une tournée continentale.

La mort d'Edith Rockefeller McCormick avait déclenché une bataille juridique qui avait opposé Fowler et ses sœurs à Edward Krenn, un jeune architecte autrichien associé intimement à leur mère dans les dernières années de sa vie. À la surprise de tous, elle lui avait cédé les cinq douzièmes d'un trust que son père, John D. Rockefeller, avait constitué en son nom, dix-huit ans auparavant.

Rien dans la vie d'Edith n'avait été simple, ni avant ni après sa mort. Dans ses dernières volontés, plutôt que de partager également le reste de sa fortune entre ses enfants, elle en léguait plutôt les quatre douzièmes à Muriel, les deux douzièmes à Mathilde et le reste, soit un douzième, à Fowler. Moins ils l'avaient contrariée de son vivant, plus leur part d'héritage était substantielle. Anne demeurait convaincue qu'en agissant ainsi sa belle-mère avait clairement signifié son opposition au mariage de son fils.

Par ailleurs, peu de temps après la mort d'Edith, on découvrit qu'une des nombreuses clauses du trust, valant à ce jour plus de douze millions de dollars, précisait que seuls ses enfants ou des œuvres charitables pouvaient en hériter. Le vieux John avait veillé aux intérêts de sa descendance. Krenn fut donc écarté. Toutefois, Muriel, la sœur de Fowler, avait persisté à réclamer devant la cour les quatre septièmes du legs puisque, avant l'élimination de Krenn, elle en aurait obtenu les quatre douzièmes.

Dans les circonstances, Anne se félicitait d'avoir présenté John Mack à Fowler. L'avocat avait si bien défendu sa cause que son mari avait obtenu la parité avec ses sœurs. Grâce à maître Mack, Fowler avait augmenté sa fortune personnelle de quatre millions de dollars. « Vous êtes mon porte-bonheur, Fee », lui avait-il déclaré à l'annonce de sa victoire.

À Grande-Anse, l'hiver, la lumière diffuse des chandelles ou des lampes à pétrole avec leur flamme vacillante commandait le sommeil. Neuf heures venaient à peine de sonner que déjà Anne montait à l'étage pour la nuit. Subissait-elle aussi l'influence de ses voisins, des couche-tôt invétérés?

Se retrouver seule dans cette maison, ce soir, avec le vent qui hurlait aux fenêtres, ne lui disait rien qui vaille. À peine eut-elle soufflé la bougie qu'elle entendit des cris affolés provenant de l'étage inférieur.

– Madame, madame! Au secours!

– Qui êtes-vous? s'écria Anne, ne reconnaissant pas cette voix aiguë.

– C'est Bertha, dit la jeune femme complètement paniquée. Rose se meurt!

Anne attrapa une fourrure au passage et dégringola l'escalier. Elle chaussa ses mocassins, puis posa ses mains sur les épaules de la jeune femme.

– Calmez-vous, Bertha. Que se passe-t-il?

– Il y a du sang partout! Rose va mourir, c'est effrayant!

Rose avait une santé de fer. Jamais depuis son embauche Anne ne l'avait vue malade ou indisposée. Tentée de se précipiter à son chevet, Anne se ravisa et téléphona d'abord au médecin. Elle prononça les mots «urgence» et «hémorragie». Il n'en fallait pas plus au docteur Comtois, de La Tuque, pour accourir. Les deux femmes foncèrent ensuite jusqu'à la maison voisine. Un fanal, allumé devant chacune des portes d'entrée dès le crépuscule, les guidait d'une maison à l'autre.

Malgré son habituel sang-froid, Anne étouffa un cri de ses mains en pénétrant dans la chambre de Rose. Le front ruisselant de sueur, le visage aussi blanc que ses oreillers, la jeune femme divaguait. Un bruit sinistre força Anne à se pencher. Elle nota, atterrée, que du sang s'écoulait goutte à goutte à travers le matelas sur le plancher de bois. Il fallait agir rapidement et ne pas laisser l'affolement les gagner.

Anne se dirigea vers Georges, assis à la table de la cuisine, l'œil hagard et empestant l'alcool. Elle détestait cette manie qu'avaient Georges et tant d'hommes de son entourage de «consommer» si souvent et immodérément.

– Secouez-vous, Georges! Remplissez le poêle et la fournaise de bûches. Sortez les plus grosses marmites et faites bouillir de l'eau!

Se tournant vers Rosanne, visiblement en colère contre son mari et mortifiée que sa patronne le voie dans cet état, Anne lui demanda d'apporter guenilles propres, serviettes et récipients.

– Bertha, vite, trempez cette débarbouillette et posez-la sur le front de Rose. Aidez-moi à enlever les couvertures, Rosanne.

Anne constata avec horreur que deux aiguilles à tricoter rouges de sang gisaient entre les jambes de Rose. Qu'avait donc fait cette enfant ? Malgré ses vingt-quatre ans, Rose lui paraissait si vulnérable. En apparence, Anne affichait un parfait contrôle de ses émotions, alors que l'angoisse la tenaillait. Jamais auparavant elle n'avait eu à affronter pareille situation. Seule son intuition la guidait.

– Georges ! Apportez-moi la bouteille de gros gin... enfin, ce qu'il en reste, ajouta-t-elle sans ménagement.

L'hémorragie se poursuivait. Dans son délire, Rose répétait sans cesse :

– Je ne comprends pas, ça ne devait pas se passer comme ça. Pardon...

Anne lui répondait, telle une litanie :

– Rose, ma petite Rose, gardez vos forces, gardez vos forces.

Rose ouvrit les yeux et, soudain très lucide, elle articula faiblement :

– Je ne veux pas mourir, madame.

Georges entra en titubant, la bouteille d'alcool à la main. Bertha et Rosanne pleuraient à chaudes larmes. Pour Anne, l'heure était à l'action, non au désespoir.

– Allez, Rosanne, Bertha, reprenez vos sens, ordonna-t-elle. Faites-lui ingurgiter quelques gouttes de cet alcool. Ça la soulagera un peu jusqu'à l'arrivée du médecin.

– Vous, Georges, couvrez-vous et allez attendre le docteur sur le bord de la route avec un fanal, pour qu'au moins il ne perde pas de temps à nous chercher. Ne revenez ici qu'avec lui.

Quand il passa près d'elle, elle ajouta sèchement, pour lui seul :

– Cela vous dégrisera tout à fait, j'espère.

Lorsque le docteur Comtois arriva enfin, les trois femmes entouraient Rose, de nouveau inconsciente. Anne avait laissé les aiguilles à tricoter dans un récipient au pied du lit, de sorte que le médecin évalua la situation au premier coup d'œil.

– Il me faut de l'eau stérile et un vase pour mes instruments.

Le pouls de Rose faiblissait dangereusement. Le docteur Comtois se stérilisa les mains et le bras droit avec de l'alcool puis, sans perdre un instant, retira le fœtus et le placenta qu'il déposa dans un des récipients. Examinant d'un œil avisé la taille du fœtus, il l'estima âgé de dix à douze semaines. Il effectua ensuite un curetage de la cavité utérine avec ses doigts. Il termina l'opération en marmonnant :

– Grâce à Dieu, l'utérus ne semble pas perforé.

Tous, sauf Georges, entouraient le lit de Rose. Dans le silence qui suivit la remarque du docteur Comtois, ils entendirent distinctement des efforts de vomissement dans la pièce à côté. Mais les trois femmes avaient trop à faire pour se soucier de Georges. Même si les saignements avaient diminué, le médecin préféra injecter à Rose de l'ergot de seigle, un puissant vasoconstricteur.

– Apportez-moi de la glace, je vous prie.

Après avoir déposé la glace sur le ventre de la jeune femme, il prit son pouls une autre fois et hocha la tête avec satisfaction. Il proposa ensuite de glisser une serviette propre sous son bassin mais suggéra d'attendre au lendemain avant de la bouger davantage.

– C'est tout ce que nous pouvons faire pour l'instant, mesdames. Je la veillerai avec vous pendant quelques heures. Laissons la nature suivre son cours et, si vous êtes croyantes, priez.

Épuisés, ils s'installèrent dans la cuisine, une grande pièce attenante à la chambre de Rose. Malgré sa fatigue, Rosanne préféra demeurer debout sur le seuil de la porte pour pouvoir surveiller Rose. Bertha fut la première à émettre un commentaire :

– Je ne me suis doutée de rien. Et pourtant, je suis sa meilleure amie. Elle me dit tout… Madame, je ne l'ai jamais vue avec un garçon.

– Vous n'êtes pas toujours avec elle, Bertha. Vous m'accompagnez dans presque tous mes déplacements. Où étiez-vous il y a dix semaines ?

– Nous avons quitté Grande-Anse pour Chicago le 15 novembre, madame. Je ne peux pas l'oublier, c'était le lendemain de votre anniversaire.

Bertha se leva et consulta le calendrier suspendu à un clou près de la glacière. Ses doigts remontèrent le temps. Leur départ pour Chicago remontait précisément à onze semaines. Elle s'approcha d'Anne et lui murmura :

– Qui sait ce qui me serait arrivé, l'année dernière, si vous n'aviez pas été là pour me conseiller. Plus que toute autre, j'aurais dû deviner ce qui arrivait à Rose.

Georges s'assit lourdement à la table, blême, mais de toute évidence libéré de l'emprise de l'alcool. Bertha le regarda sans le voir et lança, sentencieuse :

– C'est forcément quelqu'un de son entourage.

– Eh ! eh ! la belle-sœur, attention là ! J'ai assez de problèmes de même, tu ne trouves pas ?

– Mais non, Georges, loin de moi l'idée que…

Anne intervint fermement :

– Si je découvre qu'un de mes employés a abusé de Rose, il entendra parler de moi, je vous le promets.

Puis, notant les cernes sous les yeux du docteur Comtois, Anne s'informa de sa santé.

– Depuis trois jours, mes nuits ont été bien courtes, madame.

– Pour compenser toutes vos peines, faites-moi parvenir…

Anne hésita un instant car, exceptionnellement, les mots qu'elle cherchait ne lui venaient qu'en anglais. La fatigue aidant, elle se résigna à terminer sa phrase dans cette langue :

– *Send me a nice fat bill…*

– Je vous fais entièrement confiance, madame, s'empressa-t-il de lui répondre.

Par expérience, Max Comtois savait qu'il avait avantage à ne pas tarifer ses services avec cette femme puisqu'elle lui offrait habituellement bien plus que ce qu'il demandait à d'autres. Un accouchement à la maison coûtait cinq dollars et, si la famille n'était pas en mesure de le payer, il omettait souvent de facturer.

Le docteur Comtois ne provoquait pas d'avortements. Néanmoins, il procédait toujours avec célérité dans des cas comme celui-ci. Nulle enquête n'avait précédé ni ne suivrait son acte médical. Il accomplissait son devoir, luttant pour sauver une vie.

Un jour, Anne lui avait demandé d'aller à son camp du lac Gaucher afin d'y soigner un de ses employés qui s'était coupé superficiellement à la tête. Sans rien demander, il s'était vu remettre la coquette somme de deux cents dollars, soit l'équivalent de quarante accouchements qui auraient certainement été accompagnés de trente-cinq nuits blanches car, sans en connaître l'explication scientifique, force lui était de constater que la majorité des femmes accouchaient la nuit.

Malgré sa trentaine bien sonnée, le docteur Comtois avait l'allure d'un adolescent. Avec son mètre soixante et ses soixante kilos tout au plus, nul ne pouvait soupçonner la force physique et l'endurance de cet homme, à moins de lui emboîter le pas pendant une semaine, nuit et jour, de son bureau à La Tuque jusqu'aux profondeurs de la forêt où il était régulièrement appelé, sans qu'il néglige pour autant ses visites dans les foyers des environs.

Combien de fois, au cours des minutes qui suivirent, s'était-il levé pour aller s'assurer que Rose était bien? Anne admirait cet homme et l'encourageait de toutes sortes de façons, y compris en vantant ses mérites à tout un chacun.

Vers trois heures du matin, le docteur Comtois prit une autre fois le pouls de Rose et, notant l'état stationnaire de sa patiente, il prononça pour la première fois un pronostic encourageant.

– N'hésitez pas à m'appeler si les saignements redeviennent abondants. Quelqu'un pourra-t-il porter en terre ce petit être? demanda-t-il ensuite en indiquant la masse informe au creux du récipient rougi.

– Je le ferai, répondit Georges tristement.

Pour la première fois depuis le début de cette soirée, Rosanne le regarda avec attendrissement. Elle devinait le désarroi de son mari. Georges adorait les enfants. Et pas seulement les siens, car tous les petits trouvaient grâce à ses yeux.

– Je vous raccompagne, docteur, ajouta-t-il, espérant ainsi échapper pour l'heure aux remarques désobligeantes qu'on ne manquerait pas de lui adresser.

Les hommes quittèrent la pièce et Rosanne retint un bâillement.

– Rosanne et vous aussi, Bertha, allez vous coucher. Je veillerai Rose et vous me relayerez au lever du jour.

Les deux sœurs obtempérèrent. Observant leur patronne qui murmurait des paroles encourageantes à l'intention de Rose, Rosanne glissa à l'oreille de sa sœur :

– Chaque fois que quelqu'un est malade ici, as-tu remarqué l'attitude de madame? Si chacun de ses employés avait la chance de la voir maintenant, tu ne penses pas qu'on lui pardonnerait plus facilement ses sautes d'humeur?

Un courant d'air glacial les fit frissonner. Georges venait de rentrer. Sans un mot, il secoua ses bottes, accrocha son manteau au mur et se dirigea vers son lit.

– Et, sans vouloir t'offenser, Rosanne, si chaque homme congédié à cause de la boisson avait avoué à sa femme ou à ses amis la véritable raison de son renvoi plutôt que d'affirmer que «la patronne était donc capricieuse», les racontars sur son compte ne seraient pas ce qu'ils sont aujourd'hui.

Bertha prit le bras de sa sœur et ajouta :

– Allons nous coucher. Rose aura besoin de nous demain.

Debout près du lit, Anne replaçait délicatement les couvertures. Rose entrouvrit les yeux et murmura :

– C'est affreux ce que j'ai fait, madame, mais je n'avais pas le choix…

– Chut! Reposez-vous maintenant.

– Oh! madame, Dieu pourra-t-il me pardonner un jour? bredouilla Rose en sanglotant.

– Vous savez bien que oui, Rose. Vous pouvez dormir. Je resterai avec vous toute la nuit, ne craignez rien.

– Madame, écoutez-moi, je vous en prie.

Dans un chuchotement saccadé, Rose lui révéla ses espoirs, sa désillusion, puis sa désespérance. Rose avait sans cesse écarté les propositions que lui avaient faites les garçons du village, se répétant : «Je mérite mieux que ça.» Et puis voilà qu'elle avait jeté son dévolu sur un des invités d'Anne et, naïvement, elle avait cru qu'en se donnant à lui elle pourrait le retenir, nourrissant même l'espoir qu'il l'amène avec lui aux États-Unis. Mais, quelques jours plus tard, l'Américain était reparti en lui déclarant gentiment avoir passé de bons moments grâce à elle. En aucun temps elle n'aurait imaginé qu'une aventure si éphémère aurait de pareilles conséquences. Se retrouver enceinte dans un tel contexte relevait du cauchemar.

– J'aimerais tant avoir des enfants, madame, mais pas dans ces conditions-là. Jamais.

Au même moment, Anne revit le visage de Lena à Noël, resplendissante, si heureuse de porter son deuxième enfant, et enfin libérée de sa phobie du kidnapping depuis qu'un certain Hauptmann, présumé coupable de l'enlèvement et de la mort du bébé Lindbergh, avait été incarcéré en septembre dernier, ce qui avait mis fin du même coup à la terrible vague de disparitions d'enfants. Toute la famille s'était réunie à Pleasantville et, du matin au soir, la maison de Bud avait été remplie des rires et du babillage de la petite Leanne. Comme à l'accoutumée, la jeune Anne, son mari et ses trois fils, Harry, John et James, avaient également séjourné à Mondanne quelques jours.

Pauvre Rose. Elle pleurait maintenant sans retenue sur sa naïveté, sa faute, son crime. Anne voulut connaître l'identité de l'homme, mais Rose refusa de la lui révéler, bien décidée à assumer seule la responsabilité de son geste.

Exceptionnellement, cet automne, Anne avait reçu à Grande-Anse ou dans ses camps au moins cinquante invités, parmi lesquels une trentaine d'hommes, pour la plupart mariés et, à ce qu'elle sache, très corrects.

Rose demeurait inconsolable. Impuissante, Anne ferma les yeux. Resurgi d'un lointain passé, un poème de Victor Hugo l'habita soudain et, comme on chante une berceuse à un enfant pour l'endormir, Anne récita à mi-voix :

Je ne songeais pas à Rose ;
Rose au bois vint avec moi ;
Nous parlions de quelque chose,
Mais je ne sais plus de quoi.

J'étais froid comme les marbres ;
Je marchais à pas distraits ;
Je parlais des fleurs, des arbres ;
Son œil semblait dire : après ?

La rosée offrait ses perles...

* * *

Le chemin entre Grande-Anse et La Tuque était presque toujours impraticable l'hiver et la rivière gelée tenait lieu de route. Cette année, toutefois, la neige peu abondante et durcie permettait la circulation des traîneaux.

Se dirigeant vers La Tuque en compagnie de Georges Giguère, Anne ne put s'empêcher de le semoncer. Pourquoi laissait-il l'alcool exercer une telle emprise sur lui ? N'avait-il donc aucune retenue ? Seul le chuintement des patins du traîneau glissant sur la neige suivit sa réprimande. Georges gardait la tête baissée, tentant de dissimuler sa vive irritation. Si sa patronne avait la faculté d'entendre ses pensées, elle en serait certainement outrée. Pourtant, il ressemblait à un enfant pris en faute.

Ils s'arrêtèrent au passage à Rivière-aux-Rats afin d'y saluer Arthur McKenzie, un ancien employé de la Compagnie des poches transformé récemment en restaurateur, cabaretier et hôtelier. Son auberge s'élevait près de la rivière Saint-Maurice à proximité d'un traversier qui transportait les voyageurs et les travailleurs d'une rive à l'autre, de la fonte des glaces au printemps jusque tard en automne.

Beaucoup de bûcherons sortaient de la forêt les poches bourrées d'argent, une irrésistible tentation pour certains d'entre eux qui venaient de passer plusieurs mois sans aucune distraction. Destiné bien souvent à nourrir une famille, cet argent fondait à vue d'œil chez McKenzie, où alcool et femmes légères leur étaient offerts dans un foudroyant cocktail.

Toutefois, à cette période de l'année, l'auberge recevait peu de clients. Avec empressement, Arthur McKenzie pria sa visiteuse de partager son repas, heureux de discuter enfin de questions autres que mécanique, graisse de moteur et coupe de bois. Il adorait discourir sur des sujets habituellement traités par des hommes cultivés avec cette femme belle, érudite, et dont les opinions et les arguments le fascinaient. Avant de se mettre à table, Anne s'approcha d'une fenêtre et admira la Saint-Maurice enneigée.

– Si vous aviez des chambres décentes, Arthur, je crois bien que je logerais ici et non à La Tuque ce soir.

– Madame, j'ai une surprise pour vous.

Arthur McKenzie l'entraîna au deuxième étage de l'auberge où il s'était aménagé une très grande chambre avec balcon attenant et un charmant boudoir dominant la rivière.

– Mais c'est tout simplement magnifique, Arthur. Dommage que vous n'ayez pas l'équivalent pour vos clients…

– Faites-moi l'honneur de demeurer ici même pendant votre séjour, madame. Nous vous gâterons, vous verrez. J'ai des jeunes ici qui, pour vous garder dans l'atmosphère des courses de traîneaux, se feront un plaisir de vous conduire à La Tuque en traîneau à chiens.

L'aubergiste venait d'utiliser un argument de poids, d'autant plus que la solitude d'Anne commençait à lui peser désagréablement. Elle résista pour la forme, mais se rallia bien vite aux arguments d'Arthur McKenzie quand il lui affirma qu'en tout temps une autre chambre lui était réservée pour son usage personnel. Anne ordonna à Georges de ramener son cheval à Grande-Anse. Ses bagages aussitôt transportés, elle se retrouva attablée en compagnie de l'aubergiste.

Quelle ne fut pas sa surprise de constater que le cuisinier n'était nul autre que Jos Goyette, son premier cuisinier à Grande-Anse, en 1918. Plutôt que de suivre les draveurs dans les camps de bûcherons cet hiver, Jos avait accepté de travailler chez Arthur McKenzie. Ses deux fils, Émile et Henri, besognaient également avec lui.

À la fin du repas, Anne confia à son hôte un désir qu'elle chérissait depuis son dernier voyage dans les pays nordiques : celui de prendre un bain de neige à son réveil.

– Pourriez-vous m'aménager un endroit discret, à l'abri des curieux?

– Rien n'est impossible ici, madame, affirma McKenzie en allumant une cigarette à même son mégot. À quelle heure désirez-vous prendre ce bain? ajouta-t-il, se gardant bien de lui manifester son étonnement.

– Huit heures, est-ce possible?

– Dès sept heures trente, vous aurez votre petite montagne de neige personnelle à proximité de votre balcon et personne ne sera autorisé à circuler dans ce secteur pendant une heure. Cela vous convient-il?

– Parfaitement, Arthur. Quelqu'un pourrait-il me préparer un bain d'eau très chaude pour mon retour à la chambre?

– Ma fille s'en chargera. Je ne crois pas qu'un seul hôtel de La Tuque aurait pu vous fournir l'intimité dont vous jouirez ici. Voilà pourquoi, madame, je ne vous demanderai qu'une fois et demie ou deux fois ce que vous auriez payé là-bas, lança-t-il taquin.

Anne rit de bon cœur. Consciente que beaucoup de marchands augmentaient leurs prix avec les gens fortunés, elle appréciait la franchise de McKenzie qui, pour sa part, le lui avouait ouvertement. Elle aimait bien cet homme. Son tempérament combatif la fascinait, tout autant que sa bonhomie.

– Je vous admire, Arthur, lui dit Anne, qui ajouta, après avoir constaté que les rares clients avaient déserté la salle à manger : Puis-je me servir de votre téléphone avant de me retirer?

Rosanne lui répondit dès la première sonnerie. L'état de Rose était stable, l'assura-t-elle, mais la jeune femme demeurait inconsolable. Anne se promit de discuter avec Rose dès son retour au domaine. L'apitoiement et les remords constituaient les pires poisons de l'âme, elle en savait quelque chose. Le lendemain matin, un rayon de soleil la tira de son sommeil. Excitée à l'idée de démarrer la journée par un bain de neige, elle couvrit sa nudité de sa fourrure et alla inspecter le site du balcon. Arthur McKenzie était à la hauteur de ses promesses.

D'un pas résolu, elle emprunta le corridor, où Élizabeth, l'une des trois filles de l'aubergiste, la salua.

– Puis-je faire couler votre bain, madame?

Anne acquiesça d'un signe de tête, descendit l'étroit escalier, puis sortit dans l'air vif du matin. Deux mètres de neige poudreuse fraîchement amoncelée à la pelle l'attendaient. Elle hésita un moment. Pourquoi ne se prélassait-elle pas sous son édredon douillet au lieu de s'astreindre à ce bain glacé? Mais rapidement, Anne succomba à cette blancheur éblouissante et se débarrassa vivement de son vêtement, conservant néanmoins ses pieds bien au chaud dans ses mocassins lacés jusqu'à mi-jambe. Le contact de sa peau tiède avec la neige l'électrisa. Une énergie bienfaisante l'envahit, la revigora. À sa grande surprise, le froid ne semblait plus l'atteindre. Les bras en croix, elle demeura immobile un moment, hypnotisée par l'azur du ciel. Elle se sentit soudain si vivante et si reconnaissante.

Après quelques roulades, elle souhaita ce bain chaud qu'Élizabeth lui avait préparé. Du coin de l'œil, elle vit un rideau retomber. L'avait-on observée à son insu?

* * *

Tel qu'il l'avait promis, Arthur McKenzie l'avait fait conduire à La Tuque dans un traîneau tiré par ses quatre saint-bernard. Il avait confié sa précieuse cliente au jeune Émile Goyette, dont la sollicitude avait agréablement surpris Anne tout au long du trajet. À quatre reprises, il avait stoppé l'attelage pour resserrer les couvertures de fourrure, replacer les coussins et s'enquérir du bien-être d'Anne. Malgré sa jeune vingtaine, Émile inspirait la confiance et, dès le départ, elle s'était sentie en parfaite sécurité en sa compagnie. Digne et dévoué, voilà comment elle était tentée de caractériser le jeune homme.

Pendant la crise économique, de nombreuses personnes à La Tuque avaient été contraintes de vendre leur cheval et de se contenter d'un attelage composé de chiens pour leurs déplacements, le transport de leurs matériaux ou de leur bois de chauffage. Depuis, faisant contre mauvaise fortune bon cœur, les habitants de la ville et des environs participaient en grand nombre aux courses de traîneaux à chiens organisées chaque hiver.

Une heure avant le début de la course, la rue commerciale de La Tuque était bondée. Tant de gens s'entassaient aux balcons que certains menaçaient de s'effondrer. Des attelages se dirigeaient déjà vers la ligne de départ à l'extrémité nord de la rue Saint-Louis, transversale à la rue Commerciale. Deux équipes de bergers allemands y côtoyaient des chiens bâtards.

Anne chercha du regard Aristide Labrèche, qu'elle devait rencontrer en face de la cordonnerie Ducharme à l'intersection des rues Commerciale et Scott.

– Connaissez-vous M. Labrèche, Émile?

– Oui, madame, et je sais où il demeure.

Émile fit bifurquer le traîneau dans la rue Saint-François. Adjacent à sa maison de la rue Saint-Louis, face à la voie ferrée du Canadien National, le chenil de Labrèche avait été aménagé à même une vieille remise. Les huskies d'Anne s'y trouvaient bien, mais aucune trace de l'homme.

Ils frappèrent à la porte de sa maison et une femme dans la trentaine leur ouvrit, en replaçant nerveusement une mèche de cheveux rebelle. Le pauvre Labrèche se déplaçait avec des béquilles artisanales, sa jambe droite prisonnière d'une attelle. D'un léger claquement des doigts, il ordonna à sa ribambelle d'enfants de faire moins de bruit. En apercevant Anne, il lui déclara, anéanti :

– Oh! madame, madame! Quelle malchance! Je suis tombé, hier, et je ne serai pas capable de conduire votre attelage. J'avais fait du si bon travail avec les chiens...

Il ajouta plus bas, la gorge nouée :

– Et on avait tant besoin de cet argent...

– Ne vous inquiétez pas, monsieur Labrèche, vous serez rémunéré tel qu'il avait été entendu, s'empressa de le rassurer Anne. Pour ce qui est de cette course...

Sur le pas de la porte, Émile, qui n'avait rien perdu de la conversation, se permit d'intervenir :

– Si votre chute n'a eu lieu qu'hier, monsieur Labrèche, ça veut dire que les chiens ont eu tout leur entraînement?

– Ils n'ont jamais été aussi parés, répondit le pauvre homme.

– J'ai l'habitude avec les chiens. Si vous m'expliquez la position que doit occuper chacun d'eux d'après leur entraînement et si vous, madame, m'y autorisez, je pourrais diriger l'attelage dans la petite course d'aujourd'hui.

Contrairement à la grande course de la semaine suivante entre La Tuque et Saint-Éphrem-du-Lac-à-Beauce, le village voisin, la petite course se déroulerait entièrement à La Tuque, sur une distance de deux kilomètres.

– Eh bien, Émile, allons-y. On peut encore arriver à temps.

Un problème, une solution. Voilà comment Anne aimait voir se résoudre les désagréments de la vie. Les huskies différaient fort des bons gros saint-bernard. Originaires de Sibérie, ces chiens respectaient une hiérarchie au sein de leur groupe, à la manière des loups. Pendant une course, le conducteur du traîneau devait avoir suffisamment d'emprise pour se substituer au chef de la meute. Or Anne doutait sincèrement que le jeune Émile ait cette capacité. Toutefois, elle voulait lui donner sa chance.

Soutenu par Émile, Labrèche les conduisit au chenil. Le jeune homme prépara l'attelage, guidé par l'estropié et secondé par Anne. Le chien de barre, le plus musclé et le plus fort, celui qui amorcerait le départ, fut placé à l'arrière; puis vint le chien d'équipe, ensuite le chien de pointe et, finalement, le chien de tête. Contrairement à la croyance populaire, le chef de la meute n'était pas nécessairement en première position. Ici, le chef occupait la deuxième place en partant de la tête. Tout au long de la manœuvre, Émile parla aux chiens presque sans interruption, doucement mais fermement, leur caressant la tête ou le poitrail.

Anne était sensible au timbre de voix des gens et celui d'Émile lui semblait unique. Légèrement éraillée et feutrée tout à la fois, modulant à mi-chemin entre le baryton et la basse, cette voix avait un pouvoir rassurant, apaisant.

Le traîneau attelé, Émile s'installa à l'arrière et, à son premier commandement, les chiens lui obéirent à la lettre. Anne avait lu nombre de publications sur les habitudes et le dressage des huskies. Elle fut à même d'apprécier le savoir-faire d'Émile.

– Amenez-moi à la ligne d'arrivée, Émile. Ensuite, faites de votre mieux.

La foule dense à cet endroit s'écarta à son approche. François-Xavier Lamontagne, maire de La Tuque depuis huit ans déjà, et prospère marchand de la ville, s'empressa d'aller la saluer, puis de la remercier chaleureusement de ses récentes contributions à l'hôpital Saint-Joseph et à l'orphelinat. D'autres personnes vinrent lui présenter leurs hommages et leurs remerciements, pour cet enfant hospitalisé à ses frais, pour cette autre éduquée au couvent. «Une goutte d'eau dans l'océan», songea Anne avec un brin de tristesse, mais tout de même heureuse de ces témoignages.

Pendant ce temps, la course battait son plein. Une clameur mêlée à des applaudissements attira l'attention des spectateurs.

Le brouhaha s'accentua et, alors que la foule scandait des «Vas-y, Smith», l'attelage du cordonnier Gagnon se pointa le premier. Ses cinq bergers allemands conduits par Olm Smith gagnaient la petite course encore cette année. Émile, quant à lui, termina en quatrième place, un classement exceptionnel compte tenu du contexte.

Puisque Labrèche pouvait difficilement prendre soin de ses chiens, Anne décida de les ramener chez elle. Émile s'installa derrière les saint-bernard de McKenzie et Anne, derrière ses huskies. Les deux traîneaux filaient côte à côte sur la route enneigée. Anne en oublia son âge et son rang et s'amusa telle une enfant en vacances.

À mi-chemin, ils firent une halte et, comme elle l'avait si souvent fait auparavant avec tant de gens, Anne demanda au jeune homme ce qu'il désirait le plus. Après un moment de réflexion, il lui avoua :

– J'hésite… J'aurais deux souhaits, l'un sérieux et l'autre moins…

– Dites-les-moi tous les deux, je vous en prie.

– Même si vous étiez prête à ce que je poursuive mes études après ma septième année, je ne voulais plus aller à l'école, vous vous souvenez? Pourtant, aujourd'hui, j'aimerais donc ça connaître les mathématiques, la comptabilité…

– J'imagine que ce désir correspond à votre projet sérieux. Quel est donc celui qui l'est moins?

– Henri et moi, on s'est fabriqué des skis avec les planches d'un baril de bière. On les attache à nos bottes avec des bouts de cuir. Mais je rêve de skier sur de vraies pentes avec de vrais skis.

– Craignez-vous les longs voyages?

– J'aimerais voir le monde, madame.

* * *

Haute-Mauricie, le vendredi 10 mai 1935

Bud s'était lié d'amitié avec Bill Stevens, un chirurgien en esthétique qui œuvrait avec lui au Sloane Hospital. Puisqu'il travaillait souvent seize heures par jour, sans compter ses nombreuses nuits de veille, Bud avait peu de vie familiale et aucune vie sociale. Néanmoins, Stevens et lui partageaient régulièrement leurs repas à la cafétéria de l'hôpital. Bud lui avait tellement vanté les charmes de la vie en forêt et les bienfaits de la nature sauvage qu'il avait convaincu son collègue aux mains manucurées de l'accompagner ce printemps-là dans une excursion de pêche en Haute-Mauricie.

Stevens avait certes voyagé à maintes reprises en Europe et séjourné dans plusieurs grandes villes des États-Unis, mais jamais auparavant il n'avait franchi la frontière canadienne et encore moins expérimenté le camping sauvage et les déplacements en canot.

La route entre Grandes-Piles et La Tuque l'impressionna tellement que Bud dut arrêter son véhicule plusieurs fois pour permettre à son ami de soulager son estomac. Plus livide à chacune de ces interminables côtes qu'il fallait grimper à reculons, incapable de retenir une exclamation d'horreur quand la voiture se trouvait en déséquilibre dans les profondes ornières de boue, les précipices à proximité, Stevens arriva pantelant à Grande-Anse, bien plus exténué qu'après ses plus longues journées de travail, et regrettant amèrement de s'être laissé séduire par les boniments de son confrère.

La saison de pêche s'ouvrait le surlendemain, et Bud souhaitait lancer sa ligne à l'aube de ce jour. Il avait été convenu que Georges Giguère les accompagnerait. Stevens n'aurait donc pas à pagayer ou à portager les bagages. Depuis le premier séjour de Bud à Grande-Anse, voilà dix-sept ans déjà, son amitié pour Georges ne s'était pas démentie. Malgré leur éducation et leur vie professionnelle aux antipodes, les deux hommes partageaient un même amour de la nature, éprouvant une joie intense chaque fois qu'ils s'évadaient ensemble dans la forêt.

Se voulant rassurant, Bud expliqua à son collègue :

– Bill, le plus dur est passé. Dorénavant, tu n'auras qu'à admirer le paysage et à te laisser conduire sur les eaux tranquilles des lacs et des rivières, puis à déguster la truite mouchetée que tu auras attrapée dans un cadre enchanteur.

À voir la mine défaite de Stevens, Bud se félicita de ne pas l'avoir invité pendant la saison des mouches noires et des maringouins. À la mi-mai, la température se maintenait souvent autour du point de congélation la nuit, de sorte que ces bestioles n'avaient aucune chance de proliférer. Pour sa première nuit en terre canadienne, Stevens goûta la chaleur et le confort de la maison de Bud, parfaitement préparée et entretenue par son ami Georges et le beau-frère de celui-ci, Johnny.

Le lendemain à l'aube, Georges vint partager avec eux un copieux repas avant le départ.

– Rosanne veut savoir comment s'appelle votre nouveau petit? s'empressa de demander Georges à son ami.

– On l'a prénommé James, le quatrième de la lignée. Mais on l'a surnommé «petit Jimmie» dès son arrivée à la maison.

Quelques semaines auparavant, sa femme avait accouché d'un magnifique garçon. Il avait le duvet d'un rouquin : un vrai Stillman. Lena lui manifestait tant de tendresse! Bud n'aurait pu espérer meilleure mère pour ses enfants.

– Je suis maintenant époux, père de famille et médecin, peux-tu croire ça, Georges?

– Bien sûr que je te crois! Je suis marié, papa aussi et médecin des fois quand les enfants sont malades, répliqua Georges avec un clin d'œil. Et vous, monsieur Bill, êtes-vous marié?

Bill Stevens lui demanda de répéter sa question. Il comprenait le français, à la condition que son interlocuteur parle lentement. Le chirurgien l'informa qu'il était libre comme l'air. Pas de femme, pas d'enfant.

Bud se réjouissait de ses nouvelles responsabilités, étonné par contre du poids qui l'oppressait parfois. Pour s'en libérer un moment, il avait organisé cette excursion de pêche. La forêt signifiait pour Bud renaissance, libération, affranchissement de ses obligations.

Moins de deux semaines auparavant, les glaces recouvraient encore les lacs. À ce temps-ci de l'année, la température de l'eau se maintenait sous la barre des dix degrés Celsius. Ils installèrent Bill Stevens au centre du canot tout en lui rappelant les manœuvres d'embarquement et de débarquement. La prudence s'imposait. Dans cette eau glacée, nul ne pourrait rester à flot bien longtemps.

Bud pagayait à l'arrière et Georges à l'avant. Bill Stevens se tenait immobile, le dos légèrement appuyé sur la barre transversale, ses longs doigts blancs agrippés au minuscule sac de provisions. Ils voyageaient avec peu de bagages, car tout l'équipement et le matériel de pêche ainsi que les carabines et le matériel de camping se trouvaient déjà au camp du lac Okane, leur destination de la journée.

Le parcours depuis Rivière-aux-Rats se fit sans encombres. Les lacs et les portages se succédaient, sans aucune rencontre inopportune à signaler. C'était à se demander si les animaux sauvages hibernaient encore. Georges désigna de son aviron le camp où ils passeraient la nuit. Quelques minutes plus tard, il descendit sur la rive, tira le canot, puis invita Stevens à le rejoindre. Prudemment, le chirurgien se rendit à la pointe de l'embarcation en s'accrochant aux montants latéraux, son long corps incliné vers l'avant. Dès qu'il se retrouva sur la grève, il plaqua ses mains à la hauteur de ses reins et arqua son corps vers l'arrière avec un grognement de soulagement. Courbaturé, éreinté, il n'envisageait même pas de se restaurer avant de se mettre au lit. Ses jambes avaient peine à le porter. «Quelles vacances», grogna-t-il. Bud se contenta de sourire, convaincu qu'avec un peu d'entraînement tout s'arrangerait dans les prochains jours.

Ils constatèrent avec stupéfaction que les carreaux en façade avaient été brisés. À peine la porte fut-elle entrouverte que Bud laissa échapper un cri de rage. De la nourriture traînait sur le comptoir et dans l'évier, du verre cassé jonchait le sol et des bouteilles d'alcool avaient été vidées et fracassées. L'équipement de pêche, les fusils, la tente et les sacs de couchage, tout avait disparu.

Tant que Pit Gagnon avait surveillé son territoire, pas une seule fois Bud n'avait été victime d'un pareil désagrément. Mais depuis l'année dernière, le trappeur vieillissant n'avait conservé que son territoire initial. Isaac Wilson, le frère de Lena, avait partiellement remplacé Gagnon et, avec Bud, il détenait maintenant l'exclusivité des produits de la trappe, de la chasse et de la pêche.

Pendant que Bud vociférait, Stevens s'affala sur un banc, la tête entre ses mains. Georges sortit précipitamment, à la recherche d'indices qui leur permettraient d'identifier les coupables. Il ne lui fallut que quelques minutes pour trouver ce qu'il cherchait et il invita ses compagnons à le suivre.

– Vous voyez ces traces? Je peux vous garantir qu'elles n'ont pas plus de quelques jours car, ici, il a beaucoup plu toute la semaine dernière. À mon avis, nos malfaiteurs sont partis du côté du lac Mésange.

– Allez, tout le monde, on appareille pour le Mésange, ordonna Bud en se dirigeant vers le canot. Je veux à tout prix attraper ces scélérats.

Pointant son index vers Bud, Stevens s'écria, menaçant :

– Si tu nous imposes ça ce soir, Bud Stillman, je te poursuivrai en justice pour cruauté mentale et physique.

– Le docteur Stevens a raison, intervint Georges. Ça serait pas prudent de repartir sans savoir à qui on a affaire. Et puis on n'a plus d'armes! Non, mieux vaut passer la nuit ici, quitte à reprendre la route avant le lever du soleil. Comme ça, on arrivera au Mésange à la clarté.

Au grand soulagement de Stevens, Bud se rallia à la proposition de Georges. Ce dernier s'empressa de préparer le lunch pour tous pendant que les deux médecins tentaient tant bien que mal de mettre un peu d'ordre dans le camp. Personne ne prit la peine de se dévêtir avant de se mettre au lit.

Quelques galettes de farine de blé et un morceau de porc frais accompagné de thé bien chaud constituèrent le petit-déjeuner pris à la hâte. Bud ne tenait pas en place. Il lui tardait de trouver les voleurs pour leur donner une bonne leçon.

Stevens prit soin de s'apporter deux coussins, un pour son dos et l'autre pour son postérieur. Avec la détermination des justiciers, Georges et Bud reprirent leurs avirons.

Après un portage passablement accidenté, ils observèrent les vestiges d'un feu récent sur une des rives du lac Mésange, une petite étendue d'eau de moins de cinq cents mètres de longueur. Les lascars avaient dû se rendre au lac suivant, le lac de la Trinité, à peine plus grand que celui-ci. De nouveau, Bud et ses compagnons trouvèrent des pistes sur la rive du ruisseau menant au lac Bellevance. Ils poursuivirent leur voyage en silence pour éviter d'être repérés. Dès que leur embarcation glissa sur les eaux du lac Bellevance, Bud aperçut sur une pointe de sable à gauche un campement qui lui sembla désert. Ils y dirigèrent l'embarcation.

Ils n'avaient pas encore mis le pied à terre que Bud reconnut sa tente et ses ustensiles de cuisine, dans un bien piètre état. Une vingtaine de peaux de castor avaient été tendues et mises à sécher, et il y avait des pièges en acier à proximité. Quels effrontés! Quelques années auparavant, le gouvernement avait défendu la chasse au castor, considéré comme une espèce menacée. En outre, personne, sauf Bud et Isaac, n'avait le droit de trapper ici. Les trois hommes débarquèrent sans bruit, mais ils ne trouvèrent âme qui vive dans les parages.

— Nous avons affaire à des braconniers qui ne respectent rien ni personne, s'écria Bud, reconnaissant d'un coup d'œil tout ce qui lui avait été dérobé, sauf ses armes et son matériel de pêche.

Fou de colère, il lança à l'eau de toutes ses forces pièges et ustensiles qui ne lui appartenaient pas, et déposa dans le canot ses affaires retrouvées.

— Ces peaux sont à moi, proclama-t-il. Aidez-moi à les embarquer, pria-t-il ses compagnons.

— Mieux vaut ne pas traîner ici, Bud. À mon avis, ceci est un campement d'Indiens et les Indiens sont partout chez eux.

— Et les Indiens auraient le droit de me piller? Nous sommes sur mon territoire! Je paie mes droits chaque année à la province de Québec.

– Vite, déguerpissons, se contenta de lui répondre Georges, plus mort que vif. Abandonne ces fourrures, Bud! Comme il est défendu de chasser le castor, tu commets un acte illégal en les transportant.

Bud ne voulut rien entendre et les peaux furent entassées au fond du canot. Rendus à un peu moins de cent mètres de la rive, ils entendirent des balles siffler dans leur direction. Les coups d'aviron qui suivirent la salve furent si énergiques que la vitesse du canot doubla. Bill Stevens se retourna et vit quatre Indiens sur la rive épauler de nouveau. Sans faire ni une ni deux, il empoigna la plus grande des poêles à frire que Bud avait récupérées quelques minutes plus tôt et se mit à pagayer aussi, oubliant sa fatigue et ses courbatures.

Quand vint le portage, en plus du canot et du sac à provisions, ils devaient transporter les peaux et les ustensiles de cuisine. Bud ordonna d'abandonner les ustensiles, mais s'obstina à ramener les peaux. Les attachant à l'aide d'une lanière de cuir, il les grimpa sur son dos et, avec Georges, transporta le canot au pas de course dans le sentier. Bill Stevens se chargea du sac à provisions et de quelques objets. L'adrénaline aidant, jamais cette distance ne fut parcourue aussi rapidement.

Pour retraverser le lac de la Trinité, ils étaient maintenant trois pagayeurs, car Stevens avait conservé sa poêle à frire, bien décidé à l'utiliser comme arme, bouclier ou pagaie au besoin. Au bout du lac Mésange, ils s'arrêtèrent enfin pour se réfugier dans un camp minuscule, ne comptant qu'une seule pièce. Ayant découvert deux boîtes de fèves au lard en conserve, Georges alluma l'espèce de truie tenant lieu de poêle et mit à chauffer ce mets typique des camps de bûcherons. Les trois hommes s'installèrent autour d'une table rudimentaire faite de bois équarri, et se rassasièrent en silence. Soudainement, Stevens fut pris d'un fou rire incontrôlable tout en prononçant des paroles incompréhensibles. Il hoquetait tellement il riait.

Bud considéra son ami avec inquiétude. La peur avait-elle miné sa raison? Bud tenta de le calmer, mais les rires de

Stevens redoublèrent. Finalement, Bud et Georges réussirent à comprendre ce qu'il essayait de dire :

— Quoi de mieux... que la forêt... pour se débarrasser... du stress des grandes villes... disais-tu, Bud Stillman ?

L'hilarité les gagna tous, et Bud songea à tous ces fous rires dont il avait déjà été témoin dans des moments de grande tension, à la fin d'une opération particulièrement éprouvante, pendant la veillée d'un corps ou quand on constatait une bévue de taille. Reprenant à grand-peine son sérieux, Bud pointa le doigt vers l'unique fenêtre du camp et déclara :

— Bill, Georges, regardez-moi ça. Il serait facile de tirer sur nous par là !

Bill se mit à piétiner d'impatience, implorant ses compagnons de partir sur-le-champ pour trouver un endroit plus sûr. Malgré la nuit sombre, ils rassemblèrent précipitamment leurs bagages, chargèrent le canot sur leurs épaules et reprirent leur route sans que, cette fois, personne songe à manifester une opposition. Trébuchant à tout moment sur des pierres ou des racines dénudées, ils marchèrent sur une distance d'au moins dix kilomètres en direction nord-est, s'éclairant grâce à la chandelle installée sur le dessous du banc à l'avant du canot. L'estomac noué, Stevens suivait aveuglément ses guides qui n'hésitèrent pas une seule fois à une fourche ou à une croisée de sentiers. Georges et Bud avaient depuis longtemps apprivoisé ce coin de forêt, de jour et de nuit. Lorsqu'ils atteignirent enfin la rivière aux Rats, malgré le froid et l'humidité, ils s'enroulèrent dans leurs couvertures et s'étendirent à même le sol, agglutinés les uns aux autres.

À la première lueur du jour, ils constatèrent qu'une tente avait été montée à une dizaine de mètres de leur campement de fortune. Peu après, deux hommes en émergèrent pour rassembler quelques morceaux de bois mort. De toute évidence, les campeurs se croyaient encore seuls sur cette plage sauvage. Bud les héla tout en se dirigeant vers eux. Quelle ne fut pas sa surprise de reconnaître Johnny Boucher.

— Ah bien ça, verrat, c'est pas croyable ! lança Boucher.

Poussant son compagnon du coude, il ajouta, au comble de l'excitation :

– Hé, Ti-Paul, le type que tu vois là, c'est Bud Stillman, celui dont je te parlais pas plus tard qu'hier! Sans lui, je serais au fond de la Vermillon! Je suis content de te revoir, Bud, s'écria-t-il en lui tendant la main.

Près de dix ans déjà les séparaient de ce sauvetage. Bud ne décelait plus aucune trace d'animosité dans la voix de Boucher. Au contraire, il n'y percevait qu'une sincère reconnaissance.

– Comme ça, toi aussi t'es venu pour l'ouverture de la pêche? Venez donc déjeuner avec nous autres. Ça ne sert à rien d'allumer deux feux. J'imagine que la drave, t'en as pas refait depuis ce temps-là?

Bud se contenta de répondre d'un signe de tête et offrit de partager son sac de thé. Comme de vieux amis, les cinq hommes alimentèrent le feu pour ensuite y faire chauffer l'eau et griller le pain. Pendant ce temps, Bud et ses compagnons racontèrent avec moult détails leur aventure de la veille.

À peine avaient-ils entamé leur pain rôti qu'un coup de fusil, puis un deuxième et un troisième se firent entendre. Les Indiens les avaient donc suivis jusque-là!

– Sauvez-vous! s'écria Boucher. Ti-Paul et moi, on va les retenir.

Bill Stevens avait déjà un pied dans le canot. Les deux autres lancèrent leurs bagages dans l'embarcation pendant que Johnny maintenait la pointe dans le courant.

– Pour l'amour du ciel, Bud, laisse-leur les peaux. C'est ça qu'ils veulent! supplia Georges.

– Pas question. Vite, embarquons! fit Bud, lui-même surpris de son entêtement.

Tel un automate, Stevens s'agenouilla au centre, sa poêle à frire bien en main. Johnny Boucher poussa le canot avec force tout en les incitant à la prudence. Les fuyards profiteraient d'un bon vent arrière.

Les pagaies entraient et sortaient de l'eau à un rythme fou.

– S'ils l'avaient voulu, ils nous auraient atteints depuis longtemps, haleta Georges. On dirait qu'ils veulent seulement nous faire peur.

– On peut dire qu'ils ont réussi, lança Stevens, sans pour autant diminuer sa cadence.

Avec l'énergie du désespoir, ils pagayèrent, portagèrent puis reprirent directement la route de Grande-Anse. Ils parcoururent en quelques heures ce qui leur aurait habituellement pris une journée entière. Les Indiens avaient renoncé à les poursuivre. «L'intervention de Boucher y est certainement pour quelque chose», se plut à penser Bud.

Le lendemain, Bill Stevens refusa net de repartir en forêt, même si Bud lui assura qu'une telle mésaventure n'arrivait qu'une fois dans la vie d'un homme. En outre, ils avaient maintenant tout le matériel nécessaire pour rendre leur excursion confortable et agréable. Stevens le supplia de le ramener à Montréal. Il avait un urgent besoin de vraies vacances avant de reprendre son travail.

Stevens prit le train pour New York le même jour. De son côté, Bud se rendit chez Holt Renfrew, le fournisseur attitré des fourrures d'Anne McCormick, et demanda qu'avec ses peaux de castor on lui confectionne un manteau afin de pérenniser sa rocambolesque aventure. Le fourreur examina les peaux, rejeta celles qui étaient trouées de balles, estampilla les autres pour les légaliser et, les plaçant côte à côte, évalua les possibilités.

– Avec ce qui reste, je ne peux vous faire rien d'autre qu'un chapeau ou une cape, ou encore un manteau pour un enfant de trois, quatre ans…

Sans la moindre hésitation, Bud choisit le manteau d'enfant. Il reprit la route en sifflotant, imaginant sa petite Leanne vêtue de son précieux trophée. Dommage que Stevens n'ait pas eu le plaisir de taquiner et surtout de déguster la truite. Loin d'avoir renoncé à son excursion de pêche, Bud anticipa avec délectation les jours à venir. Georges et lui reprendraient leur pagaie dès le lendemain matin.

Mais rien de ce qu'il avait planifié ne se produisit comme prévu. À son arrivée à Grande-Anse, il fut accueilli par deux membres de la Gendarmerie royale du Canada, imposants dans leur habit de fonction : tunique brune avec large ceinturon baudrier, chemise beige et cravate bleue, culotte d'équitation, bottes de cuir aux genoux et chapeau scout à large bord. Le plus galonné s'avança vers Bud.

– Monsieur Stillman? Je suis le constable Charles Boivin, de la Police montée d'Amos. Nous avons reçu une plainte du département des Affaires indiennes d'Ottawa au nom des Indiens de la réserve Weymontachie. Vous auriez violé leurs droits inaliénables de chasse et de pêche en plus d'endommager malicieusement leur matériel de trappe et d'autres outils en leur possession. Pourriez-vous nous raconter votre version des faits?

Avec maladresse, Bud tenta de simuler l'ignorance des privilèges dont jouissaient les Indiens.

– Mais, monsieur, répondit-il, je peux vous fournir la preuve que le territoire où ces Indiens s'étaient installés est le mien. J'ai payé mon bail cinq ans d'avance à la province de Québec. Je vais vous en montrer la preuve…

– Donnez-nous plutôt votre version des faits.

Bud raconta par le menu dans quel état il avait découvert son camp, de même que les circonstances dans lesquelles il avait retrouvé ses effets personnels sur cette pointe de sable du lac Bellevance. Il avoua que dans sa colère il avait effectivement jeté à l'eau tout ce qui lui tombait sous la main, même les peaux que les Indiens avaient trappées sur son territoire. Malheureusement pour Bud, Georges avait déjà été interrogé et avait déballé toute la vérité. Quand Bud voulut faire valoir ses droits, le constable Boivin lui expliqua clairement que ceux des Indiens prévalaient.

Finalement, Bud reconnut sa culpabilité. Boivin l'avisa qu'il devrait se présenter devant un juge à La Tuque en septembre prochain.

16

Haute-Mauricie, le vendredi 17 juillet 1936

Installé sur une chaise de parterre à proximité du lac Bastien, les pieds sur une bûche, Fowler tournait distraitement les pages d'un livre. Son esprit errait à des milliers de kilomètres. Au cours des derniers mois, il avait consacré presque tout son temps à son plan de restructuration du territoire européen et, déjà, il était à même d'en mesurer les retombées positives en Angleterre, en France, en Allemagne, en Suisse et en Autriche. Si la tendance se maintenait, l'augmentation des ventes à l'étranger serait supérieure d'au moins quatre pour cent à celle de l'Amérique. Il n'évaluait pas son succès en dollars, mais sous l'angle de la réalisation. Il avait conçu un plan, convaincu ses collaborateurs de s'y impliquer et, tous ensemble, ils avaient changé leur façon de faire en vue d'optimiser leur action. Sa parfaite maîtrise du français et de l'allemand l'avait bien servi.

Un cliquetis capta son attention. Anne avait repris son tricot. Un brin de laine glissait sur son index, puis roulait autour de ses broches si rapidement qu'il avait du mal à saisir de quelle manière cet enchevêtrement de laine et de broches engendrerait un cylindre qui deviendrait un bas. Ses bas.

En serait-il rendu là où il était si Anne n'avait pas été à ses côtés? Voilà plus de dix ans maintenant, elle l'avait convaincu de faire quelque chose d'utile de sa vie, lui affirmant que son équilibre et son bien-être en dépendaient. Puis elle l'avait encouragé à faire un geste concret qui lui avait permis de connaître tous les rouages d'International Harvester.

Milwaukee avait été une plaque tournante dans sa vie professionnelle et dans l'évolution de sa philosophie d'administrateur. En travaillant comme simple ouvrier, il avait compris que, pour progresser, toute entreprise se devait de considérer équitablement les trois composantes de sa raison d'être : l'actionnaire, l'employé et le client. Chacun devait tirer profit des activités de l'organisation, sinon, si l'un d'eux était négligé, ou les mises de fonds devenaient insuffisantes, ou des problèmes de relations de travail surgissaient, ou la diminution des ventes empoisonnait la vie des administrateurs.

Les aiguilles s'entrechoquaient toujours avec régularité. En discutant avec sa femme, Fowler mettait à l'épreuve ses idées et ses projets. L'ouverture d'esprit d'Anne et ses champs d'intérêt multiples lui permettaient d'accueillir les réflexions les plus extravagantes sans jamais les étouffer. Juste le fait de lui exposer ses idées, même s'il n'obtenait aucune rétroaction immédiate, l'aidait à mettre de l'ordre dans ses pensées, à mieux concevoir pour mieux réaliser.

– Vous semblez bien soucieux, Fowler, observa Anne en déposant le tricot sur ses genoux.

– «Songeur» serait plus approprié. Je repensais à mon cheminement des dernières années... Vous m'avez été très précieuse, Fee, le savez-vous?

– Vous également, répondit-elle en le regardant avec attendrissement.

Elle reprit son tricot.

– Avez-vous parlé au docteur Jung récemment?

Elle s'efforçait d'adopter le ton le plus neutre possible. Fowler ne fut pas dupe, décelant dans sa voix une pointe d'amertume.

– Pas depuis notre dernier dîner à trois, Fee.

– Que je ne suis pas près d'oublier.

Il le savait mieux que quiconque. Ce dîner avait coïncidé avec la fin de leur séjour en Autriche l'année précédente.

Fowler s'était fait une joie de mieux faire connaître le grand homme à sa femme en le conviant à un dîner. Il n'avait probablement pas été assez explicite, car Jung avait cru qu'il s'agissait d'un repas entre hommes. À la grande surprise du couple, Jung avait considéré sa tenue vestimentaire inconvenante dans les circonstances. S'il avait su, il aurait porté veston et cravate. Anne avait voulu détendre l'atmosphère en lui signalant combien Fowler l'admirait et quel vif intérêt il concevait pour ses œuvres. Jung lui avait laissé entendre que les appréciations béates l'agaçaient.

Habituée à plus d'égards, Anne n'avait pas apprécié l'attitude du « grand homme », plus inconvenante que ses vêtements, au demeurant tout à fait corrects.

— Même si sa réaction m'a secouée, je sais maintenant qu'elle a annihilé l'admiration immature que j'éprouvais pour lui. Enfin, je vous ai déjà expliqué ce que j'en pensais... Que lisez-vous donc, Fowler? demanda Anne sans pour autant modifier le rythme de son ouvrage.

— *Primitive Society*, de Hartland, lui répondit-il, heureux d'aborder un sujet moins épineux. Écoutez bien ce passage, Fee : « Plusieurs des chercheurs qui se sont penchés sur les origines de la société matrilinéaire comme étant la plus ancienne forme d'organisation sociale l'ont attribuée au peu de certitude de la paternité. »

— Parlez-en à Jimmie, il serait en mesure d'étayer cette thèse.

Elle ajouta avec plus d'amabilité :

— Pauvre Jimmie. Vous ai-je raconté qu'il avait été libéré récemment d'une poursuite de deux cent mille dollars? Luc Rochefort, celui qui l'accusait de l'avoir privé de l'affection de sa femme Margerie, a enfin été débouté. Toutes les raisons sont bonnes pour traîner en cour les gens fortunés. Certaines causes sont justifiées, mais d'autres sont carrément ridicules.

— Mon père en sait quelque chose. Vous vous souvenez de cette Rhona Doubleday qui le poursuivait pour un million et demi de dollars, alléguant un bris de promesse de mariage? Le litige a été réglé hors cour pour cent mille dollars. Cent mille dollars pour éponger une malencontreuse parole... À l'instar de Jimmie, mon père est un incorrigible coureur de jupons, et j'ai peu d'espoir de les voir changer à leur âge. Depuis quelques mois, mon père affronte toutefois un problème beaucoup plus sérieux. On le menace de mort, tant par courrier que par téléphone. Les rançonneurs exigent trente mille dollars pour lâcher prise. La police de Chicago mène une enquête et affirme le protéger, mais mon père vit tout de même comme un homme traqué.

– Appelez cela la misère des riches, Fowler. Mais ceux qui ont un pouvoir décisionnel, comme vous, ont aussi des devoirs, n'est-ce pas?

Empruntant une toute petite voix, il implora :

– Même s'ils se sont réfugiés en pleine forêt, loin de tout ce qui pourrait leur rappeler leur travail, et qu'ils en sont à leur dernière journée de vacances?

Anne eut du mal à conserver son sérieux. Elle s'approcha de lui et caressa ses cheveux, qu'elle prenait plaisir à qualifier de cheveux d'ange tant ils étaient soyeux.

– Fowler, rien n'a été fait pour modifier la condition des Noirs dans vos usines. Ce sujet me préoccupe tant! Vous siégez au conseil d'administration maintenant. Quand donc userez-vous de votre influence? Il est si désolant de les voir parqués dans leur cafétéria dénudée, sans parler de leurs toilettes délabrées. Comment se fait-il que le fils de Samuel, à qui vous avez vous-même payé des études universitaires, n'ait pas encore été promu au poste de commis? Parce qu'il est noir? Avec son talent et sa personnalité, c'est scandaleux.

– Fee, la société n'est pas prête pour de tels changements. Même si l'influence et les menaces du Ku Klux Klan ne sont plus d'actualité, il n'en reste pas moins que la ségrégation est toujours profondément enracinée dans nos mœurs.

– Vous pourriez donner l'exemple. Vous détenez ce pouvoir, Fowler. Vous pourriez même passer à l'histoire...

– Passer à l'histoire parce que je me serais fait lyncher dans l'intervalle, oui! Vous imaginez McCaffrey avec un adjoint noir?

– Oubliez McCaffrey et pensez à tous ces gens de couleur que l'on ne rétribue pas à leur juste valeur et qui sont tenus à l'écart des postes à responsabilités. Je trouve cela révoltant. J'agis sur une échelle minuscule en traitant équitablement mes employés de couleur. Avec vos dizaines de milliers d'employés, votre influence serait considérable et, qui sait, d'autres entreprises d'importance pourraient vous emboîter le pas. C'est ainsi qu'une société se métamorphose.

– Vous savez que ce problème me tient à cœur. Mais je n'amorcerai rien avant d'avoir bien préparé le terrain. Une action précipitée risquerait de nuire à cette cause au lieu de l'aider. J'y travaille sérieusement, Fee, quoi que vous en pensiez.

Fowler changea de sujet.

– Quand donc le trophée sera-t-il prêt?

– Ne vous inquiétez pas, Fowler, je reviendrai à la charge, dit-elle, en lui tapotant gentiment le bras. Quant au trophée, il sera prêt la semaine prochaine… J'aurais tant aimé que vous le voyiez avant votre départ, d'autant plus que les organisateurs de la course de canots ont accepté de l'offrir aux gagnants dès cette année. Le nombre de plaques destinées à inscrire le nom des champions est suffisant pour que la coupe serve encore au XXIe siècle. J'aimerais voir le trophée McCormick entrer dans la tradition, qu'il devienne à la course de canots ce que la coupe Stanley est au hockey… Il sera magnifique, Fowler.

– Croyez-vous qu'Henri et Émile aient des chances de le remporter?

Les deux frères Goyette s'entraînaient ferme en vue de la prochaine course sur la Saint-Maurice qui devait débuter le 21 août suivant. Anne commanditait également deux autres de ses guides, Major Bourassa et Léon Hébert. Pendant les six semaines précédant la course, ils avaient été libérés de leurs tâches habituelles pour se consacrer exclusivement au canotage et à la musculation. L'entraînement se déroulait soit au lac Gaucher sous la surveillance d'Alexander, soit sur le grand lac Bastien, à quelques centaines de mètres du camp où Anne résidait.

– Ils progressent très bien, mais Major et Léon sont plus rapides. Pourquoi ne pas m'accompagner en fin d'après-midi? Ainsi, vous pourriez assister à la clôture de leur entraînement journalier.

Fowler acquiesça, puis chacun reprit son occupation, conscient de la douce présence de l'autre. Émile se profila dans les pensées d'Anne. Aussi clairement que si l'événement avait eu lieu la veille, elle se remémora le moment où il lui avait confié ses deux souhaits. Dès cet instant, elle avait résolu de l'aider à les réaliser. Avant même qu'elle ne lui parle de son projet, Fowler avait déjà réservé deux chambres au *GarthofPost* situé à Lech dans le Vorarlberg autrichien. Luxueux, mais de petite taille, cet hôtel s'élevait à proximité du mont Arlberg, réputé pour ses pentes de ski et son cadre enchanteur. À sa demande, Fowler avait loué une troisième chambre pour Émile et il avait accueilli le jeune homme avec sa courtoisie habituelle. Il s'était également chargé de trouver un précepteur suisse de langue française, qui les avait rejoints à Lech quelques jours après leur arrivée.

Pendant les deux premières semaines de leur séjour, Émile avait partagé ses journées entre l'apprentissage des mathématiques et la pratique du ski dans un décor que, même dans ses rêves les plus fous, il n'aurait pu imaginer. Anne avait éprouvé tant de plaisir à épier son ébahissement.

Comment était-il devenu son amant? Elle se souvenait du ciel intensément bleu et de la neige poudreuse dans laquelle elle s'était laissée tomber, empêtrée dans ses skis, à bout de force pour avoir trop ri. Quand Émile lui avait tendu les mains pour l'aider à se relever, elle l'avait déséquilibré, provoquant sa chute. Il s'était étalé de tout son long sur elle. Ce contact, Anne l'avait délibérément prolongé, et Émile avait soutenu son regard. Puis, la chambre. Douillette. Les caresses. Douceur. L'espace d'un instant, le visage de Jimmie s'était inopinément superposé à celui d'Émile. Comme Jimmie, Émile appartenait à cette race d'hommes rarissime qui ne font pas des gestes dans l'amour, ils deviennent ces gestes. En aucun temps la raison n'interférait pour les déconnecter de l'autre. Ils n'avaient pas à décider dans un acte conscient de ce qui devait suivre, d'instinct ils savaient. Bien vite, toute à ce présent, Anne s'était laissé entraîner dans la chaleur d'Émile. L'urgence de sa jeunesse la prit quelque peu par surprise, sans pour autant gâcher leur communion.

Elle se souvint de la résolution prise au moment de sa rupture avec Arthur. Que disait-il, cet adage, déjà? «Fontaine, je ne boirai plus de ton eau.» Par la suite, Anne avait muselé ses objections, ses craintes et ses incertitudes pour vivre à fond le moment présent, s'abandonnant aux charmes, à la beauté et à la fraîcheur d'Émile. La femme en elle avait été comblée par ce compagnon de tous les instants, par cet être passionné avec qui elle avait compris une fois pour toutes qu'elle retirait bien peu de satisfaction en ne s'astreignant qu'à la sublimation.

Au premier regard, Fowler avait su. Les soirs où il avait pu se soustraire à ses obligations professionnelles, il avait invité Émile à se joindre à eux pour le dîner. Pas plus qu'avec Arthur, Fowler n'avait éprouvé de contrariété ou d'inconfort. Émile et lui n'occupaient pas le même territoire et leur situation inhabituelle, apparemment incongrue, n'attisait aucune rivalité entre eux. «Votre bonheur m'importe plus que tout, Fee», lui avait-il répété.

L'humour du jeune homme les avait déridés dès le potage. Malgré sa timidité et sa réserve, Émile était un pince-sans-rire dont les réflexions aussi inattendues que spirituelles les faisaient rire à tout moment.

Émile occupait une place importante dans la vie d'Anne, plus qu'elle ne l'avait désiré, plus qu'elle ne l'aurait jamais espéré. Bref, elle lui avait accordé le pouvoir de l'émouvoir et de la heurter tout à la fois, puisque l'un ne va pas sans l'autre. Anne avait pris conscience qu'au moment où elle se blindait contre la souffrance, simultanément, sa capacité de s'enflammer, de s'enthousiasmer, se flétrissait.

Aujourd'hui, elle se sentait de nouveau jeune et pleine d'énergie. Bien mal venu celui qui oserait la condamner. Ne jugeait-on pas un arbre à ses fruits ? Sa relation avec Émile la rendait plus vivante alors que le timide jeune homme prenait de l'assurance, s'épanouissait. Fowler, quant à lui, n'était privé de rien, s'étant même lié d'amitié avec Émile.

* * *

New York et Pleasantville, le vendredi 17 juillet 1936

Le visage en sueur, la femme haletait pendant que deux infirmières l'encourageaient à pousser. Le col se dilata un peu plus et Bud vit enfin apparaître un petit duvet détrempé. Il stimula l'ardeur de sa patiente et finalement la tête du bébé fut expulsée. Dans une seule de ses longues mains, il recueillit le bébé et, d'une voix enjouée, annonça :

– Un magnifique garçon. Bravo !

Bud venait d'accomplir l'acte médical qui le comblait entre tous : mettre un enfant au monde. Aider une vie à éclore, être présent au premier cri, quel privilège ! Il déposa le poupon sur le ventre de sa mère et, comme la plupart des femmes qu'il avait accouchées précédemment, sa patiente compta les doigts et les orteils de son bébé, puis fondit en larmes. Tout y était. Le miracle, de nouveau. Après un bref examen, le bébé fut confié à la pouponnière et Bud s'appliqua à recoudre l'incision qu'il avait dû pratiquer pour faciliter l'expulsion du bébé.

Debbie, la plus jeune des infirmières de l'étage, n'avait pas quitté Bud des yeux depuis son entrée à la salle d'obstétrique. Quand il avait croisé ce regard si aguichant, il en avait été troublé au point d'éviter de regarder dans cette direction pendant toute la durée de l'accouchement. Toutefois, il en avait continuellement senti l'intensité.

Les sentiments de Debbie pour Bud n'étaient un secret pour personne. Cette attirante jeune fille, intelligente et si mignonne, Bud l'avait surnommée en son for intérieur sa « délicieuse tentation ». Même s'il n'avait jamais eu l'intention de tromper Lena, le béguin de Debbie le troublait.

Lorsqu'il s'approcha de l'évier pour se laver les mains, Debbie, d'une voix on ne peut plus suggestive, lui offrit de retirer son masque. Bud refusa en riant, l'enleva lui-même, salua les infirmières et quitta la pièce.

Bud avait laissé si peu de place au flirt et à la bagatelle dans sa jeunesse qu'il devait se faire violence aujourd'hui pour ne pas succomber aux charmes de Debbie. Malgré l'heure tardive, il s'empressa de quitter l'hôpital et New York à destination de Pleasantville.

Toute sa maisonnée dormait profondément. Il descendit d'abord à la cuisine pour se restaurer, puis effectua sa tournée usuelle. La clarté diffuse de la lune enveloppait de sa lumière bleutée sa petite Leanne, couchée en chien de fusil parmi ses poupées et ses oursons. La chaleur avait été si étouffante au cours de la journée qu'il apprécia la bienfaisante fraîcheur pénétrant par la fenêtre dont les battants claquaient doucement sur le mur de pierre. Il se pencha pour déposer un baiser sur le front de sa fille et ramena la couverture sous son menton.

Sur la pointe des pieds, il traversa le corridor et demeura sur le seuil de la chambre où dormait «petit Jimmie». Le bambin avait le sommeil bien léger depuis quelques jours. Bud se contenta de l'admirer à distance, riant sous cape en constatant qu'il était encore couché à plat ventre, le petit derrière relevé, polichinelles et lapins de toutes tailles amoncelés autour de lui.

Bud s'allongea près de Lena. Où donc était cachée sa compagne de jeunesse, son amante, celle qui l'avait tant séduit par sa simplicité et son intégrité? Pourtant, Lena était toujours simple, intègre et dévouée. Qu'y avait-il donc de brisé? Dernièrement, il fuyait les occasions de converser avec elle, éprouvant une malheureuse impression de régresser au jardin de l'enfance. Elle ne causait que de fleurs et de bébés. Couché sur le dos, il glissa les mains sous sa tête et fixa le plafond. Le visage de Debbie se profila dans ses pensées.

Une profonde lassitude l'envahit. Il se sentait vieux, vidé. Depuis le début du fameux litige qui avait opposé ses parents alors qu'il avait seize ans, sa vie n'avait été que devoirs et obligations, labeur et contraintes, entrecoupés de trop courts moments de relâche. Au plus profond de lui-même, il ressentait le désir de s'éclater, mais son sens du devoir l'obligeait à se ressaisir. Cette ambivalence grugeait son énergie.

La fatigue le faisait divaguer. Délibérément, il avait fait des choix qu'il devait maintenant assumer. Repoussant les couvertures, il espéra une brise capable de rafraîchir son corps aussi bien que son âme.

Le lendemain, pendant que Bud amusait Leanne près du bassin, Lena poussait le landau dans lequel petit Jimmie babillait. Les allées pavées de Mondanne lui permettaient de parcourir ainsi des kilomètres. Une tonnelle recouverte de vignes en fleurs la protégea un moment de l'ardent soleil de juillet. Pourvu que son petit garçon ait le temps de faire une sieste. Anne, la sœur de son mari, arriverait bientôt de Long Island pour prendre le thé. Elle aimerait tant lui présenter son bébé au meilleur de sa forme.

Les cakes avaient été préparés au cours de la matinée et, compte tenu de la chaleur, Lena avait commandé du thé glacé qu'elle ferait servir au jardin. N'avait-elle rien oublié? Même si elle connaissait par cœur les us et coutumes des Stillman, Lena éprouvait toujours une crainte morbide de ne pas être à la hauteur. Pourtant sa belle-sœur ne lui aurait jamais reproché quoi que ce soit, encore moins une entorse à l'étiquette. Aux yeux de Bud à tout le moins, Lena désirait que rien ne cloche.

Le noterait-il? Depuis trop longtemps, quoi qu'elle fasse, quoi qu'elle dise, il conservait cet air taciturne, préoccupé, lointain. Que pouvait-il lui reprocher? Sa maison était bien entretenue, ses enfants, toujours bien mis. Quand il revenait tôt à la maison, elle se faisait un point d'honneur de lui raconter leurs finesses. Qu'était devenu son Bud, attentionné, affectueux?

L'hiver, elle se mourait d'ennui à Mondanne, alors que l'été elle se régalait à jardiner. La propriété comptait une dizaine de plates-bandes à l'anglaise. Toutes sauf une avaient été conçues avant sa venue à Pleasantville. Elle observa avec fierté celle qui se découpait à sa gauche, sa préférée, sa création. Voilà deux ans déjà, elle l'avait dessinée point par point, imaginant les perspectives et les effets, pour ensuite en surveiller l'aménagement du début à la fin. Elle remercia sa belle-mère de l'avoir initiée à cet art en répondant à ses questions. Pourquoi la plate-bande devait-elle offrir une forme rectangulaire dont la longueur égalait de sept à neuf fois la largeur? Pourquoi trois gradations de plantes sur un terrain plat et un mur en arrière-plan? Mme Stillman avait été catégorique : si ces conditions n'étaient pas respectées à la lettre, il ne s'agissait pas d'une plate-bande à l'anglaise. De plus, reproduire la spontanéité de la nature constituait un autre critère important à respecter.

L'année dernière, Lena avait présenté son œuvre à sa belle-mère et celle-ci s'était exclamée : «C'est magnifique, Lena. On jurerait des fleurs des champs en bordure d'une route au Québec. L'effet est saisissant.» La mère de Bud étant plutôt avare de compliments, sa remarque l'avait remplie d'aise.

Petit Jimmie dormait à poings fermés. Lena poussa le frein du landau et s'aventura dans la minuscule allée empierrée. Du thym odorant et du phlox mousse délimitaient la partie antérieure de la plate-bande, puis des campanules surgissaient entre les ancolies et les sanguines, constituant le premier plan du jardin. Une alternance d'asters, de rudbeckies et de mauves musquées formait le deuxième plan alors que les véroniques à épi rose et les astilbes rouge vif s'adossaient au mur de pierres grises. Entre toutes ces plantes, Lena préférait les astilbes, à cause de leur texture plumeuse. Elle s'attarda un moment au milieu du massif vermeil, laissant les douces fleurs caresser au passage ses bras tendus. Elle tourna la tête en plein soleil, ferma les yeux et fit le vœu de retrouver son Bud, son amoureux.

* * *

La petite Leanne riait de voir son père s'ébrouer dans le bassin, mais elle refusait obstinément de l'y rejoindre quand il lui tendait les bras. Il s'approcha d'elle, pencha la tête pour éviter les branches du saule qui s'inclinaient presque à fleur d'eau et, de ses deux mains en coupe, arrosa ses petits pieds. L'enfant sourit. Avec une extrême douceur, il répéta son geste, cette fois en déposant l'eau devant ses pieds, sur les pierres faisant office de bordure, et l'incita à marcher dans cette eau fraîchement recueillie. Arrivée à l'extrémité d'une des pierres, l'enfant se lança tout bonnement dans ses bras. Ils tournoyèrent en riant.

Soudain, une longue paire de jambes s'arrêta juste sous le nez de Bud, qui leva la tête et resta bouche bée. Sa sœur le regardait en souriant, mais lui ne voyait que ses cheveux coupés court, devenus tout gris. «Que lui est-il arrivé en si peu de temps?» songea-t-il perplexe. Il se surprit à penser qu'elle faisait plus vieux que leur mère. Anne s'assit et immergea ses pieds dans le bassin. Sa grossesse était apparente.

– Tu te sens bien, Anne? Quand donc arrivera ce bébé?

– Je me sens un peu fatiguée depuis quelque temps. Je suis bien heureuse de ne pas accoucher par cette chaleur. Il devrait arriver fin novembre ou début décembre.

En s'adressant à Leanne, elle lui tendit les bras.

– Comme tu as grandi, ma puce. Allez, viens voir tante Anne.

La petite noua ses bras autour du cou de sa tante chérie. Ce faisant, elle trempa son chemisier. Bud allait intervenir, mais Anne l'en empêcha.

– Merci, petite Leanne, de me rafraîchir ainsi. J'avais tellement chaud… Tu sais, Bud, je ne me souviens pas que notre mère m'ait prise ainsi dans ses bras. Sans nos photographies d'enfants, jamais je ne l'aurais cru capable de tels gestes. J'en ai souffert, tu le sais… Et pourtant, depuis quelque temps, j'éprouve une espèce de scrupule à cajoler mes garçons. Harry m'a tant dit que j'en ferais des mauviettes! Même quand ils étaient bébés, il avait du mal à tolérer que je les câline. Ordre, discipline et conventions, voilà ce qu'il glorifie plus que tout.

– Il est exactement le reflet de notre société, Anne.

– Quoi qu'il en soit, j'espère que moi aussi j'ai pris suffisamment de photos pour que mes enfants se souviennent à quel point je les ai serrés et embrassés.

– Observe les gens de notre milieu, et vois leur embarras quand vient le temps d'exprimer leurs sentiments. Je m'étonne souvent des réactions spontanées des Wilson. Quand ils sont en colère, ça s'entend, quand ils ont de la peine, ça se voit, et quand ils t'apprécient, ils le démontrent. On nous a appris à demeurer dignes et, pour ce faire, on doit obligatoirement masquer nos émotions. Quand je suis avec les Wilson, j'ai tendance à réagir comme eux, mais dès que je reviens à l'hôpital ou même dans ma propre maison, il en va tout autrement. Le contrôle reprend le dessus.

– Notre mode de vie nous joue des tours et, d'une certaine manière, nous sommes conditionnés…

Anne garda le silence un moment puis, enveloppant son frère du regard, elle lui demanda, tout en serrant l'enfant dans ses bras :

– Comment vas-tu, petit frère?

– Bien, bien, répondit-il sans conviction.

– Tu as une mine étrange. Que se passe-t-il? Ne viens pas me dire que tu as encore des problèmes avec les Indiens du Canada!

Bud avait déjà relégué cette histoire aux oubliettes. En septembre, à La Tuque, le juge L.-X. Lacoursière avait clos son dossier par une sentence plutôt clémente puisqu'il l'avait condamné à dix dollars d'amende plus les frais de cour. Le juge l'avait néanmoins semoncé : «On a assez de difficultés de même avec nos Indiens sans que vous veniez en rajouter, monsieur Stillman.» Avant qu'il ne reprenne la route des États, le constable Boivin l'avait convaincu de l'accompagner à l'hôtel *Royal* pour prendre un pot. Bud avait fait l'aller-retour en deux jours. Quant à son collègue Bill Stevens, il avait raconté son aventure au Canada à qui voulait l'entendre, insistant sur le rôle déterminant qu'il avait personnellement joué dans cette histoire.

– Blague à part, Bud, dis-moi ce qui te tracasse avant que je ne te tire les vers du nez.

Il se hissa près de sa sœur et lui adressa un clin d'œil.

– Leanne, va informer ta mère que tante Anne est arrivée, d'accord?

Depuis leur plus tendre enfance, Anne faisait preuve d'une étrange prescience dès qu'il s'agissait des émotions de son frère. Était-il ennuyé ou s'apprêtait-il à faire un mauvais coup? Anne avait le don de tout découvrir. Combien de secondes lui avait-il fallu cette fois pour le pénétrer?

Conscient qu'ils auraient bien peu de temps en tête-à-tête, Bud s'assura qu'aucune oreille indiscrète ne pouvait l'entendre et révéla sans préambule ce qui le contrariait dans son ménage, puis confia sa terrible tentation.

Sa sœur garda le silence un moment puis, ses yeux dans les siens, elle laissa tomber une toute petite question.

– Crois-tu, Bud, que ce soit héréditaire?

Elle n'avait pas besoin d'en dire plus pour lui rappeler avec quelle âpreté il avait jugé son père adultère.

– Tu frappes fort et bas, ma sœur, je ne m'attendais pas à cela de ta part.

– Souviens-toi combien sévèrement tu as condamné notre père quand il a succombé à ses tentations, Bud. Ton refus de lui pardonner pendant si longtemps et ta révolte à son égard, as-tu déjà tout oublié? Et tu t'apprêtes à faire de même?

Lena s'annonça au loin.

– Regarde-la, mais regarde donc comme elle est jolie et amoureuse de toi! Tu ne peux pas l'avoir sortie de sa forêt pour lui faire ça, Bud?

* * *

Haute-Mauricie, le samedi 18 juillet 1936

Le canot filait sans bruit. Adossée au siège avant, Anne observait Émile, qui pagayait à l'arrière avec une étonnante énergie. Bien qu'il se fût entraîné toute la journée, il avait allègrement parcouru, par voies d'eau entrecoupées de quelques portages, la douzaine de kilomètres qui séparaient le lac Bastien du lac Gaucher où séjournait Alexander depuis le début de l'été. Elle avait résolu de faire à son fils la surprise d'une visite, et leur retour était prévu pour le lendemain matin. Anne s'était toujours préoccupée d'Alexander plus que de ses autres enfants. Diplômé de Harvard, il occupait sporadiquement depuis le poste de caissier à la National City Bank. Encore aujourd'hui, Anne se demandait ce qu'il allait faire de sa vie. Doté d'un tempérament d'artiste, son fils excellait en peinture et il raffolait du cinéma. Il avait d'ailleurs à son actif plusieurs films seize millimètres de bonne facture. En dépit d'une vive intelligence, certains de ses apprentissages avaient été très ardus, comme cela avait été le cas pour l'obtention de son permis de conduire.

Alexander s'était aussi passionné pour l'aviation, tant et si bien qu'il avait convaincu son père de lui faire cadeau d'un appareil léger pour son vingtième anniversaire. Moins de six mois plus tard, il l'avait complètement démoli dans un atterrissage raté. Par chance, il s'en était tiré avec de légères blessures. Alexander était, de ses quatre enfants, celui qui avait accumulé le plus de fractures. Il avait connu plus d'échecs au cours de ses vingt-cinq années que ses trois autres enfants réunis, ce qui ne l'avait pas empêché de devenir l'enfant préféré de sa grand-mère Cora.

L'été précédent, Alexander avait séjourné à sa résidence de Beaulieu-sur-Mer. La grand-mère et le petit-fils s'étaient entendus comme larrons en foire. Les lettres de Cora à sa fille en avaient témoigné. Lire un télégramme d'Alexander aurait été le dernier geste conscient de Cora. Depuis février, Anne était orpheline de mère. Même si son véritable deuil avait été vécu des années auparavant, elle avait tout de même éprouvé un violent sentiment de perte. Un point de non-retour.

Avec nostalgie, elle se remémora ce matin de l'automne 1907, lorsque sa mère et elle s'étaient clandestinement retrouvées après plus de dix ans de séparation. Cora poursuivait sa carrière d'actrice en Europe, mais Anne avait appris par le journal son passage exceptionnel à New York pour une re-présentation théâtrale. Depuis toujours, le père de Jimmie lui interdisait de s'afficher avec une actrice, et cette interdiction valait d'abord et avant tout pour sa mère. Dans le plus grand secret, Anne lui avait fait remettre, dans sa loge, un billet l'implorant de la retrouver le lendemain près de Central Park, à la hauteur de la 72ᵉ Rue. Jamais Anne n'oublierait leur longue étreinte sous la pluie. Trempées jusqu'aux os, elles s'étaient ensuite réfugiées au *Plaza* pour un repas en tête-à-tête. Anne regrettait de ne pouvoir lui présenter ses petits, Anne et Bud, alors âgés de cinq et trois ans. Cora déplorait de ne pas connaître ce beau-fils dont sa fille semblait si éprise. Elles s'étaient confiées comme de vieilles amies. Anne avait espéré qu'enfin mère et fille reprennent le temps perdu mais, malgré une correspondance assidue et plusieurs visites, jamais plus elle ne ressentit pareille complicité par la suite.

Le paysage montagneux se reflétait dans l'eau noirâtre. Anne demanda à Émile de longer la rive ouest. Plus ils s'en approchaient, plus l'odeur du sous-bois s'intensifiait. Malgré la chaleur, les mousses et les lichens conservaient une humi-dité qui embaumait l'air. Anne huma cette odeur avec délec-tation.

Le regard d'Émile semblait se perdre au-delà de l'horizon. Anne l'observa, attendrie. Quel visage noble, quelle élégance naturelle. Contrairement à Arthur, Émile savait niveler leurs différences sociales dans l'intimité. D'employé discret et obligeant, il se métamorphosait en compagnon affectueux et attentionné dès qu'ils se retrouvaient en tête-à-tête, l'appelant par son prénom et la tutoyant spontanément. Quand une tierce personne se manifestait, il reprenait son attitude déférente. Anne se plut à observer les muscles de ses bras, de ses épaules et de sa poitrine se contracter sous l'effort. Ses mouvements cadencés provoquaient un harmonieux roulement sous sa peau bronzée.

Bientôt, la forêt fit place à une muraille de granit. Ses camps du lac Gaucher avaient été construits pour pouvoir admirer la falaise illuminée par le soleil levant, un spectacle dont elle se régalait par anticipation. Lorsque le jeune homme donna un vigoureux coup de pagaie en *L*, le canot bifurqua avec assurance. Ils avaient atteint leur destination. Émile se chargea du sac à dos et, avec l'agilité d'un guépard, il sauta dans l'eau jusqu'aux genoux, puis monta sur la grève pour y hisser l'embarcation. Il aida ensuite Anne à débarquer.

Par un si beau temps, Anne s'attendait à voir Alec dehors en compagnie de ses employés. Même Ernest, le frère d'Émile, à qui elle avait confié la garde des camps du lac Gaucher, n'était pas dans les parages. Seule une gélinotte huppée suivie de ses quatre petits flânait entre le quai et le camp. Anne s'avança sur le trottoir de pierres plates.

— Alec, Ernest, où êtes-vous donc? s'écria-t-elle, soudain inquiète.

Un bruit sourd attira son attention. Se précipitant à l'intérieur du camp, elle découvrit son fils assis par terre, complètement ivre. Un jeune homme gracile d'une blondeur angélique s'efforçait de relever le géant. De sa voix fluette, le damoiseau implorait :

— Tu n'es plus drôle, Alec, relève-toi, nous avons des visiteurs.

Deux bouteilles de scotch vides trônaient sur la table et une troisième avait été entamée. Émile agrippa Alec sous les aisselles et le déposa dans un fauteuil. Quand Alec aperçut Anne, il articula avec difficulté :

— Oh, mère! Quelle belle surprise!

— Où sont Ernest et les autres? demanda Anne, qui maîtrisait à grand-peine sa colère.

Alexander s'esclaffa d'un rire niais.

— Partiiiiis! se contenta-t-il de répondre, étirant la dernière syllabe jusqu'à ce qu'il soit à bout de souffle.

Il accompagna sa réponse d'un geste large de la main qu'il termina en caressant le visage de son compagnon. Son regard s'y posa si tendrement, si explicitement que la colère d'Anne tomba d'un coup. La douleur et le chagrin prirent toute la place. Elle avait mal dans sa chair, écrasée par son impuissance. Elle revit l'enfant bien moins combatif que son frère aîné, souvent malade, qui se réfugiait dans ses bras, cet adolescent frêle, dégingandé, solitaire, qui la préoccupait tant. Pourtant, l'homme qu'il était devenu, avec son mètre quatre-vingt-dix, ses cent kilos et son visage virilement sculpté, l'avait quelque peu rassurée.

Dans son ivresse, Alexander tenta de lui expliquer qu'il avait donné congé à tous ses employés pour le week-end, mais qu'elle ne devait surtout pas s'inquiéter puisqu'il était en bonne compagnie. Son visage redevint soudain sérieux et, dans un éclair de lucidité, il déclara :

– Mère, je n'ai pas fait ce choix. J'aime les hommes, je suis ainsi, vous comprenez?

Non, Anne ne comprenait pas. Incapable de supporter plus longtemps la vue de son fils dans un tel état, elle se tourna vers Émile et, sans lui demander son avis, lui annonça :

– Venez, Émile, nous partons.

En dépit de la fatigue, de la noirceur et de trois heures d'effort soutenu en perspective, Émile se contenta de lui répondre poliment :

– Oui, madame.

Chaque coup de pagaie labourait son âme. Anne ne jugeait pas l'homosexualité de son fils. Elle cherchait plutôt où Jimmie et elle avaient failli. Les longues absences de son mari pendant l'enfance et l'adolescence d'Alexander l'avaient certes privé d'un modèle auquel s'identifier, sans oublier son propre comportement de mère protectrice que Bud lui avait si souvent reproché. Pourquoi Alexander et non ses autres garçons? Y avait-il, comme Freud l'avait laissé entendre, une prédisposition de constitution à l'homosexualité?

Soudainement, elle appréhenda la discrimination, l'ostracisme auxquels Alexander serait inévitablement exposé. Son enfant, son fils, pour qui elle n'avait souhaité que bonheur et épanouissement, serait sans doute condamné à l'exclusion, au renoncement ou à la dissimulation. L'homosexualité était illégale dans leur pays et certains États emprisonnaient les coupables de ce délit.

Incapable de partager son chagrin, Anne demeura silencieuse. Émile ne pouvait voir les larmes inonder son visage.

* * *

Trois-Rivières, le dimanche 23 août 1936

Même si Anne adorait le silence de la forêt, elle ne dédaignait pas de temps à autre un bain de foule. Des milliers de personnes attendaient frébrilement l'arrivée des canotiers après trois jours d'épuisantes épreuves. Organisée pour la troisième année, la grande course prendrait fin sur la place Pierre-Boucher, à Trois-Rivières, après un portage entre les quais du marché à poissons et le Flambeau, monument érigé pour commémorer le tricentenaire de la ville deux ans auparavant. Sa flamme, visible de loin, n'était pas sans rappeler celle des Jeux olympiques, conférant au site un caractère grandiose.

Émile et Henri avaient commencé la course en lions et conservé la première position de La Tuque à Grande-Anse. Par la suite, ils avaient été devancés par quelques équipes, dont celle des Bourassa et Hébert. Ils ne gagneraient donc pas le trophée McCormick, mais Anne espérait, à tout le moins, qu'ils persévéreraient jusqu'à la fin de l'épreuve.

À cause de son implication dans la course, Anne avait été priée de s'installer près du fil d'arrivée. Coiffée de son éternel bandeau de soie, gantée de blanc, elle était encadrée de Marcel Dufresne, le président et organisateur de la course, et de Maurice Thiffault, un jovial collaborateur. Anne tentait de mettre à l'aise ceux et celles qui l'abordaient timidement, répondant à leurs questions sur la nature de l'entraînement auquel s'étaient soumis les quatre hommes coursant sous sa bannière. Un auditoire s'était tout naturellement formé autour d'elle.

Émile Jean, du *Nouvelliste*, se fraya un chemin dans sa direction et lui présenta Clément Marchand, journaliste du *Bien public*. Malgré sa jeune vingtaine, Marchand avait le don de capter l'attention de ses interlocuteurs. Avec l'insolence de la jeunesse, il l'enveloppa d'un regard admiratif. Il lui décrivit comment Bourassa et Hébert avaient été les seuls à emprunter un raccourci à la hauteur du rapide La Cuisse, tactique qui leur avait permis de gagner cinq bonnes minutes et de devancer ainsi plusieurs équipes, dont celle des frères Goyette.

– On m'avait informé que vos équipiers s'entraînaient ensemble, madame. Comment pouvez-vous expliquer ce subterfuge?

– Eh bien, je dois vous avouer que la rivalité entre mes deux équipes est très forte. Au cours de leurs nombreux exercices, que j'ai surveillés pour la plupart en personne, jamais Major et Léon n'ont emprunté le trajet que vous venez de me décrire. Une ruse comme celle-là mérite notre admiration, n'est-ce pas? Vous semblez bien connaître le trajet emprunté par nos canotiers, monsieur Marchand. Étiez-vous présent au moment du départ?

Anne apprécia sa verve colorée et poétique. Jamais auparavant elle n'avait entendu une description aussi bellement formulée de cette vallée qu'elle chérissait tant. Comment, avec de simples mots, Marchand pouvait-il recréer si fidèlement une atmosphère, un paysage, un panorama et susciter des émotions à ce point intenses? «Une aube chiche en lumière», «une brume légère estompait les contours du paysage» ou encore «les calmes et lourdes eaux du Saint-Maurice s'écoulaient sans qu'un ras de vent ne les ride».

Une clameur de la foule annonça l'arrivée des premiers canotiers. Jean Lemay et Armand Sauvageau terminèrent en tête. Ainsi, ces hommes seraient les premiers à voir leur nom gravé sur la coupe «Anne McCormick». Anne les félicita avec empressement, de même que Major Bourassa et Léon Hébert, qui franchirent la ligne d'arrivée en deuxième position, à peine neuf minutes plus tard.

Combien de fois, depuis qu'Émile Goyette était son amant, s'était-elle interrogée sur les raisons qui motivaient le jeune homme à rester auprès d'elle? Elle n'était pas naïve au point de croire que seul son charme personnel agissait. Pourtant, elle espérait qu'il avait une part, si minime soit-elle. Bien à son insu, le gentil poète l'avait réconfortée quelques minutes auparavant. N'avait-il pas le même âge qu'Émile? Ses yeux bleus ne lui avaient-ils pas formulé un message on ne peut plus flatteur? «Merci, clément poète, si tu savais à quel point tu apaises mes doutes.»

Il lui fallut attendre une demi-heure de plus pour qu'enfin apparaissent Henri et Émile, suant à grosses gouttes, portant le canot renversé sur leurs épaules. Pour leur cinquième place, Anne tâcha de leur manifester le même enthousiasme. Son cœur se serra quand elle vit les mains d'Émile gonflées, pleines de cloques, certaines rouges de sang, les épaules bleuies là où le canot cognait à chacune de ses enjambées. Il lui faudrait se maîtriser pour ne pas l'étouffer avec tous les cadeaux qu'elle se promettait de lui offrir. Il avait persévéré jusqu'à la fin malgré ses blessures, son épuisement. Elle qui abhorrait la mollesse, comme elle était fière de lui!

Anne se sentait observée de toutes parts. Elle demeura à son poste jusqu'à l'arrivée de la dernière équipe, la seule pour laquelle elle se déganta, l'honorant ainsi pour sa ténacité et son esprit sportif exemplaire.

17

Grande-Anse, le jeudi 14 juillet 1938

Anne observait Alexander à la dérobée. Arrivé au domaine le matin même, il était déjà prêt à repartir au lac Gaucher. Les travaux d'aménagement qu'il y avait entrepris au début de l'été traînaient en longueur, et il avait fait le trajet expressément pour ramener quelques hommes en renfort. Anne avait convaincu son fils de partager un thé glacé avec elle. Elle se désolait de le voir si souvent triste et esseulé. Après leur singulière rencontre deux ans auparavant, elle ne l'avait pas revu en compagnie du jeune homme blond, ni avec personne d'autre d'ailleurs. Voulant briser le lourd silence dont il s'entourait depuis trop longtemps, Anne s'enquit de l'avancement des travaux à la décharge du lac Gaucher.

— Le barrage est presque terminé et le niveau du lac s'élève déjà. Ernest supervise de près cette construction et je peux vous assurer que personne ne perd son temps. Nous étions cependant loin de prévoir tous les contretemps qui sont survenus… Et vous, mère, les préparatifs du mariage se déroulent-ils comme vous le désirez?

— Même si le temps file beaucoup trop vite, je crois bien que nous y serons en même temps que nos invités.

Guy, son bébé, se mariait. À la surprise générale, Anne l'avait vivement encouragé à concrétiser son projet au plus tôt, alors que lui aurait préféré attendre la fin de ses études d'ingénieur, trois ans plus tard. Bien que son fils n'eût que dix-neuf ans et sa fiancée dix-sept, elle les jugeait suffisamment matures pour qu'ils se marient sans tarder. Fowler avait d'abord cru que la jeune Nancy était enceinte tant Anne s'était lancée dans les préparatifs avec précipitation. Après quelques tergiversations, il avait réussi à lui faire avouer combien elle était soulagée que celui-là soit attiré par une femme. Dès que Guy avait abordé le sujet, Anne lui avait tout de suite offert son appui financier et logistique. « Et mes études? » lui avait-il objecté. « Rien ne t'empêche de les poursuivre après ton mariage! » lui avait-elle répondu, enthousiaste. Peu après, la date avait été fixée au 24 août.

– Il sera le dernier de la famille à convoler, à moins que ma sœur ou mon frère ne récidive un jour, lança Alexander, sur un ton qu'il voulut badin.

Le regardant droit dans les yeux, Anne lui répliqua :

– On ne sait jamais, Alec…

– Moi je le sais. Je suis différent, mère. Comprenons-nous bien! Je ne considère pas mon état comme une pathologie, encore moins comme une déviance. Il est, et je dois faire avec, voilà tout. Je n'ai pas l'intention de vous jouer la comédie, ni à vous, ni à moi, ni à qui que ce soit d'ailleurs. Je n'ai toutefois aucun désir de m'afficher ou de provoquer. Par contre, je refuse de vivre en ascète, cela ne me ressemble pas du tout. Mais ne craignez rien, je serai discret.

Anne savait par Émile qu'Alec recevait régulièrement des invités au lac Gaucher et que, depuis quelques mois, l'un d'eux serait son amant.

– Comprends-moi bien à ton tour. Je ne te juge pas! Ton homosexualité me peine parce qu'elle te met en marge de la société qui, elle, la juge inacceptable.

Avec toute l'empathie dont elle était capable, elle ajouta :

– Quand on met un enfant au monde, on espère de tout cœur le voir heureux. Et tu as choisi une voie difficile qui t'oblige à vivre en reclus, tu en as toi-même convenu…

– Mais je n'ai rien choisi, moi! Mère, je suis ce que je suis. Du plus loin que je me souvienne, je suis sexuellement attiré par des hommes! J'adore la compagnie des femmes et j'aime converser avec elles, mais mes envies s'arrêtent là.

Alec se leva et déposa les mains sur les épaules de sa mère.

– Je vous suis très reconnaissant de ne pas me juger. Cela me touche plus que vous ne pouvez imaginer.

Il la quitta peu après. Anne se sentait soulagée de la tournure de leur conversation, mais tracassée tout de même par les intrigues qui ne manqueraient pas d'accabler son grand. Déjà, on le considérait comme un anticonformiste et un excentrique, en mettant sur le compte de sa fortune son comportement original.

* * *

Au mépris de la canicule, Anne avait convaincu Émile de refaire sa garde-robe ce jeudi-là. Ses tâches de régisseur commandaient une moins grande dépense d'énergie que son travail de guide en forêt, et son tour de taille s'en ressentait. D'autant plus que, cette année, il ne s'entraînait pas pour la grande course de canots. Il était donc impérieux qu'il se procure des vêtements d'une taille plus forte.

Pour éviter de circuler sous un soleil trop ardent, Anne avait convenu par téléphone avec M. Spain, le propriétaire du seul grand magasin de La Tuque, qu'elle irait en fin de journée et, au besoin, qu'elle poursuivrait ses achats après l'heure de fermeture. Elle avait fait de même avec le cordonnier Ducharme, sur qui elle comptait pour lui confectionner une ceinture sur mesure.

Émile conduisait la Packard sur la route de La Tuque, quasi déserte en cette fin d'après-midi; rien de surprenant avec une chaleur pareille. Depuis le début de la saison, Émile s'était vu confier l'exclusivité de l'embauche et de la supervision du personnel tant au domaine de Grande-Anse que dans les camps en forêt. Lorsqu'il affirmait: «Je m'en occupe, madame», Anne pouvait se fier à lui aveuglément. Il manifestait une rare habileté à résoudre les problèmes, du plus simple au plus complexe. Jamais auparavant elle n'avait pu s'en remettre à quelqu'un aussi inconditionnellement. Malgré sa timidité, Émile possédait une aisance naturelle pour diriger, sans ostentation.

Au fur et à mesure qu'il se voyait confier plus de responsabilités, le petit gars de la forêt se métamorphosait en véritable seigneur terrien. Le 31 janvier 1938, Émile était devenu le propriétaire de quatre lots situés sur la rive ouest de la Saint-Maurice, à la hauteur de la Matawin. Pour un dollar, Anne les lui avait vendus peu après les avoir acquis de Ferdinand Lévesque. Amusée, elle se rappela la note au contrat jouxtant le prix de vente : « pour bonnes et valables considérations ».

Émile devinait ses désirs avant même qu'elle ait le temps de les formuler. Certains le surnommaient « oui madame ». Pourtant, dans l'intimité, lui seul savait l'ébranler dans ses décisions, voire la faire changer d'avis. Émile avait le don d'user de son pouvoir sans en abuser. Combien de temps le jeune Émile accepterait-il de la seconder de la sorte ? Forte de son expérience avec Arthur Dontigny, Anne avait décidé de ne pas gâcher un si beau présent en se préoccupant d'un futur incertain.

Émile gara la voiture dans la rue Saint-Antoine, face au magasin Spain. Pendant tout le trajet, ils n'avaient échangé que quelques commentaires et en aucun temps Anne n'avait trouvé ce silence inconfortable. Il ouvrit la portière, lui présenta le bras et replaça discrètement sur son épaule la sangle de son sac à main.

Manifestement heureux de les voir enfin arriver, M. Spain leur ouvrit la porte de son magasin.

– Madame McCormick, monsieur Émile, nous vous attendions.

« M. Émile », voilà comment Anne aimait l'entendre appelé. Tout naturellement, elle avait commencé à inviter les gens à consulter « M. Émile », à les prévenir qu'elle serait accompagnée de « M. Émile », et voilà que même les marchands de La Tuque le désignaient ainsi. Jamais plus elle ne voulait entendre « M. Émile » lui déclarer qu'il était « né pour un petit pain ».

– Pendant que vous aiderez M. Émile dans son choix de vêtements, j'aimerais sélectionner des ustensiles de cuisine pour quelques-uns de mes employés dans le besoin. Vous aurez une longue facture à envoyer au McCormick Estates de Chicago, monsieur Spain. Vous avez toujours l'adresse?

Le commerçant l'avait évidemment conservée. Dans le mois qui suivrait, il recevrait, pour régler ces achats, un chèque en devises américaines qu'il pourrait encaisser sans avoir à créditer le taux de change. En une seule visite, Anne lui permettait bien souvent de réaliser des gains équivalents à plusieurs mois de travail. Il se contenta de répondre, d'une voix enjouée :

– Que Dieu vous bénisse, madame McCormick.

Après avoir empilé plusieurs articles près de la caisse, Anne traversa le magasin dont la partie arrière était consacrée à la mercerie pour hommes. Émile avait choisi deux complets, des chemises assorties et des chandails. M. Spain tentait de lui ajuster un veston un peu trop ample dans le dos, mais seyant pour le reste. Émile était large d'épaules et plutôt svelte malgré sa légère prise de poids. Anne admira celui qu'elle appelait en secret son « compagnon », même si Fowler demeurait son précieux confident et ami, son mari aux yeux de tous.

Anne remercia M. Spain et informa Émile qu'elle se rendrait à pied à la cordonnerie Ducharme pendant qu'il terminerait ses achats. Émile avait dans ses poches suffisamment d'argent pour acheter comptant la moitié du stock de ce magasin. Anne lui versait un bon salaire, et c'était sans compter les nombreux présents dont elle le gratifiait. Les méchantes langues insinuaient qu'elle voulait ainsi acheter ses services, mais peu lui importait. Il leur aurait fallu les suivre nuit et jour pour comprendre les liens qui les unissaient vraiment.

Tous les magasins avaient déjà fermé leurs portes. Le pavé des rues Saint-Antoine, Saint-Joseph et Commerciale dégageait une vive chaleur. Le thermomètre indiquait trente degrés à l'ombre. Plusieurs personnes saluèrent Anne au passage. Contrairement à New York ou à Chicago, où se perdre dans l'anonymat de la foule était aisé, ici, tout le monde semblait se connaître. Elle épongea son front moite, puis poussa la porte, même si une affiche indiquait FERMÉ juste sous les mots CORDONNIER, SELLIER, BOTTIER peints en lettres noires. Une odeur de cuir, de teinture et de colle imprégnait l'air, ainsi qu'une bienfaisante fraîcheur. Le cordonnier Ducharme l'aperçut du coin de l'œil.

– Tiens! Bonsoir, madame McCormick. Quel plaisir de vous revoir! Je suis à vous immédiatement, lui dit-il avec entrain, tout en plantant une cheville de bois dans la semelle d'une botte.

– Terminez, terminez, monsieur Ducharme. Je ne suis pas pressée et j'adore vous regarder travailler.

Une couronne de cheveux encerclait le crâne chauve du cordonnier plutôt trapu. Une force se dégageait de sa personne, en dépit de sa petite taille. Son dos avait dû se voûter à force de rester penché, des heures durant, au-dessus de son établi.

L'homme était assis sur un banc de fabrication artisanale. D'un côté, un trou recouvert d'une pièce de cuir lui servait de siège et, de l'autre, il avait encastré un pain de savon brun foncé qui rappelait par la couleur et l'apparence un pain de sucre d'érable. Des dizaines de petites chevilles de bois avaient été rangées dans un casier à proximité du savon.

Un jeune garçon entra en courant et déposa sur le bout du comptoir trois sandwiches enveloppés de papier ciré. Il salua son père et lança un timide «Bonsoir, madame», puis ressortit aussitôt.

– Raoul, mon fils.

– Qu'il est mignon! Mais vous n'avez pas encore mangé, monsieur Ducharme?

– Non, et j'ai pensé qu'il en serait de même pour vous. M. Émile ne vous accompagne pas aujourd'hui? J'avais prévu un sandwich pour lui aussi.

– C'est très gentil à vous. M. Émile s'amènera bientôt. Vous ne m'en voulez pas trop de vous faire travailler ce soir?

– J'aime travailler dans du neuf, vous le savez. Ça me change de toutes ces savates malodorantes que je répare si souvent. Mais là, j'ai une grosse commande de bottes. J'en fabrique une douzaine de paires par jour ces temps-ci pour la Brown Corporation de Windigo. Par chance, Léo, mon aîné, et quatre autres employés m'aident tous les jours. Seul, je n'y arriverais jamais.

Le cordonnier déposa ses instruments et se libéra des chevilles de bois qu'il avait maintenues jusque-là serrées entre ses lèvres.

– Qu'est-ce que j'aurai l'honneur de vous confectionner ce soir, madame?

Cet homme doté d'une incroyable énergie acceptait toujours sans la moindre hésitation de recevoir Anne en dehors de ses heures normales. Elle aimait observer l'artisan à l'œuvre. Chrysologue Ducharme le savait. De plus, à chacune de ses visites, elle lui remettait un généreux pourboire.

– J'aurais besoin d'une ceinture de soutien pour mon dos quand je monte à cheval, quatre ou cinq pouces de largeur en arrière et d'une largeur normale sur les côtés. Vous me montrerez les boucles que vous avez. Oh, monsieur Ducharme, incrustez-y également ces petits losanges de métal, fit-elle en montrant une boîte ouverte sur le comptoir. Avec votre adresse, cela ne devrait pas vous causer de problème, n'est-ce pas? ajouta-t-elle, un brin espiègle.

Tout était possible en y mettant du temps. Qu'il s'agisse d'une ceinture, d'un attelage, d'une selle ou même d'une paire de bottes, quel plaisir c'était de tailler et de repousser le cuir quand le résultat du travail était aussi manifestement apprécié.

Anne regarda sa montre à quelques reprises, surprise qu'Émile ne l'ait pas encore rejointe. Contrariée, elle s'installa dans le seul fauteuil de la boutique, déposa son sac à main sur un long banc de bois à proximité, et mordit dans son sandwich à belles dents.

Tellement concentré sur sa tâche, le cordonnier en oubliait de manger le sien. Après chaque étape, il présentait son travail à sa cliente, lui demandant son avis, ses suggestions. C'était ainsi qu'il concevait le travail fait sur mesure. Il travaillait depuis une bonne heure déjà quand Émile parut enfin sur le seuil.

Juste à voir ses yeux briller, Anne sut qu'il avait fait un détour par l'hôtel. Elle palpa nerveusement son bracelet serti de quelques améthystes. Combien de bières avait-il consommées? Un verre, trois, quatre? De tous les vices, l'abus d'alcool était celui qui la déstabilisait le plus. Pourtant, Émile connaissait sa hantise. Lui qui s'efforçait de lui plaire en tout, pourquoi persistait-il à la contrarier de la sorte? «Quand je prends une bière, ce n'est pas en réaction contre toi. Je m'accorde simplement un petit plaisir», lui avait-il expliqué.

Dans son enfance, Anne avait été marquée par un oncle alcoolique. Combien de fois avait-elle repoussé ses mains baladeuses, cette langue mouillée dans son oreille, écœurée par son haleine fétide? Elle en frissonnait de dégoût. Où donc se cachait son père dans ces moments-là? Et sa mère absente n'avait pu la protéger non plus. Elle lui en avait voulu pour cela aussi.

Pourquoi son bon Émile, son doux compagnon, la narguait-il ainsi? Il s'approcha d'elle et, dès qu'il ouvrit la bouche, l'odeur de la bière l'emporta sur celle de son eau de Cologne. Un mur s'érigea entre elle et lui. Elle exécrait la dissimulation et la fuite que l'alcool engendrait inéluctablement. L'esprit semblait se diluer et la conscience se distendre sous l'influence de ce liquide maudit.

Pourquoi avait-il tant besoin de cette béquille?

* * *

Haute-Mauricie, le samedi 16 juillet 1938

Lena épaula son fusil. Parfaitement immobile, elle attendit sa proie, puis elle pressa la détente. Au premier coup de feu, elle atteignit la gélinotte en pleine tête, comme elle l'avait fait deux fois précédemment. Aucun plomb ne viendrait donc gâcher son délice. En fin de journée, sur la plage du lac Mésange, elle trancherait les poitrines de l'oiseau en fines lamelles et les mettrait à rôtir au-dessus d'un feu de bois. Des champignons, qu'elle s'était amusée à cueillir avec les enfants un peu plus tôt, accompagneraient le mets préféré de Bud.

Pendant ce séjour en forêt en compagnie de Leanne et du petit Jimmie, ils avaient confié leur bébé de dix mois à la gouvernante, demeurée à leur maison de Grande-Anse. Leur dernier-né avait été nommé Fowler McCormick Stillman, en l'honneur de son grand-père par alliance, que Bud et Lena affectionnaient et admiraient tant.

Puisque la forêt était capable de leur procurer jouets et nourriture à profusion, les bagages avaient été limités au minimum. Même les toutous fétiches avaient été laissés à la maison. «Si vous n'êtes pas assez grands pour vous en passer, vous ne l'êtes pas non plus pour vivre en forêt.» Voilà comment Bud avait jugulé toute récrimination.

Depuis un bon moment déjà, les enfants s'occupaient à construire une maison à l'aide de cailloux polis par l'eau depuis des millénaires. Quelques mystérieux personnages faits de bois les observaient en silence. Soudain, un grondement menaçant les fit sursauter. Puis, un monstre géant à tête verte surgit de la forêt en mugissant. Apeurés, les enfants hurlèrent en se réfugiant dans les bras l'un de l'autre. Ils reconnurent bien vite leur père, coiffé de mousse et de lichens, et qui riait à gorge déployée.

Se précipitant sur la grève, Lena s'esclaffa à son tour en constatant l'accoutrement de Bud.

– Grand bêta! Tu m'as fait peur, s'exclama-t-elle, riant aussi à pleins poumons.

Bud prit la main de Lena et, d'une voix d'outre-tombe, proposa aux enfants :

– Voulez-vous aussi devenir des monstres comme papa? Oui? Alors, suivez-moi.

Lena observa le trio avec attendrissement. Elle les aimait tant. La ville et le travail dénaturaient son Bud alors que la forêt le lui rendait tel qu'elle l'avait connu et aimé : amusant, gai, détendu.

Le sympathique Freddy Gignac l'attendait sur la grève. Leur précieux guide s'affairait à préparer un feu. Quand Freddy les accompagnait, toutes les besognes s'abattaient par enchantement. Aussitôt arrivé sur un site, il montait les tentes, rangeait les bagages et nettoyait les alentours en un tournemain. Assister «M. Bud» et sa famille représentait à ses yeux un honneur. Une intense joie de vivre irradiait de cet homme et, presque miraculeusement, il la communiquait à son entourage.

– Regardez ce que je vous ai apporté, lui dit Lena en exhibant un sac plein de pommes de terre.

Un sourire illumina le visage de Gignac qui leva les deux pouces en signe de reconnaissance. À l'occasion, Lena lui avait apporté de Pleasantville des mets raffinés, croyant lui faire plaisir, pour constater qu'il s'obligeait à les manger pour lui plaire. Son plat préféré avait toujours été et demeurait la pomme de terre.

Le bain dans le lac et le repas se succédèrent dans les éclats de rires et la bonhomie. Avant d'aller se coucher, les enfants réclamèrent de leur mère un tour de magie. D'une voix empreinte de mystère, elle demanda :

– As-tu apporté la poche enchantée, Bud?

– Évidemment, fit-il, s'empressant de tirer de son sac à dos une poche de toile semblable à celles utilisées pour le transport du courrier.

Lena s'y roula en boule et Bud boucla le sac avec une sangle fermement tendue. Il invita ensuite chacun des spectateurs à examiner la fermeture hermétique du sac. Puis, Lena prononça une longue incantation. Après huit minutes de suspense, elle lança un cri triomphal tout en s'extirpant de sa prison. Le visage émerveillé des enfants valait bien ces quelques contorsions. Les petits se couchèrent cette fois sans protester. Comme il en avait l'habitude, Freddy se retira peu après sous sa tente.

Serrés l'un contre l'autre, Lena et Bud savourèrent ce moment du jour où tous les sons, tous les mouvements de la nature s'évanouissaient mystérieusement, engendrant une immobilité quasi irréelle. Aucun frisson ne troublait la surface de l'eau noire, aucune brise ne caressait les feuilles des bouleaux dorés auxquels ils étaient adossés. Au moment où le soleil disparut derrière la montagne, les quelques nuages à l'horizon s'illuminèrent soudainement. Des roses et des mauves jaillirent, l'espace d'un instant, puis le spectacle prit fin aussi soudainement qu'il avait commencé.

À la suite de sa troublante conversation avec sa sœur, à Mondanne, Bud avait décidé de donner une autre chance à son couple. Peu après, Debbie avait jeté son dévolu sur un collègue qui, lui, avait succombé à ses charmes. Bud se laissait parfois tenter par un flirt mais, avant de passer à l'acte, il se ravisait, toujours.

Avec tendresse, il chuchota à l'oreille de Lena :

– Éloignons-nous d'ici un peu pour ne pas réveiller les enfants, d'accord?

* * *

Le lendemain, aux premières lueurs de l'aube, un grondement d'enfer les arracha à leur sommeil. Tous émergèrent des tentes, en pyjama, échevelés, les enfants apeurés. À très basse altitude, un hydravion tournoya quelques instants au-dessus de leur tête, puis se posa non loin de leur campement. Freddy n'étant pas très alerte, Lena et Bud lui confièrent les enfants et sautèrent dans le canot pour aller à la rencontre du pilote.

Bud se hissa sur le flotteur. S'agrippant à un filin, Lena immobilisa le canot de son mieux pendant que son mari déchirait l'enveloppe que lui avait remise le pilote.

– Oh mon Dieu! s'écria-t-il, étouffant un sanglot.

Des larmes roulaient sur ses joues en feu. Il tendit le message à Lena, puis prévint le pilote qu'ils repartaient avec lui sur-le-champ.

– Je veux me rendre à l'hôpital tout de suite, Lena.

– Je vais avec toi. Confions d'abord les enfants à la gouvernante et, après, on file à La Tuque. Isaac pourrait aider Freddy à ramener les bagages. Je ne te laisserai pas seul, Bud.

La veille, à vingt-deux heures, une collision avait fait deux morts et un blessé grave sur la route de Grande-Anse. Georges Giguère reposait présentement entre la vie et la mort à l'hôpital Saint-Joseph de La Tuque.

* * *

De l'autre extrémité du corridor, Lena et Bud entendirent les sanglots de Rosanne. Debout à la porte de la chambre, Émile entourait sa sœur de ses bras. Malgré tous les efforts du personnel de l'hôpital, Georges n'avait pu être sauvé. Ils se retrouvèrent tous les quatre à pleurer, aucun d'eux ne trouvant parole capable de réconfort.

Bud pénétra dans la chambre, seul. Un chapelet avait été déposé sur les mains de son ami. Des pansements rougis entouraient la tête de Georges et son visage au teint hâve était à peine reconnaissable. S'il était arrivé à temps, aurait-il pu le sauver?

À titre de médecin, il menait chaque jour un combat sans merci contre la mort qui lui avait déjà ravi quelques patients. Néanmoins, pour la première fois de sa vie, elle fauchait un ami.

Georges. Compagnon et confident. Le farceur qui l'amusait tant. Une masse inerte. Incapable d'admettre l'évidence, Bud se surprit à lui parler de leurs aventures en forêt, de la drave, des rivières et des lacs qu'ils avaient ensemble explorés, à évoquer les chasses et les pêches mémorables, les interminables excursions ou encore les soirées assis devant un feu de camp à rêver leur vie. « Te souviens-tu, Georges... » L'odeur de la mort le ramena à la réalité et sa douleur explosa. Une main se posa sur son bras, compatissante. Tendre Lena.

Se ressaisissant à grand-peine, Bud murmura :

— Je vais essayer de rencontrer le médecin qui l'a soigné, Lena. J'ai besoin de savoir, tu comprends?

La religieuse responsable de l'accueil l'informa que le docteur Max Comtois s'était occupé du blessé depuis la veille. Dès que Bud franchit les portes du bureau de Comtois, le médecin en lui reprit le dessus. Après de brèves présentations, les explications suivirent, abondantes.

Ainsi, Bud apprit que Georges était mort d'une fracture du crâne, mais qu'il aurait pu tout aussi bien mourir de son hémorragie cérébrale ou de ses multiples lésions.

– En tant que représentant du coroner, précisa Comtois, je me suis rendu sur les lieux de l'accident hier soir. C'était affreux. Un impact terrible. Georges Giguère et Donat Gignac étaient assis sur la banquette avant d'un petit camion Pontiac 1934 conduit par Elzéar Lebel. Georges Chandonnet occupait la banquette arrière avec son violon. Tous les quatre se rendaient à une soirée dansante chez les Bouchard, mais ils se sont procuré de la bière avant. On a trouvé des bouteilles vides au fond du véhicule. Ils sont entrés en collision avec le camion Ford V-8 conduit par Russell Adams, un employé de votre mère, qui était accompagné de sa femme, de Rosilda Chandonnet et de Joseph Comtois. Selon le cantonnier Aimé Dontigny, Russell Adams conduisait souvent très vite et sous l'emprise de l'alcool. À mon avis, lors de l'enquête du coroner, les torts seront partagés à peu près également.

– Qui s'est chargé du transport des morts et du blessé à La Tuque?

– Moi-même, aidé du chauffeur de taxi. On a étendu Georges Giguère sur la banquette arrière, et les morts, dans le coffre.

Devant la mine atterrée de Bud, le docteur Comtois s'empressa d'ajouter :

– On ne pouvait plus rien pour ceux qui avaient trépassé, mais on avait encore une chance de sauver Giguère. C'était ça ou les ramener dans une charrette. N'oubliez pas que personne n'a le téléphone dans les environs.

– Les Adams ont-ils été blessés? Et les autres? reprit Bud, constatant une fois de plus la pauvreté des moyens de transport dans cette contrée en marge de tout.

– Les Adams et leurs passagers n'ont eu que de légères contusions, même chose pour Georges Chandonnet. Gignac et Lebel sont eux aussi morts d'une fracture du crâne.

Georges Giguère a pour sa part survécu douze heures à ses compagnons.

– Croyez-vous qu'il ait beaucoup souffert? demanda Bud, qui réprimait mal sa douleur.

– Non. Il n'a pas repris conscience après l'impact. Je ne vois que son excellente condition physique pour expliquer qu'il ne soit pas mort sur le coup comme les autres.

Dans un silence quasi absolu, Émile ramena Lena, Bud et Rosanne à Grande-Anse. Tout le village se retrouvait en deuil. Le mari de l'une n'était-il pas le frère de l'autre, et la femme de l'un, la sœur de l'autre? Vingt enfants, dont plusieurs tout-petits, devenaient soudainement orphelins de père. Démunies, pour ne pas dire dans la misère, les jeunes mères furent aidées par leurs proches et leurs amis. Dans les petits villages, l'entraide au jour le jour était monnaie courante et, dans l'épreuve, les liens se resserraient encore plus.

Anne prit à sa charge tous les frais des funérailles et de l'inhumation des trois hommes tout en assurant Rosanne qu'elle la gardait avec elle. La chapelle ne comptait pas suffisamment de places pour accueillir tous ceux qui voulaient rendre un dernier hommage à Georges, Elzéar et Donat, de braves hommes connus et appréciés de tous. Les cercueils alignés dans l'allée centrale, le dernier ayant même dû être partiellement installé sur le perron, arrachaient des larmes aux plus coriaces.

Bud réalisa douloureusement qu'une page importante de sa vie venait d'être tournée.

* * *

Barrington, le mercredi 24 août 1938

Au milieu de l'après-midi, Nancy et Guy avaient quitté la réception avec l'espoir d'atteindre Niagara pour leur nuit de noces. Le départ des mariés n'avait pas empêché les invités de continuer la fête jusque tard dans la soirée.

Anne se trouvait maintenant seule sur la terrasse. Guy...
marié déjà. Elle effleurait les pétales de roses blanches épar-
pillés sur une table quand, tout doucement, une main emprisonna la sienne.

Loin de songer à s'en libérer, elle prolongea le contact.

— Je te croyais endormi, Jimmie, murmura-t-elle sans le
regarder.

— Je ne pouvais m'y résoudre sans t'avoir revue, Anne. J'ai
bien pensé que tu t'attarderais ici.

Il l'entraîna près de la piscine éclairée par des phares
immergés, et il rapprocha deux chaises jusqu'à ce que les bras
se touchent.

— Tu as tout orchestré magistralement, Anne. Ce fut un
mariage simple, mais très touchant. Les jeunes semblaient aux
anges. Tu sais, j'ai espéré jusqu'au dernier moment que Guy
me demanderait de l'accompagner à l'autel, laissa-t-il tomber
avec un brin de tristesse. Après tout, je l'ai officiellement
reconnu au même titre que mes autres enfants.

— Voyons, Jimmie, il te connaît à peine. Je considérais
comme normal que Fowler joue ce rôle. Guy n'était qu'un
bébé quand Fowler est entré dans notre vie. Je ne veux pas te
peiner, Jimmie, mais Guy sait tout du procès. Dernièrement,
il a fait des recherches et lu tout ce qui a été publié dans les
journaux de l'époque. Et Dieu sait quelle masse d'infor-
mations cela peut représenter. Pourtant, tu as été à même de
constater, aujourd'hui, son attitude amicale envers toi. Sachant
cet enfant incapable de feindre, tu devrais te réjouir. Ne
demande pas l'impossible, Jimmie.

— Tu as peut-être raison.

— J'ai tout à fait raison, voyons, lança-t-elle en riant. As-tu
remarqué comme Lena et Bud avaient de nouveau l'air amoureux? Ils m'inquiétaient, ces deux-là, depuis quelque temps.

— Je les ai vus à quelques reprises récemment et je n'avais
rien décelé. Il paraît que les hommes sont moins doués que
les femmes pour percevoir ce genre de choses, commenta-t-il,
simulant la résignation.

Depuis leur dernière séparation, chaque fois qu'ils se retrouvaient en présence l'un de l'autre, Anne et Jimmie prenaient plaisir à discuter, des enfants d'abord, puis de ce qui les préoccupait.

– Alexander avait un air bizarre… Tu ne trouves pas?

– Vraiment? se contenta de répondre Anne, qui n'avait pas envie de lui révéler, pour l'instant, ce que leur fils tentait résolument de cacher.

De plus, Anne craignait une vive réaction de Jimmie si elle lui apprenait maintenant l'homosexualité d'Alec. Ils s'entendirent plutôt pour parler de leur fille déjà mère de cinq enfants et qui paraissait bien plus en forme qu'avant la naissance de sa petite dernière, qu'elle avait prénommée Anne.

– Dis donc, Jimmie, savais-tu que Fowler revenait travailler à Chicago? demanda Anne, de but en blanc.

Fowler s'était vu confier un autre poste à la vice-présidence. Cette fois, au lieu de superviser les ventes à l'étranger, il aurait la charge de la production, des relations industrielles, de la construction et de l'ingénierie. Au cours des trois dernières années, Anne avait séjourné des mois entiers en Europe, accompagnant Fowler dans ses tournées. Tout l'hiver, elle avait habité la propriété dont elle avait hérité de sa mère à Beaulieu-sur-Mer, goûtant la douceur et le charme de la Riviera française.

Imperceptiblement, Jimmie se rapprocha d'elle.

– Il m'en a glissé un mot cet après-midi. On lui a confié tout un mandat.

– Tout un mandat en effet, compte tenu des circonstances. Fowler se trouve aux prises avec des relations de travail on ne peut plus tendues. Voilà quelques mois, International Harvester a été sommée par le gouvernement fédéral de dissoudre tous ses comités d'employés, celui-ci alléguant qu'ils n'étaient qu'une extension de la direction. Depuis, les grands syndicats ont intensifié leur cabale. Avec l'apparition du Congress of Industrial Organizations, il n'y a pas une journée sans que leur lutte pour gagner la faveur des travailleurs provoque des tensions et même des échauffourées dans certaines usines. Tout un panier de crabes en perspective pour Fowler.

– Je lui faisais remarquer qu'avec la récente syndicalisation de la General Motors et de la US Steel, International Harvester n'aurait pas le choix, à brève échéance, de composer avec les syndicats.

Anne hésita quelque peu, puis se décida à lui poser une question, qu'elle s'appliqua à formuler sur un ton détaché.

– Je vous ai vus converser pendant un bon moment cet après-midi, Fowler et toi. T'a-t-il parlé de son dernier voyage aux Indes avec le docteur Jung?

– Longuement. Quelle aventure, n'est-ce pas?

Anne ressentait encore une vive contrariété en repensant à cette longue absence de Fowler, inopinément prolongée de plusieurs semaines par l'hospitalisation de Jung à Calcutta en raison d'une sévère dysenterie. Pour la première fois en treize ans, ils avaient été séparés pour le temps des fêtes. Elle aurait bien aimé être de l'expédition. Mais puisqu'il s'agissait d'un voyage d'études, Jung n'avait invité que son mari. Pour une deuxième fois, cet homme avait suscité chez Anne un âpre sentiment d'exclusion.

À son retour, Fowler lui avait paru bien mystérieux. Lui avait-il caché quelque chose? Si Jimmie se doutait de quoi que ce soit, il se garda bien de lui en faire part.

Jimmie caressait à présent son bras, tendrement. Déconcertée, Anne se tourna vers lui et surprit un regard lubrique qui, de toute évidence, lui transmettait une invitation. Elle s'esclaffa.

– Voyons donc, vieux fou...

– J'approuve ton deuxième épithète, mais je refuse le premier, commenta-t-il, tout en remontant sa main dans le cou de son ex-femme.

– Jimmie! La maison est pleine.

– Ne m'a-t-on pas dit cet après-midi que vous veniez de terminer l'aménagement d'un petit appartement pour domestiques au-dessus des garages? lança-t-il, minaudant.

– Ça n'a aucun bon sens. Tu es plus cinglé que je ne le croyais…

Puis, se ravisant, elle le prit par la main et l'entraîna dans l'obscurité. Ils contournèrent les garages et empruntèrent un escalier étroit qui menait à l'étage. Jimmie se pencha pour franchir la porte.

Aussi naturellement que s'ils avaient vécu dans la plus grande harmonie, il l'invita à s'asseoir sur le canapé-lit, prit sa tête entre ses mains et, tout doucement, embrassa ses paupières, puis ses joues et, enfin, prit goulûment ses lèvres entre les siennes. Pas un instant Anne ne songea à se dégager de son étreinte. Leurs corps ne semblaient avoir aucune souvenance des rancunes et des déceptions, de toutes leurs années de lutte, puis de séparation. Ils s'offrirent un délicieux cocktail de tendresse, de passion et d'ivresse dont ils émergèrent aussi étonnés que ravis.

Immobiles, serrés l'un contre l'autre, ils regagnèrent progressivement leur solitude. Jimmie regardait fixement le plafond.

– Tu sembles bien pensif tout à coup, murmura-t-elle, glissant ses doigts dans les poils grisonnants de sa poitrine, incapable d'éprouver le moindre scrupule, le moindre regret.

– J'aimerais mourir dans tes bras, Anne.

18

Long Island, le dimanche 5 juillet 1942

Comme des milliers d'Américains, Bud s'était enrôlé et avait subi le rude entraînement des camps militaires. Le 13 décembre 1941, six jours après l'attaque de Pearl Harbor par les Japonais, le gouvernement de Franklin D. Roosevelt avait en effet voté une loi qui élargissait les conditions de la conscription déjà en force depuis septembre 1940. À ce moment-là, le président avait entériné une loi créant le Selective Service System, qui obligeait tous les hommes entre dix-huit et vingt-cinq ans à s'enregistrer afin de fournir rapidement les effectifs nécessaires en temps de guerre ou de crise.

Grâce à une permission de quelques jours, Bud avait fêté le 4 Juillet à Pleasantville avec sa famille. Sa sœur, son mari et leurs cinq enfants s'étaient joints à eux. Habituellement, ils préparaient cette fête des semaines à l'avance, rêvant des grands jeux qu'ils réaliseraient au cours de la journée, et des feux d'artifice qui illumineraient le ciel de Mondanne, la nuit tombée. À l'instar de son père, Bud se passionnait pour la pyrotechnie depuis son enfance, et le 4 Juillet lui fournissait l'occasion idéale d'offrir un spectacle où les oh! et les ah! des petits et des grands décuplaient son plaisir.

Cette fois, la fête avait été préparée à la hâte, mais tout s'était admirablement bien déroulé. La tête encore pleine de gerbes d'étincelles et de bruit de pétarade, Bud se rendait chez les Carlson avec sa famille. Bud et Lena multipliaient les occasions pour promener les enfants dont les Carlson avaient la charge, pour les soigner ou tout simplement leur donner le bain. Quelques années auparavant, Earl et sa femme, Isle, avaient fondé deux pensionnats-cliniques, l'un à East Hampton, sur Long Island, et l'autre à Pompano, en Floride. Ils y accueillaient chaque année des dizaines d'enfants souffrant de paralysie cérébrale, aggravée très souvent de spasticité. Grâce à la ténacité des Carlson, ces enfants jouissaient d'un environnement et de soins appropriés à leur condition, de la naissance jusqu'à la fin de leurs études supérieures, si tel était leur désir. Earl avait enfin réalisé son rêve : rendre sa vie utile.

Il les attendait au balcon de son institution. À peine garés, Bud et Lena l'entendirent appeler sa femme avec entrain :

– Viens vite, Isle! Nos amis arrivent!

Dès leur première rencontre, Isle s'était intégrée au trio avec tant d'aisance que, même après des mois d'absence, tous les quatre se retrouvaient avec l'impression de s'être quittés la veille.

Les Stillman furent mis à contribution afin de préparer les protégés des Carlson pour la promenade. À dix ans, Leanne démontrait une habileté surprenante à réconforter les petits handicapés. Même les jeunes Jimmie et Fowler participaient aux préparatifs. En moins d'une demi-heure, tous se retrouvèrent sur la plage d'East Hampton. Earl et Bud gardèrent près d'eux les quatre enfants les plus sévèrement atteints, et le reste de la bande trottinait avec les petits Stillman devant Isle et Lena qui discutaient déjà avec animation.

– Comment ça se passe pour toi, Bud? demanda Earl tout en regardant attentivement où il posait le pied pour ne pas tomber.

– Ça va. Mes journées d'entraînement ont été passablement éprouvantes. Par contre, du soir au matin, j'ai dormi comme jamais depuis mon internat. Pas un accouchement, pas une urgence pour me tirer du lit.

– As-tu eu des nouvelles de ton père, dernièrement? Comment va-t-il?

– Pas très bien. Son moral me semble pas mal plus affecté que son physique. Avant de partir à l'entraînement, je lui ai écrit une longue lettre dans laquelle je lui demandais pardon de l'avoir jugé si sévèrement. Je lui ai aussi demandé de me pardonner toutes les fois où je n'ai pas su lui dire merci. J'ai pensé que si je mourais au front…

– Qu'a-t-il répondu?

– Rien. Même si j'ignore ce qu'il en a pensé, j'avais besoin qu'il sache.

– As-tu reçu ton affectation? Vont-ils t'envoyer outre-mer?

– Je n'en ai pas la moindre idée. Mais je serai fixé sous peu. Honnêtement, je me suis résigné à aller là où mon pays aura besoin de moi.

– Qui s'occupera de ta clientèle pendant ton absence?

– Je l'ai confiée à des confrères qui, pour des raisons de santé ou de sécurité, n'ont pas été appelés.

Étonnamment, Bud avait son cabinet à quelques portes de la résidence de son père sur Park Avenue. Lui qui avait tant rêvé d'être médecin des pauvres, le voilà qui accouchait les femmes fortunées. Parfois, il en accompagnait dans la mort et, dans ces moments-là, rien ne différenciait les riches des pauvres. N'existait que des âmes avec leurs frayeurs ou leur résignation.

– Et toi, Earl? Tu sembles en grande forme.

– C'est vrai, je ne me suis jamais senti aussi bien. Est-ce que je t'ai dit qu'il y a quelques mois j'ai entamé une série de conférences afin de promouvoir nos méthodes d'apprentissage?

– Mais non! Earl Carlson qui donne des conférences, maintenant? Décidément, mon ami, il n'y a rien à ton épreuve!

– Ça peut te paraître invraisemblable, mais…

– Rien ni personne ne peut te résister, Earl Carlson, tu le sais bien.

Earl pouffa et son rire pareil à un croassement se mêla au bruit des vagues qui s'abîmaient sur la plage. Au même moment, un des garçons leva la tête vers lui, puis piqua du nez. Les deux hommes l'aidèrent à se relever et lui lancèrent quelques blagues qui égaya le petit visage agité de spasmes. L'enfant d'une dizaine d'années les remercia et, sans une plainte, reprit sa marche ardue dans le sable.

– Tu vois, Bud, ce gamin n'avait jamais voulu faire un pas sans aide avant de venir sur cette plage. Quand il a constaté que ses chutes ne provoquaient ni douleur ni blessure, il a fait des progrès incroyables en un temps record. C'est pourquoi nous avons fait des pieds et des mains pour que ces enfants jouissent d'un tel environnement, hiver comme été. Il nous a été possible de réaliser cet ambitieux projet grâce au soutien financier de certains parents de nos protégés et de quelques mécènes, comme toi.

– C'est absolument merveilleux ce que tu fais, Earl. Je t'admire tant! Mais à qui donnes-tu ces conférences?

– À des membres de différentes associations ou encore à des gens intéressés par nos méthodes de réadaptation et d'éducation des paralytiques cérébraux. Mieux que personne, tu connais mes difficultés d'élocution! J'ai toutefois trouvé une astuce pour me débarrasser de mon trac avant de commencer. J'enlève mes lunettes de myope et je fais rire mon auditoire.

– Et comment t'y prends-tu?

– Je me suis inspiré de Mark Twain. Comme lui, j'étais à demi mort de peur la première fois que je me suis vu devant une salle comble. Avant d'entamer mon exposé, j'explique mon handicap, puis je cite Twain en ces termes : «César est mort, Napoléon est mort, et moi-même, je ne me sens pas très bien.»

Bud s'esclaffa, ravi de l'heureuse destinée de son ami. Earl et Isle s'investissaient avec tant d'ardeur dans ce projet, qu'ils rayonnaient. Leur complicité était aussi manifeste sur le plan personnel que sur le plan professionnel.

– Je t'envie tant, Earl!

L'homme, chancelant, s'exprimant au prix d'efforts considérables, dévisagea cet ami qui le dépassait d'une tête, si éloquent, si élégant dans son uniforme de l'armée de l'air. Incrédule, quasi insulté, Earl laissa tomber :

– Tu te moques de moi, n'est-ce pas ?

– Pas du tout ! Toi et Isle semblez si magnifiquement bien assortis.

– Lena et toi l'êtes aussi ! Mais que se passe-t-il, Bud ?

– Je ne sais plus où j'en suis, encore moins où nous en sommes, Lena et moi...

* * *

Biloxi, Mississippi, le mercredi 23 décembre 1942

Bras dessus, bras dessous, Anne et Fowler déambulaient sur Beach Boulevard. Le golfe du Mexique, à proximité, leur offrait ses eaux émeraude dans un écrin de sable blanc, un décor des Caraïbes. Des maisons coloniales enjolivées de balcons aux rampes de fer dentelé, de fenêtres à volets et de corniches en encorbellement bordaient l'avenue. L'occupation successive de la région par les Français, les Espagnols et les Anglais se devinait autant dans l'architecture que dans la culture et les coutumes des habitants de cette ville côtière.

De la base aéronavale de Pensacola en Floride, située à deux cents kilomètres plus à l'est, Alexander les rejoindrait sous peu pour fêter Noël. Avec quarante-huit heures de permission, il lui aurait été impossible de revenir à Chicago. Son affectation outre-mer étant imminente, Anne n'avait pu se résoudre à l'imaginer fêter ce Noël seul. Dispersés aux quatre coins de l'Amérique, Guy, Anne et Bud, pour leur part, étaient au moins entourés de leurs enfants. Nancy, la femme de Guy, avait donné naissance à trois magnifiques fillettes en moins de trois ans.

Contrairement à beaucoup de ses compatriotes pour qui la guerre se déroulait à l'autre bout du monde, Anne l'avait ressentie si proche, dès les premiers instants. Elle avait intimement connu des gens dont les villes avaient été bombardées, et foulé des rues qui n'existaient plus à cause d'un illuminé que personne n'avait eu la lucidité ou le courage d'arrêter à temps.

Elle détestait ce Hitler au même titre qu'elle avait détesté Lénine quelques décennies auparavant. Ces assoiffés de pouvoir proposaient de grandes idéologies pour séduire, hypnotiser puis mobiliser les foules. Maudits communistes, maudits fascistes! Depuis Pearl Harbor, sa vie avait basculé. L'attaque sournoise des Japonais avait galvanisé le sentiment patriotique des Américains et, depuis, ses trois fils mobilisés s'étaient entraînés dans des camps de l'armée.

La relation d'Anne avec ses enfants était parfois houleuse et, le plus souvent, Fowler intercédait en leur faveur. À travers eux, il avait maintes fois expérimenté les joies et les responsabilités de la paternité. Combien de fois avait-il répété qu'en lui permettant de partager la vie de sa famille Anne lui avait donné l'occasion de vivre l'expérience de la paternité.

Fowler connaissait maintenant l'orientation sexuelle d'Alexander. Même si Anne s'était de nombreuses fois épanchée à ce sujet, la situation de son fils continuait de l'obséder.

– Écoutez, Fowler, je ne veux pas vous ennuyer, mais... S'il fallait que cela se sache dans l'armée, à votre avis, que se passerait-il?

Il glissa tendrement son bras autour de ses épaules.

– Sans vouloir vous inquiéter, Fee, je crois que, dans ce milieu, on ne serait pas très tendre à son égard. Il serait expulsé illico. Mais je crois Alec suffisamment circonspect pour ne pas s'afficher.

Il lui rappela qu'à travers les siècles l'homosexualité avait été perçue bien différemment selon les cultures. Les Grecs l'avait pleinement acceptée, les Romains, tolérée, alors que dans certaines régions de l'Australie et de la Chine elle était présentement assez courante. Anne l'écouta, sans pour autant trouver consolation dans ces propos qu'il voulait rassurants.

– Mais, Fowler, cela ne change rien à la situation d'Alec. Aujourd'hui, dans son pays, il risque à tout moment de devenir un proscrit. Cela me fait mal juste d'y penser. Croyez-vous que son amour de l'aviation puisse l'aider ?

– Reportez-vous à l'hôtel *Wisconsin*, à Milwaukee, lorsque vous aviez rendu visite à cet ouvrier que j'étais devenu. Rappelez-vous l'article de Jung dont je vous avais parlé et qui traitait du harnachement de la pulsion sexuelle pour servir de grands projets. Même si vous n'êtes pas une adepte de la sublimation, et je ne vous juge pas en disant cela, vous le savez bien, prenez plaisir à penser qu'Alexander trouve un parfait exutoire dans sa passion pour l'aviation. Je n'affirme pas cela pour vous réconforter, Fee, j'y crois. Néanmoins, se vouer à une cause engendre inévitablement des tracas, conclut-il en soupirant.

Anne l'observa un moment, puis tapota son bras avec sollicitude. Elle s'inquiétait pour ses enfants, et lui, pour ses soixante-dix mille employés.

– Racontez-moi à votre tour ce qui vous préoccupe, Fowler.

Depuis un an et demi, il était devenu le directeur général d'International Harvester et les problèmes de cette gigantesque organisation l'habitaient jour et nuit. Plus de trente mille de ses employés appartenaient dorénavant au syndicat des employés d'équipement de ferme, une division des métallurgistes du Congress of Industrial Organizations.

Il avait passé des semaines à négocier avec les représentants syndicaux tout en subissant une pression énorme du gouvernement Roosevelt afin que les grèves, qui retardaient la production du matériel de guerre, se règlent dans les plus brefs délais. Plus de vingt pour cent des activités de toutes les usines d'International Harvester étaient désormais consacrées à la fabrication de véhicules, d'obus, d'affûts de canon, d'artillerie de toutes sortes et à l'usinage de pièces destinées tant à l'infanterie, à l'aviation qu'à la marine. Les chefs syndicaux avaient profité de la situation pour acculer son administration au pied du mur. Le Bureau national de médiation avait dû intervenir pour accélérer le règlement des conflits. La dernière séance de négociations avait pris fin après vingt-sept heures ininterrompues d'âpres discussions.

Les yeux rivés sur le trottoir, Fowler secoua la tête avec accablement.

– Ce qui me tracasse? Toujours la même chose, ces temps-ci. Tant que les chefs syndicaux attiseront le mécontentement des employés en traitant les propriétaires d'usines de pourris qui ne cherchent qu'à les exploiter, jamais on ne s'en sortira. Fowler fut pris d'une violente quinte de toux. Depuis plusieurs mois, il traînait encore les séquelles d'une grippe qui avait dégénéré en une vilaine bronchite. Fumeur invétéré, il avait dû renoncer à la cigarette puisque chacune de ses inhalations se transformait en une douloureuse brûlure. Anne lui caressa doucement le dos. Il reprit, un ton plus bas :

– Je suis prêt à travailler pour améliorer au maximum les conditions des ouvriers, mais si leurs chefs refusent d'admettre que la libre entreprise requiert des profits, qu'ils sont fondamentaux pour permettre son existence, nous sommes dans une impasse. Que l'on discute de la répartition de ces profits, soit, mais pouvez-vous imaginer que, présentement, on doit se battre pour que soit reconnu notre droit de gérance? J'ai parfois l'impression de négocier avec une bande de communistes.

– Eh bien! Ils vous traitent de pourris, et vous, vous les traitez de communistes. Je comprends pourquoi vos discussions sont si musclées.

– Je dois avoir une vue d'ensemble, sans rien négliger. Il y a tant à faire, Fee. Je me demande parfois si je serai à la hauteur.

– Vous êtes génial et bien entouré, sauf que la nomination de ce McCaffrey au conseil d'administration m'inquiète...

– Son pragmatisme nous sert, Fee. Quand je m'envole trop dans mes théories, il me ramène sur terre. Ce qui ne m'a pas empêché de favoriser la nomination de plusieurs Noirs à des postes intermédiaires de gestion. Sans tambour ni trompette, la couleur de l'administration se modifie, ajouta-t-il en riant.

– Je suis si fière de vous, Fowler. Pour le reste, faites-vous confiance et n'hésitez pas à déléguer. Pourquoi ne pas profiter de ce moment de répit pour vous changer les idées? Tiens, notre chambre d'hôtel manque d'ambiance, de décoration. Nous n'avons pas de sapin à parer, mais nous pourrions tout de même acheter quelques ornements cet après-midi, qu'en pensez-vous?

Anne consulta sa montre.

– Le temps file, Fowler. Hâtons-nous. Alexander doit déjà nous attendre à l'hôtel.

Des chênes centenaires, aux bras chargés de mousse pendante, les protégeaient du soleil. L'air salin ne semblait pas affecter ces géants, contrairement à tous les arbres de la côte atlantique à moitié rongés par les embruns.

Ils traversèrent le hall de l'hôtel, grouillant de monde. Aucune trace d'Alec. Était-il monté à sa chambre? Le réceptionniste les informa qu'il venait justement de recevoir un message à leur intention. Alexander avait été retenu à Pensacola et il prévoyait arriver une heure plus tard.

– Vous voulez bien m'excuser un moment, Fowler? J'aimerais téléphoner à Grande-Anse et m'assurer que tout va bien.

– Faites, Fee, et saluez Émile de ma part.

Aucune note de défiance ou de contrariété dans ce commentaire. Bien plus, Anne soupçonnait Fowler d'éprouver un certain soulagement à savoir Émile dans sa vie. Ce qu'il ne pouvait lui donner, il ne voulait surtout pas l'en priver. D'autant plus qu'Émile les délestait de tous les tracas liés à la gestion quotidienne de Grande-Anse.

Anne s'installa dans le petit boudoir attenant à leur chambre et demanda la communication. Même si elle avait exigé une ligne privée à son domaine, Anne savait que la téléphoniste pouvait rester en ligne et entendre toutes les conversations. Malgré ses demandes réitérées pour jouir d'une plus grande intimité, il lui fallait composer avec cette éventualité. Les racontars allaient bon train à son sujet et, malgré leur discrétion, sa relation avec Émile attisait les commérages.

À la première sonnerie, Émile répondit d'une voix enjouée. Tout allait bien au domaine, insista-t-il, en dépit du rationnement, encore plus irritant à cette période de l'année. Presque tous les Goyette étaient déjà réunis pour Noël et la fête battait son plein. Anne voulut savoir ce qu'il projetait pour le réveillon.

– Les Gignac, les Bouchard et les Rodrigue vont se joindre à nous pour une veillée de danse. On a pensé se changer les idées comme ça. Par les temps qui courent, on n'entend parler que de guerre, de mobilisation et de conscription. On n'en veut pas de cette guerre-là, nous autres!

Sur le territoire canadien, tous les hommes célibataires, ou veufs sans enfant, entre dix-huit et trente ans étaient maintenant mobilisés, de même que les hommes mariés entre dix-neuf et vingt-cinq ans, à moins qu'ils ne soient déclarés inaptes ou qu'ils travaillent comme cultivateurs ou employés de ferme.

Depuis novembre 1940, Émile portait officiellement le titre de «gérant d'affaires et cultivateur» et avait été désigné comme tel sur le contrat lui conférant les titres de propriété des cinq nouveaux lots jouxtant ceux qu'il possédait déjà.

– Est-ce que l'exemption pour les fermiers tient toujours? se hâta de demander Anne, un soupçon d'inquiétude dans la voix.

– Oh oui! Vous avez été bien inspirée, madame. Ici, pour ne pas s'enrôler, de plus en plus d'hommes viennent se cacher dans la forêt. Si ça continue, il faudra augmenter le nombre de gardiens sur votre territoire. Ceux qui veulent travailler peuvent facilement se faire embaucher dans les camps forestiers de Jean Crête. Il héberge les conscrits sans leur poser de questions. Nous autres, on est bien contents de ça, parce que ça diminue les risques de pillage.

Même si la conscription pour le service militaire outre-mer n'était pas encore en vigueur au Canada, tous redoutaient d'y être contraints un jour.

– Assurez-vous que les femmes sont bien protégées. En temps de guerre, les pires excès sont à craindre.

– Pour une fois, les femmes d'ici se trouvent bien chanceuses, madame. Voilà deux jours, le gouvernement a rationné le beurre. Imaginez, juste avant le temps des fêtes. Vu qu'elles le barattent elles-mêmes, personne ne sera privé de ce côté-là au domaine. Par contre, le sucre est bien rare et on a déjà commencé à puiser dans nos réserves de produits de l'érable. Cette année, les gâteaux et les tartes auront un goût bien différent.

Des centres gouvernementaux distribuaient des coupons d'approvisionnement pour le thé et le café, en plus du sucre et du beurre. Même si tout était consigné et malgré un contrôle très strict, les transactions sur le marché noir se multipliaient. Conséquemment, ceux qui avaient de bonnes relations, et plus encore les nantis, n'étaient privés de rien.

– Comment cela se passe-t-il pour l'essence, Émile?

– Depuis quelques semaines, le coupon de rationnement donne droit à trois gallons au lieu de quatre comme avant. Mais de ce côté, je n'ai aucun problème. J'ai un contact sûr qui, pour un petit supplément, me fournit à volonté.

– Vous ne manquez de rien?

– Non, madame, tout va très bien. Oh, madame! Votre ambulance a sûrement sauvé une autre vie. Avant-hier, le vieux Gignac a été transporté d'urgence à l'hôpital de La Tuque, et il a déjà repris du mieux à ce qu'on m'a dit.

Quelques semaines après la mort tragique de Georges Giguère et de ses deux infortunés compagnons, Anne avait doté l'hôpital de La Tuque d'une ambulance toute neuve, du jamais vu dans la région. Elle avait été scandalisée d'apprendre par Bud la façon dont les accidentés avaient été transportés à l'hôpital ou à la morgue, faute de véhicule approprié.

– Tant mieux, Émile! Vous avez vu votre petit filleul dernièrement?

– Pas plus tard qu'hier. Il se porte à merveille.

Comme prévu, Émile s'était rendu à sa ferme de Matawin qu'Hormidas Lefebvre gérait à longueur d'année. Avec sa femme et ses enfants, il habitait la plus petite des deux maisons qu'Anne avait fait construire voilà quelques mois. Pendant la dernière grossesse de Mariana, la femme d'Hormidas, Anne lui avait manifesté le désir de devenir la marraine de ce bébé, puis avait convaincu Émile d'en être le parrain. Cette alliance symbolique lui avait paru de bon augure.

Pour plaire aux parents spirituels et selon la coutume, les Lefebvre avait prénommé leur bébé Émile, comme son parrain. Anne affectionnait particulièrement cet enfant, déjà âgé de treize mois.

Anne payait le salaire des Lefebvre même si, dans les faits, ils travaillaient pour Émile. Comme bon nombre de ses employés, cette famille était nourrie et logée à ses frais. Hormidas recevait une rétribution de deux cent cinquante dollars par mois au lieu des maigres quarante-cinq que lui procurait son emploi précédent.

Mis à part Jules, le plus jeune frère d'Émile, tous ses employés semblaient avoir l'esprit à la fête. Jules ne s'était pas encore remis d'un terrible accident qui, l'été dernier, lui avait ravi Alma-Rose, sa fiancée. Au jour prévu de leur mariage, parents et amis s'étaient réunis à la chapelle de Grande-Anse pour rendre un dernier hommage à la jeune femme de dix-neuf ans, tuée par balle par un chasseur qui l'avait confondue avec un orignal. L'affaire avait fait grand bruit, car le chasseur en question était le beau-frère d'Émile, Russell Adams, celui-là même qui avait été impliqué dans l'accident ayant causé la mort de Georges Giguère et de ses deux compagnons quelques années auparavant. Cette fois, la réputation de franc-tireur d'Adams jouait contre lui dans l'opinion populaire. Le tribunal ne s'était pas prononcé, mais plus d'un l'avait déjà jugé et condamné.

Une fois les problèmes courants évacués, Anne garda un moment de silence, songea à la téléphoniste qui ne devait pas manquer un mot de leur conversation et, s'appliquant à prendre un ton détaché, demanda :

— Et vous, Émile, comment allez-vous ?

— Je vais très bien, ne vous inquiétez surtout pas, je prends soin de tout.

— Eh bien, joyeux Noël.

— Vous aussi, madame.

À regret, Anne reposa le combiné. Chaque fois qu'elle s'absentait un certain temps, une question, toujours la même, venait la hanter. Émile avait-il des aventures? Anne ne se faisait pas trop d'illusions. En règle générale, les Canadiens français étaient de chauds lapins. Toutefois, loin de faiblir, la tendresse et le dévouement que lui témoignait son jeune régisseur se renforçaient avec les années. Elle aurait tant aimé pouvoir arrêter le temps. Elle, en pleine possession de ses moyens, bien plus sereine qu'elle ne l'avait jamais été auparavant, entourée de ses deux hommes qui se complétaient si bien et, qui plus est, s'entendaient à merveille.

Dès qu'elle pénétra dans le hall, même de dos, Anne reconnut son fils au premier coup d'œil. Elle nota les regards admiratifs de quelques filles qui le reluquaient. Sa silhouette élancée qu'avantageait encore son uniforme de la marine ne les laissait pas indifférentes. « Et il ne semble même pas se rendre compte de ces marques d'appréciation! » songea Anne, avec tristesse.

De deux points opposés de la pièce, Fowler et elle se dirigeaient vers lui. Maintes fois au cours des derniers mois, Fowler avait recueilli le désespoir de son beau-fils et tenté, avec lui, de trouver des solutions. Si Alexander avait persévéré dans ses démarches pour devenir aviateur, il le devait pour une bonne part à Fowler.

Quand il se retourna, Alexander se trouva nez à nez avec sa mère qu'il s'empressa d'embrasser. Puis, se tournant vers Fowler, il s'exclama :

– Bow, je suis si content de vous voir. Je fais monter mes bagages et, si vous n'y voyez pas d'objection, nous pourrions manger tout de suite après. Je meurs de faim.

Le surnom Bow, dont l'avait doté bébé Guy, avait été par la suite adopté par tous les enfants d'Anne et même par ses petits-enfants. Fowler adorait ce sobriquet, un symbole d'affection à ses yeux.

Ils s'attablèrent près des grandes portes-fenêtres de la salle à manger, fermées pour le moment à cause de la brise étonnamment fraîche des derniers jours. Alexander resplendissait.

– As-tu eu des précisions concernant ta nouvelle affectation? s'enquit Anne, luttant pour masquer sa terreur à la pensée que son fils fasse la «vraie» guerre.

– Rien n'a été précisé jusqu'à ce jour, mais je crois bien être muté dans les prochaines semaines à Dutch Harbor, en Alaska. Si je suis à la hauteur des exigences, on m'enverra dans le Pacifique et là, enfin, je pourrai affronter l'ennemi. Encore faut-il que je parvienne à rencontrer les critères pour piloter des bombardiers. Pour l'instant, je joue au coursier et au téléphoniste ou je livre un avion d'un point à un autre, écarté des véritables missions. Mais je veux y arriver, articula-t-il, les dents serrées.

Dès que le Selective Service System était entré en vigueur, Alexander avait entrepris des démarches pour être admis dans la marine, en exprimant sa préférence pour l'aéronavale. Vu qu'il n'avait fréquenté aucun collège militaire et ne détenait pas une licence commerciale de pilote, on ne lui avait laissé que peu d'espoir.

Combien de cours particuliers s'était-il payés par la suite pour obtenir cette licence? En dépit de son travail assidu, aucun des instructeurs ne l'avait encouragé à persévérer. Pourtant, Alexander avait refusé d'abandonner son rêve. Il lui semblait n'avoir rien fait de valable dans sa vie et cette damnée guerre lui offrait l'occasion de se prouver à lui-même, et à son entourage, qu'il n'était pas un incapable. Malheureusement, seule l'aéronavale le motivait vraiment.

Après deux tentatives infructueuses, il avait été accepté chez Boeing à Alameda, en Californie, l'un des centres de formation les plus réputés du pays. Dix-neuf matières différentes à maîtriser avec une note d'au moins quatre-vingt-cinq pour cent, sans aucun droit de reprise, voilà ce à quoi il s'était astreint pendant trois mois. Parallèlement à ses études théoriques, il avait effectué des vols avec instructeur, plusieurs heures par semaine.

Au terme d'une séance catastrophique, un dénommé Hardesty, un des instructeurs les plus coriaces chez Boeing, lui avait déclaré sans ménagement : «Je ne sais pas ce que tu crois avoir fait tantôt, mais on ne peut pas appeler cela piloter... Tu es un incapable, Stillman. On ne veut plus de toi ici. C'est définitif.» Ce verdict l'avait anéanti. Pendant toute la semaine qui avait suivi, il avait ingurgité tant d'alcool qu'il se demandait encore comment il avait pu survivre. Mis à part sa descente aux enfers à la suite de son renvoi, il avait tout raconté à sa mère et à Fowler dans ses nombreuses lettres. Alexander n'avait besoin de personne pour se déprécier. Il manifestait une propension caustique à le faire lui-même.

En dépit de tous ces revers, il avait tout de même décidé d'avoir recours une autre fois à des instructeurs privés. Après vingt mois de combat, de défaites et de périodes d'intense dépression, il avait finalement obtenu cette licence tant convoitée. Quelques semaines plus tard, il avait été mobilisé et avait fait son entraînement de soldat à Quonset Point, au Rhode Island.

La discipline de fer, les frustrantes inspections, l'horaire réglé à la seconde près, les travaux routiniers, les exercices sur le terrain par plus de trente degrés, l'étude des règlements suivie d'une courte nuit de sommeil puis, le lendemain, les activités qui se déroulaient pareilles à celles de la veille, il avait tout enduré, stoïquement. Enfin, sa ténacité et sa persévérance lui avaient permis d'être admis à l'aéronavale. Depuis, chaque jour il doutait de ses capacités et chaque jour il espérait.

Trois semaines auparavant, alors qu'il commençait à voir une lueur au bout du tunnel, il avait endommagé un avion au cours d'un vol de démonstration. Il s'en était tiré avec de légères blessures mais, depuis, on le surnommait «Catastrophe Stillman».

Alexander représentait sa famille, en tant que fidéicommis de la lignée de James Stillman, à titre d'administrateur du trust légué par son grand-père. De ce côté, il accomplissait un travail admirable. À cause de cette responsabilité, il devait conserver un contact régulier avec son père. Depuis les noces de Guy, Anne n'avait parlé qu'occasionnellement, au téléphone, avec Jimmie.

– Tu as eu des nouvelles de ton père, récemment? demanda Anne avec un détachement feint.

– Oui. Sa santé et ses affaires m'inquiètent au plus haut point. Il semble avoir vieilli de dix ans et, en plus, on dirait qu'il se désintéresse de tout. Ses comptes sont devenus un véritable fouillis. À plus ou moins brève échéance, je vous prédis qu'il aura des problèmes à assumer ses obligations. Particulièrement au cours des derniers mois, il a dilapidé ses avoirs.

Anne se promit de communiquer avec Jimmie à son retour. Pourvu qu'il ne soit pas malade. S'inquiéterait-elle donc de lui toute sa vie?

– Désirez-vous du vin? proposa Fowler, concentré sur la carte des vins.

Anne déclina son offre. Alexander, qui connaissait fort bien l'aversion de sa mère pour l'abus d'alcool, répliqua :

– Non merci, Bow, j'ai besoin d'un peu de répit, après ma soirée d'hier…

Voulait-il la provoquer? Ils n'avaient que vingt-quatre heures à passer ensemble, et qui sait quand ils se reverraient ou, pire, s'ils se reverraient? Anne demeura muette, l'anxiété remplaçant l'irritation.

Malgré ce qu'en pensait Bud, Anne s'était efforcée d'aguerrir Alec au même titre que ses autres enfants. À lui aussi, elle avait tenté de prouver qu'existence et combat allaient de pair. La forêt lui était apparue le milieu idéal pour le fortifier, l'instruire et le préparer adéquatement à la vie. Qu'avait-elle négligé avec lui pour qu'il ait une telle propension à l'alcool?

Comment pourrait-il sortir vivant de cette guerre? Sans la menace de l'ennemi, sans le stress de la bataille, il s'était déjà écrasé plus d'une fois. Qui pourrait-elle invoquer pour le protéger? Plus morte que vive à la pensée de le perdre, elle s'appliqua à se concentrer sur ce temps des fêtes. Elle proposa aux deux hommes de l'accompagner dans les boutiques dès la fin du repas.

* * *

Alexander et Fowler, à moitié dissimulés derrière les sacs et les boîtes, s'apitoyaient en plaisantant sur leur condition de mulet. Anne riait. Même si les nombreux hommes en uniforme déambulant dans les magasins leur rappelaient l'imminence du départ d'Alexander et l'omniprésence de la guerre, aucun d'eux ne se laissa submerger par la nostalgie. Les décorations et les étalages vivement colorés défiaient la menace.

Après une razzia de quelques heures, ils convinrent de retourner à l'hôtel. Fowler déposa ses paquets sur le siège arrière d'une voiture taxi, mais ordonna au chauffeur de l'attendre un moment. Il s'excusa auprès d'Anne, s'élança dans la rue en courant, mais dut bien vite ralentir le pas, secoué par une autre quinte de toux. Anne le vit pénétrer dans une quincaillerie pour en ressortir peu après, un long sac à la main.

Ils s'installèrent dans le taxi et Fowler demanda qu'on les conduise en dehors de la ville. Anne voulut connaître leur destination, puis le contenu du mystérieux sac, mais il réclama un peu de patience de sa part. Aux limites de Biloxi, Fowler signifia au chauffeur qu'ils avaient atteint leur destination. Ils étaient au milieu de nulle part.

— Anne, Alexander, accompagnez-moi, je vous prie.

Puis, s'adressant au chauffeur, Fowler ajouta :

— Vous pourriez ouvrir le coffre ?

Anne le suivit, quelque peu inquiète.

— Maintenant, vous deux, faites-moi un écran, d'accord ? dit-il, exhibant fièrement une scie en pouffant de rire.

Fowler coupa la tête d'un jeune pin pendant qu'Anne et Alexander le dissimulaient de leur mieux. Les quelques automobilistes circulant sur cette route ne leur prêtèrent aucune attention.

Le chauffeur demeura impassible quand il nota qu'un arbre avait été déposé dans le coffre de sa voiture. Quand ils furent arrivés à l'hôtel, Fowler lui remit un généreux pourboire et murmura :

– Vous n'avez rien vu, rien entendu, d'accord?

– Ça tombe bien, je suis sourd et aveugle, monsieur, lui dit l'homme tout en reluquant le billet. Merci pour moi et pour mes enfants, ajouta-t-il avec un éloquent sourire.

Avec pareil attirail, traverser le hall de l'hôtel sans se faire remarquer relevait du défi. Ils s'étaient placés en triangle, le pin d'un peu plus d'un mètre entre eux. Sans modifier leur formation, ils s'engouffrèrent dans l'ascenseur. Des regards amusés les accompagnèrent jusqu'à leur chambre.

Dès que la porte fut refermée, ils s'esclaffèrent à l'unisson. Fowler, habituellement circonspect et si sérieux, capable d'une telle folie? Ravie, Anne invita les deux hommes à installer le pin, à le décorer et à emballer les cadeaux que tous avaient déjà vus. Une fois l'œuvre terminée, un verre de porto à la main, ils portèrent un toast. À Noël, à Alec, à la fin de la guerre.

Un lourd silence suivit. Les rubans et les papiers dorés n'avaient pas suffi à les libérer de leur appréhension des prochaines séparations.

Trois fils à la guerre. Trois fils dont Anne pourrait porter le deuil? Non! L'ordre des choses commandait aux enfants de survivre à leurs parents.

Redoutant ce moment depuis longtemps, Fowler avait bien essayé d'alléger, d'entourer, d'égayer. Désarmé, il vit des larmes couler sur le beau visage d'Anne. Chacune d'elles lui transperçait le cœur. Il enlaça sa femme et, sur ses yeux mouillés, il déposa un tendre baiser.

19

Le mardi 29 février 1944

Depuis quatre jours, Anne, Fowler et Émile, leur chauffeur pour ce voyage, cheminaient sur la route 66. Ce long ruban pavé, surnommé *The Main Street of America* dans les brochures touristiques, sur les cartes postales et les nombreux objets promotionnels offerts tout au long du trajet, traversait l'Amérique de Chicago à Los Angeles.

Quand ils circulaient à Chicago ou dans une autre grande ville, Anne et Fowler occupaient le siège arrière de la voiture alors que, sur la grand-route, ils prenaient place tous les trois sur la banquette avant. Malgré cela, la vibration des pneus sur l'agglomérat de cailloux saillants de la route 66 rendait la conversation plutôt ardue.

– Je suis convaincue que le chemin de terre initial était moins cahoteux, remarqua Anne de sa voix modulée par les tressautements de l'automobile. N'avez-vous pas effectué ce même trajet, Fowler, durant votre excursion avec le docteur Jung en 1925?

– Nous avons voyagé en train de Santa Fe à La Nouvelle-Orléans. Si ma mémoire est bonne, la route 66 n'a été complétée que l'année suivante.

Une quinte de toux l'empêcha de poursuivre ses explications. Ses problèmes pulmonaires s'étaient encore aggravés au cours des derniers mois. Aucun médicament n'avait amélioré son état de façon satisfaisante. En désespoir de cause, son médecin lui avait recommandé de fuir le froid et de séjourner dans une région chaude et sèche, le climat désertique étant sans contredit le plus approprié à sa condition. Depuis quelques années, Anne souffrait d'arthrite. Ses jambes lui rappelaient douloureusement l'âge de son corps. Le climat sec lui ferait également le plus grand bien. Peu avant l'attaque de Pearl Harbor, Guy et sa famille s'étaient installés à Phoenix, en Arizona. Le rationnement du pétrole et du mazout annoncé à grands cris avait incité le jeune couple à se réfugier l'hiver dans un endroit chaud où toute pénurie de combustible serait moins dramatique. Leurs commentaires, couplés aux visites antérieures d'Anne et de Fowler dans cette contrée, les avaient convaincus d'explorer la région ou ses environs dans le but d'y élire peut-être domicile à leur retraite.

Depuis l'année dernière, des firmes immobilières de Phoenix, de Tucson et de Scottsdale s'affairaient à leur trouver le paradis qu'ils recherchaient, mais ils ne renonçaient pas à l'idée de le découvrir eux-mêmes, chemin faisant. S'ils devaient passer les mois d'hiver au chaud, Anne se proposait d'expérimenter à grande échelle l'élevage des vaches Ayrshire ou Black Angus et, pourquoi pas aussi, celui des chevaux. Les ranchs du Far West l'avaient toujours fascinée.

Enfant, Anne n'était jamais demeurée plus de cinq ou six mois d'affilée au même endroit. Alors que son père en avait la garde, elle avait successivement résidé à Tuxedo Park l'été, dans un ranch situé au nord du Mexique l'hiver et, le reste du temps, dans un appartement à Manhattan ; et c'était sans compter les nombreux séjours en Europe. Ses déplacements cycliques s'étaient perpétués après son mariage avec Jimmie, et plus encore depuis qu'elle partageait la vie de Fowler. Toutefois, ces changements de demeures ainsi que le rythme trépidant qu'ils lui imposaient convenaient fort bien à son tempérament. Ils lui étaient même devenus essentiels.

À chacun des endroits où elle demeurait, elle conservait tout le nécessaire en fait de vêtements et de produits de toilette, de telle sorte qu'elle voyageait avec peu de bagages. Chaque propriété comportait son lot de projets ou de travaux en cours. Elle adorait la variété de ses occupations : rénovation ou construction, expansion ou démolition, amélioration d'un cheptel ou d'une culture. Très souvent, elle voyageait seule avec son chauffeur. Ainsi, ses migrations lui permettaient de goûter une bienfaisante solitude. Cependant, Fowler et Émile s'avéraient de merveilleux compagnons de voyage.

Ils roulaient maintenant entre Tucumcari et Albuquerque, au Nouveau-Mexique. Le ronronnement régulier du moteur agissait sur Anne aussi efficacement qu'un somnifère. Pour ne pas succomber au sommeil, elle mit la radio en marche et entonna avec Roy Acuff une entraînante mélodie country. Spontanément, Émile se mit à fredonner avec elle et, guilleret, Fowler les accompagna en sifflotant. Pendant toute la durée de la chanson, il n'eut pas à se racler la gorge une seule fois. Se ressentait-il déjà des bienfaits du voyage ?

Plusieurs de ses collègues lui prédisaient la présidence du conseil d'administration d'International Harvester dans un avenir prochain. Si tel était le cas, Fowler aurait besoin de toutes ses forces pour assumer cette lourde tâche. Depuis qu'il avait été nommé directeur général, voilà trois ans, il avait amorcé une réforme en profondeur de la structure d'I.H. La gestion opérationnelle avait été scindée selon les produits, alors que la comptabilité, les relations de travail et le service juridique avaient été centralisés.

Fowler désirait se consacrer aux grandes orientations de son entreprise, au développement de nouveaux produits et à l'intensification de la recherche pour affronter l'économie de l'après-guerre. Les études de marché relatives aux appareils de réfrigération, d'air conditionné, aux humidificateurs et aux déshumidificateurs étaient en voie de parachèvement. Il envisageait de confier la gestion des opérations courantes à John McCaffrey, son ancien patron. Anne désapprouvait encore cette solution, même si elle demeurait incapable de justifier ses craintes.

La charge de travail portée par Fowler influait sur son état de santé. Plus les pressions s'intensifiaient, plus sa respiration devenait laborieuse. Aurait-il trouvé le temps pour ce voyage si Anne ne l'y avait pas quelque peu contraint? À sa manière, elle le forçait à prendre soin de lui.

Une chanson interprétée par Gene Autry succéda à celle d'Acuff. Ni Anne ni Fowler ne raffolaient de la musique country et, pourtant, ils poursuivirent gaiement leur numéro. À son étonnement, Anne constata qu'Émile connaissait presque toutes les paroles de cette chanson, et sa voix au fort accent francophone chevauchait celle d'Autry. Se tournant vers Fowler, elle le surprit à battre la mesure contre la portière. Anne se délectait.

Les mains soudées au volant, Émile conduisait prudemment sur cette route qui détenait les records d'accidents graves en Amérique. Depuis Chicago, ils avaient été témoins de quatre sorties de route et de deux violentes collisions.

Des pics enneigés alternaient avec d'étranges plateaux composés de strates ocre, gris fer et or. Aux colonies de pins et de cèdres n'excédant pas trois mètres succédaient des buissons épineux, de plus en plus rabougris. Un panneau indicateur leur signifia l'entrée d'un village et, le temps d'observer quelques habitations de briques d'adobe se confondant avec le paysage, une autre déjà en indiquait la sortie.

Pour éviter de hausser la voix, Fowler s'approcha d'Anne.

– N'avez-vous pas reçu des nouvelles d'Alec avant notre départ?

– Pardon? cria-t-elle, en baissant le son de la radio.

Il répéta sa question en riant et Anne lui remit la dernière lettre d'Alec, qu'elle avait gardée dans son sac à main.

Depuis le printemps dernier, Alexander avait été basé à Dutch Harbor, puis à Amchitka et à Adak, deux des îles de l'archipel des Aléoutiennes prolongeant l'Alaska vers l'ouest. En octobre, on lui avait confié l'entretien et la réparation des avions, tâche qui le satisfaisait bien davantage que celles de coursier ou de téléphoniste. Par ailleurs, aussi souvent que son travail le lui permettait, il s'entraînait encore dans l'espoir de participer aux missions aériennes contre les Japonais.

– Si vous saviez à quel point j'appréhende le jour où il s'élancera contre l'ennemi, Fowler. Autant Alec espère cette promotion, autant je la crains.

Se voulant rassurant, Fowler lui rappela la détermination de son fils.

– Alec ne rate pas une occasion de sous-entendre qu'il manque de talent, et maintes fois avons-nous constaté les difficultés qu'il affrontait dans tout nouvel apprentissage. Je reste toutefois convaincu que sa ténacité viendra à bout de ses éventuelles gaucheries. Faites-lui confiance, Fee, c'est le meilleur service que vous pouvez lui rendre.

– Je vais vous dévoiler le fond de ma pensée... Ne croyez-vous pas que ses fréquents états dépressifs dénoteraient chez lui une tendance suicidaire? N'aurait-il pas la tentation de jouer au héros quand viendra l'heure de passer à l'action?

– Voyez ce passage, Fee... Alec conclut sa lettre ainsi : «La vie vaut tout de même la peine d'être vécue.» Cela devrait vous rassurer.

– Cette phrase toute faite suivait de nombreuses doléances à l'endroit de ses supérieurs galonnés...

– Les élèves contestent l'autorité, les employés critiquent leurs patrons. Dans la même veine, les militaires jugent sévèrement leurs supérieurs...

– Vous avez le don de m'apaiser, Fowler McCormick. Vos réflexions m'aident à dédramatiser.

– Vous m'en voyez fort aise, conclut-il, visiblement satisfait de la réaction d'Anne, qu'il appelait «l'amplificateur de son ego».

Dans cette même lettre, Alec les informait qu'une amie de New York lui avait demandé d'être le parrain de son dernier-né.

– Elle ne soupçonne probablement pas tout le plaisir d'Alexandre de savoir que cet enfant portera son nom.

– Alec et moi avons ceci en commun, Fee. Beaucoup de filleuls et pas d'enfants.

– Il y a pire, monsieur McCormick. Il y en a qui n'ont ni enfant ni filleul.

– Par chance, ce n'est pas votre cas, Émile, s'empressa d'ajouter Anne. Souvenez-vous du petit Émile Lefebvre, nommé en votre honneur. Je suis convaincue que vous serez un parrain très en demande.

Comme ces paroles sonnaient faux! De plus en plus, elle masquait mal sa crainte de le perdre. Il eût fallu être aveugle pour ne pas remarquer toutes les jeunes filles qui tournaient autour de «M. Émile» dès qu'il arrivait quelque part. Il était devenu l'un des hommes les plus en vue de la vallée de la Saint-Maurice. Combien de temps le mur d'or et de gentillesses qu'elle tentait d'ériger autour de lui tiendrait-il le coup?

Anne l'observait à la dérobée. Les yeux rivés à la route, Émile affichait un demi-sourire. Voilà dix ans déjà qu'il partageait sa vie, des mois durant, au jour le jour. Son talent, voire son génie pour aplanir les difficultés ne se démentait pas. Par malheur, le temps semblait filer bien plus rapidement pour elle que pour lui.

Au cours de l'hiver précédent, elle s'était isolée à la ferme de Barrington pendant plus de deux mois à la suite d'une chirurgie esthétique du visage. Seul Fowler avait été mis dans le secret. En vain, il avait essayé de la dissuader de se soumettre à cette opération, lui affirmant combien il la trouvait belle. Elle avait eu raison de son argumentation lorsqu'elle lui avait avoué que, même si cela pouvait lui sembler superficiel, elle désirait mieux concilier physionomie et énergie intérieure.

Quand Émile l'avait revue au printemps suivant, il s'était étonné de sa bonne mine, heureux que son séjour à Barrington lui ait été à ce point bénéfique. Un jour ou l'autre, Anne devrait accepter le vieillissement mais, pour l'instant, elle se réjouissait de ce sursis.

Ses trois fils étaient toujours en service commandé. À la conscription, Bud avait été enrôlé à titre de médecin dans l'armée de l'air. Il œuvrait en ce moment au Texas en tant qu'obstétricien et gynécologue, après avoir brièvement séjourné au Kansas, puis dans l'État de Washington. Les épouses des officiers le réclamaient sans arrêt. Jamais il n'avait mis au monde autant d'enfants en si peu de temps. Son travail l'épuisait, certes, et ses nuits de sommeil étaient souvent écourtées. Néanmoins, au lieu de risquer sa vie au front, songea Anne, il assistait celles qui la donnaient.

Malgré la rareté des articles de literie, Anne avait expédié à chacun des membres de la famille de Bud, comme cadeau de Noël, des draps en percale brodés à leurs initiales. Lors de leur récente conversation téléphonique, Lena lui avait paru enchantée de son nouvel environnement, même si Bud était souvent retenu nuit et jour par son travail. Barbecues, après-midi consacrés à la préparation de lainage ou de gâteries à l'intention des soldats assignés outre-mer, activités dédiées aux enfants, un rien devenait prétexte à rencontre. Les résidents de la base ne demandaient qu'à se voisiner, alors qu'à Mondanne elle vivait, le plus souvent, seule avec les domestiques.

Pour sa part, Guy travaillait à titre d'officier ingénieur sur l'une des neuf cents vedettes PT de la marine. Présentement, son port d'attache était en Nouvelle-Guinée. Autant Alec s'épanchait dans ses lettres, autant son plus jeune fils se montrait peu loquace. Au printemps dernier, sur l'île de Tulagi, Guy avait fait la connaissance de John F. Kennedy, le fils de Joseph, celui-là même qui, au moment du procès contre Jimmie, lui avait offert de témoigner en sa faveur. Elle avait décliné son offre pour qu'il ne soit pas incommodé par les retombées médiatiques.

Même si Guy était dans le feu de l'action, aucune note dramatique ne transparaissait dans ses rares lettres. Anne avait cependant compris les dangers qui le menaçaient lorsqu'elle avait lu à la une du *New York Times* le récit du naufrage de la vedette PT 109, précisément celle que commandait John F. Kennedy, coupée en deux par un destroyer japonais en août 1943. Dans cette guerre, des milliers d'hommes sans visage perdaient la vie. Anne frémissait d'horreur juste à penser que ses enfants pourraient être de ceux-là.

Aux abords d'Albuquerque, le trio s'arrêta pour se restaurer à l'un des nombreux postes commerciaux qui jalonnaient la route. Une modeste salle à manger jouxtait une pièce meublée de présentoirs remplis de colifichets, d'objets en cuir et d'ornements de toutes sortes parmi lesquels Anne aperçut des bracelets en argent sertis d'émeraudes. Surprise de trouver si adorables bijoux en pareil endroit, elle apprécia la valeur du travail artisanal, et jugea la qualité des pierres remarquable. Ravie de sa découverte, elle s'empressa d'en acheter un. «Je me demande quelle part de cette somme revient à l'artisan», pensa-t-elle en remettant les billets au vendeur.

On leur assigna ensuite une table.

– Nous sommes mardi. Au Canada, il serait impossible de vous faire servir un repas de viande aujourd'hui, n'est-ce pas, Émile? Alors profitez-en doublement.

Depuis mai dernier, en effet, il était défendu de consommer de la viande dans les endroits publics au Canada le mardi et le vendredi.

Plutôt que de poursuivre leur route vers l'ouest, Anne proposa à ses compagnons de se diriger plein sud dans la vallée du Rio Grande. Entre Albuquerque et Flagstaff, il était peu probable qu'ils trouvent sur ces hauts plateaux un endroit favorable pour s'installer, la température dépassant rarement dix degrés à ce temps-ci de l'année. Fowler, qui jouait le rôle de navigateur, étudia la carte, puis approuva la suggestion d'Anne.

– Nous devrions toutefois nous munir de provisions. Cette région me paraît bien déserte.

– Indiquez-moi la route à prendre et je vous conduis là où vous le désirez, les assura Émile de sa voix feutrée.

Émile ne s'imposait jamais. Cependant, son influence était bien plus considérable qu'il n'y paraissait au premier abord. Il avait le don de soumettre ses recommandations de telle sorte que son interlocuteur les faisait naturellement siennes.

Peu après leur changement de direction, aucune fréquence radio ne put être syntonisée et, mis à part les rares bruits de la circulation, le silence les enveloppa. Une route graveleuse et sinueuse succéda bientôt au pavé rectiligne. Pendant des heures, ils circulèrent dans une vallée bordée de montagnes rocailleuses.

À la brunante, le petit village de Hot Springs leur apparut l'endroit idéal pour passer la nuit. Empoussiérés et rompus, ils louèrent deux chambres contiguës dans un motel. La première serait occupée par Anne et Fowler, et la seconde par Émile. Il en était toujours ainsi en présence de Fowler. Au passage, Anne aperçut des affiches invitant les voyageurs à profiter des bienfaits des eaux thermales. Elle proposa à ses compagnons de l'accompagner, mais Fowler préféra faire une sieste avant le repas. Quant à Émile, il la conduirait, mais il refusait de se baigner alors que la température extérieure risquait de s'abaisser jusqu'au point de congélation. Leur peu d'enthousiasme n'ébranla aucunement Anne dans sa décision.

Au centre du village, des cabanes de bois recouvertes de tôle ondulée abritaient les bains publics.

— Tu es certaine, *dear*, de vouloir t'aventurer là-dedans? lui demanda Émile, perplexe.

— Accompagne-moi à ce bureau d'accueil et j'aviserai par la suite.

Une lampe à huile éclairait faiblement la pièce exiguë. Un homme à la peau bistre les accueillit. Aucun sourire n'accompagna son salut. En réponse aux questions d'Anne, il l'informa que les Apaches, ses ancêtres, connaissaient depuis longtemps les vertus thérapeutiques des eaux minérales de Hot Springs. L'hiver comme l'été, la température de ces eaux se maintenait aux environs de quarante-quatre degrés. Une cabane avait été construite au-dessus de chacun des trous donnant accès à cette nappe d'eau régénératrice et, moyennant quelques sous, il leur allouerait un emplacement pour une heure.

Émile surveillerait l'entrée de la cabane. Une chandelle à la main, Anne referma sur elle la porte branlante. Le faible éclairage lui permit d'entrevoir la structure rudimentaire des murs dont la base immergée était constituée de madriers

407

empilés rappelant le fond d'une mine. Du bout des doigts, elle jugea de la température de l'eau; délicieusement chaude.

Éclairant de sa flamme vacillante la pièce d'environ deux mètres carrés, Anne ne pouvait voir, pas même entrevoir, le fond du bassin à cause du miroitement de l'eau en surface. Aucune odeur de soufre n'était perceptible. Était-ce propre? Profond? Soudain prise d'angoisse, elle faillit revenir sur sa décision.

Qui aurait pu soupçonner que, sous ses dehors fantasques, elle soit capable de peurs aussi puériles? Fowler le savait. Émile l'avait également deviné depuis longtemps. Mais les autres? Ses enfants, ses employés, ses connaissances? Tous la croyaient forte, quasi invulnérable.

Anne s'obligea à se ressaisir. Elle qui n'hésitait pas à se lancer dans les eaux noires de la Saint-Maurice, voilà qu'elle craignait un minuscule bassin. Elle déposa sa chandelle, se dévêtit promptement à cause du froid mordant, et descendit le rudimentaire escalier.

– Émile? Tu es là?

– Je suis là. Sois sans crainte, *dear*, je ne partirai pas sans toi.

Il est vrai qu'elle pouvait se fier à lui. Jamais encore il n'avait trompé ses attentes, sauf dans le cas de quelques sporadiques incartades dues à l'alcool.

Immergée jusque sous les bras, elle se rassura en touchant du bout des pieds un fond caillouteux, exempt de viscosité. Bientôt, ses yeux s'habituèrent à la pénombre. Plutôt que d'être stagnantes et saturées d'algues comme elle l'avait d'abord craint, les eaux turquoise, fluides et limpides de Hot Springs se révélaient entraînées par un fort courant souterrain. Deux ouvertures dans la partie inférieure de l'une des parois alimentaient le bassin et deux autres dans la paroi opposée en permettaient l'évacuation. Elle se détendit. Son corps flotta aussi aisément que dans une mer au fort taux de salinité.

La solitude et la détente aidant, elle laissa libre cours à ses pensées. Le 10 janvier dernier, Jimmie l'avait informée par téléphone qu'il entrait au New York Hospital pour des examens. Il lui avait semblé bien plus en forme que lors de leurs conversations antérieures. Entre autres choses, il lui avait raconté que le mercredi précédent il avait été honoré par les administrateurs de la National City Bank pour avoir complété une quarantième année à titre de membre du conseil d'administration, du jamais vu depuis la fondation de cette institution. Elle avait été à cent lieues de se douter que, trois jours plus tard, on lui apprendrait sans ménagement la mort de Jimmie. Une vive douleur lui avait labouré le cœur et les entrailles. Sur le coup, elle avait refusé d'y croire, mais ce « J'ai le regret de vous annoncer... » bourdonnait encore dans sa tête. Malgré toutes les résolutions prises au cours de sa vie, il avait fallu la mort de Jimmie pour qu'elle s'avoue enfin son incapacité à se dissocier de cet homme, en dépit de tous ses travers. De fait, jamais elle ne lui avait véritablement retiré le pouvoir de l'émouvoir.

À la demande de Jimmie, elle avait elle-même préparé ses obsèques, puis s'était assurée que ses dernières volontés soient respectées. Il n'était cependant pas mort dans ses bras. Au moment de son décès, des centaines de kilomètres les séparaient.

Seuls sa fille et son ami Jack Durrell l'avaient visité pendant son court séjour à l'hôpital. Entouré si longtemps de tant de gens, Jimmie était mort seul. Son cœur avait flanché.

Ses deux aînés s'étaient joints à elle pour les funérailles, alors que Guy et Alexander, en poste au milieu du Pacifique, n'avaient pu se libérer de leurs obligations militaires. Étrangement, Jimmie était mort au même moment où Alexander accomplissait sa millième heure de vol, événement marquant dans la vie d'un pilote.

L'ouverture du testament et le dépôt des états financiers personnels de Jimmie n'avaient que confirmé les craintes manifestées par Alec l'année précédente. Jimmie était mort ruiné, ses dettes dépassant ses avoirs de plus de trois cent mille dollars. Pourtant, selon les ententes de leur divorce, il aurait encore eu à verser à ses enfants trois cent soixante-deux mille dollars. Un autre engagement bafoué...

En définitive, ce serait en bonne partie grâce à la prévoyance de leur grand-père, cet homme qu'elle avait autant détesté qu'admiré, que ses enfants hériteraient, car Jimmie avait dilapidé sa fortune personnelle.

L'intense buée qui s'échappait du bassin protégeait Anne du froid. Elle n'avait qu'à bouger les jambes et les bras pour ressentir la chaleur de l'eau. Une douce lumière irradiait de la bougie qui rapetissait à vue d'œil.

Malgré son attachement à son ex-mari, malgré la passion qui les avait si longtemps unis, Anne n'avait pu vraiment se fier à lui, compter sur lui. En sa compagnie, elle avait souvent éprouvé l'impression de côtoyer un être fluide. Jimmie avait été un enchevêtrement de promesses oubliées, de circonstances magiques, de folies démesurées, d'espérances déçues et de moments d'infinie tendresse.

Des coups discrets la tirèrent de sa réflexion.

– Est-ce que ça va, *dear*? L'Indien me demande si nous voulons prolonger?

– J'ai terminé, Émile. Renvoie-le, s'il te plaît.

L'étrange atmosphère de ce lieu l'avait rassérénée. Ces quelques minutes de recueillement lui avaient permis en quelque sorte de mieux assumer son deuil. Une paix bienfaisante l'envahit. Son arthrite se faisait plus discrète. Son chagrin et ses regrets l'avaient presque désertée.

Anne fixa intensément un point devant elle et murmura :

– Adieu, Jimmie.

* * *

À Tucson, la pureté de l'air, la chaleur et l'absence presque totale d'humidité eurent un effet immédiat sur la santé de Fowler. Ses quintes de toux disparurent graduellement, de même que sa fatigue chronique. Les crises d'arthrite dont souffrait Anne depuis des années s'étaient pratiquement dissipées depuis son immersion dans les eaux de Hot Springs. À dire vrai, ce coin de pays n'avait pas tardé à leur prodiguer ses bienfaits.

Aucune des propriétés prospectées à Tucson ne leur convenait, principalement à cause de l'exiguïté des terrains. Ils décidèrent de poursuivre leurs recherches du côté de Phoenix et de Scottsdale, où ils avaient réservé deux chambres au *Biltmore* pour le soir suivant. Ils ne pouvaient cependant quitter la région de Tucson sans une incursion dans le désert de Sonora.

Anne, Fowler et Émile marchaient en file indienne dans un étroit sentier bordé par des buissons de *creosote* en apparence desséchés. Ils furent séduits par les innombrables *saguaros*, ces cactus géants qui projetaient leurs bras majestueux à plus de vingt mètres du sol. Des myriades de coquelicots poussaient entre des cactus plus petits dont la forme rappelait tantôt celle d'un baril, tantôt celle d'une poire, ou entre de hautes colonnes épineuses nommées avec tant d'à-propos «tuyaux d'orgue». Chaque détour leur ménageait une surprise.

– Comment, avec toute cette végétation, peuvent-ils appeler ça un désert? s'étonna Émile. Moi qui pensais qu'un désert, c'était juste du sable.

– Le plus aride de tous les déserts, le Sahara, a tout de même des oasis, Émile. Sur la planète, on compte une vingtaine de déserts d'importance, et leur dénominateur commun réside dans l'aridité de leur sol.

Avec sa patience habituelle, Fowler expliqua que, dans le désert de Sonora comme dans la plupart des autres déserts, il pleuvait occasionnellement. Toutefois dans chacun d'eux, l'évaporation surpassait les précipitations, principalement à cause de la chaleur. L'été, au sol, la température du désert de Sonora pouvait atteindre plus de quatre-vingt-dix degrés, quasi le point d'ébullition. Les plantes du désert ne devaient leur survie qu'à leur incroyable adaptabilité.

Amusée, Anne observait les deux hommes converser, se gardant bien d'intervenir. Fowler informa Émile que la plupart de ces plantes étaient capables de réduire leur métabolisme presque à néant pendant des années, de sorte qu'elles semblaient mortes, comme le *creosote* à ses pieds. Il suffisait

411

pourtant d'une pluie pour qu'elles s'épanouissent de nouveau. À ce moment-là, elles emmagasinaient précieusement chaque goutte d'eau au cas où elles devraient attendre des mois, parfois des années, avant d'autres ondées.

– Les animaux jouissent de semblables facultés pour survivre dans cet environnement hostile, ajouta-t-il sur sa lancée. Chez vous, Émile, les ours hibernent, n'est-ce pas? Imaginez ici un processus similaire, mais poussé à l'extrême.

Inattentif un instant, Fowler se tourna le pied sur un caillou et perdit l'équilibre. De justesse, Émile le rattrapa par le bras. «Le savant distrait aidé par l'athlète», songea Anne, émue. Jamais Fowler ne pavoisait à cause de son érudition pas plus qu'Émile ne ridiculisait la vulnérabilité de Fowler. Nul mieux qu'Anne ne pouvait apprécier leurs talents et leurs différences.

Il était peu fréquent qu'ils séjournent ensemble pendant de longues périodes. Mais, en de telles occasions, ils formaient un triangle étonnamment harmonieux, et Émile savait faire montre d'une respectueuse réserve. L'amant disparaissait derrière l'aidant.

Émile laissa échapper un cri de douleur. Il s'accroupit et repéra vite des dizaines d'épines qui avaient traversé le tissu de son pantalon pour se ficher dans sa peau.

– On dirait que j'ai été attaqué par un essaim de guêpes. Mais d'où viennent toutes ces aiguilles? Vous n'avez pas été incommodés, vous autres?

Fowler indiqua un buisson de *chollas*, de toute évidence responsable de l'agression. Cette variété de cactus, expliqua-t-il, se protégeait des prédateurs en libérant avec force les épines recouvrant ses nombreux bourrelets arrondis de même que la tige à laquelle ils s'accrochaient. Un simple contact suffisait pour déclencher le processus d'autodéfense.

Il entraîna Anne et Émile dans une petite clairière à proximité.

– Votre jambe a frôlé cette plante, Émile, mais ne craignez rien, elle n'est pas vénéneuse, vous ne courez aucun danger.

– Ça fait mal! C'est pire que les chardons de chez nous.

Anne examina la jambe d'Émile et retrouva ses réflexes de soignante. Elle sortit de son sac une pince à épiler et entreprit l'extraction des aiguilles avec célérité. Le gaillard ne se plaignit pas, mais ses contractions et ses rictus traduisaient comiquement son inconfort.

– Patience, Émile. Il me faudra un certain temps pour tout enlever.

Sans relever la tête, Anne ajouta avec une affectation feinte :

– Et je ne veux plus jamais vous entendre dire, messieurs, qu'un sac de femme ne contient que des objets inutiles...

Avec plus de bienveillance, elle s'informa ensuite :

– Est-ce que je vous fait bien mal, Émile ?

Il se contenta de lui répondre d'un signe de la tête. Anne reprit :

– Juste avant cet incident, je m'émerveillais du spectacle qu'offraient les *chollas* avec leurs contours singulièrement illuminés par la lumière du jour... N'est-ce pas étrange que tant de beauté dans la nature possède aussi le pouvoir de blesser ou d'engendrer des catastrophes ? Je pense aux cactus et aux roses avec leurs épines, aux feux et aux océans avec leurs conflagrations et leurs raz-de-marée. Tant de merveilles capables d'excès dévastateurs.

– Comme l'esprit humain qui sombre dans la folie, ajouta Fowler, le regard fuyant.

– Mon ami, cela me chagrine de vous voir tourmenté à ce propos. Je ne veux pas minimiser vos craintes, mais ne gâchez pas votre vie pour un danger si hypothétique.

Habituellement, pas plus les maux du corps que ceux de l'âme n'apeuraient Anne. Au contraire, elle se savait douée pour les soulager. Néanmoins, une réelle angoisse la tenaillait quand Fowler éprouvait cette crainte morbide de la démence. Toute sa vie, il avait subi l'instabilité mentale de sa mère. Mais depuis que sa sœur Muriel était aux prises avec des problèmes suffisamment graves pour être internée pendant des semaines, voilà qu'il appréhendait quelque tare héréditaire susceptible de le surprendre à tout moment.

Pour Anne, il n'y avait que l'action pour éliminer l'angoisse. Il lui tardait d'entreprendre leur installation.

* * *

Le lendemain de leur arrivée au *Biltmore* de Scottsdale, Anne et Fowler avaient consacré le reste de la journée, puis les deux jours suivants, à visiter des propriétés toutes plus fabuleuses les unes que les autres, au dire de l'agent immobilier, mais aucune d'elles ne les avait intéressés. Émile, quant à lui, profitait de ce répit pour se prélasser à la piscine et dans les jardins de l'hôtel.

Tous les trois sirotaient un thé glacé sur la terrasse quand le propriétaire de l'hôtel, Philip Wrigley, vint les saluer. À l'instar de Fowler, Wrigley était originaire de Chicago. En plus de gérer le *Biltmore*, il présidait la compagnie de gomme à mâcher Wrigley, que son père avait fondée en 1892.

– On me dit que vous êtes à la recherche d'une propriété dans les environs. Que souhaitez-vous au juste?

– Beaucoup d'espace, répondit Fowler.

– Une terre que nous pourrions irriguer et exploiter pour l'élevage, ajouta Anne.

– Ce sont les deux incontournables, Philip. Pour le reste, nous sommes flexibles.

– Croyez-vous aux coïncidences? leur demanda Wrigley avec un étrange sourire. Je viens tout juste de quitter Merrill Cheney. Peu de gens le savent encore, mais il vit un pénible divorce. S'il pouvait vendre son ranch dans les plus brefs délais, il en serait bien soulagé. Ses problèmes conjugaux se sont aggravés alors qu'il venait à peine de terminer la construction de sa maison. Si vous me le permettez, je lui donne un coup de fil.

Moins d'une demi-heure plus tard, Cheney vint les prendre à l'hôtel pour les conduire à son ranch, situé à quelques minutes du *Biltmore*. Ils devaient se hâter, car le jour faiblissait.

Plutôt que d'utiliser l'entrée principale du ranch sur Scottsdale Road, Cheney prit une route transversale, puis emprunta une piste à travers champs. Sa terre comptait cent soixante acres.

– Dommage, fit Anne, nous aurions aimé une propriété plus vaste, n'est-ce pas, Fowler ?

– Je connais les propriétaires des terres avoisinantes, précisa Cheney, et je sais que plusieurs d'entre eux ne demandent qu'à s'en départir. Vous pourriez aisément acquérir quelques milliers d'acres supplémentaires si vous le désirez. Toutefois, je suis le seul à exploiter le désert dans les environs. Vous voyez ces canaux d'irrigation ? Grâce à eux, j'ai de beaux pâturages pour nourrir mes chevaux, de magnifiques palominos que je suis prêt à céder avec ma propriété.

Ils roulèrent jusqu'à ce qu'ils atteignent un muret recouvert de stuc blanc d'une hauteur d'environ un mètre cinquante. Cheney était peu loquace, mais chacune de ses paroles témoignait de son attachement à ce coin de désert. Il ouvrit une grille métallique, aussi blanche que le muret auquel elle était rivée.

Au même moment, avec un étonnant synchronisme, le ciel s'embrasa d'un coup. Aucune humidité, aucune pollution n'atténuait les écarlates et les orangers. Un décor à couper le souffle s'offrait à eux. Bordé d'agaves et de buissons taillés avec soin, un sentier d'au moins trois cents mètres reliait la grille à la résidence principale derrière laquelle se découpait une montagne mauve rappelant la forme d'un chameau allongé sur le sol.

Anne prit la main de Fowler. Normalement, elle aurait déjà commenté le lieu. Pour ne pas diminuer leur pouvoir de négociation, elle garda son appréciation pour elle, tâchant de la communiquer à son mari par une pression des doigts.

L'architecture de la résidence tentaculaire surprenait agréablement. Recouverte de stuc pastel, elle avait été aménagée pour que l'immense salle de séjour semi-circulaire s'ouvre sur une terrasse d'où l'on voyait se profiler les montagnes McDowell, recouvertes de végétation désertique embrasée par le soleil couchant.

Cheney leur fit visiter toutes les pièces de sa maison, qu'il n'avait habitée que quelques mois. Vinrent ensuite les dépendances et enfin les bâtiments de ferme. Le plus spectaculaire fut sans conteste l'écurie de palominos, des chevaux de rêve avec leur robe dorée, leur crinière et leur queue blanches.

Anne était conquise et Fowler également. Cette parcelle de désert entourée de montagnes serait leur.

20

New York, le vendredi 10 août 1945

Tout en se remémorant les événements des derniers mois, Anne et Fowler attendaient l'arrivée imminente d'Alexander au rez-de-chaussée du 900, Park Avenue. Alec revenait enfin au pays, bien vivant, et décoré de surcroît. Avant son départ du Pacifique-Sud, un peu plus d'une semaine auparavant, l'amiral Greer, commandant de la 18e flotte aérienne, lui avait remis deux *Distinguished Flying Crosses* en plus de deux *Air Medals*, le tout s'ajoutant à quatre autres distinctions honorifiques reçues précédemment.

Anne avait en main un article du *New York Times* dans lequel elle avait appris avec étonnement que son fils et ses hommes avaient à eux seuls détruit, au cours de leurs soixante-quinze missions en mer du Japon, quatre cargos, un baleinier, un bateau patrouilleur lourdement armé, un bombardier et quarante-trois bateaux de faible tonnage. Chacun des dix membres d'équipage avait également reçu une médaille avec étoiles d'or.

– Regardez, Fowler, ici, on va même jusqu'à souligner l'héroïsme d'Alexander. Certains de ses raids auraient eu lieu si près des côtes japonaises, écrit ce journaliste, qu'Alec et ses hommes se seraient régulièrement retrouvés sous le tir des batteries antiaériennes. Alec s'est bien gardé de nous dévoiler de tels détails.

– Je le comprends, Fee. Vous vous êtes inquiétée pour bien moins que cela.

– Quand donc cette damnée guerre finira-t-elle, Fowler ? Croyez-vous qu'Alec recevra une nouvelle assignation ?

– Je ne crois pas, Fee. La fin de la guerre est imminente. Comme les Allemands qui ont capitulé voilà trois mois déjà, les Japonais ne pourront résister bien longtemps, avec ce qui vient de leur tomber sur la tête.

La veille, le feu nucléaire avait frappé Nagasaki, réduisant en cendres cette importante ville nippone, quelques jours à peine après la destruction d'Hiroshima. Des dizaines de milliers de morts en quelques secondes. La nouvelle avait fait le tour de la terre, effroyable. D'aucuns se demandaient si pareille hécatombe pouvait se justifier, même en temps de guerre.

– Jusqu'à la dernière minute, notre gouvernement a réussi à garder secrète la mise au point de cette bombe. La possibilité que les Allemands puissent l'utiliser nous terrorisait, et voilà, Fowler, que nous-mêmes avons provoqué cette horreur. Le monde semble avoir basculé depuis une semaine.

– Il est probable que cette horreur, comme vous dites, mettra fin à la guerre en plus d'être responsable du retour d'Alec au pays.

– C'est tout de même incroyable qu'il nous revienne en héros, après tous ses déboires…

– Vous qui louez la persévérance, Fee, vous devez être comblée.

– Je suis fière de lui, vous avez raison. Mais j'aurais préféré, et de loin, qu'il eût l'occasion de faire sa marque dans un autre contexte.

Depuis qu'il avait obtenu son insigne de pilote l'année précédente et qu'il avait accompli des missions contre les Japonais, Alec n'était plus le même. Son moral s'était raffermi et le ton de ses lettres était devenu beaucoup plus positif. Il leur avait décrit avec emphase les membres de son équipage et leurs exploits, de même que son bombardier, baptisé

The Fightin' Lady, et sur lequel «Lieutenant Alexander Stillman» avait été inscrit en toutes lettres. Au cœur d'une île perdue, il avait déniché un homme capable de peindre sur l'avant de la carlingue ce qu'il avait ébauché avec ses hommes après d'interminables discussions : une femme légèrement vêtue, un casque de guerrier grec sur ses cheveux roux, tenant une bombe d'une main et déployant son autre bras pour équilibrer le dessin. Cet avion leur avait été tant décrit qu'Anne et Fowler avaient tous deux l'impression d'avoir volé à son bord.

À partir du moment où il avait commencé ses missions de bombardement et d'interception d'avions ou de bateaux, les cauchemars d'Anne avaient doublé. L'unité commandée par Alec quittait la base à l'aurore pour n'y revenir souvent qu'à la nuit tombée, après de douze à quinze heures de vol. Au lieu de l'épuiser, ce rythme infernal avait paru l'exalter.

Anne se réjouissait que sa fille se joigne à eux ce soir-là pour le repas de retrouvailles. Quant à Bud, il ne reviendrait de Grande-Anse, où il séjournait avec sa famille, que la semaine suivante. Elle espérait passer un peu de temps avec eux dans la nature puisqu'elle projetait de se rendre au Canada dans quelques jours.

Guy, de son côté, ne quitterait pas l'Arizona cet été. Voilà quelques mois, il avait été rapatrié de Nouvelle-Guinée, malade et affaibli, souffrant de pneumonie et peut-être aussi de consomption. La guerre l'avait métamorphosé. Il se montrait maintenant distant avec sa femme, mais aussi avec ses petites qu'il disait pourtant adorer. Tout l'hiver à Scottsdale, Anne avait été témoin de cette inquiétante transformation et, à vouloir protéger l'un et l'autre, elle avait créé sans le vouloir des tensions additionnelles. Pour ne pas envenimer la situation, elle avait pris ses distances, les assurant qu'elle serait là s'ils en manifestaient le besoin.

À la mi-mars, Émile avait dû quitter Scottsdale pour le Canada. Les autorités civiles et militaires canadiennes interdisaient à tous ceux qui avaient été exemptés de la conscription, à cause de leur statut de cultivateur, de s'absenter de leur ferme au-delà de soixante jours. Quant à Fowler, il n'était demeuré que deux semaines au ranch l'hiver dernier. Ses nombreuses réformes nécessitaient une présence quasi continuelle à Chicago.

Anne avait donc eu carte blanche pour mener à bien les importants réaménagements du ranch qu'ils avaient conjointement planifiés. Un homme des environs avait été embauché pour superviser l'ensemble des activités, mais ils étaient toujours à la recherche d'un bon éleveur de chevaux. Leurs pur-sang avaient besoin de mains expertes pour le dressage et la reproduction. La couleur de la robe, de la peau, de la crinière et de la queue, les marques blanches ne dépassant pas telle grandeur et leur emplacement spécifique sur les bêtes, tous ces caractères propres au palomino devaient se perpétuer. Les mâles ne présentant pas le portrait idéal du géniteur étaient châtrés et devenaient des montures fières et généralement obéissantes. Anne adorait ses chevaux et ce ranch lui rappelait son passé de petite écuyère.

Cathy, son aide-domestique noire aux cheveux tout gris à présent, l'avait accompagnée de Pleasantville à New York afin d'aider le personnel de Jimmie, réduit au minimum depuis son décès. Deux employés avaient accepté de demeurer sur place jusqu'à ce que tout le mobilier et les œuvres d'art soient liquidés. Cathy se retira après avoir servi du thé et des cakes à Anne et à Fowler.

— Dites-moi, Fowler, votre collecte de fonds pour le United Negro College a-t-elle pris son envol?

— Depuis que j'ai demandé l'implication des autres membres du comité des relations raciales, je vous avoue que les entrées d'argent se font plus substantielles. Ce n'est pas facile de sensibiliser les gens à la cause des Noirs. Mais le dossier avance très bien. Nous avons maintenant des administrateurs de couleur dans presque chacun de nos services et même au siège social.

La récente politique antidiscriminatoire adoptée par la majorité des administrateurs d'International Harvester était sans contredit l'une des plus avant-gardistes de l'histoire des relations de travail en Amérique. Néanmoins, cette importante percée n'empêchait pas les constantes tensions entre la direction et les représentants syndicaux. Dans ce domaine, Fowler se sentait sur la corde raide. Par chance, certaines évaluations lui fournissaient de grandes satisfactions; à preuve, un rapport récent du ministère de la Défense dans lequel I.H. et son président avaient obtenu la cote d'appréciation la plus élevée pour leur production de guerre à ce jour.

– Votre implication au comité consultatif de l'état-major et votre participation au comité de la main-d'œuvre du ministère de la Guerre vous ont certainement permis, Fowler, de mieux cerner les besoins militaires.

– J'en suis convaincu. Cependant, il faudra plus que du travail de qualité pour faire face aux défis qui nous attendent. Vous savez sans doute à quoi je fais allusion.

Depuis des années, Fowler rêvait d'un centre de recherche à la fois scientifique et technique pour le développement de nouveaux produits, doublé d'une section vouée à la recherche opérationnelle et à la gestion de personnel. Il se savait pionnier dans ces domaines. On l'avait récemment informé qu'une usine de fabrication de pièces d'avion désaffectée pourrait convenir à ses desseins. Située au 5225 Sud, Western Avenue, à Chicago, cette immense surface permettrait de loger les huit laboratoires nécessaires au personnel et aux équipements requis pour la mise en œuvre de son projet.

– Songez, Fee, que mille huit cents brevets de cueilleuses de coton ont été délivrés entre 1850 et 1941, dont plusieurs centaines au nom d'International Harvester, mais qu'aucune de ces machines ne convient puisque les producteurs de coton demeurent insatisfaits. Au moins cent modèles ont été fabriqués chez nous depuis 1941, et nous avons dépensé plus de cinq millions de dollars uniquement dans l'expérimentation de cette machine. Il est impensable qu'avec nos génies et les immenses moyens mis à leur disposition on n'en soit pas déjà à commercialiser un appareil ultra-performant. Pourquoi, bon sens, n'avons-nous pas réussi avant? Nous avions pourtant tous les éléments nécessaires. Combien d'années avons-nous consacrées à la mise au point de la machine pour mettre le foin en balle, et qui n'est devenue réalité qu'en 1940? Voyez maintenant tout le temps et l'espace que les cultivateurs épargnent grâce à cette invention! Je crois fermement qu'en regroupant les cerveaux nous accélérerons les résultats.

Le gong de la porte retentit. Quelques instants plus tard, accompagné d'Henry, le fidèle valet de Jimmie, Alexander se présenta dans le boudoir, resplendissant dans son uniforme de la marine, ses rubans honorifiques sous son épinglette en forme d'aigle accrochée côté cœur. Anne et Fowler se levèrent d'un bond, tous deux plus qu'émus devant ce grand bonhomme bronzé arborant un franc sourire.

— Viens ici que je te regarde enfin, lui dit Anne, entraînant son fils près de la fenêtre pour mieux l'examiner.

Comme il était beau! Sa petite moustache taillée avec soin accentuait la courbe parfaite de ses lèvres. Ses cheveux s'étaient légèrement éclaircis sur les tempes. Sa physionomie et son regard surtout s'étaient transformés. Une lueur espiègle qu'Anne ne lui avait jamais connue l'illuminait, sa permanente tristesse d'antan, évanouie.

Dans la lumière crue de cet après-midi d'été, Fowler observait la mère et le fils, tous deux de profil et, pour la première fois, il nota leur frappante ressemblance : même nez, mêmes yeux, même contour de visage. Alec n'avait rien de Jimmie sauf ses longues jambes et sa calvitie précoce. Fowler éprouva soudain un malheureux inconfort. Mère et fils semblaient évoluer dans un monde d'où il se sentait exclu. Voilà qu'il craignit soudainement le retour de ce beau-fils dans leur intimité.

Au même moment, Alec prit les mains d'Anne entre les siennes et lui déclara, espiègle :

— Je ne serais peut-être pas homosexuel si j'avais rencontré une femme aussi belle, aussi merveilleuse que vous.

— Grand fou! s'exclama-t-elle, quelque peu embarrassée. Raconte-nous plutôt ce qui vient de t'arriver!

– J'ai vécu des moments si intenses au cours de cette dernière année que, dès la semaine prochaine, annonça Alec, je fais modifier mon testament afin d'y inscrire mon désir d'être inhumé quelque part dans une île du Pacifique.

– Mon Dieu, Alec, tu as eu la chance de sortir vivant de l'horreur de la guerre, et la première chose qui te préoccupe à ton retour c'est de spécifier l'endroit où tu veux être enterré?

– Justement, mère, j'ai si souvent frôlé la mort qu'elle ne m'effraie plus. Pourquoi, alors, ne pas choisir le lieu de mon dernier repos?

– Ton corps a goûté le soleil, Alec, si j'en juge à la couleur de ta peau, rétorqua Anne, espérant faire dévier la conversation.

– Il n'y a pas eu que des bombes et des torpilles dans le Pacifique. Toutes ces îles où j'ai séjourné représentent le beau côté de mon affectation dans l'aéronavale. Les promenades dans les champs infestés de moustiques et de reptiles ne me disaient rien qui vaille. Par contre, les plages, les récifs avec leurs conques ou leurs poissons aux formes et aux couleurs inouïes, les coraux à vous couper le souffle, mais qui entaillaient la peau quand on y touchait par inadvertance, les dégustations d'huîtres et de crevettes, quels merveilleux souvenirs! Vous voyez, ma guerre n'a pas été que massacre.

Subitement, il se tut. Une indicible nostalgie le submergea. En aucun temps il n'avait éprouvé autant de satisfaction à se lever le matin qu'au cours de ces missions guerrières, ni ressenti aussi ardemment l'impression de vivre. Il ne songeait pas à la mort qu'il avait provoquée. Il était plutôt comblé à la pensée d'avoir défendu son pays et collaboré à libérer le monde de ses despotes envahisseurs.

– Vous est-il déjà arrivé d'accomplir une tâche avec le goût de chanter sans arrêt? C'était la mort à chaque détour, la destruction, l'enfer. Nous étions mal nourris, aucun chauffage, et l'eau si rare. Nous vivions trente dans une baraque exiguë, des raids en permanence au-dessus de nos têtes, avec une moyenne de trois heures de sommeil en continu par nuit.

Pourtant, j'ai vécu tout cela avec le goût de chanter. À votre avis, suis-je normal?

Ni Anne ni Fowler ne surent que répondre.

* * *

Grande-Anse, le samedi 11 août 1945

Un fusil en bandoulière, Bud marchait dans le sentier derrière sa maison. «Oh! Georges, j'aimerais tant que tu sois là. J'en aurais des choses à te dire. Je n'en peux plus de vivre dans le mensonge.»

Sa double vie le rendait si mal à l'aise qu'il avait décidé de rompre avec Katryn, sa maîtresse, dès son retour à New York. Ce soir, quand les enfants dormiraient, il parlerait à Lena. Il lui avouerait son aventure et sa volonté d'y mettre fin. Elle se doutait évidemment de quelque chose, car ils n'avaient pas fait l'amour depuis des mois. Son travail épuisant d'accoucheur à la base texane lui avait servi de prétexte. Même si elle ne l'avait jamais interrogé, ses insinuations se multipliaient.

Un lièvre nerveux traversa le chemin, mais Bud n'épaula pas. La forêt habituellement si apaisante ne réussissait pas à soulager son accablement. Dès qu'il quittait son amante, il lui semblait tomber dans le vide. Avec elle, il partageait tout, pouvait parler de tout ce qui le préoccupait, tandis qu'avec Lena il devait souvent restreindre ses sujets de discussion. Sa femme tentait bien de s'intéresser à son travail, mais il soupçonnait qu'elle ne le comprenait pas vraiment.

Par chance, la médecine lui apportait d'énormes satisfactions qui, l'espérait-il, compenseraient la banalité de sa vie matrimoniale. Reprendre ses tâches harassantes à l'hôpital l'aiderait à tenir le coup, car ses longues heures de travail ne lui laisseraient que peu de temps pour la bagatelle. Comment en étaient-ils arrivés là? Leur vie avait été transformée par la venue des enfants et les exigences de son travail. Malgré les efforts de Lena pour s'informer, lire et s'ouvrir au monde, Bud la sentait évoluer dans une direction différente. Pourtant, il éprouvait encore de la tendresse pour elle. S'était-elle consacrée exclusivement à ses enfants parce qu'il était moins présent ou était-ce à cause de sa nature maternelle? Avait-il été plus qu'un géniteur et un pourvoyeur pour elle? En dépit de toutes ces incertitudes, dès ce soir il jouerait franc jeu. Il espérait retrouver cette quiétude qui l'avait déserté depuis sa rencontre avec Katryn. Comblé en sa présence, le remords le rongeait comme un cancer le reste du temps. Satisfaire son besoin viscéral de franchise, d'équilibre et de paix intérieure compenserait-il le sacrifice qu'il s'apprêtait à faire? Il l'espérait, mais il doutait que la passion l'ayant jadis uni à Lena se ravive.

Sans se hâter, il revint sur ses pas, sa besace de chasse vide. Il observa sa fille et ses deux fils en compagnie de Freddy Gignac. Ils s'amusaient à lancer des cailloux dans l'eau; brave Freddy, fidèle au poste depuis si longtemps. Freddy semblait toujours porter les mêmes vêtements, hiver et été. Son éternelle combinaison de flanelle de coton paraissait dans l'ouverture de sa chemise à carreaux. Sa pudeur faisait sourire Bud. Après toutes ces années de vie commune dans la forêt, Freddy lui tournait le dos quand Bud s'élançait nu dans les eaux des lacs et des rivières.

Bud alla se réfugier dans la grange où il s'occupa, sans ardeur. Il ne retrouva sa famille que lorsque Lena appela les enfants pour le repas du soir. Même si Freddy se joignit à eux avec son entrain traditionnel, le temps semblait s'écouler avec une désespérante lenteur. Au moment où Leanne, leur aînée, se retira pour la nuit, Freddy les quitta à son tour.

Derrière la maison, un feu circonscrit par des pierres brûlait paresseusement. Bud y approcha deux chaises, puis il invita Lena à le rejoindre et, sans plus de préambule, il lui avoua son aventure, puis son désir de s'amender.

Silencieuse, Lena regardait le feu. Elle ne respirait plus. De très loin, elle entendit Bud répéter son nom.

– Parle-moi, Lena, l'implorait-il.

Elle n'avait compris que la première partie de son discours. Son mari, celui qui lui avait promis monts et merveilles, son amoureux, l'avait trompée. Ce qu'elle avait craint si longtemps, il le lui avouait avec une déconcertante simplicité. Son beau rêve explosait. Bud n'avait pas le droit de lui faire tant de mal. Elle se recroquevilla, les mains croisées sur son ventre, ce ventre qui avait abrité ses trois trésors. Une bouffée de colère la submergea. Se levant d'un bond, elle le frappa violemment au visage en hurlant sa douleur.

Pris au dépourvu, Bud ne para pas le coup et tomba à la renverse. Du sang coulait de son nez. Il la regardait crier, ahuri.

Déchaînée, la douce Lena ne s'arrêta qu'avec l'épuisement. L'histoire de Cendrillon et du prince charmant était-elle déjà terminée? Ne devaient-ils pas vivre toujours heureux et avoir beaucoup d'enfants? «Pourquoi, mon Dieu, m'avoir donné un homme merveilleux et des enfants adorables si c'est pour me retrouver avec cet inconnu qui m'a trompée sur toute la ligne?»

Incapable d'écouter les paroles d'espoir que Bud lui exprimait, Lena s'effondra, brisée, salie aussi, son cœur en mille miettes. Elle fut tentée de chercher un peu de réconfort dans sa chère forêt, mais celle-ci lui apparut brusquement lugubre, menaçante. La magie coutumière n'opérait plus.

* * *

Quand Anne et Fowler arrivèrent à Grande-Anse, Bud et sa famille étaient déjà partis depuis trois jours. Ils en déduisirent que Bud avait été rappelé plus tôt que prévu par l'administration de l'hôpital. Comment se faisait-il alors qu'ils ne leur aient donné aucun signe de vie de Pleasantville? Puisque Fowler devait regagner Chicago dès la semaine suivante, il s'attrista de ce départ précipité qui le privait de la présence d'un ami et de son adorable famille.

Hormidas Lefebvre avait obtenu d'être muté au domaine de Grande-Anse et le travail de ferme à Matawin avait été confié aux Gignac, qui habitaient depuis longtemps dans le voisinage. Avec sa famille, Hormidas s'était installé sur la rive ouest de la Saint-Maurice, non loin de chez Bud. Sa fille aînée, Clémence, travaillait occasionnellement au domaine. La veille, avant de partir pour Matawin, Émile avait prévenu Hormidas qu'il reviendrait à Grande-Anse pour l'arrivée de madame.

Vers les dix-huit heures, voyant qu'Émile était toujours absent, Anne essaya de le joindre par téléphone à sa maison de Matawin mais elle n'obtint aucune réponse. Quelques heures plus tard, après une autre tentative infructueuse, elle ordonna à Henri, le frère d'Émile, de se rendre sur place et de lui téléphoner dès son arrivée pour l'informer de ce qu'il trouverait. Que se passait-il donc là-bas?

Normalement, au plus tard à vingt-trois heures, Henri aurait dû lui donner des nouvelles. Pourtant, le téléphone demeura sinistrement silencieux. Morte d'inquiétude, Anne échafauda plusieurs hypothèses, mais aucune ne la rassura vraiment. Fowler la convainquit de se mettre au lit, lui suggérant d'attendre au lendemain pour poursuivre son investigation. Après tout, peut-être Émile avait-il tout simplement décidé une excursion de dernière minute. Mais une telle initiative ne ressemblait pas aux habitudes de son régisseur. En dix ans, pas une fois Émile n'avait raté un rendez-vous.

Anne avait été incapable de fermer l'œil de la nuit. Dès l'aurore, elle demanda à Jules, le plus jeune des frères d'Émile, de se rendre à son tour à Matawin. Elle n'avait plus à sa disposition qu'une automobile et un camion de faible tonnage. Après deux heures d'attente insupportable, et en désespoir de cause, elle tenta un dernier essai avant de communiquer avec la police. Elle implora un autre frère d'Émile, Ernest, d'éclaircir ce mystère. Ils ne pouvaient tout de même pas disparaître ainsi les uns après les autres! Anne appréhendait une catastrophe.

Sur le coup de midi, la sonnerie du téléphone résonna enfin. Ernest balbutia quelques paroles incompréhensibles. Sa tension était palpable. Anne lui enjoignit de se calmer.

– Sont-ils vivants, Ernest? Dites-moi ce qui se passe à la fin.

– Ils sont vivants. En quelque sorte, ajouta-t-il mystérieusement.

– Ernest! Que leur est-il arrivé? Ramenez-les-moi!

– Ils ne sont pas transportables, madame. Pour l'instant en
tout cas. Ils sont tous trois ivres morts. Je les ai trouvés dehors,
en face de la grange, autour d'un feu de camp à moitié éteint.
Ils se sont effondrés sur place après avoir vidé quelques
gallons de vin Saint-Georges.

Avec toutes les responsabilités qu'Anne lui avait confiées,
comment Émile osait-il s'enivrer de la sorte? Quelle in-
conséquence! Une bouffée de colère colora ses joues.

Fowler n'avait rien perdu du discours de sa femme. D'un
geste de la main, il l'implora de retrouver son calme.

– Une soûlerie! Ernest, vous ne les quittez pas des yeux et
dès qu'ils reviennent à la vie un tant soit peu, raccompagnez-
les ici immédiatement, fit-elle avant de raccrocher le combiné.

Fowler, qui voulut détendre l'atmosphère, lança à la blague :

– Ce vin rouge n'est certes pas un grand cru mais, au
moins, ils n'ont pas ingurgité cette saleté de «baboche».

Ce poison que de nombreux paysans des environs distil-
laient dans de rudimentaires alambics en avait conduit plus
d'un à la folie. Toutefois, la remarque de Fowler tomba à plat.

– Ils ne perdent rien pour attendre… Ils vont voir de quel
bois je me chauffe.

– La colère est une bien mauvaise conseillère, Fee. Vous
avez affaire à des hommes et non à des enfants que vous
pouvez gronder.

– Ils ont agi avec plus d'étourderie que des enfants. Dès
leur retour, je les congédie tous, sans exception.

Jugeant inutile de poursuivre dans cette veine, Fowler se
retira avec l'intention de revenir à la charge un peu plus tard.
L'attente des prochaines heures réussirait peut-être à calmer
l'irritation de sa femme et à lui faire modifier la mesure
draconienne qu'elle envisageait, et qu'elle regretterait sans
doute sitôt après l'avoir signifiée aux intéressés.

Lorsque les frères Goyette arrivèrent à Grande-Anse, seul
Émile se présenta au «château». Quelques serviteurs se

trouvaient avec Anne au salon bleu quand il frappa à la porte. Avant même qu'elle n'ouvre la bouche, Émile, les yeux rougis, lui demanda curieusement :

– J'aimerais vous voir seule, madame.

Sans se lever de son fauteuil, elle ordonna à tout le monde de quitter la pièce. Plutôt que d'exprimer sa colère séance tenante, elle affronta Émile du regard, conservant à grand-peine un visage impassible.

– Ce que j'ai à t'avouer, *dear*, n'est pas facile, déclara-t-il en s'assoyant. J'y songe depuis des semaines et, hier, le courage m'a manqué.

Les coudes sur ses genoux, ses doigts glissant dans ses cheveux de plus en plus rares, Émile garda le silence un moment. Puis, les yeux rivés au sol, il poursuivit.

– J'ai mis Marie-Paule enceinte…

Vivement secouée, Anne réagit promptement.

– Nous pouvons aider Marie-Paule, Émile. Nous pourrions assumer tous les frais d'une opération et lui donner une généreuse compensation par la suite…

De s'entendre proposer une telle solution, si loin de ses convictions, laissa Anne pantelante. Jamais auparavant elle n'avait conseillé l'avortement à qui que ce soit. Au contraire, elle avait aidé maintes jeunes filles à mener à terme leur grossesse dans la dignité, puis les avait soutenues pour qu'elles prennent elles-mêmes soin de leur enfant ou encore, selon les circonstances, les avait incitées à l'adoption.

– Ce n'est pas ce que nous désirons, *dear*. Marie-Paule a déjà quatre mois de fait. Je veux voir cet enfant vivre, d'autant plus que je suis très attaché à Marie-Paule. Je ne veux pas qu'elle soit déshonorée. Je la marierai dès que possible.

Et, du même souffle, il ajouta :

– Mais j'aimerais ne rien changer à notre relation.

Une intense confusion s'installa alors dans l'esprit d'Anne. Son sentiment d'exclusion devint si intense, sa souffrance, si déchirante qu'elle se maîtrisait difficilement. Seule sa fierté lui permettait encore de garder le dos droit et l'œil sec.

Cependant, la digue risquait de sauter à tout moment. D'un coup, elle revécut douloureusement toutes les autres fois dans sa vie où elle avait été abandonnée. Quelle tare l'habitait donc pour éloigner ainsi ceux qu'elle aimait? Même sa mère avait préféré partir plutôt que de rester avec elle. À grand-peine, elle réussit à articuler :

– Tu divagues, Émile? Comment oses-tu me dire que tu te maries sans que rien soit changé? Réfléchis, Émile. Tu pourrais aider Marie-Paule bien autrement.

– Pourquoi ne pas considérer ma situation avec elle de la même manière que celle que nous vivons avec M. McCormick?

– Mais ce n'est pas du tout pareil, Émile! Tu n'es pas moi et je ne suis pas toi. Tu sais ce dont souffre M. McCormick et, à ce que je vois, Marie-Paule est loin d'éprouver le même problème.

Marie-Paule Rodrigue... une fille simple, jolie et vaillante. Plusieurs membres de sa famille travaillaient pour Anne depuis une bonne dizaine d'années. Elle se souvint nettement de cette pauvre enfant, orpheline de mère, recueillie à Grande-Anse par sa grand-mère qui, à l'instar des habitants de la vallée, transformait, à l'occasion, son foyer en maison de pension. Ces gens étaient si pauvres que l'enfant dormait souvent à même le sol. Avant la guerre, quand Anne se rendait avec Émile à la ferme de Matawin, ils s'arrêtaient chez cette femme pour prendre un thé ou un café. Anne se rappela les regards admiratifs de l'adolescente à l'endroit de «M. Émile», mais cette attitude était si courante de la part des jeunes filles! Au cours de l'hiver 1938, Anne avait embauché Marie-Paule pour aider Mariana Lefebvre avec sa ribambelle d'enfants.

Anne accusait le coup de plus en plus difficilement. Marie-Paule la narguait avec son insolente jeunesse, le savait-elle? Elle fut incapable de supporter la vue d'Émile plus longtemps.

– Sortez, Émile, je ne veux plus vous voir. Allez avec votre Marie-Paule et disparaissez de ma vue, vociféra-t-elle soudain, incapable de se contenir plus longtemps.

Anne avait l'impression de revivre, en pire, son cauchemar avec Arthur et Alice. Beauté, jeunesse, la vie devant soi... Elle savait Fowler à proximité mais, par respect pour son mari, elle refusa de lui confier son désarroi, sa colère. Plus rien ne semblait avoir de valeur à ses yeux maintenant. Grisaille, tristesse. Vieillesse? Non! Non! Pas encore! Une vision meurtrière l'envahit : elle ferait assassiner Marie-Paule. À la pensée qu'Émile serait inconsolable, elle ajouta à son horreur l'élimination simultanée de son amant. Elle se ravisa aussitôt. Comment pourrait-elle imaginer la vie sans lui?

* * *

Grande-Anse, le samedi 6 octobre 1945

Rarement avait-on vu si belle journée pour un début d'automne. Les arbres flamboyaient sous un soleil éclatant. La nature semblait en fête pour le mariage d'Émile et de Marie-Paule. Pour dissimuler son ventre rebondi, la jeune femme portait un tailleur agrémenté d'un mignon collet de fourrure. Le bas de la veste s'évasait légèrement. Le mariage avait été béni à l'église de Saint-Roch-de-Mékinac, et le repas de noces fut servi à l'auberge d'Arthur McKenzie à Rivière-aux-Rats. Émile avait commandé un immense saumon farci et Anne lui avait fait la surprise d'un magnifique gâteau en forme de canot.

Fowler, qui avait quitté Grande-Anse quelques jours après le congédiement d'Émile, avait fait le trajet depuis Chicago pour être présent au mariage de leur gérant. Évidemment, Anne avait refusé d'assister à ce sacrilège, mais son mari avait jugé sa présence importante. À ses yeux, Émile était bien plus un ami qu'un employé.

Les Rodrigue, Lefebvre, Gignac, Germain, Chandonnet et bien d'autres encore assistaient à ces noces, et plusieurs d'entre eux avaient de nouveau été habillés aux frais de

Mme McCormick. Personne ne se doutait du cauchemar qu'elle venait de traverser, car personne n'avait reçu ses confidences, pas même Fowler.

Quand elle avait constaté qu'Émile ne changerait pas d'avis, elle lui avait proposé de reprendre leurs relations à la condition qu'il lui accorde la priorité. Elle l'avait assuré que ni sa femme ni ses enfants ne manqueraient de rien. Les cordons de sa bourse seraient déliés pour eux.

Émile avait besoin de vivre une vie matrimoniale normale, en apparence à tout le moins, désirant des enfants bien à lui. Toutefois, sans nier le prestige et les avantages pécuniaires découlant du statut de «gérant de madame», sans fermer non plus les yeux sur les exigences et le tempérament impétueux d'Anne, il avait finalement reconnu qu'il l'aimait tendrement et qu'il éprouvait un plaisir indicible à lui procurer bonheur et bien-être.

Comment Marie-Paule pourrait-elle évoluer dans un tel contexte, elle si jeune et si amoureuse? Même si Émile ne lui avait jamais avoué la nature exacte de sa relation avec Anne, elle devait bien se douter de quelque chose.

Bien des gens entre La Tuque et Matawin chuchotaient depuis longtemps à leur sujet.

21

Barrington, le lundi 28 mai 1951

Dans la lumière vive du matin, Anne regardait Fowler boire son premier café. Devant sa mine tourmentée, elle se félicita de l'avoir convaincu de venir à Barrington plutôt que de rester à Chicago comme il le désirait. La quiétude et l'air pur de la campagne lui semblaient plus propices pour apaiser l'angoisse de son mari, très conscient que ce jour ne pourrait se terminer sans sa consécration ou sa condamnation chez International Harvester. La tension nerveuse de Fowler avait atteint un dangereux paroxysme.

Après plus de vingt ans de collaboration, Fowler McCormick et John McCaffrey, surnommés « les deux Mac » par leurs collègues, se battaient maintenant pour obtenir la direction exclusive de la compagnie.

Le 1er mai dernier, Fowler avait servi un ultimatum laconique aux membres du conseil d'administration : « La situation est devenue intolérable. Vous devrez choisir entre lui et moi. » Depuis, son sort reposait entre leurs mains. En fin d'avant-midi aujourd'hui, ils détermineraient qui, dorénavant, mènerait les destinées de l'entreprise.

– J'ai appris de source sûre, Fee, que McCaffrey a accéléré son travail de dénigrement à mon égard dès 1948, précisément au moment où a commencé ma pneumonie. C'est également à ce moment qu'il s'est entouré d'anciens vendeurs à la voix

433

forte et à la haute stature, son critère de prédilection pour recruter son personnel, ajouta-t-il avec ironie.

Habituellement si magnanime, Fowler ne se serait jamais permis pareille remarque n'eût été la profonde blessure qui le minait. Malgré cette situation navrante, Anne s'était abstenue de lui rappeler ses mises en garde par des «Je te l'avais bien dit».

De toute évidence, les longues absences de Fowler n'avaient pas aidé à consolider son autorité chez I.H. Pendant des mois, il avait souffert d'une grave pneumonie, qui l'avait presque poussé dans la tombe. Aurait-il eu la force de vivre si Anne n'avait été là, à ses côtés, jour et nuit, à lui prodiguer des soins attentifs et aimants?

En 1946, les administrateurs avaient modifié les statuts et règlements de la compagnie pour permettre à Fowler de présider à la fois le conseil de direction et le comité exécutif. McCaffrey s'était alors vu confier la direction générale des opérations. Par cette réorganisation, Fowler avait été en mesure de déléguer et ainsi se libérer des contraintes d'une gestion journalière pour se consacrer à ses grands projets. Cette direction bicéphale avait été encensée par de nombreux experts en management.

Anne contourna la table pour se glisser derrière Fowler. Tendrement, elle lui massa le cou et les épaules.

– N'est-il pas incroyablement ironique que votre autorité soit contestée si peu de temps après que vous ayez reçu la médaille de Gantt?

L'American Management Association lui avait en effet décerné cette prestigieuse décoration quelques mois auparavant, consacrant son style de leadership et le citant en exemple dans le monde industriel américain.

– Aucune importance pour eux. Je n'en croyais pas mes oreilles quand on m'a reproché mes séjours prolongés au Canada ou en Europe... Vous savez, Fee, ce que contiennent mes malles quand je pars avec vous. Certaines décisions ne peuvent être prises dans le feu de l'action. Comment croient-ils que le centre de recherche ait pu atteindre une telle efficacité? Notre cueilleuse de coton n'est-elle pas enfin sur le marché à la satisfaction de tous nos clients? N'avons-nous pas été louangés pour nos programmes de santé et de sécurité au travail, que des organismes indépendants ont jugés parmi les meilleurs? Je n'ai pas la prétention de m'attribuer tous ces succès, mais ne voient-ils pas que des réalisations concrètes naissent de mes réflexions? Pendant ce temps-là, il semble que McCaffrey se plaignait d'assumer toutes les responsabilités sans détenir l'autorité suffisante.

Il est vrai que Fowler avait le pouvoir de révoquer les décisions de McCaffrey, ce qu'il ne s'était permis qu'en de rares occasions depuis 1946, et exclusivement quand la situation ne pouvait être résolue autrement. Comme cet homme ne mettait l'accent que sur les ventes, délaissant l'ingénierie, la fabrication, les finances et les relations de travail, Fowler avait dû donner certains coups de barre pour redresser la situation. Plus d'une fois, McCaffrey avait imposé ses vues et, après toutes ces années de travail en tandem, Fowler s'était rendu à l'évidence que cet homme manquait de vision. Était-il le seul à le reconnaître? Sans nier le dévouement et l'implication de son collègue, Fowler avait constaté que la soif de pouvoir quasi maladive de McCaffrey était devenue un danger pour l'entreprise. Voilà pourquoi Fowler avait exigé qu'il soit muté à l'une des vice-présidences, poste important, mais moins stratégique.

– Il est inconcevable, Fowler, que ces gens soient aveugles au point de ne pas reconnaître votre incroyable apport. Les profits de l'entreprise n'ont-ils pas triplé depuis votre nomination il y a cinq ans?

– Le mérite ne me revient pas, Fee. On me reproche plutôt mes visées socialisantes tant sur le plan des conditions de travail que sur celui de la politique de diminution des prix à la consommation. Pourtant, cette dernière initiative ne pénaliserait en rien nos employés, et nos actionnaires obtiendraient tout de même un juste rendement de leur investissement. À mon avis, nos clients devraient eux aussi profiter de l'essor que nous connaissons présentement. Il n'est pas sain que les profits d'une entreprise ne se concentrent qu'entre les mains d'une poignée de gens. J'y vois là un germe de rébellion contre les nantis. Il ne faudrait pas que les magnats de l'industrie succèdent à la royauté pour opprimer et provoquer le peuple. Quand donc tirerons-nous des leçons de l'histoire et cesserons-nous de répéter les mêmes erreurs ?

– Je vous approuve tout à fait, Fowler, mais soyez bien conscient que certains ne manqueront pas de déterrer votre passé et de rappeler que déjà à Princeton on vous étiquetait comme un sympathisant de Karl Marx.

Lorsque Fowler la quitta, elle lui fit promettre de communiquer avec elle dès la fin de la séance du conseil d'administration. Pour ne pas sombrer dans l'angoisse à son tour, elle s'était planifié un programme très chargé pour la journée.

Téléphoner à Émile constituait le premier point de sa longue liste. Invariablement, quand elle l'appelait, elle s'enquérait d'abord de ses enfants et s'assurait qu'ils ne manquaient de rien, avant même de s'informer des employés ou des activités du domaine. Chaque année, depuis son mariage, Marie-Paule avait mis un enfant au monde et, chaque fois, Anne recevait la nouvelle telle une gifle. Toutefois, Anne fuyait les occasions de rencontrer Marie-Paule. Sa présence l'horripilait.

De son côté, Marie-Paule avait espéré que, après leur mariage, Émile passerait moins d'heures auprès de l'Américaine et lui consacrerait plus de temps. Au contraire, elle le voyait moins souvent que lorsqu'ils se fréquentaient clandestinement. Émile pouvait s'absenter des semaines, voire des mois entiers. Toutefois, jamais il ne manquait leur rendez-vous téléphonique quotidien quand il était avec «madame» et, bon an, mal an, le compte de banque de Marie-Paule était en permanence plus que garni. Bien des femmes de son entourage voyaient aussi leur mari disparaître pour de longues périodes, à bûcher en forêt pendant des mois, l'hiver, puis l'été pour faire la drave. Aucune d'elles cependant n'était aussi choyée que Marie-Paule. À la moindre occasion, Émile la couvrait de cadeaux.

Pendant les rares moments où ils se retrouvaient, elle se sentait sincèrement aimée, dorlotée, bien souvent plus que celles qui faisaient des gorges chaudes, celles qui, souvent battues et dénigrées, la poursuivaient de leur «pauvre Marie-Paule», laissant ainsi entendre que jamais elles ne toléreraient pareille situation.

Anne savait tout cela. Lorsqu'elle se trouvait en présence de la jeune femme, elle laissait souvent échapper quelques paroles incisives, voire blessantes. Inévitablement, le lendemain, Marie-Paule recevait un bijou ou un vêtement de prix. Anne ne pouvait lui manifester autrement ses regrets. S'agissait-il vraiment de regrets ou d'un sentiment de culpabilité? De toute manière, son geste l'apaisait.

Ils étaient loin de l'harmonieux triangle avec Fowler. Le problème se posait-il parce que deux femmes et un homme étaient en cause? S'agissait-il plutôt de l'interaction de relations platoniques et de relations sexuelles? Quoi qu'il en soit, par moments les tensions se révélaient insoutenables. Émile s'en libérait par de monumentales soûleries qui se prolongeaient, parfois, des jours durant. Lorsqu'il redevenait sobre, Anne le congédiait. Quelques jours plus tard, il endossait de nouveau l'habit du gérant, en pleine possession de ses moyens. N'était-il pas celui qui trouvait des solutions à tous les problèmes? De plus, il représentait habilement Anne auprès des autorités mauriciennes pendant ses absences.

— Ludger Houle, du Club nautique de Shawinigan, demande si vous êtes toujours prête à offrir la bourse de mille dollars aux gagnants de la prochaine Classique internationale de canots?

— Évidemment. Quand aura-t-elle lieu cette année?

— Les 18 et 19 août. René et Rosaire ont déjà commencé leur entraînement.

Voilà cinq ans déjà, Anne, aidée de Fowler, de Bud et d'Alec, avait relancé cette activité sportive d'envergure en Mauricie, suspendue depuis 1940 à cause de la guerre. Depuis trois ans, le Club nautique de Shawinigan était responsable de toute l'organisation. Toutefois, Anne et Fowler demeuraient les principaux commanditaires de l'événement, tout en appuyant financièrement l'entraînement de quelques canotiers. Les frères René et Rosaire Denommé porteraient leurs couleurs cette année.

En 1947, Anne avait réussi à convaincre Cecil B. DeMille, célèbre réalisateur hollywoodien, de filmer la course afin d'en faire la promotion aux États-Unis. À cette occasion, DeMille avait même offert une bourse de deux cent cinquante dollars aux canotiers. Depuis, des équipes américaines participaient à la classique, renforçant son caractère international.

* * *

Chicago, le lundi 28 mai 1951

À cinquante-huit ans, John Lawrence McCaffrey, fils de forgeron, à l'emploi de la compagnie depuis l'âge de seize ans, vendeur émérite, directeur commercial talentueux, élu au conseil d'administration sur la chaleureuse recommandation de Fowler, présiderait dorénavant les destinées d'International Harvester. Avant la levée de l'assemblée, de sa voix forte, McCaffrey proposa que Fowler le seconde, comme il le faisait auparavant.

– Je vous ferai part de ma décision plus tard, se contenta de lui répondre Fowler.

En réalité, sa décision était prise. Il était hors de question pour lui d'occuper une fonction de direction dans cette entreprise où l'on reléguait à des postes subalternes les agents de changement. Il se sentait humilié. Aujourd'hui, nul n'avait vraiment reconnu son apport, qu'il s'agisse de ses mesures pour favoriser l'effort de guerre ou de la profonde restructuration dont il avait été l'instigateur. Toutefois, plusieurs avaient de nouveau relevé ses longues absences, son manque d'assiduité aux séances du conseil, allant jusqu'à insinuer qu'il avait nui à la bonne marche de l'administration en délaissant son travail tout en conservant son autorité. D'autres avaient eu l'audace de lui reprocher ses politiques trop libérales en matière de relations de travail, alléguant qu'elles avaient hypothéqué les profits de tous les actionnaires, sans pour autant augmenter la satisfaction des travailleurs. Ces administrateurs justiciers avaient balayé du revers de la main ses vingt-cinq années de travail acharné. Il était devenu l'accusé d'un véritable procès mené de main de maître.

Jos Worthy, son chauffeur, le conduisit au *Drake*. Fowler désirait se réfugier dans la suite qu'il louait en permanence au quatrième étage de cet hôtel. Il n'avait pas le courage d'affronter qui que ce soit, pas même Anne, qui l'aurait sûrement soumis à sa thérapie «action». Aucune initiative ne lui paraissait appropriée pour l'instant. À peine prit-il conscience du jeu de la harpiste, dans la salle à manger attenante au hall d'entrée, qu'il emprunta un ascenseur désert. Il lui tardait d'entendre le silence. Uniquement le silence. Pour toujours? Cette solution, à laquelle il avait songé avant de rencontrer Anne, l'attirait aujourd'hui.

Fowler se laissa choir en travers du lit. Il ferma les yeux et une bouffée de honte le submergea. Pour la première fois depuis que son grand-père s'était lancé en affaires, voilà près de cent vingt ans, aucun McCormick n'occupait de poste clé à la compagnie. Le petit-fils de ce génial inventeur avait été rétrogradé par des étrangers. Une intolérable confusion succéda à sa colère et à son humiliation.

Une douleur aiguë lui vrilla les tempes. Il en eut un haut-le-cœur. Sa peur obsessionnelle de la folie l'envahit de nouveau et le cas de sa sœur Muriel le hanta une fois de plus. L'état de celle-ci s'était tellement détérioré au cours des dernières années que Fowler avait dû s'adresser à la cour pour que lui soit retirée la garde des deux enfants qu'elle avait adoptés. Chaque fois que l'occasion se présentait, Muriel le poursuivait de ses foudres. Fowler craignait bien plus la démence de sa sœur que ses menaces farfelues. Combien de temps encore échapperait-il à l'aliénation? Ne valait-il pas mieux en finir pendant qu'il avait encore sa lucidité?

Fowler dut se faire violence pour téléphoner à sa femme. En quelques mots, il l'informa de la décision du conseil d'administration. Coupant court à ses propos offusqués, il l'implora de demeurer là où elle était et, surtout, de ne pas s'inquiéter. Il ne quitterait pas le *Drake* avant le lendemain.

* * *

Barrington, le dimanche 10 juin 1951

Le jeudi précédent, soit un peu plus d'une semaine après la rétrogradation de Fowler, Nancy, la femme de Guy, avait mis au monde son sixième enfant. Trois filles avaient vu le jour avant le départ de Guy pour la guerre, trois garçons depuis son retour. Ce dimanche-là, Anne et Fowler s'apprêtaient à rendre visite aux nouveaux parents, à Phoenix, quand leur cuisinière noire, l'épouse de Jos Worthy, les interpella au moment où ils s'apprêtaient à monter dans la voiture à destination de l'aéroport de Chicago.

– Madame, madame, vite! Vous êtes demandée de toute urgence au téléphone. Votre petite-fille, Leanne…

– D'où m'appelle-t-elle, Bertha?

– Je l'ignore, madame. Mais elle pleure…

Bud séjournait à sa maison de Long Island avec ses deux adolescents. À la veille de leurs vacances estivales, les garçons accompagnaient leur père à une excursion de pêche en haute mer. Serait-il arrivé quelque chose à l'un d'eux?

Quand Anne prit le combiné, ses mains tremblaient. Pourtant, elle demanda d'une voix assurée :

– Qu'y a-t-il, Leanne?

– Grand-mère, articula-t-elle difficilement, grand-mère, c'est affreux…

Des sanglots l'empêchaient de poursuivre. Anne éprouva un vertige.

– Leanne, je t'en prie, ma fille, parle-moi.

– Grand-mère, ils disent que maman est morte.

– Qui ça? Qui dit cela? Où es-tu?

– Je suis à Pleasantville. Le docteur vient de sortir de sa chambre.

– Qu'est-il arrivé à ta mère? Un accident? Je t'en prie, parle-moi clairement.

– Je ne sais pas du tout ce qui est arrivé, grand-mère, reprit-elle difficilement. Personne n'avait vu maman quand je me suis levée ce matin. J'ai frappé à sa chambre, mais elle ne m'a pas répondu. J'ai entrouvert la porte et je l'ai vue étendue sur le lit, les yeux fermés. Elle avait l'air de dormir. Je me suis approchée et... grand-mère...

Anne entendait sa petite-fille pleurer à chaudes larmes. Lena, quarante-deux ans et en pleine santé. Une vraie aberration.

– Du courage, ma fille. Ton père a-t-il été prévenu?

– Je viens tout juste de lui parler. Il s'en vient avec mes frères. Grand-mère, je ne sais plus où j'en suis...

– Avec qui es-tu, Leanne? Arthur est-il là?

Arthur Brown la fréquentait depuis quelques mois. Ce jeune homme de bonne famille se destinait au barreau.

– Il était déjà reparti à New York quand je suis allée voir maman. Je suis seule avec mes tantes Lizzie et Mary, Sandy et Jos, le jardinier.

Alexander, le dernier-né de Bud et de Lena, surnommé Sandy, avait fêté son deuxième anniversaire en mars dernier. «Pauvres enfants!» pensa Anne.

Fowler s'approcha d'elle et articula silencieusement : «Que se passe-t-il?» Anne emprisonna le microphone dans sa main pour lui apprendre la mort de Lena. Incrédule, il voulut en savoir plus mais, du regard, elle l'implora de patienter.

– Leanne, rendez-vous tous à ma maison immédiatement. Oncle Bow et moi prenons l'avion pour New York dans quelques minutes.

– La police vient d'arriver, grand-mère, je dois rester ici. Venez vite, je vous en prie!

Anne reposa le combiné, interdite.

– La police? La police vient d'arriver chez Bud.

– Mais que se passe-t-il donc là-bas? Vite, Fee, rendons-nous à l'aéroport. Nous modifierons de là notre destination et nous téléphonerons à Guy pour l'aviser de ne pas nous attendre.

– Madame, intervint Bertha, qui était restée à proximité, et qui n'avait rien manqué des explications d'Anne, la femme de votre fils a téléphoné hier soir pendant que vous étiez au concert avec monsieur.

– Mais pourquoi ne pas me l'avoir dit avant?

– Quand j'ai informé Mme Lena de votre absence, je lui ai dit que je vous transmettrais son message dès ce matin, mais elle a insisté pour que je n'en fasse rien. Elle m'a dit : «Ce ne sera pas nécessaire.»

Tels des automates, ils se retrouvèrent à Pleasantville en début de soirée. Des voitures de police étaient encore devant la maison de Bud. Quand ils voulurent y pénétrer, William Rothe, l'enquêteur du bureau du procureur, leur en interdit l'accès. Le travail de la police n'était pas terminé. Fowler se nomma et Rothe accepta de lui résumer les faits. La mort de la dame avait été jugée suspecte par le médecin qui avait constaté le décès, et le procureur du comté de Westchester, George Fanelli, avait ordonné une autopsie. Voilà quelques heures, le corps avait été transporté à l'hôpital de Grassland, à Valhalla. Les résultats établiraient s'il s'agissait d'une mort naturelle ou non.

Dans le boudoir du rez-de-chaussée de la grande maison, les enfants s'agglutinaient autour de leur père. Bud les berçait de paroles réconfortantes, leur promettant qu'ils se serreraient les coudes, qu'ils resteraient toujours ensemble. Ces promesses ne suffisaient pas à apaiser leur angoisse. Il leur était inconcevable d'imaginer leur maman, si affectueuse, si aimante, partie à jamais.

Contrairement à Fowler, Anne n'était pas très portée sur les câlins. Pourtant, cette fois, elle serra très fort chacun de ses petits-enfants, puis Bud dont le visage défait la bouleversa.

Anne aimait bien Lena, mais il lui sembla vivre sa douleur à travers celle de son fils et de ses enfants.

Spontanément, le petit Sandy se dirigea vers Fowler qui le prit sur ses genoux. Peu après, un chien de peluche dans une main, un livre d'historiettes dans l'autre, oncle Bow encourageait les babillements du petit, qui n'avait reçu, au cours des dernières heures, que des étreintes désespérées auxquelles il ne comprenait rien.

Anne se tourna vers Leanne pour obtenir plus de détails.

– J'avais organisé, hier, une fête avec Arthur et quelques amis, et maman est restée avec nous une bonne partie de la soirée. Elle était calme, souriante, elle a même chanté pour nous et dansé avec Sandy. On était tous assis autour d'un feu. Je ne l'avais pas vue aussi heureuse depuis bien longtemps.

Leanne jeta un coup d'œil furtif en direction de son père, puis baissa les yeux. Sa gorge se noua si fort qu'elle ne put poursuivre.

L'atmosphère était à couper au couteau. Un insupportable sentiment d'impuissance envahit Anne. Elle tenta d'attirer Bud à l'écart, mais d'un signe de la tête il lui signifia qu'il préférait demeurer là où il était. Peut-être se sentirait-il plus à l'aise de se confier à Fowler, se dit-elle.

N'y tenant plus, elle entraîna les trois aînés dans la cuisine, disposa des domestiques et ordonna aux adolescents de faire la vaisselle avec elle. Incapable de les consoler, elle ne connaissait pas d'autre moyen que l'action pour lutter contre le désespoir. Combien de murs avait-elle lavés, mue par de telles impulsions?

Ahuris, les garçons se tournèrent vers leur sœur qui, d'un signe de tête, leur demanda d'obtempérer. Une fois la vaisselle terminée, ils astiquèrent les pots de cuivre, puis le linoléum. Bien consciente que ses petits-enfants ne comprenaient rien à son comportement apparemment inapproprié dans les circonstances, Anne pria silencieusement pour qu'un jour ils découvrent que, sous ses dehors bourrus, elle les adorait. Que n'aurait-elle pas donné aujourd'hui pour les soulager de leur peine ? Une fois les tâches terminées, fourbus, Leanne, Jimmie et le jeune Fowler allèrent se coucher.

Les jours suivants se succédèrent pareils à des scènes de cauchemar. L'enquête de la police de même que les résultats de l'autopsie amenèrent le procureur du district, George Fanelli, à conclure au suicide de Lena. Une bouteille de barbituriques à demi vide avait été trouvée dans sa chambre. La police avait également découvert dans l'automobile de Lena une note écrite de sa main et adressée à ses quatre enfants. Fanelli refusa d'en divulguer le contenu, mais il affirma que, même si elle ne précisait pas les raisons qui l'avait poussée au suicide, il avait été facile aux enquêteurs de conclure en ce sens.

Les représentants de l'Église catholique refusèrent à Lena le rituel liturgique réservé aux morts, alléguant que les suicidés étaient irrémédiablement condamnés à l'enfer. La famille et les amis s'étaient donc réunis à l'église Union Pocantico Hills, de confession épiscopalienne.

Pendant la cérémonie funèbre, Anne songea que Lena avait mis ses enfants au monde dans le même ordre et à peu près aux mêmes âges qu'elle. Elle avait eu une fille suivie de deux garçons puis, après plusieurs années sans grossesse, était arrivé le petit Sandy. À la naissance de son dernier-né, Lena avait presque le même âge qu'Anne à celle de Guy. Dans les deux cas, cette naissance tardive n'avait pas réussi à sauver leur mariage.

Les quarante-deux ans de Lena l'obsédaient. Tant de choses à réaliser encore et vouloir ainsi en finir avec la vie. Elle aussi, un certain soir de juillet 1920, elle y avait songé… Subitement, les épouses des trois premiers James Stillman s'imposèrent à elle. Sa belle-mère, Sarah Elizabeth Rumrill, avait quarante-deux ans lorsque son mari l'avait sommée de quitter les États-Unis pour la France, sous peine d'internement. Il avait même exigé qu'elle renonce à jamais à ses enfants. Au moment de son procès, Anne n'avait pas loin de quarante-deux ans quand Jimmie, par l'intermédiaire de ses avocats, lui avait signifié qu'elle devait s'exiler en France avec Guy. À sa manière, Lena avait aussi été répudiée par Bud, le troisième James Stillman. Anne considéra soudain la mort de Lena comme une véritable malédiction.

Après la cérémonie religieuse, tous se rendirent au cimetière de Sleepy Hollow, à North Tarrytown. Les trois aînés de Bud se serraient les uns contre les autres et leur émotion atteignit son comble quand le pasteur lança une poignée de terre sur la tombe de leur mère chérie. Celui-ci récita ensuite la prière rappelant aux assistants qu'ils étaient poussière et qu'ils redeviendraient poussière.

Par l'intermédiaire du pasteur, Anne invita chez elle ceux qui désiraient fraterniser et se restaurer. Plusieurs acceptèrent, et parmi eux se trouvait Earl Carlson.

Dès que Bud put se soustraire des condoléances, il demanda à Earl de le suivre au jardin. Les deux amis s'étaient revus le samedi précédent à East Hampton tout à fait par hasard, après s'être perdus de vue pendant des années. Earl et Isle y dirigeaient toujours un pensionnat-clinique pour les enfants atteints de paralysie cérébrale.

Une fois hors de portée de voix, Bud s'effondra.

– C'est moi qui l'ai tuée, Earl !

– Ne parle pas comme cela, lui répondit son ami sans conviction.

Plus que tout autre, Earl avait été témoin de l'amour que vouait Lena à son mari, mais il n'avait assisté à sa longue glissade vers le désespoir qu'à travers les confidences de Bud. Lorsqu'elle avait compris qu'il ne l'aimait plus, elle avait tenté de lui manifester son tourment en consommant de l'alcool, puis des médicaments. Il n'avait vu dans ces gestes que provocation et accusation. Sans se défiler, Bud raconta à son ami ses dernières années avec Lena, leurs chemins divergents, leurs desseins aux antipodes, leur calvaire respectif.

– Il aurait mieux valu que tu divorces.

– Je ne pouvais pas, Earl.

Trois bonnes raisons avaient empêché Bud de demander le divorce. Pendant le procès qui avait opposé son père à sa mère, il s'était juré que, quoi qu'il advienne, jamais il ne divorcerait. Ce serment l'obsédait encore. De plus, mû par son amour, il avait fait don à Lena de la moitié de sa fortune au moment de leur mariage. Il était trop tard quand il avait jugé irrationnelle cette décision, ne pouvant plus la modifier sans le consentement de Lena. En règle générale, les situations conflictuelles n'étaient guère propices à de tels renoncements. Bud avait suffisamment confiance en Earl pour lui livrer ces détails plutôt mercantiles. Enfin, il avait une autre femme dans sa vie et il aurait été aisé de le prouver; situation plutôt embarrassante, si la presse s'était emparée de cette information. Son mariage avait été si médiatisé qu'il avait craint un scandale semblable à celui qu'il avait tant dénoncé.

– Est-elle toujours dans le décor, cette Annabelle?

– Oui.

– Qu'as-tu prévu pour les enfants?

– Je n'ai plus la force d'affronter leurs regards accusateurs. Ils savent que leur mère est morte de chagrin, par ma faute... Crois-tu qu'elle a voulu me punir en mourant de la sorte?

– Peut-être a-t-elle voulu te libérer.

– Me libérer? cria Bud. Me libérer? Tu ne penses pas ce que tu dis, Earl. Jamais je ne me suis senti aussi vil, aussi ignoble.

Bud se mit à pleurer comme un enfant. Le pauvre Earl se pencha pour aider son ami à se relever. Il vacilla, ses tremblements s'accentuèrent et il se retrouva agenouillé près de Bud, tentant de le réconforter par sa présence. Toute parole lui semblait vaine.

Combien de temps demeureraient-ils ainsi, appuyés l'un à l'autre? Petit à petit, Bud retrouva son aplomb. Lentement, il se releva, puis aida son ami à se remettre sur ses pieds.

– Je suis incapable de décider comment je vais m'y prendre avec les enfants mais, pour l'instant, je veux les éloigner d'ici. Ma sœur m'a offert de les amener à son ranch, en Alberta, pour le reste de l'été. Je l'ai entendue leur parler de chasses au trésor, de promenades en charrette à foin, d'excursions à cheval, de pique-niques. La présence de leurs cousins et cousines leur ferait le plus grand bien. Pendant ce temps, je tenterai d'y voir plus clair. Je suis sous enquête policière, tu le savais? On m'interdit de m'éloigner de New York jusqu'à nouvel ordre.

* * *

Scottsdale, le jeudi 20 décembre 1951

Le jour, à cette période de l'année, la température moyenne se maintenait autour de vingt degrés. Certains arbustes fleurissaient encore. Toutefois, les roses effeuillées pour tracer un sentier imaginaire entre la chambre d'Anne et la piscine de la terrasse provenaient d'un fleuriste de Phoenix. À moitié endormi, Fowler, qui avait partagé le lit de sa femme cette nuit-là, sortit le premier de la chambre et faillit glisser sur ce tapis saugrenu. Il se rattrapa de justesse au bras d'Ernestine, qui se dirigeait au même moment vers le salon, un plumeau à la main. La Noire, de forte stature, n'eut aucun mal à retenir Fowler.

– Que signifie ce bazar, Ernestine? demanda Fowler avec une infinie lassitude.

– M. Alec, monsieur, répondit-elle, d'un ton entendu.

– Seigneur! Quand a-t-il fait cela?

– Lorsque je me suis éveillée, à six heures, il répandait les derniers pétales. La plupart du temps, quand je me lève, M. Alec vient à peine de se coucher. Il ne vit pas sur le même quart que nous, ajouta-t-elle en haussant les épaules.

– Ernestine, dites-moi franchement à quoi vous pensez en voyant ceci, demanda-t-il en désignant du pied les pétales de roses.

Hésitante, mais incapable de mentir, Ernestine répondit :

– Bien… on voit ça dans les films, dans les scènes de mariage, hein?

Les extravagances d'Alec irritaient de plus en plus Fowler. L'admiration quasi maladive qu'il vouait à sa mère était devenue gênante, voire déplaisante.

Au cours d'une récente conversation, Fowler avait instamment prié son beau-fils de ne plus inviter au ranch ses amis aux manières efféminées. Pourtant, cette fois encore, un garçon aux allures compassées l'accompagnait. Alec avait présenté son compagnon comme étant un modèle dont il ne pouvait se passer plus d'un jour, vu qu'il était en pleine phase créatrice. Depuis son retour de la guerre, Alexander s'était converti à la peinture, ne comptant pas les heures où il s'adonnait à son art. Toute la journée, il avait soit un pinceau, soit un verre à la main.

Incapable de tolérer un instant de plus cette odeur mortuaire, Fowler décida de devancer la promenade à cheval qu'il accomplissait habituellement en fin d'après-midi. Il espérait qu'une balade à jeun dans le désert l'apaiserait.

Plutôt que d'utiliser son camion, Fowler se fit violence et résolut de marcher jusqu'aux écuries. Il constata une fois de plus qu'Anne dirigeait le ranch de main de maître. Tout était impeccablement entretenu, qu'il s'agisse des bêtes, des bâtiments, des pacages, des massifs de fleurs ou encore des centaines de mètres de sentiers râtelés chaque jour.

Harold Daugherty, leur dresseur de chevaux depuis cinq ans, l'accueillit avec sa réserve coutumière. Il exerçait le même métier que ses père et grand-père. Du sang indien coulait dans ses veines et il en était fier. Aussi menu qu'impénétrable, Harold avait le profil de l'emploi. Il surveillait en silence le nouveau palefrenier, qui brossait Mustapha, l'alezan favori de Fowler. Voilà trois ans, Anne avait délaissé les palominos pour s'adonner à l'élevage des chevaux arabes. Comme elle ne faisait rien à moitié, Fowler avait englouti une petite fortune dans l'acquisition de bêtes de même que dans les installations nécessaires pour abriter et dresser ces princes du désert.

Rares étaient les éleveurs de chevaux arabes en Arizona, et la plupart préféraient admirer leurs bêtes dans les pâturages plutôt que de les monter, ce que Fowler considérait comme du gaspillage. Ses promenades avec Mustapha lui procuraient tant de satisfaction.

– Combien de temps encore vous faudra-t-il, Harold, pour le préparer? fit Fowler en caressant le nez de l'animal.

Les yeux noirs de Mustapha, largement écartés et si expressifs, avaient le don d'étonner Fowler. Ce regard lui paraissait quasi compatissant. Les étalons arabes, contrairement aux mâles des autres races de chevaux, ne manifestaient aucune agressivité, aucun besoin de dominer leur cavalier. Douceur, intelligence et robustesse en faisaient des compagnons idéaux, et Fowler comprenait fort bien les Bédouins qui partageaient avec eux leur tente quand les tempêtes balayaient le désert. Mustapha possédait toutes les caractéristiques d'un pure race avec son cou bellement arqué, la parfaite inclinaison de ses épaules, ses fortes hanches et ses pattes bien découpées. Étrangement, ce cheval dégageait une présence presque humaine.

– Nous terminerons les soins à votre retour. Il est à vous dans un instant. Vous êtes bien matinal, aujourd'hui, monsieur McCormick.

– Je serai de retour avant que le soleil ne chauffe trop, se contenta-t-il de répondre.

Quelques minutes suffirent à Harold, aidé du jeune palefrenier, pour que Mustapha soit sellé et bridé. Avec une admirable aisance, Fowler mit le pied dans l'étrier et, s'agrippant au pommeau de la selle western, enfourcha sa monture, qu'il dirigea ensuite au trot vers les montagnes McDowell.

La compagnie de Mustapha ne réussissait pas à le détendre. La mort de Lena l'obsédait encore. Sa belle-fille était allée au bout de ce dessein qu'il avait lui-même sérieusement envisagé. Il se remémora cet après-midi à l'hôtel *Drake* où il avait failli passer à l'acte. Au dernier moment, il avait manqué de courage. Mais ne lui fallait-il pas plus de courage à cet instant pour continuer?

Depuis quelques semaines, son simple statut d'administrateur chez International Harvester lui pesait moins. Comment aurait-il été en mesure de fournir l'énergie nécessaire à d'autres projets? Néanmoins, il portait encore le deuil de sa rétrogradation. De plus en plus souvent, il songeait à Carl Jung. Pourrait-il l'aider à se sortir de son état quasi permanent d'asthénie? Il ressentait un vide intérieur que ni sa vie matrimoniale ni ses rapports amicaux ne réussissaient à combler. Fatigué, épuisé même en ne faisant rien, Fowler craignait de plus en plus les pensées incohérentes qui hantaient son esprit. Chaque matin, une énergie étonnante le tirait du lit mais, à peine une heure plus tard, il lui fallait un effort surhumain pour accomplir la moindre activité. De vingt ans son aînée, Anne jouissait d'une énergie débordante qui, au lieu de le régénérer, l'épuisait encore plus.

Un coucou nerveux traversa le sentier et Mustapha s'arrêta net. L'oiseau disparut aussi vite qu'il était venu derrière une rangée d'*ocotillos* en apparence desséchés. Fowler caressa la crinière de Mustapha et l'encouragea à poursuivre sa route. Devant lui, deux colibris battaient des ailes à vive allure pour garder leur bec enfoncé dans la corolle des pavots hâtifs.

Fowler avait conscience de cette beauté, mais il n'avait pas la vigueur pour l'apprécier. Le temps des fêtes l'accablait avec tous ces enfants qui les visiteraient. Lui qui d'habitude avait tant de plaisir à amuser les petits et à discuter avec les plus grands, il se demandait comment il les accueillerait cette fois.

* * *

Exceptionnellement ce matin-là, Anne avait paressé au lit plus longtemps qu'à l'accoutumée. Avant de sortir de la chambre, elle avait téléphoné à Émile pour s'assurer que son retour au Canada s'était effectué sans encombres. Il s'apprêtait à quitter Grande-Anse pour Trois-Rivières afin d'aller acheter les cadeaux de ses enfants.

— Ils ne sont pas près d'oublier ce Noël, *dear*. Ils seront gâtés, cette fois.

— Ne le sont-ils pas chaque année? lança-t-elle plus vivement qu'elle ne l'aurait désiré.

Elle s'empressa d'ajouter :

— Tu fais bien de souligner cette fête avec éclat, Émile… Prévois-tu toujours ton retour à Scottsdale au début de janvier?

– Oui, *dear*, je reviens immédiatement après les Rois.

Les gens de Grande-Anse, à l'instar de nombreux chrétiens de par le monde, soulignaient d'une façon toute spéciale la fête religieuse de l'Épiphanie qui, pour bien des familles, marquait la fin du temps des fêtes. Avant de raccrocher, Émile s'assura qu'elle saluerait de sa part toute sa famille, mais elle ne lui rendit pas la pareille. La présence de Marie-Paule aux côtés d'Émile lui était toujours difficilement tolérable.

Chaque année, cette longue séparation du temps des fêtes lui était pénible, et plus encore cette année. D'aucune façon elle ne pourrait compter sur Fowler pour la seconder. Persuadée que son mari souffrait d'une sérieuse dépression nerveuse, Anne s'efforçait de lui éviter toute contrariété.

Lorsqu'elle sortit de sa chambre, Anne contempla les pétales de roses en hochant la tête. À n'en pas douter, Alec avait encore fait des siennes. Même si son intention était louable, Anne n'en ressentit pas moins de l'agacement. En apparence imperturbable, elle se dirigea vers Ernestine.

– Ramassez tout cela, je vous prie, avant le retour de M. Fowler.

– Heu, monsieur a déjà tout vu, madame.

– Vraiment? Quelle a été sa réaction?

– Il a paru plutôt irrité, madame.

– Raison de plus pour vous hâter, ma bonne Ernestine.

Une vague de tristesse la submergea. Anne était bien consciente qu'Alec représentait une des plus importantes sources de frustration de son mari qui, de jour en jour, durcissait ses positions.

Depuis son retour de la guerre, Alec donnait l'impression de surfer sur la vie, de tout réaliser en dilettante, comme si rien d'important ne pouvait plus lui arriver. Outre sa peinture, surveiller le marché boursier pour assumer au mieux son rôle de fidéicommis dans l'administration du legs de son grand-père représentait sa seule véritable activité. Ironiquement, Alexander n'aurait pas de descendance et, puisque cet héritage était destiné aux arrière-petits-enfants de James Stillman, seuls les enfants de sa sœur et de ses frères bénéficieraient de son labeur.

Même si Alec ne buvait jamais d'alcool en sa présence, Anne savait qu'il en consommait de façon abusive presque chaque jour. Elle avait tout tenté pour lui faire entendre raison. Pourtant, la situation se dégradait de mois en mois. Quand ses autres enfants attiraient son attention sur le problème d'Alec, plutôt que de l'admettre, elle leur rappelait son apport à l'aéronavale, son courage pendant la guerre, son souci de prendre soin de leurs intérêts.

Après le petit-déjeuner, Anne rejoignit Pop Chalee dans le but de planifier avec elle son travail de la journée. Elle la découvrit juchée sur une échelle. D'une main, l'artiste amérindienne maintenait son équilibre et, de l'autre, elle peignait sur la frise de la maison une vigne où fleurs bleues et vrilles s'enlaçaient harmonieusement. Dotée d'un talent fou, elle poursuivait l'œuvre amorcée quelques semaines plus tôt. Les rayons du soleil faisaient miroiter son chignon de jais. Autant Anne exécrait l'incompétence, autant elle louangeait le savoir-faire.

– Vous faites de l'excellent travail, Pop, et vous réussissez admirablement à styliser cette vigne. Croyez-vous pouvoir terminer cette section pour Noël?

Pop Chalee se retourna, lui offrant un franc sourire. La blancheur de ses dents contrastait fort avec le cuivré de sa peau. Sa grand-mère maternelle était originaire de Suisse, mais Pop n'avait rien d'une Européenne.

– Si j'y travaille chaque jour, j'en viendrai à bout, madame.

– Tous mes enfants, sauf mon aînée, m'ont confirmé leur présence pour le temps des fêtes. J'aimerais bien qu'ils puissent admirer votre œuvre.

Voilà un peu plus d'un an, Pop Chalee avait exposé une partie de sa collection de tableaux au Scottsdale Trading Post. Elle et son mari, Ed Natay, avaient investi toutes leurs économies pour préparer cette exposition. De nombreuses personnes avaient défilé devant les peintures de Pop, mais personne n'avait acheté la moindre pièce. Une fois la foule dispersée, en compagnie d'Émile, Anne s'était présentée à eux et, en silence, elle avait examiné chaque pièce. À la stupéfaction du couple, elle avait tout acheté en bloc, subjuguée par la beauté de ces œuvres. Il était difficile à un artiste de vivre de son art; que penser, alors, quand l'artiste était femme, et amérindienne de surcroît?

Cette visite providentielle avait été le point de départ d'une aventure extraordinaire. Constatant l'étonnant potentiel artistique de Pop Chalee, Anne lui avait proposé de s'installer au ranch, assurant ainsi sa subsistance et des débouchés pour ses œuvres. La présence de son mari à ses côtés semblait la seule condition non négociable. Habituée à embaucher tous les membres d'une même famille quand l'un d'eux frappait à sa porte, Anne avait demandé à le rencontrer. En plus de ses talents de menuisier et de tisserand, Ed Natay chantait si bien qu'il avait enregistré un microsillon chez Canyon Records quelques mois auparavant.

Il n'avait pas été facile de convaincre ce fier Navajo de s'installer chez les McCormick. Cependant, Anne avait trouvé une solution à chacune de ses objections. Mais, lorsqu'il avait affirmé qu'il ne dormirait nulle part ailleurs que dans son *hogan*, cette traditionnelle habitation qu'avait occupée sa famille pendant plus de cent ans, Anne avait été déstabilisée un court moment. Quelques questions lui avaient suffi pour comprendre que la structure de cette maison, constituée de billes de bois, s'apparentait fort à celle des camps en forêt. Avec assurance, Anne lui avait offert les ressources nécessaires pour qu'il démonte, puis rebâtisse son gîte sur le ranch.

En proposant aux deux Amérindiens de construire un centre d'art qu'ils pourraient aménager selon leurs désirs et où ils exposeraient leurs œuvres, Anne leur avait alors servi l'argument décisif. Pop Chalee et Ed Natay habitaient le ranch depuis, loin des bruits et des lumières de la ville. Anne avait réalisé, en partie à tout le moins, son souhait de soutenir et de promouvoir l'art amérindien.

– Comment va Ed ce matin?

– Enrhumé, mais de bonne humeur.

– Enrhumé? Vous me surprenez, je ne l'ai jamais vu malade. J'irai le voir tantôt au centre d'art, j'ai d'excellents remèdes pour lui.

Son mari avait déjà en main toutes les herbes nécessaires pour se soigner, mais Pop se contenta de hocher la tête. Elle s'étonna une fois de plus de l'accoutrement de sa patronne, si semblable au sien. La plupart des femmes des propriétaires de ranch portaient élégants chapeaux, gants, bas de soie et talons hauts, mais Anne se promenait tête nue, vêtue d'un pantalon de velours noir et d'une ample blouse de tissu indien sur laquelle elle arborait fièrement un lot de bijoux en argent ornés de turquoises.

Avec ses pinceaux et ses couleurs, Pop Chalee s'évadait dans un autre monde, émergeant chaque fois de son aventure émerveillée. Dès la fin des années trente, alors qu'elle fréquentait le studio de Dorothy Dunn, à la Santa Fe Indian School, au Nouveau-Mexique, elle avait su sans l'ombre d'un doute qu'elle consacrerait sa vie à l'art. Ses années à Taos, le village de ses aïeux paternels depuis plus de mille ans, lui avaient fourni les bases de son inspiration. Très souvent, elle concevait ses œuvres la nuit, dans ses rêves. Au petit matin, elle s'empressait d'esquisser ce qui s'imposait encore à son esprit. Grâce à son association avec Anne McCormick, elle n'avait plus à se préoccuper du lendemain et ses visions se multipliaient.

* * *

Plus de cinq kilomètres séparaient la résidence des McCormick du centre d'art, situé à l'autre extrémité du ranch, sur Pima Road. Anne demanda à Florence Daugherty de remettre à plus tard l'entretien des fleurs pour la conduire au centre. Originaire de Rapide-Blanc, prospère village hydro-électrique au nord-ouest de La Tuque, Florence avait été re-crutée par Émile quelques années auparavant pour assurer l'entretien des camps et la cuisine quand Anne et Fowler séjournaient en forêt. Sa discrétion, son autonomie et sa distinction naturelle les avaient conquis, si bien que, dès l'automne suivant, Florence avait été invitée à les accompagner à Scottsdale pour la saison hivernale. L'année suivante, elle avait épousé Harold Daugherty, dresseur de chevaux et manager du ranch.

Situé entre Indian Bend Road et le boulevard Shea, le village indien comptait un atelier, le centre d'art lui-même et trois *hogans*. D'une longueur moyenne de six mètres et d'une largeur de trois mètres, ces habitations ne comprenaient qu'une seule pièce, dont la hauteur variait d'environ un mètre entre le pignon et les murs. Une dizaine de Navajos et de Hopis y résidaient, travaillant à l'atelier sous la direction d'Ed Natay ou de Pop Chalee. Ils n'avaient ni loyer ni frais connexes à payer. Anne était fière de leur production. Bijoux, tapis, tissage, vannerie et poterie étaient offerts au public dans la salle principale du centre d'art.

Comme chaque fois, avant d'y pénétrer, Anne lut avec délectation la prière navajo qu'Ed avait sculptée sur le mur de façade : «Puissions-nous toujours marcher dans la Beauté/ La Beauté venant de l'Est/La Beauté venant du Sud/La Beauté venant de l'Ouest/La Beauté venant du Nord/Puissions-nous toujours marcher dans la beauté.» La répétition avait l'effet d'une incantation, apaisante, rassurante. La prière surplombait le mystérieux *Dieu de la lune bleue* peint par Pop Chalee quelques jours avant l'ouverture officielle du centre d'art.

En ouvrant la porte, Anne fut surprise par la fraîcheur de l'air ambiant. Depuis la construction de ce bâtiment, jamais les nuits n'avaient été aussi fraîches que maintenant. Il n'était donc pas surprenant qu'Ed ait contracté ce vilain rhume. L'homme s'approcha pour l'accueillir.

– Depuis quand est-ce aussi frais ici, Ed?

Ed Lee Natay portait en permanence un bandeau de couleur claire qu'il nouait au-dessus de son oreille droite. Il observa Anne de ce regard tranquille qui le rendait sympathique dès l'abord. Une aura de mystère entourait cet homme à l'imposante stature.

– Une bonne semaine, madame. La pièce se réchauffe quand le soleil monte dans le ciel.

– Nous allons remédier immédiatement à la situation, Ed. Je ferai construire un foyer. Là, au centre de ce mur, cela vous conviendrait-il ? fit-elle en désignant le mur du fond.

– Ce serait le meilleur endroit, madame.

– Vous avez besoin de remèdes pour soulager votre rhume ?

– Non, non, madame, j'ai déjà tout ce qu'il me faut.

Anne allait insister quand Harold entra subitement dans la pièce.

– Madame, Leanne demande que vous la rappeliez dès que possible. Elle m'a paru bien inquiète.

– Mon Dieu ! Vous a-t-elle dit pourquoi elle voulait me parler ?

L'effet de stress fut instantané. La dernière fois, sa petite-fille lui avait téléphoné pour lui apprendre la mort de Lena. Pourvu qu'elle n'ait pas à lui annoncer une autre catastrophe.

– Ernestine affirme qu'elle ne veut parler à personne d'autre que vous.

– Conduisez-moi à la maison.

Le temps de parcourir ces quelques kilomètres, elle avait déjà envisagé toutes les tragédies possibles et imaginables.

Elle referma la porte de sa chambre avant de composer le numéro de Bud à Pleasantville. Avant la fin de la première sonnerie, Leanne décrocha et lui déclara tout de go :

– Grand-mère ! Papa a disparu.

– Voyons, voyons, qu'est-ce que tu me chantes là, ma fille ?

– Je suis revenue du pensionnat ce matin et papa n'était pas là. Les domestiques n'ont pas reçu de salaire depuis trois semaines, l'épicier n'a pas été payé depuis plus d'un mois et nous n'avons personne pour aller chercher mes frères à Northwood. Leur congé de Noël commence demain !

– As-tu téléphoné à son bureau ? À l'hôpital ? Qu'arrive-t-il avec ses patients ?

– Grand-mère, personne ne l'a vu dernièrement.

Devinant le désarroi de Leanne, Anne s'empressa de la rassurer :

– Leanne, ne t'affole pas, tu m'entends ? Je discute de la situation avec oncle Bow et je te rappelle tout de suite après.

Sa petite-fille retenait ses larmes à grand-peine. Il fallait agir promptement avant que les garçons ne s'inquiètent à leur tour.

Elle demanda à Ernestine de chercher Fowler pour elle. Bud aurait-il été tenté de se suicider à son tour ? À tort, Anne avait cru qu'une fois que ses enfants auraient grandi elle n'aurait plus à se faire du souci. Quelle illusion ! Plus ils vieillissaient, plus leurs problèmes empiraient, et plus elle s'inquiétait. Aucun d'eux ne tolérait ses interventions directes et, pourtant, s'ils avaient daigné écouter ses conseils, que d'embarras ils se seraient évités. Heureusement, ils n'hésitaient pas à l'appeler quand ils avaient des ennuis.

Au cours des semaines qui avaient suivi la mort de Lena, Bud avait été méconnaissable. Tel un somnambule, il avait vaqué sans entrain à ses occupations. Anne s'était retrouvée en présence de son fils pour la dernière fois lors des fiançailles surprises de Leanne. Comme celle-ci n'avait plus sa mère pour la guider, Anne avait bien tenté de la dissuader. Elle était si jeune ! Toutefois, Leanne lui avait rappelé qu'elle était plus vieille que ne l'étaient sa mère et sa tante Nancy quand elles s'étaient fiancées.

Quand son mari pénétra dans la chambre, il lui parut si exténué qu'Anne eut envie de pleurer à son tour. Elle devrait vraisemblablement assumer seule toutes les décisions, en espérant que ce soient les bonnes pour tous. Comme Émile lui manquait !

Après réflexion, elle décida de faire venir les enfants de Bud en Arizona. Pour ne pas être accusée d'enlèvement, elle fit appel à leurs avocats de Chicago. Anne et Fowler étaient si souvent exposés aux poursuites judiciaires qu'ils avaient embauché sur une base permanente une équipe d'avocats, qui intervenaient à titre de conseillers, voire d'hommes de confiance. Elle leur demanda d'abord d'aller chercher Jimmie et Fowler à l'école Lake Placid à Northwood, puis de prendre Leanne et Sandy à Pleasantville. Par la suite, ils lui amèneraient les enfants en train. Cette solution lui parut la plus appropriée dans les circonstances.

Pour retrouver Bud, Anne appela Guy à la rescousse. Il arriva au ranch peu après en compagnie de Nancy. Guy lui conseilla d'engager des détectives privés avant de lancer la police à ses trousses. Il s'occuperait personnellement de les recruter.

– Je demanderai à Alec de m'aider, s'il est en état...

Guy ne termina pas sa phrase, mais son intonation en disait long sur l'opinion qu'il se faisait de son frère. Nancy proposa alors d'amener le petit Sandy chez elle dès son arrivée. Anne lui objecta qu'elle avait déjà six petits.

– Six ou sept, on ne verra pas la différence. Il sera moins perdu avec eux.

* * *

Les quatre enfants de Bud arrivèrent au ranch le surlendemain, exténués et empoussiérés. Leanne et Jimmie encadrèrent instinctivement leur grand-mère. Le visage barbouillé de larmes, le petit Sandy fut inconsolable jusqu'à ce que Nancy le prenne dans ses bras, l'enveloppant de sourires et de tendresse. Quant au jeune Fowler, il refusait de passer le seuil de la porte, tant il était en colère.

– Je veux voir mon père, répondait-il invariablement à toute question.

Fowler le rejoignit sur la terrasse. Les reflets du soleil couchant éclairaient doucement le visage de l'adolescent. Fowler y lut tant de souffrance qu'aucune parole ne lui parut appropriée. En moins de six mois, cet enfant, qui portait son nom, avait perdu sa mère et peut-être aussi son père. Le jeune Fowler regarda son homonyme dans les yeux et lui avoua tristement :

– Oncle Bow, je n'aime pas ça ici. Je veux retourner chez moi.

– Regarde, Fowler, regarde ce coucher de soleil. Ne le trouves-tu pas magnifique?

– Non, je ne le trouve pas beau. Je ne vois que de la poussière et des montagnes nues. Je préfère la neige, oncle Bow.

22

Grande-Anse, le vendredi 26 juin 1953

Pour un deuxième été de suite, Jimmie et Fowler, respectivement âgés de dix-sept et de quinze ans, séjournaient à Grande-Anse sous la responsabilité d'Anne. Elle les avait recueillis un an et demi plus tôt. À maintes reprises, elle avait noté combien les jeunes Jimmie et Fowler affectionnaient Émile et recherchaient sa compagnie. À sa grande satisfaction, Émile, tout comme Fowler, procurait à ces enfants une présence masculine aimante et attentionnée.

Développer leur autonomie et leur débrouillardise lui semblait primordial. Si ces garçons n'étaient pas sollicités, ils seraient naturellement portés à l'oisiveté, creuset idéal de la mollesse et de l'indolence. Aussi Anne les tenait-elle constamment occupés, exigeant qu'ils effectuent divers travaux d'entretien et de réparation pendant leurs vacances.

L'un habitait la maison de Bud sur la rive ouest de la Saint-Maurice, et l'autre, la maison voisine, construite quelques années auparavant à l'intention des domestiques. Chacun avait l'obligation de nettoyer et d'entretenir sa maison et le terrain environnant. Par la même occasion, Anne se réservait un minimum d'intimité. Cependant, elle avait exigé des deux garçons qu'ils traversent la rivière trois fois par jour afin de prendre leurs repas en sa compagnie.

Au petit-déjeuner ce matin-là, elle leur avait permis de ramener avec eux un vieux tracteur, auquel ils projetaient d'attacher une tondeuse à gazon. Ce tracteur de marque International était le moins lourd de la lignée Farmall, mais il représentait tout de même une charge impressionnante. Depuis plus d'une heure, les adolescents s'efforçaient de le fixer à une barge. Anne les observait de sa chambre, à la fois amusée par leurs efforts et curieuse de connaître l'issue de cette expérience.

Autant Jimmie lui manifestait docilité et bonne volonté, autant le jeune Fowler, tout en demeurant poli, la contestait systématiquement. Cette attitude avait le don d'ébranler Anne. En agissant de la sorte, cet enfant exprimait, sans contredit, sa frustration de vivre séparé de son père. Comment Anne pouvait-elle aborder cette épineuse question sans blâmer son fils? Elle avait d'ailleurs bien du mal à le comprendre en ce moment. Ses réactions autant que ses comportements la désarçonnaient.

Anne se remémora son dernier contact avec Bud. Le regard perdu, il lui avait affirmé que ses enfants l'avaient abandonné, le considérant comme responsable de la mort de leur mère. Nul reproche ne lui avait pourtant été adressé mais, selon lui, leurs regards aussi bien que leur silence l'avaient irrémédiablement condamné. À la mort de Lena, Bud s'était débattu avec un terrible sentiment de culpabilité et son accablement l'avait éloigné de ses enfants.

Forte de l'appui de son mari, Anne avait alors proposé à Bud de veiller sur les aînés, s'engageant à ce qu'ils fréquentent les meilleures écoles et reçoivent la meilleure éducation. Elle avait accepté de sacrifier sa quiétude afin de leur procurer un solide gouvernail.

Jamais elle n'aurait imaginé assumer à son âge la charge de deux adolescents. Puisqu'elle les avait officieusement adoptés, elle se devait maintenant de les guider jusqu'à leur maturité. Toutefois, certains jours, cette responsabilité lui pesait. Elle espérait qu'une fois adultes ses petits-fils comprendraient et approuveraient sa décision.

Les détectives engagés par Guy après la disparition de Bud avaient mis quelques jours à le retrouver au Nevada en compagnie de Kathy Brown, la sœur du fiancé de Leanne. Kathy venait d'y obtenir son divorce. Peu après, Anne avait d'instinct pris à sa charge le mariage de Leanne et d'Arthur. Jusqu'à la dernière minute, tous ignoraient si Bud se présenterait à l'église pour conduire sa fille à l'autel. Évidemment, Fowler aurait rempli ce rôle, si Bud ne s'était finalement manifesté. Deux semaines auparavant, à peine huit mois après la mort de Lena, Bud avait épousé Kathy à Reno. Ainsi, il était devenu le beau-frère de sa fille alors que Kathy se retrouvait à la fois la belle-mère et la belle-sœur de Leanne.

Même si Leanne avait emménagé à New York chez ses beaux-parents pendant qu'Arthur terminait ses études de droit, Anne lui avait fait promettre de communiquer régulièrement avec elle, lui déclarant : «Je serai toujours là pour ma petite-fille.»

Le petit Sandy, quant à lui, était retourné vivre avec Bud et sa nouvelle épouse après un séjour de quelques mois chez Nancy et Guy.

Un coup à la porte la tira de ses réflexions. Émile se présentait pour son rapport journalier. Au même moment la barge, filant au plus fort du courant, se mit à tanguer dangereusement. À deux mains, Anne étouffa un cri.

S'approchant de la fenêtre, Émile prit conscience du danger et s'apprêtait à voler au secours des garçons quand Anne le retint fermement.

– Non, Émile, reste ici et observons-les. Tous deux sont d'excellents nageurs. Au pire, le tracteur se retrouvera au fond de la rivière. Laissons-les vivre cette expérience jusqu'au bout et voyons comment ils s'en tireront.

À une vingtaine de mètres de leur destination, la barge coula à pic, emportant avec elle le petit tracteur rouge. Les garçons nagèrent jusqu'à l'autre rive, discutèrent avec animation sur la plage, puis s'éclipsèrent. Quelques minutes plus tard, ils réapparurent accompagnés d'Hormidas Lefebvre, au volant d'un autre tracteur International. Les deux aînés d'Hormidas le suivaient. Évaluant la situation, l'homme donna aux jeunes des ordres qu'Anne ne comprit pas. Peu après, munis de deux cordes, Fowler et Jimmie disparurent dans les remous, sous les billots qui descendaient le courant à toute vitesse. Retenant son souffle, Anne observa la surface agitée de la rivière, pressée de voir ses petits-fils refaire surface. Leur immersion lui parut durer une éternité. Une peur panique l'envahit. Comment pourrait-elle s'en remettre s'il leur arrivait malheur? Enfin, une tête rousse, puis une autre émergèrent.

Les garçons tendirent à Hormidas l'extrémité des deux câbles qu'il attacha fermement à son tracteur. L'engagé tira ensuite le véhicule hors de l'eau et l'amena jusqu'au premier plateau surplombant la plage.

— Émile, trouve-moi des jumelles, s'il te plaît. Je ne voudrais rien manquer.

Émile revint avec deux paires de jumelles. Côte à côte, ils observèrent Hormidas qui essayait vainement de faire démarrer le tracteur dégoulinant. Il pointa le doigt vers la grange située en haut de la colline. Peu après, les quatre garçons ramenèrent avec eux une large toile et divers outils. En quelques minutes, la machine fut démontée en mille morceaux.

Hormidas guida les jeunes qui polissaient les pièces.

— Dans de telles occasions, Émile, je suis convaincue que Jimmie et Fowler expérimentent en accéléré… As-tu rencontré M. McCormick ce matin? Il ne s'est pas encore présenté à la salle à manger.

— Très tôt, je l'ai vu près de la rivière en compagnie de Caesar. Monsieur n'a pas retrouvé sa forme, n'est-ce pas? Si je peux faire quoi que ce soit pour l'aider, *dear*, dis-le-moi, je t'en prie.

Fowler errait comme une âme en peine depuis trop longtemps. Seul Caesar, son berger allemand, lui arrachait un sourire de temps à autre. Maintes fois, Anne lui avait suggéré un projet ou une activité, mais rien ne l'enthousiasmait vraiment. Quand il ne se promenait pas en solitaire, il se plongeait dans des œuvres philosophiques ou des traités de psychanalyse. L'été précédent, ils avaient séjourné en Suisse tout le mois de juillet, laissant à Émile la garde de Jimmie et du jeune Fowler. Malgré ses quelques consultations avec le docteur Jung, l'état de son mari s'était détérioré au lieu de s'améliorer. Il paraissait habité en permanence par une sorte de mélancolie anxieuse que rien ni personne ne pouvait soulager.

– Je l'ai convaincu hier de nous accompagner au camp. Nous reviendrons dans une semaine. Tu as bien convoqué Ovila Denommé au lac Bastien?

– Oui, oui. Il devrait arriver du lac Gaucher en début d'après-midi demain.

L'été précédent, sous la gouverne d'Alec, Ovila Denommé et Henri Goyette avaient remporté la Classique internationale de canots. Jusqu'à sa rétrogradation chez International Harvester, Fowler avait toujours manifesté un vif intérêt pour cette compétition. Dans l'espoir de voir renaître sa flamme, Anne avait conjuré Alec de leur confier cette année l'entraînement de ses champions. Toutefois, avant de s'engager pour de bon, elle voulait jauger cet Ovila avec qui elle n'avait jamais vraiment parlé.

– Ils pourraient emménager dans la grande maison dès dimanche, Émile. Fais préparer deux chambres pour eux, d'accord?

Anne tourna son fauteuil vers la fenêtre afin de poursuivre son observation tout en invitant Émile à lui transmettre le compte rendu de sa récente tournée des camps.

– Au lac Black, tout va bien… Freddy Gignac et Ti-Das Bouchard ont terminé le nettoyage des sentiers entre les lacs Black et Bastien et, dès demain, ils entreprendront les portages entre le Black et le lac Domaine.

Anne avait pris Freddy à son service. Ce dernier avait été à l'emploi de Bud pendant des années, mais Anne doutait fort que son fils revienne séjourner en Haute-Mauricie, malgré son attachement pour ce coin de pays. Née à Dallas, au Texas, la deuxième épouse de Bud ne semblait avoir aucune affinité pour la vie en forêt.

Léonidas Bouchard, le frère d'Alma-Rose qui avait été tuée par Russell Adams à l'été 42, travaillait pour Anne depuis la fin de la guerre. Plus que tout autre, Léonidas avait été outré en apprenant la décision du juge Achille Petitgrew. Ce dernier avait condamné Russell Adams à cinquante dollars d'amende pour avoir chassé l'orignal en temps défendu, alléguant que, à la lumière des témoignages recueillis, la mort d'Alma-Rose était accidentelle.

Boute-en-train infatigable, Ti-Das avait animé maintes veillées avec son accordéon, qu'il maniait comme un as. Autant Anne tolérait Freddy, autant elle appréciait Ti-Das, qu'elle se proposait d'inviter à une partie de pêche où elle tenterait d'entraîner Fowler. La jovialité de Ti-Das viendrait peut-être à bout de son affliction.

Émile l'observait, attendant manifestement qu'elle requière la suite de son rapport.

Au cours des deux dernières années, le gérant-compagnon d'Anne était demeuré souvent et longuement à ses côtés. Ce qui n'avait pas empêché Marie-Paule de mettre au monde, en septembre, son septième enfant. Celle-ci habitait à quelques kilomètres du domaine de Grande-Anse, assez près pour qu'Émile puisse s'y rendre rapidement en cas d'urgence, mais assez loin pour qu'elle ne soit pas tentée de faire le trajet à pied. Même si Anne ne les rencontrait tout au plus que deux fois par année, les enfants d'Émile faisaient partie intégrante de ses préoccupations. Étaient-ils vêtus convenablement? L'aîné fréquentait-il la meilleure école? Avaient-ils tout ce dont ils avaient besoin?

Anne jeta un coup d'œil par la fenêtre et constata qu'Hormidas avait déjà amorcé le remontage du tracteur. Les garçons l'aidaient toujours. D'un signe de tête, Anne pria Émile de poursuivre.

– Ti-No a presque terminé la peinture des chaloupes et, comme prévu, il s'apprête à construire un autre support pour les canots.

465

Le frère de Marie-Paule surnommé Ti-No travaillait depuis longtemps pour Anne, dans les camps, l'été, et à Grande-Anse l'hiver. Il logeait au lac Black avec sa femme, Mabel, et leur dizaine d'enfants.

– Tout le monde semble se porter à merveille, sauf Mabel, qui se plaignait d'un vilain mal de dents.

– Qu'as-tu fait?

Émile la regarda, étonné de sa remarque. Il avait sans doute bien des talents, mais il ne possédait pas encore le pouvoir de guérir un mal de dents.

– Pauvre Mabel, reprit Anne avec commisération. Assure-toi de la disponibilité d'un dentiste à La Tuque, téléphone ensuite à Cap Airways et demande qu'un pilote y conduise Mabel aujourd'hui même.

Émile ne sourcilla même pas, accoutumé à exécuter des instructions fort singulières parfois. Mabel, qui n'avait jamais volé, verrait un hydravion amerrir devant chez elle, spécialement pour la transporter à la ville. Connaissant la sensibilité de sa belle-sœur, Émile pensa que jamais elle n'oublierait pareille attention de sa patronne. Il salua Anne d'un clin d'œil, l'assurant en la quittant que son désir deviendrait sous peu réalité.

Anne interrompait régulièrement sa lecture pour observer le remontage du moteur, et elle reprit ses jumelles juste au moment où Hormidas démarrait le tracteur. L'ingéniosité innée des Canadiens l'avait toujours fascinée. Que ses enfants et ses petits-enfants aient eu la chance d'avoir des contacts avec ces habiles touche-à-tout la comblait.

* * *

Apparemment, Anne somnolait dans le canot ancré non loin de la décharge du lac Domaine où Fowler, accompagné de Ti-Das, s'apprêtait à pêcher. En réalité, elle ne perdait pas un mot de leur conversation, protégée des rayons presque horizontaux du soleil levant par son chapeau de paille légèrement rabattu sur son visage. Les yeux mi-clos, elle observait les préparatifs des deux hommes, espérant que Fowler trouverait un peu de réconfort dans cette activité qui, de coutume, le passionnait.

Avec précaution, il assembla sa canne en bambou, installa un moulinet sur le manche, puis enfila dans les anneaux une soie suivie d'un bas de ligne auquel il attacherait bientôt une mouche de son choix. Ti-Das, dont le haut du crâne dépassait à peine les aisselles de Fowler, demeurait à ses côtés, dans l'expectative. Fowler observa la surface de l'eau. Il extirpa de sa poche quelques ampoules de verre scellées afin de protéger ses mouches de l'humidité et les hameçons de l'oxydation. Un artisan de Montréal lui avait fabriqué ces appâts à partir de spécimens extraits des entrailles d'une omble de fontaine prise ici même, à la même époque, l'année précédente. Fowler s'était toujours intéressé à l'entomologie. La pêche à la mouche lui fournissait une occasion privilégiée d'étudier les habitudes des insectes aquatiques ou qui vivaient à proximité des cours d'eau. Incapable de choisir la mouche la plus appropriée à cet habitat, il se munit d'un filet et captura quelques spécimens qu'il examina à la loupe. Il opta enfin pour une *Stone Fly* qu'il fixa au bas de ligne. Enfin, il chaussa ses cuissardes, puis s'avança dans les eaux calmes du lac Domaine. Anne, qui n'avait pas quitté son mari du regard, tentait de décoder ses émotions. Tout au long des préparatifs, son visage était demeuré imperturbable.

– Y a beaucoup venté hier, monsieur McCormick, essayez-vous dans le sens du vent, ça devrait être bon.

Ti-Das s'assura que Fowler ne manquait de rien puis, avec sa désinvolture habituelle, monta sur une pierre plate et déroula une corde à laquelle il attacha un vulgaire hameçon qu'il appâta avec du lard salé. Après avoir laissé tomber son attirail à l'eau, Ti-Das contempla le lac et les montagnes avoisinantes qui émergeaient de la brume matinale.

Avec un art consommé, Fowler imprima à sa perche un élégant mouvement d'avant en arrière projetant, avec un léger bruit de dévidoir, une quantité supplémentaire de soie lors du lancer avant. La mouche effleurait à peine la surface de l'eau, puis s'envolait de nouveau. Il répéta ces mouvements gracieux au centre de la décharge, puis à gauche et à droite.

Soudain, Ti-Das laissa échapper un juron, enroula la corde agitée de violents soubresauts autour de sa main et remonta une magnifique truite mouchetée d'au moins cinquante centimètres. D'un geste sec, il brisa le cou du poisson, l'enroula dans de la mousse de sphaigne qu'il avait préalablement arrachée dans le sous-bois, puis appâta de nouveau.

Pendant que Ti-Das sortait cinq truites de taille semblable, Fowler en décrochait trois minuscules, qu'il s'empressa de remettre à l'eau. Anne se garda bien de commenter les prises, mais sourit à la pensée que tout l'équipement sophistiqué de Fowler n'arrivait pas à concurrencer la simple corde de Ti-Das.

Il était à peine huit heures trente quand Fowler, plus déprimé que jamais, demanda à son guide de les ramener au camp. La marche en file indienne dans les portages n'incitait pas à la conversation et tous respectèrent le silence de la forêt jusqu'à ce qu'ils arrivent à destination.

Un barrage augmentait artificiellement le niveau du lac Bastien dont le trop-plein s'écoulait en cascade dans un ruisseau pierreux. Comme le thermomètre avait subitement grimpé, Anne se laissa tenter par cette eau bouillonnante, oxygénée et fraîche. Elle ressentit aussitôt l'effet régénérateur de ce bain dans la nature. Une dizaine d'années auparavant, elle avait fait construire trois camps sur une pointe du lac Black, dans l'éventualité où il lui deviendrait difficile de faire le portage jusqu'au Bastien. Mais ce jour était encore loin.

Elle préférait, et de loin, le site du lac Bastien, retiré, entouré de hauts pins rouges, idéal pour pratiquer le nudisme quand les moustiques faisaient relâche, comme ce matin. Un livre à la main, Anne s'installa au balcon dans son plus simple appareil, se délectant d'une caresse de la brise. Le bruit de la génératrice la fit sursauter. Fowler s'apprêtait à écouter son bulletin de nouvelles à la radio. Le Delco produisait suffisamment d'énergie pour leur permettre de s'éclairer à l'électricité, mais Anne préférait les lampes à huile et les chandelles. Le bourdonnement de la génératrice l'agressait, mais Fowler jugeait essentiel de se mettre au diapason de la planète une fois par jour. Elle n'allait certainement pas le lui reprocher. Pour rien au monde elle n'aurait voulu l'indisposer.

Un mouvement insolite attira son regard. Un canot venait d'accoster à l'une des estacades arrimées au quai. Un gaillard en sortit, jeta un coup d'œil dans sa direction, puis détourna vivement la tête. Il perdit pied et, dans une gerbe d'écume, disparut sous l'eau. Dégoulinant, il remonta sur le quai, regarda de nouveau dans sa direction, puis baissa la tête. Elle reconnut Ovila Denommé à sa petite moustache. Il arrivait plus tôt que prévu.

— Eh bien! Ne restez pas là! Venez, Vila! lui cria-t-elle, se gaussant sans méchanceté de l'embarras manifeste d'Ovila devant sa nudité.

Anne s'éclipsa le temps de se couvrir, puis réapparut sur le balcon, amusée par la mine ahurie de l'athlète.

— Quel âge avez-vous, Ovila?

— Trente-trois ans, madame.

— N'êtes-vous pas un peu âgé pour vous soumettre à un entraînement professionnel aussi exigeant que celui de la Classique?

Perplexe, Ovila se demandait où elle voulait en venir. Il la regarda droit dans les yeux, puis reprit avec résolution :

— Moi, madame, je suis quasiment né dans la rivière Saint-Maurice. J'ai passé ma vie en canot. Je dois avoir ça dans le sang, parce que ma mère a déjà gagné deux courses.

— Votre mère? Mais je n'ai jamais vu de femmes encore dans la grande course.

— C'était bien avant la grande course, madame, et ça s'est passé à Trois-Rivières, à la fin des années 10. Elle avait remplacé à pied levé le partenaire d'un dénommé Fortier qui avait trop bu. C'est avant que je vienne au monde.

Ovila Denommé travaillait depuis l'âge de treize ans dans les clubs de chasse et pêche. Il avait parcouru d'innombrables portages, pagayé sur des dizaines de lacs en Haute-Mauricie et remonté tous les affluents de la Saint-Maurice entre la Matawin et la Vermillon. Ses imposants biceps et la grosseur de ses mains impressionnèrent Anne.

– Que pensez-vous de la rivière Saint-Maurice?

– Pour moi, c'est la plus dure pour les courses. Quand il vente, on se fait brasser de tous bords, tous côtés et c'est difficile de garder le canot à flot. En plus, il y a des battures et des rapides, et c'est sans compter les billots qui risquent de nous défoncer à tout moment... Mais c'est aussi la plus belle rivière du monde, madame.

– En avez-vous connu beaucoup d'autres?

– Quelques-unes, madame, mais Tom Estes et Irwin Peterson, les Américains qu'on a battus l'année passée, eux autres ils ont coursé partout aux États et ils nous ont dit : «La Saint-Maurice est la plus difficile de toutes à descendre.»

– Avant votre victoire de l'an passé, aviez-vous déjà songé que vous pouviez gagner la Classique?

– J'étais au départ de la première grande course en 1934. J'avais douze ans, et je savais qu'un jour je la gagnerais. Je le savais, là, dit-il, en se donnant un vigoureux coup de poing dans la poitrine.

Anne adorait la détermination tout comme elle admirait la force physique. Ovila la comblait.

– Vous vous êtes bien entraînés avec M. Alec l'an passé et vous avez gagné. Vous avez battu les Américains qui avaient remporté la palme trois fois. Avez-vous aimé faire équipe avec Henri Goyette?

Ovila avait été recommandé à Alec par Henri, qui avait épousé la sœur d'Ovila voilà cinq ans. Il enchaîna en riant :

– On a gagné, madame.

Son rire spontané et franc la ravissait.

– Vous n'avez pas répondu à ma question, Ovila.

– Disons que c'était pas toujours facile, mais on a fini par y arriver.

– À votre avis, comment Henri répondrait-il à cette même question?

Cette fois, Ovila rit de bon coeur et répondit :

– Il vous dirait, madame, qu'il aurait eu le goût de me corder sur son épaule gauche bien des fois mais, lui aussi, il était fier d'avoir gagné.

Cet homme lui plaisait et elle n'hésiterait pas à investir temps et argent pour le voir triompher une autre fois. Anne savait par Alec qu'Ovila avait un tempérament bouillant; de son côté, Henri n'avait pas un caractère facile non plus. Si les deux hommes se toléraient suffisamment pour faire équipe, elle aurait peut-être l'occasion d'entraîner des champions. Elle songea à Jean Crête, qu'elle ne manquerait pas de taquiner si ses protégés l'emportaient cette année.

La génératrice se tut enfin. Elle s'excusa auprès d'Ovila et entra dans le camp pour en ressortir quelques minutes plus tard en compagnie de Fowler, qu'elle avait à moitié convaincu de se lancer avec elle dans cet enlevant projet.

– Fowler, je vous présente Ovila Denommé.

Ovila fit disparaître la main de Fowler dans la sienne. Les deux hommes, de stature fort différente, étaient toutefois de la même grandeur. Fowler s'étonna de manifester si peu d'enthousiasme alors qu'Anne s'ingéniait à lui trouver une activité qui le passionnerait. En réalité, il n'aspirait qu'à la solitude. Pour ne pas la décevoir, il s'efforcerait de la seconder de son mieux, plus par ses conseils que par des interventions directes auprès des canotiers.

– Ainsi, monsieur Denommé, vous êtes prêt à travailler fort? À vous surpasser? dit Fowler, regardant Ovila droit dans les yeux.

– Oui, monsieur.

– Eh bien, Ovila, dorénavant vous travaillerez pour M. McCormick et moi, enchaîna Anne.

– Bien là, je sais pas ce que M. Alec va dire de ça…

– Il est déjà au courant. Vous pouvez aller chercher vos bagages et les amener à Grande-Anse. Quatre cent cinquante dollars par mois pour vous entraîner, ça vous conviendrait?

Ovila resta sans voix un moment puis s'empressa de lui donner son assentiment. Il ajouta, hésitant :

– Colette, ma femme…

– Nous vous avons réservé un camp au lac Black, pour vous et votre famille. Croyez-vous que votre femme acceptera?

– Bien oui, madame, bien oui. Ce sera un beau coin pour les enfants.

– Combien en avez-vous?

– Trois, madame, et on en a un quatrième en route.

– M. Alec vous procurera toute l'aide dont vous aurez besoin pour déménager. Voyez M. Émile dès votre arrivée à Grande-Anse. J'ai demandé qu'Henri et vous ayez une chambre dans ma maison pour toute la durée de votre entraînement. Nous le commencerons lundi prochain. D'ici là, ne perdez pas trop la forme, conclut-elle en souriant.

– Henri est déjà au courant? demanda Ovila, surpris.

– Il le sera bientôt.

* * *

Pleasantville, le dimanche 28 juin 1953

Un exemplaire du *New York Times* sur les genoux, Bud observait Kathy donner des instructions à la gouvernante, qui tenait dans ses bras leur bébé, une fillette âgée de deux mois. Sa deuxième épouse commandait avec l'aisance des nantis. Tout comme la mère de Bud, Kathy avait grandi à Tuxedo Park, au nord-ouest de New York, milieu élégant, réservé aux riches et aux membres de la haute société. Lui qui avait tant décrié les lois rigides et l'hypocrisie de la société, le voilà qu'il partageait la vie d'une riche héritière.

Avant de quitter la pièce, Kathy l'enveloppa d'un regard empreint d'amour et d'admiration. Il l'aimait tant! Réussirait-il à se donner une véritable seconde chance?

Quelques jours auparavant, il avait croisé Jack Durrell. Celui-ci lui avait longuement parlé de son père et du bonheur qu'il avait éprouvé à la lecture de la lettre que Bud lui avait fait parvenir quelques mois avant son décès. «Jamais mon fils ne saura combien sa lettre m'a libéré!» lui avait-il révélé. Durrell avait alors demandé pourquoi Bud ne le saurait jamais, et James Stillman avait répondu : «Je serais incapable de me livrer ainsi à mon fils.»

Bud éprouva une bouffée de tendresse et de pitié pour ce père mort, qu'il avait tant réprouvé. Comme lui, il avait succombé aux charmes des femmes. Quelle ironie! Lena le hantait encore, surtout la nuit, dans ses rêves. Pour rien au monde, cependant, il ne l'aurait confessé à Kathy. Le jour, les tâches de sa profession prenaient presque toute la place, et il multipliait intentionnellement ses occupations... Il songea à Leanne, mariée, à Jimmie et à Fowler, recueillis par leur grand-mère, à Sandy, qui jouait non loin, dans le jardin. Un cuisant sentiment d'échec l'empoignait chaque fois qu'il repensait à sa première famille. Simultanément, il refusait d'expier des hiers, immuables, le reste de sa vie. S'il changeait de cadre, de profession, d'État, lui serait-il plus aisé de tourner la page?

* * *

Grande-Anse, le jeudi 23 juillet 1953

Anne avait espéré que Fowler se passionnerait pour les exercices des canotiers, mais c'est elle qui s'était laissée prendre au jeu, entraînant avec elle Émile, dont les talents de soigneur étaient devenus indispensables à ses poulains. Elle avait confié les jeunes Fowler et Jimmie à Freddy et à Ti-Das, exigeant que les garçons participent à tous leurs travaux.

Plus le jour *J* approchait et plus elle éprouvait une grisante exaltation. Chaque soir, Fowler analysait avec elle les événements du jour et, ensemble, ils revoyaient le plan de la journée suivante, s'assurant que le programme gagnant qui avait été mis au point par Alec l'année précédente était appliqué ou, mieux, amélioré. Anne désirait voir battu le dernier record d'Henri et d'Ovila. Toutes les fois où elle en avait l'occasion, elle leur exprimait son vœu, espérant de cette façon les stimuler. Pour qu'ils ne s'épuisent pas, pendant les six semaines précédant la course, ils accomplissaient un entraînement intensif une journée et, le lendemain, le programme était coupé de moitié. S'ils voulaient exceller, les athlètes devaient s'astreindre à des efforts soutenus et plus importants que durant l'épreuve finale.

Anne avait réussi à recueillir quelques bribes d'information sur le type d'entraînement que subissaient les canotiers les plus susceptibles de menacer le titre de ses «petits gars», comme elle les appelait maintenant. Selon les renseignements obtenus, leurs compétiteurs les plus sérieux cette année seraient les frères d'Ovila, René et Rosaire, Gérard Dufour et Ti-Jean Lemay, celui-là même qui avait gagné la coupe McCormick à cinq reprises depuis 1936, et que Jean Crête commanditait cette année. Deux Américains, Irwin Peterson et Wayne Carlson, lui parurent les plus menaçants, car ils avaient gagné toutes les courses auxquelles ils avaient participé au cours des derniers mois. Cependant, si Ovila et Henri maintenaient leur tempo, peut-être remporteraient-ils la palme pour une deuxième année consécutive. Comme les deux hommes succombaient aisément à l'alcool, Anne imposait une discipline de fer. Sa consigne se résumait en trois mots : régularité, méthode, constance.

Avant toute chose, dès six heures le matin, les deux hommes plongeaient dans les eaux fraîches de la rivière pour faire quelques brasses, puis ils se présentaient au salon bleu où Anne les attendait avec des couvertures de laine et le programme de la journée. Le petit-déjeuner se limitait à un œuf battu dans du lait, menu qui lui avait été suggéré par Bud quelques années auparavant. Pour des hommes habitués au lard, aux patates et au pain en quantité, ce repas frugal les avait d'abord révoltés. Ils étaient convaincus qu'il leur serait impossible de pagayer plus de dix minutes avec si peu dans la panse. À leur grande surprise, après quelques jours de ce régime, ils constatèrent que non seulement ils ne souffraient pas de la faim, mais qu'ils pouvaient s'entraîner jusqu'au soir sans rien d'autre pour se sustenter, sauf les «paparmanes», bonbons à saveur de menthe, qu'ils consommaient sans restriction.

Émile vint informer Anne que l'auto était avancée. Bertha Goyette, cuisinière attitrée cet été en plus de ses tâches habituelles, pénétra dans le salon bleu avec une bouteille thermos enveloppée dans une serviette. Le café qu'elle contenait était tellement chaud que les athlètes ne le boiraient qu'en fin d'après-midi, au moment où le plus gros de l'effort aurait été fourni. Ne rien boire et ne rien manger de la journée, voilà ce à quoi s'astreignaient Henri et Ovila dans l'espoir de conserver leur titre de champions.

Les deux hommes hissèrent d'une main leur canot de cèdre et de toile sur le toit de l'automobile. Fabriquée chez Saint-Maurice Canot de Shawinigan, l'embarcation noire pesait cinquante kilos et mesurait un peu plus de sept mètres. Sur les deux flancs, le nom *Grande-Anse* avait été tracé en grosses lettres blanches.

Anne et Émile prirent place sur la banquette avant de la toute nouvelle International qu'Anne avait reçue de Fowler quelques semaines auparavant. Ovila et Henri s'installèrent à l'arrière. La route en direction de La Tuque était moins périlleuse que vers Les Piles mais, malgré de nombreuses promesses électorales, elle n'était pas encore asphaltée.

Avant de mettre le canot à l'eau au quai fédéral de La Tuque, Émile massa énergiquement les épaules et les bras des deux canotiers. Anne admira une fois de plus le savoir-faire de son régisseur. Henri, poids plume de moins de soixante-dix kilos, possédait une endurance surprenante. Quant à Ovila, ses biceps impressionnaient tout autant que ses pectoraux. Chaque fibre de ses deltoïdes saillait sous sa peau bronzée. Dépassant Henri d'une quinzaine de centimètres, Ovila procurait à l'équipe sa force de propulsion.

Émile installa une balance à l'extrémité du quai, pesa les deux hommes, puis nota les résultats dans un registre. Les athlètes enfilèrent un bandeau de ratine qui protégerait leurs yeux de la sueur. Selon leur habitude, ils s'aspergèrent, puis ils se glissèrent jusqu'à la taille sous une toile recouvrant leur canot afin de le protéger des vagues. Ils ne craignaient pas d'être mouillés, au contraire. Pendant toute la durée de l'exercice, ils maintiendraient leur corps toujours humide pour contrer la déshydratation.

Après en avoir fixé la chaîne de sa montre à sa ceinture, Ovila la déposa sur la toile devant lui. Tout comme Henri, il s'assura que son sac de « paparmanes » était aisément accessible. Ils avaient convenu de contourner les bouées à la hauteur de La Tuque pendant deux heures avant de descendre jusqu'à l'auberge de Ferdinand Champoux à Saint-Roch-de-Mékinac, quatre-vingt-cinq kilomètres en aval. Ainsi, ils pagayeraient sans s'arrêter deux heures de plus que dans la première étape de la vraie course.

Il était temps pour Anne de leur donner ses dernières instructions.

– De plus en plus de gens espionnent votre entraînement. Certains aimeraient bien vous voir hors d'état de participer à la course. Même si cela vous paraît tentant, n'acceptez jamais ni nourriture ni boisson de qui que ce soit. Elles pourraient bien contenir de la drogue.

Les canotiers écoutaient poliment les recommandations de leur entraîneuse qui connaissait les effets bénéfiques de la répétition dans les apprentissages. Vinrent aussi les conseils en cas de crampe ou de malaise qui s'estompaient si l'athlète continuait à fournir un effort soutenu. S'il s'arrêtait, il perdait ses moyens et pouvait difficilement reprendre le temps perdu. Au risque que le bas du corps s'engourdisse, il valait mieux le garder immobile, en concentrant tous les efforts dans les muscles des épaules et des bras.

– Eh bien, les petits gars, il ne nous reste que quatre semaines avant le grand événement. Donnez votre maximum. Allez, on vous suit, lança-t-elle, déclenchant son chronomètre au premier coup d'aviron.

Henri faisait corps avec le canot. Sa pagaie fendait l'eau sans éclabousser, à moins qu'il ne manifeste son désaccord en aspergeant Ovila. Les deux équipiers s'opposaient fréquemment, chacun étant convaincu que son savoir et son habileté surpassaient ceux de l'autre. Pourtant, tous deux avaient coursé avec d'autres partenaires auparavant, mais aucun d'eux n'avait encore gagné avant leur association l'année précédente. Soixante-quinze coups d'aviron à la minute représentaient leur rythme de croisière. Sur une courte distance, ils pouvaient même augmenter leur cadence. Un des nombreux billots flottant sur la Saint-Maurice se dirigeait droit sur eux. À la dernière minute, Ovila donna un vigoureux coup de pagaie et fit tourner l'embarcation de quatre-vingt-dix degrés, permettant au canot de rouler sur le billot plutôt que d'être embouti par lui.

– Viens, Émile, nous avons le temps de nous restaurer avant d'effectuer notre premier contrôle.

Anne éprouvait toujours un vif plaisir à se retrouver seule avec Émile, pour discuter du quotidien, échafauder un projet, ou pour permettre à leurs corps de se redécouvrir. Les endroits de prédilection pour leurs rencontres d'amants : un sentier, une embarcation ou une petite clairière valait tout aussi bien qu'un camp dans la forêt. Émile incarnait un prolongement de sa jeunesse... Il était sa fontaine de Jouvence. Pour combien de temps encore? Fowler se profila dans ses pensées. Tout aussi précieux, tout aussi aimé. Elle adorait les sphères intellectuelles et idéologiques où il l'entraînait. Elle admirait son sens planétaire, ses visées humanitaires. Une autre partie d'elle-même se fondait en lui. Pourvu qu'il retrouve bientôt son équilibre!

– Ce restaurant te conviendrait, *dear*? fit Émile en garant la voiture devant chez Mongrain.

Elle acquiesça. Ils s'installèrent au fond de la pièce et Anne orienta la discussion sur l'entraînement de ses poulains.

– S'ils réussissent aujourd'hui encore à arriver chez Ferdinand Champoux en moins de six heures, nous aurons de fortes chances de l'emporter, j'en suis convaincue.

– En six heures, c'est très fort. On n'a pas vu ça avant. C'est Peck et Thompson qui ont eu jusqu'à présent la meilleure moyenne pour cette étape, en 1951, avec six heures, huit minutes et treize secondes.

Pour la quatrième année consécutive, la Classique internationale de canots comptait deux étapes, la première entre La Tuque et Saint-Roch-de-Mékinac, et la seconde de Saint-Roch à Shawinigan. De plus en plus de gens suivaient la course et, cette année, les organisateurs prédisaient une assistance de plus de cent mille personnes.

– Il serait temps que le record revienne aux Canadiens, Émile. N'est-ce pas pour honorer leur vaillance que cette course a vu le jour ? Depuis 1946, nous incitons les Américains à participer à la Classique pour accroître la visibilité de l'événement et pour en augmenter les retombées économiques, pas pour qu'ils battent les gens d'ici !

– Oui, mais les Américains qui ont participé à la Classique jusqu'à maintenant s'entraînent douze mois par année, c'est bien connu, alors que la majorité des participants de la région ne doivent leur habileté qu'à leur expérience du travail en forêt.

– Combattre avec les mêmes armes, Émile, voilà le secret. Avec un entraînement comparable, je reste persuadée que vous demeureriez imbattables.

Émile sourit à la pensée qu'Anne aurait bien aimé le voir s'entraîner avec Henri et qu'ensemble ils décrochent un record de performance. Malgré ses nombreuses participations à la Classique, jamais Émile n'avait réussi à atteindre mieux que la cinquième place. Ovila et Henri avaient certes le privilège d'être commandités par Anne McCormick, mais Émile dut humblement reconnaître qu'eux avaient l'étoffe de champions.

À Lac-à-Beauce, Ovila et Henri apparurent exactement au moment prévu. Ils avaient parfaitement maintenu la cadence des soixante-quinze coups d'aviron à la minute. Ils bifurquèrent à droite pour emprunter le chenal, n'ayant d'autre balise que l'eau soudainement calme et mate pour les guider.

La batture avait été évitée de justesse grâce au frisson de l'onde à peine perceptible aux non-initiés. L'année précédente, sous la gouverne d'Alec, Ovila et Henri avaient effectué trente-deux fois le trajet La Tuque-Shawinigan. Ils connaissaient par cœur les détours, les chenaux et les embûches, sachant reconnaître les bancs de sable où il était si facile de s'échouer. L'emplacement des battures changeait au gré des courants et du débit de la rivière, entièrement contrôlé par la compagnie hydroélectrique Shawinigan Water and Power, suprême souveraine de la Saint-Maurice.

Pour la première fois depuis le début de leur entraînement, Ovila et Henri n'étaient pas au rendez-vous à la hauteur de la rivière Matawin. Les yeux rivés à son chronomètre, Anne commença à s'inquiéter : cinq minutes, huit minutes de retard. Avaient-ils chaviré?

Convaincus que le prochain contrôle ne se ferait pas avant Saint-Roch-de-Mékinac, Ovila et Henri discutaient avec animation à l'abri de l'île Matawin, en amont de l'affluent du même nom.

– J' suis tanné, Henri, elle est en train de nous faire mourir. Ce sera pas mieux si on n'arrive pas à se rendre au jour de la course… Comment veux-tu qu'on batte notre record de l'an passé? Elle nous demande l'impossible.

– Y nous reste juste quatre semaines. Toffe, Vila. Pense à la bourse et aux honneurs, pense à ta paye, Vila!

D'un vigoureux coup d'aviron, Henri aspergea son compagnon et se remit à pagayer sans autre commentaire. Attrapant deux « paparmanes », Ovila reprit à son tour l'aviron. Dès qu'ils dépassèrent la pointe de l'île, ils aperçurent Anne sur le flanc de la rive. L'écho de la Saint-Maurice leur apporta distinctement ses paroles, pareilles à une menace.

– Eh bien, les gars! Vous avez pris dix minutes de retard!

– Oh! Oh! Ça, Henri, ça veut dire qu'il va falloir ouvrir la machine, et pas juste un peu si on ne veut pas perdre notre job.

Soudain, cette perspective parut insupportable à Ovila. Sa paye représentait certainement une valeur importante à ses yeux, mais il s'était également attaché à sa patronne, malgré ses incroyables exigences et sa sévérité. En dépit de ses rares révoltes, il éprouvait un indicible plaisir à se dépasser pour elle. Mû par une énergie insoupçonnée, il força son compagnon à augmenter le rythme de ses coups de pagaie à la limite de l'endurance. Ils parcoururent finalement la distance entre le quai de La Tuque et l'auberge de Ferdinand Champoux en cinq heures et cinquante-neuf minutes.

Apportant avec lui la balance et le registre, Émile accompagna Anne jusqu'au quai où le canot avait été amarré. Elle riait sans retenue, devinant l'effort que ses «petits gars» avaient déployé pour rattraper les dix minutes perdues à elle ne savait quoi et arriver en une minute de moins que ce qu'elle avait exigé d'eux au départ.

– Eh bien, les gars, à l'avenir, ne ralentissez plus jamais de la sorte. Venez, Émile va vous peser.

Immobiles, les deux hommes la regardaient, le visage contracté, le regard effarouché.

– Es-tu capable de bouger, toi, Henri? demanda Ovila avec difficulté.

– Pas un orteil, lui répondit son compagnon, grimaçant de douleur.

– On pourrait me couper les deux jambes, madame, que je ne ressentirais rien, affirma Ovila le plus sérieusement du monde.

Pour augmenter l'efficacité de leur coup d'aviron, les deux canotiers s'étaient astreints à une immobilité totale pendant deux bonnes heures. Il leur fallut une quinzaine de minutes avant de retrouver l'usage de leurs jambes, aidés d'Émile, qui souleva la toile du canot et les massa à tour de rôle.

Quand enfin ils parvinrent à s'extirper du canot, Émile les fit monter sur la balance, d'abord Henri, puis Ovila.

– Vous avez perdu un peu plus que d'habitude, les gars, commenta Émile tout en inscrivant leur poids dans son registre. Henri, quatre livres et Ovila, sept. Un bon gros steak vous attend pour compenser un peu.

Les deux hommes dévorèrent leur premier vrai repas de la journée avec délectation. Aucune trace de révolte ou de mécontentement ne subsistait.

À Grande-Anse, ils étaient attendus avec impatience. Fowler les accueillit sur le pas de la porte.

– Vite, Ovila! Colette va accoucher. Elle vous attend au camp du gardien. Je m'apprêtais à aller la chercher.

Comme Ovila ne possédait pas d'automobile, Émile fut mis à contribution pour conduire Colette à l'hôpital Saint-Joseph de La Tuque. Pourvu que le bébé patiente jusque-là. Anne leur fit promettre de lui téléphoner dès la naissance de l'enfant.

Henri avait à peine pris congé que Fowler entraîna Anne à sa chambre. Ce qu'il avait à lui dire ne pouvait attendre. Ils s'assirent côte à côte et Fowler prit la main d'Anne entre les siennes.

– Je m'en vais, Fee. Je pars demain pour la Suisse. Je suis entré en contact avec le docteur Jung aujourd'hui et nous avons convenu de séjourner quelques jours à l'hôtel *Baur-au-Lac* avant d'entreprendre une série de consultations dont j'ai grand besoin.

– Mais, Fowler, et les garçons? Et la Classique? Vous allez manquer la course.

– Je suis désolé, Fee, mais, cette année, cette activité m'apparaît bien plus comme une charge que comme un plaisir. Je suis allé voir Fowler et Jimmie cet après-midi et nous nous sommes promis de correspondre régulièrement pendant mon absence. Ils m'ont assurés qu'ils seraient sages.

Pour la première fois depuis qu'ils avaient relancé ensemble l'événement en 1946, Fowler n'assisterait pas avec elle au départ de la course. Pourquoi ce simple détail lui semblait-il si important aujourd'hui? Fowler vantait depuis si longtemps le pouvoir de guérison de sa femme, sa capacité à alléger son stress et sa détresse que ce départ inopiné lui laissait un goût amer. N'avait-il plus confiance en elle?

Cette nuit-là, elle dormit d'un sommeil agité. Le départ de Fowler la malmenait et la contrariait au plus haut point.

Avec précaution, Bertha l'éveilla. Elle avait Émile en ligne de La Tuque. Il l'informa que Colette avait mis au monde une belle fille, sans aucune complication. La mère et l'enfant dormaient déjà toutes les deux. Malgré sa nuit écourtée, le nouveau père désirait reprendre l'entraînement dès le lendemain, comme prévu.

Au petit matin, Anne proposa à son équipe de remonter la Saint-Maurice de Grande-Anse à La Tuque plutôt que de suivre le programme habituel. Ainsi, ils pourraient tous rendre visite à Colette en milieu d'après-midi. Ovila fut honoré par cette attention.

Fowler quitta Grande-Anse, seul avec Caesar, en même temps que les canotiers appareillaient. Les adieux furent brefs et gauches. Fowler semblait presque heureux de quitter l'endroit, ce qui ajouta encore au malaise d'Anne.

Elle remercia le ciel d'avoir une importante activité sur laquelle se concentrer dans l'immédiat. Conduite à La Tuque par Émile, elle s'empressa d'acheter quelques gâteries : des revues, un livre, une liseuse en laine brodée pour Colette et une robe pour le bébé.

Il fallut six heures aux canotiers pour parcourir la distance à contre-courant, ni plus ni moins que la durée espérée. Après le rituel de la friction et de la pesée, avant même de se restaurer, Ovila voulut se rendre immédiatement à l'hôpital. Lorsque Henri et Ovila descendirent de l'automobile, deux jeunes garçons les reconnurent et leur demandèrent avec insistance leur autographe, leur présentant une main ou un ballon. Anne s'empressa de sortir crayons et papier de son sac à main et encouragea ses hommes à exaucer le souhait des deux jeunes. Pour plusieurs, ils représentaient déjà un modèle à imiter. De même, dès que des gens dans la rue ou dans un lieu public réclamaient d'eux une poignée de main, ils étaient tenus d'accepter. Bien qu'ils aient été réticents au début, Anne les avait convaincus que ces simples gestes n'étaient que la rançon de la gloire et qu'ils devaient au moins cela à ceux qui les applaudiraient et les encourageraient dans quelques jours.

Anne escorta ensuite Ovila jusqu'à la salle où Colette se remettait de sa nuit mouvementée. À la vue de toutes ces femmes, certaines souffrantes, d'autres bruyantes, Anne demanda à voir le médecin et exigea que Colette soit emmenée dans la chambre à un lit qu'elle se réservait à longueur d'année. Elle procurait ainsi un revenu régulier aux Sœurs grises, qui administraient l'institution.

Au moment où Anne allait la quitter, Colette lui annonça qu'elle nommerait sa fille en son honneur, pour la remercier de toutes ses gentillesses.

Cette aimable attention la combla.

* * *

Grande-Anse et La Tuque, le vendredi 14 août 1953

Immédiatement avant le départ d'Anne pour La Tuque, Bertha lui remit une imposante enveloppe postée à Zurich le 2 août précédent. Anne la tourna, la retourna, la soupesa, puis demanda à Bertha de la déposer sur le secrétaire de sa chambre. Même si elle mourait d'envie d'en connaître la teneur, elle résolut de ne lire cette missive qu'une fois la Classique terminée. Intuitivement, elle en appréhendait le contenu. Au cours des trois prochains jours, elle avait un rôle public à jouer qui exigerait d'elle toutes ses énergies.

Dans le cadre d'un événement officiel comme la course, Émile ne s'affichait jamais en sa compagnie. Les mauvaises langues avaient suffisamment d'occasions de s'aiguiser sans que les journalistes, toujours nombreux à couvrir la Classique, se mettent de la partie. Émile consacrerait cette fin de semaine à sa famille. Il conduirait au préalable Henri et Ovila à la pesée des canots prévue pour vingt heures devant l'hôtel *Royal*. Tous les canots ayant au minimum une longueur de quatre mètres cinquante-sept, un poids de vingt-sept kilos et une largeur intérieure de soixante-quinze centimètres seraient considérés comme réglementaires. Ils n'avaient donc aucun souci à se faire. Émile avait le mandat de ramener ses hommes à Grande-Anse immédiatement après. Il était hors de question que l'un ou l'autre pénètre dans cet hôtel.

Trop fréquemment, des canotiers inscrits étaient incapables de prendre le départ le samedi matin à cause des excès de la veille. Anne avait été implacable. Ce qui valait pour Henri et Ovila valait tout autant pour Émile.

Seul Alec l'accompagnerait à La Tuque. Tout à fait sobre à son arrivée à Grande-Anse, son fils lui manifesta une touchante sollicitude. Il sut au premier regard qu'elle vivait une situation malheureuse. Quand il constata l'absence de Fowler, elle n'eut qu'à lui dire «j'ignore quand il reviendra» pour qu'il devine son désarroi.

– Je suis à votre disposition pour toute la fin de semaine, à titre de chauffeur et de compagnon, lança-t-il pour la dérider.

Elle lui sourit, reconnaissante. Tous deux prirent place dans l'International d'Anne pour se rendre à l'ouverture des festivités de la Classique de canots. Déjà, les rues de La Tuque étaient encombrées d'automobiles et de camions coiffés de canots renversés arborant le nom des commanditaires sur leurs flancs. Les enfants des terrains de jeux terminaient leur parade devant l'hôtel de ville, où les autorités civiles et religieuses de la région avaient été conviées pour l'occasion.

Les maires, députés, curés et plusieurs membres du Club nautique de Shawinigan, grand organisateur de la course, se retrouvèrent dans le hall de l'hôtel de ville. Un orchestre, invisible aux yeux des visiteurs, jouait un entraînant fox-trot. Le corridor menant à la salle de banquet était bondé et de nombreux invités y allaient déjà de leurs pronostics. Deux membres de la Gendarmerie royale du Canada, en habit d'apparat, s'écartèrent pour laisser passer Anne et son fils. Le maire Joffre Pilon les accueillit en grande pompe, et Jean Crête rejoignit Anne, qui l'entraîna à l'écart.

– Eh bien, monsieur Crête, comment se porte votre équipe?

– Vous voulez dire mes champions, précisa-t-il, taquin. Sans doute vous rappelez-vous Ti-Jean Lemay…

– Et vous n'avez certainement pas oublié que mes protégés ont gagné la course l'an passé, avec un temps bien inférieur, si je peux me permettre...

– Les paris sont ouverts, madame, dit-il en s'inclinant.

– Je vous invite à vous rendre compte par vous-même de la supériorité de mes protégés, demain, à Grande-Anse. Si votre appétit n'a pas été coupé par les résultats que nous connaîtrons déjà en fin d'avant-midi, je vous convie à un repas en bordure de la rivière. Votre femme est évidemment la bienvenue.

– Je ne raterai pas cette occasion pour tout l'or du monde. J'accepte votre invitation avec plaisir, mais Cécile ne pourra m'accompagner. Plusieurs membres de sa famille ont fait de notre maison leur pied-à-terre pendant la fin de semaine de la course. Est-ce que M. McCormick viendra avec nous?

– Non. Il séjourne présentement en Suisse, répondit-elle sans donner plus de détails.

– Et vous, Alec?

– Mère, monsieur Crête, je suis prêt à arbitrer vos gageures...

Le maître de cérémonie demanda l'attention du public. Joffre Pilon souhaita la bienvenue à ses invités, heureux d'ouvrir la fin de semaine sportive la plus importante de l'année dans la région.

– On vous la doit, celle-là, glissa Jean Crête à l'oreille d'Anne. Tiens, vous mériteriez le titre de «reine de la Mauricie» juste pour cela. Ce serait une proposition intéressante à mettre de l'avant...

– Taisez-vous, délinquant! intervint-elle gentiment.

En 1936, Jean Crête avait lui-même été surnommé «le roi de la Mauricie» par Duncan Mac D. Little, cinéaste amateur de New York qui avait beaucoup fait pour promouvoir la course aux États-Unis. Maire de la municipalité de Grandes-Piles depuis presque quatre décennies, Jean Crête était considéré comme le plus important employeur de la vallée du Saint-Maurice au nord de Grand-Mère. Son implication sociale et professionnelle lui avait valu autant d'amis que d'ennemis.

Le discours de Joffre fut bref, et il ne manqua pas de souligner le précieux soutien d'Anne et de ses fils :

— Grâce à votre participation dans la relance de cette activité, La Tuque brille de tous ses feux pour une huitième année consécutive. Merci à vous, madame McCormick, merci également au lieutenant-colonel Alexander Stillman.

Pendant que l'assistance les applaudissait, Alec se pencha à l'oreille de sa mère et lui murmura :

— Je viens de monter en grade, là. Dois-je préciser qu'il y a une erreur ?

— Pas maintenant, Alec. De toute manière, l'ajout du mot colonel à ton titre te va assez bien, ne trouves-tu pas ?

Le maire convia ensuite ses invités à un concert au parc Saint-Eugène, suivi de la présentation des canotiers. Toutefois, Anne demanda à Alec de la ramener à Grande-Anse, réitérant avant le départ son invitation à l'intention de Jean Crête.

— Ti-Jean Lemay est rusé et il s'est associé cette année à Gérard Dufour, une force de la nature. J'espère que nous resterons tout de même bons amis après votre défaite, madame McCormick…

Ils se quittèrent en riant.

* * *

Colette, à peine remise de ses couches, sa belle-mère et ses beaux-frères qui ne coursaient pas avaient astiqué le canot d'Henri et d'Ovila une partie de la nuit. Une fois ses ablutions matinales terminées, Anne se rendit dans le hangar où le canot avait été rangé et vérifia leur travail. La coque luisait, impeccable.

Dès six heures, un cortège de voitures quitta le domaine de Grande-Anse à destination de La Tuque. Dans une atmosphère de fête, une foule nombreuse était déjà massée sur le quai fédéral. Pour beaucoup, la Classique représentait une occasion unique de revoir des gens perdus de vue depuis longtemps, d'anciennes flammes, de vieux amis. Une ribambelle d'enfants excités par cette activité exceptionnelle accompagnaient leurs parents. Leurs grands héros se trouvaient tout autant dans l'équipe de hockey des Canadiens de Montréal que parmi les hommes qui se mesureraient aujourd'hui.

Anne et Alec s'approchèrent de la rive pendant que les canotiers prenaient place dans leur embarcation. Henri et Ovila portaient fièrement leurs vêtements confectionnés exprès pour l'occasion, les initiales «G.A.», pour Grande-Anse, bien en évidence à l'avant de leur short. Les deux hommes saluèrent leur entraîneuse de la main avant de se glisser dans leur canot.

– Combien de fois nous a-t-elle demandé de lui donner un record depuis que nous travaillons pour elle, Henri?

– Heu… au moins une fois par jour.

Baissant le ton pour ne pas être entendu de leurs voisins, Ovila poursuivit :

– Bien, souffle dans tes «mossels», mon Henri, c'est à matin que ça se passe, es-tu d'accord?

– Elle retrouverait peut-être son sourire. Depuis le départ du père McCormick, elle n'a pas l'air dans son assiette…

– On prend les devants en partant. On ouvre la machine puis, si on nous suit de trop près, on attend un brin, puis on rouvre la machine jusqu'à ce qu'ils faiblissent. On a l'entraînement qu'il faut pour ça, Henri.

– Je te suis, Vila. Chut! Madame arrive.

– Eh bien, comment allez-vous ce matin?

Anne termina ses dernières recommandations au moment même où les officiels de la course demandèrent aux canotiers de prendre place pour le départ. Ses équipiers s'empressèrent de prendre le large, dans le courant. Le compte à rebours débuta immédiatement après la bénédiction des canotiers par le vicaire Ferron. La foule retenait son souffle.

Jean Crête s'approcha d'Anne et lui désigna fièrement l'emplacement de son équipe. Narquois, il déclara :

– En bon sportif, je vous souhaite tout de même bonne chance, madame.

Dix-sept équipes s'alignaient au câble tendu entre une cage de bois amarrée au fond de la rivière, à quelques centaines

487

de mètres de la rive opposée, et une remorque garée près du quai fédéral. À cette heure matinale, pas un nuage ne troublait l'azur du ciel, aucune brume n'estompait le contour des montagnes trapues bordant le cours d'eau. La journée s'annonçait idéale.

Anne se sentait observée. Elle tourna la tête et rencontra, l'espace d'un instant, le regard bleu d'Arthur Dontigny. Aussitôt, son estomac se noua. Une vague d'émotions la submergea. Elle n'éprouvait plus ni colère ni ressentiment contre son ancien amant.

Une trentaine de kilomètres à peine séparaient le domaine de la maison d'Arthur et, pourtant, elle ne l'avait pas revu depuis son congédiement. Par une étrange coïncidence, quelques jours auparavant, elle avait surpris une conversation entre Rosanne et Bertha. Cette dernière soutenait qu'Arthur aurait manifesté le désir de travailler de nouveau pour elle après son mariage. Quand il avait confié son projet à sa femme, elle avait été catégorique : s'il reprenait son poste de régisseur chez madame, elle le quitterait. Qu'importe leur pauvreté, elle ne partagerait pas son homme. Quelques mois plus tard, malgré la menace d'Alice, Arthur avait planifié de rencontrer Anne, mais il avait appris avec consternation qu'Émile l'avait remplacé.

Comment aurait-elle réagi si elle avait revu Arthur à ce moment-là? Une fois de plus, elle constata à quel point une épreuve, une rencontre ou une résolution pouvait changer le cours d'une destinée.

Avec les années, son amour pour Émile s'était décuplé. Bien sûr, l'attachement de celui-ci pour Marie-Paule irritait Anne encore et toujours. Ses abus d'alcool et sa timidité s'avéraient parfois agaçants, mais son dévouement, son honnêteté et son profond désir de lui plaire nivelaient ses travers. Fowler, ses enfants et tous ses employés qui ne le jalousaient pas l'adoraient. Émile assumait son rôle de régisseur avec aisance et efficacité. Jamais, au grand jamais, il n'avait exploité son statut pour se glorifier, s'imposer ou en user à son profit personnel. En aucun temps il n'avait prêté le flanc à la rumeur. Et quand ils se retrouvaient dans l'intimité… Anne sourit.

Autant elle avait douloureusement vécu le départ d'Arthur, autant elle le bénissait à présent. Elle balaya du regard la foule derrière elle, s'attardant quelques secondes sur les yeux d'Arthur qui la fixait encore. Avant de se retourner, elle baissa les paupières, lui signifiant ainsi qu'elle allait bien. Arthur appartenait à son passé.

À sept heures trente précises, Joffre Pilon leva le bras et pressa la gâchette d'un pistolet, marquant ainsi le début de la quinzième grande course de canots sur la Saint-Maurice. Les canotiers d'expérience se mêlaient aux jeunes loups. Au premier coup d'aviron, tous espéraient secrètement remporter la victoire. Pourtant, quelques secondes à peine après le signal du départ, certaines équipes se détachaient déjà du peloton. Un sillage blanc suivait les embarcations qui fendaient l'eau.

– Regardez, mère, voilà un départ parfait pour votre équipe, s'exclama Alec.

– Ils ne pourront pas maintenir ce rythme-là bien long-temps, commenta Crête, surpris par la puissance de leurs coups d'aviron.

* * *

À tous les neuf ou dix coups, Ovila lançait un « hop » discret pour inciter son compagnon à changer de main. Un écho leur répondait quelques secondes plus tard. Se tournant à peine, Ovila constata que ses deux frères, René et Rosaire, les talon-naient. Il connaissait leur force et savait qu'il ne fallait pas les laisser passer en avant. Le corps incliné sous l'effort, il accé-léra au maximum. Henri s'harmonisait instinctivement au rythme de son coéquipier. Au moment où ils s'aperçurent qu'ils les distançaient, ils ralentirent, les attendirent, puis accélérèrent de nouveau, de sorte qu'ils contraignaient leurs adversaires à un effort permanent. Ils ne ressentaient aucune pitié pour ces deux hommes, frères de l'un et beaux-frères de l'autre. Après une vingtaine de kilomètres de ce régime implacable, René et Rosaire furent forcés de ralentir leur cadence, conscients qu'ils ne pourraient terminer la course à ce rythme-là.

Happant deux «paparmanes», une pour chaque joue, Ovila marqua ensuite un tempo moins rapide. Il jeta un coup d'œil à sa montre posée sur la toile devant lui : deux heures quarante s'étaient écoulées depuis le début de la course. Peu avant d'atteindre l'île aux Pierres, une autre équipe se rapprocha dangereusement. Ils reconnurent Peterson et Carlson qui, selon plusieurs experts, détenaient les meilleurs atouts pour remporter cette course. Piqué au vif, Ovila se pencha vers l'avant et murmura :

– Aux Noix, feinte à droite.

Juste avant de passer en face du domaine de Grande-Anse où madame ne manquerait pas de les saluer, ils contourneraient l'île aux Noix par la gauche pour profiter du fort courant descendant. Toutefois, peu avant la pointe de l'île, ils ralentirent imperceptiblement le nombre de coups de pagaie, mais feignirent de fournir un effort plus considérable. Ils se laissèrent rattraper par l'équipe des Américains. Ovila donna un violent coup d'aviron pour orienter leur canot à droite, pendant qu'Henri retenait l'eau par le revers puis, unissant leurs efforts, ils firent subitement pivoter leur canot vers la gauche.

Dans l'impossibilité d'imiter cette manœuvre, Peterson et Carlson furent entraînés dans les rapides et les remous qui perturbaient la branche droite de la rivière sur une distance de près de cinq kilomètres. À moins d'un miracle, les Américains venaient de perdre cette étape et probablement la course aussi.

Depuis le départ de La Tuque, une foule dense suivait les compétiteurs et de nombreux admirateurs avaient signifié appui et encouragement à Ovila et à Henri. Les canotiers n'étaient cependant visibles que de certains emplacements le long de la rivière, à cause de la conformation du paysage ou parce qu'il était interdit de circuler sur les terrains privés. Mis à part les sections des départs et des arrivées, leurs fans n'étaient en mesure de les encourager que sur dix pour cent du trajet. Totalement concentrés sur leur progression et sur celle de leurs adversaires, ils ne prirent conscience de la présence de leurs sympathisants qu'à Grande-Anse.

Galvanisés par la réussite de leur feinte, ils levèrent leur aviron bien haut dans les airs en passant devant le quai où étaient installés madame McCormick et ses invités. Ce signal signifiait à leur patronne qu'ils se maintenaient au mieux de leur forme et qu'elle pouvait augmenter les paris si elle le désirait. Les jeunes Fowler et Jimmie hurlaient des «*Go, go, winners, go*», alors qu'Anne criait : «Tirez fort, les petits gars! Tirez fort!»

– Eh bien, monsieur Crête, regardez ce chronomètre. Ils ont dix minutes de moins que leur temps habituel, qui était déjà exceptionnel. Que pensez-vous de cet exploit?

Depuis des années, ils jouaient à ce jeu sans se lasser. Contrairement à celles de Jean Crête, les équipes qu'Anne avait commanditées n'avaient jamais remporté la victoire. Elle accueillerait certainement les lauriers avec un immense plaisir, mais elle jugeait plus importantes encore les retombées économiques inestimables pour la région, de même que l'intérêt et la fierté qui électrisaient les Mauriciens. Anne avait malheureusement constaté que trop d'entre eux souffraient du complexe des peuples conquis, ne trouvant qu'«ailleurs» leurs héros. La Classique internationale de canots passionnait les visiteurs et plus encore les habitants de la vallée. À cette occasion, les leurs avaient des chances de gagner.

Habituellement si paisible, le domaine d'Anne était en pleine effervescence aujourd'hui. De nombreux guides et employés assignés à l'entretien des camps avaient été invités à se joindre au personnel de Grande-Anse pour observer la Classique de ce promontoire exceptionnel. Les jeunes Jimmie et Fowler s'en donnaient à cœur joie avec les enfants des employés, conviés pour l'occasion. Évidemment, les jeunes filles accaparaient presque toute leur attention, même s'ils ne baragouinaient que quelques mots de français.

Accompagnée d'Alec et de Jean Crête, Anne quitta Grande-Anse pour Saint-Roch-de-Mékinac après le brunch pour assister à la fin de cette première étape, face à l'hôtel Champoux. Une banderole fixée sur sa voiture identifiait l'équipe qu'elle commanditait. Elle aurait donc droit aux privilèges accordés par les policiers à ceux qui appuyaient une équipe. À quelques reprises, ils purent ainsi doubler une série de voitures par l'accotement. Il leur fallut trois fois le temps habituel pour atteindre leur destination tant la circulation était dense. Anne observa avec satisfaction le très grand nombre de véhicules sur cette route ordinairement peu fréquentée.

La foule massée sur la longue plage, sur l'esplanade et sur les terrasses de l'hôtel Champoux manifestait bruyamment. Trois membres du service d'ordre les aidèrent à se frayer un chemin jusqu'au quai réservé aux officiels et aux invités d'honneur. Bientôt, une étrange frénésie s'empara du public. On annonçait l'arrivée des premiers canotiers. Le tumulte gonfla puis explosa à la vue du canot noir d'Henri et d'Ovila. Aucune autre embarcation n'était visible lorsqu'ils touchèrent le quai, cinq heures et vingt-quatre minutes après leur départ de La Tuque, du jamais vu. Anne admirait ses petits gars qui avaient triomphé de la plus longue et, pour certains, de la plus difficile des étapes. Comme elle aurait aimé partagé ce moment avec Fowler!

– Eh bien, les gars, je suis très fière de vous! leur lança-t-elle quand ils se trouvèrent à portée de voix.

Il leur fallut quelques minutes pour s'extirper du canot, après s'être assurés que leurs jambes les soutiendraient. Des centaines de personnes s'agglutinèrent autour d'eux pour leur serrer la main et pour manifester leur contentement. Bombant le torse, Henri et Ovila se plièrent de bonne grâce à cet exercice, comme Anne les avait si vivement exhortés à le faire. À l'instar des acteurs, les athlètes appartenaient à leur public, leur avait-elle maintes fois répété. Des dizaines de mains les soulevèrent et, portés à bout de bras, ils franchirent la courte distance entre la rivière et l'hôtel où une chambre avec douche les attendait.

Peu après, ils redescendirent sur le quai, juste à temps pour accueillir la deuxième équipe, celle de René et de Rosaire. Après avoir échangé quelques sarcasmes, les frères et le beau-frère se donnèrent une vigoureuse poignée de main. Peterson et Carlson arrivèrent au huitième rang. Visiblement en colère, Peterson s'approcha d'Ovila. Même s'il ne comprit pas un traître mot à la harangue peu amène que lui servit Peterson, Ovila lui répondit, avec un sourire narquois :

– Mon gars, quand tu prends les devants, prends-les du bon bord !

À l'intention de son entraîneuse, Ovila ajouta en riant :

– La ruse, c'est aussi important que les gros bras, hein, madame ?

Anne interrogea Ovila du regard.

– Je vais tout vous expliquer quand on aura moins de témoins...

* * *

Au terme d'une deuxième étape de plus de soixante-dix kilomètres, les canotiers devaient se surpasser dans un sprint final de six kilomètres. Des dizaines de milliers de personnes étaient massées sur le boulevard Saint-Maurice, à Shawinigan, une magnifique promenade longeant la rivière de la rue Broadway à la rue de la Station. Installée dans des estrades aménagées pour accueillir les invités de marque de la Classique, Anne assistait au triomphe de son équipe, en compagnie d'Alec et de Jean Crête. Chronomètre en main, Alec comptait les cent quatre coups de palette à la minute d'Henri et d'Ovila, une cadence quasi surhumaine.

– Tu y es pour beaucoup dans leur succès, Alec, ne l'oublie pas, lui dit gentiment sa mère, touchée par sa présence attentive et discrète tout au long de cette fin de semaine.

Depuis la course de l'année précédente, Henri et Ovila, dirigés par Alexander, avaient poursuivi leur entraînement même l'hiver. Alec leur avait procuré des avirons en aluminium afin qu'ils puissent pagayer sur les lacs gelés. Pour guider efficacement ses poulains à partir de Barrington, il les avait également équipés d'une radio à ondes courtes.

Henri et Ovila terminèrent la course en un temps de neuf heures, cinquante-cinq minutes et quarante-quatre secondes. Ils avaient abaissé leur propre performance de trente-sept minutes et trente-deux secondes. Quand Henri reçut la confirmation de leur chronométrage, il marmonna :

– On lui a donné son record, puis tout un record, hein, Vila?

Anne jubilait. Dès qu'elle put s'approcher d'eux, elle leur glissa à l'oreille qu'elle doublait la bourse de mille dollars offerte cette année par la brasserie *Brading*. Il ne leur restait que le banquet à l'hôtel *Shawinigan* et la remise des trophées au parc Saint-Marc pour qu'officiellement se termine cette mémorable Classique de canots. À cette occasion, Henri et Ovila recevraient le trophée offert par Cataracts Sporting Goods, la coupe McCormick réservée à la meilleure équipe régionale, en plus de la bourse de mille dollars.

L'équipe de Jean Crête, pour sa part, avait obtenu une honorable cinquième place.

* * *

Haute-Mauricie, le lundi 17 août 1953

Anne contemplait le soleil couchant qui éclairait de plein fouet la muraille de granit à l'est du lac Bastien, donnant aux aspérités des allures d'or et de velours. L'obscurité avait déjà enveloppé le bas de la falaise et gagnait sur la lumière, seconde après seconde.

La corde magique qui l'unissait depuis si longtemps à Fowler s'était-elle rompue? Avec tristesse, elle parcourut de nouveau sa longue lettre plutôt factuelle, écrite sur du papier à en-tête du *Baur-au-Lac*, ce magnifique hôtel sur les rives du lac de Zurich, où ils avaient souvent séjourné. Tout au long de ces pages, pas une seule fois il n'avait utilisé son surnom affectueux, «Fee».

Pour une nième fois, elle relut ce passage qui la troublait tant.

Anne, si vous saviez comme ce séjour me vivifie. Chaque jour depuis mon arrivée ou presque, je me balade en compagnie de C. J. et de Ruth Bailey, sa précieuse colla-boratrice.

Elle avait dû faire un effort pour associer ce familier C. J. au docteur Carl Jung. Qui donc était cette Ruth dont il faisait mention pour la première fois? Fowler poursuivait :

> *Il est hors de question que je profite de ces moments privilégiés pour l'embêter en discutant de sujets psychologiques. Les seules recherches auxquelles nous nous astreignons sont d'ordre culinaire, Küsnacht et Bollingen étant nos destinations favorites pour l'instant. Nous nous proposons Münstertal, près du nord de l'Italie, pour notre prochaine excursion. Promenades et bonnes bouffes, voilà nos uniques préoccupations. Je me sens renaître, Anne.*

Son cher ami retrouvait le goût de vivre et elle était incapable de se réjouir pour lui. Pire, avec lui. Pourquoi avait-il fallu qu'il la quitte pour renaître? Était-elle égocentrique au point de refuser qu'il s'épanouisse ailleurs qu'à ses côtés? L'intensité de son amitié pour Fowler s'apparentait fort à l'amour, sauf dans son expression sexuelle. Depuis les débuts de leur relation, ils avaient partagé leurs joies, leurs peines et leurs projets. D'autres maintenant recevaient ses confidences. Elle éprouva un sentiment de jalousie aussi vif que si elle venait d'apprendre que Fowler la trompait. La honte et la colère se bataillaient en elle. Son précieux ami l'abandonnait-il à son tour?

Anne songea que bien des gens de son âge n'affrontaient plus des problèmes de cet ordre depuis longtemps... Par sagesse ou pour se protéger de la douleur? Anne avait choisi de vivre intensément jusqu'à son dernier souffle, même si cela impliquait tourments et inconfort.

> *Je vis tout au présent. N'est-ce pas un conseil que vous m'avez fréquemment servi? J'ai informé mes représentants chez McCormick Estates de régler toutes les factures que vous jugerez bon de leur envoyer. J'ignore, Anne, quand je reviendrai. Saluez Émile de ma part, prenez bien soin de vous. Fowler.*

Il ne restait qu'une mince bande de lumière au sommet de la falaise. La nuit envelopperait bientôt toutes choses. Un craquement derrière elle la fit sursauter.

— Émile? demanda-t-elle sans se retourner.

— Je suis là, *dear*...

Épilogue
1962

Jusqu'à son dernier souffle, Fowler veillerait à ce que ni Anne ni sa famille ne manquent de rien. Ainsi, il honorerait une promesse vieille de trente ans. Cependant, jamais plus il ne la reverrait. Fowler venait d'en informer Guy, Alexander, Bud, Anne et Émile, sans leur expliquer ce «Je ne pourrais pas le lui pardonner...»

Lui qui s'était toujours montré indulgent se voyait maintenant incapable d'absoudre sa femme. Dans un moment de folie ou de méchanceté, Anne avait expédié un mot à certains de ses amis, leur divulguant son terrible handicap. Comment aurait-il pu imaginer une telle ignominie?

* * *

Rarement dans sa vie Anne avait-elle imploré le pardon. Elle s'y était pourtant résignée la veille, mais Fowler n'avait pas fléchi. Celui qui ne devait jamais l'abandonner l'avait trahie. Le docteur Carl Jung avait trépassé l'année précédente et Fowler avait choisi une psychanalyste réputée de Zurich pour lui succéder. Cette jeune femme recueillait maintenant ses confidences, ses états d'âme et ses angoisses, tout ce qu'Anne avait si longtemps partagé. Désormais, Fowler séjournait plus longtemps en Suisse qu'en Amérique. Jamais auparavant Anne n'avait ressenti aussi vivement l'abandon. Perdre ce lien complice qui l'unissait à Fowler lui était soudain devenu intolérable. Jalousie, douleur et colère l'avaient submergée, au point qu'elle n'avait pu s'empêcher de commettre sa terrible bévue.

Même si Émile était toujours à ses côtés, l'absence de Fowler la déchirait. Après tous leurs moments d'intense communion, son bon ami ne pourrait-il pas démontrer une autre fois sa magnanimité?

«Je regrette, Fowler!»

Remerciements

Merci d'être là, Pierre, «compagnon». Ton amour, ta foi et ta patience m'enveloppent depuis le début de cette aventure littéraire... et depuis bien plus longtemps encore, tu le sais bien. Patient, aimant, tu as été de toutes les étapes de la réalisation de ce livre, de la conception à la naissance.

À mes précieux lecteurs : Lise Beaulieu, Réjean Bonenfant, Marie-Claude Brasseur, Claude Bruneau, Gisèle Fréchette, Roland Héroux, Jacques Lacoursière, Madeleine Lacoursière, Jean-Paul Major, Clément Marchand, Pierre Martel.

Pour leur collaboration : Paul Archambault, Judy Aubie, Lyne Beauvais, Betty Beggs-Giroux, Lynda Bellemare, René Bellemare, Mariette Bergeron, Mirelle et Jean-Paul Boisvert, Omer Boisvert, Réjean Boisvert, Bob Burdick, Ingrid et Stefan Cinkner, Mario Cossette, Denise Couët-Guareglia, le père Louis Cyr, Robert Cyrenne, Roland Cyrenne, Jean Dessureault, Daniel Doucet, André Drouin, Me Monique Dubois, Caroline Faucher, Lucie Frigon, Lise Gagnon, France Gélinas, François Gélinas, Réjeanne Genesse, Jacques Giroux, Christiane Godbout, Josée Grandmont, Mgr Paul Guay, Daniela Kokta, Monique Lachance, Jacqueline Lacoursière, Pierrette Lacoursière, Gérald Laforme, Marcel Lampron, Jacques Lemay, Ginette Levasseur, Jacques Martel, Jean-Claude Martel, Jean-François Martel, Nicolas Martel, Sonia Martel, Martha Niquay, Florian Olscamp, Lucie Paquet, Marguerite Paquette, Viateur Perreault, Gérard Proteau, Raymond Rivard, Guylaine Rodrigue, Wayne Saunders, Hervé Tremblay, Natacha Tremblay, Robert Tremblay, Denise Trottier.

Pour avoir partagé leurs souvenirs : Alice Adams, Charlie Adams, Georges Adams, Georgette Adams, Roger Alarie,

Madeleine Allard, Béatrice Audy, Florence Beauvais-Splicer, Johnny Beauvais, Maurice Beauvais, Omer Bédard, Russell Blackburn, Léonidas Bouchard, Jean Bousquet, Germaine Bergeron, Berthe Crête, Estelle Crête, Georges Crête, Yvette Dauphinais, Dr Richard Davidson, Ovila Denommé, Annette Dontigny, Angèle Dontigny-Bédard, Aurèle Dontigny, Alice et Raoul Ducharme, Léo Ducharme, Lucien Ducharme, McKenzie Ducharme, Gérard Dufour, Jay Emery, Arnold Fay, Gaston Fortin, Clément Fluet, Dr Louis-Philippe Frenette, Louise Garven, Alice Germain, Bernard Germain, Cécile Germain, Ferdinande Germain, Onil Germain, Thérèse Germain, Bruno Gignac, Ginette Gignac-Dallaire, Mabel Gignac-Rodrigue, André Goyette, Denise Goyette, Diane Goyette, Florence Goyette, Gaston Goyette, Jacqueline Goyette, Jean-Guy Goyette, Marie-Paule Goyette, Paul-Émile Goyette, Arthur Hillier, Bertrand Jordan, Thérèse Jourdain-Caron, Kanatakta, Charles Lafontaine, Louise-Anne Lafontaine, Paul Lafontaine, Roland Lafrenière, Pierre Larocque, Jean Lebrun, Clémence Lefebvre Marineau, Marianna Lefebvre et sa famille, Maurice Lessard, Pauline Lizé, Elizabeth McKenzie, Ayola Marchand, Clément Marchand, Florence Normand Daugherty, Aurèle Ouellette, Eddy Pelletier, Fernand Pelletier, Yvette Pelletier, Dr André Poisson, Juliette Riberdy, Vincent Spain, Fowler Stillman, Guy Stillman, Dr James Stillman (Bud), Léanne Stillman-Brown, Sharee Stillman-Brookhart, Victoria Stillman-Weathers, Louis Trahan, René Trudel, Gisèle Wilson, Henry Wilson.

Je remercie également toutes les personnes qui m'ont généreusement aidée et qui ont tenu à conserver l'anonymat. Enfin, je tiens à remercier André Bastien, pour la confiance qu'il m'a toujours manifestée, et Monique H. Messier, qui m'a guidée du manuscrit à la publication.

17088 36272

Ce volume a été achevé de d'imprimer
au Canada en mai 2002